KİTABIN ORİJİNAL ADI

END OF WATCH

YAYIN HAKLARI

© 2016 STEPHEN KING
AKCALI TELİF HAKLARI AJANSI
ALTIN KİTAPLAR YAYINEVİ
VE TİCARET AŞ

BASKI

1. BASIM/NİSAN 2017/İSTANBUL
ALTIN KİTAPLAR YAYINEVİ
MATBAASI

BU KİTABIN HER TÜRLÜ YAYIN HAKLARI
FİKİR VE SANAT ESERLERİ YASASI GEREĞİNCE
ALTIN KİTAPLAR YAYINEVİ VE TİCARET AŞ'YE AİTTİR.

ISBN 978 - 975 - 21 - 2275- 8

ALTIN KİTAPLAR YAYINEVİ
Göztepe Mah. Kazım Karabekir Cad.
No: 32 Mahmutbey – Bağcılar / İstanbul
Matbaa ve Yayınevi Sertifika No: 10766

Tel.: 0.212.446 38 88 pbx
Faks: 0.212.446 38 90

http://www.altinkitaplar.com.tr
info@altinkitaplar.com.tr

STEPHEN KING
SON NÖBET

TÜRKÇESİ
Esat Ören

Thomas Harris'e

Kendime bir tabanca alacam, tek veya
Çift namlulu bir tabanca alıp
Odama gidecem
İntihar türkleri söylemektense
Ölmem daha iyi olur.

       —Cross Canadian Ragweed

10 NİSAN 2009
MARTINE STOVER

Günün en karanlık zamanı şafak sökmeden hemen önceki andır.

Rob Martin, ambulansı Yukarı Marlborough Caddesi boyunca merkez üs olan Firehouse 3'e(*) doğru sürerken bu bayatlamış deyiş aklına geliverdi. Bunu her kim söylemişse gerçekten de bir şeyler biliyor olmalıydı, çünkü bu sabah hava bir dağ sıçanının göt deliğinden daha karanlıktı ve güneş her an doğmak üzereydi.

Hoş, güneş ortaya çıksa da pek bir şey değişeceğe benzemiyordu; sabah, akşamdan kalma gibi bir şeydi. Yoğun bir sis çökmüş, yakındaki "pek de büyük denemeyecek" Büyük Göl'ün kokusunu içinde taşıyordu. Bu şenlikli havaya renk katmak ister gibi bir de yağmur çiselemeye başlamıştı. Rob cam sileceğini yavaş aralıklı çalıştırdı. Önlerinde, çok uzak olmayan bir yerde iki sarı kemer göründü.

"Amerika'nın Altın Memeleri!" diye bağırdı yolcu koltuğundaki Jason Rapsis. On beş yıldan beri acil yardım elemanı olan Rob birçok hekim yardımcısıyla çalışmıştı ve bunların içinde en iyisi Jason'dı. Hiçbir şey olmadığı zamanlarda sakin, her şeyin

---

(*) Firehouse: İtfaiye istasyonu. –ç.n.

aynı anda olduğu anlardaysa soğukkanlı ve pratik olurdu. "Besleneceğiz! Tanrı kapitalizmi korusun! Buraya gir, buraya gir!" "Emin misin?" dedi Rob. "Bu boktan şeylerin neler yapabileceğini az önce canlı bir örnekle gördüğümüz halde mi?"

Az önce sevk edildikleri Sugar Heights'taki McMansions sitesinden dönüyorlardı; Harvey Galen adındaki bir adam şiddetli göğüs ağrısından yakınarak 911'i aramıştı. Eve vardıklarında adam zengin tiplerin "büyük oda" dedikleri salonda, kanepede yatmaktaydı. Mavi ipekli pijaması içinde, karaya vurmuş bir balinaya benziyordu. Tepesinde dikilmiş olan karısı onun her an öleceği korkusuyla, telaş içindeydi.

"McDonald's! McDonald's!" diye şakıdı Jason. Koltuğunda sıçrayıp duruyordu. Biraz önce Bay Galen'in hayati organlarını muayene eden (Roy hemen yanında, ilkyardım çantasını ve kalp ilaçlarını hazır tutarken) o son derece ciddi, profesyonel adam şimdi kaybolmuştu. Gözlerine düşen sarı saçlarıyla Jason şu anda, erken gelişmiş on dört yaşındaki bir çocuğa benziyordu. "Gir buraya, hadi!"

Rob isteneni yaptı. Kendisi de bir sosisli çörek ve belki fırınlanmış manda diline benzeyen o kahverengi mücevherlerden bir tane yiyebilirdi.

Arabaya servis gişesinde kısa bir otomobil kuyruğu vardı; Roy kuyruğun sonuna yanaştı.

"Hem zaten o adam gerçekten bir kalp krizi geçirmiş değildi," dedi Jason. "Sadece aşırı miktarda Meksika yemeği yemiş. Üstelik hastaneye götürülmeyi de reddetti, değil mi?"

Doğruydu. Adam birkaç kez okkalı geğirip, trombon gibi şiddetli bir osuruk çıkardıktan sonra doğrulmuş, kendini çok daha iyi hissettiğini ve hayır, Kiner Memorial Hastanesi'ne götürülmesine gerek olmadığını söylemişti. Galen'in bir gece önce Tijuana Rose barında neler göçürdüğünü dinledikten sonra, Rob ve Jason da ona hak vermişlerdi. Nabzı kuvvetliydi ve her ne kadar tansiyonu biraz yüksekse de, muhtemelen yıllardan beri öyleydi ve o anda stabil durumdaydı. Elektroşok cihazını çantadan çıkarmaları gerekmemişti.

"Ben iki tane yumurtalı McMuffin ve iki mücver istiyorum," dedi Jason. "Sütsüz kahve. Hayır, üç mücver istiyorum."

Rob hâlâ Galen'i düşünüyordu. "Bu defa sorunu hazımsızlıktı, ama çok geçmez, gerçek kalp krizi olacaktır. Şiddetli bir enfarktüs."

"Kahvaltımın içine etme," dedi Jason.

Rob göl kaynaklı sis arasından yükselen Altın Kemerleri işaret etti. "Bu ve bunun gibi boktan yerler Amerika'nın en büyük sorunlarından biridir. Bir tıp adamı olarak eminim sen de bunu biliyorsun. Az önce ne sipariş ettin? O dediğin şey en az dokuz yüz kaloridir. Yumurtalı çöreğine sosis de eklersen bin üç yüz kaloriye çıkar."

"Peki, sen ne yiyeceksin, Sağlık Bakanı?"

"Sosisli çörek. Belki iki tane."

Jason onun omzuna bir şaplak indirdi. "İşte benim adamım!"

Sıra ilerledi. Tam gişeye iki otomobil kala telsizden telaşlı bir ses yükseldi. Sevk memurları genellikle sakin ve serinkanlı olurlardı, ama bu defaki şok geçirmiş gibiydi. "Bütün ambulanslar ve itfaiye araçları, bir TÖO var! Tekrar ediyorum, TÖO! Bütün ambulanslar ve itfaiye araçları için birinci dereceden öncelikli bir çağrıdır!"

TÖO, "toplu ölüm olayı"nın kısaltmasıydı. Rob ve Jason birbirlerine baktılar. Uçak kazası, tren kazası, infilak veya terör eylemi. Bu dört ihtimalden biri olmalıydı.

"Yer Marlborogh Caddesi, City Center! Tekrar ediyorum, City Center, Marlborough Caddesi. Bir kez daha söylüyorum, bu bir TÖO'dur ve muhtemelen çok sayıda ölü vardır. Temkinli olmanız tavsiye edilir."

Rob'un midesi kasıldı. Bir kaza mahalline veya gaz patlaması olayına sevk edilirken kimse size temkinli olun demezdi. Geriye terör eylemi kalıyordu ve belki hâlâ sonu gelmemişti.

Sevk memuru kadın aynı çağrıyı tekrarlarken Jason sireni ve tepe ışığını açtı, Rob da direksiyonu kırıp ambulansı restoranın etrafından dolanan şeride soktu; bu sırada önündeki otomobilin tamponunu sıyırdı. City Center'dan dokuz blok ötedeydiler, ama eğer El Kaide Kalaşnikoflarla etrafı tarıyorsa, karşılık vermek için tek silahları elektroşok cihazları olacaktı.

Jason mikrofonu aldı. "Anlaşıldı, Sevk Merkezi, biz Firehouse 3'ten 23'üz. Tahmini varış süremiz altı dakikadır."

Şehrin diğer kısımlarından da siren sesleri duyuluyordu, ama seslere göre tahmin yürüten Rob olay mahalline en yakın ambulansın kendileri olduğunu düşündü. McDonald's'tan çıkıp Yukarı Marlborough'ya yöneldikleri sırada hava kurşuni bir renkle aydınlanmaya başlamıştı. O anda sis bulutu içinden gri bir otomobil çıkıverdi; büyük bir sedandı, kaportası hırpalanmış, radyatör ızgarası fena halde paslıydı. Bir an için uzun farları doğruca onların üstüne geldi. Rob havalı kornasına basıp kenara çekildi. Otomobil –bir Mercedes'e benzetti ama emin değildi– direksiyon kırıp kendi şeridine geçti ve bir saniye sonra sadece sis içinde giderek kaybolan stop lambaları göründü.

"Öf be, kıl payı atlattık!" dedi Jason. "Herhalde plakasını almadın, değil mi?"

"Hayır." Rob'un yüreği ağzına gelmiş, boynunun iki yanında nabzını hissediyordu. "Hayatlarımızı kurtarmakla meşguldüm. Baksana, City Center'da çoklu ölüm nasıl olabilir ki? Daha Tanrı bile uyanmadı. Anlamıyorum."

"Belki bir otobüs kazasıdır."

"Mümkün değil. Otobüs seferleri altıdan sonra başlıyor."

Sirenler. Her yerden siren sesi geliyordu. Bir polis otosu hızla yanlarından geçti, ama Rob'un tahminine göre onlar hâlâ diğer ambulanslardan ve itfaiye araçlarından öndeydiler.

Bu da herkesten önce bizim, "Allah-u Ekber!" diye bağıran kaçık bir Arap tarafından vurulmamız veya bombayla havaya uçurulmamız anlamına geliyor, diye geçirdi içinden. Ne büyük şeref!

Ne var ki, görevleri buydu işte; aracı şehrin yönetim binalarının ve banliyölere taşınana kadar oy verdiği konferans salonunun bulunduğu yere çıkan dik yokuşa soktu.

"*Fren yap!*" diye haykırdı Jason. "*Yahu, fren yapsana, Robbie! FREN!*"

* * *

Sisin içinden çıkan bir insan kalabalığı onlara doğru gelmekteydi; yokuş aşağı koştukları için bazıları neredeyse düşecek gibiydi. Çığlık atanlar vardı. Bir adam yere düşüp yuvarlandıktan sonra ayağa kalktı ve yırtılmış gömleğinin eteği ceketinin altından dalgalanarak koşmaya devam etti. Rob çorabı yırtılmış, kaval kemikleri kanlı ve tek ayakkabısıyla koşan bir kadın gördü. Panik içinde ani fren yapınca ambulans öne doğru fırladı ve içeride bağlanmamış olan ne varsa –ki bu protokol ihlaliydi– uçuşa geçti. İlaçlar, serum şişeleri, bir dolabın içindeki iğne paketleri... Bunların hepsi birer mermi olmuştu. Bay Galen için kullanmadıkları sedye aracın kapısına çarptı. Bir stetoskop ön cama kadar fırlayıp konsolun üstüne düştü.

"Çok yavaş ilerle," dedi Jason. "Çok yavaş, tamam mı? Durumu daha da beter etmeyelim."

Rob gaza çok hafif basarak yokuşu çıkmaya devam etti. Kalabalık hâlâ onlara doğru geliyordu; kimi kan içindeydi, kimininse gözle görünür bir yarası yoktu, ama hepsi büyük bir korku içindeydi. Jason penceresini indirip başını dışarıya uzattı.

"*Ne oluyor? Birisi bana ne olduğunu söylesin!*"

Bir adam ambulansa yaklaştı, yüzü kızarmış, soluk soluğaydı. "Bir otomobildi. Orak makinesi gibi kalabalığın içine daldı. Manyak herif az kaldı beni eziyordu. Kaç kişiye çarptığını bilmiyorum. İki taraftaki direkler yüzünden arada sıkışıp kalmıştık, kaçacak yerimiz yoktu. Bu herif bunu bilerek yaptı... İnsanlar orada, içi kanla dolu oyuncak bebekler gibi yatıyorlar. En az dört kişinin öldüğünü gördüm. Mutlaka daha fazlası vardır."

Adam yoluna devam etti; adrenalini düştüğü için artık koşmuyor, sendeleyerek yürüyordu. Jason emniyet kemerini çözüp pencereden uzandı ve adamın arkasından seslendi. "Rengini gördün mü? Bunu yapan otomobilin?"

Adam ona döndü. "Griydi. Büyük bir gri otomobil."

Jason tekrar koltuğuna yaslanıp Rob'a baktı. İkisinin de düşündüğü şeyi yüksek sesle söylemesine gerek yoktu. McDonald's'tan çıkarken az kalsın çarpışacak oldukları otomobildi. Ve radyatör ızgarasında gördükleri şey de pas değildi.

"Devam et, Robbie. Arkada savrulan şeylerle sonra ilgileniriz. Olay yerine gidelim; sakın birine çarpayım deme, tamam mı?"

"Tamam."

Rob otoparka vardığında panik bitmek üzereydi. Bazı insanlar yürüyerek oradan ayrılıyor, bazılarıysa o gri otomobilin çarptığı yaralılara yardım etmeye çalışıyordu. Her kalabalıkta olduğu gibi burada da birkaç tane dallama vardı; telefonlarıyla fotoğraf veya video çekiyorlardı. Bunları herhalde YouTube'da kullanırlar, diye geçirdi içinden Rob. GEÇMEYİN yazılı sarı şerit asılı krom direkler kaldırımın üstüne devrilmişti.

Onların yanından geçen polis otosu binanın yakınında park edilmişti. Yanında, içinden ince beyaz bir el çıkan bir uyku tulumu vardı. Uyku tulumunun üstünde, giderek genişleyen bir kan gölünün ortasında bir adam yatmaktaydı. Polis memuru elini sallayarak ambulansı oraya çağırdı. Kolu titriyordu.

Rob portatif veri terminalini alıp dışarıya çıkarken, Jason da ambulansın arka kısmına geçip ilkyardım çantasını ve harici elektroşok cihazını aldı. Gün aydınlanmaya devam ediyordu; Rob konferans binasının ana kapısının üstündeki ilan tabelasını okuyabildi: **1000 KİŞİYE İŞ GARANTİSİ!** *Şehrimizin Halkının Yanındayız!* **BELEDİYE BAŞKANI RALPH KINSLER.**

Evet, neden sabahın bu erken saatinde burada bu kadar çok insan olduğu anlaşılıyordu. İş fuarıydı. Her yerde zor günler yaşanmaktaydı ve bir yıl önceki ekonomik enfarktüsten beri durum böyleydi, ama hayat özellikle göl kıyısındaki bu şehirde çok çetinleşmişti; zaten önceki yıllarda da işsizlik tavan yapmıştı.

Rob ve Jason uyku tulumuna doğru seğirttiler, ama polis memuru onlara bakıp başını iki yana salladı. Adamın yüzü kül gibiydi. "Bu adam ve tulumun içindeki iki kişi ölmüş. Herhalde karısıyla çocuğuydu. Onları korumaya çalışmış olmalı." Genzinden geğirmeyle öğürme arası bir ses çıktı, elini ağzına götürdü. Sonra, "Şuradaki kadın hâlâ yaşıyor olabilir," diye işaret etti.

Söz konusu kadın sırtüstü yatıyordu; bacaklarının gövdesine olan açısı ciddi bir travma belirtisiydi. Bej pantolonunun apış arası idrarıyla kararmıştı. Yüzü –geriye ne kaldıysa– yağ içindeydi.

Burnunun bir kısmıyla üst dudağının çoğu parçalanmış, düzgün dişleri sanki hırlıyormuş gibi ortaya çıkmıştı. Ceketi ve balıkçı yaka kazağı da paramparçaydı. Boynunda ve omzunda giderek büyüyen morluklar vardı.

O lanet otomobil bu kadının üstünden geçmiş, diye düşündü Rob. Onu ezip geçmiş. Jason'la birlikte kadının yanına eğilip mavi eldivenlerini giydiler. Kadının çantası hemen yanındaydı ve üstünde bir tekerlek izi vardı. Rob çantayı alıp ambulansın arkasına attı; lastik izi belki bir delil falan olabilirdi. Ayrıca kadın, daha sonra çantasını isteyecekti.

Tabii eğer yaşarsa...

"Soluğu kesildi, ama hâlâ nabız var," dedi Jason. "Çok zayıf ve titrek. Şu kazağını yırtıp çıkarsana."

Rob söyleneni yaptı; kazakla birlikte sutyenin yarısı da sıyrıldı. Rob kalan kısmı eliyle iterek kendine yer açtıktan sonra kalp masajına başladı. O sırada Jason da solunum yolu açmaya çalışıyordu.

"Kurtulacak mı?" diye sordu polis memuru.

"Bilmiyorum," dedi Rob. "Biz bu kadınla ilgileniyoruz. Senin başka sorunların var. Eğer başka kurtarma araçları da yokuştan bizim gibi hızla çıkarlarsa, birilerine çarpıp öldürebilirler. Az kalsın biz de çarpacaktık."

"Öf... her yerde yaralı insanlar yatıyor. Burası savaş alanı gibi oldu."

"Yardım edebileceklerine et."

"Tekrar solumaya başladı," dedi Jason. "Yardım et, Robbie, bu kadının hayatını kurtaralım. Veri terminalini al ve Kiner'e muhtemel boyun kırığı, omurga travması, iç organlarıyla yüzü yaralı bir hasta getireceğimizi bildir. Başka ne vardır, Tanrı bilir. Durumu kritik. Sana hayati organlarının verilerini veririm."

Rob portatif veri terminalinden hastaneyi ararken Jason da solunum maskesi balonunu sıkmayı sürdürdü. Kiner'den hemen karşılık geldi; hattın ucundaki ses son derece sakindi. Kiner birinci seviye travma merkeziydi ve bu gibi durumlar için her zaman hazırlıklıydı. Yılda beş kere böyle vakalar için eğitim görürlerdi.

Rob bu haberi ilettikten sonra ambulanstan boyunluğu ve turuncu renkli arkalığı aldı. Diğer kurtarma araçları da gelmişti; sis dağılmaya başlayınca facia bütün çıplaklığıyla gözler önüne serildi.

Bir tane otomobilin yaptığına bak, diye geçirdi içinden Rob.

"Pekâlâ," dedi Jason. "Durumu stabil değil, ama elimizden geleni bu kadar. Hadi, onu ambulansa taşıyalım."

Arkalığı tam yatay durumda tutmaya özen göstererek kadını ambulansa taşıdılar, oradaki sedyeye yerleştirip kayışlarla bağladılar. Boyunluğun çevrelediği paralanmış soluk yüzüyle korku filmlerindeki tören kurbanı kadınlara benzemişti. Ne var ki, o filmlerdeki kadınlar genç ve güzel olurlardı; oysa bu kadın ellili yaşlarının başlarındaydı. İş aramak için çok yaşlı sayılırdı; Rob ona bakarken, bir daha hiçbir zaman iş arayamayacağını düşündü. Göründüğü kadarıyla bir daha yürüyebileceğini de sanmıyordu. Çok talihliyse belki boynundan aşağısı felçli kalmayabilirdi, ama sağ kaldığı takdirde belden aşağısı bir daha hiç hayat bulmayacaktı.

Jason diz çöküp kadının ağzını ve burnunu örten saydam bir plastik maske yerleştirdi ve sedyenin ucundaki oksijen tüpünden oksijen yolladı. Maskenin buğulanması iyiye işaretti.

"Sırada ne var?" diye sordu Rob, 'Başka ne yapabilirim?' anlamında.

"O savrulan şeylerin arasından biraz epinefrin bul. Bir ara nabzı iyiydi ama şimdi tekrar teklemeye başladı. Sonra da harekete geçelim. Bunca yaradan sonra kadın yaşarsa mucize olur."

Rob sargı bezi kutusunun altında bir ampul epinefrin buldu ve bunu Jason'a uzattı. Sonra da arka kapıları kapatıp sürücü koltuğuna geçti ve motoru çalıştırdı. TÖO mahalline ilk varan, hastaneye de ilk varan olurdu. Böylece bu kadının çok az olan yaşama ihtimali bir nebze artardı. Ama sabah trafiği yoğun olmasa bile, yine de hastaneye kadar on beş dakikalık bir yol vardı. Rob, Ralph M. Kiner Memorial Hastanesi'ne varana kadar kadının öleceğini sanıyordu. Yaralarının ciddiyetine bakılırsa, ölüm onun için en iyi sonuç olacaktı.

Ama kadın ölmedi.

* * *

O öğleden sonra saat üçte, vardiyaları çoktan bitmiş olduğu halde ikisi de eve gitmeyi düşünemeyecek kadar gergindi. Rob ve Jason, Firehouse'un dinlenme salonunda, sesi kısılmış televizyonu seyrediyorlardı. O sabah sekiz yaralı taşımışlardı, ama en kötü durumda olanı o kadındı.

"Adı Martine Stover'mış," dedi Jason. "Hâlâ ameliyat odasında. Sen tuvaletteyken hastaneyi aradım."

"Kurtulma ihtimali var mıymış?"

"Bilmiyorum. Ama hâlâ uğraştıklarına göre, demek ki biraz ümit var. Eminim, orada yönetici sekreteri gibi bir iş arıyordu. Çantasında kimliğini buldum, ehliyetinden kan grubunu öğrendim. Sayfalarca referans mektubu vardı. Demek ki işinde hep başarılı olmuş. Son çalıştığı yer Bank of America'ymış. Personel çıkararak küçülme yoluna gitmişler."

"Ya yaşarsa? Sence ne olur? Sadece bacakları mı?"

Jason bir süre ekrandaki basketbol maçına baktı ve hiçbir şey söylemedi. Sonra, "Eğer yaşarsa, boynundan altı tutmayacak."

"Emin misin?"

"Yüzde doksan beş ihtimalle öyle."

Ekranda bira reklamı belirdi. Bir barda gençler hoplayıp zıplıyorlardı. Herkes eğleniyordu. Martine Stover için eğlence bitmişti. Rob, eğer yaşarsa kadının nasıl bir hayatla karşılaşacağını düşündü. Bir hortuma üfleyerek hareket ettirdiği motorlu bir tekerlekli iskemlede ya püre halindeki mamalarla ya da serumla beslenerek. Soluması için bir respiratör olacak. Bir torbaya sıçacak. Tıbbi bir alacakaranlıkta yaşayacak.

"Christopher Reeve pekâlâ idare etmişti," dedi Jason sanki onun aklından geçenleri okumuş gibi. "Doğru tavır. İyi örnek oldu. Hiç enseyi karartmadı. Galiba bir film bile yönetti."

"Evet, enseyi karartmadı," dedi Rob. "Çünkü hiç çıkarılmayan bir boyunluk takıyordu. Ve tabii, öldü."

"Kadın en iyi elbisesini giymişti," dedi Jason. "Güzel bir pantolon, pahalı bir süveter ve şık bir ceket. İş bulup hayatına devam etmek istiyordu. Derken bir puşt gelip onu her şeyden yoksun bırakıyor."

"Herifi yakalamışlar mı?"

"Bildiğim kadarıyla, hayır. Yakaladıkları zaman, umarım onu taşaklarından asarlar."

Ertesi gece bir inme hastasını Kiner'e getirdiklerinde Martine Stover'ın durumunu sordular. Kadın yoğun bakımdaydı ve beyin fonksiyonlarının arttığını gösteren belirtiler vardı; bu da kısa süre sonra bilincini kazanacağının işaretiydi. Kadın kendine geldiğinde birisi ona kötü haberi vermek zorunda kalacaktı. Boyundan aşağısı felçti.

İyi ki bu haberi vermek bana düşmüyor, diye düşündü Rob Martin.

Ve basında adı Mercedes Katili olarak geçen adam hâlâ yakalanmamıştı.

Z
Ocak 2016

1

Bill Hodges'un pantolon cebinde bir cam kırılıyor. Bunu neşeli oğlan çocuklarının, "GOL ATTIK!" diye haykırışları izliyor. Hodges irkilerek koltuğunda sıçrıyor. Doktor Stamos dört doktorun görev yaptığı bir klinikte çalışıyor ve bu pazartesi sabahı bekleme odası tıka basa dolu. Herkes dönüp ona bakıyor. Hodges'un yüzü kızarmış. "Özür dilerim," diyor odadakilere. "Mesaj gelmiş de."

"Çok bağıran bir mesajmış," diyor beyaz saçları adamakıllı incelmiş, gerdanı sarkmış yaşlıca bir kadın. Hodges yetmişine merdiven dayadığı halde kendini bir çocuk gibi hissediyor. Kadın, "Burası gibi halka açık yerlerde sesi kısmanız veya tamamen sessize almanız gerekir," diyerek son darbeyi vuruyor.

"Çok haklısınız."

Kadın tekrar okumakta olduğu kitabına dönüyor (*Grinin Elli Tonu*. Kitabın ne kadar yıpranmış olduğuna bakılırsa, ilk okuyuşu da sayılmaz). Hodges iPhone'unu cebinden çıkarıyor. Mesaj, Hodges polisken ortağı olan Pete Huntley'den. İnanılır gibi değil ama Huntley şu sıralar kendi ipini çekmek üzere. Buna nöbetin sonu diyorlar, ama Hodges nöbeti asla bırakamayacağını anlamış ve şimdi Finders Keepers[*] adında iki kişilik bir şirketi var. Kendisini "bağımsız bir suçlu takipçisi" olarak tanıtıyor, çünkü birkaç

(*) Finders Keepers: Kim Bulduysa Onundur. –ç.n.

yıl önce bazı sorunlar yaşadığı için özel dedektif lisansı alamıyor. Bu şehirde insanın sağlam bağlantıları olması lazım. Ama aslında yaptığı iş özel dedektiflik; yani hiç değilse bazı zamanlarda.
Beni ara, Kermit.(*) **Çok acil. Önemli.**

Kermit aslında Hodges'un gerçek ön adı; ama o çoğu zaman orta adını kullanarak kurbağayla ilgili esprileri önlemiş oluyor. Ne var ki Pete ona devamlı Kermit der ve bunu çok eğlenceli bulur.

Hodges telefonu yine cebine sokmayı düşünüyor (eğer doğru tuşu bulabilirse sessize aldıktan sonra). Her an Doktor Stamos'un ofisine çağrılabilir; bir an önce bu görüşmeyi aradan çıkarmak istiyor. Tanıdığı çoğu ileri yaşlardaki insan gibi o da doktor muayenehanelerini hiç sevmez. İçinde hep bir sağlık sorunu, hem de çok *ciddi* bir sorun bulacaklar diye bir korku vardır. Hem zaten eski ortağının ne hakkında konuşmak istediğini de bilmiyor değil. Pete'in gelecek ay yapılacak olan emeklilik partisi. Havaalanı yakınındaki Raintree Oteli'nde olacak. Hodges'un partisi de aynı yerde olmuştu; ama bu defa niyeti çok daha az içmek. Aktif görevdeyken içki sorunu vardı ve bu sorun evliliğinin çöküşünde önemli bir rol oynamıştı, ama son zamanlarda alkolden zevk almıyordu. Ne isabet ama! Hodges eskiden *Ay Haşin Bir Metrestir*(**) adında bir roman okumuştu. Ay hakkında bir şey diyemezdi ama viskinin haşin bir metres olduğuna dair mahkemede yeminli ifade verebilirdi; üstelik bu zıkkım burada, dünyada yapılmaktaydı.

Hodges bir kez daha mesaj atmayı düşündükten sonra vazgeçip ayağa kalkıyor. Kemikleşmiş alışkanlıklar çok kuvvetli.

Resepsiyon masasında oturan kadının adı isim etiketine göre Marlee. On yedi yaşında gösteriyor; Hodges'a ışıltılı bir gülümsemeyle, "Doktor az sonra sizi içeriye alacak, Bay Hodges," diyor. "Söz veriyorum. Bugün randevularımız biraz gecikmeli. Pazartesileri hep böyle işte."

"Pazartesilere hiç güvenmem," diyor Hodges bir şarkının sözlerini mırıldanarak.

Kız boş boş bakıyor.

(*) Kermit: *Muppet Show* adlı televizyon dizisindeki kurbağanın adı. –ç.n.
(**) *The Moon Is a Harsh Mistress*, Robert A. Heinlein, 1996. –ed.n.

"Bir dakikalığına dışarıya çıkacağım, tamam mı? Telefon etmem gerekiyor."

"Tamam," diyor Marlee. "Yeter ki kapının hemen önünde durun. Doktor hazır olduğunda size el sallarım."

"Çok iyi." Hodges kapıya giderken yaşlı kadının yanında duruyor. "Kitap güzel mi?"

Kadın başını kaldırıp ona bakıyor. "Hayır ama çok enerjik."

"Bana da öyle olduğunu söylediler. Filmini gördünüz mü?"

Kadın şaşırıyor ama ilgilendiği belli. *"Filmi* mi var?"

"Evet. Araştırsanız iyi edersiniz."

Eskiden yardımcısı, şimdilerde ortağı olan ve sorunlu çocukluğundan beri hiçbir filmi kaçırmayan Holly Gibney iki defa onu zorla götürmek istediği halde Hodges bu filmi görmemişti. Telefonuna cam kırılması/gol tezahüratı sesini Holly yüklemişti. Bunu çok hoş buluyordu. İlk başlarda Hodges'un da hoşuna gitmişti ama artık sinir oluyordu. Bunun nasıl değiştirilebileceğini internette araştıracaktı. İnternette her şeyin bulunabileceğini artık o da biliyordu. Bazı şeyler yararlı, bazı şeyler ilginç, bazıları da komik olabiliyordu.

Bazıları da bok gibiydi.

2

Pete'in cep telefonu iki kez çaldıktan sonra eski ortağı kulağında bitiyor. "Huntley."

"Şimdi beni dikkatle dinle," diyor Hodges, "çünkü daha sonra bu konuda sınav vereceksin. Evet, partine geleceğim. Evet, yemekten sonra müstehcen olmayan espriler yapacağım ve şerefine kadeh kaldıracağım. Evet, hem eski karının hem de şimdiki sevgilinin orada olacaklarını biliyorum, ama duyduğum kadarıyla şu âna kadar kimse bir striptizci ayarlamamış. Eğer bu işle ilgilenen biri varsa, o da Hal Corley'dir; ahmağın tekidir ama istersen onu arayıp..."

"Bill, dur. Partiyle ilgili değil."

Hodges hemen susuyor. Sebebi geri plandaki birbirine karışmış insan sesleri değil – ne konuşulduğunu anlamasa bile bunun polis sesleri olduğunu kestirebiliyor. Onu bir anda durduran şey Pete'in ona Bill demesi; bu da ciddi bir sorun var demek. Hodges'un aklına önce eski karısı Corinne, sonra San Francisco'da yaşayan kızı Alison, sonra da Holly geliyor. Eyvah, ya Holly'ye bir şey olduysa...

"Ne oldu, Pete?"

"Cinayet-intihar gibi görünen bir olay yerindeyim. Buraya gelip senin de bakmanı istiyorum. Eğer gelebilecek durumdaysa ortağını da getir. Bunu söylemek hoşuma gitmiyor ama bence o kadın senden biraz daha akıllı."

Aklına gelen kişilerden biri değil. Hodges'un o âna kadar taş gibi kasılmış olan midesi gevşiyor. Gerçi Doktor Stamos'a gelme nedeni olan ağrısı da geçmiş değil. "Tabii ki benden akıllı olacak. Çünkü benden çok daha genç. Altmış yaşından sonra insan milyonlarca beyin hücresi kaybediyor; bu gerçeği birkaç yıl sonra sen de yaşayacaksın. İyi de, neden benim gibi yaşlı bir yük beygirinin cinayet mahalline gelmesini istiyorsun?"

"Çünkü muhtemelen bu benim son vakam olacak, çünkü bu olay gazetelere manşet olacak ve çünkü –sakın havaya girme– senin görüşüne değer veririm. Gibney'inkine de. Ve tuhaf bir şekilde bir bağlantınız var. Herhalde tesadüftür ama pek emin değilim."

"Ne bağlantısı?"

"Martine Stover adı tanıdık geliyor mu?"

Bir an için gelmese de sonra jeton düşüyor. 2009 yılında Brady Hartsfield adındaki bir manyak, çalıntı bir Mercedes-Benz'i şehir merkezindeki City Center'da iş aramak için toplanmış kalabalığın üstüne sürerek sekiz kişiyi öldürmüş, on beş kişiyi ağır yaralamıştı. Soruşturma boyunca Dedektif K. William Hodges ve Peter Huntley o sisli sabah orada bulunanların çoğuyla görüşmüşlerdi. Yaralı olarak kurtulanlar arasında Martine Stover'ın ifadesini almak çok zor olmuştu, çünkü ağzı parçalanmış olan kadının ne söylediğini annesinden başka kimse anlayamıyordu. Stover'ın boynundan aşağısı felçti. Daha sonra Hartsfield, Hodges'a imzasız bir mektup göndermiş, bu zavallı kadından, "bir sopanın ucuna takılmış bir kafa" diye söz etmişti. Bu çirkin yakıştırmada ne yazık ki acı bir gerçek payı vardı.

"Boyundan aşağısı felçli birini katil olarak düşünemiyorum, Pete... tabii, *Criminal Minds* dizisindeki o bölüm hariç. O halde..."

"Evet, katil kadının annesi. Önce Stover'ı öldürmüş, sonra da kendisini. Geliyor musun?"

Hodges hiç tereddüt etmiyor. "Evet. Yolda uğrayıp Holly'yi de alırım. Adres nedir?"

"1601 Hilltop Court. Ridgedale'de."

Ridgedale şehrin kuzeyinde bir banliyödür; Sugar Heights kadar pahalı değilse de güzel bir yerdir.

"Holly'nin ofiste olduğunu varsayarsam, kırk dakika sonra orada olabilirim."

Holly mutlaka ofiste olurdu. Her zaman saat sekizde, bazen yedide masasına oturur, Hodges ona, "Artık evine git, kendine yemek yap ve bilgisayarında bir film seyret!" diye bağırana kadar ofisten ayrılmazdı. Finders Keepers şirketinin ayakta kalabilmesinin en önemli nedeni Holly Gibney'di. Müthiş bir organizasyon becerisinin yanı sıra bilgisayar dâhisiydi ve işi onun hayatıydı. Yani Hodges ve Robinson ailesiyle birlikte... özellikle de Jerome ve Barbara. Bir keresinde Jerome ve Barbie'nin annesi ona Robinson ailesinin manevi evladı olduğunu söyleyince, Holly bir yaz güneşi gibi ışıldamıştı. Eski haline göre daha sık neşeli oluyordu ama Hodges için hâlâ yeterli değildi.

"Çok iyi, Kerm. Sağ ol."

"Cesetler nakledildi mi?"

"Konuştuğumuz sırada morg yolundalar, ama Izzy resimlerini iPad'ine çekti." Izzy, Hodges emekli olduğundan bu yana Pete'in çalışma arkadaşıydı.

"Tamam. Sana bir ekler getiririm."

"Burada dünya kadar pasta var zaten. Sahi, sen neredesin?"

"Önemli bir yer değil. En kısa zamanda yanında olacağım."

Hodges telefonu kapatıp hızla koridorun sonundaki asansöre yürüdü.

3

Doktor Stamos'un sekiz-kırk beş hastaları nihayet muayene alanına geliyorlar. Bay Hodges'un randevusu dokuzdaydı, ama o anda saat dokuz buçuk olmuştu. Zavallı adam herhalde bir an önce buradaki işini bitirip günlük hayatına başlamak istiyor olmalıydı. Marlee koridora bakınca onun cep telefonuyla konuştuğunu görüyor. Yerinden kalkıp başını Stamos'un ofis kapısından içeriye uzatıyor. Adam masasında oturuyor, önünde açık bir klasör var. Bilgisayardaki listede KERMIT WILLIAM HODGES adı okunuyor. Doktor klasörde bir şeyi inceliyor, sanki baş ağrısı varmış gibi şakağını ovuyor.

"Doktor Stamos? Bay Hodges'u içeriye alayım mı?"

Doktor irkilerek başını kaldırıyor ve önce ona, sonra da masa üstündeki saate bakıyor. "Of, tabii. Pazartesileri ne kötü oluyor, değil mi?"

"Pazartesilere hiç güvenmem," diyor Marlee ve yerine gitmek üzere dönüyor.

"İşimi seviyorum ama bu kısmını değil," diyor Stamos.

Bu defa irkilme sırası Marlee'de. Dönüp ona bakıyor.

"Aldırma," diyor doktor. "Kendi kendime konuşuyorum. Gönder o adamı. Bir an önce bitirelim bu işi."

Marlee koridora baktığında, sadece asansör kapısının kapandığını görebiliyor.

4

Hodges kliniğin otoparkından Holly'yi arıyor ve ofislerinin bulunduğu Aşağı Marlborough'daki Turner Binası'na vardığında onu binanın önünde beklerken buluyor. Evrak çantasını mazbut ayakkabılarının yanına koymuş. Holly Gibney artık kırklı yaşlarında, uzun boylu, ince yapılı; kahverengi saçlarını genellikle topuz yapar. Bu sabah küçük yüzünü çevreleyecek şekilde parkasının kapüşonunu başına geçirmiş. Çok güzel ve zekâ fışkıran gözlerini görene kadar insan bu yüzü çok sıradan bulabilir, diye düşünüyor Hodges. Ve insan o gözleri uzun zaman göremeyebilir, çünkü Holly'nin göz teması kurmamak gibi bir kuralı vardır.

Hodges, Prius marka otomobilini kaldırıma yaklaştırınca Holly hemen içeriye dalıyor; eldivenlerini çıkarıp ellerini yolcu tarafındaki kalorifere tutuyor. "Buraya varman çok uzun sürdü."

"On beş dakika. Şehrin karşı ucundaydım. Bütün kırmızı ışıklara yakalandım."

Hodges trafiğin içine girerken, *"On sekiz dakika* sürdü," diye düzeltiyor Holly. "Çünkü hız yapıyordun, ki bu da ters etki yapar. Eğer hızını saatte otuz kilometrede sabit tutarsan, bütün yeşil ışıkları yakalarsın. Trafik ışıkları zaman ayarlıdır. Bunu sana kaç defa söyledim. Şimdi anlat bakalım, doktor ne dedi? Testlerde başarılı oldun mu?"

Hodges seçeneklerini tartıyor; sadece iki tane var: doğruyu söylemek veya kıvırtmak. Midesinde sorunları olduğu için Holly mutlaka doktora görünmesini söyleyip durmuştu. Önceleri sadece gaz vardı, ama artık sancı da oluyordu. Holly'nin kişilik sorunları olabilirdi, ama dırdır etmeye başladı mı susmak bilmezdi. Hodges bazen onu kemiğinden ayrılmayan bir köpeğe benzetirdi.

"Tahlil sonuçları daha gelmemiş." Bu cevap tam anlamıyla yalan değil, dedi içinden, çünkü sonuçlar henüz bana gelmedi.

Hodges, Crosstown yoluna girerken Holly ona kuşkucu gözlerle bakıyor. Hodges onun bu şekilde bakmasından hiç hoşlanmaz.

"Merak etme, devamını getireceğim. Bana güvenebilirsin."

"Güveniyorum. Sana güveniyorum, Bill."

Bu da Hodges'un kendisini daha kötü hissetmesine neden oluyor.

Holly eğilip çantasından iPad'ini çıkarıyor. "Seni beklerken bazı şeyleri araştırdım. Duymak ister misin?"

"Tabii."

"Brady Hartsfield onu sakatladığında Martine Stover elli yaşındaymış. Yani şimdi elli altı yaşında oluyor. Ama ocak ayında olduğumuza göre elli yedi de denebilir."

"Tamam."

"City Center olayı yaşandığında Sycamore Caddesi'nde annesiyle birlikte yaşıyormuş. Brady Hartsfield ve annesinin yaşadıkları eve yakın bir yerde. Düşününce bu da insana tuhaf geliyor, değil mi?"

Tom Saubers ve ailesine de yakın bir yer, diye geçirdi içinden Hodges. Bir süre önce Holly'yle birlikte Saubers ailesiyle ilgili bir vaka üstünde çalışmışlardı; bu vaka da yerel gazetenin Mercedes Katliamı adını verdiği olayla bağlantılıydı.[*] Aslında her türlü bağlantı vardı ama belki de en tuhafı, Hartsfield'in cinayet silahı olarak kullandığı otomobilin Holly Gibney'in kuzenine ait oluşuydu.

"Yaşlı bir kadınla sakat kızı Tree Streets gibi bir semtten, Ridgedale gibi üst sınıf bir yere nasıl sıçramışlar ki?"

"Sigorta. Martine Stover'ın bir ya da iki değil, tam üç tane okkalı poliçesi varmış. Bir bakıma sigorta manyağı gibiymiş." Hodges, böyle bir lafı ancak Holly söyleyebilir, diye geçirdi içinden. "Katliamdan kurtulanlar arasında en kötü durumdaki Stover olduğu için hakkında makaleler yazılmış. City Center'da iş bulamazsa birer birer poliçelerini bozdurmak zorunda kalacağını söylemiş. Ne de olsa işsiz annesine bakmak zorunda olan bekâr bir kadındı."

"Ve sonunda o anne ona bakmak zorunda kaldı."

Holly başını sallıyor. "Çok tuhaf, çok acıklı. Ama hiç değilse finansal bir güvenlik ağı varmış; zaten sigortaların amacı da budur. Sonunda ekonomik bakımdan hayat seviyeleri yükselmiş."

"Evet," diyor Hodges, "şimdi de o hayattan çıkış yaptılar."

Holly buna karşılık vermiyor. İleride Ridgedale çıkışı var. Hodges oradan sapıyor.

5

Pete Huntley kilo almış; karnı kemer tokasından sarkıyor, ama Isabelle Jaynes dar blucini ve mavi ceketi içinde her zamanki gibi çok güzel. Buğulu gri gözleri Hodges'la Holly arasında gidip geldikten sonra Hodges'un üstünde duruyor.

"Zayıflamışsın," diyor Isabelle. Bu iltifat da olabilir, suçlama da.

---

[*] Bkz. Stephen King'in *Kim Bulduysa Onundur* romanı. (Altın Kitaplar, 2015.) –ed.n.

"Midesinde sorunları var, bazı tahliller yaptırdı," diyor Holly. "Sonuçlar bugün gelecekti, ama..."

"O konuya girmeyelim, Hols," diyor Hodges. "Buraya tıbbi konsültasyon için gelmedik."

"Siz ikiniz her geçen gün daha çok evli ve yaşlı bir çifte benziyorsunuz," diyor Izzy.

Holly tekdüze bir sesle cevap veriyor: "Bill'le evlenmek iş ilişkimizi bozar."

İçeriye girerlerken Pete bir kahkaha atınca Holly ona şaşkın bir ifadeyle bakıyor.

Bir tepenin üstünde olmasına ve havanın soğukluğuna rağmen evin içi sıcak. Fuayede dördü de ince lastik eldivenler ve galoşlar giyiyorlar. Bu rutin Hodges'un belleğinde hâlâ çok taze. Sanki hiç emekli olmamışım gibi, diyor içinden.

Oturma odasında bir duvarda koca gözlü çocuklar tablosu asılı, diğerindeyse büyük ekran bir televizyon var. Ekranın önünde rahat bir koltukla hemen yanında bir sehpa duruyor. Sehpanın üstünde *OK* gibi ünlülerden haberler veren, *Inside View* gibi dedikodu ağırlıklı dergiler var. Odanın tam ortasında, halının üstünde iki derin oyuk görünüyor. Hodges, akşamları burada oturup televizyon seyrediyorlarmış, diye düşünüyor. Belki de bütün gün. Anne koltukta, Martine tekerlekli iskemlesinde. İzlere bakılırsa bir ton falan ağırlığında olmalı.

"Annesinin adı neydi?" diye soruyor Hodges.

"Janice Ellerton. Kocası James yirmi yıl önce ölmüş. Bunu söyleyen de..." Hodges gibi eski ekolden gelen Pete de bir iPad yerine not defteri taşıyor. Not defterine bakıp, "Yvonne Carstairs. O ve diğer yardımcı Georgina Ross bu sabah saat altıda geldiklerinde cesetleri bulmuşlar. Erken gelmeleri için ek ücret alıyorlarmış. Ross adındaki kadın pek yardımcı olamadı..."

"Çünkü anlamsız şeyler geveleyip duruyordu," diyor Izzy. "Ama Carstairs iyiydi. Başından beri soğukkanlıydı. Hemen polisi aramış, biz de altı kırkta buraya geldik."

"Anne kaç yaşındaymış?" diye soruyor Hodges.

"Şu anda tam olarak bilmiyorum," diyor Pete, "ama epey yaşlıymış."

"Yetmiş dokuzmuş," diyor Holly. "Bill'in beni almasını beklerken internette okuduğum haberlerden birinde, City Center Katliamı sırasında kadının yetmiş üç yaşında olduğu yazılıydı."

"Göğsünden altı felçli kızına bakabilmek için çok yaşlıymış," diyor Hodges.

"Ama gücü kuvveti yerindeymiş," diyor Isabelle. "Hiç değilse, Carstairs'in dediğine göre. Kuvvetliymiş. Ve çok sayıda yardımcı varmış. Buna yetecek paraları varmış, çünkü..."

"...sigortadan almışlar," diye tamamlıyor Hodges. "Yolda Holly bana anlattı."

Izzy dönüp Holly'ye bakıyor. Holly farkında değil. Odayı incelemekle meşgul. Envanter çıkarıyor. Havayı kokluyor. Elini annenin koltuğunun arkasında gezdiriyor. Holly'nin duygusal sorunları var. Son derece durağan, ama aynı zamanda pek az kişide görülebilecek kadar uyarıcılara açık.

"Sabahları iki, öğlen sonraları iki, akşamları da iki yardımcı varmış," diyor Pete. "Haftanın yedi günü. Özel bir şirketten, adı da..." not defterine bakıyor, "Home Helpers. Bütün ağır işleri yapıyorlar. Bir de Nancy Alderson adında bir hizmetçi var, ama göründüğü kadarıyla bugün o yok. Mutfak takvimindeki notta *Nancy Chagrin Falls'ta* yazılı. Bugün, salı ve çarşambanın üstü çizilmiş."

Eldivenli ve galoşlu iki adam koridordan çıkıyorlar. Herhalde Martine Stover'ın odasındaydılar, diye tahmin yürütüyor Hodges. İkisinin de ellerinde delil sandıkları var.

"Yatak odası ve banyo tamam," diyor adamlardan biri.

"Herhangi bir şey var mı?" diye soruyor Izzy.

"Tahmin edilebilecek şeyler," diyor diğer adam. "Küvette bol miktarda beyaz saç teli bulduk; kadın belli ki orada saç tarıyormuş. Küvette az miktarda dışkı da vardı. Bu da normal sayılır, çünkü yaşlı kadın alta kaçırma külodu giyiyormuş."

"Ööög," diyor Holly.

"Bir de duş iskemlesi var," diyor ilk teknisyen. "Ama köşede bir yerde ve üstüne havlular yerleştirilmiş. Göründüğü kadarıyla hiç kullanılmamış."

"Ona sünger banyosu yaptırmışlardır," diyor Holly.

Ya külodu ya da küvetteki dışkıyı düşündüğü için hâlâ iğrenmiş görünüyor, ama gözleri fıldır fıldır etrafı taramayı sürdürüyor. Arada bir soru sorduğu veya bir yorum yaptığı oluyor ama çoğu zaman sesi çıkmıyor, çünkü insanlar onu ürkütüyor, özellikle de yakınındaysalar... Ama Hodges onu iyi tanır; şimdi de son derece gergin olduğunu anlıyor.

Daha sonra konuşacak ve Hodges da onu dikkatle dinleyecek. Bir yıl önceki Saubers vakasında Holly'yi dinlemekle çok şey kazanabileceğini öğrendi. Holly alışıldık çerçevenin dışında, hem de adamakıllı dışında düşünebiliyor ve müthiş sezgileri var. Ve doğası gereği korkak –Tanrı bilir, haklı nedenleri vardır– olduğu halde çok cesur da olabiliyor. Brady Hartsfield'in –nam-ı diğer Bay Mercedes'in– halen Kiner Memorial Travmatik Beyin Hasarları Kliniği'nde olmasının sebebi Holly'dir. Hartsfield, City Center'dakinden çok daha büyük bir felakete yol açmak üzereyken Holly içi bilyeli rulmanlarla dolu bir çorabı onun kafatasına indirmişti. Hartsfield şimdi, klinikteki bir nöroloğun deyişiyle, 'kalıcı bir bitkisel hayat' sürüyor.

"Elleri ve ayakları felçli olanlar duş yapabilirler," diyor Holly, "ama bağlı oldukları onca yaşam-destek donanımları yüzünden çok zorluk çekerler. Bu nedenle çoğu zaman sünger banyosu tercih edilir."

"Mutfağa gidelim," diyor Pete, "orası güneşli." Hep birlikte mutfağa gidiyorlar.

Hodges'un dikkatini çeken ilk şey bulaşıklık oluyor. Bayan Ellerton'un son yemeğinden kalan tek tabak, kuruması için oraya bırakılmış. Tezgâhlar pırıl pırıl, yerler de üstünde yemek yenecek kadar temiz. Hodges kadının yatağının da düzgün bir şekilde yapılmış olduğunu düşünüyor. Belki halıların üstünden elektrikli süpürgeyle geçmiş bile olabilir. Ve tabii, 'alta kaçırma külodu' olayı var. Kadın elinden geleni yapmış. Bir zamanlar intiharı ciddi olarak aklından geçirmiş biri olan Hodges onu çok iyi anlıyor.

6

Pete, Izzy ve Hodges mutfak masasına oturuyorlar. Holly ortalıkta dolanıyor, bazen Izzy'nin arkasında dikilip onun iPad'inde ELLERTON/STOVER başlıklı fotoğraflara bakıyor, bazen de eldivenli elleriyle dolapların içini karıştırıyor.

Izzy bir yandan konuşup bir yandan da ekranı kaydırarak onlara fotoğrafları gösteriyor.

İlk fotoğrafta iki orta yaşlı kadın var. İkisi de etli butlu, geniş omuzlu ve üstlerinde Home Helpers şirketinin kırmızı naylon üniformaları... Ama biri –Georgina Ross, diye tahmin ediyor Hodges– ağlıyor, ellerini omuzlarına götürdüğü için ön kolları göğsüne dayanmış. Diğerinin, Yvonne Carstairs'in daha metanetli olduğu belli.

"Buraya beş kırk beşte gelmişler," diyor Izzy. "Anahtarları olduğu için zili çalmaları veya kapıyı tıklatmaları gerekmiyor. Carstairs'in dediğine göre Martine bazen altı buçuğa kadar uyurmuş. Bayan Ellerton da beş civarı kalkarmış ve ilk iş olarak kahvesini içermiş. Fakat bu sabah ortalıkta değilmiş ve kahve kokusu da yokmuş. Kadınlar onun bir kere olsun her zamankinden çok uyuduğunu düşünüp onun adına memnun olmuşlar. Uyanmış mı diye bakmak için Stover'ın koridorun sonundaki yatak odasına sessizce girmişler. İşte buldukları şey bu."

Izzy bir sonraki resmi gösteriyor. Hodges, Holly'den bir *öööğ* sesi daha çıkacağını sanıyor, ama Holly sessizce fotoğrafı inceliyor. Stover yatağında, örtüsü dizlerine kadar çekilmiş. Yüzündeki hasar hiçbir zaman düzeltilememişti, ama o haliyle bile huzurlu görünüyor. Gözleri kapalı, ellerini kavuşturmuş. Cılız karnından bir beslenme hortumu uzanıyor. Hodges'un bir astronot kapsülüne benzettiği tekerlekli iskemlesi yanı başında hazır bekliyor.

"Stover'ın odasında bir koku vardı. Ama kahve değil, içki kokusuydu."

Izzy resmi kaydırıyor. Yakın plan, Stover'ın başucu komodininin üstü. Düzgün bir sıra halinde haplar. Stover'ın yutabilmesi için bunları toz haline getirecek olan öğütücü alet. Bunların arasında fena halde sırıtan bir şey var: Bir şişe Triple Distilled Smirnoff votkası ve plastik bir şırınga. Votka şişesi boş.

"Kadın işi şansa bırakmamış," diyor Pete. "Triple Distilled Smirnoff yüzde elli alkol derecelidir."

"Sanırım, kızı için bunun mümkün olduğunca çabuk bitmesini istemiştir," diyor Holly.

"Doğru düşünmüş," diyor Izzy soğuk bir sesle. O Holly'den, Holly ondan hoşlanmaz. Hodges bunun farkında, ama nedenini bilmiyor. Ve zaten birbirlerini çok seyrek gördükleri için nedenini Holly'ye sormak gereğini duymamış.

"Öğütücü aletin yakın plan fotoğrafı var mı?" diye soruyor Holly.

"Elbette." Izzy bir sonraki fotoğrafa geçiyor; hap öğütücüsü uçan daire kadar büyük görünüyor. Dibinde beyaz toz artığı kalmış. "Bu hafta sonuna kadar emin olamayacağız, ama bunun oksikodon[*] olduğunu sanıyoruz. Reçetesi daha üç hafta önce karşılanmış, ama o şişe de votka şişesi gibi bomboş."

Izzy tekrar Martine Stover'ın fotoğrafına dönüyor: gözler kapalı, sıska elleri dua eder gibi kenetlenmiş.

"Annesi hapları öğütüp şişeye doldurduktan sonra Stover'ın beslenme hortumuna votkayı boca etmiş. İdam iğnesinden daha etkili bir yol."

Izzy fotoğrafı bir kez daha kaydırıyor. Bu defa Holly, "Ööğ!" diyor ama başını çevirmiyor.

Martine'in engelli-donanımlı banyosu geniş planda çekilmiş; çok alçak tezgâh ve lavabosu, çok alçak havlu raflarıyla dolapları, büyük bir duş-küvet kombinasyonu. Küvetin tamamı resimde görünüyor. Pembe bir gecelik giymiş olan Janice Ellerton omuzlarına kadar suyun içinde. Hodges, kadın suya girince geceliğin yükselerek vücudunun üstünde kalacağını düşünmüştü ama bu suç mahalli fotoğrafında gecelik kadının sıska vücuduna yapışmış haldeydi. Başına bir naylon torba geçirmiş, bunu da bornoz kemeriyle boğazına bağlamıştı. Torbanın altından uzayan hor-

---

[*] Oksikodon: Bir morfin türü. –ç.n.

tumlar karo zemindeki bir metal kutuya bağlıydı. Kutunun bir yüzünde kahkahalar atan çocukların resmi vardı.

"İntihar çantası," diyor Pete. "Nasıl yapılacağını muhtemelen internetten öğrenmiştir. Nasıl intihar edileceğini açıklayan bir dolu site var; resimlerle de gösteriyorlar. Biz buraya geldiğimizde su soğumuştu, ama herhalde kadın küvete girdiğinde sıcaktı."

"Yatıştırıcı olduğu söyleniyor," diyor Izzy; her ne kadar *öööğ* demiyorsa da, yüzü o anda buruşuyor. Bir sonraki fotoğraf Janice Ellerton'un yakın plan çekimi. Son nefeslerini verirken torba buğulanmış, ama Hodges gözlerinin kapalı olduğunu görebiliyor. Göründüğü kadarıyla Janice de huzur içinde göçmüş.

"Kutunun içinde helyum var," diyor Pete. "Herhangi bir dükkândan satın alınabilir. Sözde bunu doğum günü partilerinde balon şişirmek için kullanıyorlar, ama kendini öldürmek istiyorsan da işini görür. Başına bir torba geçirirsin. Önce baş dönmesi, sonra ne yaptığını bilememe durumu, ki bu aşamaya geldiğinde vazgeçsen bile torbayı çıkaramazsın. Derken bayılır, sonra da ölürsün."

"Son fotoğrafa dönsene," diyor Holly. "Bütün banyoyu gösteren fotoğrafa."

"Ah," diyor Pete. "Doktor Watson bir şey gördü herhalde."

Izzy önceki fotoğrafa dönüyor. Gözleri eskisi kadar iyi olmayan Hodges biraz daha yaklaşıyor. Sonra da Holly'nin gördüğü şeyi o da görüyor. Çıkışlardan birine bağlı ince, gri kablonun yanında bir ispirtolu kalem var. Birisi –kızı kalem tutamadığına göre Ellerton olmalı– tezgâhın üstüne tek bir harf yazmış: **Z**.

"Sence ne anlamı var?" diye soruyor Pete.

Hodges düşünüyor. "Kadının intihar notu," diyor sonunda. "Z alfabenin son harfi. Eğer Yunanca bilseydi, omega olabilirdi."

"Bence de öyle," diyor Izzy. "Düşünecek olursan, çok şık olmuş."

"Z aynı zamanda Zorro'nun da işareti," diye aydınlatıyor onları Holly. "O Meksikalı, maskeli bir süvariydi. Birçok Zorro filmi çekildi; bir tanesinde Anthony Hopkins, Don Diego rolünü oynuyordu, ama film o kadar iyi değildi."

"Bunu şimdiki durumla ilintili buluyor musun?" diye soruyor Izzy. Nazik bir ilgi gösterir gibi ama ses tonu dikenli.

"Televizyon dizisi de vardı," diye devam ediyor Holly. Hipnotize olmuş gibi, gözlerini fotoğraftan ayıramıyor. "Televizyonun siyah-beyaz olduğu günlerde yayındaydı, yapımcısı Walt Disney'di. Bayan Ellerton çocukluğunda bu diziyi seyretmiş olabilir."

"Yani sence bu kadın tam kendini öldürmeye hazırlanırken çocukluk anılarına mı sığınmış?" Pete pek inanmış gibi değil; Hodges da öyle. "Eh, belki de öyledir."

"Bence saçmalığın daniskası," diyor Izzy gözlerini yuvarlayarak.

Holly tınmıyor bile. "Banyoya bakabilir miyim? Bunlarla bile hiçbir şeye dokunmayacağım." Eldivenli minik ellerini havaya kaldırıyor.

"Tabii, bak," diyor Izzy hemen.

Başka bir deyişle, diye geçiriyor içinden Hodges, toz ol git ve bırak yetişkinler konuşsun. Izzy'nin Holly'ye karşı tavrından hiç memnun değil, ama gördüğü kadarıyla Holly onu hiç iplemediği için Hodges da sorun etmiyor. Ayrıca bu sabah Holly'nin tuhaflığı üstünde, olmadık şeyler söyleyebiliyor. Herhalde gördüğü fotoğraflar yüzündendir, diye düşünüyor Hodges. Ölüler hiçbir zaman polis fotoğraflarında olduğu kadar ölü görünmezler.

Holly banyoyu incelemeye gidiyor. Hodges arkasına yaslanıp ellerini ensesinde kavuşturuyor. Sorunlu midesi bu sabah o kadar sorun çıkarmamış; belki kahveyi bırakıp çaya başladığı için böyle. Eğer öyleyse, bundan sonra evinde çay stoku yapacak. Sürekli karın ağrısı çekmekten usanmış.

"Burada bizim ne işimiz var, söyler misin Pete?"

Pete kaşlarını kaldırıp masum görünmeye çalışıyor. "Fikrini öğrenmek isterim, Kermit."

"Bu olayın gazetelere geçeceğini söylemekte haklıydın. İnsanların bayıldığı o acıklı televizyon dizileri gibi. Böylece kendi hayatları daha iyi görünüyor..."

"Bu doğru olabilir," diyor Izzy iç geçirerek.

"...ama bunun Mercedes Katliamı'yla olan ilişkisi sadece tesadüften ibaret." Hodges bu açıklamasını beğeniyor. "Buradaki olay tipik bir ötanazi durumu; yaşlı kadın artık kızının daha fazla acı çekmesine dayanamayıp onu öldürüyor. Helyum musluğunu açarken herhalde Ellerton'un aklından geçen son şey, yakında seninle olacağım yavrum ve ben cennetin yollarında yürürken sen de yanı başımda, yanımda yürüyeceksin, olmuştur."

Izzy buna burun kıvırıyor ama Pete'in rengi atmış ve düşüncelere dalmış. Hodges o anda otuz yıl önceki olayı hatırlıyor: Pete ve karısı ilk çocuklarını –bir kızdı– ani bebek ölümü sendromu sonucunda kaybetmişlerdi.

"Hazin bir olay. Gazeteler birkaç gün bunu işlerler, ama böyle şeyler her gün dünyanın herhangi bir köşesinde oluyor. Bildiğim kadarıyla her saat oluyor. O halde, seni işkillendiren şey nedir?"

"Bir şey yoktur herhalde. Izzy bir özelliği olmadığını düşünüyor."

"Evet, Izzy öyle düşünüyor," diyor Izzy.

"Bitiş çizgisine yaklaştığım şu günlerde, sanırım Izzy kafamın iyi çalışmadığını düşünüyordur."

"Izzy öyle düşünmüyor. Izzy sadece artık Brady Hartsfield adındaki o arının kafanın içinde vızıldamasına son vermen gerektiğini düşünüyor."

Izzy buğulu gri gözlerini Hodges'a çeviriyor.

"Bayan Gibney'in bir sürü tuhaflıkları olabilir, ama çok haklı olarak Hartsfield'i saf dışı etti ve bunun için onu çok takdir ediyorum. O herif komada, Kiner'in beyin travması kliniğinde yatıyor ve zatürre olup geberene kadar da orada kalacak. Böylece devlet de onu hayatta tutmak için dünyanın parasını harcamayacak. Yaptıkları için hiçbir zaman mahkemeye çıkmayacağını biliyoruz. Onu City Center olayı için yakalamadınız, ama bir yıl sonra Mingo Konser Salonu'nda iki bin çocuğu havaya uçuramadan önce Gibney onu durdurdu. Artık bu gerçeği kabullenseniz iyi edersiniz. Kazandık deyip işinize devam edin."

"Vay be!" diyor Pete. "Bütün bu düşünceleri ne kadar zamandan beri içinde tutuyordun?"

Izzy gülümsememeye çalışıyor ama elinde değil. Pete de gülümsüyor. Hodges onların birlikte çok iyi çalıştıklarını düşünüyor, tıpkı eskiden kendisiyle Pete'in olduğu gibi. Bu ortaklığın bitecek olması ne acı. Gerçekten.

"Epey bir süredir," diyor Izzy. "Hadi, ona söylesene." Hodges'a dönüyor. "Hiç değilse bu *The X-Files* dizisindeki küçük gri adamlar değil."

"E?" diye soruyor Hodges.

"Keith Frias ve Krista Countryman," diyor Pete. "10 Nisan sabahı Hartsfield katliam yaparken ikisi de City Center'daydı. On dokuz yaşındaki Frias kolunun büyük bir kısmını kaybettiği gibi dört kaburgası kırıldı ve iç organlarından yaralar aldı. Sağ gözü de görüş yetisinin yüzde yetmişini kaybetti. Yirmi bir yaşındaki Countryman'in kaburgaları ve kolu kırıldı, çok uzun ve ıstıraplı bir fizyoterapinin sonunda düzelebilen omurga yaraları aldı. O terapinin ne kadar zor olduğunu düşünmek bile istemem."

Hodges da istemiyor, ama Brady Hartsfield'in kurbanlarının durumlarını defalarca düşünüp üzülmüş. Yetmiş korkunç saniyenin ne çok insanın hayatını değiştirebileceğini... Martin Stover'ınkiniyse ebediyen değiştirdiğini unutamamış.

"Keith ve Krista, 'Recovery Is You' adlı bir yerde fizyoterapi görürken tanışmışlar ve birbirlerine âşık olmuşlar. Yavaş yavaş da olsa iyileşiyorlarmış ve evlenmeyi düşünüyorlarmış. Derken, o yılın şubat ayında birlikte intihar etmişler. Yığınla hap yutup ölmüşler."

Bunu duyunca Hodges'un aklına Stover'ın başucundaki hap öğütücüsü geldi. İçinde oksikodon tortusu vardı. Anne bütün oksikodonu votkanın içinde eritmişti, ama orada yığınla başka narkotik ilaçlar da vardı. Bir avuç Vikodin, ardından bir avuç Valium almak varken, neden naylon torba ve helyum yolunu seçmişti acaba?

"Frias ve Countryman gibi gençlerin intiharları her gün olagelenler gibi," diyor Izzy. "Ebeveynler evliliğe soğuk bakıyor, onlara beklemelerini söylüyorlar. Eh, birlikte kaçacak halleri de yok, değil mi? Frias doğru dürüst yürüyemiyor bile ve ikisi de işsiz. Sigortadan gelen para haftalık terapi seanslarını ve yiyecek içecek giderlerini karşılıyor, ama Martine Stover'ınki gibi okkalı değil. Özetle, büyük bir talihsizlik. Buna tesadüf bile denemez. Ağır yaraları olan insanlar bunalıma girerler ve bazen bunalıma girmiş insanlar kendilerini öldürürler."

"Nerede intihar etmişler?"

"Frias'ın yatak odasında," diyor Pete. "Oğlanın ebeveynleri küçük erkek kardeşiyle birlikte bir günlüğüne Six Flags'e gitmişler. Hapları alıp uyku tulumuna girmişler ve tıpkı Romeo ve Juliet gibi birbirlerinin kollarında ölmüşler."

"Romeo ve Juliet bir lahit içinde öldüler," diyor mutfaktan dönen Holly. "En iyi uyarlama olan Franco Zefirelli'nin filminde..."

"Tamam, anladık," diyor Pete.

Holly'nin elinde oturma odası sehpasındaki *Inside View* dergisi var. Johnny Depp'in resmi olan sayfa görünecek şekilde katlanmış; bu resminde Depp sarhoş ya da ölü gibi görünüyor. Holly onca zamandır oturma odasında bir dedikodu dergisi mi okuyordu? Eğer öyleyse, bugün gerçekten onda bir tuhaflık vardı.

"O Mercedes hâlâ sizde mi, Holly?" diye soruyor Pete. "Hartsfield'in kuzenin Olivia'dan çaldığı otomobil?"

"Hayır." Holly oturuyor; katlı haldeki dergi kucağında, dizlerini birleştirmiş. "Geçen kasımda onu takas edip Bill'inki gibi bir Prius aldım. Mercedes çok benzin yakıyordu ve çevre dostu değildi. Bunu terapistim de tavsiye etmişti. Bir buçuk yıl sonra üzerimdeki etkisinden tamamen kurtulduğum için tedavi değeri de kalmamıştı. Bunu neden sordun?"

Pete öne doğru uzanıp ellerini dizlerinin arasında kenetliyor. "Hartsfield o Mercedes'e girmek için kilitleri açabilen bir elektronik cihaz kullandı. Olivia'nın yedek anahtarları torpido gözündeydi. Adam belki anahtarların orada olduğunu biliyordu ya da City Center'daki katliam sadece fırsatların yol açtığı bir suçtu. Hiçbir zaman kesin olarak bilemeyeceğiz."

Olivia Trelawney de kuzeni Holly'ye çok benziyordu, diye geçirdi içinden Hodges: gergin, çekingen ve kesinlikle asosyal bir insan. Kesinlikle aptal değil, ama sevilesi bir tip de değil. Mercedes'i, anahtarı kontağın üstünde, kilitlenmemiş halde bıraktığına emindik, çünkü en akla yatkın açıklama buydu. Ve mantıklı düşünmenin anlamının kalmadığı ilkel bir düzlemde, açıklamanın bu olmasını *istemişti*. Olivia çok sinir bozucuydu. Kendi dikkatsizliği yüzünden yaşananlarda sorumluluk almamak için bunu hep inkâr etmişti. Çantasından çıkan ve bize gösterdiği anahtar mı? Bunun yedek anahtar olduğunu varsaymıştık. Peşini bırakmadık. Daha sonra basın adını öğrenince, onlar Olivia'nın peşini bırakmadılar. Sonunda o da bizim inandığımız şeye inanmaya başladı: Kitle katliamı yapmayı tasarlayan bir canavara imkân sağlamıştı. Bilgisayar ustası birinin o kilit açabilen cihazı kolayca yapabileceği fikri hiçbirimizin aklına gelmemişti. Olivia Trelawney'in de."

"Ama onun peşini bırakmayan sadece bizler değildik."

Herkes dönüp ona bakana kadar Hodges yüksek sesle konuştuğunun farkında değil. Sanki aynı düşünce sırasını takip ediyorlarmış gibi, Holly başını sallayarak onu doğruluyor, ki bu da şaşılacak bir şey sayılmaz.

Hodges davam ediyor. "Bize defalarca anahtarını yanına aldığını ve otomobilini kilitlediğini söylediği halde ona hiçbir zaman inanmadık; bu nedenle yapmış olduğu şeyde bizim de sorumluluğumuz var, ama Hartsfield onu harcamak niyetiyle peşine düştü. Senin demek istediğin buydu, değil mi?"

"Evet," diyor Pete. "Olivia'nın Mercedes'ini çalıp, bunu cinayet silahı olarak kullanmakla yetinmemişti. Kadının kafasının içine girdi, hatta bilgisayarına çığlıklar ve suçlamalarla dolu sesli bir program bile yükledi. Ve sonra sen varsın, Kermit."

Evet. O vardı.

Dip yaptığı bir zamanda, bomboş bir evde yaşarken, doğru dürüst uyuyamazken ve çimlerini biçip ufak tefek tamiratlarını yapan Jerome Robinson adındaki oğlan dışında kimseyle görüşmezken, Hartsfield'den zehir zemberek bir mektup almıştı. Hodges profesyonel polislerde sık görülen bir sorun yaşıyordu: nöbet sonu depresyonu.

Emekli polislerde intihar oranı çok yüksektir, diye yazmıştı Hartsfield. Bu mektup, yirmi birinci yüzyılın tercih edilen yöntemi, yani Internet yazışmaları başlamadan önceydi. *Tabancanı düşün-*

meye başlamanı istemem. Ama bunu düşünüyorsun, değil mi? Hartsfield sanki onun intihar düşüncesinin kokusunu almıştı ve onu buna teşvik ediyordu. Ne de olsa bu çabası Olivia Trelawney'de işe yaramıştı ve çok hoşuna gitmişti.

"Seninle ilk çalışmaya başladığımda," diyor Pete, "seri katiller tıpkı Türk halıları gibidir, demiştin. Bunu hatırlıyor musun?"

"Evet." Hodges bu kuramını pek çok polise anlatmıştı. Pek azı dinlemişti ve şu anda Isabelle Jaynes'in yüzündeki sıkkın ifadeye bakılırsa, o da dinlemeyenler arasındaydı. Pete kesinlikle dinlemişti.

"Aynı modelleri tekrar tekrar yaparlar. Ufak tefek değişiklikleri göz ardı et ve altında yatan benzerliklere odaklan, demiştin. Çünkü aralarındaki daha akıllı olanların bile –dinlenme tesislerinde onca kadını öldüren Turnike Joe gibi– beyinlerinde tekrar düğmesi vardır. Hartsfield bir intihar uzmanıydı ve..."

"Bir intihar *mimarıydı*," diyor Holly. Önündeki dergiye bakıyor, kaşları çatılmış, yüzü her zamankinden daha soluk. Hodges için Harstfield olayını tekrar aklında yaşamak zor (hiç değilse Beyin Hasarları Kliniği'ne gidip o orospu çocuğunu görmeyi bırakmış), ama Holly için çok daha zor. Hodges onun bunalıma girip tekrar sigaraya başlamasından korkuyor, ama başladığı takdirde pek şaşırmayacak.

"Adını ne koyarsan koy, ama ortada bir model vardı. Yahu, herif kendi annesini bile intihara sürükledi."

Hodges her ne kadar Deborah Harstfield'in bir tesadüf sonucu oğlunun Mercedes Katili olduğunu öğrenince intihar ettiği konusunda Pete ile aynı fikirde olmasa da, onun bu sözlerine bir karşılık vermiyor. Her şeyden önce Bayan Harstfield'in bu gerçeği öğrendiğine dair bir kanıtları yok. Dahası, kadın bir yılan zehri yutmuştu ve bu çok ıstıraplı bir ölüm demekti. Brady'nin annesini öldürmüş olma ihtimali de vardı, ama Hodges buna da inanmıyordu. O herifin hayatta sevdiği tek bir kişi varsa, o da annesiydi. Hodges'a göre, o yılan zehri başka biri için edinilmişti... hatta belki bir insan için bile olmayabilirdi. Otopsi raporuna göre, zehir bir hamburgerin içine katılmıştı ve köpeklerin en sevdiği şey de yarı pişmiş yuvarlak etlerdi.

Robinson'ların bir köpeği var; sarkık kulaklı, şirin bir hayvan. Hodges'un evini gözetlediği ve Jerome da çimleri biçmek için Hodges'un evine her gelişinde köpeğini getirdiği için Brady onu birçok kez görmüş olmalıydı. Yılan zehrinin hedefi belki de Odell adlı bu köpekti. Hodges bu düşüncesini Robinson'lara hiç söylememişti. Holly'ye de. Hem belki de uçuk bir fikirdi, ama Hodges'a kalırsa, en az Pete'in Bayan Harstfield'in kendini öldürme fikri kadar muhtemeldi.

Izzy bir şey söylemek için ağzını açtığı anda Pete elini kaldırarak onu susturuyor – ne de olsa ondan kıdemli, üstelik bir hayli yıl kıdemli.

"Izzy, Martin Stover'ın durumunun intihar değil cinayet olduğunu söylemeye hazırlanıyor, ama bence bu fikir Martine'den çıkmıştır ve annesiyle konuştuktan sonra görüş birliğine varmışlardır. Bu da bana göre çifte intihar olayıdır, ama tabii resmi raporumuzda böyle yazmayacağız."

"Herhalde City Center'dan kurtulan diğerlerini kontrol etmişsinizdir, değil mi?" diye soruyor Hodges.

"Geçen Şükran Günü sonrası ölen Gerald Stansbury dışında hepsi hayatta," diyor Pete. "O da kalp krizi geçirmiş. Karısı bana koroner yetmezliğinin ailede genetik olduğunu, kocasının hem babasından hem de abisinden daha uzun yaşadığını söyledi. Izzy haklı, herhalde bu olayda üstünde durulacak bir şey yok, ama sen ve Holly bilesiniz istedim." Onlara baktı. "Senin aklından işi bırakmak gibi kötü bir şey geçmiyor, değil mi?"

"Hayır," diyor Hodges. "Son zamanlarda hiç geçmedi."

Holly hâlâ gözleri o dergide, sadece başını iki yana sallamakla yetiniyor.

Hodges, "Frias ve Countryman'in intihar ettikleri yatak odasında esrarengiz bir Z harfi bulan olmadı, değil mi?"

"Tabii ki olmadı," diyor Izzy.

"Yani, bildiğiniz kadarıyla," diye düzeltiyor Hodges. "Bunu mu demek istedin? Yani bugün burada bunu bulmanızdan sonra?"

"İsa aşkına!" diyor Izzy. "Bu çok saçma." Göstere göstere saatine bakıp ayağa kalkıyor.

Pete de ayağa kalkıyor. Holly kalkmamış, hâlâ önündeki *Inside View* dergisine bakmakta. Hodges da hâlâ yerinde oturuyor. "Frias-Countryman fotoğraflarına bir kez daha bakacaksınız, değil mi Pete?"

"Evet," diyor Pete. "Ve galiba Izzy haklı. Sizi buraya çağırmakla hata ettim."

"Çağırdığın iyi oldu."

"Ve... Bayan Trelawney olayındaki tutumumuz için hâlâ kendimi kötü hissediyorum, tamam mı?" Pete'in gözleri Hodges'ta, ama Hodges onun bu sözleri kucağındaki dergiye bakan ince, soluk yüzlü kadına söylediğini düşünüyor. "Anahtarı kontağın üstünde bıraktığından en küçük bir şüphem yoktu. Zihnimi başka herhangi bir ihtimale kapamıştım. Bir daha böyle yapmayacağıma yemin ettim."

"Anlıyorum," diyor Hodges.

"Hepimizin görüş birliğine varabileceğimiz bir şey," diyor Izzy, "artık Harstfield'in insanları ezme, havaya uçurma veya intihar mimarlığı yapma günlerinin geride kalmış olduğu. O halde, karşımızda *Brady'nin Oğlu* diye bir devam filmi yoksa, Bayan Ellerton'un evinden çıkıp hayatlarımıza devam etmeyi öneririm. Bu öneriye itirazı olan var mı?"

Kimse itiraz etmiyor.

7

Hodges ve Holly otomobile binmeden önce bir an garaj yolunda durup soğuk ocak havasını soluyorlar. Rüzgâr kuzeyden, doğruca Kanada'dan estiği için doğudaki kirli gölün kokusu yok. Hilltop Court'un bu tarafında sadece birkaç ev bulunuyor ve en yakındakinin üstünde SATILIK tabelası var. Hodges emlakçının Tom Saubers olduğunu fark edince gülümsüyor. Tom da katliamda ağır yaralanmıştı, ama artık tamamen iyileşmiş haldeydi. Hodges bazı erkeklerin ve kadınların ne kadar dirençli olduklarına hep şaşırmıştır. Bu onu insan soyuyla ilgili ümitlendirmese de...

Aslında pekâlâ ümitlendiriyor.

Otomobilde Holly emniyet kemerini bağlayana kadar *Inside View* dergisini yere bırakıyor, sonra hemen yine kucağına koyuyor. Bunu evden almasına ne Pete ne de Isabella karşı çıktı. Hodges onların bunu fark ettiğini bile sanmıyor. Hem neden karşı çıkacaklardı ki? Her ne kadar yasalar farklı tanımlasa da, onlara göre Ellerton'un evi gerçek anlamda bir suç mahalli değildi. Pete'in huzursuz olduğu doğruydu ama Hodges bunun polis sezgisinden değil, yarı-batıl inançtan kaynaklandığını sanıyor.

Holly kafasını patlattığında Harstfield keşke ölseydi, diye düşünüyor Hodges. Hepimiz için daha iyi olurdu.

"Pete dönünce, Frias-Countryman intiharı fotoğraflarına bakacak," diyor Holly'ye. "Sırf emin olmak için. Ama eğer bir yerde çizilmiş bir Z harfi bulursa –süpürgelikte, bir aynada– öyle şaşıracağım ki..."

Holly karşılık vermiyor. Gözleri uzaklarda bir yere takılmış.

"Holly? Burada mısın?"

Holly irkiliyor. "Evet. Nancy Alderson'u Chagrin Falls'ta nasıl bulacağımı düşünüyordum. Elimdeki onca arama programıyla çok zor olmaması lazım, ama onunla senin konuşman gerekecek. Artık çok gerektiği zaman kısa görüşmeler yapabiliyorum, ama..."

"Evet. Bu işte çok da iyi oldun." Bu doğruydu; Holly telefonda birisini arayacağı zaman yanında mutlaka bir kutu Nicorette nikotinli sakız bulunurdu. Tabii masasında destek olarak bir yığın Twinkies kremalı kek de eksik olmazdı.

"Ama kadına işverenlerinin –hatta bildiğimiz kadarıyla dostlarının– öldüğünü ben söyleyemem. Bunu senin yapman lazım. Böyle şeylerde çok iyisin."

Hodges'a göre hiç kimse böyle şeylerde çok iyi olamaz, ama bunu söylemeye gerek duymuyor. "Neden? Nancy Alderson geçen cumadan beri evde yoktu ki."

"Öğrenmeyi hak ediyor," diyor Holly. "Polisler herhangi bir akrabayla temas kurarlar, bu onların işi, ama evin hizmetçisini arayacak değiller. En azından ben arayacaklarını sanmıyorum."

Hodges da sanmıyor ve Holly haklı – o kadının bunu bilmeye hakkı var, ki eve geldiğinde kapının X'le işaretlendiğini ve polis kordonu olduğunu görmesin. Ne var ki, Holly'nin Nancy Alderson'la ilgilenme sebebinin sadece bu olduğunu düşünmüyor.

"Arkadaşın Pete ile Bayan Güzel Gri Gözler pek bir şey yapmamışlar," diyor Holly. "Tamam, Martine Stover'ın yatak odasında ve tekerlekli iskemlesinde ve Bayan Ellerton'un kendini öldürdüğü banyoda parmak izi tozları vardı, ama kadının yattığı üst katta hiç yoktu. Muhtemelen yatağın altında veya dolabın içinde bir ceset var mı diye bakıp bunu yeterli bulmuşlardır."

"Dur bir dakika. Sen üst kata mı çıktın?"

"Elbette. *Birisinin* doğru dürüst incelemesi gerekiyordu ve belli ki o ikisi bunu yapmıyordu. Onlara kalırsa ne olup bittiğini çok iyi anlamışlardı. Pete'in seni aramasının nedeni çok korkmasıydı."

Korktuğu için. Evet, buydu işte. Hodges'un aradığı ve bir türlü bulamadığı kelime buydu.

"Ben de korktum," diyor Holly, "ama aklım başımdaydı. Bütün bu olanlarda bir terslik var. Yanlış. Yanlış. Hizmetçiyle konuşman lazım. Eğer sen düşünemiyorsan, ona ne soracağını sana söylerim."

"Banyo tezgâhındaki Z'yle mi ilgili? Benim bilmediğim bir şeyi biliyorsan söylesene."

"Bildiğim değil, gördüğüm bir şey. Z'nin yanında ne olduğunu fark etmedin mi?"

"Bir ispirtolu kalem."

Holly ona, *daha iyisini yapabilirsin* anlamında bir bakış atıyor.

Hodges özellikle mahkemelerde ifade verirken çok işine yarayan eski bir polislik tekniğine başvuruyor: O fotoğrafa bir daha bakıyor; yani bu defa aklında kalan fotoğrafa. "Küvetin yanındaki prize bir kablo takılıydı."

"Evet! İlk başta bunun Bayan Ellerton'un e-kitap okuyucusu için olduğunu sandım, çünkü kadın zamanının çoğunu evin bu kısmında geçiriyordu. Bu priz, cihazını şarj etmek için çok uygundu, çünkü Martine'in yatak odasındakilerin çoğu herhalde yaşam-destek üniteleri için kullanılıyor olmalıydı. Ne dersin?"

"Evet, bu mümkün."

"Ne var ki, bende hem Nook ve Kindle var ve..."

Eminim vardır, diyor içinden Hodges.

"...ve ikisinin de kablosu öyle değil. Onlar siyahtır. Oysa bu griydi."

"Belki orijinal şarj kablosunu kaybedip, Tech Village'den yeni bir kablo almıştır." Brad Harstfield'in eski işvereni Discount Electronics iflas ettikten sonra elektronik gereçler satan tek dükkân bu kalmıştı.

"Hayır. E-kitap okuyucuların çatal uçlu fişleri vardır. Oradaki daha genişti, bir tabletinki gibi. Evet, benim iPad'imde aynı fişten var, ama banyodaki çok daha küçüktü. Bu kablo mini tablet benzeri bir cihaz için. Bu nedenle onu aramaya üst kata çıktım."

"Ve orada ne buldun?"

"Bayan Ellerton'un yatak odası penceresinin yanındaki masada eski bir bilgisayar. Bayağı eski hem de. Bir modeme bağlıydı."

"Tanrım, olamaz!" diyor Hodges. "Modem mi?"

"Hiç komik değil, Bill. O kadınlar öldü."

Hodges tek elini direksiyondan çekip barış işareti vermek için havaya kaldırıyor. "Özür dilerim. Devam et. Şimdi de bana kadının bilgisayarını açtığını mı söyleyeceksin?"

Holly biraz bozulmuş görünüyor. "Evet. Ama bunu sadece polislerin yapmayacağı belli olan bir tahkikat amacıyla yaptım. Kadının mahremiyetine burnumu sokmuyordum."

Hodges bunu tartışmaya açabilirdi ama sustu.

"Şifreyle korunmadığı için Bayan Ellerton'un ne gibi şeyleri araştırdığına baktım. Birçok perakende satış sitesini, felçle ilgili tıp sitelerini ziyaret etmiş. En ilgi duyduğu konu kök hücreler ki, bu da çok mantıklı, çünkü kızının durumu..."

"Bütün bunları on dakikada mı yaptın?"

"Hızlı okurum. Ama ne *bulmadığımı* biliyor musun?"

"İntiharla ilgili herhangi bir şey herhalde."

"Evet. O halde o helyum tekniğini nasıl bilebilmiş? Aynı şekilde, o hapları votka içinde eritip kızının beslenme hortumuna sokmayı nereden öğrenmiş?"

"Eh," diyor Hodges, "kitap okumak denen çok arkaik bir şey vardır. Belki sen de duymuş olabilirsin."

"Oturma odasında hiç kitap gördün mü?"

Hodges tıpkı Martine Stover'ın banyo fotoğrafında olduğu gibi oturma odasını da aklında canlandırıyor. Biblioların olduğu raflar, koca gözlü çocuklar tablosu, düz ekran televizyon. Sehpa üstünde dergiler – ama bunlar okunmaktan çok, dekor amacıyla serpiştirilmiş gibi. Ve hiçbiri de *The Atlantic Monthly* gibi ciddi yayınlar değil.

"Hayır," diyor Hodges, "oturma odasında hiç kitap yoktu, ama Stover'ın yatak odasında birkaç tane görmüştüm. Biri İncil'e benziyordu." Holly'nin kucağındaki *Inside View*'a bakıyor. "Orada ne var, Holly? Ne saklıyorsun?"

Holly'nin yüzü kızardığı zaman kan bütün yüzüne hücum etmiş gibi oluyor. Şu anda öyle. "Çalmadım," diyor. "Ödünç aldım. Ben asla çalmam, Bill. Asla!"

"Sakin ol. Nedir o?"

"Banyodaki kordonun bağlı olduğu şey." Dergiyi açınca koyu gri ekranı olan pembe bir alet ortaya çıkıyor. Bir e-kitap okuyucudan büyük, tabletten küçük. "Aşağıya indiğim zaman bir süre Bayan Ellerton'un koltuğunda oturup düşündüm. Ellerimi koltuğun kollarında ve şiltesinde gezdirdim. Bir şey aradığım yoktu, sadece içimden öyle yapmak gelmişti."

Holly'nin pek çok kendini avutma tekniklerinden biri, diye geçiriyor içinden Hodges. Aşırı koruyucu annesi ve son derece girişken amcasının da olduğu bir ortamda onunla ilk karşılaştığı günden beri buna defalarca tanık olmuş. Onların yanında böyle yapar mıydı? Hayır, yapmazdı. Charlotte Gibney ve Henry Sirois ona zihinsel özürlü bir çocukmuş gibi davranıyorlardı. Holly artık çok farklı bir kadındı, ama hâlâ eski Holly'den kalan izler vardı. Hodges için bunun sakıncası yoktu. Ne de olsa herkesin bir gölgesi olurdu.

"İşte tam oradaydı, aşağıda, sağ tarafta. Bu bir Zappit."

Hodges bu ismi hayal meyal hatırlıyor, ama iş bilgisayarlarla ilgili ıvır zıvıra gelince, tamamen kayboluyor. Evindeki bilgisayarıyla hep sorun yaşıyor ve artık Jerome Robinson olmadığı için

Harper Yolu'ndaki evine gelip ona yardım eden tek kişi Holly oluyor. "Neymiş o?"

"Bir Zappit tableti. Bir ara internette reklamlarını görmüştüm, ama artık yok. Tetris, Simon ve SpellTower gibi yüzlerce oyun yüklenmiş olarak satılıyor. Grand Theft Auto gibi karmaşık oyunlar değil. O halde, söyler misin bana Bill, bunun orada ne işi vardı? Kadınlardan birinin neredeyse seksen yaşında olduğu, diğerinin de bırak video oyunları oynamayı, elektrik düğmesini bile çeviremediği bir evde bunun ne işi var, söylesene?"

"Gerçekten tuhaf. Akıl durduracak bir şey değil ama düpedüz tuhaf işte."

"Ve kordonu da hemen o Z harfinin yanındaydı," diyor Holly. "Z harfi intihar notu gibi bir şey değil, Zappit'in Z'si. Hiç değilse ben öyle sanıyorum."

Hodges bu fikri aklında çeviriyor.

"Olabilir," diyor. Bu isimle daha önce karşılaşmış mı, diye bir kez daha düşünüyor. Yoksa Fransızların *faux souvenir* dedikleri, sahte anı gibi bir şey mi? Bunun Brady Hartsfield'le bir bağlantısı olduğuna yemin edebilir, ama bu fikre de fazla güvenemiyor, çünkü bugün Brady hep aklında olmuş.

Onu ziyarete gitmeyeli ne kadar oldu? Altı ay mı? Sekiz mi? Hayır, daha çok oldu. Çok daha uzun zaman oldu.

Son görüşü, Pete Saubers'in bir bavula konulup gömülmüş çalıntı parayı ve defterleri bulmasından kısa bir süre sonraydı. O ziyaretinde Brady her zamanki görünümündeydi: Üstünde kareli bir gömlek ve hiç kirlenmeyen bir blucinle, Beyin Hasarları Kliniği'nin 217 numaralı odasında her zaman oturduğu koltukta oturuyor, pencereden otoparka bakıyordu.

O günkü tek değişiklik 217 numaralı odanın dışında olmuştu. Başhemşire Becky Helmington, Kiner Memorial'ın cerrahi bölümüne atanarak Hodges'un Brady hakkındaki istihbarat akışını kapatmış oluyordu. Yeni başhemşire suratı sıkılı bir yumruğa benzeyen, katı kuralları olan bir kadındı: Ruth Scapelli, Hodges'un Brady'yle ilgili ufak tefek bilgiler karşılığı teklif ettiği elli doları reddettiği gibi, bir daha hastalar hakkında bilgi edinmek için para teklif ederse şikâyette bulunacağını söyledi. "Zaten ziyaretçi listesinde adınız bile yok," demişti.

"Onun hakkında bilgi istemiyorum," demişti Hodges. "Brady Hartsfield hakkında ne gerekiyorsa hepsini zaten biliyorum. Sadece personelin onun hakkında ne söylediklerini öğrenmek istiyorum. Yani bazı söylentiler var. Bazıları da çok uçuk şeyler."

Scapelli ona küçümseyen bir ifadeyle baktı. "Her hastanede böyle boş konuşmalar olur, Bay Hodges, özellikle de şöhretli hastalarla ilgili. Bu durumda, Bay Hartsfield gibi kötü şöhretli hastalarla ilgili. Hemşire Helmington yeni bölümüne atandıktan hemen sonra personelimle bir toplantı yaptım ve onlara Bay Hartsfield'le ilgili her türlü gevezeliğin derhal son bulmasını, eğer böyle bir şey kulağıma gelirse, kaynağını bulup o kişiyi veya kişileri bu hastaneden kovduracağımı söyledim. Size gelince..." Yumruk gibi suratı daha da sıkılmıştı. "Eski bir emniyet görevlisinin, hatta madalyalı bir polisin rüşvet teklif edebildiğine inanamıyorum."

Bu utandırıcı görüşmeden kısa bir süre sonra Holly ve Jerome Robinson, Hodges'u bir köşeye sıkıştırıp, artık bir daha Brady'ye gitmemesini söylemişlerdi. O gün özellikle Jerome çok ciddileşmişti ve her zamanki güleç halinden eser yoktu.

"O odaya gitmekle sadece kendini üzmüş olursun," demişti Jerome. "Onu ne zaman ziyaret ettiğini daima biliyoruz, çünkü bunu izleyen iki gün boyunca başının üstüne küçük bir gri bulut oluyor."

"Bir hafta boyunca," diye eklemişti Holly. Hodges'a bakmıyor, parmaklarını neredeyse kıracak gibi büküp duruyordu. Ne var ki, ses tonundan ne kadar kararlı olduğu belliydi. "O adamın içinde hiçbir şey kalmadı, Bill. Bunu kabullenmen gerekiyor. Kalmış olsaydı, seni her gördüğünde memnun olurdu. Seni ne hale getirdiğini görüp mutlu olurdu."

Bu sözler Hodges'u ikna etmişti, çünkü doğruydu. Böylece artık gitmemeye başladı. Sigarayı bırakmaya benziyordu: İlk başlarda zor, ama zamanla kolaylaşıyordu. Artık bazen Brady'yi ve onun korkunç cinayetlerini düşünmeden geçirdiği haftalar bile oluyordu.

İçinde hiçbir şey kalmadı.

Hodges şehir merkezine dönüş yolunda bunu kendine hatırlattı. Ofise gidince Holly bilgisayarın başına geçip Nancy Alderson'u aramaya başlayacaktı. Hilltop Court Yolu'nun sonundaki o evde her ne olduysa –zincirleme akan düşünceler, konuşmalar, gözyaşları ve vaatlerin tümü, beslenme hortumuna zerk edilen haplar ve yan tarafında gülen çocukların resmi olan bir helyum kutusuyla son bulmuş, bunun Brady Hartsfield'le hiçbir ilişkisi olamazdı– çünkü Holly resmen onun beynini dağıtmıştı. Hodges'u ara sıra kuşkuya düşüren bir şey varsa, o da Brady'nin paçayı kurtarmasıydı. O canavara hiçbir şey yapamamıştı. İçi bilyeli rulman dolu çorabı kafasına indirmek de ona nasip olmamıştı, çünkü o sırada bir kalp krizi geçirmekle meşguldü.

Ama hâlâ aklında bir anı hayaleti var: Zappit.

Bu kelimeyi daha önce işitmiş olduğunu *biliyor.*

Midesinde bir sancı hissedince doktorla görüşmediğini hatırlıyor. O işi halletmesi gerek, en geç yarın. Doktor Stamos'un ona ülseri olduğunu söyleyeceğini düşünüyor; bu haberi duymak için de hiç acelesi yok.

8

Holly'nin telefonunun yanında bir kutu Nicorette nikotinli sakız var, ama şimdi çiğnemiyor. Aradığı ilk Anderson, hizmetçinin görümcesi çıkıyor ve tabii Finders Keepers adlı şirketten birinin neden Nan'le görüşmek istediğini soruyor.

"Miras falan mı kalmış?" diye soruyor kadın umutla.

"Bir dakika," diyor Holly. "Patronuma bağlayana kadar sizi bekleteceğim." Geçen yılki Peter Saubers hadisesinden bu yana Hodges onun patronu değil, ortağı; ama gergin olduğu zamanlarda alışkanlıkla böyle söylüyor.

O sırada kendi bilgisayarında Zappit Oyun Sistemleri'yle ilgili şeyleri okumakta olan Hodges almacı kaldırıyor. Holly arkasında dikilmiş, kazağının boynunu kemirmekte. Hodges tuşa basmadan önce Holly'ye yün yemenin sağlığına iyi gelmeyeceğini ve üstündeki kazağı da mahvedeceğini söylüyor. Sonra da tuşa basıp görümceye bağlanıyor.

"Korkarım, Nancy'ye kötü bir haberim var," dedikten sonra çabucak olanları anlatıyor.

"Aman Tanrım!" diyor Linda Alderson (Holly hemen bu adı not ediyor). "Nancy bunu duyunca çok üzülecek; sadece işini kaybettiği için değil... 2012 yılından beri o hanımların evinde çalışıyordu ve onları çok severdi. Daha geçen kasımda onlarla birlikte Şükran Günü yemeği yemişti. Siz Emniyetten misiniz?"

"Emekliyim," diyor Hodges, "ama bu vakayla ilgilenen ekiple çalışıyorum. Benden Bayan Alderson'la temas kurmamı istediler." Bu yalanı yüzünden vicdan azabı çekeceğini sanmıyor; ne de olsa onu suç mahalline Pete çağırmış ve işin içine sokmuştu. "Onunla nasıl temas kurabileceğimi söyleyebilir misiniz?"

"Size onun cep telefonunu vereyim. Cumartesi günü abisinin doğum günü için Chagrin Falls'a gitmişti; Harry'nin karısı bu parti için çok özeniyordu. Çarşamba veya perşembeye kadar orada kalacak. Sanırım planı buydu. Eminim bu haberi duyunca hemen döner. Bill öldüğünden beri –Bill kocamın abisiydi– Nan tek başına yaşıyor, yanında sadece kedisi var. Bayan Ellerton ve Bayan Stover onun için aile gibiydi. Çok üzülecek."

Hodges numarayı alıp hemen kadını arıyor. Nancy Alderson ilk çalışında telefonu açıyor. Hodges kendini tanıttıktan sonra haberi veriyor.

Bir anlık şok ve sessizlikten sonra Nancy, "Ah, olamaz," diyor. "Yanılmış olmalısınız Dedektif Hodges."

Hodges onu düzeltmeye gerek görmüyor, çünkü kadının söylediği şey ilginç. "Neden böyle dediniz?"

"Çünkü onlar çok *mutlular*. Çok iyi geçinirler, birlikte televizyon seyrederler – DVD filmlerine veya televizyonda kadınların bir araya gelip eğlenceli şeylerden bahsetmelerini, ünlü konukları ağırlamalarını seyretmeye bayılırlar. İnanmayacaksınız ama o evde kahkahalar hiç eksik olmaz." Nancy Alderson bir an duraksadıktan sonra, "Doğru kişilerden söz ettiğinize emin misiniz?" diye soruyor. "Jan Ellerton ve Marty Stover?"

"Üzgünüm ama evet, eminim."

"Ama... o durumunu kabullenmişti! Marty'den söz ediyorum. Martine. Felçli olmaya alışmak evde kalmış kız olmaya alışmaktan daha kolaymış, der dururdu. Onunla sık sık bu konuda konuşurduk – bir başımıza olmaktan. Çünkü ben de kocamı kaybettim."

"Yani hiçbir zaman bir Bay Stover olmadı."

"Hayır, vardı. Janice erken yaşta bir evlilik yapmıştı. Sanırım çok kısa sürmüş; ama bu evlilikten Martine dünyaya geldiği için hiç pişman olmadığını söylerdi. Marty'nin de kaza öncesi bir sevgilisi vardı, ama adam bir kalp krizi sonucu öldü. Marty onun son derece fit olduğunu, şehir merkezindeki spor salonunda haftanın üç günü egzersiz yaptığını söylemişti. Ona göre, sevgilisi fit olduğu için ölmüş. Kalbi sağlam olduğu için ilk problemde patlayıvermiş."

Bir kalp krizinden sağ çıkan Hodges bunu aklının bir köşesine yazıyor: Spor salonuna gitmek yok.

"Sevdiği insan öldükten sonra yalnız kalmak felcin en kötü şekli, derdi Marty. Bill'i kaybettikten sonra ben aynı şeyi hissetmedim, ama onun ne demek istediğini anlıyordum. Peder Henreid sık sık onu ziyaret ederdi – Marty onun ruhsal danışmanı olduğunu söyler. Onun gelmediği zamanlarda bile Jan'le birlikte her gün dua ederlerdi. Her gün, öğle vakti. Ve Marty internette muhasebe kursuna katılmayı düşünüyordu; onun durumundaki engelliler için özel kurslar var, biliyor muydunuz?"

"Bilmiyordum," diyor Hodges. Not defterine STOVER BİLGİSAYARDA MUHASEBE KURSUNA KATILMAYI DÜŞÜNÜYORMUŞ, diye yazıp Holly'ye göstermek için ona doğru çeviriyor. Holly kaşlarını kaldırıyor.

"Tabii ara sıra evde keder ve gözyaşları da olmuyor değildi, ama çoğu zaman mutluydular. Hiç değilse... ne bileyim..."

"Aklından ne geçiyor, Nancy?" Hodges hiç düşünmeden eski bir polis taktiğini kullanarak kadına ön adıyla hitap ediyor.

"Yani, herhalde önemli bir şey değildir. Marty her zamanki gibi mutlu görünüyordu; tam bir aşk böceğidir ve manevi yanı çok güçlüdür. Her şeyin iyi yanını görür; ama son zamanlarda Jan içine kapanır gibi olmuştu, sanki aklını meşgul eden bir şey var gibiydi. Belki para sorunları veya Noel sonrası hüzün olabilir diye düşünmüştüm. Hiçbir zaman aklıma..." Nancy burnunu çekiyor. "Özür dilerim, burnumu silmem gerekiyor."

"Tabii."

Holly onun not defterini kapıyor. Yazısı çok küçük olduğu için neredeyse burnuna kadar yaklaştırmak zorunda. Ona Zappit'i sor.

Alderson'un sümkürmesi Hodges'un kulağına korna sesi gibi geliyor. "Özür dilerim."

"Önemli değil. Nancy, Bayan Ellerton'un küçük bir oyun tableti var mıydı? Rengi pembe."

"Olur şey değil, bunu nasıl bildiniz?"

"Aslında bir şey bildiğim yok," diyor Hodges dürüstçe. "Sadece elimde sormam gereken bir soru listesi olan emekli bir dedektifim."

"Bunu ona bir adamın verdiğini söylemişti. Adam ona, bir anket formu doldurup şirkete gönderdiği takdirde bu cihazın bedava olduğunu söylemiş. Karton kapaklı bir kitaptan çok az büyük bir şeydi. Bir süre evin bir köşesinde durduktan sonra..."

"Ne zaman oldu bu?"

"Tam hatırlamıyorum, ama Noel'den önce olduğuna eminim. Onu ilk gördüğümde, oturma odasındaki sehpanın üstündeydi. Katlanmış haldeki anket formuyla birlikte Noel sonrasına kadar orada kaldı –küçük Noel ağaçları kaldırılmıştı– sonra bir gün onu mutfak masasında gördüm. Jan içinde ne var diye bakmak için aleti açtığını söyledi; Klondike, Picture and Pyramid gibi bir düzineye yakın oyun varmış. Jan bunu kullanacağına karar verdikten sonra anket formunu doldurup şirkete göndermiş."

"Bu aleti Marty'nin banyosunda mı şarj ediyordu?"

"Evet, çünkü en uygun yer orasıydı. Zaten zamanının çoğunu evin o kısmında geçiriyordu."

"Evet. Bayan Ellerton'un içine kapandığını söylemiştin..."

"Biraz içine kapanmıştı," diye düzeltiyor Alderson hemen. "Çoğu zaman her zamanki halindeydi. Marty gibi o da bir aşk böceğiydi."

"Ama aklını meşgul eden bir şey vardı."

"Evet, sanırım öyle."

"Onu *huzursuz eden* bir şey."

"Eh..."

"Bu durum oyun cihazını aldığı sırada mı başladı?"

"Şimdi düşünüyorum da, galiba öyle oldu, ama küçük bir pembe tablette *Solitaire* oynamak onu neden üzsün ki?"

"Bilmiyorum," diyor Hodges ve ÜZGÜN kelimesini not defterine yazıyor. İçine kapanma durumuyla üzülmek arasında ciddi bir sıçrama olduğunu düşünüyor.

"Akrabalarına haber verildi mi?" diye soruyor Alderson. "Şehirde kimseleri yok ama Ohio'da kuzenleri olduğunu biliyorum; galiba Kansas'ta da var. Ya da belki Indiana'dadır. İsimleri adres defterinde olacak."

"Polisler şu sırada o işi yapıyorlar," diyor Hodges, ama daha sonra Pete'i arayıp bunu yapmasını söyleyecek. Eski ortağı bundan hoşlanmayacak ama Hodges'un umurunda değil. Söylediği her şey Nancy Alderson'un ne kadar üzülmüş olduğunu gösteriyor ve Hodges da elinden geldiği kadar onu teselli etmek istiyor. "Bir soru daha sorabilir miyim?"

"Elbette."

"Evin etrafında dolanan kimse fark ettin mi? Orada takılması için belli bir nedeni olmayan birini?"

Holly bu soruyu beğenmiş, heyecanla başını sallıyor.

"Neden bunu sordunuz ki?" diyor Alderson şaşırarak." Bir yabancının oraya gelip böyle bir şey yaptığını mı düşünüyor..."

"Hiçbir şey düşündüğüm yok," diyor Hodges. "Sadece son yıllarda emniyetteki personel sayısı azaltıldığı için polislere yardım ediyorum. Belediyede ciddi bir bütçe kısıntısı var."

"Biliyorum, çok kötü."

"İşte bu yüzden bana bu soru listesini verdiler. Bu da son soruydu."

"Kimse yoktu. Olsaydı fark ederdim, çünkü evle garaj arasında örtülü bir geçit var. Garaj ısıtıldığı için kiler ve çamaşır kurutma makinesi oradadır. Ben o örtülü geçitten devamlı gider gelirim ve oradan bütün sokağı görebilirim. Hemen hiç kimse Hilltop Court'un tepesine kadar çıkmaz, çünkü Jan ve Marty'nin evi oradaki son evdir. Oradan sadece geriye dönüş yolu vardır.

Tabii postacı gelir, ara sıra UPS ve FedEx gibi kurye şirketlerinin elemanları uğrarlar, ama yolunu kaybeden birisi olmazsa, o sokağın sonu sadece bize aittir."

"Yani hiç kimse yoktu?"

"Evet efendim, yoktu."

"Bayan Ellerton'a o oyun konsolunu veren adam gelmedi mi?"

"Hayır, o adam Jan'e Ridgeline Foods'ta yanaşmış. Bu, tepenin altındaki bakkaldır, City Avenue'nun Hilltop Court'la kesiştiği yerde. Bir kilometre ilerideki City Avenue Plaza'da bir Kroger var, ama her şey daha ucuz olduğu halde Janice oraya gitmezdi; alışverişini hep yerel dükkânlarda yapmayı..." Nancy Alderson aniden ağlamaya başlıyor. "Bir daha hiçbir yerde alışveriş yapamayacak, değil mi? Of, buna inanamıyorum! Jan kesinlikle Marty'ye bir kötülük yapmazdı. Asla!"

"Çok acıklı bir olay," diyor Hodges.

"Bugün oraya dönmeliyim." Artık Alderson, Hodges'la değil, kendi kendine konuşuyor. "Akrabalarının oraya gelmesi uzun sürebilir; birisinin gerekli düzenlemeleri yapması gerekiyor."

Son hizmet, diyor içinden Hodges; bu düşünceyi hem çok acıklı hem de tuhaf bir şekilde korkunç buluyor.

"Bana zaman ayırdığın için teşekkür ederim, Nancy. Herhangi bir gelişme olursa sana..."

"Tabii bir de o yaşlı adam vardı," diyor Alderson.

"Kimdi bu yaşlı adam?"

"Onu birkaç kere 1588'in dışında görmüştüm. Yolun kenarına park edip kaldırımda durur ve o eve bakardı. Bu ev sokağın karşısındadır ve biraz yokuşun aşağısında kalır. Fark etmemiş olabilirsiniz ama satılıktır."

Hodges fark etmişti ama bunu söylemiyor. Kadının sözünü kesmek istemiyor.

"Bir keresinde evin bahçesine kadar girip penceresinden içeriye baktı... Bu dediğim, son kar fırtınasından önceydi. Vitrinlere bakar gibiydi." Alderson küçük bir kahkaha attı. "Annem böyle durumlar için 'vitrin hayali kurmak' derdi, çünkü o adam öyle bir evi satın alacak kadar varlıklı görünmüyordu.

"Öyle mi?"

"Evet. Üstünde işçi kıyafeti vardı: Yeşil bir pantolon, işçi botları; parkası da yamalıydı. Otomobili de çok eskiydi, üstüne yalap şalap bir astar çekilmişti. Kocam buna, yoksul adamın cilası, derdi."

"Otomobilin markasını biliyor musun?" Hodges dafterinde yeni bir sayfa açıp, SON KAR FIRTINASININ TARİHİNİ ÖĞREN, diye yazıyor. Holly bunu okuyup başını sallıyor.

"Hayır, üzgünüm. Otomobillerden hiç anlamam. Rengini bile hatırlamıyorum, sadece o astar lekelerini. Bay Hodges, bir yanlışlık olmadığına emin misiniz?" Kadın neredeyse yalvarır gibiydi.

"Keşke öyle olsaydı, Nancy, ama yanlışlık yok. Bana çok yardımcı oldun."

Kuşkulu bir sesle, "Oldum mu?" diye soruyor Alderson.

Hodges ona kendi numarasını, Holly'ninkini ve ofisinkini verdikten sonra, aklına yeni bir şey gelirse aramasını rica ediyor. Martine 2009'da City Center'da felç olduğu için basının bu olaya ilgi gösterebileceğini hatırlatıp, istemediği takdirde gazete veya televizyon muhabirleriyle konuşmak zorunda olmadığını söylüyor.

Telefon kapanırken Nancy Alderson bir kez daha ağlıyor.

9

Holly'yi öğlen yemeği için yolun bir blok aşağısındaki Panda Garden'a götürüyor. Erken olduğu için yemek salonunda onlardan başka kimse yok. Et yemeyen Holly sebze sipariş ediyor. Hodges baharatlı bifteğe bayılır, ama midesi kaldırmayacağı için kuzu etli pilav istiyor. İkisi de yemek çubukları kullanıyor; Holly bunları çok iyi kullandığı için Hodges da bu sayede daha yavaş yiyip daha sonra midesi yangın yerine dönmeyeceği için...

"Son kar fırtınası 19 Aralık'ta olmuş," diyor Holly. "Meteoroloji merkezinin bildirdiğine göre kar kalınlığı Government Square'de otuz santim, Branson Park'ta yirmi beş santim olmuş. Çok sayılmaz; bu kış kar kalınlığı sadece on santimi buldu."

"Noel'den altı gün önce. Alderson'un hatırladığına göre, aşağı yukarı Janice Ellerton'a Zappit'in verildiği zaman."

"Sence bunu ona veren adamla evi dikizleyen adam aynı kişiler mi?"

Hodges bir parça brokoliyi ağzına atıyor. Sözde çok faydalı bir yiyecek, ama bütün sebzeler gibi tatsız. "Bence Ellerton yamalı parka giyen birinden *herhangi bir şey* almamıştır. Bu ihtimal yok demiyorum, ama hiç akla yatkın değil."

"Yemeğini ye, Bill. Eğer senden çok önce bitirirsem kendimi domuz gibi hissedeceğim."

Her ne kadar son günlerde, midesinin can yakmadığı günlerde bile iştahsız olsa da, Hodges önündeki yemeği yiyor. Boğazında bir lokma takılırsa, bunu bir yudum çayla yutuyor. Çay sanki iyi geliyor gibi. Hâlâ görmediği tahlil sonuçları geliyor aklına. Sorunun ülserden daha kötü bir şey olabileceği, hatta ülser teşhisinin en iyi senaryo olabileceği ihtimali var. Ülser ilaçla tedavi edilebiliyor. Diğer şeylerin pek çaresi yok.

Tabağının orta kısmını görecek kadar yedikten sonra (ama kenarlarda ne çok birikmiş) yemek çubuklarını bırakıp Holly'ye bakıyor. "Sen Nancy Alderson'u ararken ben bir şey öğrendim."

"Anlatsana."

"Zappit'lerle ilgili şeyleri okuyordum. O bilgisayar destekli şirketler mantar gibi bitiyorlar ve kısa sürede kayboluveriyorlar. Tıpkı haziranda açan karahindiba çiçekleri gibi. Commander tabletleri piyasada pek iş yapamamış. Çok sofistike bir rekabetin olduğu pazarda çok basit ve pahalı kalmış. Zappit Inc. hisseleri düşünce onu Sunrise Solutions adında bir şirket satın almış. İki yıl önce o şirket de iflasını ilan etmiş ve karanlığa karışmış. Kısacası, Zappit çoktan buhar olmuş; yani bu tabletleri dağıtan adam mutlaka bir dolap çeviriyordu."

Holly hemen bunun nereye varacağını anlıyor. "O halde o anket sırf işi ciddi göstermek amacını taşıyan palavra bir şeydi. Ama adam Janice'ten para koparmaya çalışmamış, değil mi?"

"Evet. Hiç değilse, bildiğimiz kadarıyla."

"Bu işin içinde bir bit yeniği var, Bill. Dedektif Huntley ve Beyaz Güzel Gri Gözler'e bunu anlatacak mısın?"

Hodges çatalının ucuna en küçük kuzu parçasını takmışken, bu soru onu düşürmesi için iyi bir bahane oluyor. "O kadından niye hoşlanmıyorsun Holly?"

"Her şeyden önce, o benim kaçık olduğumu düşünüyor," diyor Holly. "Nedeni bu işte."

"Eminim öyle düşünmüyordur..."

"Evet, düşünüyor. Ayrıca, Brady Hartsfield'i 'Round Here' konserinde tepelediğim için tehlikeli olduğumu da düşünüyor. Ama umurumda değil. Aynı şeyi yine yapardım. Bin kere olsa, yine yapardım."

Hodges elini onun elinin üstüne koyuyor. Holly'nin elindeki yemek çubukları titreşiyor. "Yapardın, biliyorum ve her defasında da haklı olurdun. En az bin kişinin, belki daha da fazlasının hayatını kurtardın."

Holly elini çekip tabağındaki pirinç tanelerini toplamaya başlıyor. "Onun beni kaçık sanmasıyla başa çıkabilirim. Hayatım boyunca beni öyle sananlar oldu, en başta da ailem. Ama başka bir şey daha var. Isabella sadece kendi gördüğü şeyi görüyor ve daha fazlasını görebilen, hiç değilse daha fazlasını arayan insanlardan hoşlanmıyor. Senin için de aynı şeyleri hissediyor, Bill. Seni kıskanıyor. Pete'ten kıskanıyor."

Hodges bir şey söylemiyor. Böyle bir ihtimal hiç aklına gelmemiş.

Holly yemek çubuklarını bırakıyor. "Soruma cevap vermedin. Bu ana kadar öğrendiklerimizi onlara anlatacak mısın?"

"Henüz değil. Eğer bu öğleden sonra ofise sen bakarsan, yapmak istediğim bir şey var."

Holly tabağındaki son kırıntılara bakarak gülümsüyor. "Her zaman bakarım."

10

Becky Helmington'un yerine gelen başhemşireyi ilk görüşte sevimsiz bulan tek insan Hodges değil. Klinikte çalışan hemşireler ve müstahdemler de ondan hiç hoşlanmıyorlar. Çok geçmeden ona Hemşire Çürük Diş adı takılıyor. Göreve geldiğinin üçüncü ayında üç hemşireyi önemsiz kural ihlalleri nedeniyle sürdürmüş, bir müstahdemi malzeme dolabında sigara içtiği için işten attırmış. Bazı renkli üniformaları 'çok dikkat dağıtıcı' veya 'baştan çıkarıcı' bulduğu için yasaklamış.

Ne var ki doktorlar onu beğeniyorlar. Onu eli çabuk ve becerikli buluyorlar. Hastalarla ilgilenirken de eli çabuk ve becerikli, ama onlara karşı soğuk davranıyor ve tavırlarında gizli bir küçümseme var. En ümitsiz hastalardan bile yolcu, saksı veya gidici diye söz edilmesine izin vermiyor, ama onlara karşı belli bir *tavrı* var.

"Kadın işini biliyor," demişti hemşirelerden biri dinlenme odasındaki bir arkadaşına. "Buna hiç şüphe yok, ama eksik olan bir yanı var."

Meslekte otuz yılı geride bırakmış ve pek çok şey görmüş olan diğer hemşire bir an düşündükten sonra tek kelimeyle teşhisi koyuyor. "Merhametsiz."

Scapelli, Nöroloji Bölüm Başkanı Felix Babineau'nun yanında soğukluğunu ve hastaları küçümseyişini belli etmiyor; zaten etse de doktor bunu fark etmezdi. Bazı doktorlar fark etmişler, ama pek azı bunu dert ediyor. Başhemşire bile olsa, alt kademedekilerin ne yaptıklarıyla ilgilenmeye tenezzül etmiyorlar.

Scapelli, Travmatik Beyin Hasarları Kliniği'ndeki hastaların durumları ne olursa olsun, mevcut halleri için sanki onları sorumlu buluyor gibi; eğer daha gayretli olsalar, kesinlikle *bazı* yetilerini kazanabilecekler. Ama işini yapıyor ve çoğu zaman da çok iyi yapıyor; hatta belki ondan çok daha fazla sevilen Becky Helmington'dan daha iyi. Eğer personelin onu hiç sevmediği ona söylenecek olsaydı Scapelli, buraya sevilmek için gelmedim ki, derdi. Oraya hastaların bakımı için gelmişti, daha ötesi yoktu. Nokta.

Ne var ki, umutsuz vakalar koğuşunda nefret ettiği uzun süreli bir hastası var. Bu kişi Brady Hartsfield. City Center'da yaralanan veya ölen bir yakını olduğu için değil, onun numara yaptığını sandığı için... Fazlasıyla hak ettiği bir cezadan sıyrıldığı için. Çoğu zaman ondan uzak durup bakımını diğer hemşirelere bırakıyor, ama sırf onu görmek bile bu aşağılık yaratığın sistemi nasıl aldattığını hatırlatıp içini öfkeyle dolduruyor. Ondan uzak durmasının başka bir nedeni daha var: Onun odasındayken kendine fazla güvenemiyor. İki kere kötü bir şey yapmış. Öyle bir şey ki, fark edilse derhal kovulmasına yol açabilirmiş. Ama ocak ayının başlarındaki bu öğlen sonrası, Hodges ve Holly öğlen yemeklerini bitirmek üzerelerken, sanki görünmez bir güç Scapelli'yi 217 numaralı odaya çekiyor. Daha bu sabah buraya girmek zorunda kalmış, çünkü Dr. Babineau viziteleri sırasında onu yanında istemiş. Brady de Doktor Babineau'nun en parlak hastası. Brady'nin gösterdiği gelişme onu hayretler içinde bırakıyor.

"Aslında komadan çıkması hiç beklenmiyordu," demişti Babineau ona, Scapelli'nin o bölüme gelişinden kısa bir süre sonra. Bu doktor genellikle buz gibidir, ama Brady'den söz ederken neredeyse neşeli oluyor. "Ve şimdi onun durumuna bak! Kısa mesafeleri yürüyebiliyor. Tamam, biraz yardım gerektiğini kabul ediyorum, ama kendi kendine yemek yiyebiliyor ve basit sorulara sözle veya işaretlerle cevap verebiliyor."

Çatalıyla kendi gözünü de çıkarabilecek durumda, diye eklemek istemişti Ruth Scapelli (ama susuyor) ve sözlü cevapları da *hı-hı* gibi sesler çıkarmaktan ibaret. Bir de dışkılama durumu var tabii. Altını bağladığın zaman kakasını, çişini tutuyor, ama çözdüğün anda yatağına işiyor, sıçıyor. Sanki bunu biliyormuş gibi. Scapelli onun bunu *bildiğine* inanıyor.

Brady'nin bildiği başka bir şey daha var, o da –ki bundan hiç kuşku yok– Scapelli'nin ondan hiç hoşlanmadığı. Daha bu sabah, muayene bittikten sonra Dr. Babineau odanın banyosunda ellerini yıkarken Brady başını kaldırıp ona baktı ve bir elini göğsüne kadar kaldırdı. Bu eli titreyen bir yumruk haline getirdi. Sonra bu yumruğun içinden ortaparmağını uzattı.

İlk başta Scapelli gördüğü şeye bir anlam vermekte zorlandı: Brady Hartsfield ona ortaparmağını gösteriyordu! Derken, banyodaki musluğun kapanma sesini duyduğu sırada üniformasının önündeki iki düğme koptu ve Playtex sutyeninin orta kısmı gözüktü. Scapelli insanlığın yüz karası bu adam hakkındaki söylentilere inanmıyor, inanmak istemiyordu, ama...

Brady ona gülümsedi. *Sırıttı* ona.

Şimdi Scapelli tepedeki hoparlörlerden gelen hafif müzik eşliğinde 217 numaralı odaya geliyor. Üstünde dolabında bulundurduğu pembe renkli yedek üniforması var; bunu hiç sevmez. Kimsenin onu görmediğine emin olmak için iki yanına bakıyor, fark etmediği meraklı bir çift göz olabilir diye Brady'nin gösterge tabelasını inceler gibi yapıyor, sonra da içeriye giriveriyor. Brady her zamanki gibi pencere önündeki koltuğunda oturuyor. Üstünde dört kareli gömleğinden biriyle blucini var. Saçları taralı, yanakları bebek yanağı gibi pürüzsüz. Göğüs cebinin üstündeki bir düğmede BENİ HEMŞİRE BARBARA TIRAŞ ETTİ yazılı.

Herif Donald Trump gibi yaşıyor, diye düşünüyor Scapelli. Sekiz kişiyi öldürmüş, kim bilir kaç kişiyi yaralamış, bir rock konserinde binlerce genç kızı öldürmeye kalkışmış olan bu herif burada oturuyor, yemekleri özel personeli tarafından önüne getiriliyor, elbiseleri yıkanıyor ve sakalı tıraş ediliyor. Haftada üç kere masaj yapılıyor. Haftada dört kere kaplıcaya götürülüp sıcak küvette zaman geçiriyor.

Donald Trump gibi mi yaşıyor? Bu aslında Ortadoğu ülkelerindeki petrol zengini sultanların hayatına benziyor.

Ve eğer Doktor Babineau'ya Brady'nin ona ortaparmağını gösterdiğini söylerse...

A, hayır, derdi mutlaka. A, hayır, Hemşire Scapelli. Gördüğün şey istem dışı bir kas seğirmesinden başka bir şey olamaz. Hastamız hâlâ ona böyle bir el işaretini yaptıracak düşünme becerisine sahip değil. Sahip olsaydı bile, neden sana böyle bir şey yapsın?

"Çünkü benden hoşlanmıyorsun," diyor öne eğilip ellerini pembe etekli dizlerine dayayarak. "Öyle değil mi, Bay Harstfield? Bu da bizi eşitliyor, çünkü ben de senden hiç hoşlanmıyorum."

Brady ona bakmıyor, onu işittiğine dair bir tepki de göstermiyor. Sadece pencerenin dışına, yolun karşısındaki otoparka bakıyor. Ama aslında onu işitiyor; Scapelli bundan emin ve bunu herhangi bir şekilde belli etmeyişi de onu daha çok kızdırıyor. Scapelli konuştuğu zaman herkesin onu *dinlemesi* gerekir.

"Üniforma düğmelerimi bir nevi zihin kontrolüyle kopardığına mı inanmamı bekliyorsun?"

Karşılık yok.

"İşin aslını biliyorum. O düğmeyi zaten değiştirecektim. Üniformamın üst kısmı çok dardı. Bazı saftirik personeli kandırabilirsin ama beni kandıramazsın, Bay Hartsfield. Senin yapabileceğin tek şey burada oturmaktan ibarettir. Ve her fırsatını bulduğunda yatağını kirletmek."

Karşılık yok.

Scapelli kapalı olduğuna emin olmak için kapıya bir kez daha baktıktan sonra sol elini dizinden çekip ona doğru uzatıyor. "Bazıları hâlâ acı çeken onca insanı yaraladın. Bu seni mutlu ediyor mu? Ediyor, değil mi? Bakalım *sen* acı çekmekten hoşlanacak mısın? Öğrenelim mi?"

Scapelli elini onun gömleğinin altına sokup meme ucuna dokunuyor. Sonra da işaret ve başparmağıyla sıkmaya başlıyor. Tırnakları kısa, ama ne kadar varsa, adamı etine gömüyor. Önce bir yana, sonra diğer yana büküyor.

"İşte, acı budur, Bay Hartsfield. Hoşuna gitti mi?"

Hartsfield'in yüzü her zamanki gibi ifadesiz; bu da Scapelli'yi daha çok kızdırıyor. Burunları neredeyse temas edecek kadar ona sokuluyor. Yüzü her zamankinden daha çok yumruğa benzemiş. Mavi gözleri gözlük camından fırlayacak gibi. Dudaklarının kenarında minik tükürük damlaları var.

"Bunu taşaklarına da yapabilirim," diye fısıldıyor. "Belki de yaparım."

Evet. Bunu pekâlâ yapabilir. Ne de olsa Babineau'ya şikâyet edecek hali yok. Topu topu dört düzine kelimesi var ve bunları da çok az kişi anlayabiliyor. "Biraz daha mısır istiyorum" cümlesi ağzından, *Braz-da-mıstorum* şeklinde çıkıyor; bu da ucuz kovboy filmlerindeki sahte Kızılderili konuşmaları gibi bir şey. Net bir şekilde söyleyebildiği tek şey, *Annemi istiyorum*. Scapelli birkaç kere ona annesinin öldüğünü söylemiş ve bundan büyük zevk almış.

Meme ucunu sağa sola büküyor. Saat yönüne, sonra tersine. Bütün kuvvetiyle çimdikliyor ve elleri de hemşire eli, yani çok kuvvetli.

"Doktor Babineau'yu oyuncağın sanıyorsun ama tam tersi. *Sen* onun oyuncağısın. Onun en sevdiği kobayısın. Sana verdiği o deneme aşamasındaki ilaçları bilmediğimi sanıyor, ama biliyorum. Bana vitamin olduklarını söylüyor. Külahıma anlatsın. Burada olup biten her şeyi bilirim. Seni eski haline getirebileceğini sanıyor, ama böyle bir şey asla olmayacak. Sen umutsuz vakasın. Hadi, seni eski haline getirdi diyelim; ne olacak? Mahkemeye çıkacaksın ve hayatının sonuna kadar hapis yatacaksın. Ve Waynesville Eyalet Hapishanesi'nde sıcak küvet falan yoktur."

Scapelli adamın meme ucunu o kadar kuvvetli sıkıyor ki, bileğindeki tendonları kabarmış; ve hâlâ Harstfield'in yüzünde herhangi bir şey hissettiğine dair bir belirti yok – dışarıdaki otoparka bakmaya devam ediyor. Çimdiklemeyi sürdürürse, hemşireler adamın memesindeki morarmayı ve şişkinliği fark edip bunu çizelgesine kaydederler.

Scapelli elini çekip geri çekiliyor; soluk soluğa kalmış. Odadaki panjurdan kemik çıtırtısı gibi bir ses çıkınca telaşla irkilip etrafına bakınıyor. Tekrar adama dönünce onun artık otoparka bakmadığını fark ediyor. Hartsfield doğruca *ona* bakıyor. Gözlerinde her şeyin farkında olduğunu gösteren bir pırıltı var. Scapelli korkarak bir adım daha geri çekiliyor.

"Yaptığın şeyi Babineau'ya söyleyebilirim," diyor, "ama doktorlar böyle durumlarda bir yolunu bulup kıvırtırlar; bir hemşireden, hatta bir başhemşireden duyduklarında bile. Hem neden söyleyeyim ki? Senin üstünde istediği kadar deney yapsın. Waynesville bile sana fazla, Bay Harstfield. Belki doktorun sana seni öldürecek bir şey verir. Buna layıksın."

Koridordan tekerlekli servis tepsisinin sesi geliyor; birisi gecikmiş bir öğlen yemeğini getirmekte. Ruth Scapelli rüyadan uyanan bir kadın gibi yerinde sıçrayıp kapıya doğru geriliyor. Gözleri bir Hartsfield'de bir panjurda...

"Seni düşüncelerinle baş başa bırakacağım, ama gitmeden önce sana bir şey söylemek istiyorum. Bir daha bana ortaparmağını gösterecek olursan, bu defa taşaklarını sıkacağım."

Brady'nin kucağındaki eli göğüs hizasına kadar kalkıyor. Titriyor, ama bu yalnızca bir motor kontrol olayı; haftada on seanslık fizyoterapi sayesinde bazı kaslarını kullanabilir hale gelmiş.

Brady'nin ortaparmağı kalkıp ona doğru sallanırken Scapelli ağzı açık kalakalıyor.

Bunu o müstehcen sırıtış izliyor.

"Sen bir ucubesin," diyor Scapelli. "Sapıksın!"

Ama ona bir kez daha yaklaşmıyor. Yaklaştığı takdirde bir şey yapabilecekmiş gibi, anlamsız bir korkuya kapılmış.

11

Her ne kadar birkaç öğleden sonra randevusunu ertelemek zorunda kalsa da, Tom Saubers, Hodges'un ricasını seve seve yerine getiriyor. Ona Ridgedale'deki boş bir evi gezdirmekten çok daha fazlasını borçlu; bu emekli polis, arkadaşları Holly ve Jerome'un da yardımlarıyla oğlunun ve kızının hayatlarını kurtarmıştı. Hatta belki karısının da...

Elindeki dosyaya baktıktan sonra antredeki alarm panelini tuşluyor. Ayak sesleri yankılanırken Hodges'u alt kat odalarında gezdiriyor. Tom elinde olmadan tipik emlak komisyoncusu gevezeliğine başlamış. Evet, şehir merkezinden bir hayli uzak, tamam, ama belediyenin sağladığı bütün hizmetlerden –su, kar küreme, çöplerin alınması, okul otobüsleri, belediye otobüsleri– şehrin gürültüsünü çekmeden faydalanabiliyorsun. "Kablolu yayına hazır," diye bitiriyor.

"Çok iyi, ama ben satın almak istemiyorum."

Tom ona merakla bakıyor. "Peki, ne istiyorsun?"

Hodges ona durumu söylememek için bir neden düşünemiyor. "Birisi burasını sokağın karşısındaki evi gözetlemek için kullanmış mı diye bilmek istiyorum. Geçen hafta sonu orada bir intihar-cinayet vakası oldu."

"1601'de mi? Bill, bu *korkunç* bir şey!"

Aynen öyle, diyor içinden Hodges; ve o evin satışını üstlenmek için kimlerle görüşmen gerektiğini şimdiden düşünmeye başladın.

Bu nedenle Tom'u ayıplamıyor; City Center Katliamı nedeniyle o da çok acı çekti.

"Bakıyorum, bastonunu artık kullanmıyorsun," diyor Hodges ikinci kata çıkarlarken.

"Bazen geceleri kullanıyorum, özellikle de hava yağmurluysa," diyor Tom. "Bilim adamlarının nemli havalarda eklemlerin daha çok sızladığı konusundaki iddialarına kimse kulak asmaz, ama şahsen şunu söyleyebilirim ki, eskilerin de söylediği bu şeye inanabilirsin. İşte burası ana yatak odası, bol güneş görür. Banyo büyük ve güzeldir; duştan basınçlı su akar. Ve koridorun sonunda..."

Evet, ev güzel ve Hodges da zaten Ridgedale'de öyle olmayan bir ev olacağını sanmıyordu, ama son zamanlarda buraya birisinin geldiğini gösteren hiçbir iz yoktu.

"Yeterince gördün mü?" diye soruyor Tom.

"Sanırım, evet. Senin gözüne çarpan farklı bir şey var mı?"

"Hayır. Ve alarm da sağlamdır. Eğer birisi gizlice içeriye girmeye kalkışsa..."

"Anlıyorum," diyor Hodges. "Bu soğuk havada seni dışarıya çıkardığım için kusura bakma."

"Hiç de değil. Zaten çıkmam gerekiyordu. Hem seni gördüğüm iyi oldu." Mutfaktan çıktıktan sonra Tom kapısını kilitliyor.

"Ama seni çok zayıflamış buldum."

"Eskilerin söylediği o şeyi bilirsin: İnsan çok zayıf veya çok zengin olamaz."

City Center yaralarından sonra hem çok zayıf hem de çok yoksul olan Tom bu eski deyişi buruk bir gülümsemeyle geçiştirip evin ön tarafına doğru seğirtiyor. Hodges iki adım gerisinden yürürken birden duruyor.

"Garaja bakabilir miyiz?"

"Tabii, ama orada bir şey yoktur."

"Bir göz atalım."

"Gidip garaj anahtarını alayım."

Ne var ki anahtara ihtiyacı yok, çünkü garaj kapısı bir karış aralık. İki adam kilit yerindeki kıymıklara bakıyorlar. Sonunda Tom, "Vay canına!" diyor.

"Anladığım kadarıyla garaj, alarm sistemi içinde değil."

"Doğru anladın. Burada korunacak bir şey yok ki."

Hodges beton zeminli, ahşap duvarlı garaja giriyor. Yerde bot izleri var. Hodges kendi nefesini gördüğü gibi başka bir şey daha görüyor. Kapının önünde, sol tarafta bir iskemle var. Birisi burada oturup dışarısını gözetlemiş.

Hodges bir süredir karnının sol yanında giderek artan bir sıkıntı hissediyordu, sırtına doğru kıvrılan bir sızı; ama artık böyle sancılara alışmış ve heyecanlandığı zaman göz ardı edebiliyor.

Birisi burada oturup 1601'i gözetlemiş, diye geçiriyor aklından. Eğer bir çiftliğim olsaydı, çiftliğime bahse girerdim.

Garajın önüne yürüyüp gözetleyicinin oturduğu yere oturuyor. Kapının ortasında yan yana dizili üç pencere var; en sağdakinin tozu silinmiş. Oradan 1601'in oturma odası penceresi görülüyor.

"Hey, Bill," diyor Tom. "İskemlenin altında bir şey var."

Hodges bakmak için eğildiğinde midesindeki yanma artıyor. Gördüğü şey yedi santim çapında yuvarlak, siyah bir disk. Üstünde tek bir kelime yazılı: STEINER.

"Bu şey bir kameradan mı?" diye soruyor Tom.

"Bir dürbünden. Okkalı bütçeleri olan emniyet teşkilatları Steiner dürbünleri kullanırlar."

Hodges'un bildiği kadarıyla, iyi bir Steiner dürbünüyle –ki kötüsü yoktur– gözetleyici kendisini Ellerton-Stover'ın oturma odasının içinde bulabilirdi; tabii panjurun açık olduğu varsayılırsa... Kaldı ki bu sabah Holly'yle birlikte odaya girdiklerinde panjurlar açıktı. Eğer iki kadın CNN'i seyrediyorduysalar, gözetleyici alttaki haber şeritlerini bile okuyabilirdi.

Hodges'un yanında delil poşeti yok, ama ceket cebinde büyük bir kâğıt mendil paketi var. İki adet mendille bu mercek kapağını alıp ceket cebine atıyor. İskemleden kalkarken (ve midesi bir kez daha yanarken – bu sabah her zamankinden kötü) gözüne başka bir şey çarpıyor. Birisi iki kapı arasına, üst tarafa tek bir harf kazımış; herhalde bir çakıyla.

Bu bir Z harfi.

12

Tam garaj yoluna dönmüşlerken Hodges yeni bir şeyle sarsılıyor: sol dizinin arkasında müthiş bir sancı. Sanki bıçaklanmış gibi hissediyor. Hem şaşkınlıktan hem de acının şiddetinden bağırıyor ve zonklayan bu noktayı ovmaya başlıyor.

Tom da onun yanına eğilince, ikisi de Hilltop Court Yolu'nda yavaşça seyreden eski Chevrolet'yi görmüyor. Rengi atmış mavi boyası astar benekleriyle dolu. Direksiyondaki yaşlı şahıs iki adama bakmak için daha da yavaşlıyor. Sonra eski Chevrolet egzozundan mavi duman püskürterek hızlanıyor ve Ellerton-Stover evini geçip sokağın sonundaki dönüş yerine doğru gidiyor.

"Ne var?" diye soruyor Tom. "Ne oldu?"

"Kramp," diyor Hodges sıkılı dişleri arasından.

"Ovsana."

Hodges ona buruk bir gülümsemeyle bakıyor. "Ne yaptığımı sanıyorsun ki?"

"Bırak ben yapayım."

Altı yıl önce gördüğü kurs sayesinde tecrübeli bir fizyoterapist olan Tom, Hodges'un elini yana itiyor. Eldivenlerini çıkarıp parmaklarını bastırıyor. Kuvvetle bastırıyor.

"Ah! Çok acıdı be!"

"Biliyorum," diyor Tom. "Başka yolu yok. Ağırlığını mümkün olduğunca sağlam bacağına ver."

Hodges söyleneni yapıyor. O sırada eski Chevrolet bir kez daha yanlarından geçiyor; bu defa geri dönüş yolunda, yokuştan aşağıya yönelmiş. Sürücü bir kez daha onlara uzun uzun baktıktan sonra hızını artırıyor.

"Sancı geçiyor," diyor Hodges. "Çok şükür." Evet bacağındaki sancı geçiyor ama midesi ve sırtının altı alev alev yanmakta.

Tom ona endişeyle bakıyor. "İyi olduğuna emin misin?"

"Evet. Sadece boktan bir kramp işte."

"Ya da belki derin toplardamar pıhtılaşması. Artık çocuk değilsin, Bill. Bunu bir doktora göstermelisin. Eğer benimleyken başına bir şey gelecek olursa, Pete beni hayatta affetmez. Kız kardeşi de. Sana çok şey borçluyuz."

"O işi hallettim, yarına doktorla randevum var," diyor Hodges. "Hadi, gidelim buradan. Hava çok soğuk."

İlk üç adımı topallayarak atıyor, ama sonra dizinin arkasındaki sancı tamamen kaybolunca normal yürüyebiliyor. Tom'dan daha normal. 2009 Nisan'ında Brady Hartsfield'le karşılaşması sonucu Tom Saubers ömrünün sonuna kadar topallayacak.

13

Hodges eve döndüğünde midesi daha iyi, ama fena halde yorgun. Son günlerde çok kolay yoruluyor ve bunu iştahsız oluşuna veriyor, ama gerçek nedeninin bu olduğuna da pek emin değil. Ridgedale'den geriye dönerken telefonu iki kez çalmış (cam kırılması ve gol tezahüratı) ama direksiyon başındayken asla telefona bakmaz; bunun bir nedeni tehlikeli oluşuysa (üstelik bu eyalette yasak), daha ziyade telefonun kölesi olmama kararlılığı.

Hem zaten o mesajların hiç değilse birinin kimden geldiğini tahmin etmesi için zihin okuyucusu olmasına gerek yok. Evinin girişindeki dolaba ceketini asarken sağlam ve emniyette olduğunu kontrol için iç cebindeki mercek kapağına hafifçe dokunuyor.

Ardından telefonuna bakıyor; ilk mesaj Holly'den: **Pete ve Isabella'yla konuşmamız lazım, ama önce beni ara. Bir sorum var.**

Diğer mesaj Holly'den değil: **Doktor Stamos acil olarak sizinle görüşmek istiyor. Yarın sabah 09.00'da. Lütfen bu randevunuza gelin!**

Hodges saatine bakıyor; bugün daha şimdiden bir ay kadar uzun sürmüş gibiyse de, saat daha ancak dördü çeyrek geçiyor. Stamos'un ofisini arayınca telefona Marlee çıkıyor. Cıvıltılı sesinden o olduğunu anlıyor, ama kendini tanıttığı anda bu ses ciddileşiyor. Hodges test sonuçlarının ne gösterdiğini bilmiyor, ama iyi olma ihtimali çok az. Bir zamanlar Bob Dylan'ın dediği gibi, rüzgârın hangi yönden estiğini bilmek için meteoroloji uzmanı gerekmez.

Randevuyu dokuz buçuğa çevirmek için Marlee'yle pazarlık yapıyor, çünkü önce Holly, Pete ve Isabella'yla bir toplantı yapması gerek. Doktor Stamos'un muayenesinin ardından bir hastaneye yatırılma ihtimaline inanmak istemiyor, ama Hodges gerçekçi bir insan. Bacağına giren o müthiş sancı ödünü koparmış.

Marlee ona hattan ayrılmamasını söylüyor. Hodges bir süre hatta Young Rascals grubunun müziğini dinledikten sonra Marlee ona dönüyor. "Sizi dokuz buçukta alabileceğiz, Bay Hodges, fakat Doktor Stamos bu randevuya mutlaka gelmenizin şart olduğunu söyledi."

"Çok mu kötü?" Hodges kendini tutamayıp bunu soruyor.

"Durumunuz hakkında hiçbir bilgim yok," diyor Marlee, "ama ne gibi bir sorununuz varsa, hemen ilgilenilmesi gerektiğini düşünüyorum. Haksız mıyım?"

"Haklısın," diyor Hodges endişeli bir sesle. "Randevuya mutlaka geleceğim. Teşekkür ederim."

Kapattıktan sonra telefonuna bakıyor. Ekranında, yedi yaşındaki kızı o zamanlar Freeborn Avenue'da oturdukları evin arka bahçesinde salıncakta sallanıyor. Hâlâ bir aile oldukları zamanlar. Şimdi Allie otuz altı yaşında, boşanmış, terapi görüyor ve ona İncil kadar eski bir masal anlatan bir erkekle sancılı bir ilişkisi var. Adam en kısa zamanda karısından ayrılacağını ama şu sıralar mümkün olmadığını söyleyip durmakta.

Hodges telefonu bırakıp gömleğini sıyırıyor. Karnının sol yanındaki sancı yine hafiflemiş, bu iyi tabii, ama göğüs kemiğinin altındaki şişkinlik hiç hoşuna gitmiyor. Sanki muazzam miktarda bir yemek göçürmüş gibi, oysa öğlen yemeğinin sadece yarısını yiyebilmiş, kahvaltısıysa bir simitten ibaret olmuş.

"Senin neyin var, kuzum?" diye soruyor şiş karnına. "Yarınki randevuya gitmeden önce bana bir ipucu versen çok iyi olurdu."

Aslında bilgisayarını açıp, tıpla ilgili bir web sitesine girerek her türlü ipucunu öğrenebilir, ama internet aracılığıyla kendi kendine teşhis koymanın ahmaklar için bir oyun olduğuna inanıyor. Bunun yerine Holly'yi arıyor. Holly ona, 1588'de ilginç bir şey buldun mu, diye soruyor.

"Çok ilginç bir şey var, ama bunu anlatmadan sen sorunu sor."

"Sence Pete, Martine Stover'ın bir bilgisayar satın alma aşamasında olup olmadığını öğrenebilir mi? Kredi kartlarına falan bakarak? Çünkü annesinin bilgisayarı tarih öncesinden kalmaydı. Eğer öyleyse, internetten muhasebe kursuna katılma konusunda ciddiydi. Ve eğer ciddi idiyse..."

"Annesiyle birlikte bir intihar anlaşması yapma ihtimali sıfırlanıyor."

"Evet."

"Ama bu, annesinin bu işi kendi kararıyla yapmış olma ihtimalini ortadan kaldırmıyor. Stover uyurken onun beslenme hortumuna hapları ve votkayı zerk edip, sonra işi bitirmek için küvete girmiş olabilir."

"Ama Nancy Alderson onların..."

"Mutlu olduklarını söylemişti, evet, biliyorum. Sadece bu ihtimali ortaya attım. Aslında ben de inanmıyorum."

"Sesin yorgun geliyor."

"Her zamanki gün sonu uyuşukluğum. Bir lokma bir şey yedikten sonra hemen yatacağım." Hayatında hiçbir zaman kendini bu kadar iştahsız hissetmemiş.

"Çok ye. Çok zayıfladın. Ama önce bana o boş evde ne bulduğunu anlat."

"Evde değil. Garajda."

Hodges anlatıyor. Holly hiç sözünü kesmeden dinlediği gibi, o bitirdiği zaman da herhangi bir şey söylemiyor. Holly bazen telefonda olduğunu unuttuğu için Hodges onu dürtmek zorunda.

"Buna ne diyorsun?"

"Bilmiyorum. Gerçekten bilemiyorum. Bu iş... baştan aşağıya çok tuhaf. Sence de öyle değil mi? Yoksa tuhaf değil mi? Çünkü bazen ben aşırı tepki gösterebiliyorum. Bazen böyle oluyor."

Bilmez miyim, diyor içinden Hodges, ama bu kez onun aşırı tepki gösterdiğini sanmıyor ve bunu ona söylüyor.

"Bana Janice Ellerton'un yamalı parka ve işçi kıyafeti giyen bir adamdan hiçbir şey almayacağını söylemiştin," diyor Holly.

"Evet, öyle söyledim."

"O halde, bunun anlamı..."

Bu defa Hodges susuyor ve onun tamamlamasını bekliyor.

"İki adamın bir şeyin peşinde olduğu. İki kişi. Biri alışveriş yaptığı sırada Janice Ellerton'a Zappit'i ve o uyduruk anket formunu veriyor, diğeri de sokağın karşısından onun evini gözetliyor. Ve dürbünle. *Pahalı* bir dürbünle! Belki o iki adam birlikte çalışıyor olmayabilirler, ama..."

Hodges gülümseyerek bekliyor. Holly düşünme sürecini işe koştuğu zaman Hodges onun alnının arkasındaki dişlilerin dönüşünü neredeyse duyar gibi oluyor.

"Bill, hâlâ orada mısın?"

"Evet. Ağzındaki baklayı çıkarmanı bekliyorum."

"Galiba birlikte çalışıyorlar. En azından bana göre. Ve o iki kadının ölümüyle de ilişkileri olabilir. Söyledim işte, memnun oldun mu?"

"Evet Holly, oldum. Yarın sabah dokuz buçukta doktorla randevum var..."

"Test sonuçların gelmiş mi?"

"Evet. Daha önce Pete ve Isabella'yla bir toplantı yapmak istiyorum. Sekiz buçuk sana uyar mı?"

"Elbette."

"Bildiğimiz her şeyi ortaya dökeriz, onlara Alderson'u, 1588 numaralı evde bulduğumuz oyun tabletini anlatırız ve ne düşündüklerini sorarız. Sence uygun mu?"

"Evet, ama Isabella'nın herhangi bir şey düşüneceğini sanmıyorum."

"Yanılıyor olabilirsin."

"Evet. Ve yarın gökyüzü, içine kırmızı polka benekleri serpiştirilmiş yeşile dönüşür. Hadi, şimdi gidip kendine yiyecek bir şeyler hazırla."

Hodges tamam dedikten sonra konserve tavuk çorbası ısıtıp televizyondaki haberleri seyrediyor. İte kaka da olsa çorbanın büyük bir kısmını bitirebiliyor.

Kâsesini yıkarken karnının sol yanındaki ağrı depreşiyor; sırtının altında da zonklama var. Sanki her nabız atışında o sancı da yükselip alçalır gibi. Midesi kasılıyor. Banyoya koşmayı düşünüyor, ama çok geç. Bunun yerine gözlerini kapatıp lavaboya eğilerek kusuyor. Kusmuğu yıkamak için el yordamıyla musluğu açana kadar gözlerini açmıyor. İçinden boşalttığı şeyi görmek istemiyor, çünkü ağzında ve genzinde kan tadı var.

Öf, diyor içinden, durumum kötü.

Durumum çok kötü.

14

Saat 20.00

Kapı zili çaldığında Ruth Scapelli televizyonda şapşal bir yarışma programı izlemekte. Doğruca kapıya gitmektense, terlikli ayaklarını sürüyerek mutfağa gidiyor ve verandasına yerleştirilmiş güvenlik kamerasının ekranını açıyor. Güvenli bir semtte yaşadığı halde hiçbir riske girmek istemez. Annesinin hep dediği gibi, her yerde alçak insanlar vardır.

Kapıdaki adamı görünce hem şaşırıyor hem de kaygılanıyor. Adamın üstünde pahalı bir palto, kenar bandında tüy olan bir şapka var. Şapkanın altından usta bir berber elinden çıkmış gümüş renkli saçları şakaklarına kadar inmiş. Bir elinde ince bir evrak çantası görünüyor. Bu adam Doktor Felix Babineau, Nöroloji Bölümü şefi ve Göller Bölgesi Travmatik Beyin Hasarları Kliniğinin başı.

Kapı zili bir kez daha çalınca Scapelli onu içeriye almak için koşuyor. Bu öğleden sonra yaptıklarımı biliyor olamaz, diye düşünüyor, çünkü kapı kapalıydı ve odaya girdiğimi gören olmadı. Sakin olmalıyım. Başka bir şeydir. Belki sendikayla ilgilidir.

Ne var ki, Scapelli son beş yıldır Hemşire Birliği örgütünde çalıştığı halde Babineau onunla sendika konularını hiç konuşmamış. Üstünde hemşire üniforması yoksa, yolda karşılaşsa bile onu tanımayabilir. O anda Scapelli üzerindeki kıyafeti hatırlıyor; eski bir sabahlıkla daha da eski terlikler (üstünde de tavşan yüzleri var) fakat bu konuda bir şey yapacak zaman yok. Hiç değilse saçları bigudili değil.

Daha önceden aramalıydı, diye geçiyor içinden, ama bunu izleyen düşünce endişe verici: Belki beni habersiz yakalamak istedi.

"İyi akşamlar, Doktor Babineau. İçeriye gelin, soğukta kalmayın. Sizi sabahlıkla karşıladığım için üzgünüm, ama ziyaretçi beklemiyordum."

Babineau içeriye girip holde duruyor. Kapıyı kapamak için Scapelli onun yanından geçmek zorunda. Yakından bakınca doktorun da en az kendisi kadar pejmürde bir halde olduğunu görüyor. Scapelli'nin üstünde sabahlık, ayaklarında terlik var, tamam, ama doktorun da yanaklarında gri sakal dipleri görülüyor. Dr. Babineau (kimse ona Doktor Felix demeyi aklından bile geçiremez) şık giyiniyor olabilir –boynundaki kaşmir atkıya dikkat isterim– ama bu gece tıraşsız. Üstelik gözlerinin altında mor lekeler var.

"Paltonuzu alayım," diyor Scapelli.

Babineau çantasını yere bırakıp palto düğmelerini çözüyor ve atkısıyla birlikte paltoyu Scapelli'ye uzatıyor. Hâlâ tek kelime etmiş değil. Yemekte yediği lazanya o sırada Scapelli'ye çok lezzetli gelmişti, ama şimdi midesine çökmüş gibi...

"Bir şey ikram..."

"Oturma odasına gel," diyor Babineau ve kendi eviymişçesine onun yanından geçiyor. Ruth Scapelli de telaşlı adımlarla arkasından yürüyor.

Babineau koltuğun üstündeki uzaktan kumandayı alıp televizyona doğru tuttuktan sonra cihazı sessize alıyor. Yarışma programındaki genç kadınlar ve erkekler yine koşuşturmayı sürdürüyorlar, ama geri plandaki o saçma ses artık onlara eşlik etmiyor. Scapelli'nin kaygısı artık düpedüz korku haline gelmiş. İşi için, evet, elde etmek için o kadar çalıştığı pozisyonu için, ama kendisi için de... Doktorun gözlerinde öyle bir ifade var ki, sanki hiçbir şeye bakmıyor gibi boş.

"Size bir şey ikram edebilir miyim? Soğuk bir içki veya kahve..."

"Beni dinle, Hemşire Scapelli. Eğer işini korumak istiyorsan çok iyi dinle."

"Ben... ama..."

"Ve sadece işini kaybetmenle de bitmez." Babineau çantasını onun rahat koltuğu üstüne koyup altın renkli kilit mandallarını açıyor. "Bugün beyni hasarlı bir hastaya tacizde bulundun, hatta buna cinsel taciz bile denebilir. Sonra da yasalarda suç teşkil edecek bir şekilde onu tehdit ettin."

"Ben... hiçbir zaman..."

Scapelli ağzından çıkanı duymakta zorlanıyor. Hemen oturmazsa bayılacağından korkuyor, ama koltuğunun üstünde doktorun çantası var. Odanın karşısındaki kanepeye giderken kaval kemiğini sertçe sehpaya çarpıyor. Ayak bileğine kadar sızan kanı hissediyor ama başını eğip bakmıyor. Bakarsa kesinlikle bayılacak.

"Bay Hartsfield'in meme ucunu büktün. Sonra da aynı şeyi testislerine yapmakla tehdit ettin."

"Bana müstehcen bir hareket yaptı!" diye patlıyor Scapelli. "Ortaparmağını gösterdi!"

"Bir daha hiçbir zaman hemşire olarak çalışmamanı sağlayacağım," diyor Babineau, gözleri çantasının içine çevrili. Scapelli'yse kanepede, bayılmak üzere. Doktorun çantasının yan tarafında isminin baş harfleri var. Tabii yaldızlı. Adam yeni bir BMW kullanıyor ve saç tıraşına en az elli dolar ödemiş olmalı. Belki daha fazladır. Baskıcı, buyurucu bir amir; şimdi de ufak bir hata yüzünden Scapelli'nin hayatını mahvetmekle tehdit ediyor. Küçük bir muhakeme hatası yüzünden...

Yer yarılsa onu içine çekse umurunda değil, ama gözleri tuhaf bir şekilde her ayrıntıyı görebiliyor. Doktorun şapkasına takılı tüyün her bir telini, kan çanağı gibi olmuş gözlerindeki her bir kılcal damarı, çenesini ve yanaklarını örten pis sakalındaki her kılı seçebiliyor. Eğer boyamasa, saçları da aynı fare tüyü renginde olurdu, diye geçiriyor içinden.

"Ben..." Gözyaşları akmaya başlıyor – soğuk yanaklarından aşağıya akan sıcak gözyaşları. "Ben... lütfen, Doktor Babineau." Adamın bunu nasıl öğrendiğini bilmiyor ama artık fark etmez. Bir şekilde biliyor işte. "Bir daha asla yapmayacağım. Lütfen. *Lütfen.*"

Dr. Babineau ona cevap verme gereğini duymuyor.

15

Umutsuz vakalar koğuşunda üç-on bir vardiyasında çalışan dört hemşireden biri olan Selma Valdez, formalite icabı 217 numaralı odanın kapısını tıklatıyor —formalite, çünkü odanın sakini hiçbir zaman cevap vermez— ve içeriye giriyor. Brady her zamanki gibi pencere önündeki koltuğuna oturmuş, dışarıdaki karanlığa bakıyor. Komodinin üstündeki gece lambası açık, ışığı saçlarından yansıyor. Üstünde hâlâ o rozet var: BENİ HEMŞİRE BARBARA TIRAŞ ETTİ!

Selma ona yatağına gitmek için hazır mı, diye sormak üzereyken (Brady gömlek ve pantolon düğmelerini çözemiyor, ama bu iş olduktan sonra kollarını ve bacaklarını çıkarabiliyor) tereddüt ediyor. Doktor Babineau, Hartsfield'in tablosuna kırmızı kalemle yazılı bir not eklemiş: "Yarı bilinçli durumdayken hasta rahatsız edilmeyecek. Bu dönemlerde beyni küçük ama çok önemli bir şekilde kendini yeniliyor olabilir. On beş dakika aralarla gelip kontrol edin. Bu talimatı göz ardı etmeyin."

Selma onun beynini yenilediğini hiç sanmıyor, herif bitkiler âleminde; ama o koğuşta çalışan bütün hemşireler gibi o da Babineau'dan korkuyor. Onun her an, hatta sabahın erken saatlerinde bile aniden orada bitivereceğini biliyor. O anda da saat akşamın sekizi olmuş.

Onu son kontrole geldiğinden beri Hartsfield ayağa kalkıp komodinine kadar üç adım atarak oradaki oyun tabletini almayı başarmış. Önceden yüklenmiş oyunları oynamak için gereken el becerisi yok, ama tableti açıp kapatabiliyor. Bunu kucağında tutup, oyun tanıtan ekranlara bakmaktan büyük zevk alıyor. Bazen bu işi bir saatten fazla yaptığı oluyor; eğilmiş, önemli bir sınava çalışan öğrenci gibi görünüyor. En sevdiği oyun Balık Deliği; şimdi ona bakıyor. Selma'nın çocukluğundan hatırladığı bir melodi çalmakta: *Deniz kenarında, güzel denizin kenarında sen ve ben ne kadar mutlu olacağız.*

Selma, bu oyunu çok seviyorsun değil mi, demek için ona yaklaşırken altı çizili *Bu talimatı göz ardı etmeyin,* notunu hatırlayıp sadece küçük ekrana bakmakla yetiniyor. Brady'nin neden bunu sevdiği belli; egzotik balıkların ortaya çıkıp durmaları, sonra bir kuyruk hareketiyle kaybolmaları gerçekten çok güzel. Bazıları kırmızı... bazıları mavi... bazıları sarı... a, bir de çok hoş pembe balık var...

"Bakıp durma!"

Brady'nin sesi çok ender açılan bir kapının menteşeleri gibi gıcırtılı; iki kelime arasında biraz boşluk kalsa da son derece net.

Daha önceki gevelemelere hiç benzemiyor. Selma sanki ondan bir çimdik yemiş gibi yerinde sıçrıyor. Zappit'in ekranında bir an balıkları perdeleyen mavi bir ışık belirmiş; az sonra balıklar yine görünüyor. Selma saatine göz atınca sekizi yirmi geçtiğini görüyor. Yahu, gerçekten yirmi dakikadan beri burada dikilip duruyor muydu?

"Git."

Brady hâlâ ekranda gidip gelen balıklara bakıyor. Selma zor bela gözlerini ondan ayırıyor.

"Daha sonra gel." Ara. "İşim bitince." Ara. "Bakıyorum."

Selma söyleneni yapıyor ve koridora çıkınca kendine geliyor. Brady onunla konuşmuş; büyük gelişme. Ya eğer bazı erkeklerin bikinili kızların voleybol oynamasını seyretmekten hoşlandığı gibi o da Balık Deliği oyununun tanıtma ekranına bakmayı seviyorsa? Yine büyük gelişme. Ama asıl soru neden çocuklara bu oyun tabletlerinin verildiği. Olgunlaşmamış beyinleri için zararlı olabilir, değil mi? Diğer yandan, çocuklar devamlı bilgisayar oyunları oynayıp duruyorlar, belki de bağışıklık kazanmışlardır. Bu arada, Selma'nın da yapacak yığınla işi var. Hartsfield koltuğunda oturup oyuncağına bakadursun.

Ne de olsa kimseye zarar vermiyor.

16

Felix Babineau katlanır gibi öne eğilirken eski bilimkurgu filmlerdeki uzaylı yaratıkları andırıyor. Çantasının içine uzanıp, bir e-kitap okutucusuna benzeyen, yassı, pembe bir tablet çıkarıyor. Ekranı gri ve boş.

"Burada bulmanı istediğim bir numara var," diyor. "Dokuz haneli bir numara. Eğer bu numarayı bulabilirsen, Hemşire Scapelli, bugünkü olay aramızda kalacak."

Scapelli'nin aklına gelen ilk şey, *Sen aklını kaçırmışsın* olsa da bunu söyleyemiyor. Hayatı bu adamın ellerindeyken söyleyemez. "Nasıl yapabilirim ki? Bu elektronik aletler hakkında hiçbir şey bilmem. Telefonumu bile kullanmakta zorlanıyorum!"

"Saçma. Ameliyat hemşiresi olarak çok tutulurdun. Becerikli olduğun için."

Bu doğruydu, ama Kiner ameliyathanelerinde cerrahlara makas, retraktör veya sünger uzatmayalı on yıl olmuştu. Ona altı haftalık bir mikro-cerrahi kursuna katılması teklif edilmişti –ücretin yüzde yetmişini hastane karşılayacaktı– ama Scapelli ilgilenmemişti. Ya da herkese söylediği buydu; aslında başarısız olmaktan korkmuştu. Ne var ki, Babineau haklıydı; iyi günlerinde Scapelli'nin eli çabuktu.

Babineau tabletin tepesindeki bir düğmeye basıyor. Scapelli görebilmek için boynunu uzatmış. Ekran aydınlanıyor ve ZAPPIT'E HOŞ GELDİNİZ yazısı beliriyor. Bunu çeşitli ikonlar izliyor. Herhalde oyunlar olmalı, diyor içinden Scapelli. Babineau ekranı iki kere kaydırdıktan sonra ona yanında durmasını söylüyor. Scapelli duraksayınca, doktor ona bakıp gülümsüyor. Belki amacı onu rahatlatmak; ama tersine, Scapelli'yi korkutuyor. Çünkü adamın gözlerinde insanlara özgü hiçbir ifade yok.

"Hadi, Hemşire. Seni ısıracak değilim."

Tabii ki ısırmaz. Ama ya ısırırsa?

Yine de ekranı görebilmek için bir adım daha sokuluyor. Ekranda egzotik balıklar bir o yana bir bu yana gidip duruyorlar. Kuyruklarını salladıkları zaman köpükler kabarıyor. Geri planda tanıdık bir melodi var.

"Bunu görüyor musun? Adı Balık Deliği."

"E-evet." Bu adam gerçekten kafayı üşütmüş. Aşırı çalışmaktan beyni sulanmış olmalı.

"Ekranın altına dokunursan oyun başlıyor ve müzik değişiyor, ama senden bunu yapmanı istemiyorum. Sana tanıtım ekranı yeter. Pembe balığı arayacaksın. Bunlar çok sık ortaya çıkmıyorlar ve çok hızlılar, bu yüzden çok dikkatli izlemelisin. Gözlerini ekrandan ayıramazsın."

"Doktor Babineau, siz iyi misiniz?"

Bu kendi sesi, ama sanki çok uzaklardan geliyormuş gibi. Babineau cevap vermiyor ve ekrana bakmayı sürdürüyor. Scapelli'nin gözleri de ekranda. Balıklar ilginç. Ve o melodi, insanı hipnotize eder gibi. Ekranda mavi bir ışık parlıyor. Scapelli gözlerini kırpıştırırken balıklar tekrar beliriyor. Bir o yana bir bu yana yüzüyorlar. Kuyruklarını salladıkça köpükler çıkıyor.

"Her pembe balık gördüğünde tıkla, o anda bir numara çıkacak. Dokuz pembe balık, dokuz numara. Bunları çıkardıktan sonra iş tamamlanmış olacak ve bugünkü olayı unutacağız. Anlıyor musun?"

Scapelli bu numaraları yazması mı, yoksa aklında tutması mı gerekiyor diye soracakken vazgeçip sadece, "Evet," diyor.

"Güzel." Babineau tableti ona veriyor. "Dokuz balık, dokuz numara. Ama unutma, sadece pembe balıklar."

Scapelli balıkların yüzdüğü ekrana bakıyor; kırmızı ve yeşil, yeşil ve mavi, mavi ve sarı. Küçük dikdörtgen ekranın sol tarafından çıkıp sağ tarafından tekrar giriyorlar. Ekranın sağ tarafından çıkıp sol yanına yüzüyorlar.

Soldan sağa.

Sağdan sola.

Bazıları üstten, bazıları alttan.

Ama pembeleri nerede? Ona pembe balıklar lazım, dokuz tanesini tıkladıktan sonra her şeyi geride bırakacak.

Gözünün ucuyla Babineau'nun çantasını kapadığını görüyor. Adam çantasını alıp odadan çıkıyor. Gidiyor. Önemli değil. Scapelli'nin dokuz tane pembe balığı tıklaması lazım, sonra her şey geride kalacak. Ekranda mavi ışık parladıktan sonra balıklar yine beliriyor. Sağdan sola, soldan sağa yüzüyorlar. Çalan melodinin sözleri: *Deniz kenarında, güzel denizin kenarında sen ve ben ne kadar mutlu olacağız.*

Pembe bir balık! Hemen tıklıyor. 11 sayısı beliriyor. Kaldı sekiz tane daha.

İkinci pembe balığı tıklarken ön kapı sessizce kapanıyor; Doktor Babineau'nun otomobili çalışmaya başladığı anda üçüncü balığı tıklıyor. Scapelli oturma odasının ortasında dikilmiş, dudakları öpülmeyi bekler gibi aralık, ekrana bakıyor. Yanakları ve alnı kızarmış. Gözleri fincan gibi olmuş, hiç kırpmıyor. Dördüncü pembe balık ortaya çıkıyor, ama bu sanki tıklanmayı bekler gibi çok yavaş yüzüyor, ama Scapelli hiçbir şey yapmıyor.

"Merhaba, Hemşire Scapelli."

Başını kaldırıp bakınca, rahat koltuğunda oturmakta olan Brady Hartsfield'i görüyor. Hayalet gibi bir parıltısı var, ama bu o işte. Üstünde bu öğlen sonrası onu gördüğündeki kıyafeti var: blucin ve kareli gömlek. Gömleğindeki rozette BENİ HEMŞİRE BARBARA TIRAŞ ETTİ! yazılı. Ama umutsuz vakalar koğuşundaki hastalara özgü o boş bakışlar yok. Scapelli'ye çok canlı bir ilgiyle bakıyor. Scapelli'ye çocukken, Hershey-Pennsylvania'da yaşadıkları sırada abisinin bir karınca yuvasına bakışını hatırlatıyor.

Bu bir hayalet olmalı, çünkü gözlerinde balıklar yüzüyor.

"Babineau her şeyi anlatacak," diyor Hartsfield. "Ve bu iş sadece senin ifadene karşı onunkinden ibaret değil. Beni izlemek için odama bir kamera yerleştirmişti. Beni incelemek için. Bütün odayı görebilen geniş açılı bir merceği var. Bu merceklere balıkgözü deniyor."

Brady espri yaptığını belli etmek için gülümsüyor. Sağ gözünün içinden kırmızı bir balık geçip gidiyor, sonra sol gözünde ortaya çıkıyor. Scapelli, herifin beyni balıklarla dolu, ben de onun aklından geçenleri görüyorum, diye düşünüyor.

"O kamera ses kaydı da yapıyor. Babineau bana işkence edişini gösteren o filmi yönetim kuruluna gösterecek. Aslında o kadar canım yanmadı, acıyı eskisi gibi hissetmiyorum, ama doktor bunu işkence olarak kabul ediyor. İş o kadarla da kalmayacak. Filmi YouTube'da ve Kötü Tıp web sayfasında da yayınlayacak. İnternette dolaşacaksın. Ünlü olacaksın. İşkenceci Hemşire. Peki, seni kim savunacak? Kim destek olacak? Hiç kimse. Çünkü kimse seni sevmiyor. Senin çok kötü olduğunu düşünüyorlar. Peki, *sen* ne düşünüyorsun? Sence kötü müsün?"

Şimdi bu soruya dikkatini verince Scapelli, herhalde kötüyüm, diye düşünüyor. Beyin hasarlı bir hastayı taşaklarını bükmekle tehdit eden biri mutlaka kötüdür. Nasıl böyle bir şey aklından geçebilmiş ki?

"Söyle," diyor Brady ona doğru uzanarak. Gülümsüyor. Balıklar yüzüyor. Mavi ışık parlamış. Melodi çalıyor.

"Söylesene, aşağılık kaltak!"

"Kötüyüm," diyor Scapelli, ondan başka kimsenin olmadığı oturma odasında. Gözleri Zappit ekranında.
"Şimdi bunu içtenlikle söyle."
"Kötüyüm. Ben kötü ve aşağılık bir kaltağım."
"Peki, Dr. Babineau ne yapacak?"
"Bu filmi YouTube'a, Facebook'a ve Kötü Tıp sitesine yükleyecek. Herkese anlatacak."
"Tutuklanacaksın."
"Tutuklanacağım."
"Gazetelerde fotoğrafın çıkacak."
"Elbette."
"Hapse gireceksin."
"Hapse gireceğim."
"Sana kim destek olacak?"
"Hiç kimse."

17

Umutsuz vakalar koğuşu 217 numaralı odada Brady oturduğu yerde Balık Deliği tanıtım ekranına bakıyor. Yüzünden bilincinin tamamen yerinde olduğu belli. Brady bu ifadesini Felix Babineau'dan başka herkesten gizlemiş ve artık Doktor Babineau'nun da bir önemi yok. Dr. Babineau yok gibi bir şey. Bu günlerde o daha çok Dr. Z.

"Hemşire Scapelli," diyor Brady. "Mutfağa gidelim."

Scapelli biraz direniyor ama fazla sürmüyor.

18

Hodges sancı dalgasının altında kalıp uyumaya devam etmek istiyor ama bu sancı gözlerini açana kadar onu yüzeye çekiyor. Komodin üstündeki saate uzanıp bakıyor: 02:00. Uyanmak için kötü bir zaman; belki de en kötü zaman. Emekli olduktan sonra uyuyamama sıkıntısı çekerken, sabahın ikisini intihar saati olarak düşünürdü; şimdi de Ellerton'un bu saatte kendini öldürdüğünü düşünüyor. Sabahın ikisi. İnsana güneşin hiç doğmayacakmış gibi geldiği saat.

Yataktan kalkıp ağır adımlarla banyoya gidiyor ve ilaç dolabından anti-asit ilacı olan Gelusil şişesini çıkarıyor. Dört büyük yudum içtikten sonra, midesi bunu kabul edecek mi, yoksa tavuk çorbasında olduğu gibi boşaltma düğmesine basacak mı diye bekliyor.

İlaç midesinde kalıyor ve sancı azalmaya başlıyor. Gelusil bazen işe yarıyor. Her zaman değil.

Tekrar yatağa dönmeyi düşünüyor ama yatay duruma geçtiği anda o sinsi sancı tekrar başlayacak diye korkuyor. Bunun yerine çalışma odasına gidip bilgisayarını açıyor. Mide sorununun muhtemel nedenlerini araştırmak için en kötü zaman olduğunun farkında, ama daha fazla direnemiyor. Bilgisayarının duvar kâğıdı beliriyor (bu da Allie'nin çocukluk fotoğrafı). Firefox'u açmak için ekranın altına iniyor ve o anda donup kalıyor. Burada yeni bir şey var. Mesaj gösteren balon ikonuyla, FaceTime kamerası ikonu arasında mavi bir şemsiye, bunun üstünde kırmızı bir 1 var.

"Debbie'nin Mavi Şemsiyesi'ne bir mesaj gelmiş," diyor. "Olur şey değil."

Yaklaşık altı yıl önce Jerome Robinson, Hodges'un bilgisayarına Mavi Şemsiye aplikasyonunu yüklemişti. Brady Hartsfield, nam-ı diğer Bay Mercedes, onu yakalamayı başaramayan polisle sohbet etmek istemişti. Hodges emekli olmasına rağmen onunla konuşmayı istiyordu. Çünkü Bay Mercedes gibi pislikleri (neyse ki onun gibilerinin sayısı fazla değildi) konuşturduğun zaman yakalanmaları an meselesi oluyordu. Bu özellikle de kendini beğenmiş tipler için geçerliydi; Hartsfield de kendini beğenmişliğin vücut bulmuş haliydi.

Web sunucusu Doğu Avrupa'da bir yerde olan ve sözde izi sürülemeyecek güvenli sohbet sitelerinde haberleşmek için ikisinin de kendine göre nedenleri vardı. Hodges, City Center katilini kimliğini açığa çıkaracak bir hata yapmaya teşvik etmek istiyordu. Bay Mercedes de telkinleriyle Hodges'u intihara sürüklemeyi. Ne de olsa Olivia Trelawney'de bu amacına ulaşmıştı.

Nasıl bir hayatın var? diye sormuştu Hodges'a ilk haberleşmelerinde – normal postayla gönderilen mektuptu. *Artık en parlak günlerin geride kaldığına göre, nasıl bir hayatın var?* Sonra da: *Benimle yazışmak ister misin? Debbie'nin Mavi Şemsiyesinin Altı'nı dene. Sana kullanıcı adını bile buldum: "kermitfrog19."*

Jerome Robinson ve Holly Gibney'in büyük yardımlarıyla Hodges, Brady'nin izini buldu, sonra Holly onun kafasını patlattı. Mükâfat olarak Jerome ve Holly on yıl boyunca belediye hizmetleri için para ödemediler. Hodges'a da bir kalp pili armağan edildi. Hodges'un onca yıl sonra, şimdi bile hatırlamak istemediği acılar ve kayıplar da yaşanmıştı; ama şehir için, özellikle de o gece Mingo'daki konserde bulunanlar için hayırlı bir son olmuştu.

2010'la şimdiki zaman arasında mavi şemsiye ikonu ekranın altındaki yuvasından kaybolmuştu. Buna ne olduğunu merak ettiğini hatırlamıyordu (herhalde hiç merak etmemişti). Muhtemelen Jerome veya Holly'nin (onun Macintosh'ta çuvalladığı bir gün geldiklerinde) bu ikonu çöp kutusuna gönderdiklerini varsaymıştı. Oysa ikisinden biri bu ikonu aplikasyon klasörü içine sıkıştırmış olmalıydı, böylece mavi şemsiye onca yıl görünmeden burada kalmıştı. Belki de kendisi ikonu çıkarmış ve bunu unutmuştu. Altmış beş yaşından sonra insanın hafızası bayağı zayıflıyordu.

Fareyi mavi şemsiye üzerine getiriyor, biraz tereddütten sonra tıklıyor. Ekranındaki duvar resmi gidip yerine uçsuz bucaksız bir denizin üstünde uçan halıyla süzülen genç bir çift beliriyor. Gümüş renginde bir yağmur yağıyor, ama koruyucu mavi şemsiyeleri altında genç çift hiç ıslanmıyor.

Ah, bu resim ona ne çok şey hatırlatıyor.

Hem kullanıcı adı hem şifresi olarak **kermitfrog19**'u giriyor. Hartsfield ona böyle mi demişti? Hodges emin değil, ama öğrenmenin tek yolu var. *Return* tuşuna basıyor.

Makine birkaç saniye düşünüyor (ama Hodges'a çok daha uzun geliyor) ve sonra pat diye giriyor. Gördüğü şeyle alnı kırışıyor. Brady işleyici adı olarak **merckat** adını kullanmış, Mercedes Katili'nin kısaltılmış şekli, –Hodges bunu kolayca hatırlıyor– ama bu bambaşka birisi. Aslında şaşırmaması lazım, ne de olsa Holly adamın beynini yulaf ezmesine çevirmişti. Ama yine de şaşırmadan edemiyor.

F: 6

Z-Çocuk seninle sohbet etmek istiyor!
Z-Çocuk'la sohbet etmek istiyor musun?
E   H

Hodges E'yi tıklıyor ve bir saniye sonra bir mesaj beliriyor. Birkaç kelimeden oluşan tek bir cümle, ama Hodges bunu tekrar tekrar okuyor; içinde korkudan çok heyecan var. Burada ilginç bir şeyle karşı karşıya. Henüz ne olduğunu bilmiyor, ama önemli bir şey olduğunu hissediyor.

Z-Çocuk: Henüz seninle işi bitmedi.

Hodges kaşlarını çatmış bir halde bu mesaja uzun uzun bakıyor. Neden sonra klavyeye uzanıp yazıyor:

kermitfrog19: Benimle kimin işi bitmedi? Sen kimsin?

Cevap yok.

19

Hodges ve Holly, Dave's Diner adlı sefil lokantada Pete ve Isabella'yla buluşuyorlar. Burası Starbucks adıyla maruf tımarhanenin bir blok ötesinde. Erken kahvaltı eden müşteriler ayrılınca masalar boşalıyor, onlar da arka tarafta bir yere oturuyorlar. Mutfaktaki radyoda bir Badfinger şarkısı çalarken, garson kadınlar gülüşüyorlar.

"Sadece yarım saat vaktim var," diyor Hodges. "Sonra hemen doktora gitmem lazım."

Pete endişeli bir yüzle ona doğru uzanıyor. "Umarım ciddi bir şey değildir."

"Hayır. İyiyim." Aslında bu sabah gerçekten iyiydi, kendini yine kırk beş yaşında hissetmişti. Bilgisayarındaki mesaj her ne kadar şifreli ve meymenetsizse de, Gelusil adlı anti-asit ilacından daha çok işe yaramıştı. "Hemen bulduğumuz şeyleri konuşalım. Holly, arkadaşlara Bir ve İki numaralı delillerimizi göstersene."

Holly yanında getirdiği evrak çantasından Zappit tabletini ve 1588'in garajında buldukları mercek kapağını (isteksizce de olsa) çıkarıyor. Her ikisi de naylon poşet içinde, ama mercek kapağı hâlâ kâğıda sarılı.

"Siz ikini ne haltlar karıştırdınız?" diye soruyor Pete. Espriye vurmak istiyor ama Hodges onun sesindeki suçlama kokusunu alabiliyor.

"Soruşturma yaptık," diyor Holly; her ne kadar normal koşullarda Izzy'yle göz teması kurmasa da, şimdi ona kısa süreli bir bakış atıveriyor. Anlamı: Neyi kastettiğimi anlıyor musun?

"Açıklasanıza," diyor Izzy.

Hodges anlatırken Holly gözlerini devirmiş, onun yanında oturuyor; kafeinsiz kahvesine hiç dokunmamış. Fakat çenesi kıpırdıyor; Hodges onun tekrar nikotinsiz sakıza başvurduğunun farkında.

Izzy, "İnanılır gibi değil," diyor, Hodges anlatmayı bitirdiğinde. İçinde Zappit olan poşeti dürtüyor. "Bunu öylece *alıverdiniz*. Balık pazarındaki bir balık gibi gazeteye sarıp evden dışarıya çıkardınız."

Holly iskemlesinde büzülüyor. Kucağındaki ellerini öyle sıkmış ki, parmak kemikleri beyazlaşmış.

Isabella bir keresinde bir sorgu odasında az kalsın onu tökezletecek gibi olduysa da (Hodges, Mercedes olayı sırasında, hiç yetkisi olmadığı bir soruşturma yaparken) Hodges genellikle onu yeterince sever, ama şimdi ondan pek hoşlanmıyor. Holly'nin böyle büzülmesine neden olan kimseyi sevemez.

"Mantıklı ol, Iz. Bir düşün. Holly bu aleti bulmasaydı – ve tamamen tesadüfen bulmasaydı, hâlâ orada kalacaktı. Siz ikiniz evi aramayacaktınız."

"Evin hizmetçisini de aramayacaktınız," diyor Holly; hâlâ başını kaldırmamış, ama sesinde demir var. Hodges bunu duyduğuna memnun oluyor.

"Zamanı gelince o Alderson adlı kadını arayacaktık," diyor Izzy, ama o buğulu gri gözleri fıldır fıldır... Klasik bir yalancı ifadesi. Hodges onun Pete'le hizmetçi konusunu henüz konuşmadıklarını biliyor; belki daha sonra konuşacaklardı. Pete Huntley ağırkanlı bir adam olabilir ama hiçbir işi eksik bırakmaz.

"Eğer o alette parmak izi var idiyse, şimdi çoktan yok olmuştur," diyor Izzy.

Holly soluğunun altından bir şeyler mırıldanıyor. Hodges onunla ilk karşılaşmasında (ve çok hafife aldığında) Mırmır Holly adını takmıştı.

Gri gözlerindeki buğu silinmiş olan Izzy öne uzanıyor. *"Ne dedin?"*

"Bunun saçma olduğunu söylüyor," diye araya giriyor Hodges; aslında gerçek kelime *ahmaklık* olduğunun farkında. "Holly haklı. Alet Ellerton'un koltuk koluyla yastık arasına itilmişti. O durumda üstünde parmak izi falan kalmaz, sen de biliyorsun. Ayrıca, siz gerçekten de bütün evi arayacak mıydınız?"

"Arayabilirdik," diyor Isabella asık suratla. "Adli tıptan gelen bilgilere bağlıydı."

Martine Stover'ın yatak odasıyla banyo dışında adli tıplık hiçbir iş yoktu. Izzy dahil hepsi bunun farkındaydı ve Hodges'un bu noktayı daha fazla açması gereksizdi.

Pete, "Sakin ol," diyor Isabella'ya. "Kermit'le Holly'yi oraya ben davet ettim, sen de razı olmuştun."

"Ama o zaman orada buldukları şeyi alıp götüreceklerini bilmiyor..."

Isabella gerisini getirmiyor; şey demekle delili mi kastediyor? Neyin delili? Bilgisayar oyunları bağımlılığı mı?

"Bayan Ellerton'a ait bir eşyayı demek istedim," diye bitiriyor Isabella.

"Eh, şimdi bu senin elinde," diyor Hodges. "Artık devam edebilir miyiz? Mesela, bu aleti süpermarkette Bayan Ellerton'a verip, artık üretilmeyen bir tablet için şirketin kullanıcılardan tavsiye istediğini iddia eden adam hakkında konuşalım mı?"

"Ve onları gözetleyen adam hakkında?" diye ekliyor Holly hâlâ başını kaldırmadan. "Sokağın karşısından dürbünle onları gözetleyen adam."

Hodges'un eski ortağı mercek kapağı olan poşeti alıyor. "Bunu parmak izi için alacağım, ama pek ümitli değilim, Kerm. İnsanların bu kapakları nasıl takıp çıkardıklarını bilirsin."

"Evet," diyor Hodges. "Ucundan tutarlar. Ve o garajın içi de adamakıllı soğuktu. Nefesimi görebileceğim kadar soğuktu. Büyük ihtimalle adam eldivenliydi."

"Süpermarketteki adam da büyük ihtimalle üçkâğıt peşindeydi," diyor Izzy. "Bana öyle geliyor. Belki bir hafta sonra kadını arayıp, o piyasadan çekilmiş aleti aldığı için daha pahalı olan yenisini almak zorunda olduğunu söylemiş, Ellerton da ona hayır demiştir. Ya da anketteki bilgileri kullanarak kadının bilgisayarını hacklemiştir."

"O bilgisayarı olamaz," diyor Holly. "Nuh Nebi'den kalmaydı."

"Çok etraflıca bakmışsın, değil mi?" diyor Izzy. "Hazır araştırma yaparken ilaç dolaplarına da baktınız mı?"

Hodges'un tepesi atmış. "Sizin yapmanız gereken şeyi yapıyordu, Isabelle. Sen de bunun farkındasın."

Izzy'nin yanakları kızarıyor. "Sizi sadece nezaket gereği çağırdık, ama keşke çağırmasaymışız. Siz ikiniz oldum olası sorun çıkarırsınız."

"Yeter artık," diyor Pete.

Ama Izzy öne uzanmış, gözleri Hodges'un yüzüyle, başı aşağıya eğilmiş Holly'nin saçı arasında gidip geliyor. "O iki esrarengiz adamın –eğer gerçekten varsalar– o evde olanlarla hiçbir ilişkisi yok. Biri muhtemelen dolandırıcının tekiydi, diğeri de tipik bir röntgenciydi."

Hodges aradaki iyi ilişkiyi bozmak istemese de kendini tutamıyor. "Seksen yaşındaki bir kadının soyunmasını ve boynundan aşağısı tutmayan bir kadının sünger banyosunu seyrederken ağzı sulanan bir sapık mı, diyorsun. Evet, gerçekten çok mantıklı."

"Her şey apaçık ortada," diyor Izzy. "Annesi önce kızını, sonra kendini öldürüyor. Hatta bir intihar notu bile bırakıyor – Z, yani son. Daha ne olsun?"

Z-Çocuk, diye düşünüyor Hodges. Bu defa Debbie'nin Mavi Şemsiyesi altında her kim varsa, imza olarak Z-Çocuk adını kullanıyor.

Holly başını kaldırıyor. "Garajda da bir Z vardı. Kapıların arasındaki ahşaba kazınmıştı. Bill de gördü. Zappit de Z harfiyle başlıyor, malum."

"Evet," diyor Izzy. "Kennedy ve Lincoln'ün adlarında da aynı sayıda harf vardı, bu da ikisinin aynı adam tarafından öldürüldüğünü kanıtlar."

Hodges saatine bir göz atınca, birazdan kalkması gerektiğini anlıyor. İsabet oldu. Bu toplantı Holly'yi üzmek ve Izzy'yi kızdırmaktan başka bir işe yaramadı. Zaten ne bekliyordu ki! Bu sabah bilgisayarında bulduğu şeyi Pete'e ve Isabella'ya söylemeye niyeti yok. O bilgi soruşturmanın vitesini yükseltebilir, ama Hodges biraz daha araştırma yapana kadar ağırdan almak istiyor. Pete'in çuvallayacağını düşünmek istemiyor, ama...

Ama çuvallayabilir. Pete titiz çalışır fakat kavrayışı yeterince iyi değildir. Ya Izzy? O da içinde şifreli harfler ve esrarengiz adamlarla dolu bir ucuz roman senaryosuyla karşılaşmak istemez. Hele Ellerton evindeki ölümler bugünün gazetelerinin ön sayfalarında yer bulmuşken... tabii, Martin Stover'ın nasıl felç olduğu hakkında bütün ayrıntılar tekrar yayınlanmışken... Ve Izzy, mevcut ortağı emekli olunca emniyet teşkilatında yükselmeyi beklerken...

"İşin özeti," diyor Pete, "bu olay bir intihar-cinayet vakası olarak kabul edilecek ve işimize devam edeceğiz. Önümüze bakmak zorundayız, Kcrm. Ben emekli oluyorum. Izzy kucağında yığınla dosya bulacak ve bütçe kesintisi yüzünden yakın bir gelecekte ona yeni bir ortak da verilmeyecek. Bu şeyler" –iki poşeti gösteriyor– "ilginç, ama olan hadisenin açıklamasını değiştirmiyor. Tabii eğer sen bu işin ardında çok zeki bir caninin olduğunu düşünmüyorsan. Eski bir otomobil kullanıp yamalı parka giyen bir adam..."

"Hayır, öyle düşünmüyorum." Hodges o anda önceki gün Holly'nin Brady Hartsfield'le ilgili söylediği bir şeyi hatırlıyor. Holly *mimar* kelimesini kullanmıştı. "Sanırım, haklısınız. Cinayet-intihar olayı."

Holly ona kırgın bir şaşkınlıkla baktıktan sonra yine gözlerini yere çeviriyor.

"Ama benim için bir şey yapabilir misin?"

"Elimden gelirse, yaparım," diyor Pete.

"O oyun tabletini denedim, ama ekran boş kaldı. Belki pili bitmiştir. Pil yuvasını açmak istemedim, çünkü o küçük kapakta parmak izi olabilir."

"Parmak izini araştırırım, ama pek sanmıyor..."

"Ben de sanmıyorum. Senden asıl istediğim, sizin o bilgisayar uzmanlarınızın bu tableti çalıştırıp içindeki oyun aplikasyonlarını incelemeleri. Sıra dışı bir şey var mı diye."

"Peki," diyor Pete yerinde hafifçe kıpırdanarak. Izzy gözlerini yuvarlıyor. Hodges emin değil, ama Pete'in masanın altından Izzy'nin ayak bileğine tekme attığını sanıyor.

"Gitmem gerek," diyor Hodges ve cüzdanına uzanıyor. "Dünkü randevumu kaçırmıştım. Bugün mutlaka orada olmalıyım."

"Hesabı biz öderiz," diyor Izzy. "Bize onca değerli delilleri getirdikten sonra hiç değilse bunu yapalım."

Holly bu defa soluğunun altından başka bir şey mırıldanıyor. Hodges'un kulakları Holly'den çıkan sesleri çözmeye alışkın olsa da, bu defa pek emin değil, ama sanki *kaltak* dedi.

20

Kaldırıma çıktıklarında Holly modası geçmiş ama şirin duran bir avcı kepini kulaklarına kadar başına geçirip ellerini ceplerine sokuyor. Hodges'a bakmadan hızlı adımlarla bir blok ötedeki ofise doğru yürümeye başlıyor. Hodges'un otomobili lokantanın önünde, ama ardından gidip Holly'ye yetişmeye çalışıyor.

"Holly."

"O kadının nasıl olduğunu gördün." Daha hızlı yürüyor. Hâlâ dönüp Hodges'a bakmamış.

Hodges'un midesindeki sancı yine başladığı gibi, soluk soluğa kalmış. "Holly, bekle. Sana yetişemiyorum."

Holly dönüp ona bakınca Hodges onun gözlerinin yaşlı olduğunu fark edip telaşlanıyor.

"Bu iş o kadar basit değil. İncelenmesi gereken daha pek çok şey var! Ama bunları halının altına süpürecekler... ve asıl nedenini de söylemiyorlar. Asıl nedeni, içinde bir ukde kalmadan Pete'in emeklilik partisini yapabilmesi... Mercedes Katili yakalanmamışken, emekli olduğunda senin durumunu yaşamak istemeyişi... Gazeteler bu işin üstünde dursun istemiyorlar; ama incelenmesi gereken daha pek çok şey olduğunu sen de biliyorsun, farkındayım... Senin test sonuçlarını görmek istediğini biliyorum, bunu ben de *istiyorum,* çünkü çok endişeliyim, ama o iki zavallı kadın... hiç sanmam ki... onlar *halının altına süpürülmeyi* hak etmiyorlar."

Holly biraz sonra titreyerek duruyor. Gözyaşları yanaklarında donmaya başlamış. Hodges ona bakması için Holly'nin yüzünü tutup kendisine çeviriyor; başka birisi ona o şekilde dokunacak olsa Holly hemen tepki gösterir – hatta Jerome Robinson bile, ki Holly ona âşıktır. Birlikte Brady'nin Olivia Trelawney'in bilgisayarına bıraktığı hayalet-programı keşfettikleri günden beri... İşte bu program Olivia'yı raydan çıkarıp aşırı doz alarak intihar etmesine yol açmıştı.

"Holly, bu vakayla işimiz bitmedi. Dahası, belki de daha yeni başlıyoruz."

Holly onun yüzüne bakıyor; bu da başka hiç kimseye yapmayacağı bir şey. "Ne demek istiyorsun?"

"Yeni bir gelişme var, Pete ve Izzy'ye söylemek istemediğim bir şey. Ne anlam verebileceğimi kestiremedim. Şu anda sana anlatacak vaktim yok, ama doktordan döndüğüm zaman her şeyi anlatırım."

"Peki, tamam. Hadi, git şimdi. Ve her ne kadar Tanrı'ya inanmasam da, test sonuçların için dua edeceğim. Eh, birazcık duanın zararı olmaz, değil mi?"

"Olmaz."

Hodges ona sarılıp hemen bırakıyor –uzun sürerse Holly rahatsız olur– ve otomobiline dönmek üzere ondan ayrılıyor. Aklında hâlâ Holly'nin önceki gün söylediği şey var: Brady Hartsfield'in intihar mimarı oluşu. Boş zamanlarında şiir yazan (Hodges tek bir şiirini bile görmüş değil, göreceği de yok) bir kadının hoş bir ifade tarzı. Gerçi Brady herhalde buna burun kıvırırdı ve alakasız bulurdu. Brady muhtemelen kendisini intihar *prensi* olarak düşünürdü.

Hodges, Holly'nin ısrarı sonucu satın aldığı Prius'una binip Doktor Stamos'un ofisine doğru yola çıkıyor. Kendisi de içinden bir dua tutturmuş. Keşke ülser olsa. Dikilmesi için ameliyat gereken kanlı ülsere bile razı.

Yeter ki sadece ülser olsun.

Lütfen, bundan daha kötü bir şey olmasın.

21

Bugün bekleme odasında zaman geçirmek zorunda değil. Beş dakika erken gelmesine ve odanın da en az Pazartesi günkü kadar kalabalık olmasına rağmen, daha oturmasına fırsat kalmadan cıvıltılı Marlee onu içeriye alıyor.

Yıllık kontrol muayenelerinde onu hep güler yüzle karşılayan hemşire Belinda Jensen bu sabah hiç gülümsemiyor. Hodges tartıya çıkarken yıllık sağlık kontrol tarihini dört ay geçirmiş olduğunu hatırlıyor. Aslında beş aya yakın.

Tam 82 kilo. 2009'da emekli olurken yapılan zorunlu sağlık muayenesinde 115 kiloydu. Belinda tansiyonunu ölçtükten sonra ateşine bakmak için kulağına bir şey sokuyor. Daha sonra da onu doğruca Doktor Stamos'un ofisine getiriyor. Kapıyı bir kez tıklatıp içeriden, "Lütfen girin," sesini duyunca Hodges'un yanından ayrılıyor. Her zaman neşeli, çocuklarından ve kasıntı kocasından bahsetmeyi seven bu kadın bugün tek kelime etmemiş.

Bu iyi değil, diye düşünüyor Hodges, ama belki o kadar da kötü değildir. N'olur, Tanrım, çok kötü olmasın. Bir on yıl daha istemem çok sayılmaz, değil mi? Eğer bu mümkün değilse, bari beş olamaz mı?

Wendell Stamos saçları hızla seyrelen, ellili yaşlarda bir adam; atletizmi bıraktıktan sonra formunu korumuş, geniş omuzları ve ince bir beli var. Ciddi bir ifadeyle Hodges'a baktıktan sonra oturmasını rica ediyor. Hodges oturuyor.

"Çok mu kötü?"

"Kötü," diyor Doktor Stamos, sonra hemen ekliyor. "Ama ümitsiz değil."

"Kıvırtmayın, neyse söyleyin."

"Pankreas kanseri ve korkarım... geç fark edildi. Karaciğerini de kapsıyor."

Hodges bir kahkaha atmamak için kendini çok zor tutuyor. Başını geriye atıp bağıra bağıra bir kahkaha. Stamos'un, *Kötü, ama ümitsiz değil,* deyişi ona eski bir fıkrayı hatırlatmış. Doktor hastasına bir iyi bir kötü haberi olduğunu söylüyor; hasta önce hangisini duymak ister? Önce kötüsünü söyle, diyor hasta. Ameliyat edilemeyen bir beyin tümörünüz var, diyor doktor. Hasta sararıp yutkunurken, böyle bir şeyi öğrendikten sonra iyi haber ne olabilir ki, diye soruyor. Doktor ağzı kulaklarında, ona doğru eğilip, *Sekreterimi düzüyorum; muamelesi harika,* diyor.

"Hemen bir gastroenteroloğu görmeni istiyorum. Bugün onu arayacağım. Ülkenin bu tarafındaki en iyisi, Kiner'deki Henry Yip'tir. O da seni iyi bir onkoloji uzmanına yönlendirir. Sanırım o hekim kemoterapi ve radyoterapiye başlamanı isteyecektir. Bu tedaviler hasta için zordur, halsiz bırakır, ama beş yıl öncesine göre daha az sıkıntı veriyor..."

"Durun," diyor Hodges. Neyse ki kahkaha atma isteği geçmiş.

Stamos susup ona bakıyor. Bir mucize olmazsa, hayatımın son ocak ayını yaşıyorum, diye geçiyor Hodges'un aklından. Vay be!

"Kurtulma ihtimali ne kadar? Açık söyleyin. Hayatımın bu aşamasında tamamlamam gereken bir şey var, çok önemli olabilir, bu yüzden durumu bilmem gerekiyor."

Stamos iç geçiriyor. "Korkarım, çok az. Pankreas kanseri öyle *sinsidir ki...*"

"Ne kadar ömrüm var?"

"Tedaviyle? Muhtemelen bir yıl. Hatta iki. Kanserin gerileme ihtimali de hiç yok değil..."

"Bunu bir düşünmem lazım," diyor Hodges.

"Bu sevimsiz teşhisi bildirme görevini yerine getirdikten sonra hastalarıma hep şimdi sana söyleyeceğim şeyi söylerim, Bill. Yanan bir binanın çatısında olsan ve yukarıda bir helikopter belirip sana bir ip merdiven sallandırsa, bu ipe tırmanmadan önce, biraz düşünmem gerekiyor, der miydin?"

Hodges bunu sindirmeye çalışırken içinde yine kahkaha atma dürtüsü kabarıyor. Bunu bastırabilse de, sevimli bir gülümsemeyi engelleyemiyor. "Belki derdim," diyor, "eğer söz konusu helikopterin benzini bitmek üzereyse..."

22

Ruth Scapelli daha yirmi üç yaşındayken, daha sonraki yıllarda benliğini saran kabuk daha gelişmemişken, bowling salonu işleten pek de dürüst sayılmayacak bir adamla kısa ve pürüzlü bir ilişki yaşamıştı. Hamile kaldı ve Cynthia adını verdiği bir kız çocuğu doğurdu. O sırada memleketi olan Davenport, Iowa'da yaşıyor, Kaplan Üniversitesi'nde yetkili hemşirelik sertifikası için çalışıyordu. Anne olmak onu şaşırtmıştı, ama daha da şaşırdığı şey Cynthia'nın babasının kırk yaşında, sarkık göbekli, kolunda YAŞAMAYI SEV VE SEVMEK İÇİN YAŞA yazılı dövme bulunan bir adam olduğunun farkına varmasıydı. Adam ona evlenme teklif etseydi (hiç etmedi) Ruth yüzünü buruşturarak bunu reddederdi. Teyzesi Wanda çocuğunu büyütmesine yardım etti.

Cynthia Scapelli Robinson şimdi San Francisco'da yaşıyor, düzgün bir kocası (dövmesi yok) ve biri lisenin onur listesinde olan iki çocuğu var. Sıcak yuvasında herkes mutlu. Cynthia bunun böyle sürmesi için çok gayret ediyor, çünkü çocukluğunun büyük bir kısmının geçtiği (ve annesinin o haşin kabuğunu geliştirdiği) teyzesinin evinde duygusal atmosfer donma derecesinin biraz üstünde olurdu. Her an azarlanırdı ve en sık duyduğu şey, *Yine unuttun*, diye başlayan suçlamalardı. Cynthia liseye başladığı sıralarda annesine ön adıyla hitap eder olmuştu. Ruth Scapelli buna hiç karşı çıkmadı, hatta hoşuna bile gitti. İşinin yoğunluğu nedeniyle kızının düğününe gidemedi, ama ona bir düğün hediyesi gönderdi. Bir saatli radyo. Bugünlerde Cynthia ve annesi ayda bir-iki kere telefonda konuşuyorlar ve arada bir e-postayla yazışıyorlar. *Josh okulda çok başarılı ve futbol takımına alındı* haberine annesinin cevabı sadece, *Aferin ona* olmuştu. Cynthia hiçbir zaman annesini özlemedi, çünkü özlenecek bir şey yoktu.

Bu sabah saat yedide kalkıp kocası ve iki oğlu için kahvaltı hazırlıyor; önce Hank'ı işine, sonra oğlanları okullarına uğurluyor, ardından tabakları çalkalayıp bulaşık makinesine yerleştiriyor ve makineyi çalıştırıyor. Ardından çamaşır odasına gidiş... kirlileri makineye doldurup bunu çalıştırıyor. Bu sabah görevlerini yaparken, *Yine unuttun* suçlaması bir kez bile aklına gelmiyor, ama aklının derinliklerinde bir yerde bu sözler daima var. Çocuklukta ekilen tohumların kökleri çok derin oluyor.

Saat dokuz buçukta ikinci kahvesini alıp televizyonu açıyor (seyrettiği yok, ama yalnızlığını hissettirmiyor) ve e-postasında her zamanki reklam duyurularından başka bir şey var mı diye görmek için dizüstü bilgisayarının başına geçiyor. Bu sabah annesinden bir posta var; önceki gece 22.44'te yazmış; Batı Sahili saatiyle 20.44. Konu kısmındaki kelimeyi görünce Cynthia'nın kaşları kırışıyor: **Özür dilerim.**

Postayı açıyor. Okudukça nabzı hızlanıyor.

Ben kötüyüm. Ben kötü, değersiz bir kaltağım. Kimse beni savunmayacak. Yapmak zorunda olduğum şey bu işte. Seni seviyorum.

Seni seviyorum. Annesi ona en son ne zaman böyle bir şey söylemişti? Bunu oğullarına günde en az dört kere söyleyen Cynthia gerçekten hatırlamıyor. Şarj etmekte olduğu telefonunu alıp önce annesinin cep telefonunu, sonra da sabit telefonunu arıyor. Her ikisinde de Ruth Scapelli'nin kısa mesajıyla karşılaşıyor: "Mesajınızı bırakın. Uygun bulursam sizi geri ararım." Cynthia annesine hemen onu aramasını söylüyor, ama annesi bunu yapamayacak diye fena halde korkuyor. Hemen arayamayacak, belki daha sonra da, belki hiçbir zaman arayamayacak diye korkuyor.

Güneşli mutfağında volta atarken dudaklarını kemiriyor, sonra cep telefonunun alıp Kiner Memorial Hastanesi'ni arıyor. Beyin Hasarları Kliniği'ne bağlanırken volta atmayı sürdürüyor. Az sonra adı Steve Halpern olan bir hemşireye bağlanıyor. Hayır, diyor Halpern, Hemşire Scapelli henüz gelmedi, hepimiz şaşırdık. Vardiyası saat sekizde başlıyor, şimdiyse yerel saatle bire yirmi var.

"Evini arayın," diye tavsiye ediyor Halpern. "Her ne kadar haber vermeyişi tuhafsa da, herhalde hastalık iznini kullanıyordur."

Cynthia ona teşekkür edip (o kadar endişeli olmasına rağmen bunu ihmal etmez) üç bin kilometre uzaktaki emniyet müdürlüğünü arıyor. Görevliye kendini tanıttıktan sonra elinden geldiğince sakin bir şekilde sorununu anlatıyor.

"Annem Tannenbaum Sokağı 298 numaralı evde yaşıyor. Adı Ruth Scapelli. Kiner Hastanesi Beyin Hasarları Kliniği'nde başhemşiredir. Bu sabah ondan bir e-posta aldım ve bende bıraktığı izlenim..."

Annesinin bunalım içinde olması mı? Hayır. Bu kadarı polislerin oraya gitmelerini sağlamaz. Hem zaten Cynthia'nın korktuğu şey bu değil. Derin bir nefes alıyor.

"...intihar etmeyi düşündüğü."

23

54 numaralı devriye otosu Tannenbaum Sokağı 298 numaralı evin garaj yoluna giriyor. Amarilis Rosario ve Jason Laverty adlı polisler araçtan çıkıp evin kapısına gidiyorlar. Rosario zili çalıyor. Karşılık yok. Laverty kapıyı sertçe tıklatıyor. Hâlâ karşılık yok. Şansını denemek için kapıyı itince açılıyor. İki polis birbirlerine bakıyorlar. Burası nezih bir semt, ama ne de olsa şehir ve şehirde yaşayan herkes kapısını kilitler.

Rosario başını içeriye uzatıyor. "Bayan Scapelli? Ben Polis Memuru Rosario. Bize ses verir misiniz?"

Ses yok.

Diğeri devreye giriyor. "Ben Memur Laverty, hanımefendi. Kızınız sizin için endişeleniyor. İyi misiniz?"

Hiç karşılık yok. Laverty omuz silkip açık haldeki kapıyı işaret ediyor. "Önce bayanlar."

Rosairo alışkanlıkla tabanca kılıfının kayışını açıp içeriye giriyor. Ardından Laverty. Oturma odası boş, ama sessize alınmış olan televizyon açık.

"Jason, bundan hiç hoşlanmadım," diyor Rosario. "Kokuyu sen de duyuyor musun?"

Laverty kokuyu duyuyor. Bu kan kokusu. Kokunun kaynağını mutfakta buluyorlar: Ruth Scapelli yerde, ters dönmüş bir iskemlenin yanında yatıyor. Kolları iki yana açılmış. Kollarındaki derin kesikleri görebiliyorlar. Uzun kesikler dirseklerine kadar uzanırken, kısaları bileklerinde. Yerdeki karolara kan sıçramış, ama çok daha fazlası kadının bu işi yaptığı masanın üstünde. Tost makinesinin yanındaki tahta bloktan alınan et bıçağı gülünç bir titizlikle tezgâhın üstündeki tuzluk ve biberlik arasına yerleştirilmiş. Kanın rengi koyu, pıhtılaşmış. Laverty kadının en az on iki saat önce öldüğünü tahmin ediyor.

"Belki televizyonda iyi bir program yoktu," diyor.

Rosario ona karanlık bir bakış attıktan sonra cesedin yanında diz çöküyor, ama daha dün temizleyiciden aldığı üniformasına kan bulaşacak kadar yaklaşmamış. "Bilincini kaybetmeden önce bir şey çizmiş," diyor. "Bak, sağ elinin altındaki karoda. Kendi kanıyla çizmiş. Sence nedir? 2 mi, Z mi?"

Laverty yakından bakmak için eğiliyor. "Ayırt etmesi zor," diyor. "2 de olabilir, Z de."

BRADY

"Benim oğlum bir dâhidir," derdi Deborah Hartsfield arkadaşlarına. Sonra da mağrur bir gülümsemeyle, "Eğer söylediğim doğruysa, buna böbürlenmek denmez," diye eklerdi.

Bu onun deli gibi içmeye başlamasından önce, hâlâ arkadaşları olduğu günlerdeydi. Bir oğlu daha olmuştu, Frankie, ama Frankie dâhi değildi. Frankie'nin beyni hasar görmüştü. Dört yaşındayken bir akşam bodruma inen merdivenden düşünce boynu kırılarak öldü. Yani Deborah'nın ve Brady'nin herkese söylediği şey buydu. Oysa gerçek biraz farklıydı. Daha karmaşıktı.

Brady bir şeyler icat etmeye bayılıyordu; bir gün ikisini de zengin edip refaha kavuşturacak birşey icat edecekti. Deborah buna emindi ve oğluna sık sık böyle söylerdi. Brady annesine inanırdı.

Çoğu derslerinden sadece B ve C alsa da, Bilgisayar Bilimi dersinden yıldızlı A alırdı. North Side Lisesi'ni bitirdiğinde Hartsfield'lerin evi çeşitli elektronik ıvır zıvırla dolmuştu – Brady'nin Midwest Vision'dan çaldığı kablolu TV sistemi gibi bazıları yasadışı şeylerdi. Bütün icatlarını yaptığı bodrum katındaki atölyesine Deborah'nın pek uğradığı yoktu.

Kuşku azar azar Brady'nin içine düşmeye başladı. Ve bunu kuşkunun ikizi olan kızgınlık izledi. İcatları ne kadar güzel olsa da, hiçbiri para kazandıracak şeyler değildi. Kaliforniya'da bazı adamlar –örneğin Steve Jobs– garajlarında oyun oynar gibi bir şeyleri kurcalayıp dünyayı değiştirmiş, inanılmaz servetler kazanmışlardı. Fakat Brady'nin yarattığı şeyler hiç o seviyelere ulaşmıyordu.

Örneğin Rolla tasarımı. Rolla kendi kendine çalışan, karşısına bir engel çıkınca yön değiştiren bilgisayar-enerjili bir elektrik süpürgesiydi. Brady bununla voliyi vuracağına emindi; ta ki Lacemaker Lane'de bir mağazada Roomba elektrik süpürgesini görene kadar... Birileri ondan önce davranmıştı. *Bir günlük gecikme, bir doların kaybıdır* deyişi aklına geldi. Bunu unutmaya çalıştı, ama uyuyamadığı veya migreninin tuttuğu bazı gecelerde o hüsranı yine yaşamaktaydı.

Ne var ki, icatlarından çok da önemli sayılmayan ikisi City Center'daki katliamı yapmasını sağladı. Bunlar, modifiye edilmiş televizyon uzaktan kumandalarıydı; birine Şey Bir, diğerine Şey İki adını vermişti. Şey Bir, trafik ışıklarını kırmızıdan yeşile veya yeşilden kırmızıya değiştirebiliyordu. Şey İki daha kapsamlıydı. Otomobil anahtarlıklarından çıkan sinyalleri yakalayıp saklayabiliyor, sahiplerinin haberi olmadan Brady'nin bu araç kilitlerini açabilmesini sağlıyordu. İlk başlarda Şey İki'yi hırsızlık amacıyla kullandı; çaldığı otomobilleri nakit para karşılığı satıyordu. Sonra büyük bir otomobili hızla bir kalabalığın içine sürme fikri kafasında şekillenince (ABD Başkanını veya ünlü bir film yıldızını öldürme fantezisinin yanı sıra) Şey İki'yi Bayan Olivia Trelawney'in Mercedes'inde kullandı ve kadının torpido gözünde bir yedek anahtarı olduğunu öğrendi.

Bir süre bu otomobile dokunmadı; yedek anahtarı da daha sonra kullanmak için aklının bir köşesine not etti. Çok geçmeden, evreni yöneten karanlık güçlerden bir mesaj almış gibi, gazetedeki haberi gördü: 10 Nisan günü City Center'da bir iş fuarı olacaktı.

Binlerce insanın orada olması bekleniyordu.

Discount Electronix'te Bilişim Denetleyicisi olarak çalışmaya başladıktan sonra sayı parçalayıcılarını çok ucuza alabilen Brady, bodrum katındaki atölyesinde yedi tane markasız dizüstü bilgisayarını birbirine bağladı. Bir tanesinden fazlasını kullandığı pek olmuyordu, ama odasının görünüşü çok hoşuna gidiyordu. Bir bilimkurgu filminden veya *Star Trek* dizisinden bir sahne gibiydi. Buna bir de sesle aktive olan sistem bağladı. Bunu, Apple'ın Siri adlı sesle aktive edilen sistemi parlatmasından yıllar önce başarmıştı.

Bir kez daha, *Bir gün gecikme, bir dolar kaybıdır* deyişi yaşanıyordu.

Ya da bu durumda birkaç milyar kaybı olmuştu.

Böyle bir duruma düşünce, kim toplu katliam yapmak istemezdi ki?

City Center'da sadece sekiz kişiyi öldürdü (yaralıları ve sakat kalanları saymazsa), ama o konserde binlerce kişiyi yok edebilirdi. Ve ebediyen hatırlanırdı. Fakat giderek genişleyen bir yelpaze içinde yüzlerce ergen kızın (ve tombul, aşırı hoşgörülü annelerinin) kafalarını uçuracak o düğmeye basamadan önce birisi, bilyeli rulmanları jet hızıyla kullanıp Brady'nin bütün ışıklarını söndürmüştü.

Hafızasının bu kısmı kalıcı olarak silinmiş gibiydi, ama hatırlaması şart değildi. Onu bayıltan sadece bir kişi olabilirdi: Kermit William Hodges. Hodges'un da Bayan Trelawney gibi intihar etmesi gerekiyordu, plan buydu; ama bunu yapmadığı gibi, otomobiline yerleştirdiği patlayıcıdan da kurtulmuştu. Yaşlı, emekli dedektif o konsere gelmiş, Brady'nin ölümsüzlük mertebesine ulaşmasına saniyeler kala onu engellemişti.

Pat, pat, bütün ışıklar sönüyor.

Melekler, inişe geçiyorum.

Tesadüf denen şey muzip bir kahpeydi ve tesadüf eseri Brady, Kiner Memorial Hastanesi'ne, Firehouse 3'ün 23 numaralı ambülansıyla nakledilmişti. O gün Rob Martin sahnede yoktu –masrafları devlet tarafından karşılanan bir Afganistan gezisindeydi– ama ambülansta sağlık görevlisi olarak bulunan Jason Rapsis hastane yolundayken Brady'yi hayatta tutabilmek için elinden geleni yapıyordu. Jason onun yaşayabileceğini pek sanmıyordu. Genç adam şiddetle sarsılıyordu. Nabzı 175'ti ve tansiyonu bir fırlıyor, bir düşüyordu. Ne var ki 23 numaralı ambülans Kiner'e vardığında hâlâ hayattaydı.

Orada onu ilk muayene eden, Dr. Emory Winston oldu; bu adam hastanenin yaralara dikiş atılan, bazı doktorların Cumartesi Gecesi Tabanca ve Bıçak Kulübü dedikleri bölümünde yıllardan beri çalışmaktaydı. Winston o sırada acil servis hemşireleriyle sohbet etmekte olan bir tıp öğrencisini yanına çağırdı ve çabucak yeni gelen hastanın durumunu değerlendirmesini istedi. Öğrenci, hastanın çökmüş reflaksleri olduğunu, irileşmiş ve sabit bakan sol gözbebeği olduğunu ve pozitif Babinski refleksi olduğunu söyledi.

"Yani?" diye sordu Winston.

"Yani bu hastanın, onarımı olmayan bir beyin hasarı var," dedi öğrenci. "Umutsuz vaka."

"Çok iyi, seni ileride doktor yapabiliriz. Öngörün?"

"Sabaha kadar ölmüş olur," dedi öğrenci.

"Muhtemelen haklısın," dedi Winston. "Umarım öyle olur, çünkü bu durumu hep sürecek. Ama yine de onu bilgisayarlı tomografiye alacağız."

"Neden?"

"Çünkü protokol böyle, evlat. Ve adam hâlâ sağken ne kadar beyin hasarı olduğunu merak ediyorum."

Yedi saat sonra, Dr. Annu Singh ve yetenekli asistanı Dr. Felix Babineau Brady'nin beyninde her geçen dakika hasarı büyüten ve milyonlarca beyin hücresini boğan devasa bir kan pıhtısını alırlarken, Brady hâlâ sağdı. Ameliyat bittikten sonra Babineau Singh'e dönüp, hâlâ kanlı eldiveninin içinde bulunan elini uzattı.

"Bu inanılmaz bir şeydi," dedi Babineau.

Singh onun elini sıktı, ama yüzünde işi hafife alan bir gülümseme vardı. "Rutin bir işti," dedi. "Bunun gibi binlercesini yaptım. Eh, birkaç yüz diyelim. Asıl inanılmaz olan şey hastanın bünyesi. Bu ameliyattan sağ çıktığına inanamıyorum. Zavallının beynindeki hasar..." Singh başını iki yana salladı. "Üff!"

"Herhalde ne yapmaya çalıştığını biliyorsunuzdur."

"Evet, söylediler. Büyük çaplı bir terörizm. Bir süre daha yaşayabilir, fakat işlediği suç için hiçbir zaman mahkemeye çıkarılamayacak ve öldüğü zaman da dünya için bir kayıp olmayacak."

İşte Dr. Babineau aklında bu düşüncelerle Brady'ye –henüz beyin ölümü gerçekleşmemiş, ama az kalmış– deneme aşamasındaki bir ilacı uygulamaya başladı. Cerebellin adını verdiği bu ilacın (aslında adı sadece altı haneli bir sayıydı) yanı sıra protokole uygun miktarlarda oksijen artırımı uygulayıp diüretik, felç önleyici ilaçlar ve steroidler verdi. Deneme aşamasındaki ilaç 649558 hayvanlar üstünde umut verici sonuçlar göstermişti ama kırtasiyeci bürokrasi yüzünden insanlar üzerinde denenmesine daha yıllar vardı. İlacın Bolivya'da bir nöroloji laboratuvarında geliştirilmiş olması, kabul edilişini daha da zorlaştırmaktaydı. İnsanlar üzerinde denemeler başlayana kadar (eğer başlarsa) Babineau çoktan emekli olur, Florida'da yaşar ve sıkıntıdan patlardı.

Hâlâ aktif olarak nörolojik araştırmalar yaparken bu, ilacın sonuçlarını görmek için iyi bir fırsattı. Eğer umduğu sonucu alırsa, işin ucunda Nobel Tıp Ödülü bile olabilirdi. Ve insan deneyleri kabul görene kadar eğer sonuçları gizli tutarsa, hiçbir tehlikesi de olmayacaktı. Bu adam zaten hiçbir zaman uyanamayacak soysuz katilin tekiydi. Eğer mucizevi bir şekilde uyanırsa, bilinci en iyi ihtimalle ileri safhadaki bir Alzheimer hastasınınki kadar olurdu. Ama bu bile müthiş bir şeydi.

Belki hiç tanımadığın birine yardım ediyor olabilirsin, Bay Hartsfield, dedi komadaki hastasına. Kürek dolusu kötülük yerine, kaşık dolusu iyilik yapabilirsin. Ve eğer ters tepkiyle durumun daha da kötüleşirse? Beyin fonksiyonlarında minik bir gelişme göstermek yerine ölürsen (zaten o sona çok uzak sayılmazsın) ne olur?

Büyük bir kayıp olmaz. Ne senin ne de ailen için, çünkü zaten ailen yok.

Ne de dünya için; dünya senin ölümünü sevinçle karşılar.

Bilgisayarında HARTSFIELD CEREBELLIN DENEMELERİ adını verdiği bir dosya açtı. 2010'la 2011 arasında on dört ay içine yayılmış dokuz deneme vardı. Babineau herhangi bir değişiklik görmemişti. Kobay olarak kullandığı hastasına saf su verseydi, yine aynı sonucu alırdı.

Pes etti.

* * *

Söz konusu kobay on beş ay tamamen karanlıkta kaldı, on altıncı ay içinde bir ara adını hatırladı. O, Brady Wilson Hartsfield'di. Önceleri başka bir şey yoktu. Derken, tam pes edip kendini akıntıya bırakmadan kısa bir süre önce aklına başka bir kelime geldi. *Kontrol.* Bir zamanlar bunun önemli bir anlamı vardı, ama ne olduğunu hatırlayamıyordu.

Hastane odasında, yatağında yatarken gliserinle nemlendirilmiş dudakları kıpırdadı ve o kelimeyi yüksek sesle söyledi. Odada yalnızdı; bu olay bir hemşirenin Brady'nin gözlerini açıp annesini sorduğunu görmesinden üç hafta önceydi.

"Kon... trol."

Ve ışıklar yandı. Tıpkı *Star Trek* tarzı donattığı bilgisayar atölyesinde, sesle aktive olan sistemi sayesinde daha merdivenin tepesindeyken ışıkları yakabildiği gibi...

Bulunduğu yer orasıydı; son gördüğünden beri hiç değişmemiş olan Elm Sokağı'ndaki bodrum katında. Beyninde başka bir fonksiyonu uyandıran başka bir kelime daha vardı ve şimdi orada olduğu için bunu da hatırlamıştı. Çünkü çok güzel bir kelimeydi.

"Kaos!"

Zihninde bu kelime gök gürültüsü gibi patladı. Oysa hastane yatağında çıkan ses hırıltılı bir fısıltı halindeydi. Ama işe yaradı, çünkü dizüstü bilgisayarlarının sıralaması hayat bulmuştu. Her ekranın üstünde numara vardı, 20... sonra 19... sonra 18...

Bu da nesi? Tanrım, bu ne?

Panik içindeki bir an hatırlayamadı. Bildiği tek şey, yedi ekran boyunca gördüğü geri sayım sıfıra varınca bilgisayarlarının donacağıydı. Onları, bu atölyeyi ve bir şekilde elde edebildiği bir parça bilinci kaybedecekti. Ve kendi kalbinin karanlığı içinde diri diri gömülecek...

İşte aradığı kelime buydu! O kelime!

"Karanlık!"

Bunu avazı çıktığı kadar bağırdı – hiç değilse içinden. Dışarıya çıkan ses, uzun zamandan beri kullanılmamış olan ses tellerinden çıkan hırıltılı fısıltıydı. Nabzı, soluması ve tansiyonu birden yükselmeye başladı. Çok geçmez, Başhemşire Becky Helmington bu durumu fark edip hızlı adımlarla, ama koşmadan onu kontrole gelirdi.

Brady'nin bodrum katı atölyesinde bilgisayarların üstündeki geri sayım 14'te durdu ve her bir ekranda bir resim belirdi. Bir zamanlar bu bilgisayarların (şimdi hepsi Emniyet'in delil odasında A'dan G'ye kadar etiketlenmiş delil olarak muhafaza ediliyor) üstünde *The Wild Bunch* filminden fotoğraflar vardı. Oysa şimdi, Brady'nin hayatından fotoğraflar görünüyordu.

Ekran 1'de kardeşi Frankie vardı. Frankie boğazına bir elma parçası takılınca uzun süre nefes alamamış ve beyni hasar görmüştü. Daha sonra da (abisinin çelmesi sonucu) bodrum merdiveninden düşüp ölmüştü.

Ekran 2'de Deborah vardı. Brady onun üstündeki beyaz sabahlığı görür görmez tanıdı. Bana ballı oğlum derdi, diye geçti aklından. Beni öptüğü zaman dudakları hep nemliydi ve erkekliğim uyanırdı. Ben küçükken annem buna, "pipisi kalkmış" derdi. Bazen ben küvetteyken ılık, ıslak bezle pipimi ovar, "Hoşuna gidiyor mu?" diye sorardı.

Ekran 3'te işe yaramış olan iki icadı Şey Bir ve Şey İki vardı.

Ekran 4'te Bayan Trelawney'in motor kapağı yamulmuş, ızgarasından kan damlayan Mercedes'i vardı.

Ekran 5'te bir tekerlekli iskemle vardı. Brady ilk başta alakasını çıkaramadıysa da sonra hatırladı. Konser gecesi Mingo Konser Salonu'na bununla girmişti. Kimse tekerlekli iskemledeki zavallı bir sakatı dert edecek değildi.

Ekran 6'da gülümseyen, yakışıklı bir genç adam vardı. Brady onun adını hatırlayamadı ama kim olduğunu biliyordu: Hodges'un çimlerini biçen zenci oğlan.

Ekran 7'de fötr şapkasını bir gözüne doğru indirmiş, gülümseyerek bakan Hodges'un kendisi vardı. O gülümseme, *Seni hakladım, Brady*, diyordu. *Beynini dağıttım, şimdi de bir hastane yatağında yatıyorsun. Ne zaman ayağa kalkıp, yürüyebileceksin? Bence hiçbir zaman.*

Her şeyi bozan puşt Hodges!

* * *

Bu yedi görüntü Brady'nin kimliğini yeniden inşa ettiği donanımdı. Bunu yaparken bodrum atölyesinin duvarları –budala ve umursamaz dünyaya karşı her zaman sığınağı olmuş duvarlar– incelmeye başladı. Duvardan geçen başka sesler duyuyordu; bazıları hemşirelere, bazıları doktorlara ve bazıları –belki– numara yapıp yapmadığını kontrol etmek için gelen polislere aitti. Brady için hem numara yapıyor hem yapmıyor denebilirdi. Gerçek, tıpkı Frankie'nin ölümünde olduğu gibi karmaşıktı.

Önceleri gözlerini sadece yalnız olduğuna emin olduğunda açıyordu, ama bunu sık yapmazdı. Odasında bakacağı pek bir şey yoktu. Er ya da geç tamamen uyanması gerekecekti, ama o zaman onun çok fazla düşünemediğini sanmaları lazımdı. Oysa her geçen gün daha net düşünebiliyordu. Bunu bilirlerse, onu mahkemeye çıkarırlardı.

Brady mahkemeye çıkarılmak istemiyordu.

Daha yapabileceği şeyler varken bu iyi olmazdı.

Hemşire Norma Wilmer'la konuşmadan bir hafta önce, gecenin bir vakti Brady gözlerini açıp başucundaki serum askısında asılı serum şişesine baktı. Can sıkıntısı içinde bunu itmek, hatta devirmek için elini kaldırdı. Bunu başaramadı ama şişenin sallandığını gördü; oysa iki eli de parmakları içe kıvrılmış halde yatağının üstündeydi; hasta uzun süre düşük beyin dalgalarıyla uyuduğu için uygulanan fizyoterapi kas atrofisini yavaşlatmış, ama tamamen engelleyememişti.

Bunu ben mi yaptım?

Bir kez daha uzandı ve elleri yine kımıldamadı (gerçi hep kullandığı sol eli biraz titremişti) ama avucunun serum şişesine temas ettiğini ve onu tekrar salladığını hissetti.

Bu çok ilginç, diye düşünerek uyudu. Hodges (ya da belki o zenci velet) onu bu lanet hastane yatağına mahkûm ettiğinden beri ilk kez gerçekten uyuyordu.

Bunu izleyen gecelerde –kimsenin içeriye girip onu görmeyeceğine emin olduğu geç saatlerde– Brady hayalet eliyle deneyler yaptı. Bunu yaparken aklına hep lisedeki sınıf arkadaşı Henry

'Kanca' Crosby geliyordu. Bu oğlan bir otomobil kazasında sağ elini kaybetmişti. Eldiven içinde gizlediği protez bir eli vardı, ama bazen okula gelirken paslanmaz çelikten bir kanca takardı. Henry'nin dediğine göre kancayla bir şeyi almak daha kolay oluyordu ve kızların arkasından yaklaşarak kancasıyla bacaklarına veya çıplak kollarına dokunup onları sinirlendirmek de işin kremasıydı. Bir defasında Brady'ye, elini kaybedeli yedi yıl olmasına rağmen hâlâ onun kaşındığını veya karıncalandığını söylemişti. Elinin kesilen yerini gösterip, "Olmayan elim böyle karıncalandığı zaman sanki onunla başımı kaşıyacakmışım gibi geliyor," demişti.

Şimdi Brady, Kanca Crosby'nin nasıl hissettiğini çok iyi anlıyordu... Fakat Brady hayalet eliyle *gerçekten* başını kaşıyabiliyordu. Bunu denemişti. Keşfettiği başka bir şey de, geceleri hemşirelerin indirdiği panjur çıtalarını takırdatabilmesiydi. Pencere yatağından uzanamayacağı uzaklıktaydı, ama hayalet eliyle uzanabiliyordu. Birisi başucundaki komodine bir vazo içinde yapay çiçek bırakmıştı (daha sonra bunun, ona şefkatle davranan tek görevli olan başhemşire Becky Helmington olduğunu öğrendi), Brady bunu kolaylıkla sağa sola kaydırabiliyordu.

Epey uğraştıktan sonra –hafızası delik deşikti– bu fenomenin adı aklına geldi: telekinezi. Cisimlerin üstünde dikkat yoğunlaştırarak onları hareket ettirebilmek. Ne var ki, ciddi anlamda dikkat yoğunlaştırmak korkunç bir baş ağrısına neden oluyordu ve aklının bu işle pek ilgisi yoktu. İşi yapan, yatak örtüsü üstünde hiç kımıldamadan duran eliydi... hep kullandığı sol eli.

Şaşılası bir şeydi. Onu görmek için en sık gelen Dr. Babineau (önceleri öyleyken son zamanlarda ilgisi azalmış gibiydi) bunu bilse heyecandan havaya sıçrardı, ama Brady bu yeteneğini kimseye açıklamayı düşünmüyordu.

Belki uygun bir anda işe yarayabilirdi, ama pek sanmıyordu. İnsanın kulaklarını oynatabilmesi de bir hünerdir ama hiçbir değeri yoktur. Evet, serum şişesini kımıldatabiliyor, panjur çıtalarını takırdatabiliyor, bir resmi devirebiliyor, battaniyesini, altında yüzen bir balık varmış gibi titreştirebiliyordu. Bazen bunları odada bir hemşire varken yapardı, çünkü onların şaşkınlıklarını görmek çok hoşuna gidiyordu. Ama bu yeni yeteneğinin sınırı buraya kadardı. Yatağının üzerinde asılı televizyonu açmaya çalışmış, başaramamıştı. Odanın banyo kapısını kapamaya çalışmış, bunu yapamamıştı. Krom kulpunu tutabiliyordu –parmaklarının altında bunun soğuk temasını hissediyordu– ama kapı çok ağırdı ve hayalet eli çok güçsüzdü. En azından şimdilik. Eğer egzersiz yapmaya devam ederse, o elin kuvvetleneceğini düşünüyordu.

Uyanmam gerek, diye geçirdi içinden; hiç değilse bu kahredici baş ağrısı için bir aspirin almak ve doğru dürüst bir yemek yiyebilmek için. Hastane muhallebisine bile razıydı. Yakında bunu yapabileceğim. Belki yarın bile olabilir.

Ama yapamadı. Çünkü ertesi gün, içinde bulunduğu yerden çıkabilmek için tek yeteneğin telekinezi olmadığını öğrendi.

Çoğu öğle sonrası, hayati organlarını kontrol etmek, akşamları da onu gece için hazırlamak (yatmak için denemezdi, çünkü zaten her zaman yatıyordu) için gelen hemşire Sadie MacDonald adında genç bir kadındı. Siyah saçlıydı ve makyajsız, sade bir güzelliği vardı. Brady bilinci yerine geldiğinden beri yarı kapalı gözleriyle, odasına gelen herkesi olduğu gibi onu da gözlemliyordu.

Kadın ondan korkar gibi görünüyordu, ama Brady onun sadece kendisinden değil herkesten korktuğunu fark etti. Yürümesi bile bir yerden sıvışmayı andırıyordu. Günlük işini yaparken birisi 217 numaralı odaya girerse –örneğin başhemşire Becky Helmington– Sadie hemen odanın bir köşesinde büzülüyordu. Ve Dr. Babineau'dan müthiş korkuyordu. Odada aynı zamanda onunla birlikteyse, Brady neredeyse kadının korkusunun tadını duyar gibi olurdu.

Zamanla bu benzetmesinin abartılı olmadığını fark etti.

Brady'nin muhallebi hayal ederek uyuduğu günün ertesinde saat üçü çeyrek geçe Sadie MacDonald 217 numaralı odaya girdi, yatağın baş tarafındaki monitörü kontrol edip ayakucundaki not panosuna bazı sayılar kaydetti. Daha sonra serum şişelerini gözden geçirip dolaptan temiz yastık çıkaracaktı. Hastayı tek eliyle kaldırıp –ufak tefekti ama kolları kuvvetliydi– eski yastığı yenisiyle değiştirecekti. Aslında bu hastabakıcıların göreviydi ama Brady onun hastane hiyerarşisinde çok alt sıralarda olduğunu biliyordu.

Hemşire tam yastıkları değiştirme işini bitirdiğinde gözlerini açıp ona bir şeyler söylemeye karar vermişti. Bu onu çok korkutacaktı ve Brady de insanları korkutmaktan büyük zevk alırdı. Hayatında pek çok şey değişmişti, ama bu huyu değil... Kadın belki çığlık bile atabilirdi; tıpkı altında balık varmışçasına battaniyesini titrettiğinde o hemşirenin bağırdığı gibi...

Fakat MacDonald dolaba gitmeden önce pencereye seğirtti. Orada katlı otoparktan başka görecek bir şey olmamasına rağmen kadın orada bir dakika... sonra iki... derken üç dakika dikilip durdu. Neden? Boktan bir tuğla duvarda o kadar ilgi çekici ne olabilirdi ki?

Ama orada sadece tuğla duvar yoktu. Brady onunla birlikte dışarıya bakarken her katta uzun, ucu açık boşluklar olduğunu gördü. Otomobiller rampadan çıkarlarken güneş bu otomobillerin ön camlarından yansıyordu.

Parıltı. Parıltı. Parıltı.

Şu işe bak, diye düşündü Brady. Komada olması gereken kişi benim, değil mi? Oysa sanki bu kadın bir çeşit sara nöbeti geçiri...

Ama dur bir dakika. Bir dakika dur bakalım.

Onunla birlikte mi dışarıya bakıyorum? Yatakta yatarken nasıl onunla birlikte dışarıya bakabilirim?

Paslı bir kamyonet gördü. Ardından herhalde zengin bir doktora ait olan bir Jaguar... Brady o anda fark etti ki, dışarıya hemşireyle birlikte bakmıyor, *onun* içinden bakıyordu. Sanki başka birisi direksiyon kullanırken, yolcu koltuğundan manzarayı seyretmek gibiydi.

Ve evet, Sadie MacDonald gerçekten de bir nöbet geçiriyordu, ama çok hafifti ve belki kendisi bile bunun farkında değildi. Geçen otomobillerin ön camlarından yansıyan ışıklar. Otoparktaki trafik seyreldiğinde veya güneşin açısı biraz değiştiğinde bu nöbetten silkinip görevlerine dönecekti. Kendine geldiğinde, böyle bir an yaşadığını bilmeyecekti.

Brady bunu biliyordu.

Biliyordu, çünkü kadının içindeydi.

Biraz daha derine girince, onun düşüncelerini görebildiğini fark etti. Hayret vericiydi. Bu düşüncelerin balık gibi ileriye geriye, şuraya buraya, aşağıya yukarıya kaydığını, bazen koyu yeşil bir vasat içinde kesiştiklerini seyredebiliyordu. Burası onun çekirdek bilinci olmalıydı. Temel benliği. Bazı düşünce balıklarını tanıtlamak için biraz daha derine girmeye çalıştı, fakat o kadar hızlı geçiyorlardı ki! Ama yine de...

Evindeki çöreklerle ilgili bir şey.

Bir pet shop vitrininde gördüğü siyah bir kedi... beyaz tulum giydirilmiş.

Bir şey... kaya mı? O şey kaya mıydı?

Babası hakkında bir şey, ama o balık kırmızıydı, öfke rengi. Ya da utanç. Ya da her ikisi.

Sadie pencereden dönüp dolaba doğru seğirtirken Brady bir an başının şiddetle döndüğünü hissetti. Az sonra bu geçti ve tekrar kendi içine girip kendi gözleriyle bakar oldu. Sadie onun içinde bulunduğunu hiç bilmeden onu dışarıya atmıştı.

Çamaşırhaneden yeni çıkmış iki köpüklü yastığı başının altına koymak için onu kaldırdığı zaman Brady gözlerini her zamanki gibi yarı kapalı halde tuttu. Konuşmak istemedi.

Bu durumu etraflıca düşünmesi gerekiyordu.

Bunu izleyen dört gün boyunca Brady birkaç kere odasına gelenlerin kafalarının içine girmeyi denedi. Sadece bir tanesinde az buçuk başarılı oldu. Bu oğlan Moğolistanlı bir ahmak (annesinin Down sendromlular için kullandığı ifade) değildi, ama çok zeki olduğu da söylenemezdi. Oğlan, paspasının muşamba zeminde bıraktığı izlere bakarken bu onun zihnini biraz açtı. Brady'nin ziyareti kısaydı ve hiç ilginç değildi. O akşam kafede acılı börek yer miyiz acaba, diye düşünüyordu... Aman ne büyük olay!

Ardından baş dönmesi ve yuvarlanıyormuş hissi. Oğlan yeri paspaslamaya devam ederken, ağzındaki karpuz çekirdeğini tükürür gibi Brady'yi dışarıya atmıştı.

Odasına arada bir gelen başkalarıyla hiç başarılı olamadı ve bu başarısızlık, kaşındığı zaman başını kaşıyamamaktan daha hüsran vericiydi. Brady kendisinin bir envanterini çıkardı; sonuç korkutucuydu. İskelet gibi bir gövdenin üstünde devamlı ağrıyan bir başı vardı. Hareket edebiliyordu, felç değildi, ama kasları atrofi olmuş, bir bacağını birkaç santim yana kaydırmak bile muazzam bir çaba gerektiriyordu. Diğer yandan, Hemşire MacDonald'ın içine girebilmesiyse, sihirli halıyla uçmak gibi olmuştu.

Ama onun içine girebilmesi sadece MacDonald'ın bir nevi sarası olduğundandı. Pek fazla değil, sadece bir kapıyı aralayacak kadar. Galiba diğer insanların doğal savunmaları vardı. O müstahdem oğlanın içinde bile birkaç saniyeden fazla kalamamıştı.

İdman yapmalıyım, dedi içinden Brady. İdman yaparak kuvvetlenmeliyim. Çünkü Kermit William Hodges hâlâ oralarda bir yerde ve o emekli puşt kazandığını düşünüyor. Buna izin veremem. Buna izin vermeyeceğim.

Ve 2011 Kasım'ının ortasında o yağmurlu akşam Brady gözlerini açtı, başının ağrıdığını söyledi ve annesini istedi. Çığlık olmadı. Sadie MacDonald izinliydi ve nöbetçi hemşire Norma Wilmer çığlık atacak tiplerden değildi. Ama yine de ağzından bir hayret nidası çıktı ve Dr. Babineau hâlâ yerinde mi diye bakmak için dışarıya koştu.

Brady içinden, *Şimdi hayatımın geri kalanı başlıyor*, dedi.
İdman yap, oğlum, idman yap.

SİYAHIMSI

1

Her ne kadar Hodges, Holly'yi Finders Keepers şirketine resmen ortak ettiyse de o, artık kendisine ait olan odaya değil (küçük ama sokağa bakan bir odaydı) resepsiyon kısmına yerleşmeyi tercih etmişti. Hodges saat on bire çeyrek kala geldiğinde Holly masasında bilgisayar ekranına bakıyor. Holly gizlemek istediği bir şeyi hemen çekmecesine atacak kadar çabuktur, ama Hodges'un da gözünden hiçbir şey kaçmaz; Holly'nin saklamak istediği yarısı yenmiş kremalı bisküviyi görüyor.

"Ne buldun, Hollyberry?"

"Bunu Jerome'dan öğrendin ve hiç hoşlanmadığımı biliyorsun. Bana bir daha Hollyberry dersen, gidip bir hafta annemde kalırım. Zaten gelmemi isteyip duruyor."

Hiç sanmam, diyor içinden Hodges. Annene tahammül edemezsin; ayrıca burnun koku almış, sevgili dostum. Eroin bağımlısı gibi o kokuya sarılmışsın.

"Özür dilerim, özür dilerim." Holly'nin omzunun üzerinden eğilip bakınca 2014 tarihli *Bloomberg Business* dergisinden bir makale görüyor. Başlığı ZAPPIT ZAPLANDI. "Evet, iflas edip piyasadan çekildi. Bunu sana dün söylememiş miydim?"

"Söyledin. Ama ilginç olan, hiç değilse benim için, envanterleri."

"Ne demek istiyorsun?"

"Binlerce satılmamış Zappit var, belki on binlerce. Bunlara ne olduğunu bilmek istedim."

"Öğrenebildin mi?"

"Henüz değil."

"Belki çocukken yemek istemediğim bütün o sebzelerle birlikte Çin'deki yoksul çocuklara göndermişlerdir."

"Açlık çeken çocuklar komik değildir," diyor Holly ciddileşerek.

"Hayır, elbette değil."

Hodges doğruluyor. Stamos'un ofisinden dönerken eczaneye uğrayıp reçeteli ağrı kesici almış – kuvvetli ilaçlar, ama yakında alacakları kadar değil. Şimdi kendini kendini neredeyse iyi hissediyor. Hatta midesinde açlığa benzer bir kıpırtı var ki, bu çok hoş bir yenilik. "Herhalde imha etmişlerdir. Galiba satılmayan ciltsiz kitapları da öyle yapıyorlar."

"İmha edilemeyecek kadar çok miktar," diyor Holly, "özellikle de tabletlerin içinde hâlâ çalışır halde oyunlar varken. Hepsi de WiFi donanımlı. Şimdi bana test sonuçlarını söylesene."

Hodges hem alçakgönüllü hem de mutlu izlenimi vereceğini umduğu bir gülücükle, "İyi haber. Ülsermiş, ama küçük bir ülser," diyor. "Bazı ilaçları almam ve diyetime dikkat etmem gerekiyor. Dr. Stamos eğer dediklerini yaparsam, kendi kendine iyileşeceğini söyledi."

Holly ona sevinçli bir gülümsemeyle bakınca, Hodges bu korkunç yalanı söylediğine seviniyor. Tabii bir yandan da kendini eski bir ayakkabının üstündeki köpek boku gibi hissediyor.

"Tanrı'ya şükür! Doktorun söylediklerini yapacaksın, değil mi?"

"Elbette." Daha çok köpek boku. Dünyanın bütün sağlıklı yiyecekleri hastalığını iyileştiremez onun. Pankreas kanserinden kurtulma ihtimali her ne kadar azsa da, Hodges pes eden bir adam değil ve başka koşullar altında olsaydı, şimdi gastroenterolog Henry Yip'in muayenehanesinde olurdu. Ne var ki, Mavi Şemsiye sitesinde aldığı mesaj her şeyi değiştirmiş.

"Buna çok sevindim. Çünkü sen olmasan ne yaparım, bilmiyorum, Bill. Gerçekten."

"Holly..."

"Aslında biliyorum. Eve dönerdim. Bu da benim için çok kötü olurdu."

Haklısın, diyor içinden Hodges. Elizabeth teyzenin cenazesi için geldiğinde, seninle ilk karşılaştığımız zaman, annen seni tasmasından tuttuğu bir köpek yavrusu gibi sürüklüyordu. Şunu yap Holly, bunu yap Holly... Tanrı aşkına, beni mahcup edecek bir şey yapma.

"Şimdi anlat bakalım," diyor Holly. "Bana yeni bir şey anlat. Anlat, anlat, anlat."

"Bana on beş dakika izin ver, sonra her şeyi anlatırım. Bu arada bir araştır bakalım, onca Zappit tabletine ne olduğunu öğrenebilecek misin. Belki önemli olmayabilir, ama olabilir de."

"Tamam. Test sonuçlarına çok sevindim, Bill."

"Evet."

Hodges odasına giriyor. Holly bir süre onun arkasından bakıyor, çünkü Hodges içeri girdikten sonra kapısını hemen hiç kapamaz. Ama yine de olmayacak şey değil. Holly tekrar bilgisayarına dönüyor.

2

"Henüz seninle işi bitmedi."

Holly alçak sesle bu cümleyi tekrarlıyor. Yarısı yenmiş sebze burgerini kâğıt tabağın üstüne bırakıyor. Hodges iki lokma arasında konuşarak kendisininkini bitirmiş. Sancıyla uyandığını söylemiyor; sadece, uykum kaçtığı için internete girmiştim, diyor.

"Mesaj bu işte."

"Z-Çocuk'tan."

"Evet. Sanki bir süper kahramanın yardakçısıymış gibi, değil mi? 'Gotham şehrini canilerden temizleyen Z-Adam ve Z-Çocuğun maceralarını izlemeye devam edin!'"

"O dediğin Batman ve Robin olacak. Gotham şehrini[*] onlar korur."

"Biliyorum. Sen daha doğmadan ben Batman çizgi romanlarını okurdum. Sadece bir benzetme yaptım."

Holly sebzeli burgerini alıp arasından bir maydanoz parçası çıkarıyor ve tekrar tabağına bırakıyor. "Brady Hartsfield'i en son ne zaman ziyaret etmiştin?"

---

[*] DC Comics adlı Amerikalı bir çizgi roman yayıncısı tarafından yaratılan kurgusal şehir. –ed.n

Tam damardan giriş, diye düşünüyor Hodges hayranlık duyarak. İşte benim Holly'm bu.

"Saubers ailesiyle işim biter bitmez onu görmeye gittim, daha sonra bir kere daha gördüm. Herhalde yaz ortası bir gündü. Sonra sen ve Jerome beni sıkıştırdınız ve bunu artık yapmamamı söylediniz. Ben de bir daha ona gitmedim."

"Bunu senin iyiliğin için yapmıştık."

"Biliyorum, Holly. Hadi, sandviçini ye."

Holly bir ısırık daha aldıktan sonra dudağının kenarındaki mayonezi siliyor ve ona son ziyaretinde Hartsfield'i nasıl bulduğunu soruyor.

"Aynıydı... çoğu zaman olduğu gibi. Öylece oturmuş, katlı otoparkı seyrediyordu. Onunla konuşup sorular soruyorum, hiçbir şey söylemiyor. Beyin Hasarı Akademi Ödülü alabilir. Ama hakkında bazı söylentiler var. Sanki bir çeşit zihin gücü varmış. Banyodaki musluğu açıp kapatabiliyormuş ve bazen bunu sırf görevlileri korkutmak için yapıyormuş. Buna palavra deyip geçerdim, ama Becky Helmington başhemşireyken birkaç kez onu bazı şeyleri yaparken gördüğünü söyledi: Panjurlar takırdıyormuş, televizyon kendiliğinden açılıyormuş, başucundaki serum şişeleri sallanıyormuş. Ve bu kadın bence güvenilir bir tanıktır. İnanması zor, biliyorum, ama..."

"Hayır, zor değil. Bazen psikokinesis de denilen telekinezi kanıtlanmış bir fenomendir. Sen oradayken hiç böyle bir şey gördün mü?"

"Ee..." Hodges'un aklına bir şey gelince duruyor. "Sondan ikinci ziyaretimde bir şey gerçekten oldu. Komodinin üstünde bir fotoğraf vardı – annesiyle sarılmışlar, yanak yanağa duruyorlar. Tatilde falan olmalılar. Elm Sokağı'ndaki evde bunun daha büyüğü vardı. Herhalde sen de hatırlarsın."

"Elbette hatırlıyorum. O evde gördüğümüz her şeyi hatırlıyorum, annesinin bilgisayarın üstündeki fotoğraflarını bile..." Holly kollarını küçük memelerinin üstünde kavuşturup suratını buruşturuyor. "Çok garip bir ilişkiydi."

"Bence de. Brady onunla gerçekten seks yapmış mı bilmiyorum ama..."

"Öğğ!"

"...sanırım bunu istemiştir ve annesi de en azından onun fantezilerine cevap vermiştir. Her neyse, bu fotoğrafı alıp belki tepki gösterir diye onunla annesi hakkında konuştum. Ama o adam orada, Holly ve tamamen bilinçli bir halde. O zaman da buna emindim, şimdi de eminim. Öylece oturuyor, ama içinde yine City Center'da o insanları öldüren ve Mingo Konser Salonu'nda çok daha fazlasını öldürmeyi deneyen bir yabanarısı var."

"Ve seninle konuşmak için Debbie'nin Mavi Şemsiyesi'ni kullandı, bunu unutma."

"Dün geceden sonra unutmam mümkün değil zaten."

"Oradayken başka neler oldu, anlatsana."

"Bir saniyeliğine o katlı otoparka bakmayı bıraktı. Gözleri yuvalarında döndü ve bana baktı. Ensemdeki bütün tüylerim kabarmış, pür dikkat kesilmiştim ve havada... ne bileyim... sanki *elektrik* vardı." Hodges daha sonrasını anlatabilmek için kendini zorluyor. Sanki iri bir kayayı yokuş yukarıya itmek gibi bir şey. "Poliskenyken birçok kötü insan tutuklamıştım, bazıları bayağı kötü tiplerdi –bunlardan biri, pek de yüksek bir miktar olmayan sigorta parasını almak için üç yaşındaki çocuğunu öldüren bir kadındı– ama yakalandıktan sonra hiçbirinde kötülüğün varlığını hissetmemiştim. Kötülük sanki bu suçlular hapse girdikten sonra uçup giden bir çeşit akbaba gibiydi. Ama o gün bunu hissettim, Holly. Gerçekten. Brady Hartsfield'in içinde kötülüğü hissettim."

"Sana inanıyorum," diyor Holly neredeyse fısıltı denecek kadar alçak sesle.

"Ve elinde bir Zappit vardı. İşte bağlantı kurmaya çalıştığım şey bu. Yani tesadüf değil de gerçekten bir bağlantı söz konusuysa. Bir adam vardı, adını bilmiyorum, ama herkes ona Kütüphane Al, diyordu. Bu adam hasta koğuşlarında turlarını yaparken onlara Zappit, Kindle, bazen de kitap verirdi. Al'ın bir hastabakıcı mı yoksa bir gönüllü mü olduğunu bilmiyorum. Bunun hemen dikkatimi çekmeyişinin nedeni herhalde senin Ellerton evinde bulduğun Zappit'in pembe oluşu. Brady'nin odasındaki maviydi."

"Janice Ellerton ve kızına olanların Brady Hartsfield'le ne ilişkisi olabilir? Yoksa... odasının dışında herhangi bir telekinetik etkinlik gören mi olmuş?"

"Hayır, ama Saubers işi bittiği sıralarda Beyin Hasarları Kliniği'nde bir hemşire intihar etti. Hartsfield'in odasının bulunduğu koridordaki banyoda damarlarını kesmiş. Adı Sadie MacDonald."

"Yani, sence..."

Holly yine sandviçini didikliyor; maydanoz parçasını çıkarıp tabağına bırakmış. Hodges'un konuşmasını bekliyor.

"Devam et, Holly. Bunu senin yerine söyleyecek değilim."

"Sence Brady bir şekilde onu intihara mı sürüklemiş? Bunun nasıl mümkün olabileceğini düşünemiyorum."

"Ben de düşünemiyorum ama Brady'nin intiharla ilgili bir tutkusu olduğunu biliyoruz."

"Bu Sadie MacDonald... onda da o Zappit tabletlerinden var mıymış?"

"Kim bilir."

"Nasıl... kendini nasıl..."

Bu defa Hodges yardımcı oluyor. "Cerrahi gereçlerin bulunduğu yerden bir neşter yürütmüş. Bunu adli tıp uzmanının asistanından öğrendim. De Massio's adındaki İtalyan lokantasında."

Holly bir miktar maydanoz daha ayıklıyor. Tabağı maydanoz parçalarıyla dolmuş. Bunu yapması Hodges'u illet etse de ona engel olmuyor. Holly söyleyeceği şey için kendini hazırlamakta. Nihayet söylüyor. "Hartsfield'i görmeye gideceksin."

"Evet, gideceğim."

"Ondan bir şey öğrenebileceğine gerçekten inanıyor musun? Daha önce hep elin boş döndün."

"Artık biraz daha fazlasını biliyorum." Ama ne, *gerçekten* neyi biliyor? Neden kuşkulandığına bile emin değil. Belki de Hartsfield yabanarısı değil, bir örümcektir ve 217 numaralı oda da ördüğü ağın merkezidir; orada oturup örmeyi sürdürüyordur.

Ya da belki hepsi tesadüften ibarettir. Belki kanser beynimi kemirmeye başlamış, içine paranoyak düşünceler serpiştirmiştir.

Pete de böyle düşünürdü ve ortağı –aklına hep Miss Güzel Gri Gözler olarak geliyor– bunu düşünmekle kalmaz, yüksek sesle söylerdi.

Hodges ayağa kalkıyor. "En iyisi bu işi şimdi yapmak."

Holly onun kolunu tutmak için sandviçini maydanoz döşeli tabağa bırakıyor. "Temkinli ol."

"Olurum."

"Ve düşüncelerini kontrolünde tut. Bu dediğim sana delice gelebilir, ama ben zaten deliyim, hiç değilse bazı zamanlar bu nedenle söyleyebilirim. Eğer aklına... kendine zarar vermek gibi düşünceler gelirse, hemen beni ara. *Hiç beklemeden* beni ara."

"Tamam."

Holly kollarını kavuşturup omuzlarını tutuyor – artık Hodges'un daha seyrek gördüğü o endişeli duruş. "Keşke Jerome burada olsaydı." Jerome Robinson Arizona'da, üniversiteden bir sömestr izin almış, İnsanlık İçin Habitat ekibiyle birlikte evler inşa ediyor. Bir keresinde Hodges onun bu faaliyetlerini "CV'sini cilalamak" diye nitelendirmiş, Holly'den azar işitmişti. Holly, Jerome'un bunu iyi insan olduğu için yaptığını söylemişti. Hodges da onunla aynı fikirdeydi, Jerome gerçekten de çok iyi bir insandı.

"Benim için endişelenme. Hem zaten bir şey olacağını sanmıyorum. Tıpkı sokağın köşesindeki boş evin perili olduğunu sanan çocuklar gibiyiz. Bu konuda Pete'e bir şey söylersek, ikimizi de makaraya alır."

Daha önce de makaraya alınmış olan Holly (iki kere) bazı boş evlerin gerçekten de perili olduğuna inanıyor. Küçük ve yüzüksüz elini omzundan indirip bir kez daha Hodges'un kolunu tutuyor; bu defa pardösüsünün kolunu. "Oraya varınca beni ara, oradan ayrıldığında da ara. Bunu unutma, çünkü hep endişe içinde olacağım; ben seni arayamam, çünkü..."

"Umutsuz Vakalar koğuşunda cep telefonu yasak, biliyorum. Seni ararım, Holly. Bu arada, yapmanı istediğim birkaç şey var." Hodges onun hemen bir not defteri almak için hamle yaptığını görünce başını iki yana sallıyor. "Bunu not alman gerekmez. Çok basit. Önce, o e-pazara ya da artık piyasada bulunmayan şeylerin satıldığı o sitelerden birine gir ve Zappit tabletlerinden bir tane sipariş et. Bunu yapabilir misin?"

"Tabii, çok kolay. Öbür şey ne?"

"Sunrise Solutions şirketi Zappit'i satın almış, sonra da iflas etmiş. İflas durumlarında birinin kayyum olması gerekir. Kayyum da avukat, muhasebeci ve tasfiye görevlisi çalıştırıp o şirketten her kuruşu almak ister. Bana bir isim bul, ben de bugün daha sonra veya yarın onu arayayım. Onca satılmamış Zappit tabletine ne olduğunu öğrenmek istiyorum, çünkü her iki şirket de piyasadan silindikten sonra birisi Janice Ellerton'a bir tablet verdi."

Holly'nin yüzü ışıldıyor. "Harika bir fikir!"

Harika sayılmaz, sadece polislik iş, diyor içinden Hodges. Ölümcül bir kanserim olabilir, ama işin nasıl yapıldığını hâlâ hatırlıyorum. Bu da az şey değil.

Bu bayağı iyi bir şey.

3

Turner Binası'ndan çıkıp 5 numaralı otobüs durağına (şehrin içinde otomobiliyle gitmektense otobüsle daha kolay ve çabuk olur) seğirtirken, Hodges'un aklından çeşitli düşünceler geçiyor. Brady'ye nasıl yaklaşmalı, onu nasıl açacak? Görevdeyken sorgu odalarının yıldızıydı, o halde bunun da mutlaka bir yolu olmalı. Daha önceki ziyaretlerinde amacı Brady'yi konuşmaya teşvik edip, onun yarı-katatonik durumunun numara olduğu inancını doğrulamaktı. Şimdiyse aklında gerçek sorular var ve Brady'den bunların cevaplarını almak için mutlaka bir yol olmalı.

Örümceği dürtmem gerek, diye düşünüyor.

Birazdan karşılaşacağı şeyle ilgili plan yapmaya çalışırken, bir yandan da hastalığına konan teşhis ve bunun yarattığı kaçınılmaz korkular aklını meşgul ediyor. Evet, öleceği için korkuyor. Ama yolun sonuna doğru ne kadar ıstırap çekeceğini de düşünmeden edemiyor. Bilmesi gereken kişilere haberi nasıl verecek? Corinne ve Allie öğrenince sarsılırlar ama yıkılmazlar. Aynı şey Robinson ailesi için de geçerli; Jerome ve küçük kız kardeşi Barbara (artık küçük sayılmaz, on altı yaşına bastı) için daha zor olacak. Fakat Jerome'un asıl endişesi Holly için olur. Holly, daha önce ofiste dediği gibi, deli değildir ama çok kırılgandır. Hem de çok. Geçmişinde iki sinir krizi var; biri lisedeyken, diğeriyse yirmili yaşlarının başındayken. Artık daha güçlü, ama son yıllarda en büyük desteği Hodges ve birlikte işlettikleri şirket olmuş. Eğer bunlar kaybolursa, Holly ciddi bir tehlike içinde olur. Hodges bunu hafife almıyor.

Onun çökmesine izin vermeyeceğim, diyor içinden. Başı öne eğik, elleri cebinde beyaz buhar üfürerek yürüyor. Buna izin vermeyeceğim.

Bu düşüncelere dalmışken, son iki günde üçüncü defa kaportası boya lekeli Chevrolet Malibu gözünden kaçıyor. O anda Holly'nin bilgisayar başında müflis Sunrise Solutions şirketinin kayyumunu aradığı ofis binasının karşısındaki sokağa park etmiş. Otomobilin yanında, üstünde koli bandıyla yamalı eski parka olan yaşlıca bir adam duruyor. Hodges'un otobüse binişini gördükten sonra cep telefonunu çıkarıp bir numarayı arıyor.

4

Holly patronunun –dünyada en çok sevdiği insan– köşedeki otobüs durağına gidişini seyrediyor. Hodges o kadar *cılız* görünüyor ki, altı yıl önce ilk defa karşılaştığı o irikıyım adamın bir gölgesi gibi olmuş. Ve yürürken de elini daima yanına bastırıyor. Son zamanlarda bunu çok sık yapar olmuş; Holly onun bu hareketi yaptığının farkında olmadığını sanıyor.

Sadece basit bir ülser, demişti. Holly buna –ve ona– inanmak istiyor, ama pek emin değil.

Otobüs gelince Bill biniyor. Holly otobüsün gidişini seyrederken tırnaklarını kemiriyor; canı fena halde sigara istiyor. Dünya kadar nikotinli çikleti var, ama bazen sigaradan başka bir şey kesmiyor.

Boşuna zaman harcama, diyor içinden. Eğer ille de sinsilik yapacaksan, bundan daha iyi bir zaman olmaz.

Böylece Hodges'un ofisine giriyor.

Bilgisayar ekranı karanlık, ama Holly onun geceleri evine gidene kadar kapatmadığını biliyor. Yapacağı tek şey ekranı açmak. Bunu yapmadan önce klavyenin yanındaki sarı bir not defteri gözüne çarpıyor. Hodges daima böyle bir defteri hazırda bulundurur ve çoğu zaman üstü notlarla doludur. Bu, Hodges'un düşünme tarzıdır.

Üst sayfada gördüğü satırı çok iyi tanıyor; radyoda o şarkıyı ilk kez duyduğu günden beri unutmamış: *Bütün yalnız insanlar.* Hodges bunun altını çizmiş. Altında da Holly'nin tanıdığı isimler var.

Olivia Trelawney (Dul)
Martine Stover (Evlenmemiş; hizmetçisi onun için "kız kurusu" diyor)
Janice Ellerton (Dul)
Nancy Alderson (Dul)

Ve diğerleri. Tabii kendi adı; ne de olsa o da bir kız kurusu. Boşanmış olan Pete Huntley. Ve kendisi de boşanmış olan Hodges.

Yalnız yaşayan insanların intihar etme ihtimali iki kat daha fazladır. Boşanmış olanlarınsa dört kat.

"Brady Hartsfield intiharlardan zevk alırdı," diye mırıldanıyor. "Bu onun hobisiydi."

Bu isimlerin altında daire içine alınmış bir not var; Holly bir anlam veremiyor. *Ziyaretçi listesi? Hangi ziyaretçiler?*

Holly rastgele bir tuşa basınca Hodges'un bilgisayarı canlanıyor ve masaüstü ekranını dolduran dosyalar ortaya çıkıyor. Holly bu konuda onu defalarca uyarmış, bunu evinin kapısını kilitlemeden bırakmaya, bütün değerli eşyalarını yemek masası üstüne yığıp, LÜTFEN BENİ ÇALIN diyen bir not bırakmaya benzetmiş. Hodges her defasında bunu yapacağını söylediği halde hiç yapmamış. Holly için bunun önemi yok, çünkü Hodges'un şifresini biliyor. Ona Hodges vermiş. Başına *bir şey* gelirse diye. Holly şimdi öyle bir şey olduğundan korkuyor.

Ekrana bir kez bakması, o *bir şeyin* ülser olmadığını anlamasına yetiyor. Ekranda korkutucu bir adı olan yeni bir dosya var. Holly bunu tıklıyor. En üstteki gotik harfler bu belgenin Kermit

William Hodges'un son arzusu, vasiyeti olduğunu apaçık gösteriyor. Holly hemen dosyayı kapatıyor. Hodges'un vasiyetini inceleyecek değil. Böyle bir belgenin varlığını ve Hodges'un da bunu sık sık gözden geçirdiğini bilmesi yeter. Aslında fazla bile.

Elleri omuzlarını kavramış halde dudaklarını kemiriyor. Bir sonraki adım sinsilikten daha kötü bir şey olacak. Resmen hırsızlık gibi bir şey...

Buraya kadar geldikten sonra durma, devam et.

"Evet, buna mecburum," diye fısıldayarak Hodges'un e-posta ikonunu tıklarken, herhalde bir şey yoktur, diye umuyor. Fakat bir şey var. Bu son mesaj muhtemelen bu sabah onlar Debbie'nin Mavi Şemsiyesi'nde buldukları şeyi konuşurlarken gelmiş. Muayeneye gittiği doktordan. Adı Stamos. Holly postayı alıp okuyor: *Son test sonuçlarınızın bir nüshası ektedir.*

Holly ek dosyayı açmak için Hodges'un şifresini kullanıyor. Bill'in iskemlesine oturmuş, ellerini kucağında kavuşturmuş halde öne uzanıyor. Sekiz sayfalık mesajın ikinci sayfasına geldiğinde ağlamaya başlıyor.

5

Hodges 5 numaralı otobüsün arka tarafındaki koltuğuna yerleştikten çok az sonra ceket cebinden cam kırılma sesiyle gol tezahüratı patlıyor. Takım elbiseli bir adam okumakta olduğu *Wall Street Journal*'ı indirip, bunun üzerinden Hodges'a ayıplayan bir ifadeyle bakıyor.

"Özür dilerim," diyor Hodges. "Bunu değiştirmeyi unutup duruyorum."

"O işi öncelik yapsanız iyi olur," diyor adam ve tekrar gazetesine dönüyor.

Mesaj eski ortağından. Yine. Bu ânı daha önce de yaşadım, diye düşünerek onu arıyor.

"Pete," diyor, "nedir bu mesajlar yahu? Sanki benim numaram hızlı arama kaydında yokmuş gibi..."

"Holly senin telefonuna üşütük bir zil sesi koymuştur, diye düşündüm," diyor Pete. "Onun mizah anlayışı. Ayrıca, telefonunun sesini de maksimuma alacağını tahmin ettim, sağır puşt."

"Sadece mesaj sesi maksimumda," diyor Hodges. "Beni arayan olduğu zaman telefon titreşiyor."

"O halde mesaj melodisinin sesini değiştir."

Hodges daha birkaç saat önce ömrünün aylarla sınırlı olduğunu öğrenmiş, şimdiyse cep telefonunun ses yüksekliğini tartışıyor...

"Bunu kesinlikle yapacağım. Şimdi söyle bakalım, beni neden aradın?"

"Adli Bilişim Şubesi'ndeki adamımız o oyun cihazına bayıldı. Müzelik, diyor. Buna inanabiliyor musun? Alet muhtemelen beş yıl önce üretilmiş ve daha şimdiden müzelik olmuş."

"Dünya hızını artırıyor."

"Bir şeyler yaptığı kesin. Her neyse, Zappit cavlağı çekti. Adamımız yeni pil taktı, aletten beş-altı mavi flaş parladı, sonra öldü."

"Nesi varmış?"

"Bir virüs olabilir; bu aletin WiFi'si var ve virüsler de bu şekilde yüklenebiliyor, ama adamımız kötü bir çip veya yanmış bir devre ihtimalini daha geçerli buluyor. Özetle, bu aletin hiçbir anlamı yok. Ellerton bunu kullanmış olamaz."

"O halde neden şarj aletini kızının banyosundaki prize takmıştı?"

Bu soru Pete'i bir anlığına susturuyor. Sonra, "Pekâlâ, o zaman belki bir süreliğine çalıştı, sonra da çipi öldü. Ya da bunlara her ne oluyorsa..."

Alet pekâlâ çalışıyordu, diyor içinden Hodges. Kadın mutfak masasında Solitaire oynuyordu. Daha bir sürü oyun vardı. Eğer sen de Nancy Alderson'la konuşsaydın, bunu sen de bilirdin, sevgili Pete. Bu işin "ölmeden önce yapılacaklar" listende olması lazım.

"Pekâlâ," diyor Hodges. "Bilgilendirdiğin için teşekkür ederim."

"Bu seni *son* bilgilendirişim, Kermit. Sen ayrıldıktan sonra bugüne kadar birlikte başarıyla çalıştığım bir ortağım var; seni ona tercih ettiğimi düşünerek bana küsmesini istemiyorum. Emeklilik partimde onun da olmasını istiyorum."

Hodges bu işi burada bırakmayabilir, ama hastaneye varmasına iki durak kalmış. Ayrıca, artık kendisini Pete ve Izzy'den ayırıp kendi bildiği yolda gitmek istediğini de fark etmiş. Pete her işi ağırdan alıyor ve Izzy de tam anlamıyla ayak sürüyor. Oysa Hodges pankreasını falan boş verip bu vakayı sonuçlandırmak istiyor.

"Anlıyorum," diyor. "Sağ ol."
"Dosya kapandı mı?"
"Evet."

6

Hodges'un iPhone'unu tekrar pardösü cebine soktuğu yerden on dokuz blok ötede başka bir dünya var. Ve bu hiç de hoş bir dünya değil. Jerome Robinson'un kız kardeşi orada ve başı dertte.

Chapel Ridge okul üniforması (gri yün ceket, gri eteklik, beyaz uzun çoraplar, boynunda kırmızı bir atkı) içinde güzel ve ağırbaşlı görünen Barbara eldivenli ellerinde bir Zappit'le Martin Luther King (MLK) Bulvarı'nda yürüyor. Tablet ekranında Balık Deliği var, balıklar oradan oraya kayıp gidiyor ama gün ortası aydınlığında zor görülebiliyorlar.

MLK, şehrin Lowtown adıyla bilinen kısmındaki iki anacaddeden biridir ve her ne kadar nüfusu siyah ağırlıklı olsa da ve Barbara'nın kendisi de siyahsa da (aslında sütlü kahve daha yakışır) buraya daha önce hiç gelmemiş ve bu gerçek orada kendini budala ve değersiz hissetmesine neden oluyor. Bunlar onun insanları, bildiği kadarıyla ataları bir zamanlar aynı çiftliklerde köle olarak çalışmışlar, hamallık yapmışlar, ama Barbara buraya *tek bir kez* bile gelmemiş. Sadece ebeveynleri değil, abisi de gelmemesi için uyarmış.

"Lowtown insanların bira içip sonra o şişeyi yedikleri yerdir," demişti abisi bir keresinde. "Senin gibi kızlara göre değildir."

Benim gibi kızlara, diye düşünüyor Barbara. Üst-orta sınıfa ait, iyi bir özel okula giden, beyaz kız arkadaşları, şık elbiseleri ve harçlığı olan benim gibi bir kız. Banka kartım bile var. İstediğim an bir ATM'den altmış dolar çekebilirim. Ne hoş!

Barbara sanki rüyadaymış gibi yürüyor ve aslında biraz rüyaya da benziyor, çünkü gördüğü her şey o kadar tuhaf ki... Oysa iki otomobillik garajı olan, kredisi tamamen ödenmiş konforlu evi buradan sadece üç kilometre ötede. Çek bozdurma büfelerinin, vitrinleri gitarlarla, radyolarla ve inci saplı usturalarla dolu rehinci dükkânlarının önünden geçiyor. Buz gibi ocak havasına rağmen bira kokusunun dışarıya taştığı barların ve kızarmış yağ kokan ucuz lokantaların önünden geçiyor. Kimi dilimle pizza satıyor, kimi Çin yemekleri. Bir tanesinin vitrininde bir tabela var: ANNENİZİN ESKİDEN YAPTIĞI GİBİ KARALAHANAMIZ VARDIR.

Benim annem yapmazdı, diye düşünüyor Barbara. Karalahananın ne olduğunu bile bilmem. Ispanak mı? Lahana mı?

Köşelerde –hemen bütün köşelerde– uzun şortlu, bol blucinli oğlanlar var; bazıları ısınmak için ateş yaktıkları varillerin etrafında toplanmış, bazıları itişip kakışıyor; soğuğa rağmen ceketlerinin önü açık. Kankalarına *Yo* diye seslenip yoldan geçen otomobillere el sallıyorlar. Bir otomobil durunca, içindeki kişiye pencereden şeffaf zarflar uzatıyorlar. Barbara, MLK üzerinde ne kadar yürüdüğünü bilmiyor artık; sanki her köşede uyuşturucu satışı yapılıyor.

Kısa şortları, suni kürk ceketleri ve parlak çizmeleri içinde titreyen kadınların önünden geçiyor; kafalarında rengarenk peruklar var. Pencereleri tahta plakalarla örtülü boş binaların önünden geçiyor. Yaygara yapan küçük bir çocuğu sürükleyen, tek gözü kirli bir bantla kapalı bir kadının yanından geçiyor. Bir battaniyenin üstüne oturmuş, bir şişeden şarap içip gri dilini ona sallayan bir adamın önünden geçiyor. Bu semt yoksul, sefil ve çaresiz ve oldum olası böyleyken Barbara bu konuda hiçbir şey yapmamış. Yapmamış mı? Düşünmemiş bile. Sadece okul ödevlerini yapmış. Facebook'taki durumunu güncellemiş ve cildini dert etmiş. Arkadaşlarıyla telefonda konuşmuş, mesajlaşmış. Tipik bir ergen parazit olmuş; burada, evinden üç kilometre uzakta kardeşleri şarap içip uyuşturucu kullanarak sefil hayatlarını unutmaya çalışırlarken o annesi ve babasıyla lüks lokantalarda yemek yemiş. Barbara omuzlarına kadar inen düzgün saçlarından utanıyor. Tertemiz beyaz çoraplarından utanıyor. Ten renginden de utanıyor, çünkü onlarınkinden farklı.

"Hey, siyahımsı!" Caddenin karşı tarafından biri seslenmiş. "Burada n'apıyorsun? Senin burada işin yok!"

Siyahımsı.

Bir televizyon dizisinin adı; ailece seyredip gülüyorlar, ama aynı zamanda Barbara'nın kendisi. Siyah değil, siyahımsı. Beyazların yaşadığı bir semtte, beyazların hayatını sürüyor. Bunu yapabiliyor, çünkü ebeveynleri çok para kazanıyorlar ve evlerinin olduğu yerdeki insanlar o kadar önyargısız ki, çocuklarından biri diğerine aptal dediği zaman utanıyorlar. O mükemmel beyaz hayatı yaşayabiliyor, çünkü kimse için, kurulu düzen için herhangi bir tehdit oluşturmuyor. Sadece arkadaşlarıyla oğlanlar hakkında, oğlanlar ve kıyafetler hakkında, hepsinin beğendiği televizyon programları hakkında, hangi kızı hangi oğlanla Birch Hill AVM'sinde gördükleri hakkında sohbet ederek hayatını sürdürüyor.

Barbara siyahımsı; bu kelime aynı zamanda "değersiz" anlamına da geliyor ve yaşamayı hak etmediğini düşünüyor.

"Belki de hayatına son vermelisin. Hesabı kapatmalısın."

Bu fikir bir ses halinde geliyor ve çok mantıklı. Şair Emily Dickinson, şiirlerinin ona hiç karşılık vermeyen dünyaya yazdığı bir mektup olduğunu söylemişti. Bunu okulda okumuşlardı. Ama Barbara hayatında hiç mektup yazmamış. Bir sürü aptal kompozisyon, kitap raporu ve e-posta yazmış, ama önemi olan hiçbir şey yazmamış.

"Belki de yazma zamanın gelmiştir."

Bu kendi sesi değil, ama bir dosttan geliyor.

Fal ve tarot falı bakılan bir dükkânın dışında duruyor. Kirli vitrininde arkasında duran birinin yansımasını gördüğünü sanıyor; beyaz bir erkek, çocuksu bir yüzü ve alnına kadar inen sarı saçları var. Dönüp bakıyor, ama kimseyi göremiyor. Hayal gücüydü herhalde. Gözlerini tekrar Zappit ekranına çeviriyor. Falcı dükkânının tentesi altındayken yüzen balıklar yine parlak ve net. İki yana gidip geliyorlar ve arada bir ekran mavi bir ışıkla parlıyor. Barbara geldiği yola dönüp bakınca çok büyük, siyah bir kamyonun şeritten şeride geçerek büyük bir hızla yaklaşmakta olduğunu görüyor. Kocaman tekerlekleri olan, okuldaki çocukların Kocaayak dedikleri cinsten bir kamyon.

"Eğer yapacaksan, şimdi yap işte."

Sanki gerçekten arkasında birisi duruyormuş gibi. Onu anlayan birisi. Ve o ses haklı. Barbara daha önce intiharı hiç düşünmemiş, ama şimdi bu fikir ona son derece mantıklı geliyor.

"Bir not bırakman gerekmez," diyor arkadaşı. Barbara yine vitrinde onun yansımasını görüyor. Hayalet gibi. "Bu işi burada yapman, senin dünyaya bıraktığın mektup olur."

Doğru.

"Kendin hakkında artık hayata devam edemeyecek kadar çok şey biliyorsun," diyor arkadaşı, Barbara tekrar ekrandaki balıklara bakarken. "Çok fazla şey biliyorsun ve bunların hepsi kötü şeyler." Sonra da hemen ekliyor: "Bu senin korkunç bir insan olduğun anlamına gelmez."

Hayır, korkunç değilim, sadece değersizim.

Siyahımsı.

Kamyon yaklaşıyor. Kocaayak. Jerome Robinson'un kız kardeşi kaldırımdan aşağıya adımını atarken yüzü hevesli bir gülümsemeyle ışıldıyor.

7

Dr. Felix Babineau beyaz önlüğü içindeki bin dolarlık takım elbisesiyle Umutsuz Vakalar koridorunda yürürken önlüğünün etekleri arkasında dalgalanıyor. Babineau'nun sakal tıraşı olması lazım ve her zaman taralı olan saçları darmadağınık. Alçak sesle konuşan bir grup hemşireye bakmıyor bile.

Hemşire Norma Wilmer yanına geliyor. "Dr. Babineau, duydunuz mu..."

Babineau kadına bakmıyor bile; Norma ona yol vermek için yana çekilmek zorunda kalıyor. Arkasından hayret dolu gözlerle ona bakıyor.

Babineau her zaman önlük cebinde taşıdığı RAHATSIZ ETMEYİN kartını 217 numaralı odanın kapı kulpuna asıp içeriye giriyor. Brady Hartsfield başını kaldırıp ona bakmıyor. Bütün dikkatini balıkların sağa sola yüzdükleri tablet ekranına yöneltmiş. Sesi kısmış olduğu için müzik yok.

Çoğu zaman bu odaya girdiğinde Felix Babineau kaybolur, yerini Doktor Z alır. Ama bugün öyle değil. Doktor Z sadece Brady'nin başka bir versiyonu, alt tarafı bir yansıtma... ve bugün Brady yansıtmasıyla uğraşamayacak kadar meşgul.

Mingo Konser Salonu'nu havaya uçurma girişimiyle ilgili anıları hâlâ karmaşık, ama uyandığı günden beri çok net olarak hatırladığı bir şey var: dünyası kararmadan önce gördüğü son kişinin yüzü. Bu kişi Barbara Robinson, Hodges'un zenci yardımcısının kız kardeşi. Brady'nin tam karşısındaki koltukta oturuyordu. Bu kız şimdi burada, paylaştıkları iki ekrandaki balıklarla yüzüyor. Brady meme ucunu çimdikleyen o sadist hemşire Scapelli'nin icabına bakmıştı. Şimdi de o Robinson şıllığının icabına bakacak. Onun ölümü abisini çok üzecek, ama en önemli şey bu değil. Aynı zamanda yaşlı dedektifin kalbine de bir hançer sokacak. En önemlisi bu.

En lezzetli olanı.

Brady kızı teselli ediyor, ona korkunç bir insan olmadığını söylüyor. Bu sözleri kızı harekete geçiriyor. MLK Bulvarı'ndan gelen bir şey var, ama Brady bunun ne olduğunu çıkaramıyor, çünkü kız bir yanıyla hâlâ direnmekte, ama gelen şey çok büyük. İşi halledecek kadar büyük.

"Brady, beni dinle. Z-Çocuk aradı." Z-Çocuğun asıl adı Brooks, ama Brady artık ona bu isimle hitap etmiyor. "Senin talimatına uyarak gözlemlemeye devam ediyor. O polis... eski polis mi her neyse..."

"Kes sesini." Brady başını kaldırmamış, ama saçları kaşlarının üstüne düşüyor. Kuvvetli güneş ışını altında sanki otuz değil, yirmi yaşında gibi.

Konuştuğu zaman herkesin onu dinlemesine alışkın olan ve hâlâ emir alan bir konumda bulunmasını kavrayamamış olan Babineau bu uyarıya kulak asmıyor. "Hodges dün Hilltop Court'taydı, önce Ellerton'un evine girdi, sonra da sokağın karşısındaki..."

"*Sana kes sesini dedim!*"

"Brooks onu 5 numaralı otobüse binerken görmüş, herhalde buraya geliyor! Ve eğer buraya geliyorsa, *biliyor!*"

Brady bir an ona öfkeli gözlerle baktıktan sonra dikkatini tekrar ekrana çeviriyor. Eğer şimdi bir falso yaparsa, bu eğitimli ahmağın dikkatini saptırmasına izin verirse...

Ama buna izin vermeyecek. Hodges'un canını yakmak istiyor, o zenci uşağın canını yakmak istiyor, çünkü onlara borcu var ve bunu ödemenin yolu da bu işte. İş sadece intikamdan ibaret değil. Bu kız konserde bulunan ilk test deneğiydi ve kontrolü daha kolay olan diğerlerine benzemiyor. Ama Brady onu kontrol ediyor, sadece on saniyeye daha ihtiyacı var; şimdi kıza doğru yaklaşan şeyi görüyor. Bir kamyon. Büyük, siyah bir kamyon.

Hey, yavru, diye düşünüyor Brady Hartsfield. Vasıtan geldi.

8

Barbara kaldırımdan inmiş, kamyonun gelişini seyrederken hareketinin zamanlamasını ayarlıyor, ama tam dizlerini germişken birisi arkasından onu tutuyor.

"Hey, neyin var senin?"

Barbara debeleniyor ama onu omuzlarından tutan eller çok kuvvetli; kamyon hızla geçip gidiyor. Barbara kendini kurtarıp öfkeyle dönüyor; karşısında kendi yaşlarında sıska bir oğlan var. Başında kahverengi bir kep, üstünde Todhunter Lisesi ceketi olan bu çocuk bayağı uzun boylu, en az bir doksan, bu nedenle onun yüzüne bakmak için Barbara'nın başını kaldırması gerekiyor. Boynunda ince bir altın zincir var. Oğlan gülümsüyor. Yeşil gözleri gülmeye hazır.

"Güzelsin, bu hem iltifat hem de gerçek, ama buralardan bir yerden değilsin, değil mi? Bu kıyafetle mümkün değil, hem annen sana caddeyi geçerken dikkat etmeni hiç söylemedi mi?"

"Çek git başımdan!" Barbara korkmuş değil, sadece çok öfkeli.

Oğlan gülüyor. "Çok da sertsin! Sert kızları severim. Sana bir şey ısmarlayayım mı?"

"Senden hiçbir şey istemiyorum!"

Barbara'nın arkadaşı gitmiş, herhalde ondan iğrenmiştir. Ama benim suçum değil, diye düşünüyor. Bu oğlanın suçu. Bu *hödüğün* suçu.

Hödük! Tam siyahımsı bir kelime işte. Barbara yüzünün kızardığını hissederek bakışlarını Zappit ekranındaki balıklara çeviriyor. Balıklar onu yatıştırır, her zaman öyle olmuştur. O adam ona bu oyun tabletini verdiğinde az kalsın atacaktı. Balıkları bulmadan önce! Balıklar daima onu rahatlatıyor ve bazen de arkadaşını getiriyor. Ama çok kısa bir an bakabildikten sonra tablet kayboluveriyor. Pat diye! Yok olmuş! Hödük bunu ince uzun parmaklarıyla tutmuş, hayranlıkla ekranına bakıyor.

"Vay be, bu alet tam bir antika!"

"Benim tabletim!" diye bağırıyor Barbara. "Ver onu!"

Caddenin karşısında bir kadın kahkaha atıp, viskili bir sesle, "Ağzının payını ver, kızım!" diye bağırıyor. "Boyunun ölçüsünü göster!"

Barbara Zappit'i almak için hamle yapıyor. Uzun boylu oğlan aleti başının üstünde tutup ona gülüyor.

"Ver onu, dedim. Zontalığı bırak!"

Artık onları daha çok insan izlemeye başlamış. Uzun boylu oğlan artık seyirciye oynuyor. Sola doğru bir feyk atıp sağa doğru iki kısa adım atıyor; muhtemelen basketbol sahasında sık yaptığı bir hareket; yüzündeki gülümseme hiç kaybolmuyor. Yeşil gözleri parlıyor ve dans ediyor. Todhunter Lisesi'ndeki her kız bu yeşil gözlere âşıktır herhalde; Barbara artık intiharı veya siyahımsı olduğunu düşünmüyor, ya da toplumsal bilinci olmayan biri olduğunu... O anda çok kızmış, oğlanın bu kadar sevimli olması onu daha da çok kızdırıyor. Barbara, Chapel Ridge futbol takımında; uzun boylu oğlanın kaval kemiğine sert bir şut çekiyor.

Oğlan acı içinde bağırarak (ama bir yandan da eğlenmiş gibi; bu da Barbara'yı daha çok kızdırıyor) kaval kemiğini tutmak için eğiliyor. Böylece Barbara'nın hizasına alçalınca, kız Zappit'i onun elinden kapıyor. Hemen dönüp caddeye koşuyor.

"*Hayatım, dikkat et!*" diye haykırıyor viski sesli kadın.

Barbara fren çığlıklarını duyuyor, sıcak lastik kokusu da var... Sol yanına bakınca üstüne doğru gelen kamyoneti görüyor; sürücüsü frene bastığı için ön tarafı sola kaymış. Kirli ön camının ardındaki adamın ağzı açık, korku dolu gözlerle bakıyor. Barbara ellerini kaldırınca Zappit'i düşürüyor. O anda Barbara Robinson'un en son isteyeceği şey ölmek, ama işte burada, caddenin ortasında. Ve caymak için artık çok geç.

Vasıtam geldi, diye geçiyor aklından.

9

Brady Zappit'i kapatıp başını kaldırıyor ve ağzı kulaklarında Babineau'ya bakıyor. "Onu hakladım," diyor. Konuşması çok net, dil sürçmesi hiç yok. "Bakalım, Hodges ve o orman kaçkını uşağı ne yapacaklar."

Babineau onun hakladığını söylediği kişinin kim olabileceğini tahmin ediyor ve umursaması gerektiğini düşünüyor, ama hiç umurunda değil. Umurunda olan tek şey kendisi. Brady'nin onu bu duruma çekmesine nasıl izin verebilmiş? Ne zaman seçeneksiz kalmış?

"Buraya Hodges'la ilgili haber vermek için geldim. Eminim şu anda buraya geliyor. Seni görmeye."

"Hodges buraya defalarca geldi," diyor Brady, her ne kadar yaşlı-emekli dedektifin uzun süreden beri gelmediği doğruysa da. "Katatonik numaramı hep yutuyor."

"Bazı parçaları bir araya getirmeye başladı. Senin de dediğin gibi, adam aptal değil. Z-Çocuğu sadece Brooks'ken tanıyor muydu? Seni ziyarete geldiği zamanlarda onu görmüş olmalı."

"Hiç fikrim yok." Brady yorgun ve doygun. O anda sadece Barbara Robinson'un ölümünün tadını çıkarmak, sonra da bir şekerleme yapmak istiyor. Yapılacak çok şey var, önüne serilmiş büyük fırsatlar var, ama şu anda dinlenmesi gerekiyor.

"Seni bu halinle görmemeli," diyor Babineau. "Yüzün kızarmış ve ter içindesin. Maraton koşmuş birine benziyorsun."

"O halde onu içeriye alma. Bunu yapabilirsin. Sen bir doktorsun, o ise maaşını Sosyal Sigorta'dan alan bir kelaynak. Bugünlerde park cezası bile yazacak yasal yetkisi yok." Brady o zenci hıyarın haberi nasıl karşılayacağını merak ediyor. *Jerome.* Ağlar mı acaba? Dizlerinin üstüne çöker mi? Göğsünü yumruklar mı? Hodges'u suçlar mı? Pek akla yatkın değil ama bu çok iyi olurdu. Harika olurdu.

"Pekâlâ," diyor Babineau. "Haklısın, bunu yapabilirim." Kendi kendine konuştuğu kadar sözde onun kobayı olan adamla da konuşuyor. Kobaylık da kötü bir şaka gibi. "En azından şimdilik. Ama mutlaka Emniyet'te hâlâ arkadaşları vardır. Muhtemelen birçok arkadaşı vardır."

"Onlardan korkmuyorum; Hodges'tan da korkmuyorum. Sadece onu görmek istemiyorum. Hiç değilse, şimdilik." Brady gülümsüyor. "Kıza olanları duyduktan sonra. *O zaman* onu görmek isteyeceğim. Şimdi defol git buradan."

Nihayet kimin patron olduğunu anlamaya başlayan Babineau, Brady'nin odasından çıkıyor. Her zaman olduğu gibi bunu kendisi olarak yapmak rahatlatıcı bir şey. Çünkü Doktor Z olduktan sonra Babineau'luğa her dönüşünde, döneceği daha az Babineau kalmış oluyor.

10

Tanya Robinson son yirmi dakika içinde dördüncü kez kızının cep telefonunu aradığında, yine Barbara'nın sesli mesajını işitiyor.

Bip sesinden sonra Tanya, "Diğer mesajlarımı dikkate alma," diyor. "Hâlâ kızgınım ama şu anda meraktan ölecek haldeyim. Beni ara. İyi olduğunu bilmem lazım."

Telefonunu masaya bırakıp ofisinin dar alanında volta atmaya başlıyor. Bir an kocasını aramayı düşünse de, sonra vazgeçiyor. Henüz değil. Barbara'nın okulu astığını düşünüp küplere binecek; mutlaka kızının böyle bir şey yaptığını sanacaktır. Chapel Ridge'in müdür muavini Bayan Rossi arayıp da, Barbara hasta mı, diye sorduğunda Tanya da önce aynı şeyi düşünmüştü. Barbara daha önce hiç okulu asmamıştı, ama kötü davranışların daima bir ilki olurdu, özellikle de ergenler için... Ne var ki kızı tek başına okul asmazdı. Tanya, Bayan Rossi'yle bir kez daha konuştuktan sonra Barbara'nın yakın arkadaşlarının bugün okulda olduklarını öğrendi.

O andan beri de aklına hep kötü şeyler geldi; şimdi de gözlerinin önüne bir görüntü geliyor: polisin Şehirlerarası Ekspres Yolu'na diktiği ışıklı tabeladaki Alarm Uyarısı. O yanar söner tabelada BARBARA ROBINSON adını görüyor.

Telefonu "Mutluluğa Övgü"nün ilk notalarını çalınca cevap vermek için deli gibi koşuyor, "Tanrım, çok şükür," diyor içinden. "Kış bitene kadar onu eve kapatacağım ve..."

Ne var ki ekranında kızının gülümseyen yüzü yok. Tanıtıcı olarak EMNİYET MÜDÜRLÜĞÜ MERKEZ ŞUBE yazılı. Tanya duyduğu korkuyla büzülüyor, içi boşalıyor. Bir an telefonu açamıyor, çünkü uyuşmuş başparmağı kımıldamıyor. Neden sonra cevapla düğmesine basıp çalan müziği susturabiliyor. Ofisindeki her şey, özellikle de aile fotoğrafı çok parlak. Telefon sanki havada yüzer gibi kulağına geliyor.

"Alo?"

Tanya dinliyor.

"Evet, bu o."

Dinlerken, ağzından çıkabilecek çığlığı bastırmak için elini ağzına götürüyor. "Kızım olduğuna emin misiniz?" diye soruyor. "Barbara Rosellen Robinson mu?"

Onu arayan polis memuru, evet, diyor. Emin. Caddede kimlik kartını bulmuşlar. Polis memurunun Tanya'ya söylemekten kaçındığı şey, ismi okumak için kartın üstündeki kanı silmek zorunda kalmaları.

11

Hodges, Kiner Memorial'ı Göller Bölgesi Travmatik Beyin Hasarları Kliniği'ne bağlayan köprüden çıktığı anda bir terslik olduğunu hissediyor. Kliniğin duvarları somon pembesine boyalı ve sürekli olarak dinlendirici bir müzik çalıyor. Her zamanki faaliyet yok, çoğu iş yarım bırakılmış. İçinde yağlı yemek artıkları olan tekerlekli yemek tepsileri terk edilmiş. Bir araya toplanmış olan hemşireler alçak sesle bir şeyler konuşuyorlar. Bir tanesi ağlıyor. İki asistan su sebilinin yanında fısıldaşıyorlar. Bir hastabakıcı cep telefonuyla konuşmakta; oysa bu ceza gerektiren bir şey, ama Hodges ona bir şey yapılmayacağını düşünüyor, çünkü kimsenin adama aldırdığı yok.

Hiç değilse, Ruth Scapelli görünürlerde yok; bu da Brady'yi görmek için odasına girme ihtimalini artırıyor. Nöbet masasında Norma Wilmer var; 217 numaralı odayı ziyaret etmeyi bırakmadan önce Hodges'un Brady'yle ilgili bilgi kaynağı hem Becky Helmington hem de Norma'ydı. Ne var ki, Hartsfield'in doktoru da nöbet masasında. Hodges bütün gayretine rağmen bu adamla ahbaplık kuramamıştı.

Babineau'nun onu fark etmediğini ve birazdan tomografilere veya herhangi bir şeye bakmak için gideceğini umarak su sebiline doğru yürüyor. Böylece Norma Wilmer'la konuşabilecek. Bir bardak su içiyor (yüzünü ekşitmiş, doğrulurken bir elini yanına bastırıyor) ve asistanlarla konuşuyor. "Burada bir şeyler mi oluyor? Klinik biraz dağınık gibi."

Asistanlar tereddüt içinde birbirlerine bakıyorlar.

"Bu konuda konuşamayız," diyor Asistan Bir. Yüzünde hâlâ ergenlik sivilceleri var ve taş çatlasa on yedi yaşında görünüyor. Bu çocuğun parmağındaki kıymığı çıkarmaktan daha ciddi bir ameliyatta asistanlık yapabileceği düşüncesi Hodges'u titretiyor.

"Hastalarla ilgili bir şey mi? Hartsfield'le ilgili olabilir mi? Bunu soruyorum, çünkü eskiden polistim ve bir bakıma onun burada olmasından ben sorumluyum."

"Hodges," diyor Asistan İki. "Adınız bu mu?"

"Evet."

"Onu siz yakaladınız, değil mi?"

Hodges hemen bunu kabulleniyor, ama eğer iş ona kalmış olsaydı Brady'nin Mingo Konser Salonu'nda City Center'dakinden çok daha fazla cana kıyabileceğini de bilmiyor değil. Hayır, Brady ev yapımı plastik patlayıcısını patlatamadan önce onu durduran Holly ve Jerome Robinson olmuştu.

Asistanlar bir kez daha bakıştıktan sonra Asistan Bir, "Hartsfield her zamanki gibi, hiç konuşmadan oturup duruyor," diyor. "Sorun, Şirret Hemşire."

Asistan İki onu dirseğiyle dürtüyor. "Ölünün arkasından kötü konuşma, salak herif! Özellikle de karşındaki adamın boşboğaz biri olma ihtimali varsa."

Hodges, benden sır çıkmaz, anlamında parmağını dudaklarına götürüyor.

Asistan Bir, "Yani Başhemşire Scapelli, demek istedim. Dün gece intihar etti."

Hodges'un beynindeki bütün ışıklar yanıyor ve dünden beri ilk kez kendisinin ölme ihtimali olduğunu unutuyor. "Emin misiniz?"

"Bileklerini kesmiş ve kan kaybından ölmüş," diyor İki. "En azından öyle olduğunu duydum."

"Not falan bırakmış mı?"

İkisi de bilmiyor.

Hodges nöbet masasına gidiyor. Babineau hâlâ orada, Wilmer'la birlikte bazı dosyalara bakıyor, ama Hodges'un bekleyecek hali yok. Bu iş Hartsfield'in marifeti. Nasıl yapabildiğini bilmiyor ama herifin sadece imzası eksik. Aşağılık intihar prensi!

Neredeyse Hemşire Wilmer'a ön adıyla hitap edecekken son anda vazgeçiyor. "Hemşire Wilmer, ben Bill Hodges." Kadın bunu biliyor tabii. "Hem City Center hem de Mingo Konser Salonu vakalarında çalıştım. Bay Hartsfield'i görmem lazım."

Kadın tam bir şey söyleyecekken Babineau ondan önce söze giriyor. "Kesinlikle olmaz. Bay Hartsfield'e ziyaret izni olsaydı bile, ki Başsavcılığın emriyle bu yasaktır, sizinle görüşmesine izin veremeyiz. Onun sükûnete ve huzura ihtiyacı var. Daha önceki her yetkisiz ziyaretinizde bunu bozdunuz."

"Çok şaşırdım," diyor Hodges. "Onu görmeye her geldiğimde orada sakince oturuyordu. Soğumuş bir yemekten farksızdı."

Norma Wilmer'ın başı tenis maçı seyreden biri gibi bir o yana bir bu yana çevriliyor.

"Ayrıldıktan sonra bizim gördüklerimizi siz görmüyorsunuz." Babineau'nın tıraşsız yüzü kızarmaya başlamış. Gözlerinin altında da mor halkalar var. Hodges onu bir çizgi filmdeki karakterlerden birine benzetiyor. Üşütük bir görünüşü var. Sonra da aklına, Becky'nin nöroloji doktorlarının çoğu zaman hastalarından daha kaçık olduğunu söyleyişi geliyor.

"Ne gibi şeyler görmüş olabilirsiniz?" diye soruyor Hodges. "Küçük öfke nöbetleri mi? Ben gittikten sonra bazı nesneler yere mi düşüyor? Banyosundaki sifon kendi kendine mi çekiliyor?"

"Saçma. Gittikten sonra geriye sinirleri harap olmuş birini bırakıyorsunuz, Bay Hodges. Onu saplantı haline getirdiğinizi anlamayacak kadar beyin hasarlı değil. Kötü bir saplantınız var. Buradan ayrılmanızı istiyorum. Acı bir olay yaşadık ve hastalarımızın çoğu çok üzgün."

Hodges, bunu duyduğu anda Norma Wilmer'ın gözlerinin büyüdüğünü fark ediyor; Umutsuz Vakalar koğuşunda kavrayışı yerinde olan hastaların –çoğu öyle değil– başhemşirenin intihar ettiğinden habersiz olduğunu biliyor.

"Ona sadece birkaç soru sorup hemen gideceğim."

Babineau öne doğru uzanıyor. Altın çerçeveli gözlüğünün ardındaki gözlerinde kırmızı çizgiler var. "İyi dinleyin, Bay Hodges. Madde Bir, Bay Hartsfield sizin sorularınızı cevaplayacak durumda değil. Eğer sorulara cevap verebiliyor olsaydı, işlediği suçlar için mahkemeye çıkarılırdı. Madde İki, burada hiçbir resmi yetkiniz yok. Üç, eğer hemen gitmezseniz, güvenlik görevlilerini çağırır, sizi hastane dışına attırırım."

"Sorduğum için bağışlayın," diyor Hodges, "ama siz iyi misiniz?"

Babineau yüzüne bir yumruk yemek üzereymiş gibi başını geriye atıyor. *"Defol!"*

Bir köşede toplanmış olan sağlık görevlileri konuşmayı kesip onlara bakıyorlar.

"Anladım," diyor Hodges. "Gidiyorum. Tamam."

İki bina arasındaki köprünün girişi yakınında bir otomat var. Asistan İki buna doğru eğilmiş, elleri cebinde, "Vay be!" diyor. "Fena haşlandınız."

"Öyle oldu galiba," diyor Hodges. Otomatta satılan yiyeceklere bakıyor; midesinde yangın çıkarmayacak tek bir şey yok; neyse ki acıkmamış.

"Genç dostum," diyor Hodges ona bakmadan. "Küçük bir hizmet karşılığı elli dolar kazanmak ister misin?"

Ergenliğin son aşamalarındaymış gibi görünen Asistan İki onun yanına sokuluyor. "Hizmet nedir?"

Hodges, Birinci Sınıf Dedektif olduğu günlerdeki gibi not defterini hâlâ cebinde taşıyor. İki kelime –*Beni ara*– yazıp cep telefonu numarasını ekliyor. "O dallama doktor kanatlarını açıp oradan uçar uçmaz bunu Norma Wilmer'a ver."

Asistan İki notu katlayıp cebine soktuktan sonra beklenti içinde bakıyor. Hodges cüzdanını çıkarıyor. Bir not iletmek için elli dolar çok fazla, ama ölümcül kanseri olduğunu öğrenmenin hiç değilse bir tane iyi yanı var: Bütçeni dert etmek zorunda kalmıyorsun.

12

Jerome Robinson kızgın Arizona güneşi altında omzunda taşıdığı kalasları dengede tutmaya çalışırken cep telefonu çalıyor. İnşa etmekte oldukları evler –ilk ikisinin çatısı bitmiş durumda– Phoenix'in güney kesiminde, düşük gelirli fakat saygın sayılabilecek bir semtte. Jerome kalasları bir el arabasının üstüne bırakıp beline takılı telefonunu çıkarıyor; herhalde işçi başı Hector Alonzo'dur, diye geçiriyor içinden. Bu sabah işçilerden biri, bir kadın, ayağı takılıp inşaat demiri yığınının üstüne düşmüştü. Kadının köprücük kemiği kırılmış, yüzü fena halde çizilmişti. Alonzo onu St. Luke Hastanesi acil servisine götürmeden önce geçici işçi başı olarak Jerome'u tayin etmişti.

Jerome telefon ekranında Alonzo'nun adını değil, Holly Gibney'in yüzünü görüyor. Bu fotoğrafı, onun çok ender gülümsediği bir anda Jerome çekmişti.

"Selam Holly, nasılsın? Seni birkaç dakika sonra arayayım, bugün burası çok..."

"Eve gelmen gerek," diyor Holly. Sesi sakin, ama onu çok eskiden beri tanıyan Jerome, bu kısa cümlesinde bastırılmış kuvvetli duygular olduğunu kestirebiliyor. Bu duyguların başında korku var. Holly hâlâ çok korkak bir insan. Jerome'un annesi çok sevdiği Holly için, genlerinde korku var, demişti.

"Eve mi? Neden? Ne oldu?" Bir anda Jerome'un içine kendi korkusu dalıyor. "Babama mı bir şey oldu? Anneme mi? Barbie'ye mi?"

"Bill," diyor Holly. "Kansermiş. Kötü bir kanser. Pankreas. Tedavi görmezse ölecek, muhtemelen her halükârda ölecek, ama zaman kazanabilir; bana basit bir ülser olduğunu söyledi, çünkü... çünkü..." Holly derin ve hırıltılı bir nefes alınca, Jerome'un kulağı gıdıklanıyor. *"O puşt Brady Harstfield yüzünden!"*

Jerome, Brady Hartsfield'in Hodges'a konulan korkunç teşhisle ne alakası olduğunu kestiremiyor, ama anladığı tek şey, durumun kötü oluşu. İnşaat alanının karşı ucunda, başları kasklı iki genç adam –Jerome gibi, "İnsanlık için Habitat" gönüllüsü üniversiteli gençler– bip sesleriyle geri geri gelen bir çimento kamyonuna çelişkili talimatlar veriyorlar. Felaket kapıya dayanmış.

"Holly, bana beş dakika izin ver, seni geri ararım."

"Ama geleceksin, değil mi? Bana geleceğini söyle. Çünkü bu konuda onunla tek başıma konuşamam ve *tedaviye hemen başlaması gerekiyor!*"

"Beş dakika," diyor Jerome ve telefonu kapatıyor. Kafasının içinde düşünceler öyle bir hızla dönüyor ki, beyni alev alacak diye korkuyor. Tepesindeki kızgın güneş de cabası. Bill? Kanser mi? Bir yandan pekâlâ mümkün görünürken, diğer yandan tamamen imkânsız gibi geliyor. Holly'yle birlikte ona yardım ettikleri Pete Saubers vakasında çok formdaydı, ama yakında yetmiş yaşında olacak ve ekim ayında Arizona'ya gelmeden önce onu son gördüğünde Bill pek de iyi görünmüyordu. Çok zayıflamıştı. Yüzü çok soluktu. Fakat Hector gelene kadar Jerome hiçbir yere gidemez. Tımarhanenin yönetimini hastalara bırakmak gibi bir şey olur. Ve Phoenix hastanelerinin acil servislerinin yirmi dört saat tıka basa dolu olduğunu bildiği için, herhalde mesai saati bitimine kadar burada çakılı kalacak.

Çimento kamyonuna doğru koşup, "Dur! Dur be adam!" diye bağırıyor.

Her şeyden habersiz gönüllü gençlerin yanlış yönlendirdiği kamyonu yeni kazılmış bir drenaj çukuruna yuvarlanmadan durduruyor. Tam soluklanmak için iki büklüm olduğu sırada telefonu bir kez daha çalıyor.

Holly, seni çok seviyorum, diyor içinden Jerome telefonunu bir kez daha kemerinden çıkarırken, ama bazen insanı deli ediyorsun.

Ama bu defa ekrandaki fotoğraf Holly'ninki değil. Annesininki.

Tanya ağlıyor. "Eve gelmelisin," diyor. Jerome'un aklına gelen ilk şey dedesinin bir lafı: *Aksilikler peş peşe gelir.*

Kötü haber Barbie oluyor.

13

Hodges lobiye gelmiş, tam kapıya doğru seğirtirken telefonu titreşiyor. Arayan Norma Wilmer.

"Gitti mi?" diye soruyor Hodges.

Norma onun kimden söz ettiğini sorma gereğini duymuyor. "Evet. Artık en gözde hastasının vizitesini bitirdiği için diğerlerinde daha gevşemiş olur."

"Hemşire Scapelli için üzüldüm." Bu doğru. Hodges ondan hoşlanmazdı ama üzüldüğü doğru.

"Ben de üzüldüm. Hemşirelere çok haşin davranıyordu ama birisinin o şekilde... bunu yapması çok kötü. Haberi duyunca insan önce, hayır, bu o olamaz, diye düşünüyor. Kesinlikle o olamaz. Sonra da, pekâlâ akla yatkın geliyor. Hiç evlenmemiş, tek bir yakın arkadaşı yok, en azından benim bildiğim kadarıyla; işinden başka dünyası olmayan bir insan. Kaldı ki orada da herkes ondan nefret ediyor."

"Ah, o yalnız insanlar," diyor Hodges buz gibi havaya çıkıp otobüs durağına doğru yürürken. Bir eliyle düğmelerini ilikledikten sonra yan tarafına masaj yapıyor.

"Evet. Öyleleri o kadar çok ki. Sizin için ne yapabilirim, Bay Hodges?"

"Birkaç sorum var. Benimle buluşup bir şey içer misin?"

Uzun bir sessizlik. Hodges onun hayır diyeceğini sanıyor. Derken Norma, "Sorularınız Dr. Babineau'nun başını derde sokabilecek cinsten mi?"

"Mümkün, Norma."

"Umarım öyle olur; kendimi size borçlu hissediyorum. Sizinle Becky Helmington döneminden beri tanıştığımızı Babineau'ya belli etmediniz. Revere Bulvarı'nda Bar Bar Black Sheep adlı bir bar var; çoğu hastane personeli hastaneye daha yakın barlara giderler. Bu yeri bulabilir misiniz?"

"Evet."

"İşten beşte çıkıyorum. Beş buçukta orada buluşalım. Soğuk bir votka martini iyi gelir."

"Orada olacağım."

"Ama sizi Hartsfield'in odasına sokmamı beklemeyin. İşimi kaybedebilirim. Babineau her zaman gergindi, ama son günlerde resmen tuhaflaştı. Ona Ruth'un haberini vermeye çalıştım ama beni dinlemeden yanımdan geçip gitti. Hoş, bunu umursayacağını da sanmıyordum."

"Sen de bu adamı pek sevmiyorsun, değil mi?"

Norma kıkırdıyor. "Bunu söylediğiniz için bana iki içki borçlusunuz."

"Tamam, iki içki."

Hodges tam telefonunu cebine sokacakken bir daha çalıyor. Arayanın Tanya Robinson olduğunu görünce aklına hemen Arizona'da evler inşa eden Jerome geliyor. Bir inşaat sitesinde bin türlü kaza olabilir.

Telefonu açıyor. Tanya ağlıyor, ilk başta ne dediği anlaşılmıyor, sadece Jim'in hâlâ Pittsburgh'da olduğunu ve Tanya'nın daha çok bilgi edinene kadar onu aramak istemediğini çıkarabiliyor. Hodges trafik gürültüsünü azaltmak için bir eliyle diğer kulağını kapatıyor.

"Sakin ol, Tanya, sakin ol. Jerome mu? Jerome'a mı bir şey oldu?"

"Hayır, Jerome iyi. Onu aradım. *Barbara*. Lowtown'a gitmişti..."

"Tanrı aşkına, Lowtown'da ne işi vardı, üstelik okul zamanı?"

"Bilmiyorum! Bildiğim tek şey bir oğlanın onu caddeye ittiği ve bir kamyonetin ona çarptığı! Onu Kiner Memorial'a götürüyorlar. Ben de şimdi oraya gidiyorum!"

"Otomobilde misin?"

"Evet, ama bunun ne ilgisi..."

"Telefonu kapat, Tanya. Ve yavaş sür. Ben şimdi Kiner'deyim. Seninle Acil Servis'te buluşuruz."

Hodges telefonu kapatıp hızlı adımlarla tekrar hastaneye dönüyor. *Bu lanet yer tıpkı mafya gibi,* diye düşünüyor. *Ne zaman dışarıya çıktığımı sansam, beni tekrar içine çekiyor.*

14

Flaşları yanan bir ambülans Acil Servis kapılarından birine yanaşırken, Hodges hâlâ yanında bulundurduğu polis kimliğini çıkarıp ambülansı karşılıyor. Aracın arka tarafından sedye çıkarılırken Hodges kimlik kartındaki EMEKLİ yazısını parmağıyla örtüp görevlilere gösteriyor. Aslında suç işlemiş oluyor –bir emniyet görevlisi kimliğini kullanmakla– ve bu yüzden Hodges bunu nadiren yapar, ama bu defa kendini çok haklı buluyor.

Barbara'ya ilaç verilmiş, ama bilinci yerinde. Hodges'u görünce eline sallıyor. "Bill? Buraya nasıl bu kadar çabuk gelebildin? Annem mi aradı?"

"Evet. Nasılsın?"

"İyiyim. Acı duymamam için bir şey verdiler. Dediklerine göre... bir bacağım kırılmış. Futbol sezonunda takımda olamayacağım, ama zaten annem herhalde beni yirmi beş yaşıma gelene kadar eve kapatacaktır." Barbara'nın gözyaşları yanaklarına süzülüyor.

Hodges'un ona, haftada en az dört cinayet işlenen MLK Bulvarı'nda ne işin vardı, gibi soruları soracak zamanı yok. Bunlar daha sonra konuşulacak. O anda daha önemli bir şey var.

"Barb, seni kamyonetin önüne iten oğlanın adını biliyor musun?"

Barbara'nın gözleri büyüyor.

"Ya da, onu iyice görebildin mi? Tarif edebilir misin?"

"İtilmek mi... Ah, hayır, Bill! Hayır, öyle olmadı."

"Memur bey, gitmemiz gerek," diyor sağlık görevlisi. "Sorularınızı daha sonra sorarsınız."

Barbara, "Bekleyin!" diye bağırıp doğrulmaya çalışıyor. Görevli onu nazikçe geriye yatırırken Barbara acıyla yüzünü buruşturuyor ama o bağırma sesi Hodges'a ümit veriyor. Güçlü bir ses.

"Ne var, Barb?"

"O oğlan beni caddeye inmemden sonra itti! Beni kamyonun yolundan dışarıya itti yani. Galiba hayatımı kurtardı ve buna memnunum." Barbara artık hüngür hüngür ağlıyor ama Hodges bu ağlamanın kırık bacağı yüzünden olduğunu hiç sanmıyor. "Ölmek istediğim falan yok. Bana ne olduğunu bilmiyorum!"

"Onu hemen muayene odasına götürmemiz lazım, şef," diyor görevli. "Röntgen çekilmesi gerek."

"O oğlana bir şey yapmalarına izin verme!" diye bağırıyor Barbara, sedyesi kapıdan içeriye götürülürken. "Uzun boylu! Yeşil gözlü ve keçi sakalı var. Todhunter Lisesi'ne..."

Barbara içeriye alınınca kapı kapanıyor.

Hodges fırça yemeden cep telefonunu kullanabilmek için dışarıya çıkıp Tanya'yı arıyor. "Şu anda nerede olduğunu bilmiyorum ama acele etme ve sakın kırmızı ışıklarda geçeyim deme. Barbara'yı içeriye aldılar, bilinci yerinde. Bacağı kırılmış."

"Hepsi o mu? Çok şükür! İç organlarında bir hasar var mı?"

"Bunu doktorlar anlayacaklar, ama oldukça iyi görünüyordu. Sanırım kamyonet onu sadece sıyırıp geçmiş."

"Jerome'u aramalıyım. Eminim onu çok korkutmuşumdur. Ve Jim'in de bilmesi gerek."

"Onları buraya geldiğin zaman ara. Şimdi hemen telefonunu kapat."

"Onları *sen* arayabilirsin, Bill."

"Hayır, arayamam, Tanya. Benim başka birini aramam gerekiyor."

Hodges bir süre soluğundan beyaz buhar bulutları çıkarıp kulakları buz kesmiş bir halde orada duruyor. Aramam gerekiyor dediği kişinin Pete olmasını hiç istemiyor, çünkü Pete artık ona biraz kızgın; Izzy Jaynes de öyle. Başka seçeneklerini düşünüyor, ama sadece bir kişi var: Cassandra Sheen. Bu kadın Pete tatildeyken birkaç kez onunla çalışmıştı, hatta bir keresinde Pete altı haftalık mazeret izni kullanırken de beraber çalışmışlardı. Pete'in boşanmasından kısa bir süre sonraydı; Hodges arkadaşının bunalımda olduğunu sanıyordu ama bununla ilgili ona ne bir şey sormuş ne de Pete herhangi bir açıklama yapmıştı.

Cassie'nin numarası onda yok, bu nedenle Dedektiflik Şubesi'ni arayıp, onu bağlamalarını rica ediyor. Neyse ki kadın sahada değil. On saniye sonra bağlantı gerçekleşiyor.

"Siz Botoks Kraliçesi Cassie Sheen misiniz?"

"Billy Hodges, yaşlı orospu! Seni öldü sanıyordum."

Yakında, Cassie, diyor içinden Hodges.

"Seninle geyik yapmayı çok isterdim, hayatım, ama bir iyilik yapmanı rica edeceğim. Strike Bulvarı karakolunu henüz kapatmadılar, değil mi?"

"Hayır. Ama gelecek yıl kapatılacaklar listesinde. Ve çok mantıklı bir şey. Lowtown'da suç mu işleniyor? Ne suçu, ha?"

"Evet, şehrin en güvenli yeri. Galiba gözaltına bir oğlanı almışlar ve edindiğim bilgi doğruysa, bırak tutuklanmayı, o çocuk bir madalya hak ediyormuş."

"Adı ne?"

"Bilmiyorum ama tarif edebilirim. Uzun boylu, yeşil gözlü, keçi sakalı var." Hodges, Barbara'nın dediklerini tekrarladıktan sonra, "Üstünde Todhunter Lisesi ceketi varmış," diye ekliyor. "Onu tutuklayan polisler herhalde bir kızı bir kamyonetin önüne itmekle suçlamış olabilirler. Aslında kızı kamyonetin önünden çekmek için itmiş ve bu sayede kız ezileceğine sıyrıklarla atlatmış."

"Bunu doğru olduğuna emin misin?"

"Evet." Hodges aslında tam olarak ne olduğunu bilmiyor ama Barbara'ya inanıyor. "Lütfen, onun adını öğren ve polislerden onu orada tutmalarını iste. O oğlanla konuşmak istiyorum."

"Bu kadarını yapabilirim."

"Sağ ol, Cassie. Sana borçluyum."

Hodges telefonu kapatıp saatine bakıyor. Eğer ille de bu Todhunter'lı çocukla konuşmak istiyorsa ve Norma'yla olan randevusuna yetişecekse, belediye otobüsü için zaman yok.

Barbara'nın söylediği bir şey ikide bir kulaklarında çınlıyor. *Ölmek istediğim falan yok. Bana ne oldu, bilmiyorum!*

Holly'yi arıyor.

15

Holly ofisin yanındaki 7-Eleven marketinin önünde durmuş, bir elinde bir Winston paketi, diğer eliyle paketin selofanını açıyor. Beş aydan beri sigara içmemiş, bu onun yeni rekoru ve şimdi de başlamak istemiyor, ama Bill'in bilgisayarında gördüğü şey beş yıldan beri onarmaya çalıştığı hayatının tam ortasında bir delik açmış. Bill Hodges onun mihenk taşı, dünyayla etkileşim becerisini ölçme vasıtası. Bu da onun sayesinde akıl sağlığını ölçebiliyor olmanın başka bir yolu. Bill Hodges'un olmadığı bir hayatı düşünmek, bir gökdelenin tepesinde durup altmış kat aşağıdaki kaldırıma bakmaya benziyor.

Holly tam paketin selofanını açarken telefonu çalıyor. Winston'ı çantasına sokup telefonunu çıkarıyor. Arayan Hodges.

Holly "merhaba" demiyor. Jerome'a, öğrendiği şeyle ilgili Hodges'la tek başına konuşmak istemediğini söylemişti, ama şimdi –kaldırımda dikilmiş soğuktan titrerken– başka seçeneği yok. "Bilgisayarına baktım, bunun çok ayıp olduğunu biliyorum ve özür dilerim. Bunu yapmak zorundaydım, çünkü ülser olduğun palavrasına inanmamıştım ve istersen beni kovabilirsin, umurumda değil, yeter ki bir an önce tedavine başla."

Hattın karşı ucunda bir sessizlik. Holly, hâlâ orada mısın, diye sormak istiyor ama ağzı donmuş gibi ve nabzı bütün gövdesinde hissedebileceği gibi atıyor.

Neden sonra Hodges, "Hols, tedavi edilebileceğini sanmıyorum."

"Hiç değilse bırak denesinler."

"Seni seviyorum," diyor Hodges. Holly onun sesindeki ağırlığı işitiyor. Pes etmişliğini. "Bunu biliyorsun, değil mi?"

"Saçmalama, tabii ki biliyorum." Ağlamaya başlıyor.

"Elbette tedavileri deneyeceğim. Ama bir hastaneye yatmadan önce birkaç güne ihtiyacım var. Ve şu anda *sana* ihtiyacım var. Gelip beni alabilir misin?"

"Peki." Artık hüngür hüngür ağlıyor, çünkü Hodges ona ihtiyacı olduğunu söylerken yalan söylememiş. Ve ihtiyaç duyulmak çok önemli bir şey. Belki de *en* önemli şey. "Neredesin?"

Hodges bunu söyledikten sonra, "Bir şey daha var," diyor.

"Ne?"

"Seni kovamam, Holly. Sen benim çalışanım değil, ortağımsın. Bunu unutma, tamam mı?"

"Bill?"

"Efendim?"

"Sigara içmiyorum."

"Bu çok iyi, Holly. Şimdi gel hadi buraya. Lobide bekleyeceğim. Dışarısı buz gibi."

"Hız sınırlarına uyarak, olabildiğince çabuk geleceğim."

Holly otomobilini park ettiği köşeye giderken açılmamış sigara paketini bir çöp kutusuna atıyor.

16

Strike Bulvarı polis karakoluna giderlerken Hodges yolda Holly'ye Umutsuz Vakalar kliniğiyle ilgili haberleri, Ruth Scapelli'nin intiharını ve Barbara'nın içeriye götürülmeden önce söylediği o tuhaf şeyi anlatıyor.

"Ne düşündüğünü biliyorum," diyor Holly, "çünkü ben de aynı şeyi düşünüyorum. Bütün bu olanlar Brady Hartsfield'den kaynaklanıyor."

"İntihar prensi." Hodges onu beklerken birkaç ağrı kesici daha almış ve şimdi kendini daha iyi hissediyor. "Ona bu ismi taktım. Çok yakışıyor, değil mi?"

"Sanırım. Ama bir keresinde bana bir şey söylemiştin." Holly direksiyon başında baston yutmuş gibi dimdik oturuyor ve Lowtown'un iç kısımlarına girdikleri sırada gözleri fıldır fıldır her tarafı tarıyor. Birisinin yol ortasında bıraktığı alışveriş arabasına teğet geçiyor. "Tesadüfler komployla aynı şey değildir, demiştin. Hatırlıyor musun?"

"Evet." Bu, Hodges'un çok sevdiği laflarından biri. Bunun gibi daha birçok sözü var.

"Eğer özünde birbirine bağlı bir dizi tesadüften ibaretse, bir komployu ömür boyu soruşturabilirsin ve hiçbir sonuca varamazsın, demiştin. Eğer birkaç gün içinde somut bir şey bulamazsan –bulamazsak– bu işin ucunu bırakıp tedavilere başlaman lazım. Bunu yapacağına söz ver."

"İş biraz daha uzayabilir ve..."

Holly onun sözünü kesiyor. "Jerome dönecek ve yardım edecek. Tıpkı eski günlerdeki gibi olacak."

Hodges'un aklına eski bir gerilim romanının adı geliyor. *Trent's Last Case*.[*] Gülümsüyor. Holly göz ucuyla bu gülümsemeyi görünce, Hodges'un razı olduğunu düşünerek içi rahatlıyor ve gülümsemesine karşılık veriyor.

"Dört gün," diyor Hodges.

"Üç. Daha fazla olmaz. Çünkü içinde olup bitenlere ne kadar uzun zaman müdahale edilmezse, durumun o kadar kötüleşir. Ve zaten çok gecikildi. Yani benimle pazarlık etmeye kalkma, Bill. Çünkü bu konuda çok ustasın."

"Pekâlâ," diyor Hodges. "Üç gün. Jerome da yardım ederse."

"Edecektir," diyor Holly. "Gel şunu iki gün yapalım."

17

Strike Bulvarı polis karakolu, kralın devrildiği ve anarşinin hüküm sürdüğü bir ortaçağ şatosuna benziyor. Pencerelerde kalın demir parmaklıklar var; otoparkı tel örgülerle ve beton bariyerlerle korunuyor. Bütün açıları kapsayan kameralara rağmen bu gri taş bina çetelerin saldırılarına maruz kalmış, ana giriş kapısı üstündeki karpuz lamba parçalanmış.

(*) Edmund Clerihew Bentley'in 1913'te yayımlanan romanı. –ed.n.

Hodges ve Holly ceplerindekileri, Holly çantasındakileri plastik sepetlere boşaltıp bir metal dedektöründen geçiyorlar. Cihaz Hodges'un metal saat kayışını hoş karşılamayıp ötüyor. Holly ana lobideki bir banka oturup (burası da kamera gözetimi altında) iPad'ini çıkarıyor. Hodges görevli polis memuruna geliş nedenini açıkladıktan birkaç dakika sonra onu zayıf, gri saçlı bir dedektife yönlendiriyorlar. Adam *The Wire* adlı dizideki Lester Freamon'a benziyor. Hodges'un midesi bulanmadan seyredebildiği tek polisiye dizi.

"Jack Higgins," diye tanıtıyor kendisini dedektif, elini uzatarak. "O kitap yazarının adı gibi, ama onun gibi beyaz değilim."

Hodges onun elini sıkıp Holly'yi tanıştırıyor. Holly yarım yamalak bir merhaba diyerek elini kaldırıyor ve dikkatini tekrar iPad'ine çeviriyor.

"Galiba sizi hatırlıyorum," diyor Hodges. "Eskiden Marlborough Caddesi karakolundaydınız, değil mi? Üniformalı günlerinizde?"

"Çok eskidendi, o zaman genç ve ateşliydim. Ben de sizi hatırlıyorum. McCarron Park'ta iki kadını öldüren o adamı yakalamıştınız."

"Bir ekip çalışmasıydı, Dedektif Higgins."

"Lütfen, Jack deyin. Cassie Sheen aradı. Adamınız sorgu odasında. Adı Dereece Neville." Higgins oğlanın ön adını heceliyor. "Onu zaten serbest bırakacaktık. Olayı gören birkaç kişi çocuğun ifadesini doğruladı: Kızla şakalaşıyormuş, kız bozulmuş ve caddeye koşmuş. Neville yaklaşan kamyoneti görüp onun peşinden koşmuş ve onu iterek yoldan çıkarmış; yani büyük ölçüde. Ayrıca bu semtteki hemen herkes bu oğlanı tanıyor. Todhunter basketbol takımının yıldızı ve muhtemelen spor bursuyla iyi bir üniversiteye gidecek. Yüksek ortalaması var ve şeref listesinde."

"Bu harika çocuğun okul günü ortasında sokakta ne işi varmış?"

"Bütün öğrenciler dışarıdalarmış. Lisenin ısıtma sistemi yine boka sarmış. Bu kış üçüncü defa oluyor ve daha henüz ocak ayındayız. Belediye başkanı Low'da her şeyin güllük gülistanlık olduğunu, herkese iş sağlandığını, herkesin refah içinde mutlu olduğunu söyleyip duruyor, ama seçim zamanı onu göreceğiz. Her yere zırhlı aracı içinde gidecek."

"Neville yaralanmış mı?"

"Avuçları sıyrılmış, o kadar. Caddenin karşısındaki bir kadının söylediğine göre –olay yerine en yakın kişi oymuş– oğlan kızı ittikten sonra kızın üstünden koca götlü bir kuş gibi uçmuş. Bu ifade kadının."

"Serbest bırakılacağını biliyor mu?"

"Evet, ama beklemeye razı oldu. Kızın durumunu merak ediyor. Hadi gelin. Onunla konuşmanız bitince evine gönderelim. Tabii serbest kalmaması için bir nedeniniz yoksa..."

Hodges gülümsüyor. "Bunu Bayan Robinson'un ricası üzerine yapıyorum. Oğlana birkaç soru sorduktan sonra ikimiz de yakanızdan düşeriz."

18

Sorgu odası küçük ve boğucu bir sıcaklıkta. Tepedeki kalorifer boruları takırdıyor. Ama bu haliyle bile herhalde karakolun en iyi odası, çünkü küçük bir kanepe var ve kelepçelerin takıldığı bir suçlu masası yok. Kanepe birkaç yerinden bantla yamanmış; bu görünümü Hodges'a Nancy Alderson'un Hilltop Court'ta gördüğünü söylediği adamı hatırlatıyor. Parkası yamalı adamı.

Dereece Neville kanepede oturuyor. Pamuklu pantolonu ve düğmeleri iliklenmiş beyaz gömleği içinde pekâlâ düzgün ve efendi bir görünüşü var. Keçi sakalıyla boynundaki altın zincirden başka stilini gösteren bir şeyi yok. Okul ceketi katlanmış bir şekilde kanepenin koluna bırakılmış. Hodges ve Higgins içeriye girince hemen ayağa kalkıyor ve uzun parmaklı elini uzatıyor. Tipik basketbolcu eli. Avucunda tentürdiyot lekesi var.

Hodges kendini tanıtıp el sıkışırken oğlanın yarasına bastırmamaya özen gösteriyor. "Bay Neville, hiçbir şekilde bir sorunla karşı karşıya değilsiniz. Hatta Barbara Robinson size teşekkür etmemi ve sizin iyi olduğunuzu görmemi istedi. O ve ailesi çok eskiden beri dostlarımdır."

"O iyi mi?"

"Bacağı kırılmış," diyor Hodges bir iskemle çekerek. Elini yan tarafına çekip bastırıyor. "Çok daha kötüsü olabilirmiş. Eminim, gelecek yıl yine futbol takımındaki yerini alacaktır. Oturun lütfen."

Neville oturduğu zaman dizleri neredeyse çenesinin hizasına kadar geliyor. "Bir bakıma benim suçumdu. Onunla didişmemeliydim, ama öyle şirindi ki... Ama... ben kör değilim." Bir an sustuktan sonra, "Ne gibi bir uyuşturucunun etkisi altındaydı? Biliyor musunuz?"

Hodges'un kaşları çatılıyor. Barbara'nın kafayı bulmuş olma ihtimali hiç aklına gelmemiş, oysa gelmesi gerekirdi. Ne de olsa kız bir ergen ve bu yaşlar her şeyi deneme yaşlarıdır. Ne var ki, üç-dört ayda bir Robinson ailesiyle yemek yer ve şimdiye kadar Barbara'nın uyuşturucu kullandığını gösteren hiçbir belirti görmemiş. Belki hiç ihtimal vermediği için. Belki artık çok yaşlı olduğu için.

"Neden bir madde etkisi altında olduğunu düşündün?"

"Her şey bir yana, sırf orada bulunduğu için. Üstünde Chapel Ridge üniforması vardı. Bunu biliyorum, çünkü yılda iki kez oraya maça gideriz. Ve onları sahadan sileriz. Bu kız sersemlemiş bir haldeydi. Falcı dükkânı Mamma Stars'ın yanında durmuş, her an kendini trafiğin içine atacak gibiydi." Neville omuzlarını sallıyor. "Ben de ona laf attım, kör gibi yürüdüğünü söyledim. Çok kızdı. Onu çok şirin bulmuştum, sonra..." Oğlan önce Higgins'e, sonra Hodges'a bakıyor. "Şimdi benim suçum olan kısma geliyorum ve sizden bir şey gizlemeyeceğim, tamam mı?"

"Tamam," diyor Hodges.

"Birden elindeki oyuncağını kaptım. Şakadan. Başımın üstünde tuttum. Geri verecektim. O zaman bana bir tekme attı –bir kız için bayağı sert bir tekmeydi– ve aleti elimden geri aldı. O anda hiç de sersemlemiş görünmüyordu."

"Nasıl görünüyordu, Dereece?" Hodges otomatik olarak oğlanın ilk adını kullanmıştı.

"Öf, deli gibi! Ama aynı zamanda korkmuştu. Sanki nerede bulunduğunun, üstünde onunki gibi özel okul üniforması olan kızların, özellikle de tek başlarına asla gitmeyecekleri bir yerde olduğunu fark etmiş gibiydi. MLK Bulvarı gibi bir yerde." Oğlan öne doğru uzanıyor, uzun parmaklı elleri dizlerinin arasında. "Onunla dalga geçtiğimi anlamamıştı. Panik içindeydi, anlatabiliyor muyum?"

"Evet," diyor Hodges. Her ne kadar can kulağıyla dinliyormuş gibi numara yapsa da, o an otomatik pilota bağlanmış, az önce Neville'in söylediği şeye takılmıştı. *Elindeki oyuncağını kaptım.* Bir yanıyla bunun Ellerton ve Strover'la ilişkili olabileceğini düşünüyor. Daha büyük bir yanıyla da kesinlikle öyle olduğuna inanıyor. "Bu seni üzmüş olmalı."

Neville, *elden ne gelir* anlamında avuçlarını tavana doğru çeviriyor. "Orası böyle bir yer işte. Low. Kız birden uyandı ve nerede olduğunu fark etti. Ben bir an önce buradan gideceğim. Hâlâ bu imkânım varken. Birinci Küme'de basketbol oynayıp notlarımı yüksek tutacağım ve daha sonra eğer profesyonel olacak kadar yetenekli değilsem iyi bir iş bulmaya çalışacağım. Sonra da ailemi buradan kurtaracağım. Ailem, annem ve iki erkek kardeşimden ibaret. Benim bu durumda olmamın tek nedeni annemdir. Bizi hiç boka bulaştırmadı." Neville bunu dedikten sonra gülüyor. "Annem böyle konuştuğumu duysaydı, fırçayı basardı."

Bu oğlan gerçek olamayacak kadar iyi, diye düşünüyor Hodges. Gerçekten çok iyi. Hodges'un bundan şüphesi yok; eğer Dereece Neville bugün okulda olsaydı, Jerome'un kız kardeşinin o kamyonetin altında kalacağını düşünmek bile istemiyor.

"O kızı sinirlendirmekle hata etmişsin, ama sonra da telafi ettiğini söylemek zorundayım," diyor Higgins. "Bir daha içinden böyle bir şaka yapmak gelirse, ne olabileceğini düşünecek misin?"

"Evet efendim, düşüneceğim."

Higgins elini uzatıyor, Neville gülümseyerek onun elini sıkıyor. Çocuk iyi olmasına iyi, diye düşünüyor Hodges, ama burası hâlâ aynı Lowtown ve Higgins de hâlâ acemi bir dedektif.

Higgins ayağa kalkıyor. "İşimiz tamam mı, Dedektif Hodges?"

Eski unvanın kullanılması Hodges'un hoşuna gidiyor ama oğlanla işi henüz bitmiş değil. "Bir soru daha var. Kızın elindeki oyuncak nasıl bir şeydi, Dereece?"

"Antika bir şey," diyor oğlan hiç duraksamadan. "Game Boy gibi bir şey, küçük kardeşimin vardı –annem eskiciden satın almıştı– ama kızın elindeki bunun aynısı değildi. Parlak sarı renkteydi, buna eminim. Kızların hoşlanacağı bir renkte değildi. Yani benim tanıdığım kızların..."

"Ekranını görebildin mi?"

"Bir anlığına gördüm. Balıklar yüzüyordu."

"Sağ ol, Dereece. Onun kafayı bulmuş halde olduğuna ne kadar eminsin? On üzerinden kaç verirsin? Yüzde yüz eminsen on diyelim."

"Eh, beş olabilir. Yanına yaklaştığım andaki hali için on diyebilirdim, çünkü kendini caddenin ortasına atacak gibiydi ve o sırada kocaman bir kamyon geliyordu. Daha sonra ona çarpan kamyonetten çok daha büyüktü. Aklıma kokain ya da metamfetamin değil, ecstasy veya esrar gibi daha hafif bir şey gelmişti."

"Ama ona sataşmaya başladığında? Oyuncağını kaptığında?" Dereece Neville gözlerini yuvarlıyor. "*Hemen* uyanıverdi."

"Pekâlâ," diyor Hodges. "Bitti. Tekrar teşekkür ederim."

Higgins de oğlana bir daha teşekkür ettikten sonra Hodges'la birlikte kapıya yürüyorlar.

"Dedektif Hodges?" Neville tekrar ayağa kalkmış, Hodges onun yüzüne bakmak için başını kaldırmak zorunda kalıyor. "Size telefon numaramı yazıp versem ona iletebilir misiniz?"

Hodges bunu bir an düşündükten sonra göğüs cebinden dolmakalemini çıkarıp Barbara Robinson'u muhtemel bir ölümden kurtaran oğlana veriyor.

19

Holly otomobili Aşağı Marlborough Caddesi'ne doğru sürerken, Hodges ona Dereece Neville'le yaptığı konuşmayı anlatıyor.

"Bu olay bir filmde olsaydı, birbirlerine âşık olurlardı," diyor Holly sonunda. İmrenmiş gibi bir hali var.

"Hayat filmler gibi değildir, Hol... Holly." Son anda Hollyberry demekten vazgeçmiş. Zıpırlığın zamanı değil.

"Biliyorum," diyor Holly. "Zaten bu yüzden sinemaya giderim."

"Zappit tabletlerinin sarıları da olduğunu biliyor muydun?"

Çoğu zaman olduğu gibi Holly gerekli bütün bilgileri edinmiş. "On farklı renkte çıkarmışlar ve evet, bunlardan biri de sarı."

"Sen de benim aklımdan geçeni mi düşünüyorsun? Barbara'ya olanlarla Hilltop Court'taki o kadınlara olanlar arasında bir bağlantı olduğunu?"

"Ne düşündüğümü bilmiyorum. Keşke, Pete Saubers olayında olduğu gibi Jerome'u da alıp otursak ve her şeyi konuşsak."

"Jerome bu gece buraya varırsa ve Barbara da gerçekten iyi durumdaysa bunu yarın yapabiliriz."

"Yarın senin ikinci günün," diyor Holly, her zaman kullandıkları otoparka yaklaşırken. "Üç günlük hakkından ikincisi."

"Holly..."

"Hayır!" diyor Holly sertçe. "Sakın başlama! Bana söz verdin!" Arabayı park edip onun yüzüne bakıyor. "Hartsfield'in numara yaptığına inanıyorsun, değil mi?"

"Evet. Belki gözlerini ilk defa açıp sevgili annesini aradığı zaman değil, ama o günden beri çok yol kat etti. Belki bütün yolu kat etti. Mahkemeye çıkarılmamak için yarı katatonik numarası yapıyor. Aslında Babineau'nun bunu anlaması lazım. Bazı testler, beyin tomografileri ve bunun gibi şeylerle..."

"Onu boş ver. Eğer düşünebiliyorsa ve onun yüzünden tedavini geciktirdiğini ve öldüğünü öğrenirse sence neler hisseder?"

Hodges'tan ses çıkmayınca cevabı Holly veriyor.

"Mutlu olur, mutlu olur, mutlu! Zevkten geberir!"

"Tamam," diyor Hodges. "Anladım. Bugünün geri kalanı ve iki gün daha. "Ama bir an için benim durumumu unut. Eğer Brady bir şekilde hastane odasından dışarıya erişebiliyorsa... bu bayağı korkunç bir şey."

"Biliyorum. Ve hiç kimse bize inanmaz. Bu da çok korkunç. Ama hiçbir şey beni senin ölümünü düşünmek kadar korkutmuyor."

Hodges'un içinden ona sarılmak geliyor, ama Holly'nin yüzünde o 'sakın bana sarılma' diyen ifadesi var, bu nedenle Hodges sadece ona bakmakla yetiniyor. "Bir randevum var ve o hanımı bekletmek istemiyorum."

"Ben hastaneye gideceğim. Barbara'yı görmeme izin vermeseler bile Tanya orada olacak ve bir dost yüzü görmek ona iyi gelecektir."

"İyi fikir. Ama gitmeden önce senden Sunrise Solutions'un tasfiye memurunu araştırmanı isteyeceğim."

"Adamın adı Todd Schneider. Altı isimlik bir hukuk firmasının ortağı. Ofisleri New York'ta. Sen Bay Neville'le konuşurken onun izini buldum."

"Bunu iPad'inde mi yaptın?"

"Evet."

"Sen bir dâhisin, Holly."

"Hayır, sadece bilgisayar araştırmasıydı. Bunu düşündüğün için asıl akıllı olan sensin. İstersen onu arayabilirim." Holly'nin yüzünden bu işe hiç hevesli olmadığı belli.

"Bunu yapman gerekmez. Sadece ofisini ara ve mümkünse bana bir randevu al, konuşmayı ben yaparım. Mümkünse yarın sabah."

Holly gülümsüyor. "Pekâlâ." Derken gülümseme kayboluyor. Hodges'un karnını işaret ediyor. "Acıyor mu?"

"Biraz." Şimdilik bu kadarı doğruydu. "Kalp krizi daha kötüydü." Bu da doğru, ama uzun süre öyle olmayabilir. "Eğer Barbara'yla görüşebilirsen selam söyle."

"Söylerim."

Hodges otomobiline giderken Holly arkasından onu seyrediyor ve sol eliyle sol yanına bastırdığını görüyor. Bunu görünce içinden ağlamak geliyor. Bağıra bağıra ağlamak... Hayat ne kadar da acımasız olabiliyor. Öyle olduğunu herkesin alay konusu olduğu lise günlerinden beri bildiği halde şaşırıyor. Oysa hiç şaşırmaması lazım.

20

Hodges şehrin karşı ucuna doğru yol alırken sıkı bir hard rock istasyonu bulmak umuduyla radyo kanallarını tarıyor. BAM 100 kanalında "My Sharona" parçası çıkınca volümü sonuna kadar açıyor. Şarkının sonunda DJ devreye girip Rocky Dağları'ndan gelmekte olan şiddetli bir fırtınanın haberini veriyor.

Hodges'un umurunda değil. Brady'yi ve o Zappit tabletlerinden birini ilk defa gördüğü zamanı düşünüyor. Kütüphane Al bunları dağıtıyordu. Al'ın ön adı neydi? Hatırlayamıyor. Zaten belki bildiği de yoktu.

O tuhaf isimli bara gelince Norma Wilmer'ın arka taraflarda, kalabalıktan uzak bir yerde oturmakta olduğunu görüyor. Bar tezgâhının önü bağırarak konuşan, kahkahalar atan işadamlarıyla dolu. Norma hemşire üniformasını bırakıp pantolonlu bir takımla alçak topuklu ayakkabılar giymiş. Önünde bir kadeh içki var.

"Bunu sana ben alacaktım," diyor Hodges onun karşısındaki iskemleye otururken.

"Merak etme," diyor Norma. "Bunu hesaba yazdırdım, ödemeyi sen yapacaksın."

"Evet, aynen öyle."

"Birisi beni burada seninle konuşurken görüp de Babineau'ya ihbar ederse beni işten atamaz, ama hayatımı çok zorlaştırabilir. Tabii ben de onunkini..."

"Gerçekten mi?"

"Gerçekten. Sanırım, eski dostun Brady Hartsfield'in üstünde deneyler yapıyor. İçinde kim bilir neler olan haplar veriyor. İğne de yapıyor. Dediğine göre vitaminmiş."

Hodges hayretler içinde ona bakıyor. "Bu durum ne kadar zamandan beri sürüyor?"

"Yıllardan beri. Becky Helmington'un başka bölüme atanmasındaki nedenlerden biri de bu. Babineau ona ters bir vitamin verip de ölümüne yol açarsa oradaki sorumlu hemşire olmak istemedi."

Garson kadın gelince Hodges içinde vişne olan Coca Cola sipariş ediyor.

Norma burun kıvırıyor. "Coca Cola mı? Gerçekten mi? Artık yetişkin gibi bir şey içseniz."

"Senin hayatın boyunca içemeyeceğin kadar içki içtim," diyor Hodges. "Babineau ne haltlar karıştırıyor acaba?"

Norma omuz silkiyor. "Hiç fikrim yok. Ama kimsenin umursamadığı bir hasta üzerinde deney yapan ilk doktor o değil. Tuskegee Frengi Deneyi'ni hiç duymuş muydun? Amerikan devleti bunun için dört yüz siyah erkeği kobay gibi kullandı. Bildiğim kadarıyla bu deney kırk yıl sürdü ve o adamlardan hiçbiri kalabalık ve savunmasız insanların üstüne otomobil sürmemişti." Hodges'a bakıp hınzır bir gülücük çıkarıyor. "Babineau'yu soruşturun. Başını ağrıtın. Hadi bakalım."

"Benim asıl ilgi odağım Hartsfield, ama söylediklerinden anladığım kadarıyla Babienau da ikincil zarar görürse hiç şaşırmam."

"Çok iyi olur." Kelimeleri seslendirişinden, Hodges onun daha önce de içmiş olduğunu anlıyor. Ne de olsa eğitim görmüş bir soruşturmacı.

Garson Coca Cola'yı getirince, Norma kadehini bir dikişte boşaltıp garsona uzatıyor. "Bir tane daha alayım ve ödemeyi bu beyefendi yapacağına göre bu defaki duble olsun." Garson bardağı alıp giderken Norma dikkatini tekrar Hodges'a çeviriyor. "Bana sormak istediğiniz sorular vardı. Hadi, hâlâ cevap verebilecek durumdayken sorun. Ağzım uyuşmaya başladı, birazdan daha da uyuşacak."

"Brady Hartsfield'in ziyaretçi listesinde kimler var?"

Norma'nın alnı kırışıyor. *"Ziyaretçi* listesi mi? Ciddi misiniz? Onun bir ziyaretçi listesi olduğunu kim söyledi?"

"Ölen Ruth Scapelli. Başhemşire olarak Becky'nin yerine geçtiği gün. Brady'yle ilgili bir şey duyarsa bana haber vermesi için ona elli dolar teklif ettim –Becky'ye de aynı miktarı ödüyordum– ama kadın sanki ayakkabılarına işemişim gibi tepki gösterdi. Sonra da, 'Siz ziyaretçi listesinde bile yoksunuz,' dedi."

"Öyle mi?"

"Sonra bugün Babineau'nun dedikleri..."

"Başsavcılıkla ilgili palavrası. Ben de işittim, Bill, oradaydım."

Garson Norma'nın içkisini önüne koyuyor; Hodges bu işi bir an önce bitirmek zorunda olduğunun farkında, yoksa Norma ona hiç takdir görmediğinden başlayıp sevgilisiz aşk hayatına kadar bütün dertlerini dökmeye başlayabilir. Hemşireler içki içtikleri zaman bunu yapma eğilimindedirler. Bu bakımdan polislere benzerler.

"Ben oraya gelmeye başladığımdan beri Umutsuz Vakalar koğuşunda çalışıyorsun..."

"Çok daha eskiden beri. On iki yıldır." Norma'nın dili iyice sürçmeye başlamış; kadehini şerefe kaldırıp yarısını içiyor. "Şimdi başhemşireliğe terfi ettim, en azından geçici olarak. Sorumluluğum iki kat artarken maaş yerinde sayacak."

"Son zamanlarda Başsavcılıktan gelen kimse gördün mü?"

"Hayır. İlk başlarda savcılıktan bir dolu adam geldi, o pislik herifin mahkemeye çıkacak durumda olduğunu gösteren herhangi bir belirti var mı diye hevesle beklediler ama onu ağzından salyalar akarken ve bir kaşığı tutmaya çalışırken görünce umudu kestiler. Daha sonra arada bir yine gelenler oldu, hepsi de gençlerdi, ama son zamanlarda kimse gelmedi. Artık tamamen ipin ucunu bıraktılar."

"Demek ki artık umursamıyorlar." Hem neden umursasınlar ki? Arada haber sıkıntısı nedeniyle geçmişe dönüp Brady Hartsfield'i gündeme getirmeleri dışında ona olan ilgi sönmüştü. Zaten her zaman yeni bir cinayet haberi çıkabiliyordu.

"Evet, öyle." Norma alnına düşen bir tutam saçı üfleyerek püskürtüyor. "Onu ziyarete geldiğin zamanlarda seni durdurmaya çalışan birisi olmuş muydu?"

Hayır, diyor içinden Hodges, ama son ziyaretinden beri bir buçuk yıldan fazla geçmiş. "Eğer bir ziyaretçi listesi varsa..."

"Eğer böyle bir liste varsa, bu Babineau'nundur, Başsavcının değil. Söz konusu Mercedes Katili olunca Başsavcı bal porsuğu gibidir."

"Anlayamadım?"

"Boş ver."

"Böyle bir liste var mı diye araştırabilir misin? Artık başhemşireliğe terfi ettiğine göre?"

Norma bir an düşündükten sonra, "Bilgisayarda olmaz, çünkü o zaman bunu bulmak çok kolay olurdu," diyor. "Ama Scapelli'nin nöbetçi hemşire masasının kilitli çekmecesinde sakladığı bir dosya klasörü vardı. Kimin yaramaz, kimin cici hasta olduğunun kaydını tutardı. Eğer öyle bir şey bulursam sence yirmi dolar eder mi?"

"Elli dolar; eğer beni yarın arayabilirsen." Aslında Hodges onun bu konuşmayı yarın hatırlayabileceğinden şüpheli. "Zamanın çok büyük önemi var."

"Eğer böyle bir liste varsa, Babineau'nun kendi amaçları içindir. Hartsfield'i kimseyle paylaşmak istemez."

"Sen yine de bir bakarsın, değil mi?"

"Tabii, neden olmasın? Scapelli'nin kilitli çekmecesinin anahtarını nerede sakladığını biliyorum. Aslında o kattaki bütün hemşireler bilir. Hemşire Şirret'in öldüğüne hâlâ inanamıyorum."

Hodges başını sallıyor.

"Nesneleri hareket ettirebiliyor, bunu biliyorsun değil mi? Onlara hiç dokunmadan." Norma bu sırada Hodges'a bakmıyor, kadehinin tabanıyla masanın üstünde daireler çiziyor. Sanki Olimpiyat logosuna benzetmeye çalışıyor gibi.

"Hartsfield mi?"

"Kimden bahsediyoruz ki? Evet. Bunu hemşireleri korkutmak için yapıyor." Norma başını kaldırıyor. "Sarhoş oldum, bu nedenle sana ayıkken asla söylemeyeceğim bir şey söyleyeceğim. Keşke Babineau onu öldürse. Gerçekten zehirli bir şey enjekte edip tahtalı köye gönderse. Çünkü o herif beni korkutuyor." Bir an durduktan sonra, "Hepimizi korkutuyor," diye ekliyor.

21

Holly, tam Todd Schneider mesaisini bitirip evine gitmek üzereyken onun özel sekreterine erişebiliyor. Sekreter Bay Schneider'in yarın sekiz buçukla dokuz arası müsait olduğunu söylüyor. Günün geri kalanında hep toplantılarda olacak.

Holly telefonu kapadıktan sonra küçük lavaboda yüzünü yıkayıp deodorantını tazeliyor, ofisi kilitleyip Kiner Memorial yolunu tutuyor. Trafiğin en sıkışık olduğu zaman. Saat altıda hastaneye vardığında hava tamamen kararmış. Resepsiyondaki kadın bilgisayarına baktıktan sonra Barbara Robinson'un B Bölümü'nde, 528 numaralı odada olduğunu söylüyor.

"Burası Yoğun Bakım mı?" diye soruyor Holly.

"Hayır."

"Güzel," diyor Holly ve alçak topuklu ayakkabılarıyla tıkırdatarak yürümeye başlıyor.

Asansör kapısı beşinci katta açılınca, Barbara'nın buna binmek için bekleyen ebeveynlerini görüyor. Tanya'nın elinde cep telefonu var, Holly'ye hayalet görmüş gibi bakıyor. Jim Robinson, şu işe bak, diyor.

Holly şaşkın. "Ne? Neden bana öyle bakıyorsunuz? Ne var?"

"Bir şey yok," diyor Tanya. "Lobiye iner inmez seni..."

Asansör kapısı kapanmaya başlayınca Jim kolunu uzatıp onu durduruyor. Holly dışarıya çıkıyor.

"...arayacaktım," diye bitiriyor cümlesini Tanya. Duvardaki uyarı tabelasını işaret ediyor. Üstünden kırmızı çizgi geçen bir cep telefonu resmi var.

"Beni mi? Neden? Sadece bacağı kırılmış diye biliyordum. Yani kırık bacak da ciddi bir şey tabii, ama..."

"Barbara uyandı ve durumu iyi," diyor Jim, ama Tanya'yla bakışmaları bunun pek de doğru olmadığı izlenimini veriyor. "Çok temiz bir kırıkmış, ama ensesinde sevimsiz bir yumru bulduklari için güvenlik amacıyla onu bir geceliğine burada tutmaya karar verdiler. Bacağını tedavi eden doktor yüzde doksan dokuz ihtimalle onu yarın taburcu edebileceklerini söyledi."

"Toksin testi yaptılar," diyor Tanya. "Sisteminde hiç uyuşturucu bulunmadı. Buna şaşırmadım, ama yine de içim rahatladı."

"O halde sorun neydi?"

"Her şey," diyor Tanya kısaca. "Holly'nin onu son gördüğünden beri on yıl daha yaşlanmış gibi görünüyor. "Barb'la Hilda Carver'ı okula götürme sırası bu hafta Hilda'nın annesindeydi.

Kadın otomobildeyken Barbara'nın her zamankinden daha sessiz ama pekâlâ iyi olduğunu söyledi. Okula vardıklarında Barbara, Hilda'ya tuvalete gitmek zorunda olduğunu söylemiş; bu da Hilda'nın onu son görüşü olmuş. Herhalde spor salonunun yan kapılarından çıkmış olmalı, dedi Hilda. Çocuklar bu kapılara okuldan kaçış kapıları diyorlarmış."

"Barbara ne diyor?"

"Bize *hiçbir şey* söylemiyor." Tanya'nın sesi titreyince Jim kolunu onun omzuna sarıyor. "Ama sana anlatacağını söyledi. Seni bu yüzden arayacaktım. Onu anlayabilecek tek kişinin sen olduğunu söyledi."

22

Holly koridorun en sonunda bulunan 528 numaralı odaya doğru ağır ağır yürüyor. Başını öne eğmiş, düşüncelere öyle dalmış ki, el arabasıyla eski kitaplar ve ekranlarında KINER HASTANESİ MALIDIR yazılı Kindle'lar taşıyan adamla çarpışmaktan son anda kaçınabiliyor.

"Özür dilerim," diyor Holly. "Önüme bakmıyordum."

"Önemli değil," diyor Kütüphane Al ve yoluna devam ediyor. Daha sonra durup ona baktığını Holly görmüyor; o anda birazdan yapacağı konuşma için bütün cesaretini toplamakla meşgul. Çok duygusal olma ihtimali yüksek ve duygusal sahneler oldum olası Holly'yi korkutmuştur. Neyse ki Barbara'yı çok seviyor.

Ve merakı da kabarmış.

Aralık duran kapıyı tıklatıyor, karşılık gelmeyince başını içeriye uzatıyor. "Barbara? Ben Holly. Girebilir miyim?"

Barbara solgun bir gülümseme çıkarıp, okumakta olduğu yıpranmış kitabı yatağa bırakıyor. Bunu el arabasıyla gezen adamdan almış olmalı, diye düşünüyor Holly. Barbara'nın üstünde hastane geceliği değil, pembe pijamaları var. Pijamaları ve komodin üstündeki dizüstü bilgisayarı da annesi getirmiş olmalı. Pembe renk Barbara'yı biraz canlandırmış gibi, ama hâlâ sersemlemiş bir hali var. Başında sargı yok, demek ki o yumru ciddi bir şey değil. Holly, acaba onu bir gece daha hastanede tutmalarının başka bir nedeni mi var, diye merak ediyor. Aklına sadece bir neden geliyor ve bunun çok saçma olduğuna inanmak istiyor, ama bunu başardığı söylenemez.

"Holly! Bu kadar çabuk nasıl gelebildin?"

"Zaten seni görmeye geliyordum." Holly içeriye girip kapıyı kapatıyor. "İnsanın dostu hastanedeyse, onu ziyarete gidilir; biz de dostuz. Asansörde ailenle karşılaştım. Benimle konuşmak istediğini söylediler."

"Evet."

"Nasıl yardımcı olabilirim, Barbara?"

"E... sana bir şey sorabilir miyim? Çok kişisel bir şey."

"Tamam." Holly yatağın yanındaki iskemleye oturuyor. Ama sanki iskemleye elektrik verilmiş olabilir gibi çok temkinli.

"Çok zorlu zamanlar geçirdiğini biliyorum. Yani daha gençken. Bill'le çalışmaya başlamadan önce."

"Evet," diyor Holly. Tepedeki ampul sönük, sadece komodinin üstündeki lamba var. Bunun ışığı ikisini de sarmış, özel bir alan yaratmış gibi görünüyor. "Bayağı kötü zamanlar geçirdim."

"Hiç kendini öldürmeye çalıştın mı?" Barbara küçük ve gergin bir kahkaha çıkarıyor. "Sana çok kişisel olduğunu söylemiştim."

"İki kere," diyor Holly hiç duraksamadan. Şaşılacak kadar sakin hissediyor. "Birincisinde senin yaşındaydım. Okuldaki çocuklar bana çok kötü davranıyorlar, bana kötü isimler takıyorlardı. Bu durumla başa çıkamıyordum. Ama denemem çok ciddi değildi. Sadece bir avuç aspirin ve sindirim tableti almıştım."

"İkincisinde daha ciddi bir çaba gösterdin mi?"

Bu zor bir soru ve Holly iyice düşünüyor. "Hem evet hem hayır. Patronumla sorunum vardı, son zamanlarda cinsel taciz dedikleri şey. Ama o günlerde herhangi bir ad verilmiyordu. Yirmili yaşlarımdaydım. Bu defa daha kuvvetli haplar aldım, ama amacımı yerine getirmeye yetmedi; bir yanımla sanki bunu bilir gibiydim. O günlerde çok dengesizdim ama aptal değildim ve aptal olmayan yanım yaşamak istedi. Bir nedeni de, Martin Scorsese'nin daha birçok film yapacağını bilmemdi ve ben o filmleri görmek istiyordum. Martin Scorsese yaşayan en büyük yönetmen. Uzun filmleri roman gibi yapıyor. Çoğu film kısa hikâyelere benzer."

"Patronun sana *saldırmış* mıydı?"

"Bu konuda konuşmak istemiyorum ve önemi de yok." Holly başını kaldırıp ona bakmayı da istemiyor, ama karşısındakinin Barbara olduğunu kendine hatırlatıp kendini zorluyor. Çünkü onun bütün gelgitlerine, delişmen davranışlarına rağmen Barbara onun dostu olmuş. Şimdi de onun bir sorunu var. "Nedenleri hiçbir zaman önemli değildir, çünkü intihar her insanın içgüdüsüne ters düşer ve bunu gerçekleştirmek delilik olur."

Belki bazı durumlar dışında, diye düşünüyor Holly. Bazı *terminal* vakalarda. Ama Bill terminal vaka değil.

Onun terminal olmasına izin vermeyeceğim.

"Ne demek istediğini anlıyorum," diyor Barbara. Başını bir yandan diğerine çeviriyor. Lambanın ışığında yanaklarındaki gözyaşları parlıyor.

"Bu nedenle mi Lowtown'a gittin? Kendini öldürmek için mi?"

Barbara gözlerini kapatıyor, ama gözyaşları gözkapaklarından sızıyor. "Sanmıyorum. Hiç değilse ilk başta öyle değildi. Oraya gittim, çünkü bir ses gitmemi söyledi. Arkadaşım." Barbara susup düşünüyor. "Ama meğerse arkadaşım değilmiş. Arkadaşım olsaydı, kendimi öldürmemi istemezdi, değil mi?"

Holly onun elini tutuyor. Normal koşullarda dokunmak ona ters gelir, ama bu gece öyle değil. Belki o ışık altında özel alanlarında bulundukları için. Belki bu kişi Barbara olduğu için. Belki her ikisi de. "Ne arkadaşıymış bu?"

"Balıkları olan," diyor Barbara. "O oyunun içindeki."

23

El arabasındaki kütüphaneyi hastanenin ana lobisinden geçirip (o sırada Holly'yi beklemekte olan Bay ve Bayan Robinson'un yanından geçerek) ana binayı Travmatik Beyin Hasarları Kliniği'ne bağlayan köprüde süren kişi Al Brooks. Nöbetçi masasındaki kıdemli hemşire Rainier'e merhaba diyen kişi de Al. Rainier başını bilgisayar ekranından kaldırmadan ona karşılık veriyor. Koridor boyunca el arabasını süren ve onu orada bırakıp 217 numaralı odaya giren de Al; ama odaya girer girmez Al Brooks kaybolup yerini Z-Çocuk alıyor.

Brady kucağında Zappit'iyle koltuğunda oturuyor. Başını ekrandan kaldırmamış. Z-Çocuk ceketinin sol cebinden kendi Zappit'ini çıkarıp açıyor. Balık Deliği ikonunu tıklayınca ekranda balıklar yüzmeye başlıyor; kırmızı, sarı, turuncu ve arada bir çok hızlı geçen pembe bir balık. Melodi çalıyor. Kimi zaman tablette bir ışık parlayınca yanakları aydınlanıp gözlerini mavi boşluklara dönüştürüyor.

Biri oturarak, diğeri ayakta, bu şekilde beş dakika geçiriyorlar; ikisinin de gözleri yüzen balıklarda, kulakları çalan melodide. Brady'nin penceresindeki panjurdan takırtılar çıkarken, yatak örtüsü önce yere düşüp sonra yine yatağın üstüne konuyor. Z-Çocuk bunu anladığını belirtmek için başını sallıyor. Derken Brady'nin elleri gevşiyor ve tableti bırakıyor. Tablet bacaklarının arasından kayıp yere düşüyor. Ağzı açılırken gözkapakları yarı kapanıyor. Kareli gömleği içindeki göğsünün inip kalkışı seyrekleşiyor.

Z-Çocuk doğrulup şöyle bir silkindikten sonra Zappit'ini yine ceket cebine sokuyor. Sağ cebinden bir iPhone çıkarıyor. Üstün bilgisayar becerileri olan birisi bu telefona en son güvenlik cihazları yerleştirip içindeki GPS'i çıkarmış. Rehber dosyasında hiç isim yok, sadece birkaç baş harf. Z-Çocuk *FL*'yi tıklıyor.

Telefon iki kez çaldıktan sonra FL yapmacık bir Rus aksanıyla cevap veriyor. "Ben Ajan Zippity-Doo-Dah, yoldaş. Emirlerini bekliyorum."

"Sana kötü espriler yapman için para verilmedi."

Sessizlik. Sonra: "Pekâlâ. Espri yapmak yok."

"İlerliyoruz."

"Paramın geri kalanını alınca ilerleriz."

"Bu gece alacaksın ve hemen işe koyulacaksın."

"Anlaşıldı," diyor FL. "Bir dahaki sefere daha zor bir iş verin."

Bir dahaki sefer olmayacak, diyor Z-Çocuk içinden.
"Sakın çuvallayım deme."
"Tamam. Ama parayı görmeden iş yapmam."
"Göreceksin."

Z-Çocuk telefonu kapatıp cebine soktuktan sonra Brady'nin odasından çıkıyor. Nöbetçi masasının ve gözleri hâlâ bilgisayar ekranında olan Hemşire Rainier'in önünden geçiyor. El arabasını otomatın yanında bırakıp, binaların arasındaki köprüye gidiyor. Adımları çok çevik, çok daha genç birinin yürüyüşü gibi.

Bir ya da iki saat sonra Rainier veya başka bir hemşire Brady Hartsfield'i ya koltuğunda yığılmış ya da Zappit'inin yanında yere devrilmiş halde bulacaklar. Bu durumu endişe yaratmayacak, çünkü daha önce defalarca bilincinin tamamen kaybettiği zamanlar olmuş, sonra yeniden bilinci gelmiş.

Dr. Babineau bunun yeniden yükleme sürecinin bir parçası olduğunu, Hartsfield'in bilincinin her geri gelişinde durumunda ilerleme kaydedildiğini söylüyor. Oğlumuz iyileşiyor, diyor Babineau. Ona bakınca buna inanmayabilirsiniz, ama oğlumuz gerçekten iyileşiyor.

Sen bu işin daha yarısını bile anlamış değilsin, diye düşünüyor şu anda Kütüphane Al'ın beynindeki akıl. Yarısını bile bildiğin yok. Ama anlamaya başlıyorsun, Dr. B., değil mi?

Her zamankinden daha fazla anlıyorsun.

24

"Sokakta bana bağıran adam haksızdı," diyor Barbara. "Ona inandım, çünkü o ses ona inanmamı söylemişti, ama adam haksızdı."

Holly oyundaki o ses hakkında bilgi istiyor, ama Barbara bu konuda konuşmaya hazır olmayabilir. Bunun yerine o adamın kim olduğunu ve ona ne diye bağırdığını soruyor.

"Bana 'siyahımsı' dedi, o televizyon dizisindeki gibi. Dizi komik, ama sokakta böyle hitap edilmesi aşağılayıcı oluyor. Hem de..."

"O diziyi biliyorum ve bazı insanların bu ifadeyi ne amaçla kullandıklarını da biliyorum."

"Ama ben 'siyahımsı' *değilim*. Koyu renk tenli hiç kimse öyle değildir. Teaberry Lane gibi şık bir caddede, güzel bir evde yaşıyor olsa bile... Hepimiz siyahız, her zaman öyleyiz. Okulda bana nasıl baktıklarını ve hakkımda ne konuştuklarını bilmiyorum mu sanıyorsun?"

"Elbette bilirsin," diyor Holly. Lise günlerinde ona da öyle bakıp arkasından konuşmuşlardı. Öğrenciyken ona bir de isim takmışlardı: Jibba-Jibba.

"Öğretmenler cinsiyet eşitliği ve ırk eşitliği hakkında konuşurlar. Bu konuda sıfır tolerans ilkeleri vardır ve samimidirler –hiç değilse çoğu öyledir– ama dersten çıkıldığında siyah çocuklar, Çinli değişim öğrencileri ve o Müslüman kız herhangi birinin hedefi olabiliyor, çünkü topu topu yirmi kişiyiz ve tuzluğun içine girmiş birkaç karabiber tanesinden farkımız yok."

Barbara giderek havaya giriyor; sesinde öfke var, ama bitkin olduğu da belli.

"Partilere davet ediliyorum, ama davet edilmediğim pek çok parti var ve bugüne kadar sadece iki kere bana çıkma teklif edildi. Beni çıkaran oğlanlardan biri beyazdı ve herkes bize bakıyordu; sinemada arkada oturan birisi başımıza patlamış mısır attı. Sanırım, AMC 12 sinemasında ışıklar söndükten sonra ırk eşitliği ortadan kalkıyor. Ya futbol oynarken yaşadığım o olay? Topu almış, taç çizgisi üstünden sürüyorum, kaleye iyice yaklaşmışken tribündeki beyaz bir baba kızına, "O maymunu durdur!" diye bağırıyor. Duymazlıktan geldim. O kız da sırıttı. Onu tam babasının görebileceği yerde devirmek istedim ama bunu yapmadım. Yutkundum. Bir keresinde, lise birdeyken İngilizce kitabımı kantinde unutmuştum, almaya gittiğimde kitabımın içine bir not bırakıldığını gördüm. KARABAŞ'IN SEVGİLİSİ yazıyordu. Bunu da yutkunarak geçiştirdim. Bazen günlerce, haftalarca her şey iyi giderken, daima yutkunmamı gerektirecek bir şey olabiliyor. Annem ve babam için de aynı şey. Biliyorum. Belki Harvard'da Jerome'un durumu farklıdır, ama eminim bazen onun da yutkunması gerekiyordur."

Holly onun elini sıkıyor ama bir şey söylemiyor.

"Ben siyahımsı değilim, ama sırf bir gecekonduda büyümediğim, tacizci bir babam ve uyuşturucu bağımlısı bir annem olmadığı için o ses siyahımsı olduğumu söyledi. Hiç karalahana yemediğim, bunun ne olduğunu bile bilmediğim için. Aksanım kusursuz olduğu için. Çünkü onlar Low'da yaşıyorlar ve yoksullar, bense Teaberry Lane'de yaşıyorum ve ailem iyi para kazanıyor. Kendi bankamatik kartım, güzel bir okulum var ve Jerome Harvard'a gidiyor, ama... ama Holly... benim bu konuda..."

"Bu konuda hiç seçme hakkın olmadı," diyor Holly. "Bulunduğun yerde doğdun ve sen başka türlü olamazsın. Ben de öyleyim. Aslında hepimiz böyleyiz. On altı yaşındasın ve kimse senden elbisenden başka bir şey değiştirmeni istemedi."

"*Evet!* Ve bu yüzden utanmam gerekmediğini biliyorum, ama o ses beni *utandırdı*. Ve beni hiçbir işe yaramayan bir parazitmişim gibi hissettirdi... ve *hâlâ tamamen kaybolmuş değil*. Sanki kafamın içinde bir çamur izi bırakmış gibi. Çünkü gerçekten de daha önce hiç Lowtown'a gitmemiştim ve orası gerçekten *korkunç* bir yerdi ve onlarla kıyaslandığımda gerçekten de ben siyahımsıydım. O sesin hiç beni bırakmayacağından ve hayatımı *mahvedeceğinden* korkuyorum."

"Onu boğman gerekiyor," diyor Holly kararlı bir sesle.

Barbara ona hayretle bakıyor.

Holly başını sallıyor. "O ses ölene kadar boğmak zorundasın. Bu ilk işin. Eğer kendine iyi bakmazsan, iyileşemezsin. Ve iyileşemezsen de başka hiçbir şeyi iyi yapamazsın."

"Ama okula dönüp, sanki Lowtown hiç yokmuş gibi davranamam," diyor Barbara. "Eğer yaşayacaksam, bir şey yapmam lazım. Yaşım genç de olsa bir şey yapmam gerekir."

"Bir çeşit gönüllü etkinliğini mi düşünüyorsun?"

"Ne düşündüğümü bilmiyorum. Benim gibi bir çocuğun yapabileceği ne var, bilmiyorum. Ama öğreneceğim. Oraya dönmem ebeveynlerimin hoşuna gitmese de. Onlarla uzlaşmam için bana yardım etmelisin, Holly. Senin için zor olacağını biliyorum, ama *lütfen*. Onlara o sesi susturmak zorunda olduğumu söylemelisin. Onu hemen boğamasam bile, belki sesini kısabilirim."

"Peki," diyor Holly bunu hiç istemese de. "Onlarla konuşurum." Birden aklına gelen bir şeyle yüzü aydınlanıyor. "Sen de seni o kamyonetin altına girmekten kurtaran oğlanla konuşmalısın."

"Onu nasıl bulabileceğimi bilmiyorum."

"Bill sana yardım eder," diyor Holly. "Şimdi bana şu oyunu anlatsana."

"Kırıldı. Kamyonet üstünden geçti, parçalarını gördüm ve memnun oldum. Gözlerimi her kapadığımda o balıkları görüyorum, özellikle de numarası olan o pembe balığı... ve müziği işitiyorum." Barbara o melodiyi mırıldanıyor ama Holly'nin tanıdığı bir parça değil.

Tekerlekli ilaç tepsisiyle bir hemşire gelip Barbara'ya sancı derecesini soruyor. Holly daha ilk başta bunu sormadığı için utanıyor. Bazı bakımlardan çok kötü ve düşüncesiz bir insan.

"Bilmiyorum," diyor Barbara. "On üzerinden beş olabilir."

Hemşire plastik bir hap şişesini açıp Barbara'ya küçük bir karton bardak veriyor. İçinde iki tane beyaz hap var. "Bunlar sizin durumunuz için uygun haplar. Beş tane alınca bebek gibi uyuyacaksınız. Hiç değilse ben gelip gözbebeklerinizi kontrol edene kadar."

Barbara bir yudum su eşliğinde hapları yutuyor. Hemşire, Holly'ye artık gitmesi gerektiğini, "kızımızın" dinlenmesini istediğini söylüyor.

"Birazdan," diyor Holly ve hemşire dışarıya çıkınca, kararlı bir ifade ve parlayan gözlerle Barbara'ya doğru uzanıyor. "O oyun. Nasıl eline geçti Barb?"

"Bir adam verdi. Birch Caddesi AVM'sinde Hilda Carter'la birlikteydim."

"Bu ne zaman oldu?"

"Noel'den önce, ama çok önce değil. Hatırlıyorum, çünkü Jerome için hâlâ bir şey bulamamıştım ve endişe etmeye başlıyordum. Banana Republic'te güzel bir spor ceket gördüm, ama çok pahalıydı. Üstelik mayıs ayına kadar inşaatta çalışacak zaten. Bu çalışma sırasında insan spor ceket giymez, değil mi?"

"Giymez herhalde."

"Her neyse, Hilda'yla öğlen yemeğimizi yerken bu adam yanımıza geldi. Yabancılarla konuşmamamız gerekiyor, ama artık çocuk değiliz ve kalabalık bir yerdeyiz. Ayrıca adam da çok düzgün görünüyordu."

Genellikle en kötüleri öyle görünürler, diye düşünüyor Holly.

"Üstünde çok pahalı bir takım elbise, elinde bir evrak çantası vardı. Adının Myron Zakim olduğunu ve Sunrise Solutions adında bir şirkette çalıştığını söyledi. Bize kartını verdi. Birkaç Zappit gösterdi –çantası bunlarla doluydu– ve eğer bir anket formu doldurup onlara gönderirsek, bize birer tane bedava vereceğini söyledi. Adres anket formunun üstündeydi. Kartın üstünde de vardı."

"Adresi hatırlıyor musun?"

"Hayır, zaten o kartı hemen attım. Üstelik sadece bir posta kutusu adresiydi."

"New York'ta mı?"

Barbara bir an düşünüyor. "Hayır. Burada, şehirde."

"Demek Zappit'leri aldınız."

"Evet. Anneme söylemedim, çünkü o adamla konuştum diye uzun bir nutuk çekerdi. Formu doldurup gönderdim. Hilda göndermedi, çünkü onun Zappit'i çalışmıyordu. O da bunu çöpe attı. Birisi bir şeyin bedava olduğunu söylerse böyle olur, dediğini hatırlıyorum." Barbara gülüyor. "Tıpkı annesi gibi konuşmuştu."

"Ama seninki çalışıyordu."

"Evet. Eski moda bir şeydi, ama... ne bileyim, budalaca bir şekilde eğlendiriciydi. İlk başlarda. Keşke benimki de bozuk olsaydı da o sesi duymak zorunda kalmasaydım." Gözleri bir an kapanıp tekrar açılıyor ve gülümsüyor. "Vay! Sanki uçup gidecekmişim gibi hissediyorum."

"Daha uçayım deme. O adamı tarif edebilir misin?"

"Beyaz saçlı, beyaz bir erkek. Yaşlıydı."

"Çok mu yaşlı yoksa biraz yaşlı gibi mi?"

Barbara'nın gözleri donuklaşmaya başlıyor. "Babamdan yaşlı ama dedem kadar yaşlı değil."

"Altmış gibi mi? Altmış beş?"

"Eh, herhalde. Aşağı yukarı Bill'in yaşındaydı." Birden gözleri fal taşı gibi açılıyor. "Dur bakayım. Bir şey hatırlıyorum. Bana biraz tuhaf gelmişti, Hilda'ya da..."

"Neydi o?"

"Adının Myron Zakim olduğunu söyledi, kartında da o yazıyordu, ama çantasındaki isim baş harfleri farklıydı."

"O harfleri hatırlıyor musun?"

"Hayır... üzgünüm..." Barbara uçuşa geçmişti.

"Uyandığın zaman ilk iş bunu düşünür müsün, Barb? O zaman zihnin daha açık olacak; bu çok önemli olabilir."

"Peki..."

"Keşke Hilda kendisininkini atmasaydı," diyor Holly. Karşılık gelmiyor, zaten beklediği de yok; çoğu zaman kendi kendine konuşur. Barbara'nın solukları derinleşip yavaşlamış. Holly ceketinin düğmelerini iliklemeye başlıyor.

"Dinah'da da bir tane var," diyor Barbara çok uzaklardan gelen hülyalı bir sesle. "Onunki çalışıyor. Bununla Çapraz Yollar... ve Bitkiler Zombilere Karşı oyunlarını oynuyor. *Divergent* üçlemesini de yüklemiş, ama dediğine göre birbirine karışmış haldeymiş."

Holly düğme iliklemeyi bırakıyor. Dinah Scott'ı tanır, Robinson'ların evinde masa üstü oyunları oynarken veya televizyon seyrederken defalarca görmüş; kız çoğu zaman akşam yemeğine de kalıyor. Ve Barbara'nın bütün arkadaşları gibi, Jerome'a ağzı sulanarak bakıyor.

"Bunu ona aynı adam mı vermiş?"

Barbara cevap vermiyor. Israr etmek istemese de, mecbur olduğu için Holly dudağını ısırıp Barbara'yı omzundan sarsarak bir daha soruyor.

"Hayır," diyor Barbara yine o uzaklardan gelen sesle. "Web sitesinden almış."

"Hangi web sitesi, Barbara?"

Barbara'dan gelen tek karşılık, horlama sesi. Barbara artık derin bir uykuda.

25

Holly, Robinson çiftinin onu lobide beklediklerini biliyor, bu nedenle hemen bir hediyelik eşya dükkânına dalıp oyuncak ayıların teşhir edildiği rafın arkasına gizleniyor ve Bill'i arıyor. "Barbara'nın arkadaşı Dinah Scott'ı tanıyor musun?" diye soruyor.

"Tabii," diyor Hodges. "Arkadaşlarının çoğunu tanırım. Yani evlerine gelenleri. Sen de tanırsın."

"Bence gidip onu görmelisin."

"Bu gece mi?"

"Yani hemen demek istiyorum. Kızda bir Zappit varmış." Holly derin bir nefes alıyor. "Bu aletler tehlikeli." O anda aklına gelen kelimeyi bir türlü söyleyemiyor: bunlar intihar makineleri.

26

217 numaralı odada Norm Richard ve Kelly Pelham adlı hastabakıcılar Mavis Rainier'in nezaretinde Brady'yi tekrar yatağına yatırıyorlar. Norm yerdeki Zappit tabletini alıp yüzen balıklara bakıyor.

"Neden bu da diğer umutsuz vakalar gibi zatürre olup ölmüyor sanki?" diye soruyor Kelly.

"Bu herif ölmeyecek kadar aşağılık da ondan," diyor Mavis; sonra da Norm'un ağzı açık, gözleri fincan gibi olmuş bir halde yüzen balıklara baktığını fark ediyor.

"Uyansana, yakışıklı," diyerek elindeki tableti alıyor. Kapatma düğmesine bastıktan sonra Brady'nin komodininin üst çekmecesine koyuyor. "Daha çok işimiz var."

"Ha?" Norm sanki hâlâ Zappit'i tutuyormuş gibi ellerine bakıyor.

Kelly, Hartsfield'in tansiyonuna bakmak ister mi, diye soruyor Hemşire Rainier'e. "Oksijen biraz düşük gibi," diyor.

Mavis bir an düşündükten sonra, "Siktir et," diyor.

Odadan çıkıyorlar.

27

En züppe semtlerden biri olan Sugar Heights'ta kaportası boya lekeli eski bir Chevrolet Malibu, Lilac Drive'daki bir bahçe kapısına yaklaşıyor. Dökme demir kapının üstünde Barbara'nın hatırlayamadığı baş harfler var: *FB*. Z-Çocuk otomobilden çıkıyor; koli bantla yamalı parkası üstünde. Küçük klavyede şifreyi tuşlayınca kapı açılmaya başlıyor. Tekrar otomobile dönüp koltuğun altına uzanıyor ve iki şey çıkarıyor. Birincisi, boyun kısmı kesilmiş bir plastik soda şişesi. İçi çelik yünüyle dolu. Diğeri .32 kalibrelik bir tabanca. Z-Çocuk tabancanın namlusunu ev yapımı susturucusunun içine sokuyor –bu da Brady Hartsfield'in icadı– ve kucağına koyuyor. Boş eliyle direksiyonu kullanarak Malibu'yu garaj yoluna sokuyor.

İleride verandadaki harekete duyarlı ışıklar yanıyor.

Arkada demir kapı sessizce kapanıyor.

KÜTÜPHANE AL

Brady'nin fiziksel bir varlık olarak neredeyse tamamen tükenmiş olduğunu anlaması çok uzun sürmemişti. Doğduğunda aptaldı, ama hep öyle kalmadı.

Evet, fizik tedavi uygulanıyordu –bu talimatı Dr. Babineau vermişti ve Brady de buna karşı çıkacak halde değildi– ama terapi de belli bir yere kadar başarılı olabiliyordu. Bir süre sonra, bazı hastaların İşkence Yolu adını verdikleri koridorda sarsak adımlarla on metre yürüyebilecek hale geldi, ama bu bile fizyoterapi bölümü sorumlusu Nazi cadısı Ursula Haber'ın yardımıyla mümkün olabiliyordu.

"Bir adım daha, Bay Hartsfield," derdi Haber ve Brady o bir adımı atınca o cadı bir tane daha atmasını söylerdi, ardından bir tane daha... Sonunda kan ter içinde, titreyerek tekerlekli iskemlesine oturmasına izin verilince, benzine bulanmış paçavraları Haber'ın vajinasına tıkıp bunu ateşe vermeyi hayal ederdi.

"Aferin!" diye bağırırdı Haber. "Aferin, Bay Hartsfield!"

Ve eğer Brady *teşekkür ederim* ifadesine benzeyen bir hırıltı çıkarmayı başarırsa, kadın etrafta kim varsa bakıp gururla gülümserdi. Bakın! Terbiyeli maymunum konuşabiliyor!

Brady *konuşabiliyordu* (onların bildiğinden hem daha fazla hem daha iyi) ve İşkence Yolu'unda on metre yürüyebiliyordu. Formda olduğu günlerdeyse önüne çok fazla dökmeden muhallebi yiyebiliyordu. Ama tek başına giyinemiyor, ayakkabılarını bağlayamıyor, sıçtıktan sonra altını temizleyemiyordu. Televizyon seyretmek için uzaktan kumandayı (o güzel günlerindeki Şey Bir ve Şey İki'yi çok andıran) bile kullanamıyordu. Eline alabiliyordu ama motor kontrolü o küçük düğmeleri yönetebilmekten çok uzaktı. Zor bela açma kapama düğmesine basabilse bile, sadece boş ekran ve SİNYAL ARANIYOR mesajı çıkıyordu. Bu durum onu öfkeden delirtecek gibiydi –2012'nin ilk günlerinde *her şey* onu deli ediyordu– ama bunu belli etmemeye özen gösteriyordu. Öfkeli insanların öfkelenmek için bir nedenleri olurdu, oysa onun gibi umutsuz vakaların herhangi bir şey için nedenleri olmazdı.

Bazen Başsavcılıktan savcılar uğrarlardı. Babineau bu ziyaretlere şiddetle karşı çıkar, savcılara hastasının durumunu gerilettiklerini, uzun vadede kendi amaçlarını baltaladıklarını söylerdi ama pek işe yaramazdı.

Bazen savcılarla birlikte polisler de gelirdi. Bir keresinde bir polis tek başına geldi. Kısa saçlı, neşeli, şişman bir puşttu. Brady koltuğunda olduğu için herif onun yatağına oturmuştu. Şişman puşt ona yeğeninin Round Here konserine gitmiş olduğunu söyledi. "Kız on üç yaşındaydı ve o orkestraya bayılıyordu," dedi gülerek. Sonra yine gülerek uzandı ve Brady'nin hayalarına sert bir yumruk attı.

"Yeğenimden sana küçük bir hediye," dedi şişman puşt. "Hissettin mi? Umarım hissetmişsindir."

Brady darbeyi hissetmişti ama şişman puştun umduğu kadar değildi, çünkü beliyle dizleri arasındaki her şey duyarsızdı. Beyninin o alanı kontrol etmesi gereken yerinde bir devre falan yanmış olmalı, diye düşünüyordu. Normal olarak bu kötü bir şeydi, ama mücevherlerine atılan bir yumruğu hissetmeyişi de işin iyi yanıydı. Yüzü tamamen ifadesiz bir şekilde oturmaya devam etti. Salyası çenesine doğru kayıyordu. Ama o şişman puştun adını aklına not etti. Moretti. Bunu da listesine ekledi.

Brady'nin uzun bir listesi vardı.

* * *

Tesadüfen girdiği Sadie MacDonald'ın beyninde tutunacak bir yer bulabilmişti. (O budala hastabakıcının beyninde daha da sağlam bir yer bulmuştu ama orası Lowtown'da tatile çıkmak gibi bir şeydi.) Birkaç kere Brady kadını pencereye doğru itebildi; burası hemşirenin ilk nöbet geçirdiği noktaydı. MacDonald çoğu zaman sadece pencereden bakıp sonra işine dönüyordu ve bu da Brady için hüsran vericiydi. Ama 2012'nin Haziran ayında kadın o küçük nöbetlerinden birini daha geçirdi. Brady bir kez daha onun gözlerinden dışarıya bakabildi, ama bu defa yolcu koltuğunda oturup manzaraya bakmakla yetinmeyecekti. Bu defa direksiyona geçmek istiyordu.

Sadie elleriyle memelerini okşamaya başladı. Onları sıktı. Brady kadının bacakları arasında tatlı bir ürperme hissetti. Onu kızıştırıyordu. İlginçti ama işe yarar bir şey değildi.

Sadie'yi döndürüp odadan dışarıya çıkarmayı düşündü. Koridorda yürütmeyi. Sebilden bir bardak su içirmeyi. Kendisinin organik tekerlekli iskemlesi... Ya birisi onunla konuşmaya kalkarsa? Ne diyecekti? Veya ya Sadie pencereden ayrıldığı anda onun etkisinden kurtulup çığlık atmaya başlarsa? İçine Hartsfield'in girdiğini haykırırsa? Onun delirdiğine hükmederlerdi. Zorunlu izne çıkarırlardı. Öyle olduğu takdirde, Brady bir daha onun içine giremezdi.

Ama kadının aklının daha da derinliklerine girdi, düşünce balıklarının ileri geri kayışlarını seyretti. Çok net görebiliyordu ama çoğu ilginç değildi.

Ama bir tanesi... kırmızı olanı...

Brady bunu düşündüğü anda sahneye çıkıyordu, çünkü Brady *kadına* bunu düşündürüyordu.

Büyük kırmızı balık.

Bir baba-balık.

Brady hamle yapıp bunu yakaladı. Kolaydı. Gövdesi tamamen işlevsizdi ama Sadie'nin zihninin içinde bir balet kadar çevik olabiliyordu. Baba-balık altıyla on bir yaşları arasındayken Sadie'yi düzenli olarak taciz etmişti. Sonunda işi onu düzmeye kadar vardırmıştı. Sadie bu olayı okuldaki öğretmenine anlatınca babası tutuklanmıştı. Adam kefaletle serbest kaldıktan sonra kendini öldürmüştü.

Daha ziyade eğlenmek amacıyla Brady kendi balıklarını Sadie MacDonald'ın zihnindeki akvaryuma boca etti: Bunlar minik, zehirli balon balıklarıydı ve Sadie'nin bilinçle bilinçaltı arasındaki o alacakaranlık bölgede barındırdığı düşüncelerin yanında çok önemsiz kalıyordu.

Sadie babasına yol açmıştı.

Onun tacizlerinden zevk alıyordu.

Babasının ölümünden o sorumluydu.

İşe o açıdan bakınca, olay hiç de intihar değildi. O açıdan bakınca adamı Sadie öldürmüştü.

Sadie şiddetle irkildi, elleri başının iki yanına kadar kalktı ve pencereye arkasını döndü. Brady onun zihninden dışarıya atılırken yine başı döndü ve midesi bulandı. Sadie sararmış bir yüz ve korku dolu gözlerle ona baktı.

"Galiba birkaç saniyeliğine kendimden geçtim," dedi, sonra da titrek bir kahkaha attı. "Kimseye söylemezsin, değil mi Brady?"

Elbette söylemezdi; bundan sonra kadının zihnine girmek giderek daha kolaylaşmaya başladı. Artık Sadie'nin yoldan geçen otomobillerin ön camlarından yansıyan güneşe bakması gerekmiyordu; odaya girmesi yeterliydi. Kilo kaybediyordu. O yarım yamalak güzelliği kayboluyordu. Bazı günler üniforması kirli, bazen çorapları yırtık oluyordu. Brady derinlik bombalarını yerleştirmeye devam etti: *Babanı sen teşvik etmiştin, sorumlusu sendin, yaşamayı hak etmiyorsun.*

Boş durmaktan iyiydi be...

Bazen hastaneye bağış olarak çeşitli şeyler verilirdi. 2012 yılının Eylül ayında, ya bunları üreten şirket veya bir bağış kuruluşu bir düzine Zappit gönderdi. Hastane yönetimi bunları şapelin bitişiğindeki küçük kütüphaneye sevk etti. Buradaki görevli müstahdem paketleri açıp baktı, bunları saçma ve modası geçmiş bulup arka taraflardaki bir rafa bıraktı. Kasım ayında Kütüphane Al Brooks bunları gördü ve bir tanesini kendine aldı.

Pitfall Harry'yi zehirli yılanların arasından geçirmesi gerektiği oyun gibi birkaç tanesi hoşuna gidiyordu, ama en çok zevk aldığı oyun Balık Deliği'ydi. Bu saçma oyunu değil tanıtım ekranını çok seviyordu. Herhalde bunun için ona gülerlerdi, ama Al bunu hiç komik bulmuyordu. Kafası bir şeye bozulduğunda (abisi, "Neden çöpü çıkarmadın?" diye fırça attığında veya Oklahoma City'deki kızından sinir bozucu bir haber aldığında) bu yavaş yavaş yüzen balıklar ve o hafif melodi onu yatıştırıyordu. Bazen zaman kavramını kaybettiği bile oluyordu. Hayret vericiydi.

2012'nin son ayında Al'ın aklına parlak bir fikir geldi. 217'deki Hartsfield okuyamadığı gibi kitaplara veya müziğe hiç ilgi göstermezdi. Birisi ona kulaklık takacak olsa, sanki bunu boğucu buluyormuş gibi başından söküp atana kadar debelenirdi. Zappit ekranındaki küçük düğmeleri de yönetemeyecekti, ama Balık Deliği oyununun tanıtım ekranına bakabilirdi. Belki bu veya başka tanıtım ekranları hoşuna giderdi. Eğer öyle olursa, belki diğer hastaların da (Al onlara hiçbir zaman umutsuz vaka demezdi) hoşuna gidebilirdi ve bu da çok iyi olurdu, çünkü o koğuşta bulunan birkaç beyin hasarlı hasta arada bir şiddete yönelebiliyordu. Eğer tanıtım ekranları onları sakinleştirirse, doktorların, hemşirelerin –hatta müstahdemlerin– hayatı kolaylaşırdı.

Belki ona bir ikramiye bile verirlerdi. Herhalde bu mümkün olmayacaktı, ama hayal etmesinde bir sakınca yoktu.

2012'nin Aralık ayında, Hartsfield'in tek düzenli ziyaretçisi olan adam çıkar çıkmaz 217 numaralı odaya girdi. Bu ziyaretçi Hodges adında emekli bir dedektifti ve Hartsfield'in yakalanmasında önemli bir rol oynamıştı. Fakat onun kafasını patlatıp beynini zedeleyen kişi bu adam değildi.

Hodges'un ziyaretleri Hartsfield'i sinirlendiriyordu. O gittikten sonra odadaki nesneler yere düşüyor, duş musluğu kendiliğinden açılıp kapanıyor, bazen banyo kapısı ardına kadar açılıp çarparak kapanıyordu. Hemşireler bu olayları görmüşlerdi ve Hartsfield'in sebep olduğuna emindiler, ama Dr. Babineau bu iddiaya gülüp geçmişti. Ona göre böyle şeyleri sadece isterik bazı kadınlar düşünebilirdi (her ne kadar bu koğuştaki hemşirelerin bazıları erkek olsa da). Al anlatılanların doğru olduğunu biliyordu, çünkü birkaç kez kendi gözleriyle de görmüştü ve kendisini hiç de isterik birisi olarak düşünmüyordu. Tam tersiydi.

Unutamadığı bir olay şöyleydi: Hartsfield'in odasının önünden geçerken bir ses duyup kapısını açmış ve panjurların deli gibi sallandığını görmüştü. Bu olay Hodges'un ziyaretlerinden birinin ardından gerçekleşmişti. Otuz saniye kadar sallandıktan sonra panjurların hareketi durmuştu.

Al dostça davranmaya çalışsa da –herkese karşı öyle davranırdı– Bill Hodges'tan hoşlanmıyordu. Adam Hartsfield'in durumundan dolayı böbürlenir gibiydi. Onu o halde görünce mest oluyordu. Al, Hartsfield'in kötü bir insan olduğunu, masum insanları öldürdüğünü biliyordu, ama o suçları işleyen adam artık fiilen yoksa, bunun ne önemi kalırdı ki? Geriye sadece kabuğu kalmıştı. Panjurları sallayabiliyor, muslukları açıp kapatabiliyorsa ne olacaktı sanki? Böyle şeyler kimseye zarar vermezdi.

"Merhaba, Bay Hartsfield," dedi Al o aralık gecesi odaya girdiğinde. "Sana bir şey getirdim. Umarım bir bakarsın."

Zappit'i açıp ekrana Balık Deliği tanıtımını getirdi. Balıklar yüzmeye, melodi çalmaya başladı. Hep olduğu gibi bu Al'ı sakinleştirdi ve bir an bu durumun keyfini çıkardı. Hartsfield'in de görebilmesi için tableti çeviremeden kendisini hastanenin öbür ucundaki A Bölümü'nde el arabasından kütüphaneyi sürerken buldu.

Zappit yoktu.

Buna kızması gerekirdi ama öyle olmadı. Pekâlâ normal bir şeymiş gibi kabullendi. Biraz yorgundu ve düşüncelerini toplamakta zorlanıyordu, ama iyi sayılırdı. Mutluydu. Sol eline bakınca, üstüne cebindeki dolmakalemle kocaman bir Z çizmiş olduğunu gördü.

Z-Çocuğun imzası Z, diye düşünerek güldü.

Brady, Kütüphane Al'ın içine sıçramak için bir karar vermiş değildi; adam elindeki tablete baktıktan birkaç saniye sonra Brady onun içine yerleşivermişti. Kütüphane görevlisinin kafasının içinde gezmesinin de bir anlamı yoktu. Çünkü artık o Brady'nin vücuduydu; tıpkı kullanmak istediği sürece kullanabileceği kiralık bir otomobilden farksızdı.

Kütüphanecinin çekirdek bilinci hâlâ oradaydı, ama yatışmış bir mırıltı halindeydi. Ama Brady, Alvin Brooks'un bütün anılarına ve depolanmış bilgilerine erişebiliyordu. Epey bilgi vardı, çünkü bu adam elli sekiz yaşında, tam zamanlı işinden emekli olmadan önce bir elektrik teknisyeniydi ve o zamanki lakabı Kütüphane Al değil, Kıvılcım Brooks'tu. Brady bir elektrik onarımı gerekse bunu kolayca yapabilecekti, ama kendi vücuduna döndükten sonra bu mümkün olmazdı.

Vücudunu düşününce korktu ve koltuğuna yığılmış olan adama doğru eğildi. Gözleri yarı kapalıydı, sadece akı görünüyordu. Dili ağzının bir yanından dışarıya sarkmıştı. Brady nasırlı elini *Brady'*nin göğsüne dayadı ve yavaşça inip kalktığını hissetti. Neyse, sorun yoktu, ama ne kadar *korkunç* görünüyordu öyle. Deriye sarılı bir iskelet. Onu bu hale Hodges getirmişti.

Odadan çıkıp hastanede gezinmeye başladı, kendini çok zinde hissediyordu. Herkese gülümsedi. Elinde değildi. Sadie MacDonald'dayken çuvallayacağından korkmuştu. Hâlâ bu korku vardı, ama fazla değildi. Kütüphane Al'ı sıkı bir eldiven gibi giymekteydi. A Bölümü hizmetçisi Anna Corey'in yanından geçerken, kocasının radyoterapisinin nasıl gittiğini sordu. Kadın, Ellis'in oldukça iyi olduğunu söyledi ve ilgilendiği için ona teşekkür etti.

Lobiye inince el arabasını erkekler helasının dışına bırakıp içeriye girdi, klozete oturdu ve Zappit'i inceledi. Yüzen balıkları görür görmez olayın nasıl gerçekleşmiş olabileceğini anladı. Bu oyunu yaratan dangalaklar, kazayla hipnotize edici bir etki de yaratmışlardı. Herkes etkilenmeyebilirdi, ama Brady sadece Sadie MacDonald gibi hafif nöbetler geçirebilenler değil, pek çok insanın bundan etkilenebileceğini düşündü.

Eskiden bodrum katındaki kontrol odasında bu konuyla ilgili epey şey okumuştu. Bazı elektronik konsol oyunları ve video oyunları pekâlâ normal insanlarda bile nöbetlere veya hipnoz durumlarına yol açabiliyordu ve bu nedenle üreticileri kullanma talimatlarına uyarılar eklemek zorunda kalmışlardı (son derece ufak puntolu yazılarla). *Uzun süreli oynamayın, ekrana bir metreden fazla yaklaşmayın, eğer saranız varsa oynamayın.*

Bu etki sadece video oyunlarıyla sınırlı değildi. *Pokémon* çizgi film dizisinin en az bir bölümü, çocuklardan gelen baş ağrısı, bulanık görme, mide bulantısı ve nöbet gibi şikâyetler üzerine yasaklanmıştı. Çünkü dizideki bir sahnede roketler art arda fırlatıldığında bunun elektronik flaş etkisi yarattığına inanılıyordu. Yüzen balıklar ve çalan melodi bileşimi de buna benziyordu. Brady, Zappit'i yapan şirketin şikâyet yağmuruna tutulmayışına şaşırmıştı. Daha sonra şikâyetlerin bulunduğunu ama az sayıda olduğunu öğrendi. Bunun iki nedeni olduğuna karar verdi. Birincisi, o salak Balık Deliği oyunu aynı etkiyi yapmıyordu. İkincisi, Zappit tabletlerini kimsenin satın aldığı yoktu. Ticari açıdan tuğladan farksızdı.

Kütüphane Al'ın vücudunu giyinmiş olan adam el arabasını sürerek 217 numaralı odaya döndü ve Zappit'i komodinin üstüne bıraktı; bu cihaz daha çok incelenmeyi ve üstünde düşünülmeyi hak ediyordu. Sonra da Brady (gönülsüzce) Kütüphane Al Brooks'u bıraktı. Yine bir anlık baş dönmesi oldu ve yere bakmak yerine başını kaldırdı. Bundan sonra ne olacağını merak ediyordu.

İlk başta Kütüphane Al orada öylece durdu, insan gibi görünen bir mobilya parçası gibiydi. Brady görünmez sol eliyle uzanıp onun yanağını okşadı. Sonra kendi zihniyle Al'ın zihnine girmek istedi; kendi haline döndükten sonra hemşire MacDonald'ınki gibi kapalı olacağını sanıyordu.

Ama kapı ardına kadar açıktı.

Al'ın çekirdek bilinci geri gelmişti, ama şimdi eskisinden biraz daha azdı. Brady bu bilinci kendi varlığıyla boğmuş olabileceğini düşündü. E, ne olmuş yani? İnsanlar çok içki içtikleri zaman birçok beyin hücresini öldürürlerdi, ama geride daha pek çok yedek hücre vardı. Aynı şey Al için de geçerliydi. Hiç değilse şimdilik.

Brady adamın eline çizdiği Z harfine baktı –herhangi bir nedeni yoktu, sırf yapabildiği için yapmıştı– ve ağzını açmadan konuştu.

"Bana bak, Z-Çocuk. Şimdi git artık. Çık dışarıya. Doğruca A Bölümü'ne git. Ama bundan kimseye bahsetmeyeceksin, değil mi?"

"Neden bahsetmeyeceğim?" diye sordu şaşkın haldeki Al.

Brady elinden geldiği kadarıyla başını sallayıp gülümseyebildiği kadar gülümsedi. Daha şimdiden tekrar Al olmayı istiyordu. Adamın bedeni yaşlıydı, ama hiç değilse işe yarıyordu.

"Doğru," dedi Brady, Z-Çocuğa. "Neden bahsedeceksin ki?"

2012 bitti, 2013 oldu. Brady telekinezi kaslarını kuvvetlendirmeye çalışmayı bıraktı. Artık Al olduğuna göre bunun bir anlamı kalmamıştı. Onun içine her girdiğinde daha güçlü tutunuyor, daha iyi kontrol edebiliyordu. Al'ı işe koşmak, ordunun Afganistan'daki sarıklıları kontrol etmek ve sonra patronlarının tepesine bomba yağdırmak için kullandıkları o uzaktan kumandalı uçakları kullanmaya benziyordu.

Gerçekten çok hoştu.

Bir keresinde Z-Çocuk aracılığıyla emekli dedektife bir Zappit gösterdi. Hodges'un Balık Deliği tanıtım ekranına kapılacağını ummuştu. Hodges'un içine girebilse harika olurdu. İlk iş bir kurşunkalem alıp emekli dedektifin gözlerini oyardı. Ne var ki Hodges ekrana şöyle bir baktıktan sonra Kütüphane Al'a geri vermişti.

Brady birkaç gün sonra bir daha denedi; bu kez hedefi, kollarını ve bacaklarını çalıştırmak için haftada iki kere odasına gelen fizyoterapist Denise Woods'tu. Kadın Z-Çocuğun verdiği Zappit'i aldı ve ekrana Hodges'tan daha uzun süre baktı. *Bir şey oldu*, ama yeterli değildi. Kadının içine girmek, sert bir lastik diyaframa bastırmaya benziyordu; Brady'nin şöyle bir göz atıp kadının küçük oğluna çırpılmış yumurta yedirişini göreceği kadar esnedi, ama sonra onu geri itti.

Denise Zappit'i Z-Çocuğa geri verirken, "Haklısın, balıklar çok şeker," dedi. "Hadi şimdi gidip biraz kitap dağıt, ben de Brady'nin dizlerini çalıştırayım."

Durum buydu işte. Başkalarına Al'a olduğu gibi bir çırpıda giremiyordu; bu konuda biraz düşündükten sonra nedenini anladı. Al, Balık Deliği ekranına daha önceden koşullanmıştı, Zappit'i Brady'ye getirmeden önce defalarca seyretmişti. Bu çok önemli bir fark ve çok büyük bir hayal kırıklığıydı. Oysa Brady düzinelerle uzaktan kumandalı uçağı olacağını ve hangisini isterse onu seçebileceğini hayal etmişti ama eğer Zappit donanımını geliştirip hipnotize etkisini artıracak bir yol yoksa bu mümkün olmayacaktı. Acaba böyle bir yol var mıydı?

İyi günlerinde pek çok elektronik cihazı modifiye etmiş –örneğin Şey Bir ve Şey İki– olan Brady öyle bir yol olduğuna inanıyordu. Ne de olsa Zappit'in WiFi donanımı vardı ve WiFi de bir hacker'ın en iyi dostuydu. Örneğin flaş yapan bir ışık programlayabilse? *Pokémon* dizisinde roketler fırlatılırken bunu seyreden çocukların beyinlerini etkileyen o elektronik flaşlar gibi bir şey...

Bu flaşlar başka bir amaca da yarayabilirdi. Yüksekokulda, Geleceğin Hesaplanması adında bir ders görürken (okuldan atılmadan kısa bir süre önce) Brady'nin sınıfına, 1995'te yayınlanmış, 11 Eylül'den sonra gizliliği kalkmış bir CIA raporu okutulmuştu. Adı "Bilinçaltı Algılamanın Operasyonlardaki Potansiyeli" idi ve şu açıklamayı yapıyordu: Bilgisayarlar çok hızlı bir mesaj iletisi yapacak şekilde programlanabilir ve beyin bunu tek bir mesaj olarak değil, özgün bir düşünce olarak tanıyabilirdi. Brady bir flaş içine bir mesaj sokuşturabilir miydi? Örneğin, ŞİMDİ UYU, HER ŞEY YOLUNDA veya sadece GEVŞE. Brady böyle şeylerin, tanıtım ekranının mevcut hipnoz etkisiyle birleşince çok etkili olacağını düşünüyordu. Tabii yanılıyor da olabilirdi ama öğrenmek için yararsız sağ elini bile feda edebilirdi.

Bunu başarabileceğini pek sanmıyordu, çünkü aşılamaz görünen iki büyük sorun vardı. Biri, insanları hipnoz özelliğinin etkileyebileceği kadar uzun süre ekrana baktırmaktı. Diğer sorun daha çözümsüzdü: Herhangi bir şeyi nasıl modifiye edebilirdi ki? Bilgisayarı yoktu, olsaydı bile neye yarayacaktı? Boktan ayakkabılarını bile bağlayamıyordu. Aklına Z-Çocuk geldi, ama bu fikri hemen bir kenara attı. Al Brooks, abisi ve abisinin ailesiyle birlikte yaşıyordu ve birden bire üst düzey bilgisayar becerisi ve bilgisi olduğu ortaya çıkarsa herkes kuşkulanırdı. Zaten son zamanlarda dalgın ve tuhaflaşmaya başlamış Al hakkında soru işaretleri vardı. Herhalde bunama başlangıcı olduğunu sanmışlardır, diye düşündü Brady, kaldı ki bu da gerçeğe yakın bir teşhisti.

Galiba Z-Çocuğun yedek beyin hücreleri tükenmek üzereydi.

Brady bunalıma girdi. Parlak fikirlerinin gri bir duvara tosladığı o çok tanıdık noktaya varmıştı. Aynı şey Rolla elektrik süpürgesiyle olmuştu; bilgisayar destekli araç geri vitesi programında olmuştu; ev güvenliği alanında devrim yaratacak motorize olmuş, programlanabilen TV monitörü buluşunda olmuştu. Bu harika fikirleri hep hüsranla sonuçlanmıştı.

Hiç değilse bir tane uzaktan kumandalı insanı vardı ve Hodges'un onu son derece kızdıran bir ziyareti sonrası, Brady bu elemanını işe koşarsa neşesinin biraz yerine geleceğine karar verdi. Z-Çocuğu hastanenin iki blok ötesindeki bir internet kafeye götürdü ve bir bilgisayar karşısında (bir kez daha bir ekran karşısında oturmak Brady'yi çok mutlu etmişti) beş dakika geçirdikten sonra Anthony Moretti'nin yaşadığı yeri öğrendi: Hayalarına yumruk atan o şişko puşt. İnternet kafeden çıktıktan sonra Brady, Z-Çocuğu av malzemeleri satan bir dükkâna yönlendirdi ve bir avcı bıçağı satın aldırttı.

Ertesi gün Moretti evinden çıkınca kapısının önündeki paspasın üstünde bir köpek cesedi buldu. Gırtlağı kesilmişti. Bu köpeğin kanıyla otomobilinin ön camına SIRADA KARIN VE ÇOCUKLARIN VAR yazılmıştı.

Bunu yapmak –yapabilmek– Brady'yi çok keyiflendirdi. Ödeşmek ne muhteşem bir şeydi.

Bazen Z-Çocuğu Hodges'a gönderip onu karnından vurdurmayı hayal ediyordu. Hayatı parmaklarının ucundan kayıp giderken onun kıvranarak, inleyerek ölmesini seyretmek ne güzel olurdu!

Çok güzel olurdu ama Brady uzaktan kumandalı insanını kaybederdi ve Al tutuklanınca, polisleri *ona* yöneltebilirdi. Ayrıca başka bir şey daha vardı, çok daha önemli bir şey: Bu kadarı yeterli değildi. Hodges'un karnına bir kurşun yiyip, on-on beş dakika acı çekmesi Brady'yi tatmin etmeyecekti. Çok daha fazlasına layıktı o. Hodges yaşamalıydı; suçluluk dolu bir torbadan zehirli hava soluyarak yaşayacak, artık dayanamayacak hale geldiğinde kendini öldürecekti.

Eski güzel günlerinde tasarladığı şey de buydu.

Ama imkânsız, diye düşündü Brady. Bunların hiçbirisini yapamayacaktı. Z-Çocuğum var –ama bu gidişle yakında destekli yaşam evinde kalması gerekecek– ve hayalet elimle panjurları sallayabiliyorum. Hepsi bu kadar. Başka hiçbir şeyim yok.

Ama sonra, 2013'ün yazında, içinde bulunduğu bunalımın karanlığına bir ışık huzmesi girdi. Bir ziyaretçisi vardı. Gerçek bir ziyaretçi; Hodges veya mucizevi bir şekilde iyileşip, City Center katliamının hesabını vermek için mahkemeye çıkacak hale gelmiş mi diye bakmaya gelen Başsavcının adamlarından biri değil.

Kapısı tıklatıldı ve Becky Helmington başını içeriye uzattı. "Brady, burada seni görmek isteyen genç bir hanım var. Eskiden birlikte çalışırmışsınız; sana bir şey getirmiş. Onunla görüşmek istiyor musun?"

Brady'nin aklına sadece tek bir genç hanım geldi. Hayır, demeyi düşündü, ama sonra merakıyla birlikte içindeki kötülük yapma arzusu da uyandı. Yarım yamalak bir baş işaretiyle kabul ettikten sonra gözlerine düşen saçlarını itmeye çalıştı.

Ziyaretçisi, sanki zeminde mayın varmış gibi ürkek adımlarla içeriye girdi. Üstünde bir elbise vardı; Brady daha önce onu hiç elbise giyerken görmemişti ve elbisesi olduğunu bile sanmıyordu. Ama saçları, Discount Electronics Cyber Patrol'da birlikte çalıştıkları günlerdeki gibi kısacıktı ve hâlâ çirkindi. Bir komedyenin esprisi aklına geldi: Eğer memesizlik iyi bir şeyse, Cameron Diaz daha uzun zaman karşımızda olacak. Ne var ki, bu kadın yüzündeki oyukları örtmek için biraz pudra sürmüş (şaşılacak şey) ve dudaklarına ruj dokundurmuştu (daha da şaşılası şey). Elinde ambalaj içinde bir paket vardı.

"Selam," dedi Freddi Linklatter, Brady'nin daha önce hiç görmediği bir utangaçlıkla. "Nasılsın?"

Bu durum her türlü imkâna kapı açıyordu.

Brady elinden geldiğince gülümsedi.

KOTUKONSER.COM

1

Cora Babineau havlusuyla boynunu sildikten sonra bodrum katındaki egzersiz odasının monitörüne bakınca kaşları çatılıyor. Koşu bandında dokuz kilometrelik koşusunun ancak altı kilometresini yapmışken ara vermekten hiç hoşlanmaz; ama o tuhaf tip yine gelmiş.

Kapı zili *ding-dong* diye çaldıktan sonra üst katta kocasının ayak seslerini duymak için kulak kabartıyor ama bir şey duymuyor. Ekranda o eski parka içindeki yaşlı adam öylece duruyor. Köşe başlarında dikilip, SAVAŞ GAZİSİYİM, AÇIM, İŞSİZİM, LÜTFEN YARDIM EDİN yazılı pankartlarla dilenen o sokak berduşlarına benziyor.

"Lanet olsun!" diye homurdanarak koşu bandını durduruyor. Merdiveni çıkıp arka koridordan, "Felix!" diye sesleniyor. "O tuhaf arkadaşın geldi. Al adındaki adam."

Karşılık yok. Kocası muhtemelen yine çalışma odasına kapanmış, göründüğü kadarıyla abayı yakmış olduğu o oyuncak gibi şeye bakıyordur. Felix'in bu yeni saplantısını şehir kulübündeki arkadaşlarına espri niyetine anlatmıştı. Ama artık gülünecek bir şey olmaktan çıkmış. Adam altmış üç yaşında, çocuklar için yapılmış bilgisayar oyunları için çok yaşlı ve bu kadar unutkan olmak için de çok genç. Cora, acaba erken Alzheimer başlangıcı olabilir mi, diye düşünmeden edemiyor. Ayrıca, Felix'in bu tuhaf arkadaşının ona uyuşturucu sağlama ihtimali de aklından geçmiş. Ama adam böyle işler için çok yaşlı değil mi? Üstelik, eğer kocası uyuşturucu isterse, bunu kolayca kendisi temin edebilir; Felix'in dediğine göre Kiner'deki doktorların yarısı günün önemli bir kısmını kafayı bulmuş halde geçiriyormuş.

Kapı zili bir kez daha *ding-dong* diye çalıyor.

Cora, "Allah'ın cezası!" diyerek kapıya doğru giderken attığı her adımda öfkesi artıyor. Uzun boylu, sıska bir kadın ve aşırı egzersiz sonucu vücudunda dişiliğin hiçbir izi kalmamış. Golf oynarken esmerleşen teni kışın da açılmıyor, sadece kronik karaciğer hastasıymış gibi donuk bir sarı renge dönüşüyor.

Kapıyı açınca soğuk ocak gecesinin buz gibi havası terli yüzüne ve kollarına çarpıyor. "Galiba artık kim olduğunu bilmem gerekiyor," diyor. "Kocamla birlikte ne dolaplar çevirdiğinizi bilmek istiyorum. Çok şey mi istedim?"

"Tabii ki hayır, Bayan Babineau," diyor adam. "Bazen Al olurum. Bazen Z-Çocuk. Bu gece Brady'yim ve bu kadar soğuk bir gecede olsa bile, dışarıya çıkmak ne güzel!"

Cora adamın eline bakıyor. "Bu şişede ne var?"

"Bütün sorunlarınızın sonu," diyor yamalı parkalı adam ve boğuk bir patlama sesi çıkıyor. Plastik soda şişesinin altı parçalanırken çelik yüzden yanmış iplikler püskürüyor. Havada ipekotu tüyleri gibi uçuşuyor.

Cora küçülmüş sol memesinin hemen altına bir şeyin çarptığını hissediyor ve içinden, bu tuhaf puşt bana yumruk attı, diye geçiriyor. Nefes almak istiyor ama ilk başta bunu yapamıyor. Göğsü sanki ölmüş gibi; eşofman altının lastikli beline doğru bir sıcaklık toplanıyor. Hâlâ çok önemli olan o nefesi almaya çalışırken başını eğip bakıyor ve mavi naylon tişörtünde giderek büyüyen bir leke görüyor.

Başını kaldırıp kapı eşiğinde duran adama bakıyor. Adam şişenin geri kalan kısmını, sanki akşamın sekizinde onu rahatsız ettiği için telafi amacıyla bir armağan getirmiş gibi ona uzatıyor. Çelik yüzden arta kalanlar, kömürleşmiş bir yaka çiçeği gibi görünüyor. Cora nihayet bir nefes alabiliyor, ama havadan çok sıvı soluyor. Öksürünce ağzından kan püskürtüyor.

Parkalı adam evin içine girip kapıyı kapatıyor. Şişeyi yere bıraktıktan sonra Cora'yı itiyor. Cora geriye doğru sendelerken sehpanın üstündeki süs vazosuna çarpıp düşürüyor ve yere devriliyor. Sıvı dolu bir soluk daha alırken, boğuluyorum, diye düşünüyor; evimin içinde boğuluyorum. Öksürüp bir kez daha kan püskürtüyor.

"Cora?" Evin içinde bir yerden Babineau sesleniyor. Sesi sanki derin bir uykudan uyanmış gibi. "Cora, iyi misin?"

Brady, Kütüphane Al'ın ayağını kaldırıp onun işçi postalını Cora'nın gırtlağına bastırıyor. Kadının ağzından biraz daha kan fışkırıyor. Esmerleşmiş yanakları artık kızıla boyanmış. Brady var gücüyle ayağını bastırınca bir çatırdama ses çıkıyor. Cora'nın gözleri büyüyor... büyüyor... sonra donuklaşıyor.

"Amma çetin cevizmişsin," diyor Brady neredeyse sevecen bir sesle.

Bir kapı açılıyor. Terlikli ayakların koşma sesinden sonra Babineau görünüyor. Hugh Hefner stili ipekli pijamasının üstüne robdöşambr giymiş. Her zaman gurur kaynağı olan gümüş renkli saçları dağınık. Yanaklarında birkaç günlük sakal var. Elindeki Zappit tabletinden Balık Deliği oyununun müziği duyuluyor. Holde yatan karısına bakıyor.

"Artık egzersiz yapmayacak," diyor Brady aynı sevecen sesle.

"*Ne yaptın?*" diye haykırıyor Babineau, sanki belli değilmiş gibi. Cora'nın yanına koşup dizlerinin üstüne çöküyor, ama Brady onu koltukaltlarından tutup kaldırıyor. Kütüphane Al çok kuvvetli bir adam değil, ama 217 numaralı odada tükenmiş adamdan çok daha güçlü.

"Şimdi sırası değil," diyor Brady. "Barbara Robinson hâlâ sağ, bu da planımızı değiştirmemizi gerektiriyor."

Babineau düşüncelerini toparlamaya çalışıyor ama başarısız. Bir zamanlar çok parlak olan aklı son zamanlarda durgunlaşmış. Ve sebebi de bu adam.

"Balıklara bak," diyor Brady. "Sen kendininkilere bak, ben kendiminkilere. Böylece ikimiz de daha iyi hissederiz."

"Hayır," diyor Babineau. Balıklara bakmak istiyor, hep onlara bakmak istemiş, ama şimdi korkuyor. Brady kendi aklını

Babineau'nun kafasının içine boşaltmak istiyor; bunu her yapışından sonra Babineau'nun kendi kişiliği daha azalmış oluyor.

"Evet," diyor Brady. "Bu gece Doktor Z olmalısın."

"Reddediyorum!"

"Reddedecek durumda değilsin. İşin sonuna geliyoruz. Çok geçmez, polisler kapında biterler. Ya da Hodges gelir ki, bu daha da kötü olur. Sana haklarını falan okumaz, copunu kafana indirir. Çünkü o aşağılık bir orospu çocuğudur. Ve çünkü sen haklıydın. Hodges biliyor..."

"Yapmayacağım... yapamam." Babineau, karısına bakıyor. Gözleri... yerinden fırlayacakmış gibi görünen gözleri... "Polisler kesinlikle inanmazlar... ben saygın bir doktorum! Biz otuz beş yıldır evliyiz!"

"Hodges inanır. Ve Hodges bir kez dişlerini geçirdi mi, acımasız şerif Wyatt Earp gibi olur. Barbara Robinson'a senin fotoğrafını gösterince kız bakar bakmaz, evet, alışveriş merkezinde bana Zappit'i veren adam buydu, der. Ve eğer ona bir Zappit verdiysen, muhtemelen Janice Ellerton'a da bir tane vermişsindir. A, bir de Scapelli var, tabii."

Babineau başına çöken bu felaketi anlamaya çalışarak bakıyor.

"Bir de bana verdiğin ilaçlar var. Hodges belki bunu şimdiden biliyordur, çünkü kolayca rüşvet verebiliyor ve koğuştaki hemşirelerin çoğu da bunun farkında. Bu üstü açık bir sır, çünkü sen hiç gizlemeye çalışmadın." Brady kederli bir ifadeyle Kütüphane Al'ın başını sallıyor. "Çok kibirliydin."

"Vitamin veriyordum!" diyor Babineau.

"Dosyalarına el koyup bilgisayarına baktıkları zaman buna polisler bile inanmayacaklar." Brady yerde sere serpe yatan cesede bakıyor. "Ve tabii bir de karın var. Onun ölümünü nasıl açıklayacaksın?"

"Keşke seni hastaneye getirmelerinden önce ölseydin," diyor Babineau. Sesi tizleşmiş, ağlayacak hale gelmiş. "Ya da ameliyat masasında. Sen bir Frankenstein'sın!"

"Canavarı yaratıcısıyla karıştırma," diyor Brady, her ne kadar yaratma konusunda Babineau'nun fazla rolü olmadığını düşünse de. Doktor B.'nin deneysel ilaçlarının yeni yeteneklerini edinmesinde belki biraz rolü olmuştu, ama iyileşmesinde hiçbir katkısı yoktu. Brady bunu kendisinin başardığına eminci. İrade gücüyle.

"Bu arada, bir ziyaret yapmamız lazım ve gecikmemiz iyi olmaz."

"Kadın-erkek olana." Bunun bir adı var, Babineau biliyordu ama şimdi aklına gelmiyor. O kişinin adı da öyle. Akşam yemeğinde ne yediğini de hatırlamıyor. Brady kafasının içine her girdiğinde, geriye daha az şey kalıyor. Babineau'nun hafızasından geriye... bilgisi... kişiliği.

"Doğru, o kadın-erkek olana. Ya da onun cinsel tercihinin bilimsel adıyla, *Ruggus munchus*'a."

"Hayır." Artık sızlanması fısıltı halini almış. "Buradan hiçbir yere gitmeyeceğim."

Brady tabancasını kaldırıyor, namlunun ucunda derme çatma bir susturucu var. "Eğer gerçekten sana ihtiyacım olduğunu düşünüyorsan, hayatının en büyük hatasını yapıyorsun. Ve sonuncusunu..."

Babineau bir şey söylemiyor. Bu bir kâbus ve yakında uyanacak.

"Dediğimi yap, yoksa yarın hizmetçin geldiğinde seni de karının yanında ölü olarak bulacak; bir soygun girişiminin talihsiz kurbanları... İşimi Doktor Z olarak bitirmeyi tercih ederim, senin vücudun Brooks'unkinden on yıl daha genç ve daha formdasın, ama ne gerekiyorsa onu yapacağım. Ayrıca, seni Hodges'la karşı karşıya bırakmaya gönlüm razı değil. O herifin ne kadar kötü olduğunu tahmin bile edemezsin."

Babineau yamalı parkalı adama bakıyor ve Kütüphane Al'ın mavi gözlerinden Hartsfield'in baktığını görüyor. Babineau'nun tükürüğüyle ıslanmış dudakları titriyor. Gözleri yaşlı. Brady onu darmadağınık saçlarıyla Albert Einstein'a benzetiyor. Ünlü bilim adamının dilini çıkardığı fotoğrafa.

"Bu işe nasıl bulaştım?" diye inliyor Babineau.

"Bir işe bulaşan herkes gibi," diyor Brady. "Adım adım."

"Neden o kızı hedef aldın?" diye soruyor Babineau.

"Hataydı," diyor Brady. Bunu itiraf etmek gerçeği söylemekten daha kolay. O zenci oğlanın kız kardeşini bir an önce haklamak istemişti. "Hadi şimdi mızmızlanmayı bırak ve balıklara bak. Bunu istediğini sen de biliyorsun."

Babineau bunu gerçekten istiyor. En kötü tarafı bu zaten. Her şeye rağmen bunu istediğini biliyor.

Balıklara bakıyor.

Melodiyi dinliyor.

Bir süre sonra giyinmek ve kasadan para almak için yatak odasına gidiyor. Evden çıkmadan önce içi tamamen dolu olan ilaç dolabına gidiyor.

Şimdilik eski Malibu'yu orada bırakıp, Babineau'nun BMW'sini alıyor. Kanepede uyumaya başlayan Kütüphane Al'ı da orada bırakıyor.

2

Cora Babineau'nun son defa ön kapısını açtığı sıralarda Hodges, Scott ailesinin evinde, oturma odasında oturuyor. Bu ev Robinson'ların yaşadığı Teaberry Lane'den bir blok ötede. Otomobilinden çıkmadan önce birkaç tane ağrı kesici aldığı için kendini kötü hissetmiyor.

Dinah Scott kanepede oturmuş, iki yanında anne babası var. Kız bu akşam on beş yaşından daha büyük gösteriyor, çünkü North Side Lisesi Tiyatro Kulübü'nün yakında sahneye koyacağı bir oyunun provasından gelmiş. Angie Scott, Hodges'a kızının *The Fantastics* adlı oyunda Luisa rolünü oynadığını ve bunun çok önemli olduğunu söyleyince Dinah mahcup bir ifadeyle gözlerini yuvarlıyor. Hodges onların karşısındaki La-Z-Boy koltuğunda; bunun aynısı kendi oturma odasında var. Herhalde bu koltuk Carl Scott'un her akşam çöreklendiği koltuktur, diye düşünüyor.

Kanepenin önündeki sehpanın üstünde parlak yeşil bir Zappit var. Dinah bunu hemen odasından alıp getirince, Hodges kızın Zappit'i dolabında veya spor malzemelerinin arasında gizlemediğine hükmediyor. Okuldaki dolabında da bırakılmamış. Hayır, istediği an alabileceği bir yerdeymiş. Bu da ne kadar modası geçmiş bir şey olsa da, onu kullandığı anlamına geliyor.

"Buraya Barbara Robinson'un ricası üzerine geldim," diyor Hodges. "Bugün ona bir kamyonet çarptı ve..."

"Tanrım!" diyor Dinah elini ağzına götürerek.

"Durumu iyi," diyor Hodges. "Sadece bacağı kırılmış. Gözlem altında kalması için bu gece onu hastanede tutacaklar, ama yarın taburcu edilecek ve muhtemelen gelecek hafta okula gidebilecek. Eğer hâlâ âdetse, onun alçısına imza atabilirsin."

Angie kolunu kızının omzuna doluyor. "Bunun Dinah'nın oyuncağıyla ne ilgisi var?"

"Aynısından Barbara'da da vardı ve bu tablet onun şoka girmesine neden olmuş." Yolda Holly'nin anlattığına bakılırsa, bu yalan sayılmaz. "O sırada caddenin karşısına geçiyormuş ve bir anlığına yönünü şaşırmış ve bam! Bir oğlan onu itip kamyonetin önünden çekmeseymiş çok daha kötü olabilirmiş."

"Olur şey değil," diyor Carl.

Hodges öne uzanıp Dinah'nın yüzüne bakıyor. "Bu aletlerin kaç tanesi arızalı, bilmiyorum, ama Barbara'ya ve birkaç kişiye daha olanları düşünürsek, en azından bazılarının hatalı olduğunu biliyoruz."

"Bu sana ders olsun," diyor Carl kızına. "Bir daha birisi sana bir şeyi bedava verecek olursa, temkinli ol."

Bu sözler üzerine Dinah bir kez daha gözlerini yuvarlıyor.

"Benim asıl merakımı çeken şey," diyor Hodges, "seninkini nasıl edindiğin. Bu çok gizemli bir şey, çünkü Zappit şirketi çok az satış yapmış. İflas ettikleri zaman onları başka bir şirket satın almış ve bu şirket de iki yıl önce, nisan ayında iflas etmiş. Normal olarak Zappit tabletlerinin perakende satış için elde tutulması gerekirken..."

"Ya da imha edilmeleri," diyor Carl. "Bilirsiniz, satılmayan ciltsiz kitaplar imha edilir."

"Biliyorum," diyor Hodges. "O halde, söyle bana Dinah, bu tableti *nasıl* edindin?"

"Web sitesine girdim," diyor Dinah. "Bir suç işlemiş falan değilim, değil mi? Bilmiyordum; ama babam hep yasaları bilmemenin mazeret olmadığını söyler."

"Suç işlemiş değilsin," diyor Hodges. "Hangi web sitesi bu?"

"Adı kotukonser.com. Provadayken annem arayıp da sizin geleceğinizi söylediği zaman telefonumda bu siteyi aradım ama artık yoktu. Sanırım elde kalan bütün tabletleri bedava dağıtmışlardır."

"Ya da bu nesnelerin tehlikeli olduğunu öğrenince, tası tarağı toplayıp kimseyi uyarmadan toz olmuşlardır," diyor Angie Scott.

"Ama bu şok ne kadar tehlikeli olabilir ki?" diye soruyor Carl. "Kızım bunu odasından buraya getirdiği zaman arka kapağını açıp içine baktım. Dört tane şarj edilebilen pilden başka bir şey yoktu."

"Bu konuda pek bilgim yok," diyor Hodges. Ağrı kesiciye rağmen karnı yine ağrımaya başlamış. Asıl sorun karnı değil; bunun bitişiğindeki on beş santimlik organ. Norma Wilmer'la görüşmesinden sonra pankreas kanseri hastalarının hayatta kalma istatistiklerine bakmıştı. Sadece yüzde altısı beş yıl kadar yaşayabiliyordu. Pek iç açıcı bir haber denemezdi. "Kendi iPhone'umdaki mesaj bildirimi sesini bile ayarlayamadım. Bu ses çıktığı zaman etrafımdaki insanlar yerlerinden sıçrıyorlar."

"Bunu size ben yapabilirim," diyor Dinah. "Çok kolay. Benimkinde Çılgın Kurbağa var."

"Ama önce bana o web sitesini anlat."

"Bir tweet'le öğrendim. Okulda birisi söylemişti. Bir sürü sosyal medya sitesinde çıkmış. Facebook... Pinterest... Google Plus... bunları biliyorsunuz, değil mi?"

Hodges bilmiyor, ama evet anlamında başını sallıyor.

"O tweet'i tam olarak hatırlamıyorum, ama kısa bir şeydi. Çünkü bunların uzunluğu en fazla yüz kırk harf olabilir. Bunu biliyorsunuz, değil mi?"

"Tabii," diyor Hodges, her ne kadar tweet'in ne olduğunu tam kestiremese de. Sol eli yan tarafındaki sancının olduğu yere gitmek istiyor ama bu isteği bastırıyor.

"Bu tweet'te şöyle bir şey yazıyordu..." Dinah gözlerini kapatıyor. Sahnede rol yapar gibi bir hali var, ama ne de olsa Tiyatro Kulübü'nün provasından yeni gelmiş. "Kötü haber, kaçığın biri yüzünden 'Round Here' konseri iptal edilmiş. İyi haber ister misiniz? Hatta belki, bedava bir hediye? Kotukonser.com sitesine bir bakın." Dinah gözlerini açıyor. "Tam kelimesi kelimesine olmayabilir, ama anlıyorsunuz, değil mi?"

"Evet." Hodges web sitesinin adını defterine kaydediyor. "Demek bu siteye girdin ve..."

"Tabii. Bir sürü arkadaşım da girdi. Çok da komikti. 'Round Here' grubunun iki yıl önceki şarkısı 'Kisses on the Midway' parçası çalarken bir patlama oluyor ve cırtlak bir ses, 'Hay aksi, konser iptal edildi!' diyor."

"Bence hiç komik değil," diyor Angie. "Ölebilirdin."

"Bundan başka şeyler de olmalı," diyor Hodges.

"Tabii. Orada yaklaşık iki bin gencin bulunduğunu, çoğunun ilk konseri olduğunu ve bu çocukların kazıklanarak hayatlarının en büyük tecrübesinin ellerinden çalındığını söylüyordu. Gerçi kazıklanma yerine başka bir kelime kullanılmıştı, ama..."

"Biz tahmin edebiliriz, kızım," diyor Carl.

"Sonra da, Round Here grubu sponsorunun yığınla Zappit aldığını ve bunları bedava vermek istedikleri yazıyordu. Gerçekleşmeyen konseri telafi etmek için..."

"Ve bu altı yıl önce olduğu halde mi?" diye soruyor Angie hayretle.

"Evet. Düşününce, gerçekten tuhaf geliyor."

"Ama sen hiç düşünmedin," diyor Carl.

Dinah sinirli bir ifadeyle omuz silkiyor. "Düşündüm, ama bir sakınca görmedim."

"Ünlü son sözler," diyor babası.

"Böylece sen... ne yaptın?" diye soruyor Hodges. "Adını ve adresini e-postayla gönderdin" –Zappit'i işaret ediyor– "ve sana postayla bunu mu gönderdiler?"

"O kadarla bitmiyordu," diyor Dinah. "O konserde bulunduğunu kanıtlamak zorundaydın. Bunun için ben de Barb'ın annesine gittim. Tanya'yı tanıyorsunuz."

"Neden?"

"Fotoğraflar için. Bende de var, ama bir türlü koyduğum yeri bulamadım."

"Odasında," diyor Angie; bu defa göz yuvarlama sırası onda.

Hodges'un yan tarafındaki sancı artık zonklama haline gelmiş. "Ne fotoğrafı, Dinah?"

"Pekâlâ, bizi konsere Tanya götürmüştü, tamam mı? Barb, ben, Hilda Carver ve Betsy."

"Hangi Betsy?"

"Betsy DeWitt," diyor Angie. "Olay şuydu: Kızları kim götürecek diye kura çektik, Tanya kaybetti. Ginny Carver'ın minibüsünü aldı, çünkü en büyük araç oydu."

Hodges anladığını belirtmek için başını sallıyor.

"Her neyse," diye devam ediyor Dinah, "oraya vardıktan sonra Tanya fotoğrafımızı çekti. İlle de fotoğraflarımız olsun istiyorduk. Saçma geliyor ama daha çocuktuk. Artık müzik zevkim değişti ve Mendoza Line'la Raveonettes'i dinliyorum, ama o zamanlar Round Here bizim için büyük olaydı. Özellikle de solistleri Cam. Tanya telefonlarımızı kullandı. Ya da belki kendisininkini, tam hatırlamıyorum. Ama bu fotoğrafları hepimize verdi, ama ben kendiminkini bulamadım."

"Konserde olduğunu kanıtlamak için bir fotoğraf göndermen gerekti."

"Evet, e-postayla. Fotoğraf bizi sadece Bayan Carver'ın minibüsünün önünde gösterdiği için yeterli olmaz, diye korkmuştum, ama iki resimde, geri planda Mingo Konser Salonu görülüyordu. Bu da yetmeyebilir diye korktum, çünkü grubun adı bulunan ilan görünmüyordu, ama yeterli oldu ve bir hafta sonra postayla Zappit'i gönderdiler. Büyük, içi keçeyle kaplanmış bir zarf içindeydi."

"İade adresi var mıydı?"

"Hayır. Posta kutusu numarasını hatırlamıyorum, ama adı Sunrise Solutions'dı. Herhalde turne sponsorları onlardı."

Bu mümkün, diye düşünüyor Hodges; şirket o günlerde henüz iflas etmemişti, ama yine de içinde bir kuşku vardı. "Postaya buradan mı verilmişti?"

"Hatırlamıyorum."

"Eminim öyleydi," diyor Angie. "Zarfı yerde bulup çöpe atmıştım. Malum, evin hizmetçisi ben oluyorum." Kızına anlamlı bir bakış fırlatıyor.

"Özür dilerim," diyor Dinah.

Hodges defterine, *New York City merkezli Sunrise Solutions, fakat paket buradan postalanmış,* yazıyor.

"Bütün bunlar ne zaman oldu, Dinah?"

"Tweet'i duyup siteye girmem geçen yıl oldu. Tam emin değilim, ama Şükran Günü tatilinden önceydi. Ve dediğim gibi, o kadar çabuk gönderilmesine şaşırmıştım."

"O halde, bu tablet aşağı yukarı iki aydır sende."

"Evet."

"Ve şoka falan girmedin, öyle mi?"

"Hayır, hiç öyle bir şey olmadı."

"Bununla oynarken –örneğin Balık Deliği oyununu– tuhaf şeyler hissedip yörüngenden çıktığını hissettin mi?"

Bay ve Bayan Scott bunu duyunca telaşlanıyorlar, ama Dinah sadece gülümsüyor. "Yani hipnotize olmuş gibi mi, demek istiyorsunuz?"

"Tam olarak ne demek istediğimi ben de bilmiyorum, ama tamam, öyle adlandıralım."

"Hayır," diyor Dinah hemen. "Hem zaten Balık Deliği çok aptal bir oyun. Küçük çocuklar için. Balıkçı Joe'nun ağını çalıştırmak için klavyenin yanındaki joystick kullanılıyor. Ve yakaladığın balıklar kadar puan topluyorsun. Ama çok kolay. Arada bir buna tekrar bakmamın tek nedeni, pembe balıkların sayı gösterip göstermediğini görmek için."

"Sayılar mı?"

"Evet. Oyunla birlikte gönderdikleri mektupta açıklaması var. Bunu odamdaki panoma astım, çünkü o küçük motosikleti kazanmak istiyorum. Görmek ister misiniz?"

"Evet."

Dinah üst kata çıkarken Hodges da banyoyu kullanmak için izin istiyor. İçeriye girince gömlek düğmelerini çözüp zonklayan sol yanına bakıyor. Biraz şişmiş gibi ve dokununca sıcaklık hissediliyor, ama belki de bu sadece hayal gücünün eseri olabilir. Sifonu çekip beyaz haplardan iki tanesini yutuyor. "Tamam mı?" diye soruyor zonklayan sol tarafına. "Buradaki işimi bitirene kadar sesini keser misin?"

Dinah sahne makyajının büyük bir kısmını silmiş olduğu için, Hodges hayatlarındaki ilk konsere giden dokuz-on yaşlarındaki Dinah ve diğer üç kızı gözlerinin önüne getirebiliyor. Hepsi de müthiş heyecanlı. Dinah tabletle birlikte gönderilen mektubu Hodges'a uzatıyor.

Sayfanın üst kısmında doğan bir güneş resmi ve bunun üstünden geçen SUNRISE SOLUTIONS yazısı var. Hodges daha önce buna benzer bir şirket logosu görmemiş. Sanki orijinali elle çizilmiş gibi, çok amatörce. Kişiselleştirmek amacıyla kızın adı yazılı. Bu devirde kimse böyle ucuz numaraları yutacak değil, diye düşünüyor Hodges. Sigorta şirketlerinin topluca gönderdikleri mektuplarda bile kişiselleştirme var.

> Sayın Dinah Scott,
> Tebrikler! 65 tane eğlenceli ve düşündürücü oyun yüklenmiş olan Zappit tabletinizi beğeneceğinizi umuyoruz. WiFi de yüklü olduğu için sevdiğiniz internet sitelerine girebilir ve Sunrise Okuyucuları üyesi olarak istediğiniz kitapları yükleyebilirsiniz. ÜCRETSİZ HEDİYE, kaçırdığınız konseri telafi amacıyla gönderilmiştir, ama umarız Zappit'le geçireceğiniz harika zamanları bütün arkadaşlarınıza anlatırsınız. Dahası da var! Balık Deliği tanıtım ekranını sık sık kontrol edin ve pembe balığı tıklatın, çünkü bir gün —o an gelene kadar bilmeyeceksiniz— tıkladığınız zaman bunlar sayı haline gelecekler! Tıkladığınız balıkların sayıları aşağıda verilen sayılara erişirse, BÜYÜK BİR İKRAMİYE kazanacaksınız! Ama bu sayılar sadece çok kısa bir an için belirecektir, bu nedenle SÜREKLİ KONTROL EDİN! Bu eğlenceyi zeetheend.com adresinde "Zappit Kulübü"ndeki diğerleriyle haberleşerek zenginleştirin. Talihlilerden biriyseniz, bu sitedeki ödüllerden birini de kazanabilirsiniz! Sunrise Solutions ve Zappit ekibi olarak size teşekkürlerimizi sunarız.

Karalamaya benzer bir imzanın altında şunlar yazılıydı.

Dinah Scott için talihli sayılar:
1034 = Deb'de 25 dolarlık hediye.
1781 = Atom Arcade'de 40 dolarlık hediye kartı.
1946 = Carmike Sineması'nda 50 dolarlık hediye sertifikası
7459 = Wave 50cc scooter motosiklet (Büyük Ödül)

"Bu palavraya gerçekten inandın mı?" diye soruyor Carl Scott.

Bu soru her ne kadar gülümseyerek sorulduysa da, Dinah ağlamaklı oluyor. "Pekâlâ, ben çok aptalım, o halde beni vurun."

Carl kızına sarılıp yanağını öpüyor. "Bak ne diyeceğim, senin yaşındayken ben de bu numarayı yutardım."

"Pembe balığı kolladın mı, Dinah?" diye soruyor Hodges.

"Evet, günde bir veya iki kere. Aslında bu iş oyundan daha zor, çünkü pembe balıklar çok hızlı. Çok dikkat etmek gerekiyor."

Elbette, diyor içinden Hodges. Bu işi giderek daha az seviyor. "Ama hiç sayı görmedin, değil mi?"

"Şimdiye kadar görmedim."

"Şunu alabilir miyim?" diyor Hodges, Zappit'i işaret ederek. Daha sonra ona iade edeceğini söylemek geçiyor aklından ama söylemiyor. İade edeceği çok şüpheli. "Mektubu da alayım."

"Bir şartla," diyor Dinah.

Sancısı biraz yatışmış olan Hodges gülümseyebiliyor. "Söyle bakalım, evlat."

"Pembe balığı kollayın ve benim sayılarımdan biri çıkarsa, hediyeyi *ben* alırım."

"Anlaştık," diyor Hodges. Birisi sana bir hediye vermek istiyor, Dinah, ama bunun bir motosiklet veya sinema hediyesi olduğunu hiç sanmam, diye düşünüyor. Zappit'i ve mektubu alıp ayağa kalkıyor. "Bana zaman ayırdığınız için hepinize teşekkür ederim."

"Bir şey değil," diyor Carl. "Ne olup bittiğini anladığınız zaman bize haber verirsiniz, değil mi?"

"Elbette," diyor Hodges. "Bir sorum daha var, Dinah ve sana budalaca gelirse, benim yetmişine merdiven dayadığımı unutma."

Dinah gülümsüyor. "Okuldaki hocamız Bay Morton tek budalaca sorunun..."

"Sormadığınız soru olduğunu söylüyor, evet, ben de buna çok inanırım. O halde sorayım. North Side Lisesi'ndeki herkes bunu biliyor, değil mi? Bedava tabletleri, sayılı balığı ve ödülleri?"

"Sadece bizim okuldakiler değil, bütün diğer okuldakiler de biliyorlar. Twitter, Facebook, Pinterest, Yik Yak... tanıtımı böyle yapıyorlar."

"Ve eğer konserdeysen ve bunu kanıtlayabiliyorsan, bu tabletlerden bir tane almaya hak kazanıyorsun."

"Evet."

"Ya Betsy DeWitt? Ona da tablet verildi mi?"

Dinah'nın alnı kırışıyor. "Hayır ve bu aslında çok tuhaf, çünkü o geceye ait fotoğraflar onda da vardı ve bir tanesini web sitesine gönderdi. Ama benim kadar çabuk göndermedi; hep geç davranan bir kızdır, sanırım o gönderdiğinde ellerinde tablet kalmamıştı. Belki zamana karşı yarışma gibi bir şeydi."

Hodges bir kez daha onlara teşekkür ediyor, Dinah'ya sahne çalışması için iyi şanslar diledikten sonra evden çıkıp otomobiline yürüyor. Direksiyon başına geçtiğinde otomobilin içi nefesini görebileceği kadar soğuk. Sancısı tekrar yüzeye çıkmış: dört sert darbe. Bunlar geçene kadar dişlerini sıkıp bekliyor. Sorununu bildiği için bu son ve daha keskin sancıların psikosomatik olduğuna kendini inandırmaya çalışıyor, ama boşuna. Tedaviye başlamak için bekleyeceği iki gün aniden ona çok uzunmuş gibi geliyor, ama bekleyecek. Buna mecbur, çünkü aklında filizlenen korkunç bir düşünce var. Pete Huntley buna inanmaz ve Izzy Jaynes de onun hemen bir akıl hastanesine gitmesi gerektiğini düşünür. Buna Hodges'un kendisi de pek inanmıyor, ama parçalar bir araya geldikçe ortaya bir tablo çıkıyor ve her ne kadar çılgınca olsa da, çirkin bir mantığı var.

Motoru çalıştırıp evinin yolunu tutuyor. Eve varınca Holly'yi arayıp, Sunrise Solutions bir Round Here turnesine sponsor olmuş mu, diye araştırmasını isteyecek. Sonra da televizyon seyredecek. Ekranda gördüğü programın ilginç olduğuna kendini inandıramayacak hale gelince yatmaya gidecek ve uyuyamadan sabahın olmasını bekleyecek.

Ne var ki, yeşil Zappit'i merak ediyor.

Çok merak ettiği için Allgood Place ile Harper Yolu arasındaki bir şeride girip kapalı olan bir kuru temizleme dükkânının önünde park ettikten sonra tableti çalıştırıyor. Ekranda parlak beyaz bir fon üstünde kırmızı bir **Z** beliriyor; bu Z giderek büyüyerek bütün ekranı kaplıyor. Bir saniye sonra ekran tekrar beyazlaşıp bir mesaj çıkıyor. **ZAPPIT'E HOŞ GELDİNİZ! BİZLER OYNAMAYA BAYILIRIZ! BAŞLAMAK İÇİN HERHANGİ BİR TUŞA BASIN VEYA SADECE EKRANI KAYDIRIN!**

Hodges ekranı kaydırınca düzgün bir sıra halinde oyun ikonları beliriyor. Bazıları kızı Allie'nin küçükken oynadığı video oyunlarının yeni versiyonları. Uzay İşgalcileri, Eşek Kong, Pac-Man ve o küçük yeşil şeytanın sevgilisi Bayan Pac-Man. Bunlardan başka, Janice Ellerton'un bağımlısı olduğu Solitaire çeşitleri ve Hodges'un hiç bilmediği başka oyunlar da var. Ekranı bir kez daha kaydırınca aradığı şeyi buluyor: Büyülü Kule ve Barbie Podyumda oyunları arasında: Balık Deliği. Derin bir nefes alıp ikonu tıklıyor.

Ekranda **BALIK DELİĞİ**'Nİ DÜŞÜNÜYORSUNUZ yazısı beliriyor. On saniye kadar süren (Hodges'a daha uzunmuş gibi geliyor) bir boşluktan sonra tanıtım ekranı görünüyor. İleriye, geriye, aşağıya yukarıya ya da çaprazlamasına yüzen balıklar var. Ağızlarından veya titreşen kuyruklarından hava kabarcıkları çıkıyor. Üst kısımlarda yeşilimsi olan su daha aşağılarda maviye dönüşüyor. Hodges'un tanımadığı bir melodi var. Ekrana bakarak, bir şeyler hissetmek için bekliyor – tek hissettiği şey, uykusunun geldiği.

Balıklar kırmızı, yeşil, mavi, turuncu ve sarı. Muhtemelen tropik balıklar, ama Hodges'un televizyonda gördüğü Xbox ve PlayStation reklamlarındaki balıklar kadar gerçekçi değil. Bunlar elle çizilmiş gibi, gayet ilkel figürler. Zappit'in iflas etmesi normal, diye düşünüyor; ama evet, o balıkların hareketlerinde insanı biraz hipnotize eder gibi bir etki var. Bazen tek balık çıkıyor, bazen iki, bazen de gökkuşağı gibi altısı birden.

Ve büyük olay! Pembe balık görünüyor. Hodges hemen bunu tıklıyor, ama balık çok hızlı hareket ettiği için ıskalıyor. "Tüh!" diyor. Başını kaldırıp temizleyici dükkânının karanlık vitrinine bakıyor, çünkü bir anlığına uyuyacak gibi olmuş. Tableti tutmayan eliyle önce sol, sonra sağ yanağına hafif tokatlar attıktan sonra tekrar ekrana bakıyor. Balıkların sayısı artmış, çeşitli figürler yaparak yüzmeye devam ediyorlar.

Bir pembe daha gelince Hodges bunu ıskalamayıp tıklıyor. Balık sanki, "Pekâlâ Bill, bu defa beni yakaladın," der gibi göz kırpıyor, ama sayı falan çıkmıyor. Hodges gözleri ekranda bekliyor; derken bir pembe balık daha çıkınca bunu da hemen tıklıyor. Yine sayı yok, sadece gerçek dünyada hiçbir mevkidaşı olmayan pembe bir balık.

Melodinin sesi yükselirken temposu yavaşlıyor. Hodges bunun gerçekten bir çeşit etkisi olduğunu düşünüyor. Çok hafif, belki de tesadüfen, ama gerçekten var.

Kapatma düğmesine basınca OYNADIĞINIZ İÇİN TEŞEKKÜRLER. YAKINDA GÖRÜŞÜRÜZ yazısı belirip ekran kararıyor. Hodges gösterge panelindeki saate bakınca şaşırıyor; Zappit'e bakarak on dakikadan fazla zaman geçirmiş. Oysa ona iki-üç dakika gibi geliyor. Dinah, Balık Deliği tanıtım ekranına bakarken zaman kavramını kaybettiğini söylememişti ama Hodges da bunu sormuş değildi. Tabii, iki tane kuvvetli ağrı kesici almış olması da bu durumunda rol oynamış olabilirdi. Herhalde nedeni buydu.

Ama sayı falan yoktu.

Pembe balık sadece pembe bir balıktı.

Hodges, Zappit'i ceket cebine tıkıp evine doğru yola koyuluyor.

3

Brady Hartsfield'in bir canavar olduğunu bütün dünya öğrenmeden önce onun bilgisayar onarımı işinde meslektaşı olan Freddi Linklatter evinin mutfak masasında oturmuş, tek parmağıyla gümüş bir matarayı döndürerek, şık evrak çantalı adamın gelmesini bekliyor.

Kendine Doktor Z diyor, ama Freddi aptal değil. O evrak çantasındaki baş harflerin kime ait olduğunu biliyor: Felix Babineau, Kiner Memorial Nöroloji Bölümü şefi.

Freddi'nin bildiğini o da biliyor mu? Herhalde biliyordur, diye düşünüyor, ama umurunda değil. Ama tuhaf. Çok tuhaf. Adam altmışlı yaşlarında, zinde ve yakışıklı, ama Freddi'ye çok daha genç birisini hatırlatıyor. Bu kişi Dr. Babineau'nun en ünlü (en kötü şöhreti olan) hastası.

Matarayı döndürüp duruyor. Yan kısmında *GH ve FL Ebediyen.* yazılı. O ebediyen sadece iki yıl sürmüş, Gloria Hollis uzun zamandan beri hayatında yok. Bunda Babineau –ya da bir çizgi romandaki kötü adamın adı gibi Doktor Z– önemli bir rol oynamış.

"Herif beni ürpertiyor," demişti Gloria. "Yaşlı olanı da. Para da beni korkutuyor. Çok fazla. Seni nasıl bir işe bulaştırdılar bilmiyorum Fred, ama bu iş er geç başını derde sokacak ve ben de senin yanında zarar görmek istemiyorum."

Tabii, Gloria başka biriyle tanışmıştı –sıska, uzun çeneli ve yanakları pütürlü Freddi'den daha güzel biriyle– ama işin o yanı hakkında konuşmak istemiyordu.

Matara dönmeye devam ediyor.

İlk başlarda çok basitmiş gibi görünmüştü; o parayı nasıl reddedebilirdi ki? Discount Electronics'te çalışırken pek para biriktirememişti; dükkân kapandıktan sonra bulduğu IT uzmanlığı işiyle de ancak karnını doyurabiliyordu. Eski patronu Anthony Frobisher'in dediği gibi, insan ilişkilerinde biraz başarılı olabilseydi çok farklı olurdu; fakat Freddi bu konuda çok yetersizdi. Kendine Z-Çocuk diyen o moruğun yaptığı teklif Freddi'ye Tanrı'nın bir armağanı gibi gelmişti. South Side'da Zontalar Cenneti diye söz edilen bir semtte, boktan bir dairede yaşıyor, adamın ona verdiği nakit paraya rağmen kirasını da hep gecikmeli ödeyebiliyordu. Ne yapacaktı yani? Beş bin doları geri mi çevirecekti? Hadi canım!

Matara dönmeye devam ediyor.

Adam gecikti, belki de hiç gelmeyecek. Bu da çok iyi olur.

Freddi iki odalı o dairesinde o moruğun her tarafa baktığını hatırlıyor; çoğu eşyası kolilerin içinde. "Sana daha büyük bir yer gerekecek," demişti adam.

"Evet, Kaliforniya'daki çiftçilere de yağmur gerek." Adamın verdiği zarfın içine bakışını hatırlıyor. Parmaklarını sürtünce o ellilik banknotların hışırtısı içini ısıtmıştı. "Bu güzel, ama borç aldığım onca insana ödeme yaptıktan sonra elime pek bir şey kalmayacak." O insanların çoğunu atlatabilirdi, ama bu moruk bunu bilmese de olurdu.

"Daha fazlası da gelecek; patronum bazı sevkiyatları alabilmen için senin daha büyük bir daireye taşınmanı istiyor."

Bunu duyunca Freddi'nin alarm zilleri çaldı. "Eğer uyuşturucu söz konusuysa, bu işi unutun." Yüreği sızlasa da, içi para dolu zarfı adama uzattı.

Adam yüzünü buruşturarak zarfı geri itti. "Uyuşturucu yok. Yasadışı hiçbir şey yapman istenmeyecektir."

Ve işte şimdi burada, göl kıyısı yakınında bir dairede. Altıncı kattan bakınca göl pek görünmüyor ve öyle saray gibi bir yer de değil. Özellikle de kışın berbat. Göl yüksek binaların arasından biraz görünüyor, ama rüzgâr aralarından pekâlâ geçiyor. Ocak ayında bu rüzgâr çok soğuk. Şaka gibi bir termostat var, yirmi beş dereceyi gösterdiği halde Freddi üst üste üç gömlek, uzun paçalı don ve kalın bir blucin giymek zorunda. Geriye bakıp da Zonta Cenneti aklına gelince bu hali fena sayılmaz, ama bir soru var: Bu kadarı yeterli mi?

Matara dönmeye devam ediyor. *Gh & FL, Ebediyen.* Fakat hiçbir şey ebediyen sürmüyor.

Lobideki zil çalınca yerinden sıçrıyor. Matarayı alıp –Gloria'lı o harika günlerin tek anısı– kapıdaki diyafona gidiyor. İçinden bir kez daha Rus casusu aksanını taklit etmek geliyor. Kendine Dr. Babineau ya da Doktor Z diyen adam biraz korkutucu. Zonta gibi veya bir uyuşturucu satıcısı gibi korkutucu değil, ama farklı bir ürkütücülüğü var. En iyisi onun suyuna gitmek ve bu anlaşma rayından çıkıp başına bir dert gelmeden bu işi bitirmek.

"Ünlü Doktor Z mi?"

"Elbette o."

"Geciktin."

"Önemli bir işine mi engel oluyorum, Freddi?"

Hayır, önemli bir şey yok. Son günlerde yaptığı hiçbir şey önemli değil.

"Para getirdin mi?"

"Elbette." Sabırsızlanan bir ses. Bu kaçıkça işi bağladığı o moruk da sabrı taşmış gibi konuşurdu. O ve Doktor Z arasında hiçbir benzerlik yoktu, ama aynı şekilde konuşuyorlardı, hatta Freddi onların kardeş olabileceklerini bile düşünmüştü. Ama konuşma tarzları bir yandan da onun birlikte çalıştıkları eski meslektaşını da andırıyordu. Daha sonra Bay Mercedes olan adam.

Freddi artık bunu ve Doktor Z adına yaptığı bilgisayar korsanlıklarını da düşünmek istemiyor. Diyafonun yanındaki zile basıyor.

Onu karşılamak için kapıya gitmeden önce bir yudum viski içip kendini yüreklendiriyor. Matarayı ortadaki gömleğinin cebine tıktıktan sonra onun altındaki gömleğin cebinden bir nane şekeri çıkarıyor. Nefesi içki kokuyor diye Doktor Z'nin aldıracağını sanmıyor ama Discount Electronics'te çalıştığı günlerde ne zaman biraz içki içse hemen ağzına bir nane şekeri atardı. Eski alışkanlıklar kuvvetli oluyor. En üstteki gömlek cebinden bir Marlboro çıkarıp yakıyor. Bu da içki kokusunu bastıracak ve Freddi'yi biraz daha sakinleştirecek; eğer Doktor Z sigara dumanından hoşlanmıyorsa, kaderine küssün.

"Bu adam seni pekâlâ güzel bir daireye yerleştirdi ve son on sekiz ay içinde yaklaşık otuz bin dolar verdi," demişti Gloria. "Herhangi bir hacker'ın kolayca yapabileceği bir iş için çok fazla para. O halde, neden *seni* seçti? Ve neden bu kadar çok para veriyor?"

Freddi'nin düşünmek istemediği konular.

Her şey Brady ve annesinin fotoğrafıyla başlamıştı. Bu fotoğrafı personele Birch Mill AVM'nin kapanacağı bildirildikten hemen sonra Discount Electronics'in alet edevat odasında bulmuştu. Brady'nin meşhur Mercedes Katili olduğu öğrenilince patronları Anthony "Tones" Frobisher bunu Brady'nin masasında bulup o odaya atmış olmalıydı. Freddie, Brady'i pek sevmezdi, ama o günlerde cinsel kimlik hakkında anlamlı sohbetler yaptıkları da bir gerçekti. O fotoğrafı paketleyip hastaneye götürmesi ani bir dürtüyle olmuştu. Daha sonra yaptığı birkaç ziyaretin nedeniyse merak olduğu kadar Brady'nin ona gösterdiği tepkiden gurur duymasıydı. Brady ona gülümsemişti.

"Size karşılık veriyor," demişti başhemşire –Scapelli–, Freddi'nin bir ziyaretinden sonra. "Bu alışıldık bir şey değil."

Scapelli, Becky Helmington'un yerine geçtiğinde Freddi artık ona para veren esrarengiz Doktor Z'nin aslında Dr. Felix Babineau olduğunu anlamıştı. Bu konunun üstünde de durmadı. Tıpkı UPS kargoyla evine Terre Haute'ten gelen karton kutuları düşünmediği gibi. Ya da bilgisayar korsanlığı işini. Düşünmeme konusunda uzmanlaşmıştı, çünkü bir kez düşünmeye başlarsa, bazı bağlantılar göz önüne çıkardı. Ve bütün olanlar o lanet fotoğraf yüzündendi. Keşke o ani dürtüye kulak tıkamış olsaydı.

Koridorda ayak seslerini duyuyor. Adam zili çalmadan kapıyı açıyor ve daha buna karar vermeden aklındaki soru ağzından çıkıveriyor.

"Bana gerçeği söyle, Doktor Z: Sen Brady misin?"

4

Hodges kapıdan içeriye girip paltosunu çıkardığı sırada cep telefonu çalıyor. "Selam, Holly."

"İyi misin?"

Hodges onun daha pek çok kez aynı soruyu soracağını biliyor. Eh, *Geber, puşt*, demesinden daha iyi. "Evet, iyiyim."

"Bir günün daha var, sonra tedaviye başlıyorsun. Başladıktan sonra da durmak yok. Doktorlar ne diyorlarsa yapacaksın."

"Endişe etmene gerek yok. Söz verdim."

"Kanserden kurtulduğun zaman endişem biter."

Yapma, Holly, diyor içinden Hodges gözleri yaşararak. Yapma, yapma, yapma.

"Jerome bu gece geliyor. Uçağa binmeden beni aradı ve Barbara'yı sordu, ben de ona Barbara'nın anlattıklarını aktardım.

Saat on birde burada olacak. Tam zamanında oradan ayrılmış, çünkü şiddetli bir fırtına geliyor. Bayağı sert olacakmış. Tıpkı sen şehir dışına çıktığın zaman sana yaptığım gibi, ona da bir otomobil kiralamayı teklif ettim; şirket hesabımız olduğu için artık bu çok kolay oluyor ve..."

"Biliyorum, Holly, bunu bana zorla kabul ettirmiştin."

"Ama otomobile ihtiyacı yokmuş. Babası onu havaalanından alacakmış. Yarın sabah sekizde hastaneye gidecekler ve doktorlar onay verirlerse, Barbara'yı eve getirecekler. Jerome saat on sularında ofiste olabileceğini söyledi; eğer sakınca yoksa.

"Çok iyi," diyor Hodges gözlerini silerken. Jerome'un ne kadar yardımcı olabileceğini kestiremiyor, ama onu görmek çok iyi olacak. "O lanet oyuncak hakkında Barbara'dan yeni bir şey öğrenebilirse..."

"Ona bunu yapmasını söyledim. Sen Dinah'nınkini aldın mı?"

"Evet. Ve denedim. Balık Deliği tanıtım ekranında tuhaf bir şey var gerçekten. Uzun süre bakarsan uykunu getiriyor. Bence biraz tesadüfi bir şey ve çoğu çocuğun bundan etkileneceğini sanmıyorum, çünkü onlar hemen oyuna başlarlar."

Hodges ona Dinah'dan öğrendiği şeyleri anlatıyor.

Holly, "O halde, Dinah kendi Zappit'ini Barbara ve Janice Ellerton'dan farklı bir şekilde edinmiş," diyor.

"Evet."

"Hilda Carver'ı da unutmayalım. Kendini Myron Zakim diye tanıtan adam ona da bir tane vermiş. Ama onunki çalışmamış. Barb'ın dediğine göre bir an mavi bir flaşla aydınlanıp sönmüş. Sen hiç mavi flaşları gördün mü?"

"Hayır." Hodges buzdolabındaki pek az yiyecek arasından midesinin kabul edebileceği bir şey arıyor; sonunda muz aromalı yoğurtta karar kılıyor. "Pembe balıklar vardı, ama birkaç kere tıkladığımda –ki kolay iş değil– sayı falan çıkmadı."

"Eminim, Bayan Ellerton'unkinde çıkmıştı."

Hodges da öyle düşünüyor. Genelleme yapmak için daha erken, ama sayılı balıkların sadece evrak çantalı adam Myron Zakim'in verdiği Zappit'lerde göründüğünü düşünmeye başlıyor. Düşündüğü başka bir şey de, birisinin Z harfiyle oynadığı ve intihara çok ilgi duymakta olduğu; oyun oynamak Brady'nin eylem tarzı. Ne var ki, Brady, Kiner Memorial'daki odasında çakılı duruyor. Düşündükçe aklına su götürmez bir olgu takılıyor. Brady'nin kirli işlerini yaptıracağı yamakları var; ve giderek bu ihtimal kuvvetleniyor, ama onları nasıl işe koşuyor? Ve neden bu insanlar ona yardım ediyorlar?

"Holly, senden bilgisayarını açıp bir şey araştırmanı isteyeceğim. Çok büyük bir şey değil ama öğrensem iyi olur."

"Söyle."

"Sunrise Solutions 2010'da, Hartsfield'in Mingo Konser Salonu'nu havaya uçurmaya kalkıştığı zaman Round Here turnesine sponsorluk etmiş mi? Ya da *herhangi* bir Round Here turnesine?"

"Bunu yapabilirim. Sen akşam yemeğini yedin mi?"

"Şu anda o işi hallediyorum."

"Güzel. Ne yiyorsun?"

"Biftek, kızarmış patates ve salata," diyor Hodges ekşimiş bir yüzle yoğurt kutusuna bakarak. "Tatlı olarak da dünden kalan elmalı pay var."

"Bunu mikrodalgada ısıttıktan sonra üzerine bir parça vanilyalı dondurma koy. Harika olur!"

"Bu önerini dikkate alacağım."

Holly'nin beş dakika sonra arayıp istenen bilgiyi vermesi aslında Hodges'u hiç şaşırtmamalı, ne de olsa bu Holly, ama yine de şaşırmadan edemiyor. "Holly, gerçekten bu kadar çabuk mu öğrendin?"

Kelimesi kelimesine Freddi Linklatter'ı tekrarladığının farkında olmayan Holly, "Bir dahaki sefere zor bir şey sor," diyor. "Round Here 2013 yılında dağılmış. Bu genç oğlanların grupları uzun ömürlü olmuyor."

"Evet," diyor Hodges, "oğlanlar tıraş olmaya başladığında küçük kızlar ilgilerini kaybediyorlar."

"Bilemem," diyor Holly. "Ben oldum olası Billy Joel hayranıyım. Ve Michael Bolton."

Of, Holly, diyor içinden Hodges, *kim bilir kaçıncı kez.*

"2007'yle 2012 arasında grup ülke çapında altı turneye çıkmış. İlk dördünün sponsoru Sharp Cereals olmuş ve bu şirket konserlerde bedava kahvaltılık gevrek dağıtıyormuş. Mingo'daki dahil, son ikisinin sponsoruysa PepsiCo olmuş."
"Sunrise Solutions değil yani."
"Evet."
"Sağ ol, Holly. Yarın görüşürüz."
"Yemeğini yiyor musun?"
"Şimdi başlayacağım."
"Tamam. Tedavine başlamadan önce Barbara'ya gitmeye çalış. Dostlarını görmeye ihtiyacı var, çünkü onu her ne etkilediyse, henüz bu etkiden kurtulamamış durumda. Kafasının içinde yapışıp kalan bir çamur izine benzetiyordu."
"Mutlaka giderim," diyor Hodges, ama bu vaadini yerine getiremeyecek.

5

Sen Brady misin?

Kendine bazen Myron Zakim, bazen Doktor Z diyen Felix Babineau bu soruya gülümsüyor. Bu gülümsemeyle tıraşsız yanakları ürpertici bir şekilde buruşuyor. Bu gece bir Rus kalpağı yerine fötr şapka giymiş, beyaz saçları şapkanın altından omuzlarına düşüyor. Freddi bunu sorduğuna pişman, keşke onu içeriye almak zorunda olmasaydım ve keşke onu hiç tanımasaydım, diye düşünüyor. Eğer gerçekten Brady ise, bu adam yürüyen bir lanetli ev.

"Bana soru sorma, sana yalan söylemeyeyim," diyor adam.

Freddi konuyu orada kapatmak istese de bunu yapamıyor. "Çünkü aynen onun gibi konuşuyorsun. Ve o kutular geldikten sonra diğer adamın bana getirdiği o korsan yazılımı... bu tipik bir Brady yazılımıydı. İmzasından farksızdı."

"Brady Hartsfield, bırak piyasadan kalkmış oyun tabletlerinde kullanılacak korsan yazılımı yazmayı, yürümeyi bile başaramayan yarı-katatonik bir adam. Bu tabletler hem artık kullanılmıyor hem de çoğu arızalı. Sunrise Solutions puştlarından paramın karşılığını almadığım için öfkeden kuduracak gibi oluyorum."

Öfkeden kuduracak gibi oluyorum. Birlikte çalıştıkları günlerde Brady ya patronları için ya da budala bir müşteri için hep bu ifadeyi kullanırdı.

"Sana çok iyi bir ücret verildi, Freddi ve işin neredeyse bitti sayılır. Daha ötesini karıştırma."

Freddi'nin yanından geçiyor, çantasını masanın üstüne koyup açıyor. Üstünde adının baş harfleri FL yazılı bir zarf çıkarıyor. Harfler geriye yatık. Freddi birlikte çalıştıkları günlerde aynı stil yazıyı yüzlerce kere görmüş. Brady'nin doldurduğu iş emirlerinde.

"On bin dolar," diyor Dr. Z. "Son ödeme. Hadi şimdi işe koyul."

Freddi zarfı almak için elini uzatıyor. "İstemiyorsan burada beklemek zorunda değilsin. İşin geri kalanı otomatiğe bağlanmış zaten. Çalar saati kurmaya benziyor."

Ve eğer gerçekten Brady'ysen, diye düşünüyor Freddi, bu işi kendin de yapabilirsin. Ben bu alanda iyiyim, ama sen çok daha iyiydin.

Doktor Z onun parmakları değene kadar bekledikten sonra zarfı geri çekiyor. "Beklerim. Sana güvenmediğimden değil."

Hadi be, diyor içinden Freddi. Ne güvenirsin ya!

Doktor Z'nin yanakları ürpertici bir gülümsemeyle bir kez daha kırışıyor. "Ve kim bilir, belki şansımız yaver gider ve ilk vurgunu görebiliriz."

"Bahse girerim, o Zappit'leri alanların çoğu onları çoktan çöpe atmışlardır. Altı üstü sikindirik bir oyuncak ve zaten çoğu arızalı. Senin de dediğin gibi."

"Bırak onu ben düşüneyim," diyor Dr. Z. Bir kez daha gülümsüyor. Gözleri kızarmış. Freddi ona tam olarak ne yaptıklarını, ne elde etmeyi umduklarını sormak istiyor... ama zaten bir fikri var ve bunu doğrulamak istediğinden emin değil. Hem zaten bu adam gerçekten Brady ise, ne zararı olabilir ki? Brady'nin yüzlerce tasarısı vardı ve hepsi de çöpü boylamıştı.

Yani...

Çoğu.

Misafir yatak odası diye tasarlanmış, ama artık onun çalışma odası olan odaya gidiyorlar. Burası Freddi'nin hep hayal ettiği, ama parasızlık nedeniyle bir türlü gerçekleştiremediği elektronik sığınağı olmuş. Güzel, insanı baştan çıkaran kahkahaları ve insan ilişkilerinde usta Gloria'nın hiçbir zaman anlayamayacağı bir saklanma yeri... Buradaki konvektör neredeyse yararsız ve oda dairenin diğer kısımlarından beş derece daha soğuk. Bilgisayarlar buna aldırmıyorlar. Hoşlarına gidiyor.

"Hadi," diyor Dr. Z. "Başla."

Frreddi 27 inç ekranı olan son model masaüstü Mac bilgisayarının başına geçip rastgele sayılardan oluşan şifresini tuşluyor. Z adı verilmiş dosya çıkıyor, bunu da başka bir şifreyle açıyor. Alt dosyalar Z-1 ve Z-2 olarak adlandırılmış. Üçüncü bir şifreyle Z-2'yi açtıktan sonra klavyede bir şey yazıyor. Doktor Z omzunun üzerinden onu izliyor. Freddi işe koyulduktan sonra onun sinir bozucu varlığını unutuyor.

Uzun süren bir iş değil; Doktor Z ona programı vermiş; bunu uygulamak çok kolay. Bilgisayarının sağ tarafındaki bir rafın üstünde bir Motorola sinyal yineleyicisi var. Freddi aynı anda KUMANDA ve Z tuşuna basınca bu yineleyici çalışmaya başlıyor. Sarı noktalarla tek bir kelime beliriyor: ARANIYOR. Metruk bir yol kavşağındaki trafik lambası gibi göz kırpıyor.

Bekliyorlar; Freddi o âna kadar nefesini tutmuş olduğunu fark edince soluğunu boşaltıyor. Ayağa kalkmak üzereyken Doktor Z elini omzuna koyuyor. "Biraz daha zaman tanıyalım."

Beş dakika daha bekliyorlar; odada sadece donanımın mırıltısıyla, donmuş gölden gelen rüzgârın çıkardığı ıslıklar var. ARANIYOR yazısı göz kırpmayı sürdürüyor.

"Pekâlâ," diyor nihayet Dr. Z. "Çok şey ümit ettiğimi biliyorum. İyi şeyler zamanla oluşur, Freddi. Hadi, şimdi öbür odaya gidelim. Sana son ödememi yaptıktan sonra ben de yoluma..."

Sarı renkli ARANIYOR yazısı aniden kırmızı harflerle BULUNDU'ya dönüşüyor.

"Oldu işte!" diye bağırıyor Dr. Z. Freddi'yi yerinde sıçratarak. "Oldu, Freddi! İşte ilk vurgun!"

Freddi'nin aklındaki son kuşku kırıntıları da kayboluyor ve artık emin. O zafer haykırışı kesin işaret. Bu adam Brady. Canlı bir matruşka bebeği olmuş, kürklü Rus kalpağı da çok uygun düşmüş. Babineau'nun içine bakınca Doktor Z görünüyor. Doktor Z'nin içine bakınca da her şeyi kumanda eden Brady Hartsfield görünüyor. Bu nasıl mümkün olabiliyor, Tanrı bilir, ama oluyor işte.

Yeşil renkli BULUNDU yazısı, yerini kırmızı YÜKLENİYOR'a bırakıyor. Birkaç saniye sonraysa GÖREV TAMAMLANDI yazısı çıkıyor. Daha sonra yineleyici aramaya tekrar başlıyor.

"Pekâlâ," diyor Doktor Z, "tatmin oldum. Gitme zamanım geldi. Bu gece çok iş yaptım, ama henüz işim bitmiş değil."

Freddi elektronik sığınağının kapısını kapadıktan sonra onun ardından salona geçiyor. Çoktandır vermesi gereken bir karar veriyor. Bu herif gider gitmez yineleyiciyi imha edip son programı silecek. Bu işi yaptıktan sonra da valizini toplayıp bir motele gidecek. Yarın da bu boktan şehirden ayrılıp Florida'ya gidecek. Doktor Z'den, yardakçısı Z-Çocuk'tan ve ortabatının kış soğuğundan usanmış.

Doktor Z paltosunu giyiyor ama kapıya doğru seğirteceğine pencereye gidiyor. "Pek bir manzara yok. Önünde çok fazla yüksek bina var."

"Evet, göl görünmüyor."

"Yine de benimkinden daha iyi," diyor ona doğru dönmeden. "Son beş buçuk yıldır görebildiğim tek şey, katlı otopark."

O anda Freddi patlayacak gibi oluyor. Bu adamla aynı odada altmış saniye daha kalırsa delirecek. "Paramı ver. Paramı ver ve buradan defol git! İşimiz bitti."

Doktor Z ona dönüyor. Elinde Babineau'nun karısını vurduğu kısa namlulu tabanca var. "Haklısın, Freddi. İşimiz bitti."

Freddi hemen tepki göstererek tabancayı onun elinden düşürüyor, kasığına bir tekme atıyor, Doktor Z iki büklüm olunca da tıpkı Lucy Liu gibi ensesine bir karate vuruşu yapıyor. Çığlık çığlığa kapıya doğru koştuktan sonra orada mıhlanıp kalıyor. Tabancadan bir patlama sesi. Freddi geriye doğru iki adım sendeleyerek televizyon seyrettiği koltuğa çarptıktan sonra kafa üstü yere devriliyor. Dünyası kararmaya başlıyor. Hissettiği son şey kanayan göğsündeki sıcaklık ve idrarını boşalttığı.

"Söz verdiğim gibi son ödeme." Bu ses çok uzaklardan geliyor.

Freddi tamamen kararmış bir dünyanın içine düşüyor.

6

Brady giderek yayılan kan gölünün üstündeki cesede bakarak bekliyor. Meraklı bir komşu, bir sorun mu var diye sormak için kapıyı tıklatabilir diye kulak kesiliyor. Öyle olacağını pek sanmıyor, ama işi sağlama alması lazım.

Doksan saniye bekledikten sonra tabancayı paltosunun cebine, Zappit'inin yanına sokuyor. Çıkmadan önce bilgisayar odasına bir kez daha bakıyor. Sinyal yineleyici otomatik aramasını sürdürüyor. Bütün engellere rağmen inanılmaz bir yolculuğu tamamlamış. Nihai sonuçları öngörmek imkânsız, ama bir sonuç çıkacağına kuşkusu yok. Ve bu da emekli dedektifi asit gibi eritecek. Gerçekten de intikam soğuk yendiği zaman çok lezzetli oluyor.

Aşağıya inerken asansörde başka kimse yok. Lobi de boş. Babineau'nun pahalı paltosunun yakalarını kaldırarak köşeye yürüyor ve uzaktan kumandayla Babineau'nun otomobilinin kilidini açıyor. Sadece kaloriferi devreye sokmak için motoru çalıştırıyor. Bir sonraki hedefine gitmeden önce yapması gereken bir iş var. Aslında bunu yapmak *istemiyor*, çünkü insan olarak bütün kusurlarına rağmen, Babineau'nun çok parlak bir beyni var ve bunun büyük bir kısmı hâlâ bozulmamış. O beyni yok etmek, tıpkı o ahmak IŞİD yobazlarının balyozlarla eşsiz sanat eserlerini tahrip etmeleri gibi olacak. Ama yapılması gerek. Hiçbir risk göze alınamaz, çünkü o vücut aynı zamanda bir hazine. Evet, Babineau'nun biraz yüksek tansiyonu var ve işitme yetisi son yıllarda biraz azalmış, ama tenis oynaması ve haftada iki kez hastanenin spor salonunda egzersiz yapması sayesinde kasları çok iyi durumda. Nabzı hiç teklemeden dakikada yetmiş kere atıyor. Onun yaşındaki çoğu erkeğin sorunu olan siyatik, gut, katarakt veya bu gibi sıkıntıları yok.

Ayrıca, elinde bu doktordan başka kimse yok; hiç değilse şimdilik.

Bu düşüncelerle Brady içe dönüyor ve Felix Babineau'nun çekirdek bilincinde –beynin içindeki beyinde– ne kalmış diye bakıyor. Brady'nin sık tekrarlanan işgalleri yüzünden epey hırpalanmış, tahrip edilmiş ve ufalmış; ama hâlâ orada, hâlâ Babineau, hâlâ kontrolü tekrar ele alabilecek kapasitesi var (teorik de olsa). Fakat savunmasız, kabuğu çıkarılmış bir kaplumbağa gibi. Açığa çıkan şey tam olarak et değil; Babineau'nun temel benliği daha ziyade sıkıştırılmış ışıklı kablolara benziyor.

Gönülsüzce de olsa, Brady hayalet eliyle bunları tutup koparıyor.

7

Hodges geceyi yoğurdunu yiyerek ve televizyonda meteoroloji kanalını seyrederek geçiriyor. Bu kanaldaki dallamaların "Eugenie" gibi saçma bir isim verdikleri kış fırtınası yolda ve yarın geç saatlerde şehre ulaşması bekleniyor.

"Şu anda zamanını kesin olarak söylemek mümkün değil," diyor kel ve gözlüklü dallama, kırmızı elbiseli sarışın şıllığa. "Bu da dur-kalk trafiğine yeni bir anlam kazandırıyor."

Arkadaşı çok zekice bir espri yapmış gibi, sarışın şıllık bir kahkaha atıyor. Hodges uzaktan kumandayla televizyonu kapatıyor.

Zaplayıcı, diye düşünüyor kumandaya bakarak. Artık herkes bu aletlere böyle diyor. Ama düşününce, çok müthiş bir icat. Uzaktan kumandayla yüzlerce kanala erişilebiliyor. Oturduğun yerden kalkmadan. Sanki koltuğunda değil, televizyonun içindeymişsin gibi. Ya da aynı anda iki yerdeymişsin gibi. Gerçekten mucizevi bir şey.

Dişlerini fırçalamak için banyoya giderken cep telefonu çalıyor. Ekrana bakınca, canını acıtsa da gülmeden edemiyor. Evindeyken mesaj sesi olan gol tezahüratıyla kimseyi rahatsız etmeyecekken eski ortağı onu arıyor.

"Selam, Pete, numaramı hâlâ hatırladığına sevindim."

Pete'in geyik yapacak zamanı yok. "Sana bir şey söyleyeceğim Kermit; dikkate alırsan sevinirim."

"Tabii, söyle." Hodges'un o anda midesinde hissettiği kasılmanın nedeni sancıdan değil heyecandan. Bu kadar benzer olmaları çok tuhaf.

"Tamam. Bak, bizim şubenin gözünde Martine Stover cinayeti ve annesinin intiharı resmen kapanmış bir dosyadır. Bir tesadüf oldu diye dosyayı yeniden açacak değiliz. Buraya kadar anlaşıldı mı?"

"Kesinlikle," diyor Hodges. "Nedir o tesadüf?"

"Kiner Beyin Hasarları Kliniği başhemşiresi dün gece intihar etti. Ruth Scapelli."

"Haberim var," diyor Hodges.

"Herhalde sayın Bay Hartsfield'e yaptığın bir ziyaret sırasında öğrenmişsindir."

"Evet." Sayın Bay Hartsfield'i göremediğini Pete'e söylemenin gereği yok.

"Scapelli'de o oyuncaklardan bir tane varmış. Bir Zappit. Kan kaybından ölmeden önce çöp kutusuna atmış olmalı. Adli tıp teknisyenlerinden biri bulmuş."

"Anlıyorum." Hodges oturma odasına gidip oturuyor; vücudu ortadan katlandığı anda yüzü acıyla buruşuyor. "Ve sen de buna tesadüf mü diyorsun?"

"Bunu diyen ben değilim," diyor Pete.

"Ama?"

"Aması şu, ben huzur içinde emekli olmak istiyorum! Eğer bu vaka üstünde çalışılacaksa, bunu Izzy yapabilir."

"Ama Izzy bu işe burnunu sokmak istemiyor."

"Evet. Başkomiser veya emniyet müdürü de."

Hodges bunu duyunca eski arkadaşının tükenmiş bir polis olduğu yargısını değiştirmek zorunda kalıyor. "Gerçekten onlarla konuştun mu? Bu dosyayı açık tutmak için?"

"Başkomiserle konuştum. Izzy'nin itirazına rağmen. Şiddetle karşı çıktı. Başkomiser Emniyet Müdürüyle görüştü. Bu akşam haber geldi: İşin ucunu bırakmamız isteniyor. Nedenini biliyor musun?"

"Evet. Çünkü iki bakımdan Brady'yle bağlantısı var. Martine Stover onun City Center kurbanlarından biriydi. Ruth Scapelli onun hemşiresiydi. Vasat bir muhabir bile bu parçaları bir araya getirip altı dakika içinde harika bir korku haberi üretebilir. Başkomiser Pedersen sana böyle dedi, değil mi?"

"Evet. Emniyet teşkilatında hiç kimse dikkatlerin yine Hartsfield'in üstüne çevrilmesini istemiyor... Adam hâlâ kendi savunmasını yapamayacak durumdayken ve mahkemeye çıkarılamazken bunu istemiyorlar. Şehir yönetimindeki hiç kimse istemiyor."

Hodges sessizce düşünüyor, hayatında hiç bu kadar yoğun düşünmemiş. "Geri dönülemeyecek bir karar verme" kavramını daha okuldayken öğrenmişti. Daha sonra, çoğu zaman bir bedel ödeyerek öğrendiği şeyse, insanın bu kararları hazırlıksız durumdayken vermek zorunda kalışıydı. Eğer Pete'e Barbara Robinson'da da bir Zappit olduğunu ve okuldan çıkıp Lowtown'a gittiğinde intihar etmeyi düşündüğünü söylerse, Pete bir kez daha Pedersen'le konuşmak zorunda kalacaktı. Zappit'le ilişkili iki intihar vakası tesadüf olarak kabul edilebilirdi belki, ama üç vaka? Tamam, çok şükür ki Barbara başaramamıştı, ama o da Brady'yle bağlantılı başka bir kişiydi. Ne de olsa, o da Round Here konserindeydi. Dinah Scott ve Hilda Carver'la birlikte – ki onların da Zappit'leri vardı. Ama acaba polisler Hodges'un artık inanmaya başladığı şeye inanabilecekler miydi? Bu çok önemli bir soruydu, çünkü Hodges, Barbara'yı çok seviyor ve bu sevgisini gösterecek somut bir şey olmadan onu rahatsız etmek istemiyor.

"Kermit? Orada mısın?"

"Evet. Düşünüyorum. Dün gece Scapelli'yi ziyaret eden biri olmuş mu?"

"Bilmiyorum, çünkü komşularıyla henüz görüşülmemiş. Ama olay bir intihar, cinayet değil."

"Olivia Trelawney de intihar etmişti," diyor Hodges. "Unuttun mu?"

Sessiz kalma sırası Pete'de. Tabii ki unutmadı, hatta bunun *destekli* bir intihar olduğunu bile hatırlıyor. Hartsfield kadının bilgisayarına kötü amaçlı bir yazılım yüklemiş ve ona City Center'da ölen bir kadının hayaletinin musallat olduğuna inandırmıştı. Şehirdeki çoğu insanın, bu katliamda Olivia'nın dikkatsizlikle kontak anahtarını otomobilde unutmasının rol oynadığına inanması da işin cabasıydı.

"Brady'nin her zaman en hoşlandığı şey..."

"Neden hoşlandığını biliyorum," diyor Pete. "Bunu tekrar anlatmana gerek yok. Eğer istiyorsan, sana başka bir ipucu vereyim."

"Ver."

"Bu öğleden sonra saat beş sularında Nancy Alderson'la konuştum."

Aferin sana, Pete, diyor içinden Hodges. Son birkaç haftanı sadece saate bakmakla geçirmiyorsun.

"Bayan Ellerton'un kızına yeni bir bilgisayar aldığını söyledi. İnternet kursu için. Bu bilgisayarın bodrum merdivenin altında, hâlâ kutusu içinde olduğunu söyledi. Ellerton bunu gelecek ay, doğum gününde kızına verecekmiş."

"Yani geleceğe dönük plan yapıyormuş. İntiharı düşünen bir kadının yapacağı şey değil, değil mi?"

"Bence de öyle. Artık gitmem gerek, Kerm. Top artık senin sahanda. İster oynarsın, ister bir yana bırakırsın. Sana kalmış."

"Sağ ol, Pete. Bilgilendirdiğin için teşekkür ederim."

"Keşke eski günlerdeki gibi olsaydı," diyor Pete. "Bu işin peşine düşer, sonuçlandırırdık."

"Evet. Ama eski günlerde değiliz." Hodges yine böğrünü ovuyor.

"Evet, değiliz. Kendine iyi bak. Artık biraz kilo al."

"Elimden geleni yapacağım," diyor Hodges, ama Pete telefonu kapatmış bile.

Dişlerini fırçaladıktan sonra bir ağrı kesici alıp pijamalarını giyiyor. Sonra da yatağına uzanıp gözlerini karanlığa dikerek uyumayı veya sabahın olmasını bekliyor; hangisi daha önce gelirse...

8

Brady, Babineau'nun elbiselerini giyerken onun kimlik kartını da almayı ihmal etmemişti, çünkü bu kartın arkasındaki manyetik şerit bütün kapılardan geçmesini sağlıyordu. O gece saat 22.30'da, Hodges meteoroloj kanalını seyrederken, Brady bu kartı ilk kez kullanarak personel otoparkına girdi. Gündüzleri tamamen dolan otopark bu saatte boş gibiydi. Brady lambalardan mümkün olduğunca uzak bir köşeye park etti. Doktor B.'nin lüks otomobilinde koltuğu geriye çekip motoru susturdu.

Uykuya dalınca kendini Felix Babineau'dan geriye kalan, birbirleriyle kopuk anılar içinde dolaşırken buluyor. Joplin'de East Ortaokulu'ndayken Babineau'nun ilk öpüştüğü Marjorie Patterson adındaki kızın naneli rujunun tadı ağzına geliyor. Üstündeki VOIT yazısı silinmeye yüz tutmuş bir basketbol topu görüyor. Ninesinin kanepesinin arkasında dinozor resmi yaparken altına işeyince eşofman pantolonundaki sıcaklığı hissediyor.

Belli ki en son silinenler çocukluk anıları oluyor.

Sabahın ikisi olduğunda çok canlı bir anıyla irkiliyor. Tavan arasında kibritle oynadığı için babasından sert bir tokat yemiş. Bu anı Brady'yi uyandırıyor; bir an için bu anının görüntüsü aklında kalıyor; babasının kızarmış boynunda, mavi golf gömleğinin yakasının hemen üstünde bir damar atıyor.

Sonra tekrar Babineau gövdesi içindeki Brady oluyor.

9

Her ne kadar 217 numaralı odadan ve hiçbir işe yaramayan bir vücut içinden çıkamasa da, plan yapmak, bu planları gözden geçirmek ve son halini de bir daha gözden geçirmek için Brady'nin aylarca zamanı olmuştu. Bu süreç içinde hatalar da yapmıştı (örneğin, keşke Z-Çocuk aracılığıyla Mavi Şemsiye sitesini kullanarak Hodges'a mesaj göndermeseydi Barbara Robinson'a saldırmak için acele etmeseydi) ama azmetmiş ve başarının ucuna kadar gelebilmişti.

Operasyonun bu aşamasını defalarca aklında prova etmiş olduğu için artık kendinden emin bir şekilde ilerliyor. Babineau'nun kartını kullanarak BAKIM A yazılı kapıdan giriyor. Üst katlarda hastaneyi işleten makinelerin sesi mırıltı halinde, ama Brady'nin bulunduğu yerde gök gürültüsü gibi geliyor ve bu koridor boğucu bir sıcaklıkta. Ama tahmin ettiği gibi, kimseler yok. Bir şehir hastanesi hiçbir zaman uyumaz, ama sabahın erken saatlerinde gözlerini kapatıp uykuya dalıyor.

Bakım personelinin odası da duş yeri ve soyunma odası gibi boş. Dolapların bazıları asma kilitlerle kapalı, ama çoğu açık. Brady birkaç tanesini açıp baktıktan sonra Babineau'nun ölçülerine uyan bir gri gömlek ve iş pantolonu buluyor. Babineau'nun elbiselerini çıkarıp işçi kıyafetini giyiyor; bu arada Babineau'nun banyosundan aldığı hap şişesini de cebine atmayı unutmuyor. Bu çok etkili bir karışım. Duşların yanındaki bir kancaya asılı beyzbol şapkası bulunca, hemen bunun arkasındaki plastik bandı başına göre ayarlayıp kafasına geçiriyor. Böylece Babineau'nun gümüş renkli saçları tamamen örtülmüş durumda.

BAKIM A boyunca yürüdükten sonra sağa dönüp hastanenin çamaşırhanesine giriyor. Burası hem sıcak hem çok nemli. Devasa Foshan kurutma makinelerinin arasındaki iskemlelerde oturan iki görevli var. İkisi de derin uykudalar. Kadınlardan birinin elindeki kutu yan döndüğü için, içindeki krakerler naylon eteğine dökülmüş. Çamaşır makinelerini geçtikten sonra karşısına iki tane el arabası çıkıyor. Birinin içi personel üniformaları, diğeriyse temiz nevresim takımlarıyla dolu. Brady birkaç üniformayı alıp nevresimlerin üstüne koyuyor ve el arabasını koridor boyunca sürüyor.

Umutsuz Vakalar koğuşuna gitmesi için asansör değiştirmesi ve aradaki köprüden geçmesi gerekiyor; bu yolculuğu boyunca dört kişi görüyor. Bir malzeme dolabı önünde fısıldaşan iki hemşire; doktorların salonunda, bir dizüstü bilgisayarın karşısında sessizce gülen iki asistan. Hiçbiri el arabasını süren gece vardiyası bakım görevlisini fark etmiyor.

Fark edilme –belki de tanınma– ihtimali en yüksek olan yer koğuşun ortasındaki hemşire ünitesi. Ama hemşirelerden biri bilgisayarında Solitaire oynuyor, diğeriyse başını eline dayamış, not yazıyor. Bu kadın göz ucuyla hareket olduğunu görünce, başını bile kaldırmadan Brady'ye, "Nasılsın?" diye soruyor.

"İyiyim," diyor Brady. "Ama bu gece bayağı soğuk."

"Evet, duyduğuma göre kar geliyormuş." Hemşire esneyerek tekrar notunu yazmaya devam ediyor.

Brady el arabasını sürüp 217 numaralı odaya gelmeden hemen önce duruyor. Bu koğuşun küçük sırlarından biri, hasta odalarının iki kapısı oluşu; birisi işaretli, diğeri işaretsiz. İşaretsiz olanlar doğruca odanın dolabına açılıyor; böylece gece vakti hastaları rahatsız etmeden çarşaf veya bunun gibi malzemeleri dolaba yerleştirmek mümkün oluyor. Brady bu kapıdan içeriye girdikten sonra yatmakta olan kendine bakıyor. Yıllarca Brady Hartsfield'in, personelin deyişiyle (kendi aralarında) saksı olduğuna herkesi inandırmış: ışıklar açık ama evde kimse yok. Şimdi gerçekten bir saksı olmuş.

Eğilip tıraşsız yanaklardan birini okşuyor. Altındaki gözbeğinin kıvrımını hissederek başparmağını kapalı gözkapağı üstünde gezdiriyor. Bir eli kaldırıp, avucu yukarıda olacak şekilde yatak örtüsünün üstüne koyuyor. Cebindeki hap şişesini çıkarıp altı tanesini açık avucun içine döküyor. Al ve ye, diyor içinden. Bu benim vücudum.

İflas etmiş bu vücuda son kez giriyor. Artık bunu yapmak için Zappit'e ihtiyacı yok; Babineau'nun kontrolü eline geçirip deli gibi kaçacağından da endişelenmiyor. Brady'nin aklı olmadığı zaman Babineau saksı oluyor. Kendi beyninde babasının golf gömleğinden başka hiçbir şey kalmamış.

Brady tıpkı bir otel odasında uzun zaman kalan bir adamın odayı terk etmeden önce son kez bakması gibi, kafasının içinde bakınıyor. Dolapta asılı bir şey unutmuş mu? Banyoda diş macununu? Belki yatağın altına düşmüş bir kol düğmesi?

Hayır. Her şey toplanmış ve oda boş. Elini kapatıyor. Hapları ağzına atıyor ve çiğniyor. Tadı acı. Bu arada Babineau boş bir çuval gibi yere serilmiş. Brady hapları yutuyor. İş tamam. Gözlerini kapatıyor. Tekrar açtığı zaman gördüğü şey, yatağın altında Brady Hartsfield'in bir daha hiçbir zaman giymeyeceği terlikler.

Babineau'nun ayakları üstünde doğrulup üstünü silkeliyor ve yaklaşık otuz sene onu taşımış olan vücuda bir kez daha bakıyor. Mingo Konser Salonu'nda, tekerlekli iskemlesinin altındaki plastik patlayıcıyı tetikleyemeden önce, kafası parçalandıktan sonra işe yaramayan vücudu. Bu hayati hamlesinin ters tepeceğinden, bu muazzam planının da vücuduyla birlikte yok olacağından endişe duymuş olabilirdi. Ama artık endişesi kalmamış. Göbek bağı kesilmiş, geri dönülmeyecek karar verilmiş.

Elveda, Brady, diyor içinden, seni tanımak çok hoştu.

Bu defa hemşire ünitesinin önünden geçerken, Solitaire oynayan hemşire yerinde yok, tuvalete gitmiş olmalı; diğeriyse başını önündeki notlara dayamış, uyuyor.

10

Ama saat dörde çeyrek var ve daha yapması gereken pek çok iş onu bekliyor.

Brady tekrar Babineau'nun elbiselerini giydikten sonra hastaneye girdiği yoldan çıkıp otomobili Sugar Heights'a sürüyor. Çünkü Z-Çocuğun yaptığı susturucu artık kullanılamaz durumda ve susturucusuz bir tabanca sesi şehrin bu en lüks semtinde başına iş açabilir. Yolunun üstündeki Valley Plaza'da durup, otoparkta polis aracı var mı diye baktıktan sonra Discount Ev Mobilyaları mağazasının yükleme alanının etrafında dolanıyor.

Off, dışarıda olmak ne güzel! Harika bir şey be!

Soğuk kış havasını soluyarak otomobilin ön tarafına doğru yürürken Babineau'nun pahalı paltosunun kolunu .32'lik tabanca namlusuna sarıyor. Z-Çocuğun susturucusu kadar etkili olmayacak ve bunun riskli olduğunu biliyor, ama çok da büyük bir risk değil. Yıldızları görmek için başını kaldırıyor, ama bulutlar bütün göğü kaplamış. Eh, nasılsa başka geceler de olacak. Daha pek çok gece olacak. Belki binlerce. Ne de olsa artık Babineau'nun vücuduyla sınırlı değil.

Nişan alıp ateş ediyor. BMW'nin ön camında küçük, yuvarlak bir delik beliriyor. Şimdi sırada başka bir risk var: tam direksiyon önündeki ön camda bir kurşun deliğiyle Sugar Heights'a olan son iki kilometreyi aşmak. Neyse ki gecenin bu saatinde banliyö sokakları boş olur ve polisler ayakta uyurlar. Özellikle de lüks semtlerde.

İki kez ona doğru yaklaşan otomobillerin farlarını görüp nefesini tutuyor, ama iki araç da hız kesmeden yanından geçip gidiyor. Herhangi bir sorunla karşılaşmadan Babineau'nun evine ulaşıyor. Bahçe kapısını açmak için bu defa şifreyi tuşlaması gerekmiyor. Garaj yolunun sonuna gelince karla kaplı bahçeye sapıp evin önünde duruyor.

Tekrar yuvasında işte. Ne güzel.

Fakat yanında bir bıçak getirmeyi unutmuş. Evde bir bıçak bulabilir, zaten orada yapması gereken bir iş var, ama iki defa gidip gelmek istemiyor. Uyuyabileceği âna kadar daha yapması gereken çok şey var. Ortadaki konsolu açıp içini karıştırıyor. Babineau gibi bir züppenin kişisel bakımı için bir dolu ıvır zıvırı olması gerekir, değil mi? Tırnak makası bile işini görür... ama Brady hiçbir şey bulamıyor. Torpido gözünü deniyor; otomobilin belgelerinin bulunduğu deri dosyanın içinde lamine plastik kaplı Allstate sigorta kartını buluyor. Bu kart işini görür.

Brady paltonun kolunu ve gömlek kolunu sıyırıp, kartın keskin kenarını koluna bastırarak sürtüyor. Sadece ince, kırmızı bir çizgi oluşuyor. Bu kez daha kuvvetli bastırarak bir daha deniyor. Bu defa derisi kesiliyor ve kan çıkıyor. Kolunu yukarıda tutarak otomobilden çıkıp sonra içeriye doğru uzanıyor. Ön koltuğun üstüne ve direksiyon simidinin altına kan damlatıyor. Fazla kan yok ama bu kadarı yeter. Ön camdaki kurşun deliğiyle birleşince, bu miktar bol bol yeter.

Veranda merdivenlerini keyifle çıkıyor. Cora'nın cesedi hâlâ holdeki palto askılığının altında. Kütüphane Al hâlâ kanepede uyumakta. Brady onu sarsıyor, karşılık olarak homurdanmadan başka bir şey gelmeyince, adamı iki eliyle kaldırıp yere atıyor. Al gözlerini açıyor.

"Ha? Ne o ya?"

Bakışları sersemlemiş gibi, ama tamamen boş değil. O yağmalanmış kafa içinde herhalde hiç Al kalmamış, ama hâlâ Brady'nin yarattığı bir miktar altbenlik var. Yeterli.

"Selam, Z-Çocuk," diyor Brady diz çökerek.

"Selam," diyor Z-Çocuk doğrulmaya çalışırken. "Selam, Dr. Z. Bana söylediğin gibi o evi gözetlemeye devam ediyorum. O kadın –hâlâ yürüyebileni– Zappit'i elinden bırakmıyor. Sokağın karşısındaki garajdan onu seyrediyorum."

"Artık bunu yapman gerekmeyecek."

"Öyle mi? Sahi, biz neredeyiz?"

"Benim evimde," diyor Brady. "Karımı öldürdün."

Z-Çocuk ağzı açık bir halde paltolu, beyaz saçlı adama bakıyor. Nefesi iğrenç kokuyor ama Brady kendini geri çekmiyor. Z-Çocuğun yüzü yavaş yavaş buruşuyor. Tıpkı bir otomobilin ezilişinin yavaş gösterimi gibi. "Öldürmek mi? Öyle bir şey yapmadım!"

"Yaptın."

"Hayır! Asla böyle bir şey yapmam!"

"Yaptın işte. Ama ben sana söylediğim için yaptın."

"Emin misin? Hiç hatırlamıyorum."

Brady onu omuzlarından tutuyor. "Senin suçun değildi. Sen hipnotize olmuştun."

Z-Çocuğun yüzü aydınlanıyor. "Balık Deliği'yle."

"Evet. Balık Deliği'yle. Ve sen o haldeyken ben sana Bayan Babineau'yu öldürmeni söyledim."

Z-Çocuk biraz kuşku, biraz korkuyla ona bakıyor. "Öyleyse, benim suçum değil. Hipnotize olmuştum, ne yaptığımı hatırlamıyorum bile."

"Şunu al."

Brady tabancayı Z-Çocuğun eline tutuşturuyor. Kaşları kırışmış olan Z-Çocuk silaha egzotik bir sanat eseriymiş gibi bakıyor.

"Bunu cebine sok ve bana otomobil anahtarlarını ver."

Z-Çocuk dalgın bir halde tabancayı pantolon cebine sokarken, Brady silahın kazayla patlayabileceği ve zavallı adamın bacağına bir kurşun saplanacağı endişesi içinde irkiliyor. Az sonra Z-Çocuk anahtar halkasını çıkarıp uzatıyor. Brady bunu cebine soktuktan sonra ayağa kalkıp odanın karşı ucuna yürüyor.

"Nereye gidiyorsun, Doktor Z?"

"Çok sürmez. Ben dönene kadar kanepede otursana."

"Sen dönene kadar kanepede otururum," diyor Z-Çocuk.

"İyi fikir."

Brady, Doktor Babineau'nun çalışma odasına gidiyor. Bir duvarın tamamı çerçeveli fotoğraflarla kaplı; bunlardan birinde genç Felix, Başkan Bush'la (ikincisi) el sıkışıyor; ikisinin de yüzünde ahmak bir gülümseme var. Fotoğraflar Brady'nin ilgisini çekmiyor. Başka bir insanın vücudunda olmayı öğrenirken bunları defalarca görmüş; şimdi o günlerine "acemi sürücü dönemi" diyor. Masaüstü bilgisayarı da ilgisini çekmiyor. İstediği şey büfenin üstünde duran MacBook Air. Bunu açıp çalıştırıyor ve Babineau'nun şifresini tuşluyor: CEREBELLIN.

"İlacın bir boka yaramadı," diyor Brady, ana ekran ortaya çıkarken. Aslında buna pek emin değil, ama öyle olduğuna inanmayı tercih ediyor.

Babineau'nun alışkın parmaklarının hızıyla klavye üstünde bir şeyler yazdıktan sonra gizli bir program ekrana geliyor. Bu programı doktorun beynine bir önceki girişinde Brady yerleştirmişti. Adı BALIK DELİĞİ. Tuşların üstünde bir gezinti daha yaptıktan sonra program Freddi Linklatter'ın bilgisayar odasındaki sinyal yineleyiciye erişiyor.

Dizüstü bilgisayarın ekranında ÇALIŞIYOR yazısı çıkıyor, bunun altında da: BULUNAN 3 var.

Üç tane bulundu! Şimdiden üç tane!

Brady seviniyor, ama sabahın kör saatlerinde olmasına rağmen şaşırmış değil. Her toplumda birkaç tane uykusuzluk hastası vardır; bunlara kotukonser.com'dan bedava Zappit alanlar da dahildir. Güneş doğana kadar uzayan uykusuz saatleri güzel bir oyun tabletiyle geçirmekten daha iyi bir yol var mı? Solitaire veya Öfkeli Kuşlar oyunlarını oynamadan önce Balık Deliği tanıtım ekranındaki o pembe balıklara bir göz atsanıza. Bakalım, tıkladığınız zaman sayılar çıkacak mı? Doğru sayıların bir araya gelmesiyle ödüller kazanacaksınız, ama sabahın dördünde bu ödül vaadi sizi heveslendirmeyebilir. Sabahın dördü uyanmak için çok kötü bir saattir. Bu saatte insanın aklına tatsız şeyler gelir ve kötümser olur; tanıtım ekranı yatıştırıcıdır. Ayrıca bağımlılık da yapar. Al Brooks, Z-Çocuk olmadan önce bunu biliyordu; Brady bunu ilk gördüğü anda anlamıştı. Talihli bir tesadüf, ama Brady'nin o günden beri yapmış olduğu –hazırlamış olduğu– şey tesadüf değildi. Harcanmış vücudunda ve hastane odasında hapsolduğu yerde yaptığı özenli planın bir sonucuydu.

Dizüstü bilgisayarı kapatıp kolunun altına alıyor ve çalışma odasından çıkmaya hazırlanıyor. Kapıya vardığı anda aklına bir şey gelince tekrar Babineau'nun masasına dönüyor. Orta çekmeceyi açınca tam aradığı şeyi buluyor, fazla aramasına gerek kalmadan... İnsanın şansı yaver gidince, her şey yoluna giriveriyor.

Brady tekrar oturma odasına dönüyor. Z-Çocuk başı öne eğik, omuzları çökmüş, elleri bacaklarının arasında kanepede oturmakta. Çok bitkin bir görünüşü var.

"Artık gitmem gerek," diyor Brady.

"Nereye?"

"Seni ilgilendirmez."

"Beni ilgilendirmez."

"Aynen öyle. Sen tekrar uyumalısın."

"Burada, kanepenin üstünde mi?"

"Ya da üst kattaki yatak odasında. Ama önce bir şey yapman lazım." Z-Çocuğa Babineau'nun masasında bulduğu keçe uçlu kalemi veriyor. "Bununla işaretini çiz, Z-Çocuk; tıpkı Bayan Ellerton'un evinde yaptığın gibi."

"Onları garajdan gözetlerken hayattaydılar, bu kadarını biliyorum, ama şimdi ölmüş olabilirler."

"Evet, muhtemelen ölmüşlerdir."

"Onları da ben öldürmedim, değil mi? Çünkü en azından o sırada banyodaymış gibiydim. Ve orada Z harfi çiziyordum."

"Hayır, öyle bir şey olmadı..."

"Bana söylediğin gibi, Zappit'i aradım, buna eminim. Çok dikkatle aradım, ama hiçbir yerde bulamadım. Belki kadın çöpe atmıştır."

"Artık bunun önemi yok. Sen sadece burada işaretini çiz, tamam mı? En az on yerde çiz." O anda aklına bir şey geliyor. "Hâlâ ona kadar sayabiliyor musun?"

"Bir... iki... üç..."

Brady, Babineau'nun Rolex saatine bakıyor. Dördü çeyrek geçiyor. Umutsuz Vakalar koğuşunda doktor vizileri saat beşte başlar. Zaman su gibi akıp gidiyor. "Çok iyi. En az on yerde işaretini bırak. Sonra uyuyabilirsin."

"Tamam. En az on yerde işaretimi bırakacağım, sonra uyuyacağım, sonra da gözetlememi istediğin eve gideceğim. Ya da o kadınlar artık öldüğüne göre bu işi bıraksam mı?"

"Sanırım artık bırakabilirsin. Şimdi bir daha gözden geçirelim, tamam mı? Karımı kim öldürdü?"

"Ben öldürdüm, ama benim suçum yoktu. Hipnotize olmuştum ve ne yaptığımı hatırlayamıyorum." Z-Çocuk ağlamaya başlıyor. "Dönecek misin, Doktor Z?"

Brady gülümseyince Babineau'nun pahalı diş protezi sergileniyor. "Elbette." Bunu derken gözleri yukarıya, sola doğru kayıyor.

Z-Çocuk duvara monte edilmiş devasa televizyonun ekranına büyük bir Z çiziyor. Cinayet mahallinin baştan aşağıya Z'lerle dolmasına gerek yok aslında, ama Brady bunun iyi bir espri olacağını düşünüyor; özellikle de polis Kütüphane Al'a adını sorup, o da Z-Çocuk dediği zaman çok hoş olacak. Titizlikle tasarlanmış bir mücevherin üstündeki ekstra filigran gibi...

Brady, Cora'nın cesedinin üstünden geçip kapıya gidiyor. Veranda basamaklarından inerken bir dans hareketi yapıp Babineau'nun parmaklarını şaklatıyor. Arterit nedeniyle parmakları biraz acıyor, ama ne olmuş yani? Brady gerçek acının ne olduğunu bilir; bu hiçbir şey değil.

Al'ın Malibu'suna gidiyor. Babineau'nun BMW'si yanında çok yavan bir otomobil, ama onu istediği yere götürecek. Motoru çalıştırdığı anda hoparlörlerden klasik müzik başlayınca kaşları çatılıyor ve hemen BAM-100 kanalını açıyor. Ozzy'nin hâlâ çok iyi olduğu günlerdeki Black Sabbath'ı buluyor. Bahçede park edilmiş BMW'ye son kez baktıktan sonra yola koyuluyor.

Uyuyabilmesi için daha çok iş bitirmesi gerek, sonra da son darbe: kaymağın üstündeki çilek. Bunun için Freddi Linklatter'a ihtiyacı yok; Doktor B.'nin MacBook'u yeterli. Brady artık tamamen serbest.

Artık özgür.

11

Z-Çocuk hâlâ ona kadar sayabildiğini kanıtlamaya çalışırken Freddi Linklatter'ın kana bulanmış gözkapakları açılıyor. Kendini fal taşı gibi açılmış kahverengi bir göze bakarken buluyor. Bunun bir göz olmayıp, ahşap kaplamada göze benzeyen bir kıvrım olduğunu anlaması birkaç dakika sürüyor. Hayatındaki en kötü akşamdan kalma hali içinde yerde yatmakta. Bu akşamdan kalma hali yirmi birinci yaşını kutladığı parti sonrasından bile daha kötü; o gün kristal metamfetaminle Rontico'yu karıştırmıştı; bu deneyden sağ kurtulduğuna şükretmişti, ama şimdi neredeyse, keşke kurtulmasaydım, diyor; çünkü çok kötü bir durumda. Sadece başı değil, göğsü de üzerinden bir silindir geçmiş gibi.

Ellerine kımıldayın emrini verince, eller isteksizce bu emre uyuyorlar. Avuçlarını şınav yapar gibi yere dayayıp itiyor. Kalkar gibi oluyor, ama gömleği yerde kana benzeyen ve viski gibi kokan bir göle yapışmış. Demek ki viski içiyormuş ve ayağı takılıp düşmüş. Başını çarpmış. Ama bu hale gelmek için ne kadar içmişti acaba?

Hayır, öyle olmadı, diyor içinden. Birisi gelmişti ve bunun kim olduğunu biliyorsun.

Basit bir tümevarım yetiyor. Son zamanlarda buraya sadece iki ziyaretçisi gelmişti: o Z-Tipleri. O eski parkalı olanı epey bir zamandan beri ortalarda yoktu.

Ayağa kalkmaya çalışıyor ama ilk başta bunu başaramıyor. Derin nefes alması da mümkün değil. Derin nefes alınca sol memesinin üstü acıyor. Sanki oraya bir şey batıyormuş gibi.

Mataram?

O adamı beklerken mataramı döndürüp duruyordum. Son ödemeyi yapıp hayatımdan çıkıp gidecekti.

"Beni vurdu," diyor çatlak bir sesle. "O puşt Doktor Z beni vurdu."

Sendeleyerek banyoya gidiyor ve aynada gördüğü enkaza inanası gelmiyor. Yüzünün sol yanı kana bulanmış, sol şakağının üstünde mor bir şişlik görüyor, ama bundan da beteri var. Mavi gömleği de kan içinde –başındaki yaradan olduğunu umuyor, çünkü baştaki yaralar çok kanar– ve sol göğüs cebinin üstünde siyah yuvarlak bir delik var. Herif onu vurmuş işte. Şimdi silah sesini ve kendinden geçmeden önce burnuna gelen barut kokusunu hatırlıyor.

Hâlâ sığ nefesler alarak göğüs cebinden Marlboro paketini çıkarıyor. M harfinin ortasından geçen bir kurşun deliği var. Freddi sigaraları lavaboya attıktan sonra gömleğin düğmelerini çözüp yere bırakıyor. Viski kokusu artmış. Bunun altındaki haki renkli gömleğin büyük cepleri var. Sol taraftakinin içinden matarasını çıkarmaya çalışırken canı çok yanıyor, ama çıkardığı anda göğsündeki acı biraz azalıyor. Kurşun matarayı da delip geçmiş ve derisine en yakın olan kenarları kanla kıpkırmızı. Harap haldeki matarayı da sigaraların üstüne attıktan sonra haki gömleğin düğmelerini çözmeye başlıyor. Bu iş daha uzun sürüyor, ama sonunda gömlek yere düşüyor. En altta cebi de olan bir tişört var. Elini bu cebe sokup Altoid nane şekeri kutusunu çıkarıyor. Bu teneke kutu da delinmiş. Tişörtün düğmeleri olmadığı için bir parmağını kurşun deliğine sokup çekince, üstünden sıyırıp kolayca çıkarabiliyor. Aynada gördüğü vücudu kan benekleriyle bezenmiş.

Memesinin başladığı kabarıklığın üstünde bir delik var; bunun içinde siyah bir şey görebiliyor. Ölü bir böcek gibi. Freddi üç parmağını sokup bu böceği tutuyor. Gevşemiş bir dişi söker gibi sağa sola sallıyor.

"Ooo... ooof... ooof! HASSİKTİR!"

Çıkardığı şey bir böcek değil, bir mermi. Freddi buna şöyle bir baktıktan sonra lavaboya atıyor. Çatlayacak gibi ağrıyan başına ve göğsündeki sızıya rağmen ne kadar talihli olduğunun farkına varıyor. Küçük bir tabancaydı, ama o kadar yakın mesafeden işini bitirmesi gerekirdi. Bitirirdi de, ama kırk yılın başı şansı yaver gitmişti. Kurşun önce sigara paketinden, sonra mataradan –ki esas engel bu olmuştu– sonra da nane şekeri kutusundan geçip göğsüne girmişti. Kalbinin iki santim yanındaydı.

Midesi bulanıyor, kusmak istiyor. Ama kendini tutacak, kusmaması lazım. Yoksa göğsündeki delik yine kanamaya başlar; ama asıl sorun o değil. Başı çatlayacak gibi. Asıl sorun o.

Matarayı göğüs cebinden çıkardıktan sonra daha rahat nefes alabiliyor. Tekrar oturma odasına dönüp yerdeki kan gölüne ve dökülmüş viskiye bakıyor. Adam işi garantiye almak için eğilip tabancanın namlusunu ensesine dayasaydı...

Freddi gözlerini kapatıp bayılmamaya ve mide bulantısını bastırmaya çalışıyor. Kendini biraz daha iyi hissedince koltuğuna gidip yavaşça oturuyor. Tıpkı belinde sorunu olan yaşlı bir kadın gibiyim, diye düşünüyor. Gözlerini tavana dikip bakıyor. Şimdi ne yapacak?

Aklına ilk gelen şey 911'i aramak, bir ambülans getirtip hastaneye gitmek, ama polislere ne diyecek? Kendini Mormon veya başka bir mezhep meczubu olarak tanıtan bir adam kapısını çaldı, Freddi kapıyı açınca da onu vurdu mu? Neden vurdu? Ne amaçla? Ve o, tek başına yaşayan bir kadın, gecenin on buçuğunda neden kapısını bir yabancıya açtı?

Hepsi bu kadar değil. Polisler gelecek. Yatak odasında bir miktar esrarla kokain var. Bunları yok edebilir, ama bilgisayar odasındaki gereçler ne olacak? En azından altı tane yasadışı korsanlık programı sürüyor ve kendisinin satın almadığı yığınla çok pahalı donanım var. Polisler ona, sizi vuran adamın bu elektronik donanımla ilişkisi olabilir mi, diye soracaklar. Ona borcunuz mu vardı? Belki onunla birlikte çalışarak kredi kartı numaraları veya kişisel bilgiler çalıyordunuz? Ve tabii, sinyal yineleyiciyi gözden kaçırmaları mümkün değil; cihaz WiFi aracılığıyla sonsuz sinyaller göndererek aktif haldeki Zappit'lere kötü amaçlı solucanlar yerleştiriyor.

Bu nedir, Bayan Linklatter? Tam olarak ne işe yarar?

Onlara ne diyebilirdi?

Freddi içi para dolu zarfı görmek umuduyla etrafına bakınıyor, ama tabii adam bunu götürmüş. Belki de o zarfın içinde para değil, kesilmiş kâğıt parçaları vardı. Buradayım, vuruldum, beyin sarsıntısı geçirdim (n'olur Tanrım, kafatasım çatlamış olmasın!) ve param sıfırı tüketmek üzere. Ne yapmam gerekir?

İlk iş yineleyiciyi kapatmak. Doktor Z'nin içinde Brady Hartsfield var ve Brady habis bir herif. Yineleyici her ne yapıyorsa, mutlaka kötü bir şeydir. Hem zaten niyeti bunu kapatmaktı, değil mi? Çok emin değil, ama planı bu değil miydi? Cihazı kapatıp sahneden çıkış yapmak. Kaçışı için gerekli o son ödeme yapılmadı, ama hesapsız yaşamak gibi kötü bir huyu olmasına rağmen bankada hâlâ birkaç bin doları var; Corn Trust Bankası saat dokuzda açılıyor. Artı, bir de ATM kartı var. O halde, yineleyiciyi kapatıp yüzünü yıkayacak ve Dodge'dan çıkıp gidecek. Ama uçakla değil; son zamanlarda havaalanındaki güvenlik alanları, içine yem konmuş tuzaklar gibi. Ama herhangi bir otobüs veya trene bindi mi, ver elini altın kaplı batı. En iyi fikir bu değil mi?

Ayağa kalkıp bilgisayar odasına doğru yürürken, bu fikrin neden en iyi fikir *olmadığı* gerçeği kafasına dank ediyor. Brady burada yok, ama projesini uzaktan denetleme imkânı olmasaydı gitmezdi; özellikle de yineleyiciyi... Onun için bunu yapmak çocuk oyuncağı. Bilgisayar alanında çok akıllı –her ne kadar bunu itiraf etmek Freddi'yi deli etse de, herif bir dâhi– ve mutlaka kendini emniyete alacak bir kapı aralamıştır. Eğer böyleyse, istediği an kontrol edebilir; bir dizüstü bilgisayarı olsun, yeter. Freddi bu boku şimdi kapatacak olursa, Brady bunu anladığı gibi Freddi'nin ölmemiş olduğunu da anlayacak.

Ve buraya dönecek.

"O halde ne yapmam lazım?" diye fısıldıyor Freddi. Titreyerek penceresine gidiyor –kışın bu daire bok gibi soğuk– ve dışarıdaki karanlığa bakıyor. "Ne yapmam lazım?"

12

Hodges rüyasında, çocukken evlerinde olan Bowser adlı köpeğini görüyor. Bu hayvan gazete dağıtan çocuğu dikiş gerektirecek kadar kötü ısırdığı için babası onu veterinere götürüp uyutmuştu. Bu rüyada Bowser *onu* ısırıyordu; yan tarafından. Çocuk Billy Hodges hayvana en sevdiği yiyecekleri uzattığı halde bir türlü dişlerini çekmiyor, canını çok acıtıyordu. Kapı zili çalıyor, diye düşünüyor. *Gelen gazete dağıtıcısı çocuk, hadi gidip onu ısır; ısırman gereken kişi o.*

Ne var ki, rüya bulutu içinden süzülüp gerçek dünyaya inerken zil sesinin kapıdan değil, başucundaki telefondan geldiğini fark ediyor. Sabit telefondan. Elini uzatınca yere düşürüyor, uzanıp alıyor ve hırıltılı bir sesle zor bela "alo" diyor.

"Cep telefonunu sessize alacağını tahmin etmiştim," diyor Pete Huntley. Sesi çok diri ve neşeli. Hodges gözlerini kısıp komodinin üstündeki saate bakıyor, ama ağrı kesici hap şişesi önünde olduğu için kadranı göremiyor. Yahu, dün gece kaç tane hap almıştı?

"O işi yapmayı beceremiyorum ki." Hodges oturma pozisyonuna geçmek için çabalıyor. Sancının bu kadar çabuk, bu kadar kötüleştiğine inanamıyor. Sanki pençelerini çıkarmak için tanıtlanmayı beklemiş gibi.

"Biraz yaşaman lazım, Kerm."

Bunun için çok geç artık, diyor içinden, bacaklarını yataktan çıkarıp yere basıyor.

"Beni bu saatte..." ilaç şişesini yana itiyor, "saat yediye yirmi kala neden arıyorsun?"

"İyi haberi vermek için bekleyemedim," diyor Pete. "Brady Hartsfield öldü. Bu sabahki turunu yapan hemşire onu bulmuş."

Hodges ayağa fırlıyor, aynı şekilde fırlayan sancısını hissetmiyor bile. "Ne? Nasıl?"

"Bugün daha sonra bir otopsi yapılacak, ama onu muayene eden doktorun tahminine göre intihar etmiş. Dilinde ve damaklarında *bir şeyin* kalıntısı varmış. O doktor bir numune almış, biz konuştuğumuz sırada Adli Tıp dairesinden gelen uzman da numune alıyor. Hartsfield büyük bir popstar olduğu için çabuk tahlil edilecek."

"İntihar," diyor Hodges elini dağınık saçlarından geçirerek. Bu haber yeterince açık, ama bir türlü aklı yatmıyor. "İntihar mı?"

"En sevdiği şeydi zaten," diyor Pete. "Sanırım bunu defalarca sen söylemiştin."

"Evet, ama..."

Ama ne? Pete haklı, Brady intihar olayına bayılırdı ve sadece başkaları için değil. Eğer olay o şekilde gelişseydi, 2009'da City Center'da da ölmeye hazırdı. Ve bir yıl sonra Mingo Konser Salonu'na, tekerlekli iskemlesinin altına bağladığı plastik patlayıcıyla gelmişti. Ama bu defa ayvayı yemişti. Ama bu olay o zamandı ve artık her şey değişmişti. Değil mi?

"Ama ne?"

"Bilmiyorum," diyor Hodges.

"Ben biliyorum. Sonunda bunu başaracak bir yol buldu. Bu kadar basit. Her halükârda, eğer Ellerton, Stover ve Scapelli'nin ölümlerinde Hartsfield'in rolü olduğunu düşündüysen –ki ben de seninle aynı çizgideydim– artık endişe etmene gerek kalmadı. Artık sıfırladı ve hepimiz rahat bir nefes alabiliriz."

"Pete, bu haberi sindirmek için biraz düşünmeliyim."

"Tabii," diyor Pete. "Senin o herifle epey bir geçmişin var. Bu arada, Izzy'yi aramam gerek. Onun da güne iyi başlamasını istiyorum."

"Yuttuğu o madde her neyse, tahlil sonucu çıkınca beni arar mısın?"

"Ararım. Bu arada, *elveda* Bay Mercedes, değil mi?"

"Evet. Evet."

Hodges telefonu kapadıktan sonra kahve yapmak için mutfağa gidiyor. Aslında çay içmesi lazım; kahve midesini duman ediyor, ama şu anda umurunda değil. Ve ağrı kesici de almayacak, hiç değilse bir süreliğine. Mümkün olduğunca zihnini açık tutması gerekiyor.

Cep telefonunu şarj aletinden çıkarıp Holly'yi arıyor. Holly hemen açınca Hodges bir an için onun saat kaçta kalktığını merak ediyor. Beşte mi? Daha da erken mi? Belki bazı soruların cevapsız kalması daha iyi. Ona Pete'in söylediklerini anlatınca Holly belki hayatında ilk defa fütursuzca ağzını bozuyor.

"Hassiktir! Beni işletiyor musun?"

"Pete beni işletmediyse, hayır; öyle bir şey yaptığını da sanmıyorum. Öğlen sonrasına kadar hiç espri yapmaz, yaptığı espriler de bir boka benzemez zaten."

Kısa bir sessizlikten sonra Holly, "Buna inanıyor musun?" diye soruyor.

"Öldüğü haberine, evet. Yanlış kimlik tespiti ihtimali yok. Ama intihar ettiğine? Bu bana biraz..." Doğru kelimeleri arıyor, bulamayınca az önce Pete'e söylediği şeyi tekrarlıyor. "Bilmiyorum."

"Bu iş bitti mi?"

"Belki bitmemiştir."

"Bence de öyle. Şirket iflas ettikten sonra elde kalan Zappit'lere ne olduğunu öğrenmemiz lazım. Bunlarla Brady'nin nasıl ilişkisi olabileceğini anlamıyorum, ama bütün bağlantılar onu işaret ediyor. Ve havaya uçurmaya kalkıştığı o konseri."

"Biliyorum." Hodges'un gözlerinin önüne bir kez daha, ortasında zehirli bir örümceğin bulunduğu bir örümcek ağı geliyor. Ama bu örümcek ölü.

Ve hepimiz rahat bir nefes alıyoruz, diyor içinden.

"Holly, Robinson'lar Barbara'yı almaya geldiklerinde hastanede olabilir misin?"

"Tamam." Bir an durduktan sonra ekliyor: "Bunu ben de isterim. Sakıncası olmadığını öğrenmek için Tanya'yı ararım, ama sorun olacağını sanmıyorum. Neden?"

"Barbara'ya altı kişinin fotoğrafını göstermeni istiyorum. Takım elbiseli, yaşlıca beş beyaz erkek ve Doktor Felix Babineau."

"Sence Myron Zakim, Hartsfield'in doktoru muydu? Barbara ve Hilda'ya o Zappit'leri o mu verdi?"

"Bu aşamada sadece bir önsezi."

Ama önseziden öteydi. Babineau, Hodges'u Brady'nin odasına sokmamak için aslı astarı olmayan şeyler söylemiş, Hodges ona, "İyi misin?" diye sorduğundaysa delirecek gibi olmuştu. Ve Norma Wilmer, doktorun Brady üstünde yetkilendirilmemiş deneyler yaptığını söyledikten sonra, *Cesaretin varsa onu soruştur ve başını belaya sok*, demişti. Birkaç aylık ömrü kalmış bir adam için çok cesaret isteyen bir şey sayılmaz.

"Tamam, senin önsezilerine saygım vardır, Bill. Ve eminim, magazin dergilerinde Babineau'nun bir fotoğrafını bulabilirim. Hastaneye bağış toplamak için verilen yemek partilerinden birinde mutlaka görüntülenmiştir."

"Güzel. Şimdi bana o kayyum görevlisi adamın adını bir daha söyler misin?"

"Todd Schneider. Onu sekiz buçukta araman gerekiyor. Ben Robinson'larla olacağım için, ofise daha sonra geleceğim. Jerome'u da getiririm."

"Tamam. Schneider'in telefonu var mı sende?"

"Sana e-postayla gönderdim. E-postana nasıl gireceğini hatırlıyorsun, değil mi?"

"Holly, ben kanserim, Alzheimer değilim."

"Bugün senin son günün, unutma. Bunu da hatırla."

Nasıl unutabilir ki? Onu Brady'nin öldüğü hastaneye yatıracaklar ve iş orada bitecek; Hodges'un son vakası kapanmamış olarak kalacak. Bu hiç hoşuna gitmiyor, ama başka çare yok. Hastalık çok hızlı ilerliyor.

"Kahvaltıda bir şeyler ye."

"Yerim."

Hodges telefonu kapadıktan sonra özlemle kahve demliğine bakıyor. Kokusu harika. Demliği lavaboya boşaltıp giyiniyor. Kahvaltı niyetine hiçbir şey yemiyor.

13

Finders Keepers ofisi, Holly masasında olmadığı zaman bomboş görünüyor, ama hiç değilse Turner Binası'nın yedinci katında sessizlik hâkim; koridorun sonundaki seyahat acentesinin gürültücü personeli işe bir saat sonra başlayacak.

Hodges önünde sarı not defteri varken çok daha iyi düşünebiliyor; aklına bir fikir geldiğinde hemen not ediyor, aradaki bağlantıları çıkarıp tutarlı bir tablo oluşturabiliyor. Polislik günlerinde de çalışma tarzı böyleydi ve çoğu zaman o bağlantıları bulabiliyordu. Yıllar içinde pek çok takdirname almıştı, ama bunları duvara asacağı yerde, dolabının içine tıkmıştı. Takdirname onun için önemli bir şey değildi. Onun için en büyük ödül, o bağlantıyı kurduğu zaman duyduğu sevinçti. Bu nedenle de emniyet teşkilatından emekli olduktan sonra bir köşeye çekilmeyip Finders Keepers'ı kurmuştu.

Bu sabah not defterinde not yoktu; sadece çizdiği çöp adamlar ve uçan daireler vardı. Bu yapbozun bütün parçalarının masada olduğuna ve tek işin bunları doğru bir şekilde bir araya getirmek olduğuna eminaydi, ama Brady'nin ölümü bütün düşünce yollarını tıkamıştı. Saatine her baktığında beş dakikanın daha geçmiş olduğunu görüyordu. Az sonra Schneider'i araması gerekecekti. Onunla telefon görüşmesi bittiğinde de seyahat acentesinin gürültücü personeli gelmiş olurdu. Onlardan sonra da Holly ve Jerome. Sessiz bir ortamda düşünme imkânı olmayacaktı.

Bağlantıları düşün, demişti Holly. *Hepsi onu işaret ediyor. Ve havaya uçurmaya kalkıştığı o konseri.*

Evet, aynen öyle. Çünkü web sitesinden bedava Zappit almayı hak eden kişiler sadece –o zamanlar kız çocuklarıyken şimdi ergen olmuşlardı– Round Here konserinde bulunduklarını kanıtlayabilenlerdi ve o web sitesi de artık silinmişti. Tıpkı Brady ve kotukonser.com gibi yok oldukları için şimdi hepimiz rahat bir nefes alıyoruz.

Hodges defterine iki kelime yazıp bunları bir daire içine alıyor. Biri *Konser.* Diğeri *Kalıntı.*

Kiner Memorial'ı arayıp Umutsuz Vakalar koğuşuna bağlanıyor. Evet, diyorlar, Norma Wilmer burada, ama çok meşgul, telefona gelemeyecek. Hodges onun bu sabah gerçekten çok meşgul olduğuna inanıyor ve akşamdan kalmalığının çok kötü olmadığını umuyor. En kısa zamanda onu araması için bir not bırakıyor, çok acil olduğunu da ekliyor.

Sekizi yirmi beş geçene kadar defter sayfasında şekiller çizdikten sonra (herhalde Dinah Scott'ınki cebinde olduğu için bu defa Zappit resimleri çiziyor) Todd Schneider'i arıyor. Telefonu açan Todd'un kendisi oluyor.

Hodges kendisini Düzgün Ticaret Bürosu'nda çalışan gönüllü bir tüketici avukatı olarak tanıttıktan sonra şehirde ortaya çıkan Zappit tabletleri hakkında soruşturma görevi üstlendiğini söylüyor. Sesine çok sıradan bir şey yapıyormuş havası veriyor. "Çok önemli bir şey değil; özellikle de Zappit'ler bedava dağıtılmış olduğu için, ama bildiğimiz kadarıyla bu Zappit'leri alan bazı kişiler Sunrise Okuyucu Grubu adındaki bir kaynaktan kitap yüklemekteymişler ve bu kitaplar okunamayacak haldeymiş."

"Sunrise Okuyucu Grubu mu?" Schnedier şaşırmış gibi, ama hukuk terimleriyle herhangi bir savunma hamlesine girişmemiş. Hodges da öyle olmasını istiyor. "Sunrise Solutions gibi bir şey mi?"

"Evet, zaten bunun için sizi aradım. Edindiğim bilgiye göre Sunrise Solutions, iflas etmeden önce Zappit Inc. şirketini satın almış."

"Bu doğru, ama önümde Sunrise Solutions ile ilgili yığınla belge olduğu halde Sunrise Okuyucu Grubu'yla ilgili hiçbir şey gördüğümü hatırlamıyorum. Olsaydı, hemen gözüme çarpardı. Sunrise büyük voliyi vurmak amacıyla küçük elektronik şirketleri yutuyordu. Ne yazık ki, o voliyi hiç vuramadılar."

"Peki ya Zappit Kulübü? Bu isim bir şey çağrıştırıyor mu?"

"Hiç duymadım."

"Ya da zeethend.com?" Hodges bunu sorduğu anda alnına bir şamar indiriyor. Saçma sapan şekiller çizerek oyalanacağına bu siteyi kendisi aramalıydı.

"Hayır, bu adı da hiç duymadım." Bu aşamada Schneider hukuk kalkanını çıkarıyor. "Bu bir tüketici dolandırıcılığı sorunu mu? Çünkü iflas kanunları bu konuda çok açıktır ve..."

Hodges, "Öyle bir şey söz konusu değil," diye yatıştırıyor adamı. "Bu konuyla ilgilenmemizin tek nedeni, yüklenen kitapların okunamayacak halde oluşu. En az bir Zappit de arızalı olarak gönderilmiş. Alıcı bunu geri gönderip yeni bir tablet verilmesini istiyor."

"Eğer son parti ürünlerindense, birisine bozuk tablet gönderilmiş olmasına şaşırmadım," diyor Schneider. "O son parti ürünlerin yaklaşık yüzde otuzu arızalıydı."

"Sırf şahsi merakımdan soruyorum; o son partide kaç tablet vardı?"

"Emin olmak için belgelere bakmam gerekir, ama tahminimce yaklaşık kırk bin kadar vardı. Zappit üreticiye dava açtı, ama Çin şirketlerine dava açmak abesle iştigal etmek gibi bir şey. O sırada Zappit ümitsiz bir şekilde ayakta kalma savaşı veriyordu. Size bu bilgileri verebiliyorum, çünkü bu konu çoktan kapanmış durumda."

"Anlıyorum."

"Üretici firma –Yicheng Elektronik– bu suçlama üzerine karşı atağa geçti. Muhtemelen kaybedebilecekleri para için değildi; firma ismi lekelenecek diye endişe etmişlerdi. Eh, onlara hak vermek lazım, değil mi?"

"Evet." Hodges ağrı kesici almak için daha fazla bekleyemiyor. Hap şişesini alıp içinden iki tane çıkarıyor, sonra gönülsüzce bir tanesini geri bırakıyor. Etkisini daha çabuk bırakır umuduyla o hapı erimesi için dilinin altına yerleştiriyor. "Bence de haklılar."

"Yicheng arızalı tabletlerin nakliyat sırasında, muhtemelen su nedeniyle hasar gördüğünü iddia etti. Eğer bir yazılım sorunu olsaydı, bütün tabletler arızalı olurdu, dediler. Bana mantıklı geldi, ama elektronik konusunda fazla bilgim yoktur. Her neyse, Zappit battı, Sunrise Solutiouns da davadan vazgeçmeyi tercih etti. O sırada daha büyük sorunları vardı. Kredi kuruluşları kapıya dayanmışlar, yatırımcıları da çekilmeye başlamışlardı."

"O son nakliyatla gelen ürünler ne oldu?"

"Tabii, şirket için aktif varlık demekti, ama arıza sorunu nedeniyle pek değerli bir aktif değildi. Bunlardan bir miktarını elde tuttum ve iskontolu mal satan perakende satış şirketlerine teklif ettik. Dollar Store ve Economy Wizard gibi şirketler. Tanıdık geliyor mu?"

"Evet." Hodges bir süre önce Dollar Store'dan bir çift mokasen almıştı. Bir dolardan daha pahalıydı ama hiç fena değildi. Çok rahattı.

"Tabii, her on Zappit tabletinden üç tanesinin arızalı olabileceğini açıklamak zorundaydık. Bu da son nakliyatla gelen bütün ürünleri satma ihtimalini yok etti. Ürünleri birer birer kontrol etmek çok fazla iş gücü gerektiriyordu."

"Evet."

"Bunun üzerine iflas idaresi kayyumu olarak bunların imha edilmesine ve vergi indirimi istemeye karar verdim. Epey bir miktar tutuyordu; General Motors standartlarında olmasa da, altı haneli bir sayı. Hesapları tutturmak için... anlatabiliyor muyum?"

"Evet, çok mantıklı."

"Ama bunu yapamadan önce sizin şehrinizdeki Gamez Unlimited adlı bir şirketten bir adam aradı. *Games* kelimesindeki son harf S değil Z. Adam kendini şirketin CEO'su olarak tanıttı. Büyük ihtimalle iki odası olan veya bir garajda faaliyet gösteren üç kişilik bir kuruluşun CEO'suydu." Schneider kıkırdıyor. "Bilgisayar devrimi geliştikçe bunun gibi kuruluşlar mantar gibi bitiyor; şu ana kadar da hiçbirinin bedava ürün verdiğini duymuş değilim. Bana biraz üçkâğıtçılık gibi geliyor, haksız mıyım?"

"Haklısınız," diyor Hodges. Ağzında eriyen hap adamakıllı acı ama onu çok rahatlatıyor. Hayatta pek çok şey de böyle değil mi, diye düşünüyor.

Schneider artık yasal endişeleri tamamen bir yana atmış, heyecanla kendi hikâyesini anlatıyor. "Adam tanesi seksen dolardan sekiz yük adet Zappit satın almayı teklif etti. Bu miktar tavsiye edilen perakende bedelinden yüz dolar daha ucuzdu. Biraz pazarlık ettikten sonra yüz dolarda anlaştık."

"Tanesi yüz dolar mı?"

"Evet."

"Seksen bin dolar eder," diyor Hodges. Hakkında Tanrı bilir kaç tane hukuk davası açılmış olan Brady'yi düşünüyor; tazminat olarak onlarca milyon dolar ödemesi isteniyordu. Oysa Brady'nin bankada –eğer Hodges yanlış hatırlamıyorsa– yaklaşık bin yüz doları vardı. "Bu miktar için size bir çek mi verildi?"

Hodges bu sorusunun cevaplanacağını sanmıyor –çoğu avukat bu aşamada konuyu kapatır– ama adam cevap veriyor. Herhalde Sunrise Solutions'ın iflası artık yasal bir şekilde bağlanmış olduğu için. Schneider için bu görüşme, maç sonrası bir röportaj gibi. "Doğru. Gamez Unlimited hesabından bozduruldu."

"Çekin karşılığı var mıydı?"

Todd Schneider yine kıkırdıyor. "Olmasaydı, o sekiz yüz Zappit de diğerleri gibi geri dönüştürülüp işe yarar hale getirilirdi."

Hodges not defterinde hemen bir hesap yapıyor. Eğer sekiz yüz tabletin yüzde otuzu arızalıysa, geriye çalışır halde beş yüz altmış tablet kalıyordu. Ya da belki, o kadar çok değildi. Hilda Carver'a verilen tablet herhalde kontrolden geçmiş olmalıydı –yoksa neden verilecekti?– ama Barbara'nın dediğine göre tablet bir kez mavi bir ışık verip kapanmıştı.

"Böylece bunları teslim ettiniz."

"Evet. Terre Haute'teki bir depodan UPS aracılığıyla. Çok küçük bir tazminat, ama bu da bir şey sayılır. Müvekkillerimiz için elimizden geleni yaparız, Bay Hodges."

"Eminim, yaparsınız." Ve hepimiz rahat bir nefes alırız, diyor içinden. "O sekiz yüz Zappit'in gönderildiği adresi hatırlıyor musunuz?"

"Hayır, ama dosyalarımda vardır. Bana e-posta adresinizi verirseniz size gönderirim. Ama bir şartla: Bu Gamez denen şirketin nasıl bir dalavere çevirdiğini anlatmak için beni arayacaksınız."

"Memnuniyetle, Bay Schneider." Herhalde bir posta kutusu numarasıdır ve çoktan devre dışı kalmıştır, diye düşünüyor Hodges. Ama yine de bakılması gerek. Kendisi hastanede neredeyse tedavi edilemeyecek bir şey için tedavi görürken, Holly bunu araştırabilir. "Çok yardımcı oldunuz, Bay Schneider. Bir şey daha sorduktan sonra sizi rahat bırakacağım. Gamez Unlimited'in CEO'sunun adını hatırlıyor musunuz?"

"Tabii," diyor Schneider. "Bu yüzden şirket adının S yerine Z harfiyle bittiğini varsaymıştım."

"Anlayamadım."

"CEO'nun adı Myron Zakim'di."

14

Hodges telefonu kapadıktan sonra Firefox'u açıp zeethend sayfasına giriyor; karşısına kazma sallayan bir çizgi karakter çıkıyor. Yerden bulutlar haline toprak kalkarken üst üste aynı mesaj beliriyor:

**ÜZGÜNÜZ, HÂLÂ İNŞAAT HALİNDEYİZ
AMA BİZİ ARAMAYA DEVAM EDİN!**
"Sebat etmek için yaratılmışızdır,
bu sayede kim olduğumuzu öğreniriz."
Tobias Wolfe

Reader's Digest'e yakışan değerli bir fikir, diye düşünüyor Hodges ve pencereye gidiyor. Aşağı Marlborough Caddesi'nde trafik hızla akıyor. Günlerden beri ilk kez yan tarafındaki sancının tamamen kaybolduğunu fark edince şükrediyor. Neredeyse hiçbir sorunu olmadığına inanacak, ama ağzındaki acı tat buna imkân vermiyor.

Acı tat, diyor içinden. O *kalıntı*.

Cep telefonu çalıyor. Arayan Norma Wilmer; o kadar alçak sesle konuşuyor ki, Hodges onu işitmekte zorlanıyor. "Eğer o ziyaretçi listesini soracaksan, henüz arama fırsatım olmadı. Burası polislerle ve savcılığın ucuz takım elbiseli adamlarla kaynıyor. Sanırsın ki, Hartsfield intihar etmeyip buradan kaçmış."

"Her ne kadar o bilgiye ihtiyacım varsa da, aramamın nedeni o listeyle ilgili değil; ama eğer onu bulup bana bugün verebilirsen elli dolar daha kazanırsın. Yani bana öğleden önce verebilirsen, yüz dolar veririm."

"Yahu, bu liste neden bu kadar önemli? Son on yıl içinde bizim koğuşla Ortopedi arasında mekik dokuyan Georgia Frederick'e sordum, bana senin dışında Hartsfield'i ziyaret eden sadece bir kişiyi gördüğünü söyledi. Saçları deniz piyadesi gibi kesilmiş, kolları dövmeli, fare gibi bir kadın."

Bu bilgi Hodges'a herhangi bir şey ifade etmiyor ama az da olsa bir titreşim yaratıyor. Tabii buna güvenecek değil. Bu işi çözmek için adımlarını çok temkinli atması lazım.

"Ne istiyorsun, Bill? Boktan bir nevresim dolabındayım, burası çok sıcak ve başım ağrıyor."

"Eski ortağım aradı ve bana Brady'nin bir şeyler yutarak kendini öldürdüğünü söyledi. Bundan çıkardığım anlam, herifin bu işi yapmasına yetecek kadar ilacı biriktirmiş olduğu. Bu mümkün mü?"

"Mümkün. Bütün uçuş mürettebatının yemekten zehirlenip öldüğü bir 767 Jumbo jeti güvenli bir şekilde alana indirmem de mümkün, ama her ikisi de hiç akla yatkın değil. Polislere ve o savcılık görevlilerine söylediğim şeyi sana da söyleyeyim. Fizyoterapi günlerinde Brady'ye Anaprox–DS veriliyordu; biri yemekten önce, diğeri de –eğer isterse, ki çok ender isterdi– daha geç saatlerde. Anaprox sancı kontrolü bakımından reçetesiz satılan Advil'den daha kuvvetli değildir. Listesinde Ekstra Kuvvetli Tylenol da vardı, ama bunu sadece birkaç kere istemişti."

"Savcılıktan gelenler ne düşünüyorlar?"

"Şu anda Brady'nin avuç avuç Anaprox yuttuğu teorisi üstünde duruyorlar."

"Ama sen buna inanmıyorsun, öyle mi?"

"Elbette inanmıyorum. Onca hapı nerede saklayacak, kemikli götüne mi sokacak? Şimdi gitmem gerekiyor. O ziyaretçi listesini bulunca seni ararım. Tabii öyle bir liste varsa..."

"Sağ ol, Norma. Baş ağrın için bir Anaprox al."

"Siktir git, Bill," diyor Norma, ama gülerek...

15

Jerome içeriye adımını attığı anda Hodges'un aklına gelen ilk şey, *Yahu, çocuk, sen ne kadar büyümüşsün!* oluyor.

Jerome Robinson onun yanında çalışmaya başladığında –önce çimleri biçmek, sonra ev işlerinde yardımcı olmak, sonunda da bilgisayarını güncelleştiren bir teknoloji meleği olarak– yetmiş kilo, bir yetmiş beş boyunda bir ergendi. Şimdi kapı eşiğinde duran adam en az bir doksan boyunda, seksen beş kiloluk genç bir devdi. Her zaman yakışıklıydı, ama şimdi sinema yıldızı gibiydi ve kaslarını geliştirmişti.

Jerome gülümseyerek içeriye yürüyüp Hodges'a sarılıyor. Ona sıkı sarılıyor, ama Hodges'un yüzünü buruşturduğunu fark edince hemen bırakıyor. "Ah, özür dilerim."

"Canımı yakmadın, sadece seni gördüğüme çok sevindim." Hodges'un gözleri buğulanmış, elinin içiyle gözlerini siliyor.

"Ben de seni gördüğüme çok sevindim. Nasılsın?"

"Şu anda iyiyim. Sancılar için ağrı kesici alıyorum, ama sen hepsinden daha iyi ilaçsın."

Holly de kapının eşiğinde duruyor; kışlık parkasının fermuarı açık, küçük ellerini belinde kavuşturmuş. Onları mutsuz bir tebessümle seyrediyor. Hodges böyle bir şeyin olabileceğine inanmazdı, ama belli ki oldu.

"Buraya gelsene, Holly," diyor. "Söz veriyorum, grup halinde sarılmayacağız. Gelişmeler hakkında Jerome'a bilgi verdin mi?"

"Barbara'yla ilgili kısmı biliyor, ama geri kalanını senin anlatman daha iyi olur diye düşündüm."

Jerome sıcak elini Hodges'un ensesine koyuyor. "Holly yarın tedaviye başlaman ve başka testler yapılması için hastaneye gideceğini söylüyor ve eğer buna itiraz etmeye kalkarsan sana 'kes sesini' demem gerekiyormuş."

"'Kes sesini' demedim," diyor Holly ona çatık kaşlı bir bakış atarak. "O ifadeyi hiç kullanmadım."

Jerome gülümsüyor. "Dudaklarından o kelimeler çıkmadı ama gözlerinde vardı."

"Saçmalama," diyor Holly gülümseyerek. Birlikte ne mutluyuz, diye düşünüyor Hodges, belli bir nedenden dolayı da üzgünüz. Bu tuhaf bir şekilde hoş olan kardeşçe atışmayı kesip Barbara'nın nasıl olduğunu soruyor.

"İyi. Kaval kemiğinde ve incik kemiğinde kırıklar var. Futbol sahasında veya kayak yaparken de olabilecek cinsten. Sorun çıkmadan iyileşeceğini düşünüyorlar. Bacağı alçıya alındı. Daha şimdiden, alçının içi çok kaşınıyor, diye yakınıyor. Annem ona o kaşıyıcı gibi şeylerden bir tane alacak."

"Holly, ona o altı fotoğrafı gösterdin mi?"

"Gösterdim, hiç duraksamadan Doktor Babineau'yu seçti."

Sana da soracağım birkaç sorum olacak, doktor, diye düşünüyor Hodges. Ve bu son günüm bitmeden önce bu soruların cevabını mutlaka alacağım. Bu cevapları almak için kolunu bükmem, gözlerini yerinden fırlatmam gerekirse, bence hiç sakıncası yok.

Jerome her zaman yaptığı gibi Hodges'un masasının bir köşesine oturuyor. "Olayı bana en başından anlatsana. Belki yeni bir şey görürüm."

Anlatımın büyük bir kısmını Hodges yapıyor. Holly pencereye gidip, Aşağı Marlborough Caddesi'ne bakıyor; kollarını kavuşturmuş, elleriyle omuz başlarını avuçlamış halde dışarıya bakarken zaman zaman bir şey ekliyor, ama çoğunlukla dinliyor.

Hodges bitirince Jerome, "Bu 'zihinle maddeyi etkileme' konusunda ne kadar eminsin?" diye soruyor.

Hodges bir an düşündükten sonra, "Yüzde seksen," diyor. "Belki daha da çok. Uçuk bir düşünce, ama mümkün olabileceğiyle ilgili çok veri var."

"Eğer bunu başarabiliyorsa, bu benim suçum," diyor Holly onlara yüzünü dönmeden. "Ona senin copunla vurduğum zaman bu darbe onun beynini yeni bir düzene sokmuş olabilir. Yüzde doksanını hiç kullanmadığımız gri maddeye erişmesini sağlayabilir."

"Mümkün," diyor Hodges, "ama ona vurmasaydın sen de Jerome da ölmüş olacaktınız."

"Bizimle birlikte daha pek çok kişi gibi," diyor Jerome. "Ve bu durumun kafasına aldığı darbeyle ilgisi de olmayabilir. Babineau ona her ne yutturduysa, belki onu komadan çıkarmaktan fazlasını sağlamıştır. Deneme aşamasındaki ilaçlar bazen hiç beklenmemdik etkiler yapabiliyor."

"Ya da her iki ihtimalin birleşimi olabilir," diyor Hodges. Bu konuyu konuştuklarına inanamıyor, ama ortaya dökmemek dedektiflik mesleğinin ilk kuralını yok saymak olur: Olgular nereye yönlendiriyorsa, oraya gideceksin.

"Brady senden nefret ediyordu, Bill," diyor Jerome. "Onun istediği şeyi yapıp kendini öldürmediğin gibi, bir de adamın peşine düştün."

"Ve onun silahını ona çevirdin," diye ekliyor Holly yüzü hâlâ pencereye dönük. "Debbie'nin Mavi Şemsiyesi'ni kullanıp onu ortaya çıkmaya zorladın. İki gece önce sana o mesajı gönderen oydu, biliyorum. Kendine Z-Çocuk diyen Brady Hartsfield." Holly şimdi onlara dönüyor. "Bu çok açık. Onu Mingo'da sen durdurdun..."

"Hayır, o sırada alt kattaydım, kalp krizi geçiriyordum. Onu durduran sendin, Holly."

Holly hararetle başını iki yana sallıyor. "Brady bunu bilmiyor, *çünkü beni hiç görmedi*. O gece olanları unutabilir miyim sanıyorsun? Hiçbir zaman unutamayacağım. Barbara birkaç sıra önümde oturuyor ve Brady bana değil, ona bakıyordu. Ona bağırdım ve başını çevirmeye başladığı anda kafasına indirdim. Sonra bir daha vurdum. Bütün kuvvetimle vurdum."

Jerome ona doğru bir adım atınca Holly elini kaldırıp yaklaşmamasını işaret ediyor. Holly için göz teması hep zor olmuştur, ama şimdi doğruca Hodges'a bakıyor. Gözleri parlamış.

"Onu ortaya çıkmaya *sen* teşvik ettin, şifresini *sen* tahmin ettiğin için bilgisayarına girip ne yapacağını öğrenebildik. Ve Brady'nin daima suçladığı kişi *sen* oldun. Bunu *biliyorum*. Sonra da devamlı odasına gidip orada oturdun ve onunla konuştun."

"Sence bunu yapmasının nedeni bu mu? *Bu* dediğim şey her ne ise?"

"*Hayır!*" diye haykırıyor Holly. "*Bunu yaptı, çünkü herif zırdeli!*" Holly bir an sustuktan sonra cılız bir sesle, bağırdığı için özür diliyor.

"Özür dileme, Hollyberry," diyor Jerome. "Böyle babalandığın zaman beni çok heyecanlandırıyorsun."

Holly ona suratını ekşiterek bakıyor. Jerome bir kahkaha atıp Hodges'a dönüyor. "Dinah Scott'ın Zappit'ine bir bakmak isterim."

"Paltomun cebimde," diyor Hodges, "ama Balık Deliği tanıtım ekranına bakarken dikkatli ol."

Jerome elini Hodges'un paltosunun cebine sokup, içinden Dinah'nın yeşil Zappit'ini çıkarıyor. "Olur şey değil. Bu nesnelerin de video oynatıcıları ve çevirmeli modemler gibi tarihe karıştığını sanıyordum."

"Aslında öyle oldu," diyor Hodges, "ve pahalı oluşu da bu süreci hızlandırdı. Araştırdım. 2012 yılında perakende satış fiyatı yüz seksen dokuz dolarmış. Olur şey değil."

Jerome, Zappit'i bir elinden diğerine geçiriyor. Yüzü asık ve bitkin görünüyor. Eh, tabii, diye düşünüyor Hodges. Daha dün Arizona'da ev inşa ediyordu. Her zaman neşeli olan kız kardeşi kendini öldürmeye kalkıştığı için derhal evine dönmek zorunda kalmıştı.

Belki Jerome da onun yüzünde aynı bitkinliği görüyordu. "Barbara'nın bacağı iyileşecek. Beni asıl endişelendiren şey, onun zihni. Devamlı mavi flaşlardan ve işittiği sesten söz ediyor. Oyundan gelen şeyler."

"Hâlâ kafasının içinde olduğunu söylüyor," diyor Holly. "İnsanın diline takılan bir müzik parçası gibi. Artık o oyuncak kırıldığına göre, herhalde zamanla geçecek, ama tabletleri alan başkaları ne olacak?"

"Kötükonser sitesi kapandığına göre, başka kimlerde tablet olduğunu bulmanın bir yolu var mı?" diye soruyor Hodges.

Holly ve Jerome birbirlerine baktıktan sonra aynı anda başlarını iki yana sallıyorlar.

"Kötü," diyor Hodges. "Yani buna şaşırmadım, ama yine de... kötü be!"

"Bundan da mavi flaş çıkıyor mu?" diye soruyor Jerome; Zappit'i hâlâ açmış değil. Bir elinden diğerine geçirip duruyor.

"Hayır, ve pembe balık da sayıya dönüşmüyor. Sen de denesene."

Jerome bunu yapmak yerine tableti ters çevirip pil yuvasını açıyor. "Tipik ikili A pili," diyor. "Şarj edilebilenlerden. Burada sihirli bir şey yok. Ama Balık Deliği tanıtım ekranı gerçekten uyku getiriyor mu?"

"Benim getirdi," diyor Hodges. O anda tıka basa ağrı kesici almış olduğunu eklemiyor. "Şu anda Babineau daha çok ilgimi çekiyor. O adam bu işin bir parçası. Bu ortaklığın nasıl doğduğunu bilmiyorum, ama eğer hâlâ hayattaysa bize anlatacak. İşin içinde birisi daha var."

"Hizmetçinin gördüğü adam," diyor Holly. "Kaportası boya lekeli eski bir otomobil kullanan adam. Ne düşündüğümü bilmek ister misiniz?"

"Söyle."

"İkisinden biri, ya Dr. Babineau ya da eski otomobilli adam, hemşire Ruth Scapelli'yi ziyaret etti. Hartsfield'in o kadına karşı bir husumeti olmalı."

"Birisini nasıl bir yere gönderebilir ki?" diye soruyor Jerome pilleri tekrar yuvasına yerleştirirken. "Zihin kontrolüyle mi? Senin söylediğine göre, Bill, adamın o telekine-her neyse ile yapabildiği tek şey banyosundaki muslukları açmaktır, ki ben bunu bile kabul etmekte zorlanıyorum. Belki sadece dedikodudur. Şehir efsanesi yerine hastane efsanesi."

"Oyunlarla ilgili olmalı," diyor Hodges. "O oyunlara bir şey yaptı. Bir şekilde güçlendirdi."

"Hastane odasından mı?" Jerome onu ciddiyete davet eder gibi bir bakış atıyor.

"Biliyorum, saçma geliyor, hatta telekinezi öğesini katsak bile... Ama mutlaka o oyunlarla ilgili olmalı. *Mutlaka.*"

"Babineau biliyordur," diyor Holly.

"Bu kız bir şair, ama farkında değil," diyor Jerome. Tablet hâlâ bir elinden diğerine geçiyor. Hodges onun bunu yere atıp ayağıyla ezmemek için kendini zor tuttuğunu düşünüyor. Çok da mantıklı olur. Ne de olsa bunun gibi bir tablet az kalsın kız kardeşinin ölümüne neden olacaktı.

Hayır, diyor içinden Hodges. Bunun gibi değildi. Dinah'nın Zappit'indeki Balık Deliği tanıtım ekranı hafif bir hipnoz etkisi yaratıyordu, o kadar. Ve muhtemelen...

Birden yerinde doğrulunca yan tarafına sancı giriyor. "Holly, internette Balık Deliği'yle ilgili bir araştırma yaptın mı?"

"Hayır," diyor Holly. "Hiç aklıma gelmedi."

"Şimdi yapar mısın? Bilmek istediğim şey..."

"Tanıtım ekranı hakkında hiç konuşulmuş mu? Bunu benim düşünmem gerekirdi. Şimdi hemen araştırırım." Holly masasına gidiyor.

"Anlamadığım bir şey var," diyor Hodges. "Brady bütün bunların sonucunu görmeden neden kendini öldürdü?"

"Yani kaç çocuğun kendini öldürdüğünü görmeden mi demek istiyorsun?" diyor Jerome. "O lanet olası konserde bulunan çocuklar. Çünkü bahsettiğimiz şey bu, öyle değil mi?"

"Evet," diyor Hodges. "Çok fazla boşluklarımız var, Jerome. Çok fazla. Daha herifin kendini nasıl öldürdüğünü bile bilmiyoruz. Gerçekten de kendini öldürdüyse."

Jerome sanki beyninin şişmesini engellemek ister gibi avuçlarını şakaklarına bastırıyor. "Lütfen, bana onun hâlâ sağ olduğunu düşündüğünü söyleme."

"Hayır, ölmesine öldü, tamam. Pete bu konuda yanılmış olamaz. Demek istediğim şey şu: Belki onu birisi öldürdü. Elimizdeki bilgilere bakacak olursak, en önde gelen zanlı Babineau."

"Hurra!" diye bağırıyor Holly öbür odadan.

Holly bunu dediği anda Hodges ve Jerome birbirlerine bakıyorlar ve o anda büyük bir uyum içinde ikisi de kahkaha atmamak için kendilerini zor tutuyorlar.

"Ne oldu?" diye sesleniyor Hodges. Kahkahayı patlatmadan önce ağzından çıkarabildiği tek şey bu. O şekilde gülmesi hem yan tarafını sızlatacak hem de Holly'nin duygularını rencide edecek.

"Balık Deliği Hipnozu adında bir site buldum! Ana sayfada çocukların tanıtma ekranına uzun süre bakmamaları için ebeveynleri uyaran bir yazı var. İlk defa 2005 yılında, bunun eğlence salonu versiyonunda fark edilmiş. Aynı sorun Game Boy'da da varmış, onlar bunu düzeltmişler, ama Zappit... bir saniye bekleyin... onlar da düzelttik demişler ama düzeltmemişler. Burada uzun bir çizgi var!"

Hodges, Jerome'a bakıyor.

"İnternetteki konuşmaları kastediyor," diye açıklıyor Jerome.

"Des Moines'te bir çocuk bunu oynarken bayılıp başını masanın kenarına çarparak kafatasını çatlatmış!" Holly yerinden kalkıp onların yanına gelirken sevinçten uçacak gibi. Yanakları pembeleşmiş. "Mutlaka davalar açılmış olmalı! Bahse girerim, Zappit'in iflas etme sebeplerinden biri budur! Sunrise Solutions da aynı nedenlerden..."

Masasındaki telefon çalmaya başlıyor.

"Off!" diyor Holly telefona giderken.

"Her kimse, bugün kapalı olduğumuzu söyle."

Ama Holly, "Burası Finders Keepers," dedikten sonra sadece dinliyor. Sonra da dönüp almacı tutuyor.

"Arayan Pete Huntley. Seninle hemen konuşması lazımmış ve sesi... biraz tuhaf geldi. Sanki üzgün veya kızgın gibi."

Hodges onun neden üzgün veya kızgın olduğunu öğrenmek için diğer odaya gidiyor.

Arkasında Jerome, nihayet Dinah Scott'ın Zappit'ini açıyor.

Freddi Linklatter'ın bilgisayar odasında (Freddi dört tane Excedrin almış, yatak odasında uyuyor) BULUNAN 44 yazısı

BULUNAN 45'e dönüşüyor. Sonra da yineleyicide YÜKLENİYOR yazısı beliriyor.

Ardından flaşlar halinde İŞLEM TAMAM yazısı çıkıyor.

16

Pete alo, demiyor. Dediği şey şu: "Al bu işi, Kerm. Al ve gerçeği ortaya çıkarana kadar suyunu sık. Cadaloz, evin içinde, yanında Eyalet Suç Soruşturması Şubesi'nden birkaç dedektif var. Ben de kendimi dışarıya attım, dışarıdaki barakadayım ve burası bok gibi soğuk."

Hodges önce şaşkınlık içinde hemen cevap veremiyor. Şaşırmasının tek nedeni Pete'in çalışmakta olduğu bir suç mahallinde eyalet dedektiflerinin de bulunması değil. Asıl nedeni, birlikte çalıştıkları onca yıl boyunca Pete'in sadece bir kere bir kadın için cadaloz demiş olması. Onu da, Pete'in karısını boşanmak ve çocukları da alarak onu terk etmesi için zorlayan kaynanasından söz ederken kullanmış. Bu defa cadaloz diye söz ettiği kadın herhalde ortağı, takma adıyla Bayan Güzel Gri Gözler olmalı.

"Kermit? Orada mısın?"

"Buradayım," diyor Hodges. "Sen neredesin?"

"Sugar Heights'ta. Lilac Caddesi'nde, Doktor Felix Babineau'nun evinde. Yani, herifin *malikânesinde*. Babineau'nun kim olduğunu biliyorsun. Buna eminim. Brady Hartsfield'i senin kadar yakından kollayan başka kimse olmadı. Bir ara senin hobin gibi bir şeydi."

"Kimden söz ettiğini biliyorum, evet. Ama neden bahsettiğini bilmiyorum."

"Bu iş bomba gibi patlayacak, ortak ve Izzy de bu patlama sırasında yara almak istemiyor. Hırslı bir kadın. On yıl sonra Şef Dedektif, belki on beş yıl sonra Emniyet Müdürü olabilir. Bunu anlayabiliyorum, ama hoşuma gittiğini söyleyemem. Benim arkamdan Emniyet Müdürü Horgan'ı aramış, Horgan da eyalet dedektiflerini çağırmış. Şu anda resmen onların vakası değil ama öğleden sonra öyle olacak. Suçluyu buldular, ama bir terslik var. Bunu biliyorum, Izzy de biliyor, ama umurunda bile değil."

"Pete, yavaşla biraz. Bana neler olduğunu anlat."

Holly merak içinde kıvranıyor. Hodges omuz silkip parmağını kaldırarak ona bekle işareti yapıyor.

"Saat yedi buçukta hizmetçi eve geliyor. Adı Nora Everly. Garaj yolunda Babineau'nun BMW'sini görüyor; ön camında bir kurşun deliği var. Otomobilin içine bakınca direksiyonda ve koltukta kan görüyor ve hemen 911'i arıyor. Beş dakika uzaklıkta bir devriye otosu var –Heights'ta daima beş dakikalık uzaklıkta polis otoları vardır– devriye polisi oraya geldiğinde Everly kendi otomobilinin içine girmiş, kapılarını kilitlemiş ve tir tir titriyormuş. Polisler ona olduğu yerde kalmasını söyleyip kapıya gidiyorlar. Kapı kilitli değil. Bayan Babineau –Cora– holde cansız yatıyor ve eminim onu öldüren kurşun BMW'den çıkarılanla eşleşecek. Alnında –buna hazır mısın?– siyah mürekkeple çizilmiş bir Z harfi var. TV ekranı dahil daha pek çok yerde bu harf var. Tıpkı Ellerton'un evindeki gibi. Sanırım tam bu aşamada ortağım bu boktan işe bulaşmamaya karar verdi."

Hodges sırf Pete konuşmaya devam etsin diye, "Anlıyorum," diyor. Önündeki not defterine büyük harflerle, gazete manşeti gibi BABINEAU'NUN KARISI ÖLDÜRÜLMÜŞ yazıyor. Holly hayretler içinde elini ağzına götürüyor.

"Polislerden biri merkezi ararken, diğeri üst kattan gelen bir horlama sesi duyuyor. Söylediğine göre, elektrikli testere gürültüsü gibiymiş. Tabancalarını çekip yukarıya çıkıyorlar ve üç misafir yatak odasından birinde –dikkat isterim, tam üç tane misafir yatak odası olacak kadar büyük bir ev– uyumakta olan yaşlı bir adam buluyorlar. Adamı uyandırıp adını soruyorlar; adı Al Brooks."

"Kütüphane Al!" diye bağırıyor Hodges. "Hastanedeki adam! İlk gördüğüm Zappit'i bana o göstermişti!"

"Evet, o adam. Gömlek cebinde bir Kiner kimlik kartı vardı. Polisler üstüne varmadan Bayan Babineau'yu öldürdüğünü söylüyor. Bunu hipnoz altındayken yaptığını iddia ediyor. Adamı kelepçeleyip aşağıya indiriyorlar ve kanepeye oturtuyorlar. Yarım saat sonra Izzy'yle birlikte suç mahalline geldiğimizde onu orada bulduk. Herifin nesi var, sinir krizi mi geçirdi veya başka bir şey mi oldu bilmiyorum, ama kafayı yemiş. Uçuk şeyler söyleyip duruyor."

Hodges, Brady'yi son ziyaretlerinden birinde –2014 İşçi Bayramı olabilir– Al'ın ona söylediği bir şeyi hatırlıyor. "Hiçbir şey görmediğin şey kadar güzel değildir."

"Evet," diyor Pete şaşırarak. "Öyle bir şey dedi. Izzy onu kimin hipnotize ettiğini sorunca, balıklar, dedi. Güzel deniz kenarındaki balıklar."

O anda Hodges bunu anlamlı buluyor.

"Onu sorgulamaya devam ederken –bunu ben yapıyordum, çünkü o sırada Izzy mutfağa gitmiş, bana sormadan bu vakayı bizden almaları için merkezi arıyor olmalıydı– adam bana Doktor Z'nin ona, 'İşaretini bırak,' dediğini söyledi. On tane. Gerçekten de cesedin alnındaki dahil tam on tane Z vardı. 'Doktor Z, Dr. Babineau mu?' diye sordum, 'Hayır, Doktor Z, Brady Hartsfield'dir,' dedi. Tam kaçık, değil mi?"

"Evet," diyor Hodges.

"Doktor Babineau'yu da vurdun mu, diye sordum. Sadece başını iki yana salladı ve uyumaya devam etmek istediğini söyledi. Tam o sırada Izzy mutfaktan geldi ve Şef Horgan'ın eyalet dedektiflerini çağırdığını söyledi. Doktor B. önde gelen bir şahsiyet olduğu için bu vaka da 'özel' sınıfındaymış. Hem şansımıza, iki eyalet dedektifi bir davada ifade vermek için zaten şehirdeymişler. Izzy benimle göz temasından kaçınıyordu, ona Z'leri gösterip bir şey hatırlatıyor mu diye sorduğumda hiçbir şey söylemedi."

Hodges eski ortağının sesinde hiç bu denli öfke ve hüsran duymamış.

"O anda cep telefonum çaldı. Hatırlarsan, bu sabah seni aradığımda nöbetçi doktorun Hartsfield'in ağzından numune aldığını söylemiştim. Daha Adli Tıp uzmanı oraya gelmeden önce."

"Evet."

"Arayan o doktordu. Adı Simonson. Adli Tıp tahlili iki günden önce gelmez, ama Simonson bunu hemen yapmış. Hartsfield'in ağzındaki madde Vicodin'le Ambien karışımıymış. İkisi de Hartsfield'e reçete edilen şeyler değilmiş ve adamın en yakın ilaç dolabına gidip bunları yürütmesi de söz konusu olamaz, değil mi?"

Brady'nin ağrı kesici olarak ne aldığını bilen Hodges, böyle bir şey olamayacağı konusunda Pete'le aynı fikirde.

"Şu anda Izzy evin içinde, eyalet dedektifleri o Brooks denen adamı sorguya çekerken sessizce onları seyrediyordur. O Brooks denen adam gerçekten kendi adını bile zor hatırlıyor. Kendine Z-Çocuk diyor. O çizgi romanlardaki gibi."

Hodges bir kez daha kalemi eline alıp deftere büyük harflerle yazmaya başlıyor. Holly de ne yazdığını görmek için eğilmiş bakıyor. MESAJI DEBBIE'NİN MAVİ ŞEMSİYESİ'NE KÜTÜPHANE AL BIRAKMIŞ.

Bunu okuyan Holly'nin gözleri fincan gibi büyüyor.

"Eyalet dedektifleri gelmeden hemen önce –adamlar da bayağı çabuk geldiler– Brooks'a, 'Brady Hartsfield'i de öldürdün mü?' diye sordum. Izzy hemen, 'Buna cevap verme!' diye araya girdi."

"Ne dedi?" diyor Hodges hayretler içinde. Pete'in ortağıyla giderek bozulan ilişkisini düşünecek halde değil, ama yine de çok şaşırıyor. Ne de olsa Izzy bir polis dedektifi, Kütüphane Al'ın savunma avukatı değil.

"Duydun işte. Sonra da bana bakıp, 'Ona haklarını okumadın,' diyor. Üniformalı polislere dönüp, 'Bu adama Miranda haklarını okudunuz mu?' diye soruyorum. Tabii ki okuduk, diyorlar. Izzy'ye bakıyorum, yüzü daha da kızarmış, ama geri adım atmıyor. 'Eğer bu işi bozarsak, senin başın ağrımayacak, birkaç hafta sonra ilişkin kalmıyor, ama ben buradayım ve kabak benim başımda patlayacak,' diyor."

"Sonra da eyalet dedektifleri geliyor..."

"Evet. Şimdi ben de Bayan Babineau'nun saksılarını koyduğu barakadayım ve götüm donuyor. Şehrin en zengin semtinde olduğum halde, köhne bir barakadayım, Kerm. Eminim, Izzy şu anda seni aradığımı biliyordur. Sevgili Kermit amcama sızlandığımı."

Muhtemelen Pete bu konuda haklı. Ama Bayan Güzel Gri Gözler, Pete'nin düşündüğü gibi basamakları tırmanma konusunda kararlıysa, herhalde sızlanmak yerine daha kötü bir kelime düşünüyordur: ispiyoncu.

"Bu Brooks denen adam kafayı yemiş bir durumda; ve olay medyaya yansıdığı zaman bu haliyle ideal bir günah keçisi olacak. Senaryo nasıl yazılacak, biliyor musun?"

Hodges biliyor ama Pete'in anlatmasını istiyor.

"Brooks kendini Z-Çocuk adlı bir adalet intikamcısı olduğuna inandırmış. Buraya gelmiş, kapıyı açan Bayan Babineau'yu öldürdükten sonra kaçmaya çalışan doktoru da BMW'sine binerken öldürmüş. Sonra hastaneye gidip Babineau'nun özel stokundan bir yığın hap almış ve Hartsfield'in ağzına tıkmış. Bu noktada ben de aynı görüşteyim, çünkü ilaç dolabı eczane gibiydi. Ve tabii, Brooks, Beyin Hasarları Kliniği'ne serbestçe girip çıkabiliyor, çünkü hem kimlik kartı var hem de son altı-yedi yıldır hastane demirbaşı gibi olmuş. Ama *neden*? Ve Babineau'nun cesedini ne yaptı? Çünkü hiçbir yerde yok."

"İyi soru."

Pete devam ediyor. "Diyecekleri şey şu: Brooks cesedi kendi otomobiline koydu ve Hartsfield'e hapları yutturduktan sonra hastaneden dönerken hemen bulunamayacak bir yere attı. Ama kadının cesedini evin holünde bırakmışken, neden kocasının cesedini başka yere götürsün? Ve her şeyden öte, neden buraya dönsün ki?"

"Diyecekleri şey..."

"Evet, 'herif kaçığın teki' diyecekler. Tabii! Mantıklı açıklaması olmayan her şey için ideal cevap! Ve eğer Ellerton ve Stover konusu yine gündeme gelirse –ki hiç sanmıyorum– onları da bu adamın öldürdüğünü söyleyecekler."

Öyle derlerse, Nancy Alderson da bir dereceye kadar onların açıklamasını desteklemiş olacak, diye düşünüyor Hodges. Çünkü Hilltop Court'ta evi gözetlerken gördüğü adamın Kütüphane Al olduğu kesin.

"Her şeyi Brooks'un üstüne atacakları bir basın toplantısı yaptıktan sonra dosyayı kapatacaklar. Ama iş bu kadarla bitmiyor, Kerm. Başka şeyler de olmalı. Eğer bir şey biliyorsan, eğer elinde küçücük bir ipucu bile varsa, bunu değerlendir. Bunu yapacağına söz ver."

Birden fazla ipucum var, diye düşünüyor Hodges. Ama anahtar Babineau ve o kayıp.

"Otomobilde ne kadar kan varmış, Pete?"

"Çok değilmiş, ama adli tıpçılar bunun Babineau'ya ait olduğunu tespit ettiler. İş kapanmış değil, ama... hay aksi! Gitmem lazım. Izzy'yle dedektiflerden biri şimdi arka kapıdan çıktılar. Beni arıyorlar."

"Tamam."

"Beni ara. Ve benim erişebileceğim herhangi bir şeye ihtiyacın olursa haber ver."

"Veririm."

Hodges telefonu kapadıktan sonra ayrıntıları Holly'ye anlatmak için başını kaldırıyor, ama Holly artık orada değil.

"Bill," diye alçak sesle sesleniyor Holly. "Buraya gelsene."

Şaşıran Hodges ofis kapısına gidiyor ve orada donup kalıyor. Jerome onun masasının ardında, döner koltuğunda oturmuş, Dinah Scott'ın Zappit'ine bakıyor. Gözleri ardına kadar açık ama ifadesiz. Aralık dudaklarından salya damlaları akıyor. Tabletin küçük hoparlöründen bir melodi geliyor, ama dün gece Hodges'un duyduğu melodi değil – Hodges bundan emin.

"Jerome?" Ona doğru bir adım yaklaşıyor, ama ikinci adımı atmadan Holly onu belinden tutuyor. Tutuşu şaşılacak kadar kuvvetli.

"Hayır," diyor yine alçak sesle. "Onu irkiltmemen gerekiyor. Bu haldeyken iyi olmaz."

"O halde ne yapacağız?"

"Otuzlu yaşlarımdayken bir yıl kadar hipnoterapi görmüştüm. Bazı sorunlarım vardı... ne olduğu önemli değil. Ben bir deneyeyim."

"Emin misin?"

Holly korkulu gözlerle ve soluk bir yüzle ona bakıyor. "Hayır, ama onu bu halde bırakamayız. Barbara'ya olanlardan sonra bunu yapamayız."

Jerome'un elindeki Zappit'ten parlak mavi bir flaş çıkıyor, ama Jerome herhangi bir tepki göstermiyor; gözünü bile kırpmadan melodi çalan ekrana bakıyor.

Holly ona yaklaşıyor. "Jerome?"

Cevap yok.

"Jerome, beni işitiyor musun?"

"Evet," diyor Jerome, gözlerini ekrandan ayırmadan.

"Jerome, neredesin?"

"Cenazemdeyim," diyor Jerome. "Herkes gelmiş. Çok güzel."

17

Brady'nin intihar kavramına duyduğu hayranlık, on iki yaşındayken gerçek bir olayı anlatan *Raven* adında bir kitabı okurken başlamıştı. Bu kitapta Jonestown-Guyana'daki kitle intiharları anlatılıyordu. Üçte biri çocuklardan oluşan dokuz yüz kişi meyve suyuna karıştırılan siyanür içerek ölmüşlerdi. Yüksek ceset sayısının yanı sıra Brady'nin ilgisini en çok çeken şey, son cümbüşe kadar atılan adımlardı. Onca ailenin hep birlikte zehri yutmalarından ve hemşirelerin (*gerçek hemşireler*!) bebeklerin ağızlarına enjektörlerle zehir boşaltmalarından çok önce, Jim Jones ateşli vaazlarla ve Beyaz Geceler adını verdiği intihar provalarıyla müritlerini bu sona hazırlamıştı. Önce onların içini paranoyayla doldurmuş, sonra da ölümün ihtişamıyla onları hipnotize etmişti.

Brady lise üçüncü sınıftayken Amerikan Hayatı adındaki uyduruk bir sosyoloji dersinde yazdığı kompozisyonla hayatında ilk kez A almıştı. Başlığı şöyleydi: "Amerikan Ölüm Yolları: ABD'de İntiharlar Üzerine Bir İnceleme." Bu çalışmasında 1999 yılındaki intihar istatistiklerini referans veriyordu. O yıl içinde kırk binden fazla insan kendini öldürmüştü; çoğu en güvenilir yol olan tabanca kullanmıştı, ikinci sırada hap vardı. Kendilerini asanlar, suda boğanlar, kan kaybından ölenler, başlarını gaz fırınına sokanlar, kendilerini yakanlar ve otomobillerini köprü mesnetlerine çarpanlar da vardı. Yaratıcılığı olan bir adam (Brady tuhaflığını gizlemek için yazısına bunu eklememişti) 220 voltluk bir elektrik telini kıçına sokarak kendini elektrik akımıyla öldürmüştü. 1999 yılında intihar Amerika'daki ölüm nedenleri içinde onuncu sıradaydı, ama eğer kaza veya "doğal nedenler" olarak kayda geçenler de eklenirse, pekâlâ kalp krizi, kanser veya otomobil kazasıyla aynı sıraya yerleşebilirdi. Muhtemelen hâlâ bu nedenlerin gerisindeydi, ama çok da geride değildi.

Brady, Albert Camus'dan bir alıntı yapmıştı: "Sadece bir tane ciddi bir felsefi sorun vardır, o da intihardır."

Bundan başka bir de ünlü bir psikiyatrist olan Raymond Katz'dan alıntısı vardı: "Her insan intihar geniyle doğar." Brady, yazısının dramatik etkisini azaltacağı için Katz'ın demecinin ikinci kısmını eklemeye gerek görmemişti: "Çoğumuzda bu gen etkisiz olarak kalır."

Liseden mezuniyetiyle, Mingo Konser Salonu'nda onu sakat bırakan olay arasındaki geçen on yıl içinde Brady'nin intihara olan hayranlığı –kendisininki dahil– hep devam etti.

Bu tohum, bütün engellere rağmen artık çiçek veriyordu.

O yirmi birinci yüzyılın Jim Jones'u olacaktı.

18

Şehrin altmış kilometre kuzeyine vardığında, Brady daha fazla bekleyemiyor. I-47 otoyolu üstündeki bir dinlenme tesisine park edip Z-Çocuğun Malibu'sunun motorunu susturuyor ve Babineu'nun dizüstü bilgisayarını açıyor. Diğerlerinde olduğu gibi, bu dinlenme tesisinde WiFi yok, ama beş kilometre ötede bir baz istasyonu var. Babineau'nun MacBook Air'ini kullanarak, bu metruk otoparktan ayrılmadan istediği her yere ulaşabilir. İnternetin gücünün yanında telekinezinin zayıf kaldığını düşünüyor. Sosyal medya siteleri sayesinde binlerce intihar vakası olduğuna emin. Bu sitelerdeki trollerle her türlü zorbalık serbestçe yapılabiliyor. İşte zihnin maddeye olan gerçek üstünlüğü.

İstediği kadar hızlı yazamıyor, çünkü yaklaşan fırtınayla nemli hava Babineau'nun parmaklarındaki arteriti azdırmış, ama sonunda dizüstü bilgisayarı Freddi Linklatter'ın bilgisayar odasındaki yüksek güçlü donanıma bağlanabiliyor. Uzun süre bağlı kalmasına gerek yok. Babineau'nun kafasına, daha önceki girişlerinden birinde yerleştirmiş olduğu gizli bir dosyayı tıklıyor.

ZEETHEEND BAĞI AÇILSIN MI? E H.

İmleci E'nin üstüne getirip tıkladıktan sonra bekliyor.
Karşılık gelmesi uzun sürüyor. Tam Brady, acaba bir terslik mi var, diye endişelenirken ekran aydınlanıp beklediği mesaj beliriyor:

ZEETHEEND ŞU ANDA ETKİN

Güzel. Zeetheend sadece pastanın üstündeki krema. Ancak sınırlı sayıda Zappit dağıtabilmişti –ve bunun da önemli bir kısmı arızalıydı– ama ergenler sürü psikolojisiyle hareket ederler ve hem zihinsel hem duygusal bakımdan birbirlerini taklit ederler. Balıklar ve arılar bu nedenle sürü halinde giderler. Kırlangıçlar bu nedenle her yıl Capistrano'ya dönerler. İnsan davranışına bakılacak olursa, futbol ve beyzbol stadyumlarında o 'dalgalanmalar' bu nedenle olur; kalabalığın içinde bulunduklarında insanlar kendilerini kaybederler.

Ergen oğlanların aynı çuval gibi şortları giyip yanaklarında aynı pis sakalı bırakmalarının nedeni, sürüden dışlanma korkusudur. Ergen kızlar aynı stil elbiseleri benimseyip aynı müzik gruplarını beğenirler. Bu yıl We R Your Bruthas grubu, kısa bir zaman önceyse Round Here ve One Direction idi. Daha da eskiden New Kids on the Block olmuştu. Geçici modalar tıpkı kızamık salgını gibi ergenleri süpürür geçer ve bazen de bu geçici modalardan biri intihar olur. 2007'yle 2009 arasında Güney Galler'de düzinelerce ergen, sosyal medyada mesajlar bırakarak kendilerini asmışlar ve bu çılgınlığın yayılmasına sebep olmuşlardı. Mesaj şuydu: Me2 and CU L8er [Ben de ve sonra görüşürüz].

Binlerce dönüm ormanı yakan büyük yangınlar, kuru çalıların arasına atılan tek bir yanan kibrit yüzünden çıkabilir. Brady'nin insan-robotlarına dağıtmış olduğu Zappit'ler yüzlerce kibrit gibi. Hepsi yanmayacak, yananlardan bir kısmı da yanık kalmayacak. Brady bunu biliyor, ama hem dayanak hem de hızlandırıcı olarak kullanabileceği zeethend.com'u var. Etkili olacak mı? Hiç emin değil, ama kapsamlı testler yapacak zamanı yok.

Ve etkili olduğu takdirde?

Eyaletin her yanında, belki bütün ortabatıda ergen intiharları gerçekleşecek. Yüzlerce, belki binlerce. Bu hoşuna gidecek mi, emekli dedektif Hodges? Emekliliğini renklendirir mi, işgüzar puşt?

Babineau'nun dizüstü bilgisayarını yana bırakıp Z-Çocuğun oyun tabletini açıyor. Şimdi bunu kullanmanın tam sırası. Brady bu tableti Zappit Sıfır olarak düşünüyor, çünkü ilk gördüğü tablet bu; Al Brooks onun hoşuna gider diye odasına getirdiğinde... Gerçekten de hoşuna gitmişti. Hem de çok.

Sayı-balıklar ve bilinçaltı mesajlar olan ekstra program buna eklenmemiş, çünkü Brady'nin bunlara ihtiyacı yok. Bu öğeler kesinlikle hedefler için. Balıkların ileriye geriye yüzüşlerini seyrederek, bunu yerleşmek ve odaklanmak için kullanıyor, sonra da gözlerini kapatıyor. Önce sadece karanlık, ama birkaç saniye sonra kırmızı ışıklar belirmeye başlıyor – artık elli tane olmuş. Bir bilgisayar haritası üstündeki noktalara benziyorlar, ama sabit kalmıyorlar. Öne geriye, sola sağa, aşağıya yukarıya veya çaprazlama yüzüyorlar. Brady rastgele bir tanesinin üstüne konuyor ve kapalı gözkapaklarının altında gözleri bunun hareketlerini takip ediyor. Nokta yavaşlamaya başlıyor, giderek daha yavaşlıyor. Birden duruyor ve büyümeye başlıyor. İyice büyüdükten sonra çiçek gibi açılıyor.

Brady şimdi bir yatak odasında. Kendi Zappit'indeki balıklara odaklanmış bir kız var. Kız bunu kotukonser.com'dan edinmiş. Yatağında uzanıyor, çünkü bugün okula gitmemiş. Belki hasta olduğunu söylemiştir.

"Senin adın ne?" diye soruyor Brady.

Bazen hedefleri sadece tabletten gelen bir sesi duyarlar, ama en kolay etkilenenler, onu görürler; bir video oyunundaki avatara benzeyen bir şey gibi... Bu kız kolay etkilenen tiplerden; çok elverişli bir başlangıç. Ama daima kendi adlarına daha iyi karşılık verirler, bu nedenle Brady o adı devamlı söyleyecek. Kız yatakta, onun yanında oturan genç adama hiç şaşırmadan bakıyor. Kızın yüzü soluk, gözleri sersemlemiş bir halde.

"Adım Ellen," diyor. "Doğru sayıları arıyorum."

Elbette arıyorsun, diye düşünüyor Brady ve kızın içine giriveriyor. Kız şu anda Brady'den altmış kilometre uzakta, ama tanıtım ekranı bir kez onları açtıktan sonra mesafenin önemi kalmıyor. Brady onu kontrol edebilir, onu uzaktan kumandalı robotlarından biri haline getirebilir, ama bunu istemiyor; tıpkı bir gece Bayan Trelawney'in evine girip onun boğazını kesmek istemediği gibi. Cinayet kontrol değildir, cinayet sadece bir sayıdır.

İntihar kontroldür.

"Mutlu musun, Ellen?"

"Eskiden mutluydum," diyor kız. "Doğru sayıları bulursam yine mutlu olabilirim."

Brady ona hem kederli hem de baştan çıkarıcı bir gülümsemeyle bakıyor. "Evet, ama o sayılar da tıpkı hayat gibidir," diyor. "Hiçbir şeyin anlamı yok, öyle değil mi?"

"Evet."

"Söylesene Ellen, senin endişen nedir?" Brady bunu kendisi de bulabilir ama kızın söylemesi daha iyi olur. Bir şey olduğunu biliyor, çünkü herkesin bir endişesi vardır ve en endişeli insanlar da ergenlerdir.

"Şu anda mı? SAT sınavları."

Hah, diye düşünüyor Brady, o korkunç üniversite yeterlilik sınavı. Akademik Hayvancılık Bakanlığı koyunları keçilerden ayıracak.

"Matematiğim çok kötü," diye sızlanıyor kız. "Berbatım."

"Sayılarla aran yok demek ki," diyor Brady halden anlar bir ifadeyle başını sallayarak.

"En az altı yüz elli almazsam, iyi bir okula giremeyeceğim."

"Oysa dört yüz alman bile zor görünüyor," diyor Brady. "Öyle değil mi, Ellen?"

"Evet." Kızın gözyaşları yanaklarından aşağıya süzülüyor.

"Ve sonra İngilizce sınavından da ümitli değilsin," diyor Brady. Yavaş yavaş kızın açılmasını sağlıyor ve bu da işin en iyi kısmı. Sersemlemiş fakat hâlâ canlı bir hayvana uzanıp onun bağırsaklarını deşmeye benziyor. "Donup kalacaksın."

"Herhalde donup kalacağım," diyor Ellen. Artık iç çekerek ağlamaya başlamış. Brady onun kısa dönem belleğine bakınca ebeveynlerinin işe gitmiş, erkek kardeşinin de okulda olduğunu öğreniyor. O halde, yüksek sesle ağlamasının sakıncası yok. Küçük haspa istediği kadar gürültü çıkarabilir.

"Herhalde değil. *Kesinlikle* donup kalacaksın, Ellen. Çünkü baskı altında bocalıyorsun."

Ellen iç çekerek ağlıyor.

"Söyle, Ellen."

"Baskı altında bocalıyorum. Donup kalacağım ve eğer iyi bir okula giremezsem, babam hayal kırıklığına uğrayacak, annem çok kızacak."

"Ya *hiçbir* okula giremezsen? Ya ileride bulabileceğin tek iş evlere temizliğe gitmek veya bir çamaşırhanede giysileri katlamak olursa?"

"Annem benden nefret eder!"

"Daha şimdiden nefret ediyor zaten, değil mi Ellen?"

"Bilmem... sanmıyorum..."

"Evet, nefret ediyor. Söyle, Ellen. 'Annem benden nefret ediyor,' de."

"Annem benden nefret ediyor. Of, Tanrım, öyle korkuyorum ki ve hayatım öyle berbat ki..."

Zappit kaynaklı hipnozla hedefler etkilenen bir duruma geldiklerinde Brady'nin onların zihnine girebilme yeteneğinin bileşimi sonucunda bahşedilen en büyük armağan bu işte. Bu kız gibi çocukların geri plandan gelen tatsız bir ses gibi algıladıkları sıradan korkular, yırtıcı bir canavar haline dönüştürülebiliyor. Küçük paranoya balonları, şişirilerek devasa balonlar haline getirilebiliyor.

"Artık korkularını bir yana atabilirsin," diyor Brady. "Ve anneni çok, ama çok üzebilirsin."

Ellen gözyaşları arasında gülümsüyor.

"Bütün bunları geride bırakabilirsin."

"Evet. Geride bırakabilirim."

"Huzur içinde olabilirsin."

"Huzur," diyor Ellen ve iç geçiriyor.

Bu ne kadar iyi. Martin Stover'ın annesi ikide bir tanıtım ekranını bırakıp Solitaire oynadığı için iş haftalarca sürmüştü; Barbara Robinson'la günlerce sürmüştü. Oysa Ruth Scapelli'yle ve pembe yatak odasındaki bu sivilceli, sulugöz kızla? Sadece dakikalar. Ama, diye düşünüyor Brady, öğrenme eğrim hep dikine olmuştur.

"Telefonun var mı, Ellen?"

"Burada." Ellen yastığının altından telefonunu çıkarıyor. Telefonu da pembe.

"Facebook ve Twitter'a yazsan iyi olur. Böylece bunu bütün arkadaşların okuyabilir."

"Ne yazayım?"

"Artık huzuru buldum. Sizler de bulabilirsiniz Zeetheend.com'a girin."

Ellen bunu yapıyor, fakat çok yavaş. Hedefler bu durumdayken sanki su altındaymış gibi oluyorlar. Brady bu işin ne kadar iyi gittiğini kendine hatırlatıyor ve sabırsız olmamaya çalışıyor. Kız yazmayı bitirip mesaj gönderildiği zaman –kuru otların üstüne daha çok yanan kibrit atıldığında– Brady ona pencereye gitmesini öneriyor. "Galiba biraz temiz hava sana iyi gelecek. Zihnin açılır."

"Temiz hava iyi gelecek," diyor Ellen. Üstündeki örtüyü yana itip çıplak ayaklarıyla yere basıyor.

"Zappit'ini unutma," diyor Brady.

Ellen tabletini alıp pencereye gidiyor.

"Pencereyi açmadan önce, tabletin ana ekranına, ikonların olduğu yere git. Bunu yapabilir misin, Ellen?"

"Evet..." Uzun bir duraklama. Bu kaltak sümüklüböceklerden de ağır harekete ediyor. "Tamam, ikonları görüyorum."

"Harika. Şimdi WipeWords ikonuna git. Yazı tahtası ve silgiyle gösterilen ikon."

"Gördüm."

"Bunu iki kere tıkla, Ellen."

Ellen bunu yapınca Zappit'ten mavi bir flaş çıkıyor. Eğer bu tableti başka biri kullanmaya kalkarsa, son bir mavi flaş çıkacak ve cihaz ölecek.

"Şimdi pencereyi açabilirsin."

İçeriye esen soğuk havayla Ellen'ın saçları geriye savruluyor. Bir an bir tereddüt yaşıyor, sanki uyanmanın eşiğindeymiş gibi... o anda Brady kızı elinden kaçıracağını düşünüyor. Uzak mesafe olunca, hedef hipnoz a*ltında olsa bile kontrol hâlâ zor, ama Brady tekniğini iyice bileyeceğine emin. Pratik yaptıkça kusursuz hale gelebiliyor.

"Atla," diye fısıldıyor Brady. "Atla ve SAT sınavına girmek zorunda kalma. Annen senden nefret etmeyecek. Çok üzülecek. Atlarsan, bütün sayılar doğru gelecek. En büyük ödülü kazanacaksın. Bu ödül uyku."

"Ödül uyku," diyor Ellen.

"Hadi, şimdi," diye fısıldıyor Brady; Al Brooks'un otomobilinin direksiyonunda gözleri kapalı halde oturuyor.

Altmış kilometre güneyde, Ellen yatak odasının penceresinden aşağıya atlıyor. Çok yüksek değil ve evin duvarı önünde birikmiş bir kar yığını var. Kar katılaşmış olmasına rağmen kızın düşüşünü yumuşatıyor ve Ellen ölmeyip sadece üç kaburga ve köprücük kemiğini kırıyor. Acıyla çığlık atmaya başlayınca Brady onun kafasından dışarıya tıpkı fırlatma koltuğundaki bir F-111 pilotu gibi fırlatılıyor.

"Lanet olsun!" diye haykırarak direksiyon simidine vuruyor. Babineau'nun arteriti bütün koluna alev saçınca bu onu daha da öfkelendiriyor. "Laneti lanet, *lanet!*"

19

Branson Park semtindeki evinin önünde Ellen Murphy güçlükle ayağa kalkıyor. Son hatırladığı şey, annesine okula gidemeyecek kadar hasta olduğunu söyleyişi – Balık Deliği tanıtım ekranında pembe balığı tıklayıp ödül kazanmak için uydurduğu yalan. Zappit'i yerde, ekranı kırılmış. Artık Ellen'ın ilgisini çekmiyor. Onu yerde bırakıp, çıplak ayakla ön kapıya doğru yürüyor. Aldığı her nefes göğsüne saplanan bir bıçak gibi.

Ama hayattayım, diye düşünüyor. Hiç değilse ölmedim. Ne düşünüyordum ki? Yahu, ben ne düşünüyordum ki?

Brady'nin sesi hâlâ kafasının içinde; hâlâ canlıyken yutmuş olduğu kötü bir şeyin yapışkan tadı gibi.

20

"Jerome?" diyor Holly.

"Evet."

"Zappit'i kapatıp Bill'in masasına bırakmanı istiyorum." Ve çok tertipli bir kız olduğu için, "Ekranı masaya dönük olarak," diye ekliyor.

Jerome'un suratı asılıyor. "Mecbur muyum?"

"Evet. Hemen. Ve o lanet şeye hiç bakmadan."

Jerome bu emri yerine getirmeden önce Hodges bir anlığına yüzen balıkları ve bir tane daha parlak mavi flaş görüyor. Bir saniyelik bir baş dönmesiyle –belki ağrı kesiciler yüzünden, belki ondan değil– sersemliyor. Sonra Jerome kapatma düğmesine basınca balıklar kayboluyor.

O anda Hodges bir rahatlama değil hayal kırıklığı hissediyor. Belki bu delice bir şey, ama sağlık sorunu düşünülürse, öyle olmayabilir. Bugüne kadar tanıkların daha iyi hatırlamalarını sağlamak için hipnoz uygulandığını görmüş, ama şu ana kadar bunun ne kadar güçlü olabileceğini hiç düşünmemiş. İçinde bulunduğu duruma göre çok aykırı bir şey sayılsa da, o anda ağrı kesici olarak Zappit'in, Doktor Stamos'un reçete ettiği ilaçlardan daha etkili olduğunu düşünüyor.

"Ondan bire doğru sayacağım, Jerome," diyor Holly. "Duyduğun her sayıyla biraz daha uyanacaksın. Tamam mı?"

Birkaç saniye boyunca Jerome hiçbir şey söylemiyor. Sakin ve huzurlu bir şekilde oturmuş, başka bir gerçeklik içinde geziniyor ve acaba temelli olarak burada mı kalsam, diye karar vermeye çalışıyor. Diğer yandan Holly'yi bir titreme almış. Hodges yumrukları sıkılı halde onları seyrediyor.

Neden sonra Jerome, "Pekâlâ," diyor. "Ne de olsa bu sensin, Hollyberry."

"O halde, başlıyoruz. On... dokuz... sekiz... uyanıyorsun... yedi... altı... beş... uyanıyorsun..."

Jerome başını kaldırıyor. Gözleri Hodges'a çevrili, ama Hodges oğlanın onu gördüğünü sanmıyor.

"Dört... üç... uyanmak üzeresin... iki... bir... *uyan!*"

Jerome şiddetle sarsılıyor. Bir eli Dinah'nın Zappit'ine çarparak onu yere düşürüyor. Holly'ye öyle bir şaşkınlık ifadesiyle bakıyor ki, başka koşullar altında olsa abartılı bulunabilir.

"Az önce ne oldu? Uyudum mu?"

Holly genellikle müşterilere ayrılan koltuğa çöker gibi oturuyor. Derin bir nefes alıp, terle ıslanmış yanaklarını siliyor.

"Bir bakıma öyle sayılır," diyor Hodges. "Tabletteki oyun seni hipnotize etti. Tıpkı kız kardeşini ettiği gibi."

"Emin misin?" diyor Jerome, sonra saatine bakıyor. "Galiba öyle. Tam on beş dakika kaybetmişim."

"Yirmi dakikaya yakın. Ne hatırlıyorsun?"

"Pembe balığı tıklayıp onları sayılara çevirdiğimi. Şaşılacak kadar zor bir iş. Çok iyi izlemen, bütün dikkatini toplaman gerekiyor ve o mavi flaşlar da işi zorlaştırıyor."

Hodges, Zappit'i yerden alıyor.

"Yerinde olsam onu açmam," diyor Holly sertçe.

"Açacak değilim. Ama dün gece açtım ve inanın, mavi flaş falan yoktu ve pembe balığı parmakların uyuşana kadar tıklasan da sayılar çıkmıyordu. Ayrıca, şimdi melodi de farklıydı. Çok değil, biraz farklı."

Holly şarkı söylemeye başlıyor: "'Denizin kenarında, güzel denizin kenarında sen ve ben, sen ve ben, mutluluğun tatlı sularında.' Ben küçükken annem bana bu şarkıyı söylerdi."

Jerome ona öyle bir yoğunlukla bakıyor ki, Holly buna dayanamayıp başını çeviriyor. "Ne? Ne var?"

"Benim duyduğum şarkının da sözleri vardı," diyor Jerome, "ama böyle değildi."

Hodges hiç söz duymamış, sadece melodiyi işitmişti, ama bunu söylemiyor. Holly, "O sözleri hatırlıyor musun?" diye soruyor Jerome'a.

Jerome'un sesi Holly'ninki kadar iyi değil, ama şarkıyı söylüyor; evet, duyulan melodinin bu olduğunda karar kılıyorlar. "Uyuyabilirsin, uyuyabilirsin, uyku çok güzeldir..." Jerome burada duruyor. "Ancak bu kadarını hatırlıyorum. Eğer uydurmuyorsam, sözler böyleydi."

"Artık kesinlikle biliyoruz," diyor Holly. "Birisi Balık Deliği ekranını güçlendirmiş."

"Steroidlerle doldurmuş," diye ekliyor Jerome.

"Bu ne demek şimdi?" diye soruyor Hodges.

Jerome başıyla Holly'yi işaret edince, Holly açıklıyor. "Birisi tanıtım ekranına gizli bir program yüklemiş, başlangıcında hafif bir hipnoz etkisi var. Zappit Dinah'dayken bu program etkin değildi ve Bill, dün gece sen bakarken de etkin değildi –şansın varmış– ama daha sonra birisi bunu aktive etmiş."

"Babineau mu?"

"O ya da başkası. Polisler yanılmamışlarsa, Babineau ölmüş."

Jerome, "Önceden kurulmuş olabilir," diyor Holly'ye. Sonra Hodges'a dönüyor. "Yani tıpkı bir çalar saati kurmak gibi."

"Evet," diyor Holly. "Muhtemelen açık olan bir yineleyici var. Ne dersin, Jerome?"

"Evet. Sürekli olarak son durumu gösteren bir bilgisayar programı, bir kerizin –bu durumda ben oluyorum– Zappit'i açıp WiFi'yi aktive etmesini bekliyor."

"Bu dediğin *bütün* Zappit'lerde olabilir mi?"

"Eğer hepsinde o gizli program varsa, evet, olabilir," diyor Jerome.

"Bunu Brady kurdu." Hodges odanın içinde volta atmaya başlıyor; bir eli sanki sancısını bastırmak ister gibi yan tarafında. "Sıçtığımın Brady Hartsfield'i."

"Nasıl?" diye soruyor Holly.

"Bilmiyorum, ama bu ihtimal duruma en uygun olanı. Konser sırasında Mingo'yu havaya uçurmaya çalışırken onu durduruyoruz. Çoğu genç kızlardan oluşan dinleyicileri kurtarıyoruz."

"Sayende, Holly," diyor Jerome.

"Sus da Hodges anlatsın," diyor Holly. Hodges'un nereye varacağını biliyor gibi bir ifadesi var.

"Altı yıl geçiyor. 2010 yılında çoğu ilkokul öğrencisi olan o küçük kızlar artık liseldeler. Belki üniversiteye başlamışlardır. 'Round Here' grubu unutulmuş ve o kızlar da artık genç kadınlar olarak başka çeşit müzikler seviyorlar, ama onlara reddedemeyecekleri bir teklif yapılabilir. O gece Round Here konserinde bulunduklarını kanıtlayabilirlerse, bedava bir oyun tableti kazanacaklar. Bu tablet tıpkı siyah-beyaz bir televizyon gibi modası geçmiş bir şey, ama bedava."

"Evet," diyor Holly. "Brady hâlâ o kızların peşindeydi. Bu onun intikamı, ama sadece kızlara yönelik değil. Senden intikam almak istiyor, Bill."

Bu da benim sorumlu olduğumu gösterir, diye düşünüyor Hodges. Ama başka ne yapabilirdim ki? Herhangi birimiz başka ne yapabilirdi ki? Herif salonu havaya uçuracaktı.

"Myron Zakim adını kullanan Babineau o tabletlerden sekiz yüz tanesini satın aldı. Başkası olamaz, çünkü adamın çok parası var. Brady beş parasızdı ve Kütüphane Al'ın da emekli ikramiyesinden yirmi bin dolar çıkarmış olabileceğini hiç sanmam. Bu tabletler şimdi etrafa dağılmış durumda. Hepsinde bu güçlendirilmiş program varsa ve eğer aktive edilirse..."

"Dur bir dakika," diyor Jerome. "Saygın bir beyin cerrahının bu boka bulaşmış olduğunu mu söylüyorsun?"

"Evet, bunu söylüyorum. Kız kardeşin onu fotoğrafından tanıdı ve bu saygın beyin cerrahının Brady Hartsfield'i bir kobay gibi kullandığını da hepimiz biliyoruz."

"Ama artık Hartsfield öldü," diyor Holly. "Geriye sadece Babineau kalıyor ki, o da ölmüş olabilir."

"Ya da ölmemiştir," diyor Hodges. "Otomobilde kan vardı, ama ceset yoktu. Daha önce de kendini ölmüş göstermeye çalışanlar oldu."

"Bilgisayarımda bir şeyi kontrol etmem lazım," diyor Holly. "Eğer o bedava Zappit'lere bugünden itibaren yeni bir program yükleniyorsa, o zaman belki..." Hızla odadan çıkıyor.

Jerome, "Bu dediklerinizin nasıl olabileceğini bir türlü anlayamıyorum, ama..." derken sözü kesiliyor.

"Babineau her şeyi açıklayabilir," diyor Hodges. "Eğer hâlâ hayattaysa."

"Evet, ama bir dakika. Barbara ona bir sürü korkunç şey söyleyen bir ses duyduğunu anlatmıştı. Ben herhangi bir ses duymadığım gibi, kendimi öldürmek de aklımdan geçmedi."

"Belki bağışıklığın vardır."

"Hayır, yok. O ekran beni etkisi altına aldı. Tamamen kayıptım. O melodide sözler işitiyordum ve sanırım, mavi flaşların içinde de sözler vardı. Bilinçaltı mesajlar gibi. Ama... ses yoktu."

Bunun pek çok nedeni olabilir, diye düşünüyor Hodges. Sırf Jerome'un o intihar telkin eden sözleri duymamış olması bedava tablet edinen çoğu gencin de duymayacağı anlamına gelmez.

"O yineleyici zımbırtının sadece son on dört saat içinde açıldığını düşünelim," diyor Hodges. "Daha önce, ben Dinah'nın tabletini denediğim sırada açık olamazdı, yoksa ben de sayılı balıkları ve mavi flaşları görürdüm. O halde soru şu: Bu şeytani tanıtım ekranları tabletler kapalıyken bile güçlendirilebiliyor mu?"

"Mümkün değil," diyor Jerome. "Mutlaka açık durumda olmaları gerekir. Ama açıldıktan sonra..."

"Etkin!" diye haykırıyor Holly. "*O lanet zeetheend sitesi etkin!*"

Jerome odaya koşup onun masasına gidiyor. Ardından daha yavaş adımlarla Hodges geliyor.

Holly sesi açınca ofisin içine müzik doluyor. Bu defa "By the Beautiful Sea" ["Güzel Denizin Kenarında"] değil, "Don't Fear the Reaper" ["Azrail'den Korkma"] adlı parça var. *Her gün kırk bin erkek ve kadın, her gün başka bir kırk bin daha geliyor* sözleri eşliğinde, mum ışığıyla aydınlanmış bir cenaze evi ve çiçeklerle örtülü bir tabut görülüyor. Üstünde gülümseyen genç erkekler ve kadınlar var; sağa sola gidip geliyorlar, bir ara kaybolup tekrar beliriyorlar. Bazıları el sallıyor, bazıları barış işareti yapıyorlar. Tabutun altındaysa, yavaş atan bir kalp gibi, şişip kasılan harflerle yazılı bir dizi mesaj var.

ACIYA SON
KORKUYA SON
ARTIK ÖFKE YOK
ARTIK KUŞKU YOK
ARTIK MÜCADELE YOK
HUZUR
HUZUR
HUZUR

Sonra kesik kesik gelen bir dizi mavi flaş. Bunların içine yerleştirilmiş kelimeler. Ya da zehir damlaları, diye geçiriyor içinden Hodges.

"Kapat şunu, Holly." Hodges onun ekrana bakış biçiminden hoşlanmıyor; gözleri fal taşı gibi olmuş. Az önce Jerome da böyleydi.

Fakat Holly, Jerome kadar hızlı davranmıyor. Hodges onun omzunun üzerinden uzanıp bilgisayarını kırıyor.

"Bunu yapmamalıydın," diye sızlanıyor Holly. "Verileri kaybedebilirim."

"Bu web sitesinin amacı da bu zaten," diyor Jerome. "Sana verilerini kaybettirmek. *Aklını* kaybettirmek. Sonuncusunu okuyabildim, Bill. Mavi flaş içindekini. Şimdi yap, diyordu."

Holly başını sallıyor. "Bir şey daha yazılıydı: *Arkadaşlarına anlat."*

"Zappit onları buna mı... bu şeye mi yönlendiriyor?" diye soruyor Hodges.

"Bunu yapmasına gerek yok," diyor Jerome. "Çünkü siteyi bulanlar –bedava Zappit almamış olanlar dahil– haberi Facebook gibi ağlarda yayacaklar."

"Brady bir intihar salgını istemiş," diyor Holly. "Ve bir şekilde bunu harekete geçirdikten sonra kendini öldürmüş."

"Herhalde herkesten önce davranmış," diyor Jerome. "Onları kapıda karşılamak için."

"Şimdi, şuna mı inanmam gerekiyor?" diyor Hodges. "Bir rock şarkısı ve cenaze resmi çocukların kendilerini öldürmelerine mi neden olacak? Zappit olayını kabul edebiliyorum. Nasıl etkili olduklarını gördüm. Ama bu?"

Holly ve Jerome bakışıyorlar; Hodges onların ne düşündüğünü anlıyor: Bunu ona nasıl açıklayabiliriz? Hayatında hiç kuş görmemiş birine serçeyi nasıl tarif edebilirsin? Onların bu bakışmaları Hodges'u ikna etmeye yetiyor.

"Ergenler bu gibi şeylere karşı savunmasızdırlar," diyor Holly. "Hepsi değil ama birçoğu. On yedi yaşındayken ben de öyleydim."

"Ve çok bulaşıcıdır," diyor Jerome. "Bir kez başladı mı... eğer başlarsa..." Sonunu omuz silkerek getiriyor.

"O yineleyici zımbırtıyı bulup kapatmamız lazım," diyor Hodges. "Hasarı sınırlayalım."

"Belki Babineau'nun evindedir," diyor Holly. "Pete'i arasana. Orada bilgisayarlarla ilgili bir şey var mı diye baksın. Eğer öyle bir şey bulursa, hemen bütün fişleri çıkarsın."

"Eğer Izzy'yle birlikteyse, telesekretere alır," diyor Hodges, ama onu arıyor ve Pete ilk çalışta telefonu açıyor. Hodges'a Izzy'nin eyalet dedektifleriyle birlikte ilk adli tıp raporlarını beklemek için merkeze gittiklerini söylüyor. Kütüphane Al olay yerine gelen ilk polisler tarafından tutuklanıp götürülmüş.

Pete'in sesinden çok yorgun olduğu belli.

"Izzy'yle fena kapıştık. Bayağı kötüydü. Ona, seninle çalışmaya ilk başladığımızda bana söylediğin şeyi söyledim: Patron o vakadır ve nereye yönlendirirse, oraya gidersin. Kıvırtmak yok, ertelemek yok, ipucunu bulduğun yerde alıp, sonuna kadar takip edersin. Izzy kollarını kavuşturmuş beni dinlerken arada bir başını sallıyordu. Galiba onu ikna ediyorum diye düşünmeye başlamıştım. Derken bana ne sordu, biliyor musun? Şehir emniyet teşkilatında en son ne zaman bir kadının en üst makamda bulunduğunu hatırlıyor muydum? Hatırlamıyorum, dedim. Çünkü öyle bir şey hiçbir zaman olmadı, dedi. İlk müdürün kendisi olacağını söyledi. Yahu, bu kadını tanıdığımı sanırdım." Pete neşesiz bir kahkaha atıyor. "Onu gerçek *polis* sanırdım."

Hodges onu daha sonra teselli edecek, fırsatını bulursa... Şu anda zamanı yok. Bilgisayar donanımını soruyor.

"Pili bitmiş bir iPad'den başka bir şey bulmadık," diyor Pete. "Hizmetçi kadın Everly, Babineau'nun çalışma odasında yepyeni bir dizüstü bilgisayarı olduğunu söyledi, ama orada yoktu."

"Babineau gibi," diyor Hodges. "Belki yanında götürmüştür."

"Olabilir. Unutma, Kermit, eğer yardımım gerekirse..."

"Seni ararım, tamam."

Şu anda Hodges teklif edilen bütün yardımları kabul edecek durumda.

21

Ellen adlı kızda uyguladığı deneme son derece hüsran vericiydi –tıpkı o Robinson kaltağı gibi olmuştu– ama Brady nihayet sakinleşiyor. Sistemi çalıştı; şimdi buna odaklanması lazım. Kızın düşme mesafesinin kısalığı ve yerdeki kar yığını talihsizlikti. Daha pek çok hedef olacaktı. Brady'nin önünde yapması gereken çok iş vardı, çakması gereken pek çok kibrit; ama bir kez ateş yanmaya başlayınca, arkasına yaslanıp seyredecekti.

Ve o yangın kendini tüketene kadar devam edecekti.

Z-Çocuğun otomobilini çalıştırıp dinlenme tesisinden çıkıyor. I-47 karayolundaki seyrek trafiğin içine karıştığı sırada ilk kar tanecikleri Malibu'nun ön camına düşmeye başlıyor. Brady hızını artırıyor. Z-Çocuğun bu köhne arabasında kar fırtınasını kaldıracak donanım yok ve turnikelerden geçtikten sonra yollar daha da kötü olacak. Hava şartlarını yenmesi lazım.

Nasılsa yenerim, diye düşünüyor Brady. Ve aklına harika bir fikir gelince gülümsüyor. Belki Ellen'ın boynundan aşağısı felç olmuştur; bir sopanın ucunda bir kafa... tıpkı o Stover karısı gibi. Pek sanmıyor ama imkânsız da değil ve yol boyunca onu oyalayacak tatlı bir hayal.

Radyoyu açıp Judas Priest'in çaldığı bir istasyon bulunca sesi sonuna kadar açıyor. O da Hodges gibi hard rock seviyor.

İNTİHAR PRENSİ

Brady 217 numaralı odadayken birçok zafer kazanmış ama mecburen bunları kendine saklamıştı. Yaşayan bir ölü olduğu koma durumundan çıktıktan sonra –belki Babineau'nun verdiği ilaçlardan, belki beyin dalgalarındaki kökten değişim nedeniyle, belki ikisinin bileşimi yüzünden– sırf düşünme yoluyla küçük nesneleri hareket ettirebildiğini anladı. Kütüphane Al'ın beynine yerleşip, onun içinde ikinci bir kişi oluşturdu: Z-Çocuk. Ve tabii, daha tek başına yemeğini yiyemediği günlerde taşaklarına yumruk atan o şişko polisi de unutmamalı. Ama en büyük zaferi, Sadie MacDonald'ı intihar etmeye yönlendirişiydi.

Brady bunu bir daha yapmak istiyordu.

Bu arzusunun ortaya attığı soru basitti: Sıra kimde? Al Brooks'u bir üstgeçitten aşağıya atlatmak veya lavabo açacağı yutturmak kolaydı ama Z-Çocuk ona lazımdı, o olmazsa 217 numaralı odadan dışarıya çıkamazdı. Bu odanın da katlı otoparka bakan bir hapishane hücresinden farkı yoktu. Hayır, Brooks olduğu yerde kalmalıydı. Ve olduğu biçimde.

Daha da önemli soru, onu buraya tıkan şerefsize ne yapacağıydı. Fizyoterapi yöneticisi Nazi kaltağı Ursula Haber'a göre, rehabilitasyon hastalarına hedef gerekirdi. Eh, Brady'nin bir hedefi vardı ve Hodges'tan intikam almak çok değerli bir hedefti. Ama bunu nasıl yapacaktı? Bir yolunu bulsa bile, Hodges'u intihara sürüklemek aradığı cevap değildi. Hodges'la intihar oyununu zaten oynamış ve kaybetmişti.

Freddi Linklatter, elinde annesinin resmiyle geldiği gün, Brady'nin Hodges'tan nasıl öç alacağını bulmasına daha bir buçuk yıl vardı, ama Freddi'yi görmesi ona doping gibi gelmişti. Ne var ki, dikkatli olmak zorundaydı. Hem de çok.

Geceleri uyanık halde yatarken, kendine adım adım ilerlemesi gerektiğini söylerdi. Adım adım. *Önümde büyük engeller var, ama elimde olağanüstü silahlarım da var.*

İlk adım, Al Brooks'a kütüphanedeki kalan Zappit'leri ortadan kaldırtmaktı. Onları abisinin evine götürdü; oradaki garajın üstünde yaşıyordu. Bu iş zor olmamıştı, çünkü zaten kimse o Zappit'lerle ilgilenmiyordu. Oysa Brady onları cephane olarak görüyordu. Önünde sonunda bunları kullanabileceği bir silah bulacaktı.

Her ne kadar emir altında hareket etse de, Brooks Zappit'leri kendiliğinden almıştı. Brady onun beynine girip tamamen ele geçirmekten çekiniyordu, çünkü bu işlem yaşlı adamın beynini büyük bir hızla tüketiyordu. Bu tam girişlerin sayısını iyi ayarlamak ve akıllıca kullanmak zorundaydı. Hastanenin dışında geçirdiği o tatiller çok keyifliydi, ama çevresindeki insanlar Kütüphane Al'ın biraz sersemlemiş olduğunu fark etmeye başlamışlardı. Çok fazla sersemlerse, onu gönüllü olarak çalıştığı bu işten çıkarmak zorunda kalırlardı. Daha da kötüsü, bunu Hodges fark edebilirdi. Bu da çok kötü olurdu. Emekli dedektif istediği kadar telekineziyle ilgili dedikoduları duysun, Brady için sakıncası yoktu, ama gerçekten olup bitenleri anlamasını asla istemiyordu.

2013 ilkbaharında, beynini tamamen sıfırlama riskine rağmen, Brady, Al Brooks'un tam kontrolünü aldı, çünkü kütüphanedeki bilgisayara ihtiyacı vardı. Sırf *ekrana bakmak* için bunu yapması gerekmiyordu, ama bilgisayarı kullanmak başka bir şeydi. Üstelik kısa sürecekti. İstediği tek şey *Zappit* ve *Balık Deliği* anahtar kelimeleriyle bir Google uyarı işareti kurmaktı.

İki üç günde bir bu uyarıları kontrol edip ona bilgi vermesi için Z-Çocuğu kütüphaneye gönderdi. Birisi gelip de onun internette ne yaptığına bakacak olursa, Z-Çocuk hemen ESPN spor sitesine geçecekti. Gerçi kütüphane bir dolaptan farksızdı ve oraya gelen az sayıda insan sadece bitişik kapıdaki şapeli arardı.

Uyarılar ilginçti ve çok aydınlatıcıydı. Pek çok insan Balık Deliği tanıtım ekranına uzun süre baktıktan sonra yarı-hipnoz veya nöbet geçirme sorunu yaşamıştı. Etkisi Brady'nin tahmin ettiğinden daha kuvvetliydi. *New York Times*'ın ekonomi sayfasında bununla ilgili bir makale bile vardı ve şirket bu yüzden sıkıntı çekmekteydi.

Şirket sıkıntı kaldıracak durumda değildi, çünkü zaten sendeliyordu. Zappit şirketinin ya iflas edeceğini ya da daha büyük bir şirket tarafından yutulacağını anlamak için dâhi olmak gerekmiyordu (Brady kendisini dâhi olarak görürdü). Brady şirketin iflas edeceğine emindi. Hangi şirket gülünç derecede pahalı, modası geçmiş bir oyun tableti üretecek kadar dangalak olabilirdi ki? Üstelik bu tabletteki oyunlardan biri tehlikeli bir şekilde defoluysa?

Bu arada, elindeki Zappit'leri (bunlar Z-Çocuğun evindeki dolapta saklıydı, ama Brady onları kendi malı olarak görüyordu) insanların daha uzun süre bakmalarını sağlamak için nasıl biçimlendirecekti? Bu soruna takılıp kalmış durumdayken Freddi onu ziyaret etmişti. O gittikten sonra Brady uzun uzun düşündü.

Derken, 2013 yılı Ağustos sonunda, yaşlı ve emekli dedektifin son derece sinir bozucu ziyaretinden sonra Brady, Z-Çocuğu Freddi'nin evine gönderdi.

Freddi oturma odasında parayı saydıktan sonra karşısındaki omuzları çökmüş yaşlı adama baktı. Para Al Brooks'un Midwest Federal Bankası'ndaki tasarruf hesabından çekilmişti. Az miktardaki birikiminden ilk kez para çekiyordu, ama sonuncusu olmayacaktı.

"Birkaç soru karşılığında iki yüz dolar mı? Eh, bunu yapabilirim. Ama asıl niyetin bana saksofon çaldırmaksa başka kapıya git moruk, çünkü ben lezbiyenim."

"Sadece soru soracağım," dedi Z-Çocuk. Ona Zappit'i verdi ve Balık Deliği tanıtım ekranına bakmasını söyledi. "Ama otuz saniyeden fazla bakmayacaksın. Biraz... tuhaftır."

"Tuhaf, ha?" Freddi ona gülümseyip dikkatini yüzen balıklara çevirdi. Otuz saniye kırk oldu. Bu süre Brady'nin onu bu misyona gönderirken verdiği talimatlara göre kabul edilebilir uzunluktaydı. (Brady bu işlere hep misyon derdi, çünkü Brooks'un bu kelimeyi kahramanlıkla ilişkilendirdiğini biliyordu.) Ama kırk beş saniyeyi geçince Z-Çocuk uzanıp Zappit'i onun elinden aldı.

Freddi gözlerini kırpıştırarak başını kaldırdı. "Vay be! İnsanın beynini hoşaf ediyor, değil mi?"

"Evet, öyle."

"*Gamer Programming* dergisinde okuduğuma göre Star Smash video oyunu da buna benzer bir şey yapıyormuş, ama etkisini göstermesi için yarım saat falan oynamak gerekiyormuş. Bu ondan çok daha hızlı. İnsanlar bunu biliyorlar mı?"

Z-Çocuk bu soruyu duymazlıktan geldi. "Patronum, insanlar hemen oyuna geçmeden bu tanıtım ekranına daha uzun süre bakmalarını sağlayacak bir şey yapılabilir mi, diye soruyor. Oyunda aynı etki yok."

Freddi ilk kez sahte Rus aksanını kullanarak, "Kim bu korkusuz lider, Z-Çocuk?" diye sordu. "İyi çocuk ol ve Yoldaş X'e söyle, *da*?"

Z-Çocuğun alnı kırıştı. "Ha?"

Freddi iç geçirdi. "Patronun kim, yakışıklı?"

"Doktor Z." Brady bu sorunun geleceğini tahmin etmişti –Freddi'yi tanırdı– ve bu da başka bir talimattı. Brady'nin Felix Babineau için planları vardı ama henüz kesinleşmemişti. Hâlâ temkinli adımlarla ilerliyordu. Enstrümanlarıyla uçmaktaydı.

"Doktor Z ve yardakçısı Z-Çocuk," dedi Freddi bir sigara yakarak. "Dünyayı ele geçirme yolunda yürüyorlar. Vay be, şimdi ben de Z-Kız mı oluyorum?"

Talimatlar arasında bu olmadığı için Z-Çocuk cevap vermedi.

"Boş ver, anlıyorum," dedi Freddi dumanı üfleyerek. "Patronun bir göz-tuzağı istiyor. Bunu yapmanın yolu, tanıtım ekranını bir oyun haline çevirmektir. Zor olmasa gerek. Karmaşık programlama işiyle uğraşamam." Zappit'i kapattı. "Bu şey çok beyinsiz."

"Nasıl bir oyun?"

"Bana sorma, birader. Bu, işin yaratıcılık kısmı. Benim iyi olduğum bir alan değil. Patronuna söyle, kendisi bulsun. Her neyse, bu şey açılıp iyi bir WiFi sinyali aldığı zaman içine gizli bir korsan program yerleştirilmeli. Bunları bir yere yazmamı ister misin?"

"Hayır." Brady sırf bu iş için Al Brooks'un hızla küçülen bellek deposunun küçük bir kısmına girmişti. Hem zaten işin yapılması gerektiğinde, bunu Freddi yapacaktı.

"Korsan program yüklendikten sonra kaynak kodu başka bir bilgisayardan yüklenebilir." Freddi bir kez daha Rus aksanına geçti. "Gizli Ajan Kutup Ayısı."

"Patronuma bunu da söyleyeyim mi?"

"Hayır. Ona sadece korsan program ve kaynak kodu söyle. Anladın mı?"

"Evet."

"Başka bir şey var mı?"

"Brady Hartsfield onu bir daha ziyaret etmeni istiyor."

Freddi'nin kaşları neredeyse kısa saçlarına kadar kalktı. "Seninle *konuşuyor mu*?"

"Evet. İlk başlarda onu anlamak zordu, ama insan bir süre sonra anlayabiliyor."

Freddi çok ilgisini çekiyormuş gibi oturma odasına bakındı. Bu konuşma giderek daha ürkütücü oluyordu.

"Bilemiyorum. Bir kez hayırlı bir iş yaptım; üstelik hayırlı işlere de inanan biri sayılmam."

"Sana para verecek," dedi Z-Çocuk. "Fazla bir şey değil, ama..."

"Ne kadar?"

"Her ziyaretin için elli dolar."

"Neden?"

Z-Çocuk bilmiyordu, ama 2013 yılında alnının gerisinde hâlâ hatırı sayılır miktarda Al Brooks vardı ve bu kısmı anladı. "Sanırım... çünkü onun hayatının bir parçası olmuşsun. İkiniz birlikte insanların evlerine gidip bilgisayarlarını tamir etmişsiniz. Eski günlerde."

***

Brady'nin Doktor Babineau'ya duyduğu nefret K. William Hodges'a duyduğu nefret kadar yoğun değildi, ama bu onun kara listede olmadığı anlamına gelmiyordu. Babineau onu bir kobay gibi kullanmıştı ve bu çok kötü bir şeydi. Deneysel ilacının işe yaramadığını anlayınca da Brady'ye olan ilgisini kaybetmişti ki, bu daha da kötü bir şeydi. Ama en kötüsü, Brady bilincini tekrar kazandıktan sonra devam eden aşılardı; o aşıların ne etkisi olduğunu kim bilirdi? Onu öldürebilirdi, ama kendi ölümünü hiç önemsemeyen biri olarak geceleri uykusunu kaçıran şey bu ihtimal değildi. Uykusunu kaçıran şey, bu aşıların yeni yeteneklerini engelleme ihtimaliydi. Babineau çevresindekilerle konuşurken Brady'nin bu sözde telekinezi gücüne inanmadığını söylüyordu, ama her ne kadar Brady onun yanındayken bu yeteneğini hiç göstermese de, doktor bu ihtimali göz ardı etmiyordu. Babineau'nun bütün ısrarlarına rağmen Brady ona şov yapmamıştı. Babineau herhangi bir psikokinetik yeteneğin Cerebellin adını verdiği şeyin bir sonucu olduğuna inanıyordu.

Bilgisayarlı tomografi ve MR çekimleri devam etti. "Sen dünyanın Sekizinci Harikasısın," demişti Babineau bu çekimlerden biri sonrası. 2013 yılının sonbaharıydı. Tekerlekli iskemlesiyle 217 numaralı odasına götürülen Brady'nin yanında yürüyordu. Doktorun yüzünde zafer ifadesi vardı. "Son uygulamalar beyin hücrelerinin tahribatını durdurmakla kalmadı, yeni hücrelerin oluşmasını da sağladı. Daha sağlıklı hücreler. Bunun ne kadar önemli olduğunu biliyor musun?"

Tabii ki biliyorum, bok herif, dedi içinden Brady. O halde, o tomografi sonuçlarını kimseye gösterme. Savcılık bunu öğrenirse duman olurum.

Babineau, Brady'nin omzunu okşuyordu, tıpkı köpeğini sever gibi... Brady bundan nefret ederdi. "İnsan beyni yaklaşık yüz milyar sinir hücresinden oluşur. Senin Broca Alanındakiler ağır hasar görmüştü, ama şimdi düzeldiler. Dahası, daha önce hiç görmediğim şekilde nöronlar yaratıyorlar. İleride bir gün, insanların hayatını alan biri olarak değil, onların kurtulmasını sağlayan biri olarak ün yapacaksın."

Eğer öyle olursa, sen bunu hiç göremeyeceksin, diye düşündü Brady.

Bundan hiç şüphen olmasın, adi herif.

Yaratıcılık benim iyi olduğum bir alan değil, demişti Freddi, Z-Çocuğa. Bu doğruydu, ama Brady'nin en güçlü alanı yaratıcılıktı; 2013 bitip 2014 gelene kadar Balık Deliği tanıtım ekranını Freddi'nin dediği gibi bir göz-tuzağı haline getirebilmek için fazlasıyla zamanı oldu. Ne var ki, bulduğu hiçbir yöntem doğru görünmüyordu.

Ziyaretleri sırasında Zappit etkisinden söz etmediler; konu daha çok birlikte çalıştıkları günler oluyordu (zaten konuşmayı daha ziyade Freddi yapıyordu). Onarım için gittikleri evlerde karşılaştıkları kaçık tipler. Ve gıcık patronları Anthony Frobisher. Freddi ikide bir sözü ona getiriyor ve hiç söylemediği halde yüzüne karşı söylemiş olduğunu sandığı şeylerden bahsediyordu. Freddi'nin ziyaretleri çok tekdüzeydi, ama Brady'yi rahatlatıyordu. Hayatının geri kalanını 217 numaralı odada, Doktor Babineau ve onun vitamin aşılarının insafına kalmış bir halde tüketecek korkusuyla geçirdiği uykusuz gecelerini dengeliyordu.

Doktoru durdurmalıyım, diye düşündü Brady. Onu *kontrol etmeliyim*.

Bunu başarmak için tanıtım ekranının güçlendirilmiş versiyonu kusursuz olmalıydı. Babineau'nun zihnine girmek için ilk fırsatı harcarsa, başka fırsat çıkmayabilirdi.

Artık 217 numaralı odada televizyon en az dört saat açık tutuluyordu. Bunu Doktor Babineau istemişti. Başhemşire Helmington'a, "Bay Hartsfield'i dış uyarıcılara maruz bırakıyoruz," diye açıklamıştı.

Bay Hartsfield, öğlen haberlerini sıkılmadan seyrederdi (daima dünyanın bir tarafında heyecan verici patlamalar veya büyük trajediler yaşanıyordu), ama diğer programlar – yemek pişirmeyle ilgili olanlar, sohbetler, pembe diziler veya dalavereci doktorların boy gösterdiği programlar saçma sapan şeylerdi. Fakat bir gün pencerenin önünde oturmuş *Sürpriz Ödül* adlı programı seyrederken (hiç değilse o yöne doğru bakarken) birden bir ilham geldi. İkramiye aşamasına gelen yarışmacıya özel bir jetle Aruba'ya gezi fırsatı veriliyordu. Yarışmacı kadının önüne çok büyük bir bilgisayar ekranı kondu, ekranda dolaşan renkli, büyük noktalar vardı. Kadının yapması gereken şey beş tane kırmızı noktaya dokunmaktı; o zaman bu noktalar sayılara dönüşecekti. Eğer dokunduğu noktalar beş haneli bir sayıya ulaşırsa, kazanacaktı.

Brady kadının fincan gibi olmuş gözlerle ekrana bakışını seyrederken aradığı şeyi bulduğunu fark etti. Pembe balıklar, diye düşündü. En hızlı hareket edenler pembe balıklardı; kırmızı öfke rengiydi, oysa pembe... neydi? Aradığı kelime aklına gelince gülümsedi. Bu gülümseme onu yine on dokuz yaşındaymış gibi gösterdi.

Pembe *yatıştırıcıydı.*

Freddi'nin bazı ziyaretleri sırasında Z-Çocuk da işini bırakıp onlara katılıyordu. 2014 yazında böyle bir gün Freddi'ye bir elektronik tarife verdi. Kütüphane bilgisayarında yazılmıştı. Bunu yapmak için Brady sadece talimat vermekle kalmamış, Z-Çocuğu tam kontrolü altına alarak sürücü koltuğuna geçmişti, çünkü işin eksiksiz yapılması gerekiyordu. Hata yapma lüksü yoktu.

Freddi tarifeye şöyle bir baktı, ilgisini çekince dikkatle okudu. "Çok akıllıca yazılmış," dedi. "Bilinçaltı bir mesaj eklemek de çok hoş olmuş. Kötü niyetli, ama hoş. Bunu o esrarengiz Doktor Z mi düşündü?"

"Evet," dedi Z-Çocuk.

Freddi dikkatini Brady'ye çevirdi. "Bu Doktor Z'nin kim olduğunu sen biliyor musun?"

Brady yavaşça başını iki yana salladı.

"Sen olmadığına emin misin? Çünkü senin elinden çıkmışa benziyor."

Brady ona uzun uzun bakınca Freddi gözlerini kaçırmak zorunda kaldı. Kendisini bu kadına çok fazla göstermişti; Hodges'a veya hemşirelere gösterdiğinden çok fazlasını... ama iç dünyasını görmesine izin vermeyecekti. Hiç değilse, şimdilik. Birilerine anlatması mümkündü. Ayrıca, ne yapmakta olduğunu henüz kendisi de bilmiyordu. Daha iyi bir fare kapanı yapabilirsen, dünya kapının önüne serilir, diye bir söz vardı, ama Brady henüz kendi kapanının fare yakalayıp yakalamayacağını bilemediği için sessiz kalması gerekiyordu. Ve Doktor Z henüz var olmamıştı.

Ama olacaktı.

Freddi'nin Balık Deliği tanıtım ekranını yeniden biçimlendirecek elektronik tarifeyi almasından kısa bir süre sonra, bir öğleden sonra Z-Çocuk Felix Babineau'nun ofisine uğradı. Doktor hastanede olduğu günlerde odasında bir saat kadar oturur, kahve içip gazete okurdu. Z-Çocuk kapıyı vurmadan içeriye girdiğinde Babineau pencereden dışarıya bakıyordu.

Babineau ona buz gibi bir bakış attı. "Bir şey mi soracaksın? Yolunu mu kaybettin?"

Z-Çocuk, Zappit Sıfır'ı ona doğru uzattı. Freddi bunu, Al Brooks'un giderek azalan tasarruf hesabından ödenmiş yeni bilgisayar donanımlarıyla geliştirmişti. "Buna bak," dedi Z-Çocuk. "Ne yapacağını söylerim."

"Derhal çık odamdan!" dedi Babineau. "Deli misin nesin bilmiyorum, ama burası benim özel odam ve şimdi benim özel zamanım. Yoksa güvenliği mi çağırayım?"

"Buna bak, yoksa kendini akşam haberlerinde görürsün: 'Doktor, denenmemiş Güney Amerika ilaçlarıyla kitle katili Brady Hartsfield'in üstünde deneyler yapıyor.'"

Brady ağzı açık bakakaldı. Tıpkı ileride Brady onun çekirdek bilincini yontmaya başladıktan sonra görüneceği gibi olmuştu. "Neden bahsettiğini bilmiyorum."

"Cerebellin'den bahsediyorum. FDA'dan onay alması –eğer gerçekleşirse– yıllar sürer. Senin dosyana girdim ve telefonumla iki düzine fotoğraf çektim. Kendine sakladığın beyin tomografilerinin fotoğraflarını da çektim. Yasadışı işler yaptın, Doktor. Şimdi, şu tablete bakarsan bu konu aramızda kalır. Reddedersen, kariyerin biter. Karar vermen için beş saniyen var."

Babineau tableti alıp yüzen balıklara baktı. Melodi çalmaya başladı. Arada bir mavi flaş çıkıyordu.

"Pembe balıkları tıklamaya başla, Doktor. Bunlar sayılara dönüşecek. Sayıları aklından topla."

"Bunu ne kadar süre yapmam gerekiyor?"

"Bileceksin."

"Sen deli misin?"

"Burada değilken ofisini kilitliyorsun, akıllıca bir şey, ama bu hastanede her kilidi açan güvenlik kartları var. Ve bilgisayarını açık bırakmışsın; bu da bana delilik gibi geliyor. Şimdi balıklara bak. Pembelerini tıkla. Sayıları topla. Yapman gereken tek şey bu, sonra seni rahat bırakacağım."

"Bana şantaj yapıyorsun."

"Hayır, şantaj para için yapılır. Bu sadece bir alışveriş. Balıklara bak. Bir daha uyarmayacağım."

Babineau balıklara baktı. Pembe bir tanesine tıklamak istedi ama ıskaladı. Bir daha tıkladı, yine ıskaladı. "Hassiktir!" diye homurdandı. İş göründüğünden daha zordu ve ilgisi kabarmaya başlıyordu. O mavi flaşların sinir bozucu olması gerekirdi ama öyle olmuyordu. Dahası, dikkatini odaklamasına yardım ediyordu. Bu herifin neler bildiğini öğrenince duyduğu korku, giderek azalmaktaydı.

Pembe balıklardan biri ekranın sol tarafından kaçamadan önce üstünü tıklamayı başardı ve dokuz sayısı çıktı. Güzel. İyi bir başlangıç. Babineau bunu neden yaptığını unutmuştu. Önemli olan, pembe balığı yakalamaktı.

Melodi çalıyordu.

Bir kat yukarıda, 217 numaralı odada Brady kendi Zappit'ine bakarken, solumasının yavaşladığını hissetti. Gözlerini kapatıp tek bir kırmızı noktaya baktı. Bu Z-Çocuk'tu. Bekledi... bekledi... sonra tam hedefinin duyarsız olduğunu düşünmeye başlarken ikinci bir nokta belirdi. Önce silikti ama giderek netleşmeye ve parlaklaşmaya başladı.

Tıpkı bir gülün çiçek açışı gibi, diye düşündü Brady.

İki nokta oyun oynarcasına ileriye geriye yüzmeye başladı. Brady dikkatini Babineau olanına yoğunlaştırdı. Bu nokta yavaşladı ve sonra hareketsiz kaldı.

Artık elimdesin, diye düşündü Brady.
Ama dikkatli olmalıydı. Bu çok gizli bir misyondu.
Açtığı gözleri Babineau'ya aitti. Doktor hâlâ balıklara bakıyordu ama artık onları tıklamayı bırakmıştı. Artık doktor bir... neydi o kullandıkları kelime? Saksı. Doktor artık bir saksı olmuştu.

Brady bu ilk işgalini fazla sürdürmedi, ama bu sayede neler yapabileceğini anlaması çok sürmedi. Al Brooks bir kumbaraysa, Felix Babineau bir banka kasasıydı. Brady onun anılarına, birikmiş bilgilerine, yeteneklerine erişebilecekti. Al'ın içindeyken elektrikle ilgili her türlü onarımı yapabiliyordu. Babineau'nun içindeyken beyin ameliyatı bile yapabilirdi. Dahası, artık teorisini düşünüp başarmayı ümit ettiği şey kanıtlanmıştı: İnsanların kontrolünü uzaktan ele geçirebiliyordu. Onların açılmasını sağlamak için Zappit'in yol açtığı hipnoz yetiyordu. Freddi'nin geliştirdiği Zappit çok etkili bir göz-tuzağı olmuştu ve son derece *hızlı* işliyordu.

Bunu Hodges'ta uygulamak harika olacaktı.

Babineau'dan çıkmadan önce Brady onun beynine birkaç *düşünce balığı* bıraktı. Az sayıda. Doktoru çok dikkatli kullanmalıydı. Brady kendini ilan etmeden önce Babineau'nun ekrana tamamen bağımlı olması gerekliydi – hipnoz uzmanları buna "yönlendirme aracı" diyorlardı. O günün düşünce balıklarından biri, Brady'nin beyin tomografilerinin ilginç bir sonuç vermediği ve artık bırakılması fikriydi. Cerebellin'e de artık son verilmeliydi.

Çünkü Brady yeterli bir ilerleme göstermiyor. Çünkü duvara tosladım. Ayrıca yakalanma tehlikesi var.

"Yakalanmam kötü olur," diye mırıldandı Babineau.

"Evet," dedi Z-Çocuk. "Yakalanman ikimiz için de kötü olur."

O sıcak yaz serin ve yağmurlu sonbahara dönüşürken Brady, Babineau üzerindeki hâkimiyetini kuvvetlendirdi. Düşünce balıklarını özenle bırakıyordu. Babineau genç hemşirelerle sıkı fıkı olma dürtüsü duymaya başladı, cinsel taciz şikâyeti riskini göze alıyordu. Hayalî bir doktorun kartını kullanarak ecza dolabından arada bir ağrı kesici ilaçlar çalıyordu; bu kartı Brady, Freddi Linklatter'a yaptırmıştı. Er geç yakalanmaya mahkûmdu ve o hapları almanın daha güvenli yolları da vardı, ama Babineau bunu yapmayı sürdürüyordu. Bir gün Nöroloji dinlenme salonundan bir Rolex kol saati çaldı (kendisinin bir Rolex'i olduğu halde), bunu ofisindeki en alt çekmeceye koydu ve tamamen unuttu. Brady Hartsfield –yürüyemeyecek durumdayken– azar azar doktorun kontrolünü almış, onu sivri dişleri olan bir suç kapanına sokmuştu. Budalaca bir şey yapıp olup biteni birisine anlatmaya kalkarsa, bu tuzak üstüne kapanacaktı.

Aynı zamanda Doktor Z kişiliğini de biçimlendirmeye başladı; buna Kütüphane Al'a yaptığından daha fazla özen gösteriyordu. Her şey bir yana, artık bu işte daha iyi olmuştu. Ayrıca, artık elinde çalışabileceği daha iyi malzemeler vardı. O yılın ekim ayında, Babineau'nun beyninde yüzlerce düşünce balığı yüzerken doktorun vücudunu da beyni gibi kontrolü altına aldı ve giderek daha uzun süreli yolculuklara çıkmaya başladı. Bir keresinde, sırf mesafe uzayınca kontrolü azalıyor mu diye görmek için Babineau'nun BMW'siyle Ohio eyalet sınırına kadar gitti. Azalmıyordu. Anladığı kadarıyla, bir kez içine girdi mi, artık sorun yoktu. Ve güzel bir yolculuk olmuştu. Bir yol üstü lokantasında mola verip, yemek yedi.

Yemek çok güzeldi!

2014 tatil mevsimi yaklaşırken Brady kendini ilk çocukluk günlerinden beri tatmadığı duygular içinde buldu. Daha ne olduğunu anlayamadan Noel süslemeleri kaldırılmış, Sevgililer Günü yaklaşmıştı.

Halinden memnundu.

Bir yanıyla bu duyguyu biraz ölümle ilişkilendirerek karşı çıkıyordu, ama bir yanıyla bunu kabullenmek istiyordu. Hatta bunu kucaklamak. Neden olmasın? Artık 217 numaralı odada mahpus değildi ki. İster yolcu, ister sürücü olarak aklına estiği anda buradan çıkabilirdi. Ama sürücü koltuğunda çok sık ve çok uzun süre kalmamaya dikkat etmeliydi; çünkü çekirdek bilinç sınırlı bir kaynaktı, gitti mi giderdi.

Çok yazık.

Eğer Hodges onu ziyaret etmeyi sürdürseydi, Brady hedeflerine yeni bir tanesini ekleyecekti: onu çekmecesindeki Zappit'e baktırmak, onun içine girmek ve aklına intihar düşünce balıklarını sokmak... Tıpkı Debbie'nin Mavi Şemsiyesi'ni bir defa daha kullanmak gibi olacaktı, ama bu kez telkinler çok daha kuvvetli olurdu. Aslında telkinden ziyade, talimat olurdu.

Bu plandaki en büyük sorun, Hodges'un artık ziyaretleri kesmiş olmasıydı. İşçi Bayramı'ndan hemen sonra gelmiş ve her zamanki saçmalıklarını kusmuştu: *Orada olduğunu biliyorum, Brady; umarım acı çekiyorsundur, Brady; gerçekten nesneleri hiç dokunmadan hareket ettirebiliyor musun, Brady, bana bir göstersene...* Ama o günden beri gelmemişti. Hodges'un hayatından çıkıp gitmesinin, onun bu alışık olmadığı memnuniyet halinin kaynağı olduğu sonucuna varmıştı. Hodges onun eyeri altındaki bir dikendi, onu öfkelendirip dört nala koşmasına neden oluyordu. Artık bu diken olmadığına göre, istediği gibi otlanmakta özgürdü.

Brady de öyle yapıyordu.

Babineau'nun zihnine olduğu gibi banka hesabına ve yatırım portföyüne de erişen Brady, bilgisayar donanımlarına fütursuzca para harcadı. Parayı Babineau çekiyor, donanımı Freddi'nin berbat evine Z-Çocuk götürüyordu.

Freddi gerçekten daha iyi bir dairede yaşamayı hak ediyor, diye düşündü Brady. *Bu konuda bir şey yapmalıyım.*

Z-Çocuk ona kütüphaneden yürüttüğü Zappit'lerin tamamını getirmiş, Freddi de hepsinin Balık Deliği tanıtım ekranlarını biçimlendirmişti... tabii bedeli karşılığında. Her ne kadar bu bedel adamakıllı yüksekse de, Brady hiç tereddüt etmeden ödemişti. Ne de olsa Babineau'nun parasıydı. Bu dopingli tabletlerle ne yapacağı konusundaysa Brady'nin hiçbir fikri yoktu. Er geç birkaç uzaktan kumanda robota gerek duyabilirdi, ama bunu hemen yapmak için bir neden göremiyordu. Memnuniyet duygusunun gerçek anlamını anlamaya başlamıştı; bu, bütün rüzgârların dindiği ve kişinin rahatça istediği yere sürüklenebildiği at enlemlerinin duygusal versiyonuydu.

Kişi bütün hedeflerini tükettiği zaman ortaya çıkıyordu.

* * *

Bu durum 13 Şubat 2015'e kadar devam etti. O gün öğlen haberlerinde bir şey Brady'nin dikkatini çekti. O ana kadar iki bebek panda görüntülerine kahkahalarla gülen sunucular, birden *Vah vah, bu çok kötü* ifadelerini takındılar. Arkalarındaki panda görüntülerinin yerini kırık-kalp logosu aldı.

"Sewickley banliyösünde buruk bir Sevgililer Günü yaşanacak," dedi iki sunucudan kadın olanı.

"Aynen öyle, Betty," dedi erkek olanı. "City Center Katliamı'ndan sağ kurtulan iki kişi, yirmi altı yaşındaki Krista Countryman ve yirmi dört yaşındaki Keith Frias, Countryman adlı kadının evinde intihar ettiler."

Sıra Betty'deydi. "Ken, şok içindeki ebeveynleri bu çiftin bu mayıs ayında evlenmeyi umduklarını, fakat Brady Hartsfield'in saldırısı sonucu ağır yaralandıklarını ve süregelen bedensel ve zihinsel acılarının dayanılmaz hale geldiğini söylediler. Ayrıntılar için Frank Denton'a bağlanıyoruz."

Brady pür dikkat kesilmişti; koltuğunda mümkün olduğu kadar dik oturuyor, gözleri parlıyordu. Bu iki ölümü üstlenebilir miydi? Herhalde üstlenebilirdi, ki bu da City Center skorunu sekizden ona çıkarırdı. Hâlâ bir düzine olmamıştı, ama bu da hiç fena değildi be!

Muhabir Frank Denton'un yüzünde de aynı *vah vah* ifadesi vardı ve ıvır zıvır bir şeyler söyledikten sonra Countryman'in yaşlı babası ekrana geldi. Adam, çiftin bıraktığı intihar notunu okudu. Çoğu anlaşılmaz haldeydi, ama Brady özünü anlamıştı. Çift mükemmel bir ahiret olduğunu düşünüyor, orada bütün yaralarının iyileşeceğine, huzur bulacaklarına ve Tanrı'nın huzurunda evleneceklerine inanıyordu.

"Bu gerçekten çok hazin," dedi erkek sunucu haberin sonunda. "Çok acıklı."

"Gerçekten öyle, Ken," dedi Betty. Sonra arkalarındaki ekranda, bir yüzme havuzunun etrafında toplanmış, düğün kıyafetleri içinde bir grup insan belirdi. Betty'nin kederli yüzü bir anda neşeli bir ifadeye büründü. "Ama bu haber sizi eğlendirecek – Cleveland'da yirmi çift bir yüzme havuzunda evlenmeye karar verdi. Orada hava *sekiz derece*!"

"Umarım aşkları yeterince alevlidir," dedi Ken piyano tuşları gibi porselen dişlerini sergileyerek. *"Brrr!* Şimdi ayrıntıları almak için Patty Newfield'e bağlanalım."

Daha kaç tanesini alabilirim, diye düşündü Brady. İçi yanıyordu. Dokuz tane dopingli Zappit'im var, artı iki tane uzaktan kumandalı robotum... bir tane de çekmecemde. Kim demiş o iş arayan hıyarlarla işimin bittiğini?

Kim demiş skoru artıramayacağımı?

Brady dinlenme ve hazırlık döneminde Zappit şirketinin gidişatını takip etti; haftada birkaç kez Google uyarıcısını kontrol etmesi için Z-Çocuğu gönderdi. Balık Deliği tanıtım ekranının hipnoz etkisiyle ilgili gevezelikler bitmiş, yerini şirketin ne zaman batacağı hakkındaki spekülasyonlar almıştı – artık, "Batacak mı?" sorusu yoktu. Sunrise Solutions Zappit'i satın alınca, kendine Elektrik Girdabı adını veren bir blog yazarı şöyle yazmıştı. "Bu iş, altı hafta ömrü kalmış iki kanser hastasının evlenmeye karar vermelerine benziyor."

Babineau'nun gölge kişiliği artık iyice yerleşmişti ve City Center Katliamı'ndan kurtulanları araştırma işini Brady'nin adına Doktor Z yapmaktaydı. En ağır hasar görüp dolayısıyla intihara en çok eğilimli olanların bir listesini çıkarıyordu. Daniel Starr ve Judith Loma gibi birkaç tanesi hâlâ tekerlekli iskemleye mahkûmdular. Loma belki bu durumundan kurtulabilirdi ama Starr için böyle bir ümit yoktu. Sonra boynundan aşağısı felçli olup Ridgedale'de annesiyle yaşayan Martin Stover vardı.

Onlara iyilik yapmış olacağım, diye düşündü Brady. Gerçekten iyilik olacak.

Stover'ın annesinin iyi bir başlangıç olacağına karar verdi. Aklına gelen ilk fikir, Z-Çocuğun ona postayla bir Zappit göndermesini sağlamak oldu ("Size Harika Bir Hediye!") ama kadının bunu çöpe atmayacağına nasıl emin olabilirdi ki? Zaten elinde sadece dokuz Zappit vardı, hiçbirini riske atamazdı. Onları dopinglemek ona (aslında Babineau'ya) çok pahalıya mal olmuştu. Babineau'nun kendisini bir misyona göndermek işe yarayabilirdi. Terzi elinden çıkmış takım elbisesiyle, kılıksız Z-Çocuk'tan daha güven verici görünürdü ve Stover'ın annesi gibi kadınların hoşlanacağı bir tipi vardı. Brady'nin yapacağı tek şey inandırıcı bir yalan uydurmaktı. Deneme pazarlaması gibi bir şey olabilir miydi? Ya da bir kitap kulübü? Ödüllü bir yarışma?

Brady çeşitli senaryolar düşünürken –acelesi yoktu– Google uyarısı beklenmekte olan bir ölümü duyurdu: Sunrise Solutions hayata veda etmişti. Nisan başlarıydı. Şirketin bütün aktiflerini satmak üzere bir kayyum atanmıştı ve maddi mallar dedikleri şeylerin listesi yakında bütün satış sitelerinde belirtilecekti. Bunu bekleyemeyenler için Sunrise Solutions'ın sürümsüz bütün mallarının listesi iflas dosyasında bulunabilirdi. Brady bunu ilginç buldu, ama Doktor Z'yi bu aktifler listesine baktıracak kadar değil. Muhtemelen bunların arasında içi Zappit dolu sandıklar vardı, ama zaten kendisinin dokuz Zappit'i vardı ve bu miktar da oynaması için yeterliydi.

Bir ay sonra bu konudaki fikri değişti.

Öğle Haberleri'nin en beğenilen kısmı "Jack'ten Bir Çift Söz" adlı bölümüydü. Jack O'Malley bu işe muhtemelen daha televizyonun siyah-beyaz olduğu günlerde başlamış, şişman ve yaşlı bir dinozordu. Her haber bülteninin sonunda beş dakika kadar saçma sapan şeyler anlatırdı. Kocaman siyah çerçeveli gözlük takardı ve konuşurken sarkık gıdısı rüzgâr yemiş yelken gibi titrerdi. Brady çoğu zaman onu eğlendirici bulurdu, ama o günkü "Bir Çift Söz" bölümünde hiç de eğlendirici bir şey yoktu.

"Kısa bir süre önce bu kanalda dinlediğiniz bir trajedinin sonunda Krista Countryman ve Keith Frias'ın ebeveynlerine taziyeler yağıyor," dedi Jack balgamlı sesiyle. "Artık dayanamayarak hayatlarına son verme kararları, intiharın etiği üstüne süregelen tartışmaları yeniden gündeme getirdi. Gündeme getirdiği başka bir şey de –maalesef– bitmek bilmeyen bu acılara sebep olan Brady Wilson Hartsfield adındaki canavar oldu."

Bu benim, dedi içinden Brady sevinçle. *Orta adını bile söylüyorlarsa, demek ki gerçek bir canavarsın.*

"Eğer bu hayattan sonrası varsa," dedi Jack gıdısını titreterek, "Brady Wilson Hartsfield o zaman işlediği bütün suçların hesabını verecektir. Bu arada, bu karanlık keder bulutunun içindeki umut ışığını da gözden kaçırmayalım, çünkü böyle bir ışık gerçekten var.

"City Center katliamından bir yıl sonra Brady Wilson Hartsfield daha da korkunç bir katliam teşebbüsünde bulundu. Oraya eğlenmek için giden binlerce genç insanı katletmek amacıyla çok miktarda plastik patlayıcıyı Mingo Konser Salonu'na sokmayı başardı. Bu korkunç planı William Hodges adındaki emekli bir dedektifle, bombayı patlatamadan onun kafatasını parçalayan Holly Gibney adındaki kahraman bir kadın tarafından önlendi..."

Brady bunu duyunca dondu kaldı. Kafasına vurup onu neredeyse öldüren kişi Holly Gibney adında bir kadın mıydı? O da kim oluyordu? Bu kadın onun dünyasını karartıp bu odaya mahkûm ettiği günden beri geçen beş yıl içinde neden hiç kimse ona bunu söylememişti? Bu nasıl mümkün olabilirdi?

Çok kolay, dedi sonunda. Haberin güncel olduğu zamanlarda kendisi komadaydı. Daha sonra da bu kişinin Hodges veya onun zenci yardımcısı olduğunu varsaymıştı.

Fırsatını bulunca bu Gibney'i internette araştıracaktı, ama şu anda en önemli konu o değildi. O kadın sadece geçmişin bir parçasıydı. Gelecek, onun en iyi icatlarında olduğu gibi, harika bir fikir olarak aklındaydı: Bütün halindeydi, kusursuz yapmak için sadece bir-iki değişiklik gerekiyordu.

Zappit'ini açıp hastalara dergi dağıtmakta olan Z-Çocuğu buldu ve onu kütüphane bilgisayarına gönderdi. Adam ekranın karşısına geçince, Brady onu sürücü koltuğundan itip yerine kendisi geçti ve Al Brooks'un miyop gözleriyle ekrana baktı. 2015 yılı İflas Masası adındaki bir sitede Sunrise Solutions'ın geride bıraktığı bütün aktiflerin listesini buldu. Alfabetik sırayla verilmiş bir sürü mal vardı ve Zappit son sıradaydı. 45.872 Zappit tableti vardı ve perakende satış fiyatı 189.99 dolardı. Dört yüzlük, sekiz yüzlük ve binlik partiler halinde satılıyordu. En altta kırmızıyla yazılmış uyarıda, bazı ürünlerin arızalı olduğu, ama büyük bir kısmının çok iyi durumda olduğu belirtiliyordu.

Brady'nin heyecanı Kütüphane Al'ın kalbini tekletti. Elleri klavyeden çekilip yumruk haline geldi. City Center felaketzedelerini intihar ettirmek şu anda aklına gelen muhteşem fikrin yanında sönük kalmıştı: Mingo'da o gece yapmaya çalıştığı işi bitirmek. Daha sonra Mavi Şemsiye altında Hodges'a yazacağı mesajı düşündü: *Beni durdurduğunu mu sanıyordun? Bir daha düşün bakalım.*

Ne harika olurdu!

Babineau'nun o gece konserde bulunan herkes için bir Zappit alacak kadar parası olduğuna emindi, ama Brady hedeflerini birer birer ele almak zorunda kalacağı için aşırıya kaçmamalıydı.

Babineau'yu yanına getirmek için Z-Çocuğu kullandı. Babineau gelmek istemiyor, artık Brady'den korkuyordu. Bu da Brady'nin bayıldığı bir şeydi.

"Bazı şeyler satın alacaksın," dedi Brady.

"Bazı şeyler satın alacağım." Uysal. Artık korkmuyor. Odaya Babineau girmişti, ama şimdi Brady'nin koltuğunun önünde, omuzları çökmüş halde duran kişi Doktor Z'ydi.

"Evet. Yeni bir hesap açıp para yatıracaksın. Bence adını Gamez Unlimited koyalım. Gamez'in son harfi Z olsun."

"Z'yle bitsin. Benim adım gibi." Kiner Nöroloji şefinin yüzünde salakça bir gülümseme belirdi.

"Çok iyi. Yüz elli bin dolar olsun. Ayrıca, Freddi Linklatter'ı da yeni ve daha büyük bir daireye yerleştir. Böylece senin satın alacağın malzemelere yeri olur ve onlarla çalışmaya başlayabilir. Çok işi olacak."

"Onu daha büyük bir daireye yerleştireceğim, böylece..."

"Kes sesini de dinle. Ona başka malzemeler de gerekecek."

Brady öne uzandı. Önünde çok parlak bir gelecek görüyordu. Yaşlı ve emekli dedektif oyunun bittiğini sanırken, kazanan o olacaktı.

"Bu malzemeler arasındaki en önemli şeye 'yineleyici' deniyor."

KAFALAR VE POSTLAR

1

Freddi'yi uyandıran şey duyduğu acı değil, sidik torbası. Neredeyse patlayacak halde. Yataktan kalkmak başlı başına büyük bir çaba gerektiriyor. Başı zonkluyor ve sanki göğsü tamamen alçıya alınmış gibi. Her nefes alışı bir haltercinin silkmeyle halteri kaldırışına benziyor.

Banyosu kanlar içinde, klozete otururken bu manzarayı görmemek için gözlerini kapatıyor. Ona kilolarca gibi gelen idrarını boşaltırken, hayatta kaldığı için şanslı olduğunu düşünüyor. Hem de çok şanslı. Neden bu boktan duruma düştüm? Çünkü ona o fotoğrafı götürdüm. Annem haklıymış: Hiçbir iyilik cezasız kalmaz.

Ama etraflıca düşünmek için ilk defa bol zamanı var. Göğsünde bir kurşun yarası, kafası patlayacak halde bu kanlı banyoda oturmasının nedeninin Brady'ye o fotoğrafı götürmesi olmadığını kendine itiraf ediyor. Nedeni, ona daha sonra tekrar gitmesi; ve gitmesinin nedeniyse, bunun için para almasıydı – her ziyaret karşılığı elli dolar. Ki bu da onu fahişe gibi bir şey yapmıştı.

Bütün bu olanların ne anlama geldiğini biliyorsun. İstediğin kadar kendine, bunu ancak Doktor Z'nin getirdiği o ürkütücü web sitesini aktive eden USB flash sürücüyü gördüğün zaman anladığını söyleyedur. Sen bunu o Zappit'leri geliştirirken anlamıştın. Günde kırk-elli tanesini kara mayınına dönüştürdün. Beş yüz taneden fazlasını. Başından beri bunun Brady olduğunu ve Brady Hartsfield'in kaçık olduğunu biliyordun.

Freddi külotunu giyip sifonu çekiyor ve banyodan çıkıyor. Oturma odası penceresinden içeriye giren ışık çok parlak değil, ama yine de gözlerini acıtıyor. Gözlerini kısıp bakınca kar başladığını görüyor; güçlükle soluyarak mutfağa gidiyor. Buzdolabında karton kutular içinde artık Çin yemekleri var, ama birkaç kutu Red Bull görünce hemen bir tanesini alıp başına dikiyor. Muhtemelen psikolojik bir etki, ama kendini daha iyi hissediyor.

Ne yapacağım? Tanrı aşkına, ne yapacağım? Bu boktan durumdan kurtulmanın bir yolu var mı?

Biraz daha hızlı adımlarla bilgisayar odasına gidiyor ve ekranını yeniliyor. Çizgi karakter adamın çizgi baltasını sallayışını görmek umuduyla zeetheend sitesine giriyor, ama ekranda mumlarla aydınlatılmış bir cenaze evi görünce hayal kırıklığına uğruyor. USB flash sürücüyü çalıştırdıktan sonra talimatlara uymayıp başlangıç ekranına baktığı zaman gördüğü şey buydu. Mavi İstiridye şarkısı çalmakta.

Tabutun altındaki mesajlara bakıyor; her biri yavaşça atan bir nabız gibi şişip sönüyor. (ACIYA SON, KORKUYA SON.) Sonra BİR YORUM YAPIN'ı tıklıyor. Freddi bu elektronik zehrin ne kadar zamandan beri etkin olduğunu bilmiyor ama daha şimdiden yüzlerce yorum gelmiş.

Bedarkened77: Gerçeği söylemek cesaret ister!
AliceAlways401: Keşke cesaretim olsaydı; artık evde hayat o kadar kötü ki.
VerbanaThe Monkey: Acıya dayanın, dostlar, intihar korkaklıktır!!!
KittycatGreeneyes: Hayır, intihar ACISIZDIR, pek çok değişiklik getirir.

Tek karşı çıkan Verbana The Monkey değil, ama onun gibilerin azınlıkta olduğunu öğrenmesi için Freddi'nin bütün yorumlara bakması gerekmiyor. Anladığı kadarıyla bu intihar hevesi grip salgını gibi yayılacak.

Hayır, daha çok ebola virüsü gibi.

Yineleyiciye baktığı anda BULUNAN 171 sayısı 172'ye yükseliyor. Sayı-balık hakkındaki haber hızla yayılmakta, bu geceye kadar neredeyse bütün dopingli Zappit'ler etkin olacak. Tanıtım ekranı onları hipnotize edip alıcı haline getiriyor. Neye karşı alıcı? Eh, en başta zeetheend'i ziyaret etmeleri gerektiği fikrine. Ya da belki Zappitçilerin o siteye bile girmeleri gerekmeyebilir. Belki kendiliğinden istenen şeyi yaparlar. İnsanlar hipnoz altında aldıkları bir emirle kendilerini öldürürler mi? Tabii ki hayır, değil mi?

Öyle değil mi?

Brady tekrar gelir korkusuyla yineleyiciyi kapatmaya cesaret edemiyor, ama web sitesi?

"Seni yok edeceğim, adi puşt!" diyerek klavyesinde tuşlara basmaya başlıyor.

Otuz saniye sonra ekrandaki mesaja bakıp hayretler içinde kalıyor: "BU İŞLEME İZİN VERİLMİYOR." Freddi bir daha denemek için uzanırken duruyor. Bildiği kadarıyla web sitesine yapacağı başka bir hamle her şeyini imha edebilir – sadece bilgisayar donanımını değil, kredi kartlarını, banka hesaplarını, cep telefonunu, hatta ehliyetini bile... Böyle habis bir şeyi programlayabilecek tek kişi varsa, o da Brady'dir.

Hassiktir! Buradan çıkıp gitmeliyim.

Bir valize birkaç elbisesini tıkıp bir taksi çağırır, bankaya gider ve kalan bütün parasını çeker. Dört bin dolar kadar olabilir. (Aslında üç bin daha gerçekçi.) Bankadan da otobüs terminaline gider. Pencerenin dışında ağır ağır yağan kar, yaklaşan bir fırtınanın başlangıcı ve muhtemelen hızlı bir kaçışı engelleyecek. Ama otobüs terminalinde birkaç saat beklemesi gerekirse oturup bekleyecek. Orada uyuması gerekse bile sakıncası yok. Hep Brady yüzünden. Karmaşık bir Jonestown intihar protokolü kurdu, Freddi'nin de yardımıyla dopinglenen Zappit'ler de bunun bir parçası oldu. Freddi bunun işleyip işlemeyeceğini bilmiyor, ama öğrenmek için beklemeye niyeti yok. Zappit'lere kapılan insanlar veya o kahrolası zeethend sitesi yüzünden intihara teşebbüs edecek insanlar için üzülüyor, ama önce kendini koruması lazım. Onu koruyacak başka kimse yok.

Freddi mümkün olduğunca çabuk bir şekilde yatak odasına gidiyor. Dolaptan eski Samsonite valizini çıkarıyor; ama sığ solumasının sonucu yetersiz oksijen aldığından ve heyecandan bacakları pelte gibi oluyor. Yatağa gidip oturduktan sonra başını eğiyor.

Sakin olmalıyım, diyor içinden. Önce düzenli nefes al. Her şey sırayla.

Web sitesini imha etme çabası yüzünden ne kadar zamanı kaldığını bilmiyor ve gardırobun üstündeki telefonu çalınca kısık bir çığlık atıyor. Telefonu açmak istemiyor, ama yine de yataktan kalkıyor. Bazen olacakları bilmek daha iyidir.

2

Brady 7 numaralı Çıkış'tan saparak eyaletlerarası otoyoldan çıkana kadar kar yağışı hafif, ama 79 numaralı Eyalet Yolu'na vardığında –artık taşrada– yağış sıklaşıyor. Asfaltın üstü temiz ve ıslak, ama çok geçmeden karla kaplanacak; oysa işini göreceği yere varana kadar daha altmış kilometre yolu var.

Charles Gölü, diye düşünüyor. Gerçek eğlence orada başlayacak.

Tam o anda Babineau'nun dizüstü bilgisayarı üç kez çınlıyor – Brady'nin yüklediği bir alarm programı. Çünkü daha sonra üzüleceğine tedbir almak gerekir. Fırtınaya karşı yarışırken otomobili kenara çekecek zamanı yok, ama buna mecbur. İleride, sağda her yanı tahta plakalarla kapatılmış bir bina görüyor; çatısında paslanmış bikinileri içinde iki metal kız var, PORNO SARAYI ve XXX ve SOYUNMAYA DAVET yazılı bir tabela tutuyorlar. Üstü kısmen karla örtülmüş toprak otoparkın ortasındaysa SATILIK yazan bir levha var.

Brady buraya girip park ettikten sonra bilgisayarı açıyor. Ekranda gördüğü mesaj neşeli ruh halinde vahim bir çatlak yaratıyor.

11.04: ZEETHEEND.COM'U İPTAL/DEĞİŞTİRMEK İÇİN
YETKİSİZ BİR GİRİŞİM YAPILDI
REDDEDİLDİ
SİTE ETKİN

Brady torpido gözünü açıp Al Brooks'un cep telefonunu çıkarıyor. Bu telefon hep oradadır. İyi ki öyle, çünkü Brady, Babineau'nun telefonunu almayı unutmuş.
N'apalım yani, diyor içinden. İnsan her şeyi hatırlayamayabilir; üstelik çok meşguldüm.
Freddi'nin numarasını ezberinden tuşluyor. Discount Electronics'te birlikte çalıştıkları günden beri numarasını değiştirmemiş.

3

Hodges tuvalete gitmek için izin isteyince, Jerome onun kapıdan çıkmasını bekledikten sonra pencerenin önünde yağan karı seyreden Holly'nin yanına gidiyor. Şehirde hava hâlâ aydınlık, kar taneleri yerçekimine meydan okurcasına havada dans ediyor. Holly yine kollarını göğsünde kavuşturmuş, elleriyle omuz başlarını tutuyor.
"Durumu çok mu kötü?" diye soruyor Jerome alçak sesle. "Pek iyi görünmüyor da..."
"Pankreas kanseri, Jerome. Bu durumdaki insan nasıl görünür ki?"
"Bu işin sonuna kadar dayanabilir mi sence? Çünkü bunu çok istiyor ve sanırım bu dosyanın kapanması ona iyi gelecek."
"Hartsfield dosyasının kapanması demek istiyorsun. Brady Sıçtığımın Hartsfield'i. Üstelik herif geberdiği halde."
"Evet, onu demek istiyorum."
"Galiba durumu kötü." Holly yüzünü ona dönüp gözlerine bakmak için kendini zorluyor; bu durumda kendini hep çıplakmış gibi hisseder. "İkide bir elini yanına götürdüğünü fark ettin mi?"
Jerome başını sallıyor.

"Bunu haftalardır yapıyor ve hazımsızlık diye açıklıyor. Sırf benim dırdırımdan kurtulmak için doktora gitti. Ve ne olduğunu öğrendikten sonra da yalan söylemeye kalktı."

"Soruya cevap vermedin. Bu işin sonuna kadar dayanabilir mi?"

"Dayanır sanıyorum. Umuyorum. Çünkü haklısın. Buna ihtiyacı var. Ama onun yanında olmalıyız. İkimiz de." Bir elini omzundan çekip Jerome'un bileğini tutuyor. "Bana söz ver, Jerome. Bu sıska kızı devre dışı bırakıp erkek erkeğe eğlenmeye kalkmayın."

Jerome onun elini tutup sıkıyor. "Hiç merak etme, Hollyberry. Ekibimiz hiç dağılmayacak."

4

"Alo? Sen misin, Doktor Z?"

Brady'nin onunla oynaşacak zamanı yok. Her geçen saniye karın şiddeti artıyor ve Z-Çocuğun kar lastikleri olmayan, yüz elli bin kilometre yapmış boktan Malibu'su bu fırtınaya karşı dayanamaz. Başka koşullarda olsaydı, Brady ona nasıl hâlâ hayatta olduğunu sorardı, ama geri dönüp o durumu düzeltme niyeti olmadığı için bu soru çok anlamsız olurdu.

"Kim olduğumu biliyorsun ve ben de ne yapmaya kalkıştığını biliyorum. Bir daha denersen, o binayı gözetleyen adamlarımı oraya gönderirim. Hayatta olduğun için çok talihlisin, Freddi. Yerinde olsam, bir daha bu riske girmem."

"Özür dilerim," diye fısıldıyor Freddi. Bu, Brady'nin birlikte çalıştığı, herkese siktir çeken kadın değil. Fakat tamamen de tükenmemiş, yoksa bilgisayar donanımını halletmeye kalkışmazdı.

"Kimseye söyledin mi?"

"Hayır!" Bu düşünce bile Freddi'yi dehşete düşürüyor.

"Söyleyecek misin?"

"*Hayır!*"

"Doğru cevap bu, çünkü söylersen haberim olur. Gözetim altındasın, Freddi. Bunu unutma."

Brady onun karşılık vermesini beklemeden telefonu kapatıyor; Freddi'nin yapmaya kalkıştığı şeyden çok, hâlâ hayatta oluşuna kızıyor. Onu öldü sanıp bıraktığı halde, binayı gözetleyen hayali adamların varlığına inanacak mı? İnanır herhalde, diye düşünüyor. Doktor Z ve Z-Çocuk'la karşılaşmış; emrinde daha kaç tane uzaktan kumandalı robotu olduğunu kim bilebilir ki?

Her halükârda, şu anda yapabileceği hiçbir şey yok. Brady'nin, sorunları için başkalarını suçlamak gibi çok eskiye dayanan bir huyu var; şimdi de ölmesi gerektiği halde ölmeyen Freddi'yi suçluyor.

Malibu'yu vitese geçirip gaza basıyor. Lastikler otoparkın üstünü kaplayan ince kar tabakasında patinaj yapıyor, ama ikinci denemede zemini kavrayabiliyor. Brady, Z-Çocuğun otomobilini artık beyaz bir örtüyle kaplı yolda yetmiş kilometre hıza çıkarıyor. Çok geçmeden bu koşullar için fazla hızlı olacak, ama mümkün olduğunca göstergeyi bu sayıda tutmaya çalışacak.

5

Finders Keepers şirketi, yedinci kat tuvaletlerini seyahat acentesiyle ortak kullanıyor, ama şu anda erkekler tuvaletinde Hodges'tan başka kimse yok. Lavabolardan birinin üzerine eğilmiş, bir eliyle lavabonun kenarını tutuyor, diğer elini yan tarafına bastırmış. Kemeri bağlanmamış olduğu için ceplerindeki ıvır zıvırın ağırlığıyla pantolonu kalçasının altına kadar sıyrılmış.

Buraya sıçmaya gelmişti, hayatı boyunca yapmış olduğu sıradan bir şeydi, ama ıkınmaya başladığı anda karnının sol yanında bomba patlamış gibi oldu. Daha önce duyduğu sancılar bunun yanında konser öncesi tınlayan ısınma notaları gibi kalırdı. Eğer şimdiden bu kadar kötüyse, ileride nasıl olacağını düşünmeye bile korkuyor.

Hayır, korku yanlış kelime. Ödü patlıyor. Hayatımda ilk defa gelecek ödümü patlatıyor, diye düşünüyor; önce battığımı, sonra da silinip gittiğimi görüyorum. İşimi bu sancılar bitirmezse, bunu azaltmak için verilen daha kuvvetli ilaçlar bitirecek.

Artık pankreas kanserine neden sinsi kanser dendiğini ve neredeyse hep öldürücü olduğunu anlıyor. Kanser pusuyu kuruyor, askerlerini topladıktan sonra akciğerlere, lenf düğümlerine, kemiklere ve beyne casuslarını gönderiyor. Sonra da o ahmakça hırsıyla, zaferin sadece kendi ölümü olduğunu anlamadan, bir yıldırım savaşına girişiyor.

Belki de istediği şey bu, diye düşünüyor Hodges. Belki kendinden nefret ediyor, içinde bulunduğu vücudu değil, kendi kendini öldürme arzusuyla doğmuştur. Ki bu da kanserin *gerçek* intihar prensi olduğunu gösterir.

Uzun ve gürültülü bir şekilde geğirmek onu biraz rahatlatıyor; kim bilir neden. Uzun sürmeyecek ama rahatlatacak ne varsa hepsine razı. Üç tane ağrı kesici hap çıkarıp musluk suyuyla bunları yutuyor. Saldıran bir fili mantar tabancasıyla vurmaya çalışmak gibi, diye düşünüyor. Yüzüne biraz renk gelsin diye soğuk su çarpıyor, ama bu işe yaramayınca yanaklarına ikişer tokat atıyor. Holly ve Jerome onun ne kadar kötü bir aşamada olduğunu bilmemeliler. Hastaneye teslim olmadan geçireceği son günün her dakikasını değerlendirmek istiyor.

Banyodan çıkarken kendine dik durmasını ve elini yan tarafına bastırmamasını hatırlatıyor; o anda telefonu çalıyor. Herhalde Pete gelişmeler hakkında bilgi istiyordur, diye düşünürken telefonda Norma Wilmer'ın sesini duyuyor.

"O dosyayı buldum," diyor Norma. "Ruth Scapelli'nin dosyasını..."

"Evet," diyor Hodges. "Ziyaretçi listesi. Kim var o listede?"

"Liste falan *yok*."

Hodges duvara dayanıp gözlerini kapatıyor. "Hay aksi..."

"Ama Babineau'nun antetli mektup kâğıdına yazılmış bir talimat var. Okuyorum: 'Frederica Linklatter ziyaretçi saatleri sırasında ve dışında odaya girebilir. B. Hartsfield'in iyileşmesine yardımcı oluyor.' Bu yazı işine yarar mı?"

Deniz piyadesi saçlı bir kız, diye düşünüyor Hodges. Bir sürü dövmesi olan fare gibi bir kız.

O anda bir ışık yanmasa da, hafif bir titreşim duyuyor ve bunun nedenini anlıyor. 2010 yılında Holly ve Jerome'la birlikte

Brady'yi sıkıştırdıkları zaman Discount Electornics'te kısa saçlı sıska bir kızla karşılaşmıştı. Aradan altı yıl geçmiş olmasına rağmen Hodges kızın iş arkadaşıyla ilgili söylediklerini hatırlıyor: *Bahse girerim, annesiyle ilgili bir şeydir. Brady annesine sapıkça düşkün.*

"Hâlâ orada mısın?" diye soruyor Nora sinirli bir sesle.

"Evet, ama gitmem lazım."

"Bunun için ekstra bir para vereceğini..."

"Tamam, Nora, hallederiz." Telefonu kapatıyor.

Haplar görevini yapmış, ofise dönerken orta hızlı adımlarla yürüyebiliyor. Holly ve Jerome pencereden dışarıya bakıyorlar. Ona döndüklerinde, Hodges yüz ifadelerinden kendisi hakkında konuştuklarını anlıyor, ama şimdi bunu düşünecek zamanı yok. Düşündüğü tek şey o dopingli Zappit'ler. Hastane odasında tıkılmış ve yürüyemeyecek haldeyken Brady'nin bu tabletleri nasıl değiştirebildiği sorusu. Ama bu işi onun için yapabilecek becerilere sahip birini tanıyordu. Babineau'nun yazılı onayıyla onu Umutsuz Vakalar koğuşunda ziyaret eden biri. Punk saçlı, dövmeli bir kız.

"Brady'nin ziyaretçisi, onun tek ziyaretçisi, Frederica Linklatter. Bu kadın..."

"Discount Electronics!" diye bağırıyor Holly. "Birlikte çalışmışlardı."

"Evet. Bir de üçüncü bir adam vardı – patronları. Onun adını hatırlayanınız var mı?"

Holly ve Jerome birbirlerine baktıktan sonra başlarını iki yana sallıyorlar.

"Bu çok eskidendi, Bill," diyor Jerome. "Üstelik o zaman sadece Hartsfield'e odaklanmıştık."

"Evet. Linklatter'ı hatırlamamın tek nedeni, kadının unutulmayacak bir tipi oluşu."

"Bilgisayarını kullanabilir miyim?" diye soruyor Jerome. "Holly kızı araştırırken ben de belki adam hakkında bir şeyler bulurum."

"Tabii, kullan."

Holly hemen kendi bilgisayarının başına geçmiş, dimdik oturarak klavyede bir şeyler tuşlamaya başlamış. Bir şeye kendini iyice kaptırdığı zamanlarda yaptığı gibi, yine yüksek sesle konuşuyor. "Hay aksi! Hiçbir numara veya adres yok. Zaten az ihtimal vardı, bir dolu bekâr kadın görülüyor... ama dur bir dakika... onun Facebook sayfasını buldum..."

"Onun yaz tatili fotoğrafları veya kaç tane arkadaşı olduğu umurumda değil," diyor Hodges.

"Emin misin? Çünkü kadının sadece altı tane arkadaşı var ve bunlardan biri de Anthony Frobisher. Aradığımız adamın adının bu olduğuna eminim..."

"*Frobisher!*" diye bağırıyor Jerome, Hodges'un ofisinden. "*Anthony Frobisher o dükkândaki üçüncü adamdı!*"

"Seni yendim, Jerome," diyor Holly böbürlenerek. "Yine."

6

Frederrica Linklatter'dan farklı olarak, Anthony Frobisher listede hem kendisi olarak hem de "Bilgisayar Gurunuz" kimliğiyle yer alıyor. İki numara da aynı; cep telefonu olmalı, diye tahmin ediyor Hodges. Jerome'u masasından kaldırıp kendisi oturuyor; çok yavaşça ve dikkatle. Klozete otururken duyduğu o acı patlaması hâlâ aklından çıkmamış.

Telefon ilk çalışında açılıyor. "Bilgisayar Gurusu Tony Frobisher. Nasıl yardımcı olabilirim?"

"Bay Frobisher, adım Bill Hodges. Herhalde beni hatırlamazsınız, ama..."

"Ha, sizi hatırlıyorum," diyor Frobisher temkinli bir sesle. "Ne istiyorsunuz? Eğer Hartsfield'le ilgiliyse..."

"Frederica Linklatter'la ilgili. Onun son adresini biliyor musunuz?"

"Freddi mi? Neden bende onun herhangi bir adresi olsun ki? DE kapandığı günden beri onu görmedim."

"Gerçekten mi? Facebook sayfasına bakılırsa, ikiniz arkadaşmışsınız."

Frobisher hayretler içinde bir kahkaha patlatıyor. "Listesinde başka kimi yazmış? Kim Jong-un mu? Charles Manson mu? Bakın, Bay Hodges, o ukala kaltağın *hiç* arkadaşı yoktur. Arkadaşı olabilecek tek kişi Hartsfield'di ama az önce telefonuma onun öldüğü haberinin iletisi geldi."

Hodges haber iletisinin ne olduğunu bilmiyor ama öğrenmeye de niyeti yok. Teşekkür edip telefonu kapatıyor. Tahminine göre Freddi Linklatter'ın altı tane Facebook arkadaşından hiçbiri gerçek arkadaşı değil. Tamamen dışlanmış görünmemek için bunları kendisi eklemiş. Bir zamanlar bunu Holly de yapmış olabilirdi ama artık onun gerçek arkadaşları var. Hem onun hem de arkadaşları için büyük şans. Soru hâlâ havada asılı duruyor: Freddi Linklatter'ın yerini nasıl bulacaklar?

Holly'yle birlikte kurdukları şirket, aranan kişileri bulmayı hedefliyor, ama arama motorlarının çoğu kötü arkadaşları olan, sabıkalı kötü kişileri bulacak şekilde oluşturulmuş. Onu er geç bulabilir, bu denli gelişmiş bilgisayar ortamında kimse tamamen gizli kalamaz; fakat Hodges bunu bir an önce başarmalı. Çocuğun biri o bedava Zappit'lerden birini açtığı anda pembe balık, mavi flaşlar ve –Jerome'un başına geldiği gibi– onları zeetheend sitesine yönlendiren bir bilinçaltı mesaj yüklenecek.

Sen bir dedektifsin. Tamam, kanserlisin, ama hâlâ bir dedektifsin. O halde konu dışına çıkma ve dedektifliğini yap.

Ama hiç kolay değil. Brady'nin Round Here konserinde öldürmeyi başaramadığı o çocuklar hiç aklından çıkmıyor. Jerome'un kız kardeşi de bunlardan biriydi ve Dereece Neville olmasaydı, Barbara da şimdi alçılı bir bacakla yatmak yerine, ölmüş olacaktı. Belki Barbara bir deneme modeliydi. Belki Bayan Ellerton da öyleydi. Ama şimdi diğer Zappit'lerden yığınla vardı ve mutlaka bir yerlerde olmalıydı.

Nihayet aklına parlak bir fikir geliyor.

"Holly! Bana bir telefon numarası lazım!"

7

Todd Schneider yerinde ve Hodges'u dostça karşılıyor. "Anladığım kadarıyla sizleri sıkı bir fırtına bekliyor, Bay Hodges."

"Öyle diyorlar."

"O arızalı tabletleri bulabildiniz mi?"

"Aslında sizi bunun için aradım. Zappit tabletlerini gönderdiğiniz o adres sizde var mı acaba?"

"Tabii. Bunu bulunca sizi arayayım mı?"

"Telefonu kapatmayıp beklesem? Çünkü acil bir durum var."

"Acil bir tüketici desteği mi?" Schneider bunu eğlenceli bulmuş gibi. "Amerika'ya pek uymuyor. Bir bakayım."

Bir klik sesiyle Hodges beklemeye alınıyor; hiç de yatıştırmayan bir müzik sesi var. Holly ve Jerome da onun odasına gelmişler. Hodges elini yan tarafına götürmemek için kendini zorluyor. Saniyeler uzayıp dakika oluyor. Derken, iki dakika. Ya başka bir hatta konuşuyor ve beni unuttu ya da adresi bulamadı, diye düşünüyor Hodges.

Bekletme müziği kesiliyor. "Bay Hodges? Orada mısınız?"

"Evet."

"Adresi buldum. Gamez Unlimited –hatırlarsanız Z'yle bitiyor– 444 Maritime Drive. Bayan Frederica Linklatter eliyle. Bu işinize yarar mı?"

"Yarar. Çok teşekkür ederim, Bay Schneider." Hodges telefonu kapatıp arkadaşlarına bakıyor; biri sıska ve soluk benizli, diğeri Arizona'da inşaatlarda çalışmaktan kasları gelişmiş. Onlar, ülkenin öbür ucunda yaşamakta olan kızı Allie'yle birlikte Hodges'un hayatının son günlerinde en sevdiği insanlar.

"Haydi, çocuklar, harekete geçelim," diyor.

8

Brady 79 numaralı otoyoldan çıkıp Vale Yolu'ndaki Thurston's Garage adlı benzin ve bakım istasyonunda duruyor. Burası oldukça kalabalık; kamyonlarına benzin alanlar, kahve içip laklak yapanlar... Bir an Al'ın Malibu'suna çivili kar lastiği almayı düşünüyor, ama içerideki kalabalığa bakılırsa bu iş bütün öğleden sonrasını alabilir. Hedefine az bir mesafe kaldığı için şansını denemeye karar veriyor. Oraya vardığında kar artarsa hiç dert değil. Hazırlıklı. Daha önce bu kampa iki kere gelmiş; ilk gelişi keşif için olmuş, ikincisindeyse bazı gerekli malzemeleri getirmiş.

Vale Yolu altı santimlik karla kaplı ve adamakıllı kaygan. Malibu birkaç kez kayıyor; bir defasında neredeyse hendeğe yuvarlanacak gibi olmuş. Brady fena halde terliyor; Babineau'nun arteritli parmakları Brady'nin direksiyona sımsıkı yapışmasıyla zonkluyor.

Nihayet son sınır işareti anlamına gelen iki yüksek kırmızı direği görüyor. Brady frene basıp yürüme hızıyla buradan sapıyor. Tek şeritli bir kamp yolu, ama üstü ağaçlarla örtülü olduğu için yolun bazı yerleri hâlâ temiz; böylece son üç kilometreyi kolayca aşabiliyor. Fakat fırtına şiddetlendiği zaman öyle kalmayacak. Bu da radyo haberine göre akşam sekizde olacak.

Bir ağaç üstüne çakılmış tahta okların farklı yönleri gösterdiği bir çatala geliyor. Sağ taraftakinde BÜYÜK BOB'UN AYI KAMPI, sol taraftakinde KAFALAR VE POSTLAR yazıyor. Bu okların üç metre üstündeyse, şimdiden ince bir kar tabakasıyla kaplanmış güvenlik kamerası var.

Brady sola dönüp parmaklarını biraz gevşetiyor. Hedefine varmasına çok az kalmış.

9

Şehrin içinde kar hâlâ hafif yağıyor. Yollar açık, trafik akıyor, ama işi sağlama almak için Jerome'un Jeep Wrangler'ına binmişler. 442 Maritime Drive seksenli yıllarda gölün güney kıyısında mantar gibi biten apartmanların bulunduğu yer. Bu apartmanlar o günlerde çok sükse yapmıştı. Şimdi çoğu yarı yarıya boş. Apartman girişinde Jerome, 6–A'da F. LINKLATTER adını bulup zile uzanıyor. Ama basamadan Hodges onu durduruyor.

"Ne?" diye soruyor Jerome.

"İzle ve öğren, Jerome," diyor Holly.

Hodges rastgele diğer zillere basıyor ve dördüncü denemesinde bir erkek sesi cevap veriyor. "Evet?"

"FedEx," diyor Hodges.

"Kim bana FedEx'le bir şey gönderir ki?" diyor sesin sahibi.

"Bunu ben söyleyemem, bayım. Ben sadece haber veririm."

Lobideki kapı bir çıtırtı sesiyle açılıyor. Hodges içeriye girip diğerlerinin geçmesi için kapıyı tutuyor. Mevcut iki asansörden birisinin üstüne 'Arızalıdır' yazısı yapıştırılmış. Çalışan asansörün kapısına da bir not iliştirilmiş! **4. katta havlayan o köpeğin sahibi kimse, onu bulacağım.**

"Bu çok kaygı verici bir şey," diyor Jerome.

Asansör kapısı açılıyor, içine girerlerken Holly çantasından bir nikotin sakızı çıkarıp ağzına atıyor. Altıncı kata vardıklarında Hodges, "Eğer evdeyse, konuşmayı bana bırakın," diyor.

6-A asansörün tam karşısında. Hodges kapıyı tıklatıyor. Karşılık gelmeyince biraz daha sertçe vuruyor. Bu da işe yaramayınca kapıyı yumrukluyor.

"Gidin buradan!" Kapının diğer tarafından gelen ses cılız. Grip olmuş küçük bir kızın sesi gibi, diye düşünüyor Hodges.

Kapıyı bir daha yumrukluyor. "Kapıyı açın, Bayan Linklatter."

"Polis misiniz?"

Hodges buna, evet, diyebilir; emekli olduğundan beri birçok kez emniyet görevlisi taklidi yapmış, ama içinden bir ses bu defa öyle yapmamasını söylüyor.

"Hayır. Adım Bill Hodges. 2010 yılında kısa bir görüşmemiz olmuştu. Sizin işyerinizde..."

"Evet, hatırladım."

Bir kilit dili düşüyor, derken ikincisi. Bir zincir iniyor. Kapı açıldığı anda esrarın keskin kokusu koridora kadar yayılıyor. Onları karşılayan kadının elinde yarıya inmiş, tombul bir esrarlı sigara var. Aşırı zayıf ve teni süt gibi beyaz. Üstündeki tişörtte KÖTÜ ÇOCUKLARA KEFALET SENEDİ, BRADENTON FLA yazılı. Bunun altındaysa başka bir yazı var ama kan lekesi yüzünden okunamıyor.

"Sizi aramalıydım," diyor Freddi; her ne kadar ona bakıyorsa da, Hodges onun kendi kendine konuştuğunu düşünüyor. "Aklıma gelseydi arardım. Onu daha önce durdurmuştunuz, değil mi?"

"Tanrım! Ne oldu size böyle?" diye soruyor Jerome.

"Galiba çok fazla doldurmuşum," diyor Freddi oturma odasının ortasındaki iki valizi işaret ederek. "Annemi dinlemem gerekirdi. Yolculuğa az eşyayla çık, derdi."

"Onun valizleri kastettiğini sanmıyorum," diyor Hodges parmağıyla Freddi'nin tişörtündeki taze kanı işaret ederek. İçeriye giriyor; Jerome ve Holly hemen arkasında. Holly kapıyı kapatıyor.

"Neyi kastettiğini biliyorum," diyor Freddi. "O puşt beni vurdu. Valizleri yatak odasından getirirken de yara yine kanamaya başladı."

"Bir bakayım," diyor Hodges, ama ona doğru bir adım atınca Freddi gerileyip kollarını önünde kavuşturuyor; bu tipik Holly tavrı Hodges'u duygulandırıyor.

Holly onun yanından geçiyor. "Bana banyoyu gösterin. Yaranıza bakayım." Sesi sakin gibi, ama Hodges onun nikotin sakızını deli gibi çiğnemekte olduğunu görüyor.

Freddi, Holly'yi bileğinden tutup banyoya yönlendirirken, durup esrarlı sigarasından derin bir fırt çekiyor. Dumanını iri halkalar halinde üflerken konuşuyor. "Donanım diğer odada. Sağda. İyice bakın." Sonra da en baştaki konusuna dönüyor. "Valizleri bu kadar çok doldurmasaydım, şimdi gitmiş olurdum."

Hodges hiç öyle sanmıyor. Daha asansördeyken bayılacağını düşünüyor.

10

Kafalar ve Postlar, Babineau'nun Sugar Heigths'taki malikânesi kadar büyük değil, ama ona yakın. Uzun ve alçak bir yapı. Bunun ardındaki üstü karla kaplı tepenin yamacı Brady'nin son gelişinden beri buz tutmuş olan Charles Gölü'ne kadar iniyor.

Otomobili binanın önünde park edip, titrek adımlarla batı yönüne doğru yürüyor; Babineau'nun pahalı mokasenleri giderek yükselen kar üstünde kayıyor. Avcı kampı açık bir alanda olduğu için burası daha çok kar tutmuş. Keşke çizme getirseydim, diye düşünüyor; ama sonra, insan her şeyi düşünemez ki, diye bir kez daha kendine hatırlatıyor.

Elektrik sayacı kutusunun içinden jeneratör kulübesinin ve binanın anahtarlarını alıyor. Jeneratör son model bir Generac Guardian. Şu anda sessiz, ama birazdan hayata geçecek. Bu ıssız yerde hemen her fırtınada elektrikler kesilir.

Brady, Babineau'nun bilgisayarını almak için otomobile dönüyor. Kampta WiFi var; Brady'nin son projesi üstünde çalışıp gelişmeleri takip edebilmesi için bu dizüstü bilgisayar yeterli. Artı, bir de Zappit tabii.

Aslanım Zappit Sıfır.

İçerisi karanlık ve soğuk. Brady'nin yaptığı ilk şeyler, her ev sahibinin evine döndükten sonra yaptığı tipik işler: Işıkları açıp termostatı ayarlıyor. Ana salon çok geniş ve çam panelli. Rengeyiği kemiğinden yapılmış cilalı bir avizeyle aydınlanıyor. Bu ormanlarda hâlâ rengeyiği yaşadığı günlerden kalma. Mağara gibi şöminede neredeyse gergedan bile kızartılabilir. Tepede çaprazlama kesişen kalın kirişler var, yıllar içinde şömineden gelen dumanla kararmış. Duvarlardan birinin önündeki kiraz ağacı büfe odanın öbür ucuna kadar uzanıyor; raflarında bazıları boşalmış, bazıları daha hiç açılmamış elli kadar içki şişesi var. Uyumsuz görünen mobilya eski ve lüks; büyük koltuklar ve üstünde yıllar boyu sayısız fahişenin düdüklendiği devasa bir kanepe var. Burada avcılık ve balıkçılığın yanı sıra evlilik dışı pek çok düzüşme olmuş. Şöminenin önündeki post, şu anda göklerdeki ameliyat odasına gitmiş olan Dr. Elton Marchant'ın vurduğu ayıya ait. Duvarları süsleyen kafalar ve dolgu balıklar geçmişte veya günümüzde izlerini bırakmış bir düzine doktora ait. Babineau'nun gerçek Babineau olduğu zamanlarda indirdiği büyük bir geyiğin kafası da var.

Brady dizüstü bilgisayarı odanın uzak köşesindeki antika bir storlu çalışma masasına koyup paltosunu çıkarmadan çalıştırıyor. İlk iş yineleyiciye bakıp da BULUNAN 243 mesajını görünce çok seviniyor.

Göz-tuzağının gücünü anladığını sanıyordu ve tanıtım ekranının dopinglenmeden önce bile ne kadar bağımlılık yapıcı olduğunu görmüştü; ama bu, hayal bile edemeyeceği kadar büyük bir başarıydı. Müthişti. Zeethend'den uyarı çınlaması gelmemişti, ama nasıl olsa şimdi oraya bakacaktı. Bir kez daha beklentilerinin ötesindeydi. O ana kadar siteyi yedi bin kişi ziyaret etmişti ve Brady baktığı sırada bu sayı devamlı artıyordu.

Paltosunu yere atıp ayı postunun üstünde hızlı dans hareketleri yapıyor. Ama çabuk yoruluyor; bir dahaki sefere içine gireceği kişinin yirmili veya otuzlu yaşlarında olmasına dikkat edecek. Ama hareket etmek daha çabuk ısınmasını sağlıyor.

Büfenin üstündeki uzaktan kumandayı alıp devasa düz ekranlı televizyonu açıyor; bu cihaz yirmi birinci yüzyıla ait az sayıdaki eşyadan biri. Uydu çanağı sayesinde kim bilir ne kadar çok kanal çıkar ve HD görüntüsü muhteşem; ama Brady'nin ilgilendiği şey herhangi bir program değil. Uzaktan kumandanın kaynak düğmesine basıp, gelmiş olduğu yolu gösteren görüntüyü buluyor. Kimsenin geleceğini sanmıyor, ama önünde çok meşgul olacağı iki-üç gün var; hayatının en önemli ve üretken günleri olacak ve eğer birisi bunu engellemeye kalkışırsa, önceden haberi olmasını istiyor.

Silahlar çam duvarları olan bir gömme dolapta; tüfekler ve kancalara asılı tabancalar var. Brady'nin seçimi tabanca kabzalı FN SCAR 175. Dakikada altı yüz elli mermi atabiliyor. Aynı zamanda bir silah manyağı olan bir proktolog tarafından yasadışı olarak tam otomatiğe çevrilmiş. Brady bunun yanına birkaç ekstra şarjörle birkaç ağır Winchester .308'lik mermi kutusu alıyor. Şömineyi yakmayı düşünüyor –kuru odunlar hazır– ama önce bir şey daha yapması lazım. Şehir haberlerinin olduğu siteye girip, intihar haberi var mı diye hızla tarıyor. Şimdilik yok, ama buna çare bulabilir.

"Buna Zappitleme diyelim," diyor sırıtarak ve tableti açıyor. Büyük koltuklardan birine oturup pembe balıkları takip etmeye başlıyor. Gözlerini kapadığı zaman onları görmeye devam ediyor. Hiç değilse ilk başta. Daha sonra bunlar siyah fon üzerinde kırmızı noktalar haline geliyor.

Brady rastgele bir tanesini seçip işe başlıyor.

11

Hodges ve Jerome BULUNAN 244 yazılı dijital göstergeye bakarlarken Holly ve Freddi bilgisayar odasına giriyorlar.

"Durumu iyi," diyor Holly alçak sesle Hodges'a. "İyi olmaması lazım, ama öyle. Göğsündeki delik tıpkı bir..."

"Kurşun yarası olduğunu söylemiştim." Freddi'nin sesi daha güçlü. Gözleri kırmızı, ama muhtemelen çektiği esrardan kaynaklanıyor. "Herif beni vurdu."

"Minik tamponları vardı, bir tanesini yarasının üstüne bantla yapıştırdım," diyor Holly. "Yara bandı küçük gelirdi." Burnunu buruşturuyor. "Öööğ."

"O puşt beni vurdu!" Freddi sanki bunu iyice aklına yerleştirmeye çalışıyormuş gibi.

"O puşt kim oluyor?" diye soruyor Hodges. "Felix Babineau mu?"

"Evet, o. O puşt Doktor Z. Ama aslında Brady. Öbürü de öyle. Z-Çocuk."

"Z-Çocuk mu?" diye soruyor Jerome. "Z-Çocuk da kimin nesi?"

"Daha yaşlıca olan adam mı?" diye soruyor Hodges. "Babineau'dan daha yaşlı? Dalgalı beyaz saçı var? Kaportası boya lekeli eski bir otomobil kullanıyor? Üstünde koli bandıyla yamalı bir parka giyiyor?"

"Otomobilini bilemem ama parkasını biliyorum," diyor Freddi. "İşte benim Z-Çocuğum o." Masaüstü Mac'inin önüne oturuyor; ekranında bir ekran koruyucusu var. Esrarlı sigarasından son bir fırt çekip tıka basa Marlboro izmaritleriyle dolu kül tablasında söndürüyor. Yüzü hâlâ soluk, ama Hodges'un ilk karşılaşmalarından hatırladığı, o kimseyi iplemeyen tavrı yerine gelmiş. "Doktor Z ve sadık yardakçısı Z-Çocuk. Ne var ki, her ikisi de Brady. Matruşka bebekleri gibi."

"Bayan Linklatter?" diyor Holly.

"Hadi, artık bana Freddi de. Benim meme sandığım o küçük çay fincanlarını gören herkes bana Freddi der."

Holly kızarıyor ama devam ediyor. Burnu bir koku aldı mı, hiç ucunu bırakmaz. "Brady Hartsfield öldü. Dün gece veya bu sabah erken saatlerde aşırı doz almış."

"Elvis Presley de öldü mü?" Freddi bu haberi biraz düşündükten sonra başını iki yana sallıyor. "Ne güzel olurdu, değil mi? Gerçek olsaydı."

Ben de bu kadının hepten kaçık olduğuna kesinlikle inanabilsem ne güzel olurdu, diyor içinden Hodges.

Jerome ekrandaki dışa okumayı işaret ediyor. O anda BULUNAN 247 yazısı var. "Bu şey arama mı yapıyor yoksa yükleme mi?"

"Her ikisini de." Freddi'nin istem dışı bir hareketle elini yara bandına götürüşü Hodges'a kendisini hatırlatıyor. "Bu bir yineleyici. Bunu kapatabilirim –hiç değilse kapatabileceğimi sanıyorum– ama beni binayı gözetleyen adamlardan koruyacağınıza söz verin. Ama web sitesi... yapamam. IP adresi ve şifresi olduğu halde dağıtıcı programı yok edemedim."

Hodges'un aklında yüzlerce soru var, ama BULUNAN 247 sayısı 248'e dönüşünce sadece iki soru çok önemli görünüyor. "Bu şey neyi arıyor? Ve neyi yüklüyor?"

"Önce beni koruyacağınıza söz verin. Beni güvenli bir yere götürmelisiniz. Tanık Koruma falan gibi bir şey sağlamalısınız."

"Sana hiçbir şey vaat etmek zorunda değil, çünkü ben zaten biliyorum," diyor Holly. Sesinde hiç tehdit havası yok, hatta yatıştırıcı gibi. "Zappit'leri arıyor, Bill. Birisi ne zaman tabletini açsa, yineleyici bunu bulup Balık Deliği tanıtım ekranını kuvvetlendiriyor."

"Pembe balıkları numaralı balıklara çevirip mavi flaşları ekliyor," diye tamamlıyor Jerome. Freddi'ye bakıyor. "Yaptığı şey bu, değil mi?"

Freddi'nin eli bu defa alnındaki kan lekeli şişe gidiyor. Parmakları buna değdiği anda acıyla irkilip elini çekiyor. "Evet. Buraya teslim edilen sekiz yüz Zappit'ten iki yüz seksen tanesi arızalıydı. Ya daha başlatırken donup kalıyordu ya da oyunlardan birini açmayı denediğin anda kapanıveriyordu. Diğerleri sağlamdı. Her birine kök kullanıcı takımı yerleştirdim. Adamakıllı uzun bir işti. *Sıkıcı* bir işti. Montaj hattında ıvır zıvır parçalar eklemek gibiydi."

"O halde, beş yüz yirmi tanesi sağlam," diyor Hodges.

"Kutlarım, toplama çıkarma biliyorsun," diyor Freddi. Göstergeye bakıyor. "Ve neredeyse bunların yarısı güncelleştirildi." Zerre kadar neşe tınısı olmayan kuru bir kahkaha atıyor. "Brady kaçık olabilir, ama bu işi çok iyi becermiş, ne dersiniz?"

"Kapat şunu," diyor Hodges.

"Tabii. Beni koruyacağınıza söz verdiğiniz zaman."

Zappit'in ne kadar çabuk etkisini gösterdiğini ve insanın aklına nasıl kötü düşünceler soktuğunu tecrübeyle bilen Jerome, Freddi'nin Bill'le pazarlık yapmasını seyretmek istemiyor. Arizona'dan getirdiği Swiss Army çakısını cebinden çıkarıp en büyük bıçağını açıyor, yineleyiciyi raftan aşağıya devirip bunu Freddi'nin sistemine bağlayan kabloları kesiyor. Cihaz yere düşer düşmez masanın altındaki alarm ötmeye başlıyor. Holly eğilip bir düğmeye basınca alarm susuyor.

"Bunun bir düğmesi var, geri zekâlı!" diye bağırıyor Freddi. "Böyle yapman gerekmezdi!"

"Yaptım işte," diyor Jerome. "Bu adi Zappit'lerden biri az kalsın kız kardeşimi öldürüyordu." Üstüne yürüyünce Freddi ürkerek geri çekiliyor. "Ne yaptığın hakkında hiç fikrin var mıydı? Hiç düşündün mü? Bence anlamıştın. Kafayı bulmuş haldesin, ama aptal değilsin."

Freddi ağlamaya başlıyor. "Bilmiyordum. Yemin ederim bilmiyordum. Çünkü bilmek istemiyordum."

Hodges darin bir nefes alınca sancı tekrar başlıyor. "En başından başla, Freddi ve bize her şeyi anlat."

"Ve olabildiğince çabuk anlat," diye ekliyor Holly.

12

Annesiyle birlikte Round Here konserine gittiğinde Jamie dokuz yaşındaydı. O gece onun yaşlarında çok az oğlan bu konsere gelmişti, çünkü yaşıtı olan oğlanların çoğu bu grubun kızlara hitap ettiğini düşünüyordu. Ama Jamie kızlara hitap eden şeyleri severdi. Dokuz yaşındayken henüz eşcinsel olup olmadığını bilmiyordu (hatta bunun ne anlama geldiğinden bile habersizdi). Bildiği tek şey grubun solisti Cam Knowles'i gördüğü zaman midesinde tuhaf bir titreşim hissettiğiydi.

Şimdi on altı yaşına basmak üzereyken ne olduğunu iyice biliyor. Okuldaki bazı oğlanlarla birlikteyken adının son harfini atmayı yeğliyor, çünkü bu oğlanların yanındayken Jami olmak istiyor. Babası onun ne olduğunun farkında ve ona bir ucubeymiş gibi davranıyor. Lenny Winters'ın –sapına kadar erkek– başarılı bir inşaat şirketi var, ama yaklaşan fırtına nedeniyle Winters İnşaat'ın halen faaliyette olan bütün inşaat alanları kapalı. Lenny ev ofisinde, yığınla belge arasında kaybolmuş, bilgisayar ekranını örten hesap çizelgelerine öfkeyle bakıyor.

"Baba!"

"Ne istiyorsun?" diye hırlıyor Lenny başını kaldırmadan. "Hem neden okulda değilsin? Kapalı mı?"

"*Baba!*"

Bu defa Lenny dönüp oğluna (bazen onun işitemeyeceğini sandığı zamanlarda 'ailenin ibnesi' dediği) bakıyor. Dikkatini çeken ilk şey oğlunun kırmızı bir ruj ve göz farı sürmüş olduğu. İkinci şeyse üstündeki elbise. Lenny bunun karısının elbisesi olduğunu görüyor. Oğlan uzun boylu olduğu için eteği dizinin üstünde kalıyor.

"Hassiktir!"

Jamie gülüyor. Neşe içinde. "Bu şekilde gömülmek istiyorum!"

"Sen ne diyor..." Lenny hızla ayağa kalkarken iskemlesi devriliyor. Onu harekete geçiren şey oğlunun elindeki tabancayı görmesi. Ebeveyn yatak odasındaki dolaptan almış olmalı.

"Seyret, baba!" Oğlan hâlâ gülüyor. Çok ilginç bir sihirbazlık numarası yapacakmış gibi. Tabancayı kaldırıp namluyu şakağına dayıyor. Parmağı tetiğin üstünde. Tırnağı ojeli.

"İndir o tabancayı, oğlum. İndir onu..."

Jamie –ya da Jami, intihar notunu hangisiyle imzaladıysa– tetiği çekiyor. Tabanca bir .357'lik ve çıkardığı ses kulakları sağır edecek gibi yüksek. Kapı çerçevesi fırlayan beyin parçaları ve kanla kaplanıyor. Annesinin elbisesi içindeki oğlan yüzüstü yere devriliyor; yüzünün sol tarafı balon gibi dışarıya fırlamış.

Lenny Winters tiz bir sesle art arda çığlıklar atıyor. Bir kız çocuğu gibi haykırıyor.

13

Oğlan tabancayı başına dayadığı anda Brady onun beyninden çıkıyor; kurşun hâlâ hoşafa çevirdiği o beynin içindeyken girerse ne olacağından korkuyor. 217 numaralı odada yeri paspaslayan yarı hipnoz altındaki o salakta olduğu gibi dışarıya mı fırlatılacak, yoksa oğlanla birlikte o da mı ölecek?

Bir an için oradan çok geç çıktığını düşünüyor ve bu hayattan ayrılırken herkesin işittiği o düzenli zil seslerini duyuyor. Sonra da kendini Kafalar ve Postlar'ın ana salonunda, elinde Zappit, Babineau'nun dizüstü bilgisayarının önünde buluyor. Zil sesi bilgisayardan gelmiş. Ekrana bakınca iki mesaj görüyor. İlkinde BULUNAN 248 yazılı. Bu iyi haber. Diğeriyse kötü haber:

YİNELEYİCİ DEVREDEN ÇIKTI

Freddi, diyor içinden. Buna cesaret edeceğini hiç sanmamıştım.

Seni kaltak!

Sol eli içi kalemlerle dolu seramik bir kurukafaya gidiyor. Niyeti bunu ekrana fırlatıp o sinir bozucu mesajı yok etmek. Ama aklına bir fikir gelince duruyor. Fena halde *uygulanabilir* bir fikir.

Belki de Freddi cesaret etmemişti. Belki başka birisi yineleyici kapatmıştı. Peki, o başka birisi kim olabilirdi? Tabii ki Hodges. Yaşlı ve emekli dedektif. Brady'nin ezeli düşmanı.

Brady kafasında bir bozukluk olduğunun farkında, bunu yıllardır biliyor; şu anda da bu düşüncesi paranoya olabilir. Fakat çok da saçma değil. Hodges 217 numaralı odaya yaptığı ziyaretleri keseli bir buçuk yıldan fazla oluyor, ama Babineau'ya göre, daha dün hastanedeymiş ve etrafı kolluyormuş.

Ve Hodges numara yaptığımı hep biliyordu, diye düşünüyor Brady. Bunu defalarca kendisi söylemişti: *Orada olduğunu biliyorum, Brady.* Savcılıktan gelenler de aynı şeyi söylemişlerdi, ama onlar Brady'yi mahkeme önüne çıkarabilmek için bunu sadece hayal ediyorlardı. Oysa Hodges...

"Bunu inanarak söylemişti," diyor Brady.

Ve belki de bu o kadar kötü bir haber olmayabilirdi. Freddi'nin dopingleyip, Babineau'nun gönderdiği Zappit'lerin yarısı hâlâ etkindi; bu da o insanların çoğunun az önce hallettiği o ibne oğlan gibi işgale açık olacakları anlamına gelirdi. Zappit sahipleri kendilerini öldürmeye başladıkları zaman –tabii Brady'nin yardımıyla– web sitesi diğerlerini de aynı şeyi yapmaya yöneltecekti. Önceleri sadece intihara en yatkın olanlarla başlardı, ama daha pek çok kişi onları örnek alarak sayıyı artırırlardı. Bir sığır sürüsü gibi kendilerini uçurumdan aşağıya atacaklardı.

Ama yine de...

Hodges.

Brady çocukken odasında asılı bir posteri hatırlıyor: *Eğer hayat sana bir limon sunmuşsa, bununla limonata yap!* İşte hayat boyu unutulmaması ve uygulanması gereken bir öğüt. Özellikle de limonata yapmanın tek yolunun limonu iyice sıkmak olduğunu unutmazsan.

Z-Çocuğun cep telefonunu alıp bir kez daha Freddi'nin ezberinde olan numarasını tuşluyor.

14

Evinin bir köşesinde telefonunun çaldığını duyunca Freddi küçük bir çığlık atıyor. Holly elini onun omzuna koyup soran gözlerle Hodges'a bakıyor. Hodges arkasında Jerome'la sesin geldiği yöne gidiyor. Freddi'nin telefonu şifonyerinin üstünde, aralarında iki poşet esrar da olan bir sürü ıvır zıvırın yanında.

Ekranda Z-Çocuk yazıyor, ama bir zamanlar Al Brooks olarak tanınan Z-Çocuk şu anda polis nezaretinde ve telefon edecek durumda değil.

"Alo?" diyor Hodges. "Sen misin, Doktor Babineau?"

Karşılık yok... ya da hemen hemen. Hodges soluma sesini duyabiliyor.

"Yoksa sana Doktor Z mi diyeyim?"

Ses yok.

"Brady'ye ne dersin, işine gelir mi?" Freddi'nin anlattıklarına rağmen hâlâ buna tam olarak inanamıyor, ama Babineau'nun şizofrenleştiğine ve kendini o sandığına inanabilir. "Bu sen misin, bok herif?"

Soluma sesi birkaç saniye daha sürdükten sonra kesiliyor. Telefon kapanmış.

15

"Pekâlâ mümkün," diyor Holly. Freddi'nin darmadağınık yatak odasında onlara katılmış. "Bu gerçekten Brady olabilir. Kişilik izdüşümü belgelere dayanan bir olgu. Hatta şeytan girmesi denen olayın en yaygın ikinci nedeni. En yaygın olanı şizofrenidir. Bu konuda belgesel bir film görmüş..."

"Hayır," diyor Hodges. "Mümkün değil. Olamaz."

"Bu fikre gözlerini kapama. Bayan Güzel Gri Gözler gibi olma."

"Bu ne demek oluyor şimdi?" Eyvah, karnındaki sancı şimdi kasıklarına kadar inmiş.

"Sırf istemediğin bir yönü gösteriyor diye delillere sırt çevirmemelisin. Bilinci yerine geldikten sonra Brady'nin farklı olduğunu biliyorsun. Çoğu insanda olmayan belli becerilerle dönmüştü. Telekinezi bunlardan sadece biri olabilir."

"Onun herhangi bir şeyi hareket ettirdiğini hiç görmedim."

"Ama bunu gören hemşirelere inanıyorsun. Değil mi?"

Hodges cevap vermiyor; başı önde, düşüncelere dalmış.

"Ona cevap versene," diyor Jerome. Sakin bir sesle söylemiş, ama Hodges onun sabrının tükenmekte olduğunu hissediyor.

"Evet. Hiç değilse bazılarına inandım. Becky Helmington gibi aklı başında olanlara. Anlattıkları şeyler uydurma olmayacak kadar tutarlıydı."

"Bana baksana, Bill."

Bu ricanın –emir değil– Holly Gibney'den gelmesi o kadar sıra dışı ki, Hodges başını kaldırıp ona bakıyor.

"Zappit'leri yeniden yapılandırıp o web sitesini kuranın *Babineau* olduğuna gerçekten inanıyor musun?"

"Buna inanmam gerekmiyor. Bu işleri Freddi'ye yaptırdı."

"Web sitesini değil," diyor bitkin bir ses.

Dönüp bakıyorlar. Freddi kapı eşiğinde duruyor.

"Ben kurmuş olsaydım, kapatabilirdim. Bana sadece Doktor Z'nin verdiği, içinde web sitesi marifetleri olan bir USB flash sürücü verildi. Bunu bilgisayara takıp yükledim. Ama Doktor Z gittikten sonra biraz araştırma yaptım."

"DNS'ini aradın, değil mi?" diyor Holly.

Freddi başını sallıyor. "Bu kız sıkıymış be."

Holly, Hodges'a dönüyor. "DNS, Alan Adı Sunucusu demek. Tıpkı bir dereyi geçmek için kullanılan basma taşlarını kullanır gibi, bir sunucudan diğerine sıçrarken, 'Bu siteyi tanıyor musun?' diye soruyor. Doğru sunucuyu bulana kadar sormaya devam ediyor." Sonra Freddi'ye dönüp, "Ama IP adresini bulduğun halde içine giremedin mi?" diye soruyor.

"Evet."

"Eminim, Babineau insan beyni hakkında pek çok şey biliyordur," diyor, "ama bir web sitesini kilitleyecek kadar bilgisayar becerisi olduğunu hiç sanmam."

"Ben sadece parayla tutulmuş bir işçiydim," diyor Freddi. "Zappit'leri dopingleyecek programı bana Z-Çocuk getirdi; bir pasta tarifi falan gibi yazılmıştı. Bin dolarına bahse girerim ki, Z-Çocuk sadece bir bilgisayarı açıp kapamasını bilebilir; o da düğmesini bulursa. Sonra da en sevdiği porno sitelerini arar."

Hodges onun bu söylediklerine inanıyor. İşe vâkıf oldukları zaman polislerin de inanacağından kuşkulu, ama Hodges inanıyor. Ve... *Bayan Güzel Gri Gözler gibi olma.*

Bu laf fena batmıştı. Ve canını yakıyordu.

"Ayrıca," diyor Freddi, "program tarifindeki her adımdan sonra iki nokta vardı. Bu Brady'nin hep yaptığı bir şeydi. Galiba bunu lisede bilgisayar dersi görürken öğrenmiş."

Holly uzanıp Hodges'un bileklerini tutuyor. Bir eline Freddi'nin yarasını sararken kan bulanmış. Bir sürü tuhaflıklarının yanı sıra Holly aynı zamanda temizlik hastası; elindeki kanı yıkamamış olması onun bu işe nasıl bir yoğunlukla asıldığını gösteriyor.

"Babineau, Hartsfield'e deneysel ilaçlar veriyordu, bu etik değildi, ama *bütün* yaptığı buydu, çünkü Brady'nin bilincini geri getirmek ilgilendiği tek şeydi."

"Bundan emin olamazsın," diyor Hodges.

Holly sadece elleriyle değil, gözleriyle de Hodges'u tutmuş. Genellikle göz temasından kaçtığı için o bakışların nasıl yakıcı olduğunu unutmak çok kolay.

"Aslında sadece tek bir soru var," diyor Holly. "Hikâyedeki intihar prensi kim? Felix Babineau mu, yoksa Brady Hartsfield mi?"

Freddi rüyadaymış gibi konuşmaya başlıyor. "Bazen Doktor Z sadece Doktor Z'ydi, bazen Z-Çocuk sadece Z-Çocuk'tu, ama sanki ikisi de uyuşturucu almış gibiydiler. Ama tam uyandıkları zaman kendileri değildiler. Uyandıkları zaman içlerinde Brady vardı. Neye isterseniz ona inanın, ama o Brady'ydi. Sadece iki nokta veya ters yana yatık elyazısı değil, her bir şey. O iğrenç puştla birlikte çalıştım. Biliyorum."

Sonra da odaya giriyor.

"Ve şimdi, siz amatör dedektiflerin bir itirazı yoksa kendime bir sigara saracağım."

16

Brady, Kafalar ve Postlar'ın büyük salonunda Babineau'nun bacakları üstünde volta atıyor. Öfke içinde. Tekrar Zappit âlemine girip yeni bir hedef seçmek ve birisini intihara sürükleme zevkini bir daha tatmak istiyor, ama bunun için dingin ve huzurlu olması lazım, oysa şimdi hiç öyle değil.

Hodges.

Hodges şu anda Freddi'nin evinde.

Peki, Freddi her şeyi anlatacak mı? Ey dostlar, güneş doğudan mı doğacak?

Brady'nin gördüğü kadarıyla iki soru var. Birincisi, Hodges'un web sitesini çökertip çökertemeyeceği. İkincisi, Hodges onu bu ıssız yerde bulabilecek mi?

Brady her iki sorunun cevabının da evet olduğunu düşünüyor ama bu arada ne kadar çok sayıda intihara sebep olursa, Hodges'un duyduğu acı da o kadar artacak. Durumuna sakin bir gözle bakınca, Hodges'un onu burada bulmasının iyi bir şey olabileceğini düşünüyor. O zaman limonlardan limonata yapabilir. Her halükârda zamanı bol. Şu anda şehrin kilometrelerce kuzeyinde bir yerde ve yaklaşan Eugenie fırtınası var.

Brady tekrar bilgisayarına dönüp zeethend'in hâlâ devrede olduğunu görüyor. Ziyaretçi sayısına bakıyor. Dokuz bini bulmuş ve çoğu (ama hepsi değil tabii) intihara meyilli ergenler olacak. Bu intihar hevesi havanın erken karardığı, ilkbaharın hiç gelmeyecekmiş gibi göründüğü ocak ve şubat aylarında doruk yapar. Üstelik Brady'nin Zappit Sıfır'ı var; bununla birçok çocuğun üstünde kendisi çalışabilir. Zappit Sıfır'la onlara erişmek, bir fıçı içinde balık vurmak kadar kolay.

Pembe balık, diye düşünerek kıs kıs gülüyor.

Yaşlı ve emekli dedektif, bir John Wayne kovboy filminin son makarasında süvarilerin yardıma koşmaları gibi buraya gelmeyi denerse, onunla nasıl başa çıkacağını kestiren Brady artık daha sakin. Zappit'i alıp çalıştırıyor. Balıkları incelerken aklına lisedeyken okuduğu bir şiirden bir dize geliyor ve bunu yüksek sesle söylüyor.

"Ah, bana ne olduğunu sorma, gidip ziyaretimizi yapalım."

Gözlerini kapatıyor. Yüzen balıklar kırmızı noktalara dönüşüyor; bunların her biri o konsere gitmiş ve şu anda hediye Zappit'ini inceleyerek ödülü kazanmayı uman gençler.

Brady birini seçiyor, onu durduruyor ve çiçek gibi açmasını seyrediyor.

Gül gibi.

17

"Elbette emniyetin bir adli bilişim ekibi var," diyor Hodges, Holly'nin sorusuna cevap olarak. "Yarım zamanlı çalışan üç dallamaya ekip denebilirse tabii. Ve hayır, benim sözümü dinlemezler. Bugünlerde ben sadece sivil bir vatandaşım." En kötü yanı da bu değil. O artık eskiden polis olan bir sivil vatandaş ve emekli bir polis Emniyet'in işlerine burnunu soktuğu zaman onlara *amca* diyorlar. Saygı ifade eden bir söz değil.

"O halde Pete'i ara, bu işi o yapsın," diyor Holly. "Çünkü o lanet olası intihar sitesinin kapatılması lazım."

İkisi şu anda Freddi Linklatter'ın bilgisayar odasındalar. Jerome oturma odasında, Freddi'yle birlikte. Hodges onun kaçmaya hevesli olduğunu sanmıyor –binanın dışında onu gözetlediğini sandığı hayali adamlardan çok korkuyor– ama uyuşturucu kafasında olanların ne yapacaklarını kestirmek kolay değil. Sadece biraz daha kafa bulmak istediklerini tahmin edebilirsiniz.

"Pete'i ara, bilgisayar uzmanlarından birisinin beni aramasını sağlasın. Bu işten biraz anlayan bir uzman bu siteyi çökertebilir."

"Bunu yapabilirler mi?"

"O uzmanın bir BOT şebekesine bağlanması lazım ve..." Hodges'un yüzündeki boş ifadeyi görüyor. "Neyse, boş ver. Yapılacak iş, intihar sitesini hizmet istekleriyle bombardıman etmek – binlerce, milyonlarca. Böylece o lanet şey boğulup çökecek."

"Bunu sen yapamaz mısın?"

"Ben yapamam, Freddi de yapamıyor, ama Emniyet teşkilatındaki bir uzman altından kalkabilir. Eğer o da yapamazsa Yurtiçi Güvenlik şubesine yaptırsın. Çünkü bu bir *güvenlik* sorunu, öyle değil mi? İnsan hayatı söz konusu."

Evet, öyle, diyor içinden Hodges ve eski ortağını arıyor, ama Pete'in telesekreteri çıkıyor. Ardından eski arkadaşı Cassie Sheen'i arıyor, ama telefona bakan kişi, annesi şeker komasına girdiği için Cassie'nin onu hastaneye götürdüğünü söylüyor.

Başka seçeneği kalmadığı için Isabelle'i arıyor.

"Izzy, ben Bill Hodges. Pete'i aradım ama..."

"Pete yok artık. Sıfır."

Moral bozucu bir an için Hodges onun, "Pete öldü!" demek istediğini sanıyor.

"Masama bir not bırakmış. Eve gidip cep telefonunu kapatacağını, sabit telefonu fişten çekeceğini ve yirmi dört saat uyuyacağını yazmış. Ayrıca, bugünün onun faal bir polis olarak son günü olduğunu eklemiş. Ve bunu yapmak için yıllık iznini bile kullanması gerekmez; dünya kadar kullanılmamış izni var. Birikmiş mazeret izin günleriyle emekliliğini doldurabilir. Bana sorarsan, o emeklilik partisini de unut gitsin. Bunun yerine o üşütük ortağınla birlikte bir sinemaya falan gidin."

"Beni mi suçluyorsun?"

"Seni ve o Brady Hartsfield saplantını. Bunu Pete'e de bulaştırdın."

"Hayır. O vakayı kendisi takip etmek istedi. İşi başkasına paslayıp etliye sütlüye karışmamak senin kararındı. Bu konuda Pete'le aynı görüşte olduğumu söylemek zorundayım."

"Bak, gördün mü? İşte sözünü ettiğim tavır bu. Uyan artık, Hodges, gerçek dünyadasın. Sana son defa söylüyorum, seni ilgilendirmeyen işlere o uzun gaganı sokma, çünkü..."

"Ve ben de sana şunu söylüyorum: Eğer terfi etmek istiyorsan, kafanı götünden çıkar ve beni dinle."

Bu sözler Hodges'un ağzından bir çırpıda, hiç düşünmeden çıkıvermiş. Izzy'nin telefonu kapatacağından korkuyor; kapattığı takdirde başka kime gidebilir? Ama hattın karşı ucunda sadece şaşkın bir sessizlik var.

"İntiharlar. Sugar Heights'tan döndüğünden beri hiç intihar ihbarı geldi mi?"

"Bilmiyor..."

"O halde, bak! Hemen şimdi!"

Beş saniye kadar Izzy'nin klavyede tuşlara basışını işitiyor. Sonra, "Şimdi bir ihbar geldi," diyor. "Lakewood'da bir çocuk kendini tabancayla vurmuş. Polisi arayan babasının gözleri önünde. Tahmin edebileceğin gibi isterik bir haldeymiş. Bunun ne ilgisi..."

"Olay yerindeki polislere bir Zappit tableti aramalarını söyle. Holly'nin Ellerton'un evinde bulduğunun bir benzeri."

"Yine mi o konu? Sen bozuk plak gibi..."

"Öyle bir tablet bulacaklar. Ve gün bitmeden başka Zappit intiharları olduğunu öğreneceksin. Hem de çok daha fazlasını."

Web sitesi! diye fısıldıyor Holly. *Ona web sitesinden bahset!*

"Ayrıca, bir de zeethend adında bir intihar web sitesi var. Bugün ortaya çıktı. Kapatılması gerekiyor."

Isabelle iç geçirdikten sonra karşısında bir çocuk varmış gibi konuşuyor. "Bin türlü intihar sitesi var. Daha geçen yıl Çocuk Hizmetleri Şubesi'nden bir bildiri aldık. Bunlar internette mantar gibi bitiyor, çoğu da siyah tişörtler giyip bütün günlerini yatak odalarına kapanarak geçiren çocuklar tarafından kuruluyor. Bir sürü berbat şiir ve bu işin acısız nasıl yapılabileceğini anlatan yazılar var. Tabii bir de her zamanki gibi, ebeveynlerinin onları hiç anlamadıklarından yakınıyorlar."

"Bu site farklı. Bir çığ gibi büyüyebilir. Yığınla bilinçaltı mesaj var. Adli bilişimcilerinizden birisinin hemen Holly Gibney'i aramasını sağla. Çok acil."

"Bu dediğin protokole uymaz," diyor Izzy soğuk bir tonla. "Bir bakayım, sonra da bürokratik kanallardan bu isteği ileteyim."

"Yarım zamanlı uzmanlarınızdan birinin beş dakika içinde Holly'yi aramasını sağla; yoksa intiharlar art arda gerçekleştiği zaman –ki eminim öyle olacak– bana kulak veren herkese sana haber verdiğimi ve senin kırtasiyecilik yaparak beni engellediğini söylerim. Dinleyicilerimin arasında günlük gazete ve *8 Alive* kanalı olacak. Her ikisinde de Emniyet teşkilatının dostu yoktur. Özellikle de o iki üniformalı polis MLK'de silahsız bir zenci çocuğu vurup öldürdükten sonra..."

Sessizlik. Sonra, daha ılımlı –hatta kırgın– bir sesle Isabelle, "Senin *bizim* tarafımızda olman gerekir, Billy. Neden böyle davranıyorsun?"

Çünkü Holly senin hakkında yanılmamış, diye düşünüyor Hodges.

Yüksek sesle, "Çünkü fazla zamanımız yok," diyor.

18

Oturma odasında Freddi yeni bir sigara sarıyor. Kâğıdın üstünü yaladığı sırada Jerome'a bakıyor. "Çok iri bir adamsın, değil mi?"

Jerome karşılık vermiyor.

"Kaç kilosun? Yüz beş mi? Yüz on mu?"

Jerome'un buna da verecek cevabı yok.

Hiç tınmayan Freddi esrarlı sigarayı yakıp derin bir nefes çektikten sonra dumanını Jerome'a doğru üflüyor. Jerome başını iki yana sallıyor.

"Senin kaybın, koca oğlan. Bu mal çok iyidir. Köpek çişi gibi kokar, biliyorum, ama yine de iyi maldır."

Jerome hiçbir şey söylemiyor.

"Dilini kedi mi yuttu?"

"Hayır. Lise üçüncü sınıftayken girdiğim sosyoloji dersini düşünüyordum. İntihar üzerine dört haftalık bir çalışma yapmıştık ve hiç unutmadığım bir istatistik vardı. Sosyal medyaya yansıyan her ergen intiharı yedi tane girişime yol açıyor; bunlardan beşi göstermelik, ikisi gerçek oluyor. Belki bana sert kız havaları atmaktansa bunları düşünsen daha iyi olur."

Freddi'nin alt dudağı titriyor. "Bilmiyordum. Gerçekten."

"Eminim biliyordun."

Freddi'nin gözleri sigarasına çevriliyor. Karşılık vermeme sırası onda.

"Kız kardeşim bir ses duymuş."

Freddi bunu işitince başını kaldırıyor. "Nasıl bir ses?"

"Zappit'ten gelen bir ses. Ona bir yığın kötü şey söylemiş. Beyazlar gibi yaşamaya çalıştığını. Kendi ırkını inkâr ettiğini. Ne kadar değersiz ve kötü bir insan olduğunu..."

"Ve bu da sana birini mi hatırlatıyor?"

"Evet." Jerome, Holly'yle birlikte Olivia Trelawney öldükten çok sonra kadının bilgisayarında işittikleri o suçlayıcı haykırışları düşünüyor. Bu haykırışlar Brady Hartsfield tarafından programlanmış, Trelawney'i mezbahaya giden bir inek gibi intihara sürüklemeyi hedeflemişti. "Evet, birini hatırlatıyor."

"Brady intihar fikrine hayrandı," diyor Freddi. "Web sitelerinde devamlı bunun hakkında çıkan yazıları okurdu. O konserde herkesle birlikte kendini de öldürmek istemişti, biliyorsun."

Jerome biliyor. O da oradaydı. "Sence kız kardeşimle telepati yoluyla mı temas kurmuştur? Zappit'i bir kanal olarak mı kullandı?"

"Eğer Babineau ve öbür adamın içine girebilmişse –ki ister inan ister inanma, girdi– o zaman evet, dediğin şeyi yapabilir."

"Ve o güncellenmiş Zappit'lerle diğerleri? Diğer iki yüz kırk küsur kişi?"

Freddi ona duman bulutu içinden bakıyor.

"Web sitesini kapattırsak bile... onlar ne olacak? O ses onlara dünyada köpek boku kadar değerleri olmadığını ve tek çarenin tahtalıköye yolculuk yapmaları olduğunu söylediği zaman ne olacak?"

Freddi bir şey diyemeden cevabı Hodges veriyor. "O sesi durdurmamız lazım. Bu da Brady'yi durdurmak anlamına geliyor. Hadi, Jerome. Ofise dönüyoruz."

"Ben ne olacağım?" diye sızlanıyor Freddi.

"Sen de geliyorsun. Ha, bu arada..."

"Ne?"

"Esrar acıya iyi geliyor, değil mi?"

"Tahmin edebileceğin gibi bu konudaki görüşler değişiyor; sana söyleyebileceğim tek şey, benim ayın belli günlerindeki sıkıntımı daha çekilir hale getirdiği."

"Yanına al," diyor Hodges. "Sigara kâğıtlarını da al."

19

Finders Keepers'a Jerome'un Jeep'iyle gidiyorlar. Aracın arka kısmı Jerome'un eşyalarıyla dolu olduğu için Freddi'nin birisinin kucağında oturması gerekecek, ama bu kişi Hodges olamaz. İçinde bulunduğu koşullar yüzünden. Bu nedenle direksiyona o geçiyor, Freddi de Jerome'un kucağına oturuyor.

"Yahu bu durum John Shaft'la çıkmaya benzedi," diyor Freddi sırıtarak. "O koca kamışlı, karşısına çıkan her kadın için seks makinesi olan özel hafiye."

"Sakın alışayım deme," diyor Jerome.

Holly'nin cep telefonu çalıyor. Emniyet Teşkilatının adli bilişim şubesinden Trevor Jeppson adında bir adam. Çok geçmeden Holly onunla Hodges'un tek kelimesini anlamadığı teknik kelimelerle konuşmaya başlıyor – BOT, darknet... Adam her ne dediyse, Holly'nin hoşuna gittiği belli, çünkü telefonu kapatırken yüzü gülüyor.

"Daha önce hiçbir siteyi çökertmemiş. Noel sabahını bekleyen bir çocuk gibi neşeliydi."

"Ne kadar sürermiş?"

"Şifre ve IP adresi mevcutken mi? Fazla sürmez."

Hodges, Turner Binası önündeki, o otuz dakika sınırlı park yerlerinden birine park ediyor. Burada fazla kalmayacaklar –yani şansları yaver giderse– ve son zamanlardaki talihsizlikleri göz önüne alınırsa, evrenin ona bir kıyak yapma sırası gelmiş olmalı, diye düşünüyor.

Ofisine girip kapıyı kapatıyor ve adres defterinden Becky Helmington'un numarasını arıyor. Holly onun adres defterini telefonuna yüklemeyi önermişti, ama Hodges bunu erteleyip durmuş. Eski defterini seviyor. Zaten artık bu değişikliği yapmak için çok geç, diye düşünüyor. Bu onun son vakası.

Becky ona artık Umutsuz Vakalar koğuşunda çalışmadığını hatırlatıyor. "Galiba bunu unutmuşsun."

"Unutmadım. Babineau'ya olanları biliyor musun?"

Becky'nin sesi alçalıyor. "Evet. Al Brooks'un –Kütüphane Al'ın– Babineau'nun karısını öldürdüğünü ve muhtemelen onu da öldürmüş olduğunu duydum. İnanamıyorum."

Sana inanamayacağın yığınla şey söyleyebilirim, diyor içinden Hodges.

"Henüz Babineau'yu ölmüş kabul etme, Becky. Kaçıyor olabilir. Brady Hartsfield'e deneysel ilaçlar veriyordu ve bu ilaçlar Brady'nin ölümünde rol oynamış olabilir."

"Gerçekten mi?"

"Evet. Ama yaklaşan bu fırtına yüzünden çok uzakta olamaz. Gitmiş olabileceği herhangi bir yer aklına geliyor mu? Babineau'nun yazlık evi falan var mı?"

Becky hiç düşünmeden cevap veriyor. "Yazlık ev değil, ama bir avcı kampı var. Ama sadece ona ait değil. Dört-beş doktor ortak satın almışlar." Sesi sır verme tınısına iniyor. "Duyduğuma göre orada sadece avcılık yapmıyorlarmış. Ne demek istediğimi anlarsınız."

"Nerede bu kamp?"

"Charles Gölü. Kampın ürpertici bir adı var. Şu anda aklıma gelmiyor ama eminim Violet Tranh bilir. Orada bir hafta sonu geçirdi. Hayatının en sarhoş kırk sekiz saati olduğunu söyledi; bir de hastalık kapmıştı."

"Onu arar mısın?"

"Tabii. Ama eğer Babineau kaçıyorsa, bir uçakta falan olabilir. Belki Kaliforniya'ya, belki denizaşırı bir ülkeye gidiyordur. Bu sabah uçaklar hâlâ iniş kalkış yapabiliyordu."

"Polisler onu ararken havaalanına gitmeyi göze alacağını sanmıyorum. Sağ ol, Becky. Bir şey duyarsan beni ara."

Kasasına gidip şifreyi tuşluyor. İçi bilyeli rulmanlarla dolu çorabı artık başka bir yerde, ama iki tabancası da burada. Biri görevdeyken kullandığı Glock .40. Diğeri Victory modeli .38'lik. Babasından kalmıştı. Hodges kasanın üst rafından bir bez torba alıp tabancaları ve dört kutu mermiyi içine koyduktan sonra torbanın ağzını sıkarak bağlıyor.

Bu defa beni durduracak bir kalp krizi yok Brady, diyor içinden. Bu defa sadece kanserim var ve buna katlanabilirim.

Bunu düşününce bir kahkaha atıyor. Bu da canını yakıyor.

Diğer odadan üç kişinin alkışlama sesi geliyor. Hodges bunun ne anlama geldiğini tahmin ediyor ve yanılmıyor. Holly'nin bilgisayarındaki mesajda ZEETHEEND TEKNİK SORUNLAR YAŞIYOR yazılı. Altındaysa şu var: "1-800-273'ü ARAYIN KONUŞALIM.

"O Jeppson denen adamın fikriydi," diyor Holly yaptığı işten başını kaldırmadan. "Ulusal İntihar Önleme Yardım Hattı'nın numarası."

"İyi fikir," diyor Hodges. "Bunlar da çok iyi. Sende pek çok gizli yetenek varmış." Holly'nin önünde bir sıra esrarlı sigara var. Son sardığını da ekleyince sayı bir düzineyi buluyor.

"Çok hızlı sarıyor," diyor Freddi hayranlıkla. "Ve ne kadar düzgün; sanki makineden çıkmış gibi."

Holly, Hodges'a meydan okuyan bir bakış gönderiyor "Terapistim arada bir içilen esrarlı sigaranın sakıncası olmadığını söyler. Yani aşırıya kaçmadığım sürece. Bazılarının yaptığı gibi." Gözleri bir an Freddi'ye kaydıktan sonra tekrar Hodges'a dönüyor. "Hem zaten bunlar benim için değil. Sana hazırladım, Bill. Gerek duyarsan diye."

Hodges ona teşekkür ettikten sonra bir an ikisi arasındaki bağın ne kadar kuvvetlendiğini ve ne kadar hoş olduğunu düşünüyor. Ama çok kısa sürmüş. Derken telefonu çalıyor. Arayan Becky.

"O kampın adı Kafalar ve Postlar. Sana ürpertici bir adı olduğunu söylemiştim. Violet oraya nasıl gittiklerini hatırlamıyor –herhalde havaya girmek için epeyce içmiş olmalı– ama turnikeleri geçtikten sonra kuzeye doğru uzun süre yol aldıklarını ve Thurston's Garage adında bir yerden benzin aldıklarını hatırlıyor. Bu bilgi işine yarar mı?"

"Hem de nasıl. Sağ ol, Becky." Hodges telefonu kapatıyor. "Holly, şehrin kuzeyinde bulunan Thurston's Garage'ı bulmanı istiyorum. Sonra da havaalanındaki Hertz'i ara ve ellerindeki en büyük dört-çekerliyi kirala. Yolculuğa çıkıyoruz."

"Benim Jeep..." diye başlıyor Jerome.

"Çok küçük, hafif ve eski," diyor Hodges. Aslında karda yolculuk yapmak için farklı bir araç istemesinin nedenleri sadece bunlar değil. "Ama bizi havaalanına kadar götürebilir."

"Ben ne olacağım?" diye soruyor Freddi.

"Tanık Koruma," diyor Hodges, "söz verdiğimiz gibi. Bayılacaksın."

20

Jane Ellsbury tamamen normal bir bebek olarak doğmuştu –iki buçuk kiloydu, hatta biraz zayıf bile denebilirdi– ama yedi yaşına bastığında kırk beş kilo olmuş ve bugün bile hâlâ rüyalarına giren o alaycı tekerlemelerle tanışmıştı: *Şişko patates, banyo kapısından sığmıyor, yere sıçıyor.* 2010 yılında annesi onu Round Here konserine götürdüğünde yüz beş kiloydu. Hâlâ banyo kapısından sığabiliyordu ama ayakkabılarını bağlamak çok zorlaşmıştı. Şimdi yirmi yaşında ve yüz elli beş kilo; postayla gönderilmiş bedava Zappit'ten gelen ses onunla konuşmaya başlayınca, söylediği her şeyi mantıklı buluyor. Çok sakin, yatıştırıcı ve inandırıcı bir ses. Jane'e kimsenin onu sevmediğini, herkesin ona güldüğünü söylüyor. Yemeği bırakamazsın diyor – şimdi bile Jane'in elinde bir poşet dolusu çikolatalı kurabiye var; art arda ağzına atıyor. Ses ona giderek daha da şişmanlayacağını, Hillbilly Heaven'daki Carbine Caddesi'nde ebeveynleriyle birlikte yaşadıkları daireye komşu olan herkesin alaycı bakışlarına maruz kaldığını, bazılarının ona tiksintiyle baktığını, onu *Goodyear* reklamındaki lastik halkaya benzettiklerini, arkasından, *Dikkat, üstünüze devrilmesin,* diye seslendiklerini hatırlatıyor. Ses mantıklı bir şekilde ona hiçbir zaman bir erkekle çıkamayacağını, doğru dürüst hiçbir işe alınmayacağını ve kırk yaşına geldiğinde devasa memeleri ciğerlerini sekteye uğratacağı için oturarak uyumak zorunda kalacağını, elli yaşında da kalp krizinden öleceğini söylüyor. Jane o sese kilo verebileceğini, belki o kliniklerden birine gidebileceğini söylediği zaman ses ona gülmüyor. Sadece halden anlayan bir tonla, parayı nereden bulacağını soruyor. Annesiyle babasının gelirleri Jane'in doymak bilmeyen iştahını karşılamaya ancak yetiyor. Ses onun yokluğunda ailesinin daha rahat bir hayat süreceklerini söyleyince Jane buna itiraz edemiyor.

Carbine Caddesi'ndeki herkesin Şişko Jane olarak andığı Jane banyoya gidip, babasının bel ağrıları için kullandığı bir şişe OxyContin'i alıyor ve hapları sayıyor. Otuz tane var; bol bol yetmesi lazım. Sütle birlikte beşer beşer yutarken her defasında ağzına bir tane çikolatalı kurabiye atıyor. Bilinci giderek kaybolurken, diyete girdim, diye düşünüyor; uzun, çok uzun bir diyet...

Doğru, diyor Zappit'teki ses. Ve bu defa bu diyette hile yapmayacaksın Jane, değil mi?

Jane son beş hapı yutuyor. Zappit'i almaya çalışıyor, ama artık parmakları ince tableti kavrayamıyor. Hem ne önemi var ki? Bu şartlar altında zaten o pembe balığı yakalayamaz. Pencereden dışarıya, dünyayı temiz bir çarşafla örten kara bakmak daha iyi.

Bilinci kaybolmak üzereyken, artık şişko patates dendiğini hiç duymayacağım, diye düşünüyor ve huzur içinde ölüyor.

21

Hertz'e gitmeden önce Hodges, Jerome'un Jeep'ini Havaalanı Hilton'un önüne çekiyor.

"Tanık Koruma programı bu mu?" diye soruyor Freddi. *"Bu mu?"*

"Bana tahsis edilmiş güvenli bir yerim olmadığına göre," diyor Hodges, "bunu kullanacağız. Otele benim adımla kaydedileceksin. Odana gir, kapıyı kilitle ve bu iş bitene kadar televizyon seyret."

"Ve yaranın sargısını değiştir," diyor Holly.

Freddi onu iplemiyor. Dikkati Hodges'un üstünde. "Beni nasıl bir akıbet bekliyor? Bu iş bitince?"

"Bilmiyorum ve şimdi bunu seninle tartışacak zamanım yok."

"Hiç değilse oda servisinden sipariş verebilir miyim?" Freddi'nin kan çanağı gibi olmuş gözlerinde bir pırıltı var. "Şu anda fazla bir sancım yok, ama ot çektikten sonra çok acıkırım."

"İstediğin ne varsa ye," diyor Hodges.

"Ama garsonu içeriye almadan önce dikiz deliğinden bak," diyor Jerome. "Brady Hartsfield veya uzaylılar olmasın."

"Dalga geçiyorsun, değil mi?" diye soruyor Freddi.

Bu karlı öğlen sonrasında otelin lobisi bomboş. Kendini yaklaşık üç yıl önce Pete'in telefonuyla uyanmış gibi hisseden Hodges resepsiyona gidip oradaki işi hallediyor ve diğerlerinin oturduğu yere geliyor. iPad'inde bir şeyler tuşlayan Holly başını kaldırıp bakmıyor. Freddi anahtarı almak için elini uzatıyor, ama Hodges anahtarı Jerome'a veriyor.

"522 numaralı oda. Onu odasına çıkarıver? Holly'yle konuşmak istiyorum."

Jerome merakla kaşlarını kaldırıyor, ama Hodges bir açıklama yapmayınca, omuz silkip Freddi'nin kolunu tutuyor. "John Shaft şimdi süitine kadar sana eşlik edecek."

Freddi onun elini itip, "Umarım bir mini barı vardır," diyor. Ama ayağa kalkıp onunla birlikte asansöre doğru yürüyor.

"Thurston's Garage'ı buldum," diyor Holly. "I-47 karayolunda yirmi sekiz kilometre kuzeyde; maalesef tam fırtınanın geliş yönünde. Bundan sonra da 79 numaralı Eyalet Yolu var. Hava gerçekten de çok kötü görünü..."

"Bize zararı olmaz," diyor Hodges. "Hertz bizim için bir Ford Expedition ayırdı. Çok güzel ve sağlam bir araçtır. Yol tarifini daha sonra verirsin. Seninle başka bir konuda konuşmak istiyorum." Uzanıp nazikçe onun elinden iPad'ini alıp kapatıyor.

Holly ellerini kucağında kavuşturup bekliyor.

22

Brady, Hillbilly'deki Carbine Caddesi'nden sevinçli bir coşku içinde dönüyor. O şişko Ellsbury çok kolay ve eğlenceli olmuş. Acaba onun cesedini üçüncü kattan aşağıya taşımak için kaç adam gerekir, diye düşünüyor. En az dört kişi olmalı. Ya tabutu? Devasa bir tabut!

Web sitesine bakıp da bunun devreden çıkmış olduğunu görünce neşesi kaçıveriyor. Evet, Hodges'un siteyi çökerteceğini tahmin etmişti, ama bu kadar çabuk olacağını beklemiyordu. Ve ekranda görünen telefon numarası da en az Hodges'ın, ilk haberleşmelerinde Debbie'nin Mavi Şemsiyesi'nde bıraktığı siktir git mesajları kadar onu öfkelendiriyor. Bu numara intihar önleme yardım hattı. Araştırmasına gerek yok. Zaten biliyor.

Ve evet, Hodges gelecek. Kiner Memorial'da bu kampı bilen birçok insan var; efsanevi bir yer olmuş. Ama Hodges pat diye kapıdan içeriye girer mi? Brady buna hiç ihtimal vermiyor. Her şeyden önce emekli dedektif avcıların kamplarında ateşli silahlar olduğunu (her ne kadar hiçbirinde Kafalar ve Postlar'daki kadar çok sayıda bulunmasa da) bilir. Başka bir nedense –ki bu daha önemli– yaşlı dedektifin kurnaz bir çakal oluşu. Brady'nin onunla ilk karşılaştığı günden beri altı yaş daha yaşlanmış; çabuk soluksuz kalır ve daha yavaş hareket edebilir ama kurnazdır. Bu tip hayvanlar doğrudan üstüne gelmezler, sen başka yere bakarken arkandan saldırırlar.

Pekâlâ, ben Hodges'ım. Ne yaparım?

Bunu bir süre düşündükten sonra Brady gardıroba gidip, Babineau'nun belleğini kullanarak (geriye ne kalmışsa) dışarıda giyeceği kıyafeti seçiyor. Seçtiği her şey üstüne tıpatıp uyuyor. Arteritli parmaklarını düşünerek bir çift de eldiven aldıktan sonra dışarıya çıkıyor. Kar yağışı hafif, ağaç dalları hareketsiz. Daha sonra bu durum değişecek, ama şimdilik araziyi dolaşmak için hoş bir hava var.

Üzerinde eski bir branda örtü olan odun yığınına gidiyor. Bunun ardında Kafalar ve Postlar'ı Koca Bob'un Ayı Kampı'ndan ayıran üç dönümlük çam ormanı var. Harika.

Silah dolabına gitmesi lazım. Scar marka tüfek güzel, ama dolapta kullanabileceği başka şeyler de var.

Ah, Dedektif Hodges, diye düşünüyor Brady tekrar geldiği yoldan geri dönerken. Sana öyle bir sürprizim var ki...

23

Jerome dikkatle Hodges'un ona söylediklerini dinledikten sonra başını iki yana sallıyor. "Hayır, Bill. Benim de gelmem gerekir."

"Senin yapman gereken şey evine gidip ailenle birlikte olmak," diyor Hodges. "Özellikle de kız kardeşinin yanında olmalısın. Daha dün ölümün kıyısından döndü."

Hilton'un resepsiyon alanındaki bir köşede oturmuş, her ne kadar kayıt görevlisi orada değilse de, alçak sesle konuşuyorlar.

Jerome öne uzanmış elleri bacaklarının üstünde, yüzünde inatçı bir ifade var.

"Eğer Holly gidiyorsa..."

"Bizim durumumuz farklı," diyor Holly. "Bunu anlaman lazım, Jerome. Annemle hiç aram yoktur, hiçbir zaman da olmadı. Onu senede en çok iki kere ziyaret ederim. Ayrılacağım zamanı da iple çekerim; eminim oradan ayrılışım onu da memnun eder. Bill'e gelince... Neyle mücadele etmek zorunda olduğunu biliyorsun, ama ikimiz de onun başarma ihtimalinin ne olduğunun farkındayız. Senin durumun bizimkinden çok farklı."

"Bu herif çok tehlikeli," diyor Hodges, "ve onu şaşırtabileceğimize de güvenemeyiz. Eğer ona geleceğimi bilmiyorsa, çok aptal olmalı. Ki hiç öyle değildir."

"Mingo'da üçümüz beraberdik," diyor Jerome. "Ve sen hastaneye yattıktan sonra da sadece Holly ve ben vardık. Pekâlâ idare etmiştik."

"Sonuncusu farklıydı," diyor Holly. "O zaman Brady'nin zihin kontrolü yoktu."

"Ben yine de gelmek istiyorum."

Hodges başını sallıyor. "Anlıyorum, ama bu ekibin patronu hâlâ benim ve ben sana gelmeyeceksin diyorum."

"Ama..."

"Başka bir neden daha var," diyor Holly. "Daha büyük bir neden. Yineleyici devre dışı ve web sitesi çöktü, ama geriye iki yüz elli tane etkin Zappit kalıyor. Şu ana kadar en az bir intihar gerçekleşti ve neler olduğunu polislere anlatamayız. Isabelle Jaynes, Bill'in her şeye burnunu sokan bir işgüzar olduğunu düşünüyor; diğerleri de bizim kaçık olduğumuzu düşünürler. Bize bir şey olursa, geriye sadece sen kalıyorsun. Bunu anlasana."

"Anladığım tek şey, beni devre dışı bıraktığınız," diyor Jerome. Bir an için Hodges'un yıllar önce bahçesindeki çimleri biçmesi için iş verdiği o genç oğlan gibi olmuş.

"Dahası da var," diyor Hodges. "Onu öldürmek zorunda kalabilirim. Hatta en muhtemel sonuç bu olacak."

"Bunu ben de biliyorum, Bill."

"Ama polislerin ve başka herkesin gözünde Felix Babineau adında saygın bir beyin cerrahını öldürmüş olacağım. Finders Keepers'ı açtığım günden beri bazı katı yasal kuralları esnetebildim, ama bu defa durum çok farklı. Ağırlaştırılmış cinayet suçuna yataklık etmekle suçlanmayı göze alabiliyor musun?"

Jerome debeleniyor. "Ama Holly için de aynı şey söz konusu."

"Hayatının büyük bir kısmı hâlâ önünde olan biz değil, sensin," diyor Holly.

Hodges, canı yansa da öne uzanıp Jerome'un ensesini tutuyor. "Bundan hiç hoşlanmadığını biliyorum. Hoşlanacağını da sanmıyordum. Ama bu, doğru nedenlerden dolayı, doğru karar."

Jerome bir an düşündükten sonra iç çekiyor. "Ne demek istediğini anlıyorum."

Hodges ve Holly bu cevabın yeterli olmadığını bilerek bekliyorlar.

"Pekâlâ," diyor sonunda Jerome. "Hiç memnun değilim, ama pekâlâ."

Hodges bir elini sancıyan yerine bastırarak ayağa kalkıyor. "O halde gidip şu SUV'u alalım. Fırtına yaklaşıyor, tam üstümüzde patlamadan önce I-47'de mümkün olduğunca çok yol almak istiyorum."

24

Onlar kiralama ofisinden dört-çekerli Expedition'ın anahtarlarıyla çıkarlarken Jerome, Wrangler'ının motor kapağına dayanmış bekliyor. Holly'ye sarılırken kulağına fısıldıyor: "Son fırsatınız. Beni de alın."

Holly onun göğsüne dayamış olduğu başını iki yana sallıyor.

Jerome onu bırakıp Hodges'a dönüyor. Hodges'un başında şimdiden karla örtülü bir fötr şapka var. Jerome'a elini uzatıyor. "Başka koşullar altında ben de sana sarılırdım, ama artık sarılmak canımı yakıyor."

Jerome onun elini kuvvetle sıkmakla yetiniyor. Gözleri yaşarmış. "Dikkatli ol. Beni haberdar et. Ve Hollyberry'yi sağ salim geri getir."

"Niyetim aynen öyle yapmak," diyor Hodges.

Jerome onların Expedition'a binişlerini seyrediyor; Hodges direksiyona geçerken zorlanmış. Jerome onlara hak veriyor – üçü arasında gözden çıkarılabilir en son kişi kendisi. Ne var ki bu onun hiç hoşuna gitmiyor ve kendisini evine, annesinin yanına gönderilmiş bir çocuk gibi hissediyor. Holly'nin ona o bomboş otel lobisinde söylediği şey olmasa, peşlerinden gidecekti. *Eğer bize bir şey olursa, geriye sadece sen kalıyorsun.*

Jerome, Jeep'ine binip evinin yolunu tutuyor. Crosstown'a yaklaşırken içinde kötü bir önsezi var: İki dostunu bir daha hiçbir zaman göremeyecek. Kendine bunun saçma bir düşünce olduğunu söylese de, bir türlü aklından çıkaramıyor.

25

Hodges ve Holly I-47 yoluna girerlerken kar yağışı artık şiddetini artırmış. Bu koşullarda araç sürmek ona Holly'yle birlikte gördükleri bir bilimkurgu filmini hatırlatıyor – uzay gemisi *Enterprise*'ın meteor yağmuruna karşı yol alışı. Yol kenarındaki hız sınırı sinyalleri yanmış KAR UYARISI ve 60 KM sınırı yanıp sönüyor. Ama Hodges hızını doksan kilometreye sabitlemiş ve olabildiğince bu şekilde devam etmek istiyor; bu da en çok elli kilometre daha olabilir. Orta şeritteki birkaç araç onu yavaş gitmesi için uyarmak amacıyla korna çalıyorlar. Hodges her biri arkasında bir kar bulutu bırakan uzun, on sekiz tekerlekli kamyonların yanından geçiyor. İçinde kontrollü bir korku var.

Neredeyse yarım saat geçtikten sonra Holly sessizliği bozuyor. "Silahları getirdin, değil mi? Torbanın içinde bunlar var."

"Evet."

Holly emniyet kemerini çözüyor (hiç hoşuna gitmeyen bir şey) ve arka koltuktaki torbayı alıyor. "Dolu mu?"

"Glock dolu. .38'liği sen dolduracaksın. O tabanca senin."

"Nasıl doldurulacağını bilmiyorum."

Hodges bir keresinde onu atış poligonuna götürmeyi, silah kullanmasını öğretmeyi önermiş, Holly de bunu kesinlikle reddetmişti. Hodges bu teklifi bir daha yapmamıştı, onun hiçbir zaman silah kullanmasına gerek kalmayacağına inanıyordu. Holly'yi hiçbir zaman öyle bir duruma sokmayacağına inanıyordu.

"Hemen çözersin. Zor değildir."

Holly parmaklarını tetikten, namluyu yüzünden uzak tutarak tabancayı inceliyor. Birkaç saniye sonra silindiri yuvarlamayı başarıyor.

"Tamam, şimdi sıra mermilerde."

İki kutu Winchester .38'lik metal zarflı mermi var. Holly kutulardan birini açıyor; minik savaş başlıkları gibi görünen mermileri görünce yüzünü buruşturuyor.

"Yapabilir misin?" Hodges bir kamyonu daha geçerken Expedition kar bulutu içinde kalıyor. Orta şeritte hâlâ asfaltın temiz olduğu yerler var, fakat hızlı şerit tamamen karla kaplı. "Eğer yapamazsan, dert değil."

"Tabancayı doldurmamı kastetmiyorsun, değil mi?" diyor Holly sinirlenerek. "Bunu bir çocuk bile yapabilir."

Bazen yapıyorlar, diye geçiyor aklından Hodges'ın.

"Söylemek istediğin onu vurup vuramayacağım mı?"

"Herhalde iş o aşamaya gelmez, ama gelirse bunu yapabilir misin?"

"Evet," diyor Holly bir yandan şarjördeki altı yuvaya mermi yerleştirirken. Silindiri dikkatle yerine itiyor; dudakları aşağıya kıvrılmış, gözleri çizgi halinde kısılmış, sanki tabanca elinde patlayacakmış gibi korkuyor. "Bunun emniyet kilidi nerede?"

"Revolverlerde emniyet kilidi yoktur. Horozun düşük olması sana gereken emniyeti sağlar. Bunu çantana koy. Cephaneni de."

Holly söyleneni yapıp çantasını bacaklarının arasına yerleştiriyor.

"Ve ikide bir dudaklarını ısırıp durma, kanatacaksın."

"Gayret ederim, ama çok stresli bir durumdayız, Bill."

"Biliyorum." Tekrar orta şeride geçmişler. Yol uzadıkça uzuyor ve Hodges'un yan tarafındaki sancı, dokunaçları neredeyse boğazına kadar yükselen ateşli bir denizanası gibi. Bir keresinde köşeye sıkıştırdığı bir hırsız onu bacağından vurmuştu. Duyduğu acı bunun gibiydi, ama zamanla geçmişti. Şimdi duyduğu acının geçeceğini hiç sanmıyor. İlaçlar bir süre bunu dindirebilir, ama uzun sürmez.

"Ya bu kampı bulursak ve Brady orada yoksa, Bill? Bunu hiç düşündün mü? Ha?"

Hodges bunu düşünmüş. Fakat o durumda ne yapacakları hakkında hiçbir fikri yok. "Şimdiden bunu dert etmeyelim."

Hodges'un telefonu çalıyor. Gözlerini yoldan ayırmadan paltosunun cebinden çıkarıp Holly'ye uzatıyor.

"Alo, ben Holly." Bir süre dinledikten sonra Hodges'a dönüp, dudak hareketleriyle *Bayan Güzel Gri Gözler* diyor. "Tamam... evet... anladım... hayır, şu anda elleri dolu, konuşamaz ama ben ona söylerim." Bir süre daha dinledikten sonra, "Sana anlatırdım, Izzy, ama bana inanmazsın."

Telefonu kapatıp tekrar Hodges'un cebine sokuyor.

"Yeni intiharlar mı?" diye soruyor Hodges.

"Kendini babasının önünde vuran oğlan dahil, şu ana kadar üç intihar olmuş."

"Zappit'ler?"

"Üç yerden ikisinde bulmuşlar. Üçüncü yere giden ekip henüz onu arama fırsatı bulamamış. Çocuğu kurtarmaya çalışıyorlarmış, ama çok geç olmuş. Oğlan kendini asmış. Izzy delirecek gibi. Her şeyi bilmek istedi."

"Bize bir şey olursa, Jerome her şeyi Pete'e anlatır, Pete de ona söyler. Sanırım, Izzy her şeyi dinleyecek kıvama gelmiş."

"Daha fazla insanı öldürmeden önce Brady'yi durdurmalıyız."

Herhalde şu anda daha fazla insanı öldürüyordur, diye düşünüyor Hodges. "Durduracağız."

Hodges hızını yetmiş kilometreye düşürüyor; bir kamyonun yakınında Expedition patinaj yapar gibi olunca hızını altmış kilometreye indiriyor. Saat üçü geçmiş, gün ışığı azalmaya başlarken Holly bir daha konuşuyor.

"Teşekkür ederim."

Hodges kısa bir an başını ona çevirip soran gözlerle bakıyor.

"Birlikte gelmem için beni yalvarmak zorunda bırakmadın."

"Sadece terapistinin istediği şeyi yapıyorum," diyor Hodges.
"Bu vakayı sonlandırıyoruz."
"Şaka mı bu? Senin ne zaman şaka yaptığını kestiremiyorum. Tuhaf bir espri anlayışın var, Bill."
"Şaka değil. Bu bizim işimiz, Holly. Başka kimsenin değil."
Beyaz örtü arasından yeşil bir yol tabelası beliriyor.
"SR-79," diyor Holly. "Buradan çıkış yapacağız."
"Çok şükür," diyor Hodges. "Güneş çekildikten sonra bile paralı yoldan gitmeyi sevmiyorum."

26

Holly'nin iPad'ine göre Thurston's Garage yirmi kilometre doğuda, ama oraya varmaları yarım saat sürüyor. Expedition'ın lastikleri karla kaplı yolu iyi kavrıyor, ama rüzgârın şiddeti giderek artmakta – radyo haberine göre saat sekiz olduğunda bora şiddetine ulaşacak; bu durumda rüzgâr yoldaki karları uçurarak görüş mesafesini azaltacak. Hodges hızını daha da düşürüyor.

Büyük, sarı Shell tabelasına doğru dönerken Holly'nin telefonu çalıyor. "Sen görüşmeni yap," diyor Hodges. "Ben hemen dönerim."

Araçtan çıkıp uçmasın diye şapkasını iyice başına bastırıyor. Karlı zeminde ofis kısmına yürürken makineli tüfek ateşi gibi gelen rüzgâr palto yakasını boynuna yapıştırıyor. Vücudunun ortası sanki kor halinde kömürler yutmuş gibi zonkluyor. Benzin pompaları ve bitişiğindeki otopark boş. Yılın ilk büyük fırtınası kükrerken, kar küreyicilerini zorlu bir gece bekliyor.

Bir an için Hodges tezgâhın ardındaki adamın Kütüphane Al olduğunu sanıyor: aynı kıyafet, aynı patlamış mısır beyazlığındaki saçlar ve John Deere kepi.

"Böyle çılgın bir öğle sonrasında sizi kim yollara düşürdü?" diye soruyor yaşlı adam; sonra da Hodges'un arkasına bakıp, "Yoksa şimdiden gece mi oldu?" diye soruyor.

"Her ikisi de doğru," diyor Hodges. Şehirde çocuklar intihar ededururken sohbet edecek zamanı yok; ama işin gereği, bunu da yapması lazım. "Siz Bay Thurston musunuz?"

"Ta kendisi. Benzin pompalarının yanında durmadığınızı görünce, acaba beni soymaya mı geldi, diye düşündüm, ama soyguncu olamayacak kadar varlıklı görünüyorsunuz. Şehirli misiniz?"

"Evet," diyor Hodges, "ve acelem var."

"Şehirlilerin genellikle hep aceleleri vardır." Thurston okumakta olduğu romanı tezgâha bırakıyor. "O halde nedir? Yol tarifi mi istiyorsunuz? Havanın gidişatına bakılırsa, umarım uzak bir yer değildir."

"Sanırım, çok uzak değil. Kafalar ve Postlar adındaki bir avcı kampı. Tanıdık geliyor mu?"

"Tabii," diyor Thurston. "Koca Bob'un Ayı Kampı'nın hemen yanında, doktorların yeri. O adamlar Jaguar'ları veya Porsche'leriyle oraya gidişlerinde veya dönüşlerinde burada benzin alırlar. Ama şu sıralar orada kimse yoktur. Av mevsimi 9 Aralık'ta bitiyor, ama bu dediğim okla avcılık için. Tüfek avı kasımın son günü biter ve o doktorların hepsi de tüfekle avlanır. Büyük tüfeklerle. Kendilerini Afrika'da falan sanıyorlar herhalde."

"Bugün burada duran oldu mu? Kaportası lekeli, eski bir otomobil kullanan biri?"

"Hayır."

O sırada tamirhane bölümünden ellerini bir paçavraya silen genç bir adam çıkıyor. "O otomobili gördüm, dede. Bir Chevrolet Malibu. O sırada öndeydim, Örümcek Willis'le konuşuyordum." Hodges'a dönüyor. "Fark etmemin nedeni, altındaki otomobilin sizinkinden farklı olarak, karlı yollara hiç uygun olmayışıydı."

"Bana kampa nasıl gideceğimi tarif edebilir misiniz?"

"Çok kolay," diyor Thurston. "Ya da havanın iyi olduğu bir günde çok kolay. Geldiğiniz yoldan devam edin..." Genç adama dönüyor. "Ne dersin, Duane? Beş kilometre var mıdır?"

"Üç kilometre olabilir," diyor Duane.

"Arasını bulalım ve dört kilometre diyelim," diyor Thurston. "Sol tarafta iki kırmızı direk göreceksiniz. Bunlar yüksektir, iki metre falandır, ama bu kar böyle yağarken gözünüzü dört açın, göremeyebilirsiniz. Büyük kar kütlelerini delip geçmeniz gerekecek. Tabii bir küreğiniz yoksa..."

"Altımdaki araç beni götürür," diyor Hodges.

"Evet, bu mümkün ve SUV'unuz da zarar görmez, çünkü kar daha sertleşmedi. Her neyse, bir buçuk kilometre sonra yol ikiye ayrılır. Biri Koca Bob'un kampına, diğeri Kafalar ve Postlar'a gider. Eskiden orada ok işaretleri vardı."

"Hâlâ var," diyor Duane. "Koca Bob'unki sağda, Kafalar ve Postlar'ınki solda. Bunu biliyorum, çünkü geçen ekim ayında Koca Bob'un çatısını onardım. Böyle bir havada yola çıktığınıza göre işiniz çok önemli olmalı, bayım."

"Sizce benim SUV o yolu aşabilir mi?"

"Tabii," diyor Duane. "Ağaçlar karın çoğunu tutar, üstelik göle kadar yol yokuş aşağıyadır. Ama dönüşünüz biraz daha zor olabilir."

Hodges arka cebinden cüzdanını alıp –yahu bu bile canını yakıyor– üstünde EMEKLİ damgası olan polis kimliğini çıkarıyor. Yanına bir de Finders Keepers kartvizitni ekleyip bunları tezgâhın üstüne koyuyor. "Size bir sır verebilir miyim?"

Yüzleri merakla parlayan iki adam da evet anlamında başlarını sallıyorlar.

"Vermek zorunda olduğum bir celpname var, tamam mı? Bu bir tazminat davası ve işin ucundaki para yedi haneli bir sayı. Buradan geçerken gördüğünüz o eski Chevrolet'yi kullanan adam, Babineau adında bir doktor."

"Onu her kasım ayında görürüm," diyor Thurston. "Tuhaf bir tavrı vardır. Herkese tepeden bakar. Ama o BMW kullanır."

"Bugün ne bulduysa onu kullanıyor," diyor Hodges. "Bu celpnameyi gece yarısına kadar teslim edemezsem dava düşecek ve zaten yoksul olan yaşlı bir kadın hiçbir şey alamayacak."

"Yanlış tedavi mi?" diye soruyor Duane.

"Öyle bir şey."

Yaşlı adam, "Arkada birkaç tane kar motosikletim var," diyor. "İstersen bunlardan birini sana verebilirim. Arctic Cat'in rüzgâra karşı yüksek bir ön camı vardır. Buna rağmen epey üşürsünüz, ama dönüşünüz garanti olur."

Tamamen yabancı birinden gelen bu teklif Hodges'u duygulandırmış, ama hayır anlamında başını iki yana sallıyor. Kar motosikletleri çok gürültü çıkarır. Kafalar ve Postlar'da bulunan adam –ister Brady, ister Babineau ya da ikisinin tuhaf bir karışımı olsun– onun geldiğini biliyor olmalı. Hodges'un tek avantajı, onun ne zaman geleceğini bilmemesi.

"Ortağımla oraya gideceğiz," diyor, "dönüşümüzü de zamanı gelince dert ederiz."

"Sessiz ve derinden mi?" diyor Duane parmağını gülümseyen dudağına götürerek.

"Evet. Eğer yola saplanıp kalırsam, bizi oradan alması için arayabileceğim birisi var mı?"

"Burasını arayın." Yaşlı Thurston kasanın yanındaki plastik tepsi üstünden bir kart alıp ona veriyor. "Duane'i veya Örümcek Willis'i gönderirim. Bu gece geç saatleri bulabilir ve size kırk dolara patlar, ama birkaç milyon dolarlık bir tazminat söz konusuyken, herhalde bu miktar size koymaz."

"Burada cep telefonları çalışıyor mu?"

"En kötü havalarda bile çalışır," diyor Duane. "Gölün güney kıyısında bir baz istasyonu var."

"Bunu duyduğuma sevindim. Teşekkür ederim. Her ikinize de."

Hodges oradan çıkmak üzere arkasını döndüğünde yaşlı adam, "Başınızdaki o şapka bu havada işe yaramaz," diyor. "Bunu alın." Tepesinde turuncu bir ponponu olan yün örgü bir şapka uzatıyor. "Ama o ayakkabılarınız için bir şey yapamam."

Hodges ona teşekkür edip şapkayı alıyor ve kendi şapkasını çıkarıp tezgâhın üstüne bırakıyor. İçinde bir ses bunun uğursuzluk getireceğini söylese de, aslında çok doğru bir iş. "Teminat olarak," diyor.

Adamların her ikisi de gülüyor; genç olanının birkaç tane daha fazla dişi var.

"Yeterli," diyor yaşlı adam, "ama göle kadar araç sürmek istediğinize emin misiniz, Bay –Finders Keeper kartvizitine bakıyor– Bay Hodges? Çünkü pek iyi görünmüyorsunuz."

"Göğsümü üşütmüşüm," diyor Hodges. "Her kış başıma gelir. Tekrar teşekkür ederim. Ve bir ihtimal Doktor Babineau burasını ararsa..."

"Onunla konuşacak değilim," diyor yaşlı adam. "Ukalanın teki."

Hodges kapıya doğru döndüğü anda karnından çenesine kadar yükselen, o ana dek hiç duymadığı kadar şiddetli bir sancı başlıyor. Yanan bir okla vurulmak gibi bu. Sendeliyor.

"İyi olduğunuza emin misiniz?" diye soruyor yaşlı adam, tezgâhın etrafından dolanmaya başlarken.

"Yok yok, iyiyim." Oysa iyi olmaktan o kadar uzak ki. "Bacağıma kramp girdi. Uzun süre araba kullanmaktan. Şapkamı almak için döneceğim."

Şansım varsa, diye düşünüyor.

27

"Oradaki işin çok uzun sürdü," diyor Holly. "Umarım onlara iyi bir yalan uydurmuşsundur."

"Celpname." Hodges'un ayrıntılar girmesine gerek yok; celpname hikâyesini daha önce de birkaç kez kullanmışlar. Kendileri mahkemeye çağrılmadığı sürece, herkes yardımcı olmaktan memnun oluyor. "Kim aradı?" Herhalde Jerome ne durumdayız diye öğrenmek için aramıştır, diye düşünüyor.

"Izzy Jaynes. İki intihar ihbarı daha almışlar. Biri girişim aşamasında kalmış, diğeri başarılı olmuş. Girişim aşamasındaki, ikinci kat penceresinden atlayan bir kız. Bir kar kütlesine düşmüş ve sadece birkaç kemiği kırılmış. Diğeri, gardırobunda kendini asan bir oğlan. Yastığının üstüne bir not bırakmış. Tek kelime: *Beth...* Kırık bir kalp resmi de varmış."

Hodges aracı vitese geçirip tekrar eyalet yoluna yönelirken Expedition'ın tekerlekleri biraz patinaj yapıyor. Kısa huzmeli farlarla gitmek zorunda. Uzun farlar yağan karı parlak bir beyaz duvara çeviriyor.

"Bu işi biz yapmak zorundayız," diyor Holly. "Eğer Brady ise, hiç kimse inanmayacaktır. Babineau rolü oynayacak, korktuğu için kaçtığı masalını anlatacaktır."

"Ve Kütüphane Al karısını öldürdükten sonra polisi aramadığını mı söyleyecek?" diyor Hodges. "Bunu yutturabileceğini sanmıyorum."

"Tamam ama ya başka birinin içine de girebiliyorsa? Babineau'nun içine girebildiyse, başka kimin içine girebilir? Bu işi kendimiz yapmak zorundayız, sonunda cinayet suçuyla tutuklanmamız anlamına gelse de. Sence böyle olabilir mi, Bill?"

"Bunu zamanı gelince düşünürüz."

"Bir insanı vurabileceğime emin değilim. Eğer başka birisi gibi görünüyorsa, Brady Hartsfield'i bile."

"Bunu zamanı gelince düşünürüz," diye tekrarlıyor Hodges.

"Tamam. O şapkayı nereden aldın?"

"Fötrümle değiş tokuş yaptım."

"Tepesindeki o ponpon çok saçma, ama sıcak tuttuğu belli oluyor."

"Sana vereyim mi?"

"Hayır. Ama, Bill?"

"Öf be, Holly, ne?"

"Çok kötü görünüyorsun."

"İltifatlara karnım tok."

"Alay et. Pekâlâ. Gideceğimiz yer ne kadar uzaktaymış?"

"Genel kanı, bu yoldan üç buçuk kilometre gideceğimiz; sonra da kamp yolu varmış."

Deli gibi yağan kara karşı ilerlerken beş dakika boyunca konuşma olmuyor. Ve asıl fırtına henüz başlamış değil, diye hatırlatıyor kendine Hodges.

"Bill?"

"Şimdi ne var?"

"Senin botların yok, benim de nikotin sakızlarım bitti."

"O esrarlı sigaralardan birini yaksana. Ama bunu tüttürürken gözlerin sol taraftaki iki kırmızı direği arıyor olsun. Az sonra karşımıza çıkacaklar."

Holly esrarlı sigara yakmıyor; dimdik oturup sol tarafa bakıyor. Expedition önce sola, sonra sağa doğru patinaj yapınca, bunu fark etmemiş gibi görünüyor. Bir dakika sonra da, "Bu onlar mı?" diye eliyle işaret ediyor.

Evet, onlar. Kar küreyicilerin yolu açmak için yığdıkları kar kütlesi, bunları yarım metresine kadar karla örtmüş, ama parlak kırmızıyı gözden kaçırmak mümkün değil. Hodges yavaşça frene basıp aracı durdurduktan sonra aracı önü kar kütlesine gelecek şekilde döndürüyor. Holly'ye eskiden kızını lunaparka götürdüğü zaman söylediği şeyi söylüyor. "Takma dişlerini sağlama al."

Her kelimeyi olduğu gibi kabul eden Holly, "Benim takma dişlerim yok," diyor, ama yine de bir eliyle kontrol paneline tutunuyor.

Hodges yavaşça gaz pedalına basıp, aracı kar kütlesine doğru sürüyor. Beklediği o çarpma sesi yok; Thurston haklıymış, kar yığını henüz sertleşmemiş. İki yana doğru patlayarak açılırken ön cam karla kaplanıyor ve bir an hiçbir şey görünmüyor. Silecekleri en hızlı devirde çalıştırıyor; cam temizlenince de önlerinde hızla kara gömülen tek şeritli kamp yolu beliriyor. Arada bir tepedeki dallardan iri kütleler halinde kar düşüyor. Daha önce bir aracın geçtiğini gösteren hiçbir iz yok, ama bu hiçbir şey ifade etmiyor. Bütün izler çoktan kaybolmuş.

Hodges farları kapatıp en düşük hızla ilerliyor. Ağaçların arasındaki beyaz şerit, yolu yeterince göstermekte. Bu yol onlara sonu gelmeyecekmiş gibi görünse de, bir süre sonra ikiye ayrıldığı noktaya varıyorlar. Oklara bakmak için Hodges'un araçtan inmesine gerek yok. İleride, sol tarafta karların ve ağaçların arasından hafif bir ışık pırıltısı görüyor. Orası Kafalar ve Postlar... ve orada birisi var. Direksiyonu kırıp sağ taraftaki çatala doğru sürüyor.

İkisi de başını kaldırıp video kamerayı görmüyor, ama kamera onları görüyor.

28

Holly ve Hodges kar küreyicilerinin yığmış olduğu kar kütlesini yarıp geçtikleri sırada Brady, üstünde Babineau'nun kışlık paltosu ve çizmelerinin içinde televizyonun karşısında oturuyor. Belki tüfeği kullanması gerekebilir diye eldivenleri çıkarmış, ama bir bacağının üstüne koyduğu bir kar maskesi var. Babineau'nun yüzünü ve gümüş renkli saçlarını örtmek için bunu başına geçirecek. Gergin bir şekilde beklerken gözlerini bir an bile televizyon ekranından ayırmıyor. Çok dikkatli gözetlemesi lazım. Hodges gelirken farlarını söndürmüş olacak.

Yanında o zenci piç de olur mu acaba, diye düşünüyor Brady. Ne hoş olurdu! Birinin fiyatına ikisi...

İşte orada.

Yoğun kar yağışı altında emekli dedektifin aracını gözden kaçırabilir, diye gereksiz yere endişe etmişti. Kar beyaz, SUV ise bunun içinden geçen siyah bir dikdörtgen. Brady gözlerini kısıp öne uzanıyor, ama aracın içinde bir kişi mi, beş kişi mi olduğunu göremiyor. Gerekirse Scar tüfeğiyle on kişiyi bile haklayabilir, ama o zaman işin tadı kaçar. Hodges'u canlı istiyor.

Hiç değilse, başlangıçta.

Şimdi cevabı gereken bir soru daha var: Sola dönüp doğruca oraya mı gelecek, yoksa sağa mı dönecek? Brady onun Koca Bob kampına döneceğine bahse giriyor ve kazanıyor. SUV kar içinde gözden kaybolurken, Brady küçük sehpanın üstünde durmakta olan bir nesneyi alıyor. Doğru amaçlarla kullanıldığı takdirde, tamamen yasal bir nesne... Fakat Babineau ve arkadaşları bunu hiç doğru amaçlarla kullanmamışlar. Belki hepsi iyi doktorlardı, ama bu ormana geldikleri zaman kötü çocuklar oluyorlardı. Bu çok değerli donanımı başından geçirip elastik kayışıyla paltosunun önünden sarkıtıyor. Sonra kar maskesini başına geçirip Scar'ı alıyor ve dışarıya çıkıyor. Nabzı hızlanmış ve hiç değilse o an için Babineau'nun parmaklarındaki arteriti hissetmiyor.

Ödeşmek ne büyük zevk be!

29

Holly ona neden sağa döndüğünü sormuyor. Nevrotik olabilir ama aptal değil. Hodges aracı yürüme hızıyla sürüyor, bir yandan da sol tarafa bakarak o taraftaki ışıkları kolluyor. Işıklarla aynı hizaya geldiği zaman SUV'u durdurup motoru kapatıyor. Artık hava tamamen kararmış; Holly'ye döndüğü zaman Holly onun başı yerinde bir kurukafa görmüş gibi oluyor.

"Burada kal," diyor alçak sesle. "Jerome'a mesaj at, iyi olduğumuzu bildir. Ben ağaçların arasından geçip onu yakalayacağım."

"Canlı demek istemiyorsun, değil mi?"

"Eğer elinde o Zappit'lerden biri varsa, öldürürüm." Yoksa da öldürürüm, diyor içinden. "Riski göze alamayız."

"O halde onun Brady olduğuna inanıyorsun."

"Babineau bile olsa, o da bu işin içinde. Boğazına kadar batmış halde." Ama evet, Brady Hartsfield'in beyninin Babineau'nun vücudunu kullandığına inanıyor. Bu sezgisi inkâr edilemeyecek kadar kuvvetli ve artık gerçek olduğu ortada.

Onu öldürürsem ve yanılmışsam, Tanrı yardımcım olsun, diye düşünüyor. Ama nasıl bileceğim? Nasıl bundan emin olabileceğim?

Holly'nin karşı çıkacağını, onun da gelmesi gerektiğini söyleyeceğini sanıyor, ama Holly sadece, "Sana bir şey olursa, ben bu aracı buradan çıkaramam, Bill," diyor.

Hodges ona Thurston'un kartını uzatıyor. "On dakikaya –hayır, on beş dakikaya– kadar dönmezsem, bu adamı ara."

"Ya silah sesleri duyarsam?"

"Eğer benden gelmişse, iyiyim demektir. Kütüphane Al'ın otomobilinin kornasını çalarım. İki kere. Eğer bu sesi duymazsan, Koca Bob mu, her neyse, onun kampına git. İçeriye gir, saklanacak biri yer bulduktan sonra Thurston'u ara."

Hodges ortadaki konsolun üzerinden uzanıp, onu tanıdığından beri ilk defa dudaklarından öpüyor. Holly bu öpüşe karşılık veremeyecek kadar şaşırmış, ama geri çekilmiyor. Hodges çekildiği zaman da aklına gelen ilk şeyi söylüyor. "Bill, ayaklarında *ayakkabı* var! Donacaksın!"

"Ağaçların arasında fazla kar yok, birkaç santimi geçmez." Gerçekten de ayaklarının üşümesi o aşamada en son dert edeceği şey.

Aracın dahili ışıklarını söndürdükten sonra dışarıya çıkıyor. Bastırmaya çalıştığı sancısıyla homurdanırken Holly ağaçların arasından giderek şiddetlenen rüzgârın sert fısıltısını işitiyor. Bu bir insan sesi olsaydı, herhalde bir ağıt olurdu. Hodges kapıyı kapatıyor.

Holly oturduğu yerden onun siyah şeklinin ağaçların siyah şekilleri arasında kayboluşunu izledikten sonra araçtan çıkıp izini takip ediyor. Ellili yıllarda Hodges'un babasının devriye polisiyken kullandığı Victory .38'lik tabanca, paltosunun cebinde.

30

Hodges karda bata çıka yürüyerek Kafalar ve Postlar'ın ışığına doğru ilerliyor. Yüzüne çarpan kar tanecikleri kirpiklerini örtmüş. Karnındaki o yanan ok içini kızartıyor. Yüzü ter içinde.

Hiç değilse, ayaklarım yanmıyor, diye düşündüğü sırada üstü karla kaplı bir dala takılıp yere kapaklanıyor. Sol tarafına düşüyor ve acıyla haykırmamak için yüzünü paltosunun koluna gömüyor. Apış arasına sıcak sıvı dökülüyor.

Altıma yaptım, diye düşünüyor. Bebekler gibi altıma işedim.

Acısı biraz yatışınca, bacaklarını altında toplayıp ayağa kalkmaya çalışıyor. Ama kalkamıyor. Altındaki ıslaklık soğumaya başlamış. Çükünün bu ıslaklıktan kaçınmak için büzüldüğünü hissediyor. Alçak bir dala tutunarak bir kez daha kalkmaya çalışıyor. Dal kırılıyor. Bu dala şaşkın gözlerle bakıp bir yana fırlatıyor. Tam o anda bir el onu koltukaltından tutuyor.

Şaşkınlıktan neredeyse çığlık atacak halde. Derken Holly kulağına fısıldıyor. "Hadi, Bill. Kalk artık."

Hodges onun yardımıyla ayağa kalkabiliyor. Artık ışıklara daha yakınlar, kırk metre kalmış. Holly'nin saçlarındaki karları, yanaklarındaki parlaklığı görebiliyor. Birden, aklına Andrew Halliday adındaki bir sahafın dükkânı ve Holly'yle Jerome'un Hallyday'in yerde yatmakta olan cesedini buluşları geliyor. Onlara içeriye girmemelerini söylemiş, ama onlar...

"Holly, sana geri dönmeni söylesem, bunu yapar mısın?"

"Hayır," diye fısıltıyla cevap veriyor Holly. İkisi de fısıltıyla konuşuyor. "Büyük ihtimalle onu vurmak zorunda kalacaksın ve oraya kadar yardım almadan gidemezsin."

"Benim desteğim olman gerekiyor. Sigorta poliçem." Hodges ter içinde. Neyse ki paltosu uzun. Altına işediğini Holly'nin görmesini istemiyor.

"Senin sigorta poliçen Jerome'dur. Ben senin ortağınım. Bilsen de bilmesen de, beni bu nedenle buraya getirdin. Benim istediğim de buydu zaten. Hadi, şimdi bana yaslan. Bu işi bitirelim."

Kalan ağaçların arasından yavaşça ilerliyorlar. Hodges ağırlığının ne kadarını onun omzuna verdiğini kestiremiyor. Evin etrafındaki açık alana gelince duruyorlar. Aydınlık olan iki oda var. Onlara en yakın olanı nispeten loş olduğu için Hodges bunun mutfak olabileceğini düşünüyor. Oradaki tek lamba, ocağın üstündeki olabilir. Diğer pencereden gelen ışığın titrekliğine bakılırsa, orada bir şömine olabilir.

"İşte buraya gideceğiz," diyor Hodges eliyle işaret ederek, "ve bu andan itibaren yerde sürünerek ilerleyeceğiz."

"Sen bunu yapabilir misin?"

"Evet." Belki yürümekten daha kolay olabilir. "Avizeyi görüyor musun?"

"Evet. Kemiklerden yapılmış."

"Orası oturma odası ve muhtemelen Brady oradadır. Eğer değilse, ortaya çıkana kadar bekleriz. Elinde o Zappit'lerden biri varsa, niyetim onu vurmak. 'Eller yukarı, yere yatıp ellerini arkanda kavuştur' falan gibi uyarılar olmayacak. Sence sakıncası var mı?"

"Kesinlikle yok."

Ellerinin ve dizlerinin üstüne çöküyorlar. Hodges tabancası karla ıslanmasın diye paltosunun cebine sokuyor.

"Bill." Holly neredeyse duyulamayacak kadar alçak sesle fısıldamış.

Hodges dönüp bakınca Holly'nin, eldivenlerinden birini uzattığını görüyor.

"Küçük gelir," diyor ve aklına dizi filmdeki avukat Johnnie Cochran'ın lafı geliyor: *Eldiven uymuyorsa, dava düşer.* Böyle bir durumdayken insanın aklına ne delice şeyler geliyor! Ne var ki, hayatında hiçbir zaman böyle bir durumla karşılaşmamış.

"Zorla," diye fısıldıyor Holly. "Tabanca tutan elinin sıcak kalması lazım."

Holly haklı; Hodges eldivenin büyük bir kısmını eline geçirebiliyor. Kısa geliyor, ama parmakları örtülmüş, önemli olan da bu.

Hodges biraz önde, sürünüyorlar. Sancısı hâlâ kötü, ama artık ayakları üstünde durmadığı için midesindeki ok alev alev yanmaktan çok için için yanıyor.

Gücümü idareli kullanmalıyım, diyor içinden.

Avizeli odaya on beş metre kala Hodges'un eldivensiz eli tamamen uyuşmuş. En iyi dostunu buraya getirmiş olduğuna inanamıyor ve şu anda savaş oyunu oynayan çocuklar gibi karların üstünde sürünüyorlar ve kimsenin onlara yardım etme ihtimali yok. Hodges'un onu getirmek için nedenleri vardı ve bu nedenler Hilton otelindeyken ona mantıklı gelmişti. Oysa şimdi pek öyle gelmiyor.

Sol yanına bakınca Kütüphane Al'ın Malibu'sunu, sağ yanına bakınca üstü karla kaplı bir odun yığını görüyor. Tam tekrar oturma odası penceresine bakarken tekrar odun yığınına dönüyor ve iş işten geçtikten sonra tehlike çanlarını duyuyor.

Karda ayak izleri var. Ağaçların içindeyken görmeleri mümkün değildi, ama şimdi kolayca görünüyor. İzler evin arkasından çıkıp odun yığınına geliyor. *Dışarıya mutfak kapısından çıkmış,* diye düşünüyor Hodges. *Bu nedenle orada ışık vardı. Tahmin etmeliydim; eğer bu kadar hasta olmasaydım tahmin edebilirdim.*

Glock'u almak için elini cebine götürüyor, ama küçük gelen eldiven yüzünden tam kavrayamıyor; sonra tutmayı başarınca bu defa tabanca cebindeki bir şeye takılıyor. Bu arada siyah bir figür odun yığınının arasından ayağa kalkmış; aradaki beş metreyi dört büyük adımla aşıyor. Yüzü korku filmlerdeki uzaylı yaratıklar gibi; sadece yuvarlak, patlak gözleri var.

"Holly, dikkat!"

Holly başını kaldırdığı anda Scar'ın dipçiği kafasına iniyor. Ürpertici bir çatlama sesinden sonra yüzüstü kara kapaklanıyor. İpleri kesilmiş bir kukla gibi kolları iki yana savrulmuş. Hodges tam tabancasını palto cebinden çıkardığı anda dipçik bir kez daha iniyor. Hodges bileğinin kırılışını hem hissediyor hem de işitiyor. Elinden fırlayan Glock kara gömülmüş.

Hâlâ dizleri üstünde olan Hodges başını kaldırınca uzun boylu bir adamın –Brady Hartsfield'den çok daha uzun boylu– yerde hareketsiz yatan Holly'nin tepesinde dikildiğini görüyor. Başında bir kar maskesi ve gece görüş gözlükleri var.

Ağaçların dışına çıktığımız anda bizi gördü, diye düşünüyor Hodges. Muhtemelen daha ağaçların arasındayken, Holly'nin eldivenini giymeye çalışırken görmüştür.

"Merhaba, Dedektif Hodges."

Hodges karşılık vermiyor. Holly acaba hâlâ hayatta mı, diye merak ediyor; kafasına yediği o darbeden sonra iyileşecek mi? Ama tabii bunu düşünmesi bile saçma, çünkü Brady onun iyileşmesine fırsat vermez.

"Benimle içeriye geliyorsun," diyor Brady. "Soru şu; onu da içeriye götürelim mi, yoksa burada bırakalım, buzlu şekerleme mi olsun?" Ve sonra, sanki Hodges'un aklından geçenleri okuyormuş gibi (Hodges onun bunu yapabildiğini biliyor), "Aa, hâlâ sağmış," diyor. "En azından şimdilik. Ama kafasına o sert darbeyi almış ve yüzü karın içindeyken ne kadar yaşayacağını kim bilebilir?"

"Onu ben taşırım," diyor Hodges; ve canı ne kadar yansa da taşır.

"Pekâlâ." Bunu hiç düşünmeden kabul edince Hodges onun bu teklifi beklediğini ve bunu istediğini anlıyor. Ondan bir adım ileride. Hep öyle olmuş. Peki, bu kimin suçu?

Benim. Tamamen benim suçum. Bir kez daha yalnız kovboy rolü oynamanın bedeli... ama başka ne yapabilirdim ki? Kim bana inanırdı ki?

"Onu kaldır," diyor Brady. "Bakalım kaldırabilecek misin? Çünkü açık konuşayım, çok tükenmiş görünüyorsun."

Hodges kollarını Holly'nin altından geçiriyor. Ormanda düştükten sonra ayağa kalkamamıştı, ama şimdi bütün gücünü toplayıp bir silkme hareketiyle Holly'nin hamur gibi gövdesini kaldırıyor. Sendeliyor, düşecek gibi oluyor ama tekrar dengesini buluyor. İçindeki yanan ok artık kaybolmuş. Holly'yi göğsüne bastırıyor.

"Aferin," diyor Brady gerçek bir beğeniyle. "Şimdi, bakalım onu eve kadar taşıyabilecek misin?"

Hodges bir şekilde bunu başarıyor.

31

Şöminede yanan odunlar odayı ısıtmış. Soluk soluğa kalmış olan Hodges'un ödünç şapkasındaki karlar erimiş, yüzüne akıyor. Odanın ortasına gelince dizlerinin üstüne çöküyor; bileği kırık olduğu için Holly'nin başını kıvrılmış dirseğine dayıyor. Bileği fena halde şişmiş. Holly'nin fazlasıyla hırpalanmış başını yavaşça yere bırakıyor.

Brady paltosunu, gece görüş gözlüğünü ve kar maskesini çıkarmış. Babineau'nun yüzü ve onun gümüş rengi saçları (şimdi alışılmadık bir şekilde dağınık) var, ama Brady Hartsfield olduğu belli. Hodges'un aklındaki son kuşku damlaları da siliniyor.

"Tabancası var mı?"

"Yok."

Felix Babineau yüzünü taşıyan adam gülümsüyor. "Bak, ne yapacağım şimdi, Bill. Onun ceplerini arayacağım ve eğer bir tabanca bulursam, onu tahtalıköye göndereceğim. Tamam mı?"

"Bir .38'lik," diyor Hodges. "Sağ elini kullanır; eğer yanına aldıysa parkasının sağ ön cebinde olabilir."

Brady tüfeği Hodges'a doğru tutarak eğilirken, parmağı tetikte, dipçiği göğsüne dayamış. Tabancayı bulup şöyle bir baktıktan sonra sırtındaki kemere takıyor. Bütün çaresizliğine ve duyduğu acıya rağmen, Hodges bunu görünce gülüyor. Brady bunu televizyon dizilerindeki bıçkın tiplerin yaptığını görmüş olmalı, ama bu sadece otomatik tabancalarla olur, revolverlerle değil.

Halının üstünde yatan Holly'nin gırtlağından horlamaya benzer bir ses çıkıyor. Bir ayağı seğirdikten sonra hareketsiz kalıyor.

"Ya sende?" diye soruyor Brady. "Başka silahın var mı? Mesela, ayak bileğindeki kılıfta bir tabanca?"

Hodges başını iki yana sallıyor.

"İşimi sağlama alayım. Pantolon paçalarını sıyırsana."

Hodges paçalarını sıyırınca sırılsıklam ayakkabıları ve çoraplarından başka bir şey görünmüyor.

"Harika. Şimdi paltonu çıkar ve kanepenin üstüne at."

Hodges bunu yaparken inlememeyi başarıyor, ama iş paltoyu atmaya gelince canı müthiş yanıyor ve bağırıyor.

Babineau'nun gözleri büyüyor. "Gerçek acı mı, numara mı? Gözle görülür kilo kaybına bakılırsa, bunun gerçek olduğuna inanıyorum. Hayrola Dedektif Hodges? Neyin var?"

"Pankreas kanseri."

"Vah vah, bu kötü. Süpermen bile bundan kurtulamaz. Ama üzülme, acı çekeceğin süreyi kısaltabilirim."

"Bana ne istersen yap," diyor Hodges. "Ama ona dokunma."

Brady yerde yatmakta olan kadına ilgiyle bakıyor. "Sakın bu eskiden kafam olan şeyi pelteye çeviren kadın olmasın?" Bu ifade ona komik geliyor ve güldürüyor.

"Hayır." Dünya, pil destekli kalbinin her atışında nesneleri yakınlaştıran veya uzaklaştıran bir kamera merceği haline gelmiş. "Senin kafana vuran kişi Holly Gibney'di. Bu kadın benim asistanım Kara Winston." Bu isim birden aklına gelivermiş ve hiç tereddütsüz söylemiş.

"Aniden seninle bir ölüm kalım görevine gelmeye karar vermiş bir asistan mı? Buna inanmam çok zor."

"Ona bir ikramiye vaat ettim. Paraya ihtiyacı var."

"Ve lütfen, bana zenci uşağının nerede olduğunu söyler misin?"

Hodges bir an ona doğruyu söylemeyi –Jerome'un şehre döndüğünü, Brady'nin muhtemelen avcı kampında olduğunu bildiğini ve bu bilgiyi polislere ileteceğini, hatta çoktan iletmiş olabileceğini– düşünüyor. Ama bu Brady'yi durdurur mu? Tabii ki hayır.

"Jerome Arizona'da. İnsanlık için Habitat örgütüne evler inşa ediyor."

"Toplumsal bilinci olması ne güzel. Seninle birlikte geleceğini ummuştum. Kız kardeşinin durumu nasıl?"

"Bacağı kırık. Kısa zamanda ayağa kalkabilecek."

"Çok yazık."

"O kız senin ilk denemelerinden biriydi, değil mi?"

"Evet, onda özgün Zappit'lerden biri vardı. Bunlardan on iki tane vardı. Onları haberi her tarafa yayan on iki havariye benzetebilirsin. Şimdi televizyonun önündeki o koltuğa otur, Dedektif Hodges."

"Oturmayayım. Benim bütün sevdiğim diziler pazartesi günü."

Brady nazikçe gülümsüyor. "Otur."

Hodges sağlam eliyle koltuğun yanındaki masadan destek alarak oturuyor. Bu işlem canını yakmış, ama oturmak iyi geliyor. Televizyon kapalı, fakat yine de o tarafa bakıyor. "Kamera nerede?"

"Yolun ayrıldığı yerdeki tabelada. Okların üstünde. Gözden kaçırdığın için kendini suçlama. Üstü karla kaplı, sadece merceği açıkta. O sırada zaten farların kapalıydı."

"İçinde Babineau'dan hiçbir şey kaldı mı?"

Brady omuz silkiyor. "Ufak tefek parçalar. Arada bir kendini hâlâ hayatta sanan kısmından küçük çığlıklar çıkıyor. O da yakında son bulacak."

"Olur şey değil," diye mırıldanıyor Hodges.

Brady bir dizinin üstüne çöküyor; tüfeğin namlusu bacağına dayalı ve hâlâ Hodges'a dönük. Holly'nin parkasının arka kısmını çekip etiketine bakıyor. "H. Gibney," diyor. "Silinmez mürekkeple yazılmış. Çok tertipli. Yıkanırken silinmez. Eşyalarını iyi koruyan insanları beğenirim."

Hodges gözlerini kapatıyor. Acısı çok kötü, bunun dinmesi ve birazdan olacaklardan kurtulmak için her şeyini verebilir. Sadece uyuyabilmek için her şeyini verebilir. Ama gözlerini açıyor ve Brady'ye bakmak için kendini zorluyor, çünkü oyunu sonuna kadar oynaması lazım. Bu iş böyle; sonuna kadar oynamalısın.

"Önümüzdeki kırk sekiz veya yetmiş iki saat içinde yapmam gereken birçok şey var, Dedektif Hodges, ama seninle ilgilenebilmek için bunları erteleyeceğim. Kendini özel hissediyor musun? Hissetmelisin. Çünkü ağzıma sıçtığın için sana çok şey borçluyum."

"*Senin bana* geldiğini hatırlaman gerek," diyor Hodges. "O saçma, böbürlenen mektupla oyunu başlatan sen oldun, ben değil. *Sen.*"

Babineau'nun yüzü –yaşlı bir karakter aktörünün yüzüne benzemiş– kararıyor. "Galiba bunda haklılık payın var, ama şimdi kimin tepede olduğunu görüyorsun. Kimin *kazandığını* gör, Dedektif Hodges."

"Bir avuç kafası karışık budala çocuğu intihar ettirmeyi kazanmak olarak görüyorsan, eh, o zaman sen kazandın denebilir. Bence bu, banyo küvetinde zıpkınla balık vurmak kadar zor bir iş."

"Buna *kontrol* denir! *Kontrol* bende! Beni durdurmaya çalıştın, ama başaramadın! Kesinlikle başaramadın. O da başaramadı!" Holly'yin kalçasına bir tekme atıyor. Holly'nin gövdesi şömineye doğru yarım bir dönüş yaptıktan sonra tekrar eski konumunu alıyor. Yüzü kül gibi, kapalı gözleri çukurlarına gömülmüş. "Aslında bu kadın beni daha iyi hale getirdi. Hiç olmadığım kadar iyi duruma geldim."

"O halde, *bırak artık onu tekmelemeyi!*" diye bağırıyor Hodges.

Brady'nin öfkesi ve heyecanıyla Babineau'nun yüzü kızarmış. Tüfeği sımsıkı tutuyor. Derin bir nefes alıp bırakıyor; bunu bir daha yaptıktan sonra gülümsüyor.

"Bayan Gibney'i seviyorsun, değil mi?" Holly'ye bir tekme daha atıyor; bu defa böğrüne. "Onu düzüyor musun? Olay bu mu? Pek güzel sayılmaz, ama insan senin yaşındayken eline ne geçerse değerlendirmek zorunda. Ne derler, bilirsin: Yüzünü bir bezle örttükten sonra, en çirkin kadını bile dünya güzeliymiş gibi düzebilirsin."

Holly'ye bir tekme daha attıktan sonra Hodges'a dişlerini göstererek sırıtıyor.

"Bana annemi düzüyor muyum diye sormuştun, hatırlıyor musun? Odama geldiğin onca zaman bana, hayatta beni seven tek insanı düzüyor muyum diye sorup durdun. Onun ne kadar seksi olduğunu, karşısına çıkan her erkekle yattığını söyledin. Numara mı yapıyorsun, diye sordun. Umarım çok acı çekiyorsundur, dedin. Ve ben de oturup bunları yutmak zorunda kaldım."

Brady bir kez daha Holly'yi tekmelemeye hazırlanırken, Hodges onun dikkatini saptırmak için, "Bir hemşire vardı," diyor. "Sadie MacDonald. Onu intihar etmeye sen mi yönlendirdin? Sen yaptın, değil mi? O senin ilk işindi."

Brady bunu duymaktan zevk alıyor ve Babineau'nun dişlerini göstererek sırıtıyor. "Kolay oldu. Bir kez içine girip dümene geçince çok kolay oluyor."

"Bunu nasıl yapıyorsun, Brady? Nasıl insanların içine giriyorsun? O Zappit'leri Sunrise Solutions'dan nasıl satın alıp onları dopingledin? Ha, bir de web sitesi var, bunu nasıl yaptın?"

Brady gülüyor. "Sen çok fazla polisiye roman okumuşsun; bu romanlarda uyanık özel hafiye, destek gelene kadar kaçık katili konuşturur. Ya da katilin dikkati dağılır ve hafiye onunla boğuşarak silahını elinden alır. Sana destek geleceğini sanmıyorum ve akvaryumdaki bir balıkla bile boğuşacak durumda görünmüyorsun. Hem zaten sorduğun soruların çoğunu biliyorsun; bilmeseydin burada olmazdın. Freddi her şeyi anlatmış – bunun bedelini de ödeyecek. Önünde sonunda."

"Web sitesini kendisinin kurmadığını söyledi."

"Bunun için ona ihtiyacım yoktu. Tek başıma yaptım. Babineau'nun çalışma odasında, onun dizüstü bilgisayarında. 217 numaralı odadan izinli çıktığım günlerden birinde."

"Peki, ya..."

"Kes artık! Yanındaki masayı görüyor musun, Dedektif Hodges?"

Masa da büfe gibi kiraz ağacından ve pahalı bir şey olduğu belli, ama yüzeyinde soluk halka şekilleri var; altlık olmadan masaya konan bardakların izleri. Bu yerin sahibi olan doktorlar ameliyat odalarında çok titiz olabilirler, ama burada çok pasaklıymışlar. Üstte bir TV uzaktan kumanda aletiyle, içi kalem dolu kurukafa kalemlik var.

"Çekmeceyi aç."

Hodges söyleneni yapıyor. Çekmecenin içinde pembe bir Zappit var; kapağında Hugh Laurie'nin resmi olan bir *TV Guide* dergisinin üstünde.

"Onu al ve çalıştır."

"Hayır."

"Tamam, pekâlâ. O halde ben de Bayan Gibney'in icabına bakarım." Tüfeğin namlusunu Holly'nin ensesine doğrultuyor. "Ful otomatikte ateş edersem, onun kafasını koparırım. Sence parçaları şömineye kadar uçar mı? Hadi, görelim bakalım."

"Pekâlâ," diyor Hodges. "Tamam, tamam. Dur."

Zappit'i alıp tabletin tepesindeki düğmeye basınca, "hoş geldiniz" ekranı aydınlanıyor ve kırmızı bir Z harfi tüm ekranı kaplıyor. Bunu kaydırarak oyunlar kısmına geçmesi isteniyor. Hodges, Brady'nin dürtmesine gerek kalmadan bunu yapıyor. Yüzü terden sırılsıklam olmuş. Hiç bu kadar pişmemişti. Kırık bileği zonklayıp duruyor.

"Balık Deliği ikonunu gördün mü?"

"Evet."

Balık Deliği'ni açmak Hodges'un yapmak istediği en son şey; ama tek seçeneği, kırık ve şişmiş bileği ve fena halde yanan midesiyle otururken yüksek kalibreli kurşunların Holly'nin başını gövdesinden ayırmasını seyretmek. Tabii bu bir seçenek değil. Ayrıca, bir insanın isteği dışında hipnotize edilemeyeceğini okumuştu. Tamam, Dinah Scott'ın tabletiyle neredeyse etki altına girecekti ama o zaman ne olduğunu bilmiyordu. Şimdi biliyor. Ve öyle olmadığı halde eğer Brady onun hipnoz altında olduğunu sanırsa belki... küçük bir ihtimal...

"Eminim bundan sonraki adımları biliyorsundur," diyor Brady. Gözleri pırıl pırıl; tıpkı bir örümcek ağını ateşe verip örümceğin ne yapacağını görmek isteyen bir çocuğunki gibi. Örümcek alev almış ağından kaçmak için bir yol mu arayacak, yoksa yanacak mı? "İkonu tıkla. Balıklar yüzerken müzik çalacak. Oyunu kazanmak için yüz yirmi saniyede yüz yirmi puan toplaman lazım. Başarırsan, Bayan Gibney'i öldürmeyeceğim. Başaramazsan, bu otomatik tüfeğin neler yapabileceğini birlikte göreceğiz. Babineau bununla bir beton blokunu tahrip etmiş, o halde insan etine ne olacağını bir düşün."

"Ben beş bin puan toplasam bile sen yine onu öldürürsün," diyor Hodges. "Buna hiç inanmıyorum."

Babineau'nu mavi gözleri yapmacık bir öfkeyle büyüyor. "Ama inanmalısın! Her şeyimi bu önümde yatan salak karıya borçluyum! Karşılığında onun için yapabileceğim en az şey hayatını bağışlamak olur. Tabii beyin kanaması nedeniyle şu anda ölmüyorsa... Artık zaman kazanmak için oyalanmayı bırak ve oyunu oyna. Parmağın ikonu tıkladığı anda yüz yirmi saniyelik süren başlayacak."

Başka çaresi kalmayan Hodges ikonu tıklıyor. Ekran önce boşalıyor, sonra parlayan mavi ışık gözlerini kamaştırıyor ve bunun ardından çeşitli yönlere yüzen balıklar beliriyor. Müzik başlıyor: *Denizin kenarında, güzel denizin kenarında...*

Fakat sadece müzik yok. Arasına karışmış kelimeler var. Mavi flaşlar içinde de kelimeler var.

"On saniye geçti," diyor Brady. "Tik-tok, tik-tok."

Hodges pembe balıklardan birinin üstünü tıklıyor, ama ıskalıyor. Sağ elini kullanan bir insan ve her bir tıklama bileğindeki sancıyı artırıyor, ama bu acı kasıklarından boğazına kadar yükselen o yakıcı sancının yanında hiçbir şey. Üçüncü denemesinde bir pembe balık yakalayınca balık bir sayıya dönüşüyor. 5. Bunu yüksek sesle söylüyor.

"Yirmi saniyede sadece beş puan mı?" diyor Brady. "Daha hızlı çalışmalısın, dedektif."

Hodges, gözleri sağa sola, aşağıya yukarıya dönerek daha hızlı tıklıyor. Artık mavi flaşlar çıktığı zaman gözlerini kısmak zorunda değil, çünkü alışmış. Ve iş giderek kolaylaşıyor. Balıklar artık daha büyük göründüğü gibi, daha yavaş hareket ediyorlar. Müzik daha az çınlıyor. Ama daha kapsamlı gibi. *Sen ve ben, sen ve ben, öyle mutlu olacağız ki.* Tabletten gelen müziğe eşlik eden ses Brady'nin sesi mi? Şimdi bunu düşünecek zaman değil. Çabuk olması lazım.

O sırada art arda balık yakalıyor ve bir tanesi on iki puanlık. "Yirmi yedi puan topladım," diyor. Ama bu doğru mu? Hesabını şaşırıyor.

Brady buna cevap vermiyor, sadece, "Seksen saniyen kaldı," diyor. Artık sesi sanki uzun koridorun sonunda geliyormuş gibi yankılı. Bu arada harika bir şey olmuş: Hodges'un midesindeki sancı dinmeye başlamış.

Vay canına, diyor içinden. Doktorlar bunu bilseler iyi olur.

Bir pembe daha yakalıyor, ama sadece 2 puanlık. Hiç iyi değil, ama daha pek çok balık var. Çok daha fazlası var.

İşte o anda beyninde hafifçe kıpırdayan parmaklar olduğunu hissediyor ve bu onun hayal gücünün eseri değil. Çok kolaydı, demişti Brady, Hemşire MacDonald için. *Bir kez içine girip dümene geçince iş çok kolaylaşıyor.*

Brady *onun* dümenine geçince...

Babineau'nun içine olduğu gibi benim de içime sıçrayacak, diye düşünüyor Hodges... ama bu düşünce ona tıpkı o ses ve müzik gibi uzun koridorun sonundan geliyor. O koridorun sonunda 217 numaralı odanın kapısı var ve o kapı açık duruyor.

Bunu neden yapmak istesin ki? Neden bir kanser fabrikasına dönmüş bir vücuda yerleşmek istesin? Çünkü Holly'yi öldürmemi istiyor. Ama tüfekle değil; bana güvenmez. Bileğim kırık da olsa, onu boğmak için ellerimi kullanacak. Sonra da yaptığım şeyi görmem için beni serbest bırakacak.

"Daha iyi oynamaya başladın, Dedektif Hodges ve hâlâ bir dakikan var. Sakin ol ve tıklamaya devam et. Sakinken bu iş daha kolay olur."

Brady tam önünde durduğu halde Hodges'un duyduğu ses artık koridorun sonundan değil, çok uzaklardaki bir galaksiden geliyor gibi. Brady eğilip, hevesli gözlerle Hodges'un yüzüne bakıyor. Ama aralarında yüzmekte olan balıklar var. Pembeler, maviler, kırmızılar. Çünkü artık Hodges Balık Deliği'nin içinde. Ne var ki, bu gerçekten bir akvaryum ve Hodges bunun içindeki balık. Yakında onu yiyecekler. Canlı canlı yenecek. "Hadi, koçum Billy, o pembe balığı tıkla!"

İçime girmesine izin veremem, diye düşünüyor Hodges, ama onu dışarıda tutamıyorum.

Bir pembe balık tıklıyor ve dokuz puan alıyor ama artık beyninde hissettiği şey parmaklar değil, beynine dökülen başka bir bilinç. Sudaki mürekkep gibi yayılıyor. Hodges kaybedeceğini bilse de, buna karşı direniyor. Bu işgalci kişiliğin inanılmaz bir kuvveti var.

Boğulacağım. Balık Deliği içinde boğulacağım. Brady Hartsfield'in içinde boğulacağım.

Denizin kenarında, o güzel denizin kenarında...

Yakında bir yerde bir cam parçalanıyor, bunu bir grup oğlan çocuğunun *GOL OLDU!* diye tezahüratı izliyor.

Hodges'u Brady'ye bağlayan o bağ bu beklenmedik sesle kopuyor. Hodges koltuğunda sarsılarak Brady'ye bakıyor, Brady ise hayretler içinde gözleri fincan olmuş, ağzı açık bir halde kanepeye doğru sendeliyor. Sadece kısa namlusuyla sırtındaki kemere takılı olan (silindir yüzünden daha aşağıya takılamaz) Victory .38 kayışından sıyrılıp ayı postu halıya düşüyor.

Hodges hiç duraksamadan Zappit'i şömineye fırlatıyor.

"Yapma bunu!" diye haykırıyor Brady ona dönerek. Tüfeği kaldırıyor. "Bunu yapma..."

Hodges eline en yakın şeyi kapıyor: tabanca değil, seramik kalemlik. Sol bileği sağlam ve mesafe kısa. Var kuvvetiyle bunu Brady'nin çalıntı suratına fırlatıp tam ortasına isabet ettiriyor. Seramik kurukafa parçalanıyor. Brady duyduğu acıdan ziyade şaşkınlıktan bir çığlık atıyor ve burnundan kan fışkırıyor. Tüfeği doğrultmaya çalışırken Hodges karnındaki acıya rağmen onun göğsüne bir tekme atıyor. Brady gerilerken bir an dengesini bulacak gibi olsa da, ayağı bir şeye takılıp sırtüstü yere kapaklanıyor.

Hodges koltuktan kalkmaya çalışırken masayı deviriyor. Dizleri üstüne çöktüğü anda Brady doğrulmuş, tüfeğini hazırlıyor. Bunu Hodges'a doğrultamadan önce bir silah patlıyor ve Brady bir çığlık daha atıyor. Bu defa acıdan. Gömleğindeki bir delikten kan akan omzuna hayretler içinde bakıyor.

Holly yattığı yerden doğrulmuş. Sol gözünün üstünde korkunç bir morluk var; tıpkı Freddi'nin alnındakine benziyor. O sol göz kanlandığı için kırmızı, ama diğeri parlak ve her şeyi görebiliyor.

"Onu bir daha vur!" diye bağırıyor Hodges. "Onu bir daha vur, Holly!"

Bir eli omzundaki yarasında, diğeri tüfeğinde Brady ayağa kalkmaya çalışırken Holly bir kez daha ateş ediyor. Kurşun çok üstten gidip şömineden sekiyor.

"Yapma!" diye bağırıyor Brady. Aynı anda da tüfeği kaldırmaya çalışıyor. "Yapma bunu, pis kaltak!"

Holly üçüncü kez ateş ediyor. Brady'nin gömleğinin kolu seğiriyor ve acıyla inliyor. Hodges bu kurşunun onda ciddi bir yara açtığını sanmıyor, ama hiç değilse sıyırdığı kesin.

Hodges ayağa kalkıp Brady'ye doğru koşmaya başlarken, Brady bir kez daha otomatik tüfeğini kaldırmaya çalışıyor.

"Önüme geçtin!" diye bağırıyor Holly. *"Bill, önümde duruyorsun!"*

Hodges dizlerinin üstüne çöküp başını eğiyor. Brady dönüp koşmaya başlıyor. Tabanca bir kez daha patlıyor. Brady'nin bir karış sağındaki kapı çerçevesinden kıymık parçaları uçuşuyor. Ön kapı açılıp içeriye soğuk hava dolarken Brady kaçıyor.

"Onu ıskaladım!" diye perişan bir halde bağırıyor Holly. "Hiçbir işe yaramayan bir aptalım! Aptal ve yararsızım!" Tabancayı yere atıp yüzünü tokatlıyor.

Başka bir tokat atmasına engel olmak için Hodges onun elini yakalayıp yanına diz çöküyor. "Hayır, onu en az bir kere vurdun, belki iki kez. Senin sayende hâlâ hayattayız."

Ama daha ne kadar hayatta kalacaklar? Brady'nin elinde o korkunç tüfek ve muhtemelen birkaç şarjörü var. Hodges onun SCAR 17S'in beton blokları tahrip edebildiğini söylerken yalan söylemediğini biliyor. Victory kasabasındaki bir özel atış poligonunda buna benzer bir tüfek olan HK 416'nın aynı şeyi yapabildiğini görmüştü. Oraya Pete'le birlikte gitmişlerdi ve dönüş yolunda, keşke polislere de bu silahtan verilse, diye espri yapmışlardı.

"Ne yapacağız?" diye soruyor Holly. "Şimdi ne yapacağız?"

Hodges .38'liği yerden alıp silindirini açıyor. İki kurşun kalmış ve bu tabanca sadece yakın mesafeden etkili olur. Holly belki beyin sarsıntısı geçirmiş, kendisiyse neredeyse işe yaramaz bir durumda. Acı gerçek şu: Ellerinde bir fırsat vardı ve Brady kaçmıştı.

Hodges ona sarılıp, "Bilmiyorum," diyor.

"Saklansak mı?"

"Bunun bir yararı olacağını sanmıyorum," diyor Hodges, ama nedenini söylemiyor; Holly sormayınca da rahatlıyor. Çünkü içinde az da olsa bir miktar Brady kalmış. Muhtemelen uzun sürmeyecek, ama o anda Hodges bunun bir işaret fenerinden farklı olmadığını düşünüyor.

32

Brady diz boyu kar üstünde sendeleyerek yürüyor; yaşadığı şokla gözleri hâlâ fal taşı gibi. Babineau'nun altmış üç yaşındaki kalbi göğsünden fırlayacakmış gibi atıyor. Dilinde metalik bir tat var ve omzu yanıyor. Aklından hiç çıkaramadığı bir şey var: *O kaltak, o sinsi kaltak... neden fırsatım varken onu öldürmedim ki?*

Zappit de yok oldu. Sevgili Zappit Sıfır... Yanında sadece onu getirmişti. O olmadan etkin Zappit'leri olanların akıllarına erişemez. Kafalar ve Postlar'ın önünde soluk soluğa bir halde duruyor; kahredici rüzgâra ve yağan kara karşı paltosu bile yok. Cebinde Z-Çocuğun otomobil anahtarlarıyla bir adet Scar şarjörü var, ama otomobil anahtarları neye yarar ki? O bok kutusu tepenin yarısına gelmeden takılıp kalır.

Onları gebertmeliyim, diye düşünüyor, sadece bunu hak ettikleri için değil. Hodges'un SUV'u buradan çıkabilmenin tek yolu ve anahtarları da ya o kaltakta ya da onda olmalı. Aracın içinde bırakmış olma ihtimali de var, ama bunu göze alacak durumda değilim.

Hem ayrıca bu, onları hayatta bırakmam anlamına gelir.

Brady ne yapacağını biliyor; tüfeğin kontrolünü TAM OTOMATİK konumuna getiriyor. Scar'ın dipçiğini sağlam omzuna dayayıp ateş etmeye başlıyor. Namluyu soldan sağa çeviriyor ve daha çok onları bırakmış olduğu büyük salona odaklanıyor.

Tüfek ateşi geceyi aydınlatırken hızla yağan kar, bir dizi fotoğraf flaşı gibi görünüyor. Patlama sesi kulakları sağır edecek kadar şiddetli. Pencereler içeriye doğru patlıyor, ön cephedeki tahta kaplamalar yarasalar gibi havalanıyor. Kaçarken yarı açık bıraktığı ön kapı geriye doğru uçuyor. Babineau'nun yüzü sevinçli bir nefretle büzülmüş, artık tamamen Brady Hartsfield olmuş. Bu sırada arkasından yaklaşan motor gürültüsünü ve çelik paletlerin takırtısını işitmiyor.

33

"Yere yat!" diye bağırıyor Hodges. *"Holly, yere yat!"*

Onun bu uyarıyı dinleyip dinlemeyeceğini görmek için beklemeyip onun üstüne kapaklanıyor ve gövdesiyle onunkini örtüyor. Salon uçan tahta kıymıkları, cam parçaları ve şömineden fırlayan kaya parçalarıyla fırtınaya tutulmuş gibi. Duvardan bir geyik kafası düşüyor; bir gözü Winchester mermisiyle parçalanmış, diğeriyse onlara göz kırpar gibi bakıyor. Holly çığlık atıyor. Büfedeki şişelerin yarısı patlayınca odaya viski ve cin kokusu yayılıyor. Mermilerden biri şöminede yanmakta olan bir oduna isabet edince kıvılcımlar püskürüyor.

Umarım sadece bir tane şarjörü vardır, diye düşünüyor Hodges. Ve eğer alçak atış yaparsa, Holly yerine beni vursun. Sadece bir .308 Winchester mermisinin onu vücudunu delip ikisini de öldürebileceğini biliyor.

Silah sesleri kesiliyor. Şarjör mü değiştiriyor?

"Bill, üstümden kalk. Nefes alamıyorum."

"Kalkmasam daha iyi olur," diyor Hodges. "Şu anda..."

"Bu ne? Bu ses ne?" Holly sonra da kendi sorusunu cevaplıyor. "Birisi geliyor!"

Kulakları biraz daha iyi işitmeye başlayan Hodges da bu sesi duyuyor. Önce aklına Thurston'un torunu geliyor; oğlan adamın sözünü ettiği o kar motosikletlerinden birine binmiş, iyilik yapmaya kalkarken birazdan katledilecek. Ama belki de öyle olmayabilir. Yaklaşan motorun sesi bir kar motosikletine göre çok yüksek.

Parçalanmış pencerelerden içeriye sarı-beyaz bir ışık giriyor; tıpkı bir helikopterin projektörü gibi. Ama bu bir helikopter değil.

34

Brady son şarjörünü takmaya çalışırken arkasından yaklaşan aracın homurtusunu ve takırtısını işitiyor. Apseli bir diş gibi zonklayan omzuna rağmen arkasına dönünce kamp yolunun sonunda kocaman bir siluet görüyor. Aracın farlarıyla gözleri kamaşmış. Arkasında kar bulutları çıkararak gelen bu her-neyse yaklaşınca, onun sadece eve doğru değil, *onun* üstüne doğru da gelmekte olduğunu fark ediyor.

Tetiğe basınca SCAR gök gürültüsüne bıraktığı yerden devam ediyor. Brady artık bunun bir çeşit bir kar aracı olduğunu ve paletlerin epey yukarısındaki parlak turuncu kabinini görüyor. Ön camı patlarken içindeki her kimse kendini sürücü tarafındaki kapıdan dışarıya atıyor.

Canavar ona doğru gelmeye devam ediyor. Brady koşmaya çalışıyor, ama Babineau'nun pahalı mokaseni kayıyor. Yaklaşan farlara bakarken sırtüstü yere düşüyor. Turuncu renkli canavar tepesinde bitiyor. Ona doğru yaklaşan çelik paleti görüyor. Daha önce odasındaki nesneleri hareket ettirdiği gibi bunu da savuşturmaya çalışıyor, ama bu çabası saldıran bir aslanı diş fırçasıyla alt etmeye çalışmak gibi. Çığlık atmak için soluk aldığı anda Tucker Sno-Cat gövdesinin tam ortasından geçerek onu yarıyor.

35

Kurtarıcılarının kim olduğu hakkında en küçük bir kuşkusu olmayan Holly hiç tereddüt etmiyor. Kurşunlarla delik deşik olmuş holden geçip kendini dışarıya atarken Jerome'un adını haykırıyor. Jerome yerden kalkarken üstüne toz şekeri dökülmüş gibi görünüyor. Holly gözyaşları ve kahkahalar içinde ona sarılıyor.

"Nasıl bilebildin? Buraya geleceğini nereden bildin?"

"Ben bilmedim," diyor Jerome. "Barbara söyledi. Eve geleceğimi söylemek için aradığım zaman bana sizin peşinizden gitmemi, yoksa Brady'nin sizi öldüreceğini söyledi... ama ona Brady değil, Ses diyordu. Yarı delirmiş gibiydi."

Ağır adımlarla onlara doğru yaklaşan Hodges bu konuşmayı duyuyor ve Barbara'nın Holly'ye o intihar sesinin hâlâ biraz içinde olduğunu söyleyişini hatırlıyor. Çamur izi gibi, demişti. Hodges onun neden söz ettiğini biliyor, çünkü kendi kafasının içinde o iğrenç düşünce sümüğü var; en azından şimdilik. Belki Barbara, hâlâ mevcut olan bağlantı sayesinde Brady'nin pusuda beklediğini anlamıştı.

Ya da belki sadece kadınlara özgü bir önseziydi. Hodges böyle bir şeyin var olduğuna inanıyor. Ne de olsa eski kafalıdır.

"Jerome," diyor Hodges. Sesi kurbağa vraklaması gibi. "Adamın benim." Dizlerinin bağı çözülüyor. Yere düşmek üzere.

Jerome kendini Holly'nin kollarından kurtarıp Hodges'a koşuyor ve düşmeden onu tutuyor. "İyi misin? Yani... iyi olmadığını biliyorum, ama vuruldun mu?"

"Hayır." Hodges bir kolunu Holly'nin omzuna atıyor. "Geleceğini tahmin etmeliydim. İkiniz de hiç söz dinlemiyorsunuz."

"Son konserimizden önce gruptan ayrılamazdım," diyor Jerome. "Hadi, seni içeriye..."

Sol taraftan bir hayvanın inlemesine benzeyen bir ses geliyor.

Hodges hayatında hiç bu kadar bitkin düşmemiş, ama yine de o inleme sesine doğru yürüyor. Çünkü...

Yani, çünkü...

Buraya gelirken Holly'ye söylediği o söz neydi? İşi sonlandırmak.

Brady'nin çalıntı vücudu kanlar içinde. Bağırsakları kızıl bir ejderhanın kanatları gibi iki yana saçılmış. Karın içine giderek batmakta olan bir kan gölü var. Ama gözleri açık ve bilinci yerinde; Hodges bir anda beynindeki o parmakları tekrar hissediyor. Bu defa o parmaklar miskin bir şekilde dolaşmıyor. Bu defa yerleşmek için delice bir saldırı halinde. Tıpkı odayı paspaslayan o müstahdem gibi, Hodges da bu parmakları kafasının içinden püskürtüyor.

Brady'yi ağzındaki bir karpuz çekirdeği gibi tükürüp atıyor.

"Yardım edin," diye fısıldıyor Brady. "Bana yardım etmelisiniz."

"Sanırım artık senin için yapılacak bir şey yok," diyor Hodges. "Üstünden çok ağır bir araç geçti, Brady. Şimdi bunun nasıl bir şey olduğunu anlıyorsun, değil mi?"

"Canım yanıyor!" diye inliyor Brady.

"Evet," diyor Hodges. "Eminim yanıyordur."

"Bana yardım edemiyorsanız, vurun beni."

Hodges elini uzatınca Holly tıpkı bir hemşirenin cerraha neşter uzatışı gibi Victory .38'liği onun eline tutuşturuyor. Hodges silindiri çevirip kalan iki kurşunundan birini çıkarıyor. Sonra silindiri tekrar kapatıyor. Artık vücudunun her yanı fena halde ağrımasına rağmen diz çöküp babasının tabancasını Brady'nin eline veriyor.

"Sen yap," diyor. "Hep istediğin şey buydu."

Jerome onun son kurşunu Hodges'a sıkma ihtimaline karşı tetikte bekliyor. Ama öyle olmuyor. Brady namluyu başına çevirmeye çalışıyor. Beceremiyor. Kolu seğirse de bir türlü kalkmıyor. Bir kez daha inliyor. Üst dudağından aşağıya kan boşalıyor. Eğer City Center'da ne yaptığını, Mingo Konser Salonu'nda ne yapmaya kalkıştığını bilmese, Hodges neredeyse ona acıyacak. İşleten kişi artık tükenmiş olduğu için o mekanizma yavaşlayıp duracak, ama durana kadar birkaç genci de yutacak. Hodges öyle olacağına emin. İntihar acısız olmayabilir, ama bulaşıcı.

Eğer bir canavar olmasaydı, ona acıyabilirdim, diye düşünüyor Hodges.

Holly eğilip Brady'nin elini kaldırarak tabancanın namlusunu şakağına dayıyor. "Artık gerisini siz yapın, Bay Hartsfield," diyor. "Ve Tanrı sizden merhametini esirgemesin."

"Umarım, esirger," diyor Jerome. Sno-Cat'in farlarının ışığında yüzü taş gibi görünüyor.

Uzun bir an sadece kar makinesinin motor gümbürtüsüyle, kış fırtınası Eugenie'nin şiddetli rüzgâr sesi duyuluyor.

"Tanrım!" diyor Holly. "Parmağı tetikte bile değil. Biriniz bana yardım etsin, bunu yapabileceğimi sanmı..."

O anda silah patlıyor.

"Brady'nin son numarası," diyor Jerome. "Vay be!"

36

Hodges'un Expedition'a kadar yürümesi mümkün değil, ama Jerome'un yardımıyla Sno-Cat'in kabinine kadar gelebiliyor. Holly onun yanına oturduktan sonra Jerome direksiyona geçip aracı vitese geçiriyor. Her ne kadar geri gelip Babineau'nun cesedinin etrafından dolansa da, Holly'ye ilk tepenin üstüne varana kadar bakmamasını söylüyor. "Kanlı izler bırakıyoruz."

"Ööğğ."

"Haklısın," diyor Jerome. "Ööğğ."

"Thurston bana kar motosikletleri olduğunu söylemişti," diyor Hodges. "Böyle bir Sherman tankından hiç söz etmedi."

"Bu bir Tucker Sno-Cat,"(*) diyor Jerome. "Ve beni oraya kadar senin beğenmediğin Jeep Wrangler'im getirdi."

"Brady gerçekten öldü mü?" diye soruyor Holly. Alnındaki büyük şişlik sanki nabız gibi atıyor. "Kesin mi yani?"

"Gördün işte, adam beynine kurşun sıktı," diyor Hodges.

"Evet, ama öldü mü? Kesinlikle öldü mü?"

Hodges, "Hayır, henüz değil," olan cevabını yüksek sesle söylemiyor. Kendisinin ve kim bilir başka kaç kişinin beyinlerinde kalan o sümük gibi şey, beynin kendini onarma kabiliyeti sayesinde tamamen temizlenene kadar ölmüş olmayacak. Ama bir hafta, bilemedin bir ay sonra Brady tamamen yok olacak.

"Evet," diyor Hodges. "Ve Holly... O mesaj bildirim sesini telefonuma yüklediğin için teşekkür ederim. Tezahürat yapan çocuklar."

Holly gülümsüyor. "Neydi o? Yani mesaj demek istiyorum."

Hodges güç bela paltosunun cebinden cep telefonunu çıkarıp baktıktan sonra, "Vay canına!" diyor ve gülüyor. "Tamamen unutmuşum."

"Neyi? Bana da göster, bana da göster!"

Kızı Alison'un, güneşli Kaliforniya'dan gönderdiği mesajı okuyabilsin diye telefonu Holly'ye doğru yan çeviriyor.

(*) Dört parçalı kar aracı. –çn.

DOĞUM GÜNÜN KUTLU OLSUN, BABACIĞIM! 70 YAŞINDA VE HÂLÂ KUVVETLİSİN! ŞİMDİ ACELE ÇIKMAM LAZIM, SENİ SONRA ARARIM. ALLIE.

Arizona'dan döndüğünden beri ilk kez Jerome ona Tyrone Feelgood Delight taklidi yapıyor. "Efendi Hodges, yetmişlik mi oldun? Vay be! Taş çatlasa altmış beşsin!"

"Yapma, Jerome," diyor Holly. "Hiç hoş değil."

Hodges bir kahkaha atıyor. Gülünce canı yanıyor, ama elinde değil. Thruston's Garage'a kadar bilincini kaybetmemeyi başarıyor, hatta Holly'nin yakıp verdiği esrarlı sigaradan birkaç fırt bile çekiyor. Sonra giderek karanlık basıyor.

Galiba sona geldim, diye düşünüyor.

Doğum günüm kutlu olsun, diyor içinden.

Sonra kendinden geçiyor.

SONRASI

Dört gün sonra

Pete Huntley, Kiner Memorial'a, burada çok uzun süre kalmış ve artık ölmüş olan bir hastayı sık sık kez ziyaret eden eski ortağı kadar aşina değil. Hodges'un odasını bulana kadar iki yere –biri girişteki, diğeri Onkoloji'deki danışma masası– uğramak zorunda kalıyor. Odaya geldiğinde içeride kimse yok. DOĞUM GÜNÜN KUTLU OLSUN yazılı bir demet balon tavana kadar yükselmiş.

O sırada başını içeriye uzatan bir hemşire onu boş odaya bakarken görünce gülümsüyor. "Koridorun sonundaki solaryum. Orada küçük bir parti veriliyor. Sanırım geç kalmadınız."

Pete oraya doğru yürüyor. Tavanı cam olan solaryum, belki hastalara moral vermek, belki daha fazla oksijen almalarını sağlamak, belki de her ikisi için bitkilerle doldurulmuş. Bir duvarın kenarında dört kişi kâğıt oynuyor. İkisi kel, birinin koluna serum şişesi takılı. Hodges tavan camının tam altında oturmuş, ekibine pasta kesiyor: Holly, Jerome ve Barbara. Kermit sakal bırakmış; bembeyaz sakalıyla Pete'e, Noel Baba'yı görmek için çocuklarıyla alışveriş merkezine gittikleri günü hatırlatıyor.

"Pete!" diyor Hodges gülümseyerek. Kalkmaya çalışırken Pete ona engel oluyor. "Gel, otur, biraz pasta ye. Allie bunu Batool's Fırını'ndan almış. Çocukken hep oraya gitmek isterdi."

"Allie nerede?" diye soruyor Pete bir iskemle çekip, Holly'nin yanına otururken. Holly'nin alnının sol tarafında bir yara bandı var, Barbara'nın da bacağı alçıda. Sadece Jerome sağlıklı görünüyor; Pete onun o avcı kampında kıl payıyla hamburger olmaktan kurtulduğunu biliyor.

"Bu sabah Kaliforniya'ya döndü. En çok iki gün izin alabilmiş. Martta üç haftalık tatili varmış, o zaman yine gelecek. O da ona ihtiyacım olursa..."

"Nasılsın?"

"Çok kötü değilim," diyor Hodges. Çok kısa bir an için gözleri kayar gibi oluyor. "Benimle ilgilenen üç kanser doktoru var ve ilk test sonuçları da iyi görünüyor."

"Harika." Pete arkadaşının uzattığı pasta dilimini alıyor. "Bu çok büyük."

"Yemene bak," diyor Hodges. "Baksana, sen ve Izzy..."

"Aramızda hallettik," diyor Pete. Pastadan bir lokma ısırıyor. "Yahu, bu çok güzelmiş. Kan şekerini neşelendirmek için kremalı bir havuç pastasının yerini hiçbir şey tutamaz."

"O halde, emeklilik partin..."

"Yine devrede. Zaten resmi olarak hiç iptal edilmemişti. Hâlâ ilk kadehi senin kaldırmanı istiyorum. Ve unutma ki..."

"Evet, evet, eski karınla yeni sevgilin de orada olacakları için belden aşağıya espri yapmayacağım. Tamam, anladık."

"Unutma, tamam mı?" Çok büyük gibi görünen pasta dilimi giderek küçülüyor. Barbara onun bu hızla yiyişine hayretle bakmakta.

"Başımız dertte mi, Pete?" diye soruyor Holly. "Ne dersin?"

"Hayır," diyor Pete. "Tamamen aklandınız. Buraya gelmemin bir nedeni de bunu söylemekti."

Holly arkasına yaslanıp derin bir iç geçiriyor.

"Bahse girerim, bütün suç Babineau'da bulunmuştur," diyor Jerome.

Pete plastik çatalını ona doğru sallayarak, "Doğru söyledin, genç Jedi savaşçısı," diyor.

"Yoda'yı ünlü kukla oynatıcısı Frank Oz'un seslendirdiğini bilmek ilgini çeker mi?" diye soruyor Holly. Etrafına bakınıyor. "*Bence* çok ilginç."

"Ben bu pastayı ilginç buluyorum," diyor Pete. "Biraz daha alabilir miyim? İnce bir dilim?"

Servisi Barbara yapıyor ve hiç de ince bir dilim kesmiyor. Pete'in itirazı yok. Pastadan bir lokma ısırdıktan sonra Barbara'ya nasıl olduğunu soruyor.

"İyi," diyor Jerome onun yerine. "Bir sevgilisi var. Dereece adında bir çocuk. Büyük basketbol yıldızı."

"Kes artık Jerome, o benim sevgilim değil!"

"Ziyaretleri tıpkı bir sevgili gibi," diyor Jerome. "Bacağın kırıldığından beri her gün geldi."

"Konuşacak çok şeyimiz var," diyor Barbara ciddi bir sesle.

Pete, "Babineau'ya gelince," diyor, "hastane yönetiminin güvenlik kamerası görüntülerinde karısının öldürüldüğü gece hastanenin arka kapısından girdiği görülüyor. Üstündekileri çıkarıp bir bakım işçisinin tulumunu giymiş. Herhalde onların soyunma odasına girmiş olmalı. Oradan çıkıyor, on beş yirmi dakika sonra tekrar gelip kendi kıyafetini giyiyor ve hastaneden ayrılıyor."

"Başka görüntü yok mu?" diye soruyor Hodges. "Umutsuz Vakalar koğuşundan?"

"Evet, biraz var, ama başında bir kep olduğu için yüzü belli değil ve Hartsfield'in odasına girerken görülmüyor. Bir savunma avukatı bundan epey ekmek çıkarır, ama Babineau hiçbir zaman mahkemeye çıkamayacağı için..."

"Kimsenin umurunda değil," diye tamamlıyor Hodges.

"Doğru. Emniyet görevlileri her şeyi onun üstüne yıktıkları için memnunlar. Izzy memnun, ben de memnunum. Sana, o ormanda ölen kişi gerçekten Babineau muydu, diye sorabilirdim —cevabı tamamen kendi aramızda kalacak şekilde— ama bunu bilmek istemiyorum."

"O halde, Kütüphane Al bu senaryoya nasıl uydurruldu?" diye soruyor Hodges.

"Gerek kalmadı," diyor Pete karton tabağını kenara iterek. "Alvin Brooks dün gece intihar etti."

"Yapma be!" diyor Hodges. "Cezaevindeyken mi?"

"Evet."

"Onca şey olduğu halde, intihar gözetiminde değil miydi?"

"Gözetimdeydi. Ayrıca orada hiçbir mahkûmun kesici veya saplayabileceği bir nesne bulundurmasına izin verilmez, ama bu adam bir şekilde bir tükenmezkalem eline geçirmiş. Belki bir gardiyan, belki başka bir mahkûm vermiştir. Bütün duvarlara, yatağının üstüne ve kendi üstüne Z harfleri çizmiş. Sonra da kalemin metal tüpünü çıkarıp bununla..."

"Yeter," diyor Barbara. Tavan camından gelen aydınlıkta rengi çok soluk görünüyor. "Onunla ne yaptığını tahmin edebiliyoruz."

"O halde," diyor Hodges, "ne düşünüyorlar? Babineau'nun suç ortağı olduğunu mu?"

"Onun etkisi altına girdiğini," diyor Pete. "Ya da belki ikisi de başka birinin etkisi altına girmiştir, ama o konuyu hiç açmayalım, tamam mı? Şu anda önemli olan şey, üçünüzün de aklanmış olması. Bu defa mahkemeye falan çağrılmayacaksınız."

"Sorun değil," diyor Jerome. "Holly'nin de, benim de daha dört yıllık otobüs pasolarımız var."

"Çoğu zaman burada olmadığın ve kullanmadığın için bana versene," diyor Barbara.

"Devredilemiyor," diyor Jerome burnu havada. "Bende kalması daha iyi. Yasalarla sorun yaşamanı istemem. Hem zaten yakında her yere Dereece'le gideceksin. Yeter ki fazla açılmayın... ne demek istediğimi anlıyorsun."

"Çocuklaşma!" diyor abisine Barbara. Sonra Pete'e dönüp, "Toplam kaç intihar olmuş?" diye soruyor.

Peter iç geçiriyor. "Son beş gün içinde on dört. Dokuzunda Zappit varmış, ki o aletler de artık sahipleri gibi ölü. En yaşlısı yirmi dört, en genci on üç yaşındaymış. Komşularının söylediğine göre bir oğlanın ailesi kafayı sapkın derecede dinle bozmuşlar, onların yanında köktendinci Hıristiyanlar liberal kalırmış. Oğlan, ebeveynlerini ve erkek kardeşini de birlikte götürmüş. Pompalı tüfekle."

Bu bilgi üzerine beşi de bir an için sessiz kalıyor. Sol taraftaki masada kâğıt oynayanlar aralarında geçen bir şeye kahkahalarla gülüyorlar.

Sessizliği Pete bozuyor. "Ve kırktan fazla intihar girişimi oldu."

Jerome bir ıslık çıkarıyor.

"Evet, biliyorum. Gazeteler ve televizyon kanalları haberi geçmiyorlar. Ama o girişimlerin çoğu sosyal medya sitelerinde yer alıyor ve sayının artmasına neden oluyor. O sitelerden nefret ediyorum. Ama bu da bitecek. İntihar salgınları daima bir yerde kesilir."

"Er ya da geç," diyor Hodges. "Ne var ki, sosyal medya olsa da olmasa da, Brady'yle veya onsuz, intihar hayatın bir gerçeğidir."

Bunu söylerken yan masada kâğıt oynayanlara bakıyor; özellikle de tamamen saçsız olan iki kişiye. Bir tanesi iyi görünüyor (Hodges'un iyi göründüğü kadar), ama diğeri gözleri çukurlaşmış bir ceset gibi. Hodges'un babası bunun için, bir ayağı mezarda diğeri muz kabuğunun üstünde, derdi. Ve aklına gelen düşünce kelimelere dökülemeyecek kadar karmaşık, öfke ve kederle yüklü. Bazı insanların bedel olarak ruhlarını verebileceği bir şeyi kimi insanların çarçur ettiği düşüncesi: sağlıklı ve acının yer almadığı bir vücut. Neden böyledirler? Çünkü bir sonraki gündoğumunun ötesini göremeyecek kadar kördürler, duygusal yaraları vardır veya bencildirler. Ve insan nefes almaya devam ettikçe, güneşin doğduğunu görür.

"Biraz daha pasta?" diye soruyor Barbara.

"Hayır. Artık gitmem gerek. Ama izin verirsen, alçına imzamı atmak isterim."

"Lütfen," diyor Barbara. "Ve esprili bir şey yazın."

"Bu Pete'in rütbesini aşar," diyor Hodges.

"Ağzını topla, *Kermit*." Pete evlenme teklif eden bir âşık gibi bir dizinin üstüne çöküp, büyük bir özenle Barbara'nın alçısına bir şeyler yazıyor. Bitirdikten sonra ayağa kalkıp Hodges'a bakıyor. "Şimdi bana doğruyu söyle; kendini nasıl hissediyorsun?"

"Bayağı iyi. Vücudumda sancıyı haplardan çok daha iyi kontrol eden bir bant var ve yarın beni taburcu edecekler. Kendi yatağımda yatacağım için çok memnunum." Bir an sustuktan sonra devam ediyor. "Bu hastalığı yeneceğim."

Pete asansörü beklerken Holly ona yetişiyor. "Buraya gelmen Bill'i çok memnun etti. Hem gelmen hem de partinde ilk kadehi onun kaldırmasını istemen."

"Durumu pek iyi değil, değil mi?" diyor Pete.

"Evet." Pete ona sarılmak için uzanıyor, ama Holly hemen geri çekiliyor. Ama elini uzatıp hafifçe sıkmasına izin veriyor. "Pek iyi değil."

"Ne boktan iş be!"

"Evet. Boktan iş. Bill bunu hak etmiyor. Ama madem ki kurtuluş yok, arkadaşlarının ona destek olması lazım. Ona destek olacaksın, değil mi?"

"Elbette. Hem onu şimdiden ölmüş sayma, Holly. Hayatın olduğu yerde umut da vardır. Biliyorum, bu basmakalıp bir laf, ama..." Omuzlarını sallıyor.

"Umudum *var*. Holly tipi umut."

Pete onun her zamanki gibi kendine özgü bir tuhaflığı olduğunu düşünüyor. Bu da hoşuna gitmiyor değil. "Kadeh kaldırırken belden aşağıya inmemesini sağla, tamam mı?"

"Tamam."

"Ve... unutma ki, Hartsfield'den çok yaşadı. Sonunda ne olursa olsun bunu başardı."

"Paris bizi bekliyor, evlat," diyor Holly, Humphrey Bogart'ı taklit ederek.

Evet, gerekten çok tuhaflaşabiliyor, diyor içinden Pete. "Bak, Gibney, sen de kendine iyi bak, tamam mı? Gelecekte ne olursa olsun. Bill senin daima sağlıklı ve kuvvetli olmanı ister."

"Biliyorum," diyor Holly. Sonra Jerome'la birlikte partiden geriye kalan çöpleri temizlemek için solaryuma dönüyor. Kendine bunun son doğum günü partisi olmadığını söyleyerek buna inandırmaya çalışıyor. Tam anlamıyla başaramıyor, ama içindeki Holly tipi umudu beslemeye devam ediyor.

Sekiz ay sonra

Cenazeden iki gün sonra Jerome söz verdiği gibi saat tam onda Fairlawn'a geldiğinde, Holly zaten orada, mezarın başında diz çökmüş durumda. Dua etmiyor; mezarın üstüne kasımpatı ekiyor. Önüne Jerome'un gölgesi düşünce başını kaldırıp bakmıyor. Kim olduğunu biliyor. Holly ona cenaze töreninin sonuna kadar dayanamayabileceğini söylediği zaman, bugün buluşmayı kararlaştırmışlardı. "Gayret ederim," demişti, "ama böyle durumları kaldıramıyorum. Tören bitmeden kaçmak zorunda kalabilirim."

"Bu çiçekler sonbaharda ekilirmiş," diyor Holly şimdi. "Bitkilerden pek anlamam, ama elimde bir 'nasıl yapılır' kılavuzu var. Talimatlar kolayca anlaşılıyor."

"Çok iyi." Jerome mezar parselinin ucunda oturup bağdaş kuruyor.

Holly bir avuç toprak alırken hâlâ Jerome'a bakmış değil. "Sana erken kaçmak zorunda kalabileceğimi söylemiştim. Giderken herkes ayıplar gibi bana bakıyordu, ama daha fazla kalamazdım. Kalsaydım, benden tabutun önüne çıkıp Bill hakkında konuşma yapmamı isteyeceklerdi ve ben bunu yapamazdım. Onca insanın önünde yapamazdım. Eminim kızı bana ifrit olmuştur."

"Hiç sanmam," diyor Jerome.

"Cenaze törenlerinden *nefret* ederim. Buraya gelme nedenim de bir cenazeydi; bunu biliyor muydun?"

Jerome biliyor, ama sesini çıkarmayıp devam etmesi için bekliyor.

"Teyzem ölmüştü. Olivia Trelawney'in annesiydi. Bill'le onun cenazesinde karşılaştım. O törenden de kaçmıştım. Cenaze evinin arkasında oturmuş sigara içerken ve kendimi bok gibi hissederken Bill beni buldu. Anlıyor musun?" Nihayet başını kaldırıp Jerome'a bakıyor. "Beni *buldu.*"

"Anlıyorum, Holly. Anlıyorum."

"Bana bir kapı açtı. Dünyaya açılan bir kapıydı. Bana, hayatımda fark yaratacak bir şey verdi."

"Bana da."

Holly gözyaşlarını silerken öfkeli gibi. "Ne boktan iş be!"

"Haklısın, ama Bill senin kendini bırakmanı istemezdi. Asla böyle bir şeyi istemezdi."

"Bırakmayacağım," diyor Holly. "Şirketi bana bıraktığını biliyor musun? Sigorta parası ve başka her şey Allie'ye gitti, ama şirket benim. Tek başıma işletemeyeceğim için Pete'e, benimle çalışmak ister misin, diye sordum. Yarı zamanlı."

"Ne dedi?"

"Evet, dedi; emeklilik şimdiden sıkıcı gelmeye başlamış. İyi olacağını sanıyorum. Ben bilgisayarımda dolandırıcıların ve borç takanların izini bulacağım, o da gidip onları yakalayacak. Ya da gerekirse, celpnameleri teslim edecek. Ama eskisi gibi olmayacak. Bill için çalışmak... Bill'le çalışmak... o zamanlar hayatımın mutlu günleriydi." Bu lafını bir daha düşünüyor. "Galiba hayatımda mutlu olduğum başka bir zaman yoktu. Kendimi... nasıl diyeyim..."

"Değer verilmiş mi hissediyordun?" diyor Jerome.

"Evet! Değer verildiğimi hissediyordum."

"Tabii ki öyle hissedecektin," diyor Jerome, "çünkü çok değerliydin. Hâlâ da öylesin."

Holly çiçeğe son kez baktıktan sonra ellerindeki ve dizlerindeki toprakları silkeliyor ve gidip Jerome'un yanına oturuyor. "Cesurdu, değil mi? Yani son anlarında demek istedim."

"Evet."

"Jerome? Kolunu omzuma dolar mısın?"

Jerome bunu yapıyor.

"Seninle ilk karşılaşmamızda –Brady'nin kuzenim Olivia Trelawney'in bilgisayarına yüklediği o gizli programı bulduğumuzda– senden korkmuştum."

"Biliyorum," diyor Jerome.

"Siyah olduğun için değil..."

"Siyahtan zarar gelmez," diyor Jerome gülümseyerek. "Sanırım daha ilk başta bu konuda hemfikirdik."

"Yabancı olduğun içindi. *Dışarıdan* biriydin. Dışarıdaki insanlardan ve dış şeylerden korkardım. O zamanki kadar olmasa da hâlâ korkarım."

"Biliyorum."

"Onu seviyordum," diyor Holly kasımpatıya bakarak. Gri mezar taşının altında turuncu-kırmızı karışımı rengiyle çok güzel görünüyor. Mezar taşında kısa bir yazı var: KERMIT WILLIAM HODGES, tarihin altındaysa SON NÖBET yazıyor. "Onu öyle çok seviyordum ki."

"Evet," diyor Jerome. "Ben de."

Holly başını kaldırıp ona bakıyor; grileşen perçemleri altındaki yüzü hâlâ bir çocuk yüzü gibi; ürkek ve umutlu bir ifadesi var. "Daima benim dostum olacaksın, değil mi?"

"Daima." Jerome onun acınacak kadar sıska omuzlarını sıkıyor. Hodges'un son iki ayında, o zayıf haliyle tam beş kilo vermiş. Annesiyle Barbara ona bu kiloları geri kazandıracaklar. "Daima, Holly."

"Biliyorum," diyor Holly.

"O halde neden sordun?"

"Çünkü senin ağzından duymak çok iyi geliyor."

Son Nöbet, diye düşünüyor Jerome. Kulağa hiç hoş gelmiyor ama doğru bir ifade. Doğru. Ve bu, cenaze töreninden daha iyi. Güneşli bir yaz sonu gününde, burada Holly'yle birlikte olmaları çok daha iyi.

"Jerome? Sigara içmiyorum."

"Güzel."

Bir süre sessizce oturup mezar taşının dibindeki kasımpatıya bakıyorlar.

"Jerome?"

"Efendim, Holly?"

"Benimle bir sinemaya gitmek ister misin?"

"Evet," diyor Jerome.

"Patlamış mısırımızı koymak için aramızdaki koltuğu boş bırakırız."

"Tamam."

"Çünkü bunu yere koymak istemem. Karafatmalar olabilir, hatta belki fareler bile vardır."

"Haklısın. Nasıl bir film görmek istersin?"

"Beni kahkahalar içinde bırakacak bir film."

"Bana uyar."

Jerome ona gülümsüyor, Holly karşılık veriyor. Birlikte Fairlawn Mezarlığı'ndan çıkıp dünyaya dönüyorlar.

30 Ağustos 2015

SON

YAZARIN NOTU

Bu kitabın redaksiyonunu yapan Nan Graham'a ve Scribner'daki diğer arkadaşlarım olan Carolyn Reidy, Susan Moldow, Roz Lippel ve Katie Monaghan'a –sadece bunlarla sınırlı değil– çok teşekkür ederim. Uzun zamandan beri temsilcim (önemlidir) ve arkadaşım olan (daha da önemli) Chuck Verrill'e teşekkür ederim. Kitaplarımın ülke dışındaki yayın haklarını satan Chris Lotts'a teşekkür ederim. Bağımsız yazarlara destek olan Haven Vakfı ve küçük kasabalardaki okullara, kütüphanelere ve itfaiye teşkilatlarına yardım eden King Vakfı'nın ticari işlerini yürüten Mark Levenfus'a teşekkür ederim. Yetenekli asistanım Marsha DeFilippo'ya ve Marsha'nın yapmadığı diğer her şeyi üstlenen Julie Eugley'e teşekkür ederim. Onlar olmasa kaybolurdum. Kitabın taslağını okuyup çok değerli tavsiyelerde bulunan oğlum Owen King'e teşekkür ederim. Kitaba en uygun adı vermek dahil, yine çok değerli tavsiyelerde bulunan karım Tabitha'ya teşekkür ederim.

Doktor asistanlığını bırakıp benim araştırmacı rehberim olan Russ Dorr'a özel teşekkür borçluyum. Bu kitapta bilgisayar programlarının nasıl yazıldığını, nasıl tekrardan yazılabileceğini ve nasıl yayılabileceğini sabırla bana öğretti. Russ olmasaydı *Son Nöbet* bu kadar iyi bir kitap olmazdı. Bazı durumlarda kurgunun akışına uyması için çeşitli bilgisayar protokollerini değiştirdim. Teknoloji meraklısı bazı okurlar bunu fark edeceklerdir; bence sakıncası yok, ama sakın Russ'ı suçlamayın.

Son bir şey. *Son Nöbet* kurgudur, ama yüksek intihar oranları –hem Birleşik Amerika'da hem başka ülkelerde– fazlasıyla gerçektir. Bu kitapta verilmiş olan Ulusal İntihar Önleme Destek Hattı da gerçektir. 1-800-273-KONUŞUN. Holly Gibney'in deyişiyle, kendinizi boktan hissediyorsanız bu numarayı arayın. Çünkü siz fırsat verirseniz her şey daha iyiye gidebilir; çoğu zaman böyle olur.

Stephen King

Yazarın Yayınevimizden Çıkan Kitapları

HAYVAN MEZARLIĞI
GÖZ
KUJO
KORKU AĞI
KUŞKU MEVSİMİ
ÇAĞRI
CHRISTINE
MAHŞER
"O"
SİS
SADİST
MEDYUM
ŞEFFAF
CESET
AZRAİL KOŞUYOR
HAYALETİN GARİP HUYLARI
HAYATI EMEN KARANLIK
GECE YARISINI DÖRT GEÇE
GECE YARISINI İKİ GEÇE
RUHLAR DÜKKÂNI
OYUN
ÇILGINLIĞIN ÖTESİ
KEMİK TORBASI
YEŞİL YOL
MAÇA KIZI
RÜYA AVCISI
KARA EV
KARANLIK ÖYKÜLER
BUICK 8
TEPKİ
YAZMA SANATI
BİR AŞK HİKÂYESİ
DUMA ADASI
KUBBE'NİN ALTINDA
ZİFİRİ KARANLIK YILDIZSIZ GECE
22/11/63
DR. UYKU
BAY MERCEDES
KİM BULDUYSA ONUNDUR
CEP
KÂBUSLAR PAZARI

KARA KULE SERİSİ
KARA KULE (SİLAHŞOR)
ÜÇ'ÜN ÇEKİLİŞİ
ÇORAK TOPRAKLAR
BÜYÜCÜ VE CAM KÜRE
CALLA'NIN KURTLARI
SUSANNAH'NIN ŞARKISI
KULE
ANAHTAR DELİĞİNDEN ESEN RÜZGÂR

KARA KULE ÇİZGİ ROMAN SERİSİ
SİLAHŞOR'UN DOĞUŞU
EVE GİDEN YOL
İHANET
GILEAD'IN DÜŞÜŞÜ
JERICHO TEPESİ SAVAŞI
KARA KULE/YOLCULUK BAŞLIYOR

MAHŞER ÇİZGİ ROMAN SERİSİ
KAPTAN TRIPS